KB152742

당신의
손길이
닿기 전에

BEFORE WE WERE YOURS

Copyright © 2017 by Wingate Media, LLC.
Published in agreement with The Book Group, New York, U.S.A.
through Danny Hong Agency, Seoul, Korea.
Korean-language edition copyright © 2018 by Tornado Media Group Ltd.

이 책의 한국어판 저작권은 대니홍에이전시를 통한
저작권사의 독점 계약으로 토네이도미디어그룹(주)에 있습니다.
저작권법에 의해 한국 내에서 보호를 받는 저작물이므로 무단전재와 복제를 금합니다.

리사 윈게이트 지음
박지선 옮김

당신의
손길이
닿기 전에

Before We Were Yours

나무의철학

이야기의 시작

메릴랜드 볼티모어, 1939년 8월 3일

　내 이야기는 무더운 8월의 어느 날 내가 한 번도 보지 못한 장소에서 시작한다. 그 공간은 내 상상 속에만 살아 있다. 머릿속에 떠오른 그 방은 대체로 컸다. 벽은 새하얗고 깨끗했고 이부자리는 낙엽처럼 바스락거렸다. 혼자 쓰는 그 방 안에는 좋아 보이는 물건만 있었다. 밖으로 약한 바람이 지루하게 불고 키 큰 나무에서 매미가 울었다. 푸르게 우거진 매미의 은신처는 창틀 바로 아래 있었다. 천장에 달린 선풍기가 머리 위에서 덜컹대며 돌아가자 커튼이 안쪽으로 흔들렸고 다른 곳으로 갈 생각이 전혀 없는 듯한 축축한 공기가 밀려들었다.

　소나무 내음이 풍겼다. 간호사들이 침대에 결박하자 여자는 비명을 짜냈다. 살갗에 맺힌 땀은 얼굴과 팔과 다리를 타고 빠르게 흘러내렸다. 이 사실을 알면 여자는 겁에 질릴 테지.

그녀는 예뻤다. 순하고 가냘픈 모습이었다. 바로 이 순간 시작된, 큰 파국을 몰고 올 일을 의도적으로 밝힐 만한 사람은 아니었다. 복잡다단한 삶을 살면서 나는 대부분 사람이 최선을 다해 살아간다는 사실을 알게 됐다. 사람들은 누군가에게 일부러 상처 주지 않는다. 상처는 그저 살기 위한 몸부림이 낳은 부산물일 뿐이다.

마지막으로 인정사정없이 힘을 준 뒤에 생긴 모든 일은 그녀 잘못이 아니었다. 그녀는 가장 원치 않았을 뭔가를 낳았다. 소리 없는 살덩이가 밖으로 나왔다. 새파랗고 움직임이 없었지만 인형처럼 예쁘고 자그마한 금발 여자아이였다.

여자는 자기가 낳은 아기의 운명을 알 길이 없었다. 행여 안다고 해도 약 때문에 다음 날이면 기억이 흐릿해질 것이었다. 그녀는 몸부림을 멈추고 반수면 상태에 빠졌다. 통증을 줄이려고 처방받은 모르핀과 스코폴라민 때문이었다.

그 약은 그녀가 모든 걸 놓아버리게 하려고 처방된 약이기도 했고, 그렇게 될 것이었다.

의사들이 봉합하고 간호사들이 잔여물을 치우는 동안 동정 어린 대화가 오갔다.

"이런 일이 생길 때마다 너무 슬퍼. 이 세상에서 숨 한 번 쉬지 못하다니 너무 불공평해."

"가끔은 의문이 들기도 해. 왜…… 아기를 그토록 원하는 사람들에게 이런 일이……."

작은 눈이 덮개로 가려졌다. 이제 그 두 눈은 어떤 것도 보지 못하겠지.

여자는 말소리를 들었지만 그 의미를 이해할 순 없었다. 모든 게 한 귀로 들어왔다가 한 귀로 빠져나갔다. 밀물을 잡으려 하면 꽉 쥔 손가락 사이로 빠져나가듯이. 그래서 결국 파도에 몸을 맡기고 떠 있을 수밖에 없었다.

가까운 곳에서 한 남자가 기다리고 있었다. 문 바로 바깥쪽 복도인 것 같았다. 그는 당당하고 품위 있었다. 지금처럼 무력한 존재가 된 게 익숙지 않아 보였다. 그는 오늘 할아버지가 될 예정이었다.

눈부시게 아름다웠던 기대는 비통한 분노로 흔적도 없이 사라졌다.

"선생님, 정말 죄송합니다." 의사가 방에서 미끄러지듯 나오며 말했다. "따님의 산통을 줄이고 아기를 구하려고 할 수 있는 일은 모두 했습니다. 지금 얼마나 힘드실지 이해합니다. 해외에 있는 아기 아버지에게 연락이 닿으면 저희가 애도하고 있다고 전해주십시오. 그간 여러 번 실망하셨겠지만 그래도 가족분들은 희망을 놓으시면 안 됩니다."

"제 딸이 아이를 또 낳을 수 있을까요?"

"권할 만하지는 않습니다."

"그럼 이걸로 끝이군요. 이 사실을 알게 되면 딸애 엄마 인생도 끝난 것이나 다름없어요. 아시다시피 크리스틴은 무남독녀입니다. 그 작은 발로 쪼르르 뛰어다니고…… 그렇게 새로운 세대가 시작됐는데……."

"이해합니다, 선생님."

"혹시 어떤 위험이 있을까요? 그러니까 또 아기를 가진다면……."

"목숨을 잃을 수도 있습니다. 임신 기간을 다 채울 가능성도 매우 적고요. 시도한다 하더라도 아마 결과가……."

"그렇군요."

의사는 마음 아파하는 남자에게 손을 얹고 위로했다. 아니, 내 상상 속에서만 그랬는지도 모른다. 두 사람의 시선이 한데 얽혔다.

내과 의사는 어깨 너머를 흘끗 보며 간호사들이 듣지 않는지 살폈다. "선생님, 제안 하나 드려도 될까요?" 그는 낮고 진지하게 말했다. "멤피스에 사는 어떤 여자를 알고 있는데요……."

1장
에이버리 스태포드

사우스캐롤라이나 에이컨, 현재

뜨겁게 달아오른 아스팔트에 리무진이 서서히 멈춰 서자 숨을 가다듬고 재빨리 의자 끄트머리로 옮겨 앉아 재킷을 정돈했다. 도롯가에 대기 중인 뉴스 중계 차량 때문에 별다를 것 없어 보이는 오늘 아침의 회동이 유독 중요하게 부각됐다.

하지만 오늘 우연히 벌어지는 일은 하나도 없을 것이다. 사우스캐롤라이나에서 보낸 지난 이 개월은 미묘한 차이를 확인하기 위한 시간이었다. 나는 사람들이 추측할 수 있도록 뜻을 넌지시 내비쳤을 뿐 그 이상은 아무것도 하지 않았다.

명확하게 선언하지도 않았다.

어쨌든 아직까지는 그랬다.

이 일에 대해 입장을 정하더라도 한동안은 그럴 것이다.

왜 내가 집에 왔는지 잊고 싶었다. 하지만 아버지가 메모나 유능한 언론 담당 비서관 레슬리의 보고사항을 확인하지 않는다는 사실만으로도 내가 집에 온 이유가 떠올랐다. 우리와 함께 조용히 차에 탄 적을 피할 길은 없었다. 적은 바로 이곳 뒷좌석에, 아버지의 넓은 어깨를 너무 헐렁하게 감싼 회색 맞춤 정장 아래 숨어 있었다.

아버지는 한쪽에 머리를 기댄 채 창밖을 바라봤다. 보좌관들과 레슬리는 다른 차에 탔다.

"기분 괜찮으세요?" 나는 아버지가 차에서 내릴 때 바지에 달라붙지 않도록 시트에 떨어진 내 긴 금발을 털어냈다. 어머니가 있었더라면 작은 양복 솔을 서둘러 꺼냈겠지만 어머니는 집에서 오늘의 두 번째 행사를 준비하고 있었다. 아버지의 예후가 좋지 않을 때에 대비해 몇 달이나 일찍 크리스마스 가족사진을 찍는 일이었다.

아버지는 자세를 바로 하고 고개를 똑바로 들었다. 가만있자 굵은 흰머리가 튀어나왔다. 머리카락을 쓸어 감춰주고 싶었지만 그러지 않았다. 평소에 하지 않던 짓이었기 때문이다.

어머니가 보풀이 생길까봐 염려하고 7월에 크리스마스 가족사진 촬영을 계획하는 등 우리 생활의 아주 작은 부분까지 깊숙이 관여한다면 아버지는 정반대였다. 아버지는 동떨어져 있었다. 여자들로 구성된 가정에서 믿음직한 남자 역할을 맡은 아버지는 섬 같은 존재였다. 아버지가 어머니와 두 언니와 나를 마음 깊이 아낀다는 건 알았다. 그런 마음을 말로 표현하는 일은 거의 없었지만 아버지가 특히 예뻐하는 사람도, 아버지를 가장 머리 아프게 하는 사람도 나라는 걸 알았다. 아버지는 여성들이 결혼을 잘하려고 대학에 가던 시대에 살았다. 그래서 컬럼비아 법학대학원을 반에서 수석으로 졸업하고 미연방 지방 검찰청의 적나라한 세계를 그야말로 즐기고 있는 서른 살 먹은 딸과 어떻게 지내야 할지 몰랐다.

언니들이 완벽주의인 딸과 다정한 딸 역할을 이미 하고 있기 때문인지도 모르지만 이유야 어쨌든 나는 언제나 머리 좋은 딸이었다. 나는 학교가 좋았고, 아무도 말하지는 않았지만 가족에게 새로운 지식을 전파하고 아들 노릇을 하며 아버지를 뒤이을 사람이 돼버렸다. 어찌 됐든 더 나이 든 뒤에 그 일이 일어나기를, 그때 내가 준비돼 있기를 늘 바랐다.

지금 나는 아버지를 보며 이렇게 생각했다. '에이버리, 어떻게 그걸 원치 않을 수 있어? 이건 아버지가 평생을 바쳐 한 일이야. 독립전쟁 이후로 스태포드 사람들이 대대로 애써온 일이라고.' 우리 가문은 언제나 공직의 끈을 단단히 붙들고 있었다. 아버지도 예외는 아니었다. 웨스트포인트 육군사관학교를 졸업하고 내가 태어나기 전까지 육군 조종사로 복무한 아버지는 품위와 투지로 가문을 드높였다.

'당연히 넌 이걸 원해. 언제나 원했어. 이 일이 벌써 일어날지 몰랐던 거야. 이런 식으로 일어날지도. 그뿐이야.' 나는 속으로 생각했다.

아무도 모르게 최상의 시나리오에만 매달렸다. 정치적, 의학적 측면에서 적을 모두 물리치리라고 생각했다. 아버지는 여름 회기 도중 집에 돌아와 수술을 받았고 다리에 삼 주마다 교체해야 하는 항암제 주입 펌프를 달고 다녔다. 그걸로 아버지가 완치되리라고 생각했다. 그러니 에이컨의 집에서 잠시 동안만 지내면 된다고.

암은 더 이상 우리 삶의 일부가 아닐 거라고 믿었다.

이겨낼 수 있다고. 다른 사람들도 그랬고 누군가가 할 수 있다면 웰스 스태포드 상원의원도 할 수 있다고.

아버지보다 강하고 훌륭한 사람은 어디에도 없다고.

"준비됐니?" 아버지가 옷매무새를 다듬으며 물었다. 아버지가 수탉 꼬리처럼 치솟은 흰머리를 눌러 내리자 안심했다. 나는 딸에서 보호자로 선을 넘을 준비가 되지 않았다.

"바로 뒤에 있을게요." 아버지를 위해서라면 뭐든 하겠지만 우리가 어쩔 수 없이 부모와 자식 역할을 바꾸게 되기까지 시간이 많이 남았기를 바랐다. 그 일이 얼마나 힘든지는 할머니 일을 결정하느라 고군분투하는 아버지를 지켜보며 알게 됐다.

기지 넘치고 쾌활하던 주디 할머니는 이제 모습만 예전 그대로인 허깨비가 됐다. 이와 마찬가지로 마음 아픈 일은 아버지가 할머니 일을 아무에게도 말할 수 없다는 것이었다. 우리가 할머니를 시설로, 그중에서도 이곳에서 16킬로미터밖에 떨어지지 않은 멋진 동네의 고급 시설에 모셨다는 사실을 언론에서 꼬투리 잡으면 어떤 걸 선택하든 정치적으로 타격이 클 것이었다. 다른 주의 기업 소유 노인 요양 시설에서 부당한 사망과 학대 사건이 잇따라 발생했고 이를 둘러싼 비리가 급증하고 있었다. 이런 상황을 고려할 때 아버지의 정적(政敵)이 돈 있는 사람들만 고급 관리를 받을 수 있느냐고 꼬집을 수도 있었고 아버지가 노인에게 전혀 신경 쓰지 않는 막돼먹은 냉혈한이라서 자기 어머니를 시설에 집어넣었다고 비난할 수도 있었다. 그들은 동료와 선거 자금 기부자들에게 이익이 된다면 아버지가 힘없는 사람들의 요구를 못 본 체할 사람이라고 말할 것이었다.

사실 할머니에 대한 아버지의 결정은 전혀 정치적이지 않았다. 그저 다른 집들처럼 했을 뿐이다. 거리마다 죄책감이 뒤덮이고 고통이 즐비하며 수치심이 얼룩져 있다. 우리는 할머니 때문에 당황스러웠고 두려웠다. 치매로 향하는 이 잔인한 추락이 어떻게 끝날지 생각하며 마음 아파했다. 할머니는 요양원으로 옮기기 전에 간병인과 집안일 돌보는 사람들에게서 도망쳤다. 택시를 잡아타고 온종일 사라졌던 할머니는 결국 과거에 즐겨 찾던 쇼핑몰이 있는 상업지구를 돌아다니다가 발견됐다. 우리 이름도 기억하지 못하는 할머니가 어떻게 그럴 수 있었는지는 불가사의였다.

오늘 아침 나는 할머니가 좋아하는 장신구를 했다. 리무진 문을 열고 내리면서 손목에 걸친 팔찌를 슬쩍 봤다. 할머니를 위해 이 잠자리 팔찌를 고른 척했지만 사실 이 팔찌는 스태포드 가문의 여자들이라면 해야 하는 일은 원치 않더라도 반드시 해낸다는 사실을 조용히 떠올리기 위한 것이었다. 나는 오늘 아침 행사가 열릴 장소가 불편했다. 요양원은 한 번도 좋아한 적 없었다.

'그냥 만나서 인사만 나누는 거야. 언론사는 행사를 취재하려고 온 거지 뭔가를 캐물으려고 온 게 아냐.' 나는 이렇게 생각했다. 우리는 악수하고 건물을 돌아본 다음 백 세 생일을 맞은 요양원 할머니를 축하하는 자리에 갈 예정이었다. 그 할머니의 남편은 아흔아홉 살이었다. 대단한 일이었다.

건물에 들어서자 언니가 세쌍둥이를 풀어놓고 살균 스프레이를 쥐어줬을 때 날 법한 냄새가 났다. 복도에 인공 재스민 향이 가득했다. 레슬리는 킁킁거리며 냄새를 맡더니 허락의 의미로 고개를 끄덕였다. 그러자 오늘 사진 담당인 그녀를 비롯해 인턴과 보좌관 몇몇이 아버지와 내 옆에 섰다. 경호원은 보이지 않았다. 오늘 오후 예정된 토론회를 준비하러 시 청사에 간 게 분명했다. 수년 동안 아버지는 과격파와 민병대에게서 살해 협박을 받았고 저격수, 생화학무기 테러범, 유괴범을 자청하는 미치광이도 많았다. 아버지는 이런 일들을 대수롭지 않게 여겼지만 경호원들은 심각했다.

모퉁이를 돌자 요양원 원장과 카메라를 든 뉴스 담당 직원 두 명이 우리를 맞이했다. 우리는 요양원을 둘러봤고 그들은 영상을 촬영했다. 아버지는 매력을 발산했다. 악수하고 카메라 앞에서 포즈를 취하고 시간을 들여 사람들과 이야기 나누고 휠체어 가까이 몸을 숙이고 요양원 직원들에게 매일 어렵고 힘든 일에 헌신해줘서 고맙다고 인사했다.

나는 계속 따라다니며 아버지와 똑같이 했다. 트위드 중절모를 쓴 위풍당당한 신사 한 사람이 내게 장난을 쳤다. 그는 쾌활한 영국 억양으로 내 파란 눈동자가 예쁘다고 했다. "내가 오십 년만 젊었어도 아가씨를 꼬드겨서 데이트를 수락하게 만들었을 걸세." 그가 놀리듯 말했다.

"이미 성공하신 것 같은데요?" 나는 이렇게 대답했고 우리는 함께 웃었다.

직원이 내게 맥모리스 씨는 은발의 돈 후안이라고 주의를 줬다. 그는 그 말이 맞는다는 걸 증명하듯 직원에게 윙크했다.

다 같이 복도를 지나 백 세 생일잔치가 열리는 곳에 갔을 때 나는 어느새 이 일을 즐기고 있었다. 이곳 사람들은 만족하며 사는 것 같았다. 이곳은 주디 할머니가 있는 곳만큼 호화롭지는 않지만 최근 연이은 법정 소송에서 원고가 언급한 부적절하게 운영되는 시설과도 거리가 멀었다. 법정에서 어떤 종류의 배상금을 판결하든 원고는 그 돈을 구경도 못 할 가능성이 높았다. 체인 형태 요양원의 배후에 있는 자본가들은 배상금을 내지 않으려고 지주회사와 손쉽게 파산할 수 있는 유령회사 네트워크를 활용했다. 그렇기 때문에 체인 요양원과 아버지의 오랜 친구와 거액의 기부자 사이의 연결고리가 드러나면 엄청난 충격을 불러올 것이었다. 아버지는 세간의 이목을 끄는 사람이기에 대중의 분노와 정치적인 손가락질이 집중될 수 있었다.

분노와 비난은 강력한 무기다. 정적들도 이를 알았다.

휴게실에는 작은 연단이 놓여 있었다. 나는 수행단과 함께 한쪽 옆에 자리 잡았는데 옆쪽 유리문으로 한여름 무더위에도 만화경처럼 알록달록 꽃이 핀 그늘진 정원이 보였다.

아늑한 정원 오솔길에 어떤 노부인이 혼자 서 있었다. 다른 방향의 먼 곳을 응시하는 그녀는 생일잔치를 알아차리지 못한 것 같았다. 양손으로는 지팡이를 짚고 있었다. 심플한 크림색 면 원피스를 입었고 날이 더운데도 흰색 스웨터를 걸쳤다. 숱이 많은 흰머리를 땋아서 머리에 빙 둘러 틀어 올렸는데 그 머리 모양과 무채색 원피스 때문에 오래전에 잊힌 과거에서 떨어져 나온 유령처럼 보였다. 산들바람이 등나무가 얽힌 구조물을 살랑거리며 스쳐갔지만 노부인은 건드리지도 않는 것 같았다. 그 때문에 그녀가 실제로 그 자리에 있지 않은 것 같은 착각을 더했다.

나는 요양원 원장에게로 주의를 돌렸다. 그녀는 모두 환영한다고 인사한 뒤에 오늘 모인 이유를 알렸다. 어쨌든 한 세기를 꽉 채워 사는 일이 흔하지는 않았다. 그 세월의 대부분 동안 결혼생활을 했고 사랑하는 배우자가 아직도 곁에 있다는 사실은 더욱 놀라웠다. 정말이지 상원의원이 방문할 만한 행사였다.

또한 이 부부는 아버지가 사우스캐롤라이나주 정부에서 일하던 시절부터 지지자였다. 사실상 이들은 나보다 아버지를 더 오래 알고 지냈고 아버지에게 헌신적이다시피 했다. 아버지 이름이 언급되자 오늘의 주인공과 그녀의 남편은 야윈 손을 맞잡고 추켜올리더니 열렬히 손뼉을 쳤다.

원장은 탁자 중앙에 자리한 다정해 보이는 부부에 대해 이야기했다. 루시는 마차가 거리를 돌아다니던 시절에 프랑스에서 태어났다. 상상하기도 힘들었다. 그녀는 제2차 세계대전 당시 프랑스 레지스탕스에서 활동했다. 전투기 조종사였던 남편 프랭크는 전투에 참여했다가 격추당했다. 이들의 이야기는 감동적인 로맨스 영화 같았다. 탈출 작전에 가담한 루시는 부상당한 프랭크가 숨어 있다가 나라 밖으로 밀항하도록 도왔다. 전쟁이 끝나자 그는 루시를 찾으러 프랑스로 돌아갔다. 그녀는 예전부터 살던 농장에 유일하게 남은 공간인 지하 저장고에서 가족과 함께 숨어 지내고 있었다.

나는 이 두 사람이 헤쳐온 일들에 감탄했다. 이는 사랑이 진실하고 굳건할 때, 두 사람이 서로 헌신할 때, 함께 있기 위해 모든 걸 희생할 수 있을 때 가능했다. 나는 바로 이런 사랑을 원했지만 현대를 사는 우리 세대에게 그게 가능할지 이따금 의문스러웠다. 우리는 신경 쓸 일이 너무 많고 너무…… 바빴다.

끼고 있던 약혼반지를 내려다보며 생각했다. '엘리엇과 나도 그럴 수 있을 거야. 우리는 서로 아주 잘 알고 항상 옆에 있었으니까……'

생일을 맞은 할머니는 천천히 의자에서 일어나 사랑하는 이의 팔을 잡았다. 두 사람은 구부정하게 서로 의지해 함께 움직였다. 다정하고 가슴 찡한 모습이었다. 나는 내 부모님이 이렇게 지긋한 나이까지 살기를 바랐다. 은퇴 이후 오랫동안 함께 보내기를…… 언젠가…… 몇 년 뒤에 아버지가 마침내 느긋하게 살기로 결심하는 그때가 되면. 병에 걸렸을지라도 쉰일곱 살인 아버지가 세상을 떠날 리는 없을 것이다. 그러기에는 너무 젊었다. 집에는 물론이고 세상에도 아버지가 절실히 필요했다. 아버지에게는 아직 할 일이 있었고 그 일이 끝나면 어머니와 은퇴해 조용히 계절을 보내고 함께 많은 시간을 보내야 마땅했다.

마음에 따스한 감정이 스미자 나는 이런 생각을 밀어냈다.

'사람들 앞에서 감정을 지나치게 드러내서는 안 돼요. 이 분야에서 일하는 여자들에게 그런 건 허락되지 않아요. 무능하고 나약해 보이거든요.' 레슬리가 자주 일깨워준 점이었다.

나도 이미 알고 있었다. 법정도 그리 다르지 않았다. 여성 변호사들은 여러 의미에서 항상 재판받고 있었다. 우리는 다른 규칙에 따라 움직여야 했다.

아버지는 연단 가까이 온 프랭크에게 거수경례했다. 그러자 프랭크는 걸음을 멈추고 몸을 꼿꼿하게 세우더니 군인답게 정확한 경례로 답했다. 두 사람의 눈이 마주친 순간은 순수했다. 카메라에 잡힌 이 완벽한 장면은 연출이 아니었다. 아버지는 입을 일자로 굳게 다물고 있었다. 눈물을 애써 참는 모습이었다.

감정을 드러낼 뻔하다니 아버지답지 않았다.

나는 또다시 솟구치는 감정을 삼켰다. 입술로 떨리는 숨결이 지나갔다. 나는 어깨를 쫙 펴고 시선을 멀리 돌려 창밖에 집중하며 정원의 노부인을 관찰했다. 그녀는 지금도 어딘가를 응시하며 그 자리에 서 있었다. 누구일까? 무엇을 보고 있을까?

떠들썩한 생일 축하 노랫소리가 유리문 틈으로 흘러 나가자 노부인은 건물 쪽으로 천천히 고개를 돌렸다. 노래가 나를 끌어당기는 느낌이 들었다. 카메라가 나를 비추며 지나갈 테고 지금 내 모습이 멍해 보이리라는 것도 알았다. 하지만 바깥의 오솔길에서 시선을 뗄 수 없었다. 노부인의 얼굴만이라도 보고 싶었다. 그 얼굴은 여름 하늘만큼이나 공허할까? 그녀는 그저 멍하니 배회하는 중일까, 아니면 의도적으로 잔치에서 빠졌을까?

레슬리가 뒤에서 재킷을 잡아당기자 나는 줄을 서서 떠들다가 들킨 학생처럼 잽싸게 차렷 자세를 했다.

"생일 축하…… 집중해요." 레슬리는 내 귀에 가까이 대고 노래를 부르다가 속삭였고 내가 고개를 끄덕이자 아버지의 인스타그램에 올릴 사진이 잘 나올 만한 자리로 옮겨갔다. 아버지는 최근에 등장한 모든 소셜미디어 계정이 있었다. 비록 직접 사용할 줄 아는 건 하나도 없지만. 아버지의 소셜미디어 담당관은 전문가였다.

생일잔치가 계속됐다. 카메라 플래시가 터졌다. 아버지가 액자에 담은 축하 편지를 건네자 가족들은 기쁨에 차 눈물을 훔치며 영상을 촬영했다.

케이크가 운반차에 실려 들어왔고, 초 백 개가 타올랐다.

레슬리는 기뻐했다. 방 안에 행복과 감격이 가득 차 헬륨 풍선처럼 부풀어 올랐다. 조금만 더 기뻐했다가는 모두 두둥실 떠갈 것만 같았다.

그때 누가 내 손과 손목을 만졌다. 손가락이 불시에 나를 감싸는 바람에 움찔했지만 구경거리를 만들지 않으려고 그 정도로 멈췄다. 나를 잡은 차갑고 앙상한 손은 떨고 있었지만 놀라우리만치 강했다. 나는 고개를 돌려 조금 전까지 정원에 서 있었던 노부인을 봤다. 그녀는 구부정한 등을 곧게 펴고 고향 드레이든 힐에 피던 수국처럼 가장자리에 엷게 안개가 낀 듯한 부드럽고 맑은 파란색 눈동자로 나를 응시했다. 그녀의 주름진 입술은 떨리고 있었다.

내가 마음을 가라앉히고 정신을 차리기도 전에 요양원 직원이 와서 그녀를 꼭 잡았다. "실례합니다." 직원은 내게 미안해하는 눈빛을 보냈다. "이리 오세요. 손님들을 귀찮게 하면 안 돼요."

노부인은 내 손목을 놓기는커녕 더 세게 잡았다. 그녀는 뭔가 필요한 듯 간절해 보였지만 뭐가 필요한지는 짐작할 수 없었다.

그녀는 내 얼굴을 살피더니 손을 위로 뻗었다.

"펜?" 그녀가 속삭였다.

2장
메이 크랜들

사우스캐롤라이나 에이컨, 현재

가끔 머릿속의 자물쇠가 녹슬고 낡아버린 것만 같다. 문은 멋대로 열리고 닫혔다. 한쪽에서 문 안을 훔쳐봤다. 그곳은 비어 있었다. 내가 엿보기를 두려워하는 캄캄한 공간이었다.

무엇을 찾게 될지 몰랐다.

언제, 무슨 이유로 장벽이 흔들려서 활짝 열릴지는 예측할 수 없었다.

방아쇠. 텔레비전 쇼에서 심리학자들은 좋지 않은 경험을 떠올리게 하는 계기를 이렇게 불렀다. 방아쇠라…… 방아쇠를 당기면 화약에 불이 붙고 총알이 회전하며 총열로 간다. 적절한 비유였다.

그 여자의 얼굴은 방아쇠 역할을 했다.

먼 과거로 가는 문이 열렸다. 그 방 안에 무엇이 갇혀 있을지 궁금해서 나도 모르게 문을 비틀거리며 넘어갔다. 그녀를 펀이라고 부르자마자 내 머릿속에 떠오른 사람은 펀이 아니었다. 나는 그보다 먼 과거로 갔다. 내가 본 사람은 퀴니였다.

우리의 굳센 엄마 퀴니. 우리는 모두 엄마의 곱슬곱슬하고 예쁜 금발을 닮았다. 카멜리아만 빼고.

나는 머릿속에서 우듬지를 지나고 골짜기 바닥을 따라 깃털처럼 가볍고 경쾌하게 움직였다. 멀리 미시시피 강둑을 지나 마지막으로 퀴니를 본 때로 돌아갔다. 멤피스 여름밤의 훈훈하고 온화한 공기가 날 감쌌지만 그건 가짜였다.

그날 밤은 온화하지 않았다. 너그럽지도 않았다.

그날 밤을 시작으로 모든 건 돌이킬 수 없게 됐다.

열두 살인데도 앞 베란다 기둥처럼 마르고 뼈가 드러난 나는 판잣집을 얹은 배 난간 아래로 다리를 달랑거리며 깜빡이는 호박색 손전등 불빛을 쫓는 악어 눈이 나타나기를 기다렸다. 미시시피에서는 악어가 이 정도로 수면 가까이 떠돌지는 않지만 최근 이 근처에서 악어를 봤다는 소문이 돌았다. 소문 때문인지 악어 찾기가 일종의 게임이 돼버렸다. 판잣집 배에 사는 아이들은 악어 찾기를 놀이로 삼았다.

지금 당장 우리에게는 평소보다 몰입해서 신경을 분산할 대상이 필요했다.

내 옆에서는 펀이 난간에 올라가 나무를 살피며 반딧불이를 찾았다. 네 살이 다 돼가는 펀은 숫자 세는 법을 배우고 있었다. 펀은 악어는 잊은 채 짤막한 손가락으로 허공을 가리키며 빙긋 웃었다. "릴! 한 마리 봤어! 봤다고!" 그 애가 외쳤다.

나는 편이 떨어지지 않게 그 애의 옷자락을 잡았다. "그러다 떨어지겠어. 이 시간엔 널 구하러 물에 뛰어들 수도 없다고."

사실 떨어지더라도 나쁠 건 없었다. 편은 교훈을 얻을 테니까. 배는 머드 아일랜드 강줄기의 좁고 후미진 곳에 묶여 있었다. 강물은 아카디아 선미에서 내려서면 내 엉덩이 정도 깊이밖에 되지 않았다. 편은 까치발을 들면 강바닥에 발이 닿았지만 우리 다섯은 모두 올챙이처럼 되는대로 헤엄쳤다. 아직 온전한 문장으로 말하지 못하는 가비언까지도 그랬다. 강가에서 태어나면 강을 숨 쉬는 것만큼이나 자연스럽게 받아들인다. 강의 소리와 강이 흐르는 길과 강에 사는 생물을 알게 된다. 우리처럼 강에 사는 쥐 같은 존재들에게 강은 고향이자 안전지대였다.

하지만 이번에는 분위기가 심상치 않았다. 뭔가가 잘못됐다. 양쪽 뺨은 물론이고 팔까지 소름이 끼쳤다. 내게는 언제나 예지력이 있었다. 아무에게도 말한 적 없지만 늘 그랬다. 바람한 점 없는 여름밤에 한기를 느꼈다. 머리 위 하늘은 잔뜩 흐렸고 구름은 터질 듯 익은 멜론 같았다. 폭풍우가 오고 있었지만 내 예감에는 그 이상이었다.

판잣집 안에서는 산파의 당밀처럼 끈적끈적한 목소리에도 아랑곳하지 않고 퀴니의 나지막한 신음이 점점 빨라졌다. "포스 부인, 이제 힘주지 마요. 이제 그만요. 아기가 나오는 방향이 잘못돼서 어차피 오래 살지 못할 거예요. 이러다 당신도 죽어요. 이제 됐어요. 그만 쉬어요."

퀴니는 고통스러운 소리를 낮게 내뱉었다. 늪의 진창에서 장화를 빼내는 듯한 소리였다. 이제껏 퀴니는 숨을 크게 한 번 쉬고 우리 다섯을 낳았다. 하지만 이번에는 훨씬 오래 걸렸다. 나는 팔에 난 식은땀을 닦았고 저쪽 숲 속에 뭔가가 있다고 느꼈다. 불길한 뭔가가. 그건 우리 쪽을 보고 있었다. 왜 여기에 왔을까? 퀴니를 데리러 왔을까?

나는 건널 판자를 뛰어 내려가 강가를 따라 달리며 소리치고 싶었다. '그만 가! 저리 가라고! 엄마를 데려갈 순 없어!'

그렇게 하려고 했다. 악어가 있을지도 몰랐지만 두렵지 않았다. 하지만 나는 둥지 속 물떼새처럼 가만히 앉아 있었다. 산파의 말이 들렸다. 알아들을 정도로 목소리가 컸다. 판잣집에 있는 게 나을 것 같았다.

"오, 세상에! 이럴 수가! 안에 하나 더 있어요! 정말요!"

아빠가 뭐라고 중얼거렸지만 잘 들리지 않았다. 서성대다가 멈칫하다가 다시 서성이는 아빠의 장화 소리가 들렸다.

산파가 말했다. "포스 씨, 이건 내가 손쓸 수 없어요. 부인을 빨리 병원에 데려가지 않으면 애들은 세상 구경을 못 할 거예요. 오늘이 애들 엄마 제삿날이 될 테고요."

브라이니는 곧바로 대답하지 않았다. 아빠가 두 주먹으로 벽을 세게 치자 퀴니의 사진이 담긴 액자가 덜컹거렸다. 뭔가가 헐겁게 풀린 듯 나무에 금속이 부딪치는 소리가 났고 나는 그게 뭔지, 떨어지게 되면 어디로 떨어지며 무슨 소리가 날지 알았다. 슬픈 표정을 한 남자가 달린 주석 십자가가 떠올랐다. 나는 안으로 뛰어 들어가 십자가를 쥐고 침대 옆에 무릎 꿇고 앉아 불가사의한 폴란드 말을 속삭이고 싶었다. 브라이니가 판잣집 배에 없는 날 밤에 폭풍우가 불어닥쳐 지붕 위로 빗물이 떨어지고 물살이 배를 거세게 두드리면 퀴니가 그러듯.

하지만 나는 퀴니가 브라이니와 강으로 도망치면서 떠나온 가족들에게서 배웠다는 그 이상하고 날카로운 말을 알지 못했다. 내가 할 줄 아는 폴란드어 몇 마디를 연달아 말해봤자 이상한 말이 될 것이다. 그렇더라도 지금 퀴니의 십자가를 쥐고 폭풍우가 불 때 퀴니가 입 맞추던 주석 남자에게 그 말을 하고 싶었다.

퀴니의 출산을 돕고 웃는 얼굴을 다시 볼 수만 있다면 뭐든 할 것이다.

문 건너편에서 브라이니의 장화가 널빤지를 긁는 듯하더니 십자가가 바닥에 떨어지는 소리가 들렸다. 브라이니는 불투명한 유리창으로 밖을 내다봤다. 내가 태어나기도 전에 이 배를 만들면서 농가에서 떼어온 창이었다. 당시 브라이니의 엄마는 임종을 눈앞에 두고 있었고 또다시 가뭄으로 작황이 좋지 않자 은행에서는 집을 가져가려고 했다. 브라이니는 강이 살 만한 곳이라고 생각했고 그 생각은 옳았다. 대공황이 닥쳤지만 그와 퀴니는 강에서 그럭저럭 잘 지냈다. '제아무리 대공황이라도 강은 굶길 수 없었지. 강은 마술을 부린단다. 강에 사는 사람들을 돌봐줘. 항상 그럴 거야.' 브라이니는 그때를 떠올릴 때면 늘 이렇게 말했다.

하지만 오늘 밤에는 그 마술이 잘 통하지 않았다.

"포스 씨! 내 말 못 들었어요?" 산파의 목소리는 더 이상 친절하지 않았다. "내 손에 피를 묻힐 순 없어요. 부인을 병원에 데려가요. 지금 당장."

유리창 너머로 보이는 브라이니의 얼굴에는 긴장감이 역력했다. 그는 눈을 질끈 감았다. 그러고는 이마를 벽에 들이받더니 그대로 주저앉았다. "폭풍우가……."

"포스 씨. 저승사자가 근처에서 어슬렁거린대도 난 몰라요. 부인에게 내가 해줄 건 아무것도 없어요. 내가 손쓸 수 없다고요."

"다른 아이들을 낳을 때는…… 한 번도…… 이런 적이 없었어요. 퀴니는……."

퀴니가 크고 높게 비명을 질렀다. 소리는 살쾡이가 서로 부르는 것처럼 밤 속으로 소용돌이치며 퍼져 나갔다.

"하지만 쌍둥이는 처음이잖아요."

나는 발길을 옮겨 편과 두 살 난 가비언, 여섯 살 난 라크를 데리고 판잣집 베란다로 갔다. 앞쪽 창문을 물끄러미 바라보던 카멜리아가 날 봤다. 나는 건널 판자로 가는 문을 닫고 아이들에게 꼼짝 말고 베란다에 있으라고 한 다음 카멜리아에게 누구도 이곳을 넘어가지 못하게 하라고 말했다. 카멜리아는 인상을 쓰며 알겠다고 대답했다. 열 살인 카멜리아는 브라이니의 검은 머리카락과 검은 눈동자, 고집스러운 기질을 빼닮았다. 그 애는 누가 이래라저래라 하는 걸 싫어했다. 사이프러스 그루터기처럼 고집이 셌는데 가끔은 그 곱절에 가까울 만큼 심했다. 어린 동생들이 소란을 피우면 우리는 지금보다 더한 곤경에 처할 것이었다.

26

"괜찮을 거야." 나는 이렇게 말하며 동생들의 보드라운 금발을 강아지 쓰다듬듯 다독였다. "퀴니는 잠깐 힘들어하는 것뿐이야. 그러니 성가시게 하면 안 돼. 다들 가만있어. 오늘 밤에는 늑대 인간이 돌아다니고 있으니까. 방금 전 숨소리를 들었거든. 밖에 나가면 위험해." 열두 살이었던 나는 늑대 인간이나 벽장 괴물, 강을 떠도는 해적인 매드 캡틴 잭 같은 건 믿지 않았다. 어쨌든 동생들만큼은 아니었다. 브라이니가 해준 허무맹랑한 이야기를 듣고 카멜리아가 겁먹은 적이 있는지 의심할 정도였다.

카멜리아가 문에 걸린 자물쇠로 손을 뻗었다.

"하지 마." 내가 낮은 목소리로 말했다. "내가 갈 거야."

브라이니는 우리에게 집 안으로 들어오지 말라고 했다. 그 말은 진심이었다. 하지만 그는 어쩔 줄 몰라 하는 것 같았고 나는 퀴니와 여동생인지 남동생인지 모르는, 태어날 아기가 걱정스러웠다. 우리는 모두 새로 생길 동생이 여자애일지 남자애일지 궁금해하며 기다렸다. 하지만 이렇게 일찍 나올 예정이 아니었다. 지금은 너무 일렀다. 브라이니가 배를 강가에 대고 출산을 도울 여자를 찾기도 전에 세상에 뛰쳐나온, 작디작던 가비언보다도 빨랐다.

태어날 아기는 뭐든 쉽게 할 생각이 없는 것 같았다. 어쩌면 이 아기는 카멜리아를 닮은 모습으로 세상에 나와 고집불통이 될지도 몰랐다.

'아기가 또 있다고 했어.' 나는 혼자서 되뇌었다. 강아지처럼 아기가 하나가 아니라니 정상이 아니라는 생각이 들었다.

퀴니가 골든 하트사의 예쁜 밀가루 부대를 기워 만든 침대 커튼에 반쯤 가려진 채 누워 있는 생명체가 셋이라니. 그 셋은 서로 몸을 떨어뜨리려고 애썼지만 그럴 수 없었다.

나는 판잣집 문을 열었다. 안으로 들어갈지 말지 정하기도 전에 산파가 내게 다가왔다. 그녀는 내 팔을 꽉 잡았다. 손가락을 두 바퀴 감아 쥔 것 같았다. 팔을 내려다보니 창백한 피부에 시커멓게 원이 생겼다. 산파는 마음만 먹으면 나를 반으로 부러뜨릴 수도 있을 것 같았다. 왜 산파는 내 동생을 구해주지 않을까? 왜 내 동생을 엄마 몸에서 세상으로 꺼내주지 않을까?

퀴니는 커튼을 움켜쥐고 비명을 지르며 침대에서 기어 내려와 몸을 웅크렸다. 철사로 만든 고리 여섯 개가 뜯겨 나갔다. 엄마 얼굴이 보였다. 옥수수수염처럼 부드럽고 긴 금발이 피부에 엉겨 붙어 있었고 파란 눈, 카멜리아를 제외하고 우리 모두 물려받은 그 아름답고 온화한 눈동자는 충격으로 휘둥그레져 있었다. 뺨의 피부가 어찌나 팽팽하게 당겨졌는지 잠자리 날개처럼 실핏줄이 보였다.

"아빠?" 퀴니의 비명 끝에 내가 속삭였지만 방 안 분위기는 여전히 엉망인 것 같았다. 나는 정말 안 좋은 일이 있을 때가 아니면 브라이니를 아빠라고, 퀴니를 엄마라고 부르지 않았다. 두 사람은 너무 어릴 때 나를 낳아서 내게 '엄마', '아빠'라는 말을 가르칠 생각도 하지 못한 것 같았다. 우리는 언제나 동갑내기 친구처럼 지냈다. 하지만 가끔은 그들이 아빠나 엄마여야 할 때가 있었다. 마지막으로 아빠와 엄마가 필요했던 때는 몇 주 전 나무에 목을 매 부어오른 시체를 봤을 때였다.

퀴니도 죽으면 그렇게 될까? 퀴니가 죽은 다음에 아기들이 죽을까, 아니면 그 반대일까?

배 속이 심하게 오그라드는 느낌에 내 팔을 잡은 큰 손을 더 이상 의식하지 못했다. 그 손이 나를 잡고 있어서 다행이라는 생각마저 들었다. 내가 서 있을 수 있도록, 그 자리에 그대로 있도록 잡아줬으니까. 나는 퀴니에게 다가가기가 두려웠다.

"네가 말해봐!" 산파가 나를 헝겊인형인 양 흔들어대자 아팠다. 손전등 불빛에 산파의 이가 하얗게 반짝였다.

멀지 않은 곳에서 천둥이 우르릉댔고 돌풍이 우현 쪽 벽을 치고 지나가자 산파는 앞으로 휘청거리며 나를 붙들고 넘어졌다. 퀴니와 내 눈이 마주쳤다. 그녀는 어린아이처럼 나를 봤다. 내가 그녀를 도울 수 있다는 듯, 제발 도와달라는 듯.

나는 침을 꿀꺽 삼키고 목소리를 내려고 애썼다. "아…… 아빠?" 다시 더듬거리며 말했지만 브라이니는 계속 정면만 봤다. 그는 가까이에서 위험을 감지한 토끼처럼 그 자리에 얼어붙어 있었다.

얼굴이 찌그러지도록 유리창에 붙어 선 카멜리아가 보였다. 다른 동생들은 벤치에 기어 올라가 안을 들여다봤다. 라크의 통통한 뺨에는 굵은 눈물이 흘러내렸다. 그 애는 생명체가 괴로워하는 모습을 보기 싫어했다. 빼낼 수만 있다면 미끼로 쓰는 생선까지 모두 강으로 돌려보냈다. 브라이니가 주머니쥐, 오리, 다람쥐, 사슴 같은 것들을 사냥할 때마다 라크는 눈앞에서 가장 친한 친구가 죽은 것처럼 행동했다.

그 애는 퀴니를 구하라는 듯 나를 봤다. 동생들 모두 그랬다.

멀리 어딘가에서 번개가 쳤다. 번갯불이 노란 등유 불빛을 밀어내더니 이윽고 어두워졌다. 나는 그로부터 천둥소리가 들리기까지 몇 초가 걸리는지 세어보려고 했다. 폭풍우가 얼마나 멀리 있는지 알기 위해서였다. 하지만 그러기에는 너무 놀란 상태였다.

브라이니가 퀴니를 병원에 서둘러 데려가지 않으면 너무 늦을 것이었다. 늘 그렇듯 우리는 거친 강가에 정박하고 있었다. 멤피스는 넓고 칠흑 같은 미시시피강 건너편에 있었다.

나는 목구멍에 덩어리가 걸린 듯한 느낌에 기침하고는 덩어리가 다시 생기지 않도록 목을 꼿꼿하게 세웠다. "브라이니, 퀴니를 강 건너로 데려가야 해요."

그는 천천히 나를 돌아봤다. 여전히 무표정한 얼굴이었지만 이 순간을 기다린 것 같았다. 산파 말고 누군가가 그에게 뭘 해야 할지 알려주기를.

"브라이니, 지금 퀴니를 작은 보트로 옮겨야 해요. 폭풍우가 불어 닥치기 전에요." 판잣집 배를 움직이려면 너무 오래 걸릴 것 같았다. 브라이니 역시 제대로 생각할 수 있었다면 알았을 것이다.

"네가 말해봐!" 산파는 나를 부추겼다. 그녀는 나를 앞장세웠다. "이 아이의 엄마를 배에서 내리지 않으면 동트기 전에 죽을 거예요."

3장
에이버리 스태포드

사우스캐롤라이나 에이컨, 현재

"에이버리! 이리 내려와보렴!"

포핸드 슬라이스로 친 테니스공처럼 계단을 튀어 오르는 어머니의 목소리에 나는 서른 살에서 열세 살로 빠르게 이동했다. "네! 곧 갈게요."

엘리엇이 전화기 너머에서 킥킥댔다. 익숙하고 위안되는 소리였다. 이 웃음소리를 들으면 아주 오래전 어린 시절이 떠올랐다. 엘리엇의 어머니와 내 어머니가 매서운 눈으로 지켜봤기 때문에 우리는 다른 십대들처럼 고약한 짓은 고사하고 선을 넘는 일조차 꿈꾸지 못했다. 우리는 착하게 지내야 할 운명이었다. 그것도 둘이 같이. "바쁜 모양이네."

"크리스마스 가족사진을 찍어야 해서." 나는 거울을 향해 기댄 채 곱슬곱슬한 금발이 얼굴을 가리지 않도록 빗질했지만 머리는 다시 얼굴로 쏟아졌다. 요양원 행사를 마치고 돌아와 황급히 마구간으로 가는 바람에 주디 할머니에게서 물려받은 곱슬머리가 다시 멋대로 고부라지기 시작했다. 그럴 줄 알았다. 하지만 어젯밤에 번식용 암말이 낳은 망아지를 보고 싶어서 견딜 수 없었다. 지금 나는 그 대가를 치르고 있었다. 인간이 발명한 어떤 스트레이트너도 에디스토강에서 불어오는 축축한 바람은 이길 수 없었다.

"7월에 크리스마스 사진을 찍는다고?" 엘리엇은 기침했다. 그가 정말 그리웠다. 우리가 이렇게 멀리 떨어져 지낸 지 고작 두 달밖에 되지 않았지만 힘들었다.

"항암치료 때문에 어머니가 걱정하셔서. 병원에서는 지금 쓰는 항암제로는 머리카락이 빠지지 않을 거라고 했지만 아버지 머리가 빠질까봐 겁나시나봐." 아버지가 진단받은 대장암에 관해 어머니를 안심시킬 수 있는 의사는 지구 상에 없었다. 어머니는 무슨 일이든 자기 판단대로 밀고 나갔고 이번에도 마찬가지였다. 어머니가 아버지 머리가 빠질 거라고 하면 누가 뭐래도 빠지는 거였다.

"어머니다운 말씀이군." 엘리엇이 다시 웃었다. 그도 잘 알았다. 그의 어머니 비트시와 내 어머니는 꽤나 비슷했다.

"아버지를 잃을까봐 지나치게 두려워하셔서 그래." '아버지'라고 말할 때 목이 약간 멨다. 지난 몇 달 사이 우리 가족은 살갗이 속속들이 벗겨졌고 모두 소리 없이 피를 흘리고 있었다.

"그러시는 게 당연해." 엘리엇은 영원처럼 느껴지는 잠깐 동안 말이 없었다. 컴퓨터 자판이 딸깍거리는 소리가 들렸다. 신생 증권사를 운영하는 엘리엇은 회사의 성공을 매우 중요하게 여겼다. 특별한 이유 없이 업무 시간에 전화하는 약혼녀는 그에게 필요하지 않았다. "네가 집에 있어서 다행이야, 에이버리."

"가족들에게 도움이 되면 좋겠어. 가끔은 내가 스트레스를 더는 게 아니라 더하는 것 같기도 해."

"넌 그곳에 있어야 해. 집 옮기는 문제로 사우스캐롤라이나에 좀 머물러야 하잖아…… 만일에 대비해서 말이야." 엘리엇은 이런 대화를 나눌 때마다 똑같은 사실을 환기했다. 내가 메릴랜드행 비행기를 타고 연방검찰청의 낡은 사무실로, 그러니까 암 치료, 이른 크리스마스 가족사진, 유권자, 요양원에서 간절한 표정으로 내 팔을 잡았던 노부인 같은 사람들을 걱정할 필요가 없는 곳으로 돌아가려는 충동을 느낄 때마다.

"에이버리, 잠깐만 기다려줘. 미안해. 오늘 아침은 미친 듯이 바쁘네." 엘리엇은 다른 전화를 받으려고 내 전화를 대기 상태로 돌렸고 나는 오늘 아침 일을 다시 떠올렸다. 그 노부인이, 메이가 흰 스웨터를 입고 정원에 서 있는 모습이 생각났다. 잠시 뒤 그녀는 내 옆에 와 있었는데 얼굴이 겨우 내 어깨 높이에 왔고 지팡이를 팔에 건 채 앙상하게 마른 손으로 내 손목을 움켜쥐었다. 다시 떠올려봐도 그녀의 눈빛은 뭔가에 사로잡힌 듯했다. 나를 안다는 눈빛이었다. 그녀는 나를 안다고 확신했다.

'편?'

'뭐라고 하셨죠?'

'펀, 나야.' 그녀의 눈에 눈물이 맺혔다. '오, 세상에. 널 얼마나 그리워했는지 몰라. 그들은 내게 네가 사라졌다고 말했어. 하지만 난 네가 약속을 어길 사람이 아니라는 걸 알았지.'

잠시 나는 펀이 되고 싶었다. 노부인이 행복하도록. 그녀가 등나무를 응시하며 홀로 서 있지 않고 잠시나마 한숨 돌릴 수 있도록. 정원에 있던 그녀는 정말 외로워 보였다. 어쩔 줄 몰라 하는 것 같았다.

나는 그녀가 찾는 사람이 아니라고 말할 필요가 없었다. 당황해서 얼굴이 빨개진 요양원 직원이 끼어들었기 때문이다. '죄송합니다.' 직원이 내게 속삭였다. '크랜들 부인은 이곳에 온 지 얼마 안 됐어요.' 직원은 크랜들 부인의 어깨를 단단히 감싸더니 내 손목을 잡고 있던 손을 떼냈다. 노부인은 놀라우리만치 힘이 셌다. 그녀가 조금씩 물러나자 직원이 조용히 말했다. '메이, 이러지 마요. 방으로 모셔다드릴게요.'

나는 노부인이 가는 모습을 지켜보며 그녀를 돕기 위해 뭔가 해야 할 것 같은 기분이 들었지만 그게 뭔지는 몰랐다.

엘리엇이 전화기 너머에 나타나자 내 머릿속은 다시 현재로 돌아왔다. "어쨌든 꿋꿋하게 지내. 넌 해낼 수 있어. 난 네가 대도시에서 검사로 일하는 모습을 죽 지켜봤잖아. 에이컨은 큰 문제가 안 될 거야."

"그래." 나는 한숨을 쉬었다. "방해해서 미안해. 그냥…… 목소리 듣고 싶었어." 목부터 빨개졌다. 나는 원래 이렇게 의존적이지 않았다. 아버지의 건강과 주디 할머니 문제 때문인 것 같았다. 인간은 언젠가 죽는다는 고통스러운 생각이 머릿속을 떠나지 않았다. 강에 드리운 안개처럼 짙고 집요했다. 안개를 뚫고 가야 할 길을 느낌으로 짐작할 수 있을 뿐 그 길에 무엇이 도사리고 있는지는 전혀 보이지 않았다.

나는 지금까지 운 좋게 살았다. 이제야 그 사실을 깨달은 듯했다.

"너한테 너무 가혹하게 굴지 마." 엘리엇의 목소리는 다정했다. "힘든 일이잖아. 여유를 좀 가져. 미리 걱정한다고 해결되는 건 하나도 없어."

"맞아. 네 말이 맞다는 건 나도 알아."

"방금 그 말 문서로 작성해서 줄 수 있어?"

엘리엇의 농담에 웃음이 터졌다. "절대 안 돼." 머리를 묶을 만한 걸 찾으려고 책상 위 가방을 뒤졌다. 내용물을 침대에 모두 쏟자 은색 머리핀이 두 개 나왔다. 이거면 되겠지. 앞머리를 넘겨 핀으로 고정하고 웨이브가 있는 상태로 사진을 찍으면 될 것 같았다. 주디 할머니가 그 사진을 보면 좋아할 것이다. 어쨌든 내가 씨름하고 있는 머리카락은 할머니에게서 물려받은 것이고 할머니는 언제나 머리를 곱슬곱슬하게 됐으니까.

"바로 그거야, 에이버리. 그래야 너답지."

엘리엇은 사무실로 들어온 누군가와 인사를 나눴다. 나는 그와 재빨리 끝인사 한 뒤에 머리를 매만지고 마지막으로 거울을 보며 사진을 찍으려고 입은, 몸매가 드러나는 초록 원피스를 바로 폈다. 어머니의 스타일리스트가 옷 상표를 확인하지 않았기를 바랐다. 쇼핑몰에서 산 저렴한 옷이니까. 그래도 머리는 괜찮아 보였다. 스타일리스트도 별말 하지 않을 것 같 았다. 그녀가 이곳에 있다면…… 아마 있겠지만. 스타일리스 트와 레슬리는 내게 '작업이 약간' 필요하다고 입을 모아 말했 다.

작게 문 두드리는 소리가 들렸다. "들어오지 마. 옷장에 문 어를 가둬놨으니까!" 내가 으름장을 놓았다.

열 살 난 조카 코트니가 문을 열고 곱슬곱슬한 금발을 빼꼼 내밀었다. 코트니도 주디 할머니를 닮았다. "저번에는 회색 곰 이 있다고 했잖아." 아이는 눈을 굴리며 투덜댔다. 이런 시답 잖은 농담이 아홉 살 때는 재미있었을지 몰라도 공식적으로 두 자릿수 나이가 된 지금은 시시하게 느껴지는 모양이었다.

"변신 괴물 회색 곰이거든." 나는 코트니가 지나치게 빠져 있는 비디오게임에 등장하는 캐릭터를 콕 집어 말했다. 뜻밖 에 세쌍둥이가 태어나 집 안을 휘젓고 다니는 바람에 코트니 는 대부분 시간을 제 마음대로 보내도록 방치됐다. 아이는 새 롭게 얻은 자유에 특별히 신경 쓰지 않는 듯했지만 나는 걱정 스러웠다.

코트니는 허리에 손을 얹고 화났다는 신호를 보냈다. "아래 층으로 내려가지 않으면 이모한테 그 회색 곰이 필요해질 거 야. 허니비가 개를 풀어서 이모를 물라고 할 테니까." 허니비 는 아버지가 어머니를 부르는 애칭이다.

"아이고, 무서워라." 이곳 드레이든 힐에서 기르는 스카치 테리어는 가족들이 너무 응석받이로 키운 나머지 누가 침입 하더라도 개 전용 빵집에서 고급 간식을 사왔으리라고 기대

할 듯했다.

나는 코트니의 머리가 헝클어지도록 쓰다듬고는 그 애를 재빨리 앞질렀다. "작은언니!" 나는 아래층을 향해 외치며 뛰기 시작했다. "코트니 때문에 가족사진 찍는 게 늦어지고 있어!"

코트니는 꺅 하고 소리 질렀고 우리는 아래층까지 달리기 시합을 했다. 코트니가 이겼다. 그 애는 날렵한 어린아이였고 나는 하이힐을 신었으니까. 키가 더 커 보일 필요는 없었지만 단화를 신고 크리스마스 사진을 찍으러 가면 어머니가 못마땅해할 것이었다.

응접실에서는 직원들과 사진사가 임무를 수행하고 있었다. 뒤이어 크리스마스 사진광이 들어왔다. 촬영이 끝날 무렵 큰언니 미시의 십대 아이들은 몹시 짜증 난 상태였고 나는 낮잠을 자고 싶었다. 하지만 대신 걸음마를 배우는 조카를 데려다가 소파에서 간지럼을 태우며 장난치기 시작했다. 어느새 다른 가족들도 합세했다.

"에이버리, 제발 좀!" 어머니가 싫은 소리를 했다. "매무새가 엉망이 되잖니. 이십 분 뒤에 아버지와 함께 나가야 하는데."

레슬리가 한쪽 눈으로 나를 흘겨봤다. 이구아나처럼 두 눈으로 각기 다른 방향을 보는 능력이 있는 모양이었다. 그녀는 내가 입은 초록 원피스를 가리키며 손가락을 흔들었다. "시 청사에서 열리는 토론회에 참석하는 것치고는 너무 차려입었어요. 오늘 아침에 입은 옷 정도가 좋아요. 아래쪽에 장식이 달린 파란색 바지 정장을 입어요. 의원다우면서도 지나치지 않죠. 무슨 옷 말하는지 알죠?"

"네." 차라리 세쌍둥이와 씨름하거나 큰언니의 아이들과 여름 캠프에서 청소년 지도원 역할을 어떻게 할 계획인지 이야기하고 싶었지만 그 누구도 이런 선택권을 제시하지 않았다.

조카들에게 작별의 입맞춤을 한 다음 옷을 갈아입으러 급히 위층으로 올라갔다. 잠시 뒤 나는 아버지와 함께 또다시 리무진에 올랐다.

아버지는 휴대전화를 꺼내 오후 행사 브리핑을 녹음한 자료를 찾았다. 레슬리, 여러 보좌관과 인턴, 디시(D. C.)의 참모들, 신문의 도움으로 아버지는 언제나 모든 정보를 제공받았다. 그래야 했다. 현재의 정치적 상황에서 아버지가 암 투병 때문에 어쩔 수 없이 의원직에서 물러나면 상원의원 수의 균형에 변화가 생기는 위험한 사태가 벌어진다. 아버지는 죽으면 죽었지 그런 일이 일어나게 놔두지 않을 것이었다. 회기 중 몸에 나타난 증상을 무시하고 디시에 최대한 오래 남아 있었다는 사실이 그 증거였다. 내가 정치인이 되려고 준비하고 거주지를 옮기기 위해 집으로 불려온 이유도 마찬가지였다. 엘리엇의 말처럼 만일에 대비해서.

사우스캐롤라이나에서 스태퍼드라는 이름은 진보와 보수를 떠나 정치적으로 언제나 이기는 카드였다. 하지만 요양원 스캔들이 언론의 주목을 받자 여름날 오후 찰스턴에 온 관광객처럼 모두 진땀을 흘렸다. 매주 새로운 이야기가 터져 나왔다. 욕창이 방치된 채로 사망한 입주자들, 무면허 직원이 일하는 요양 시설, 환자 일인당 최소 1.3시간 관리를 받아야 한다는 연방정부 규정을 따르지 않으면서도 메디케어(Medicare, 육십오 세 이상의 노인과 장애인을 대상으로 한 미국 국민 의료 지원 제도)와 메디케이드(Medicaid, 육십오 세 미만의 저소득층과 장애인을 대상으로 한 미국 국민 의료 지원 제도) 비용을 계속 청구한 요양원. 그리고 능숙한 사람들이 사랑하는 가족을 돌본다고 믿었다가 엄청난 충격에 빠진 가족들. 가슴 아프고 끔찍한 일이었다. 아버지의 정적은 아버지가 이런 일들과 미약하게나마 연관됐다는 사실을 꼬투리 잡아 감정적으로 공격하는 정보를 끊임없이 쏟아냈다. 그들은 아버지 친구가 괴로워하는 사람들에게서 이익을 취하고 그 일로 인한 기소를 모면한 사실을 두고 아버지가 영향력을 행사했기 때문이라고 모든 사람이 믿게 만들고 싶어 했다.

아버지를 아는 사람이라면 누구도 이 말을 믿지 않았다. 아버지는 지지자들과 선거 기부자들이 대차대조표를 공개해야 한다고 주장할 만한 입장이 아니었고 행여 전부 다 공개됐다고 해도 언뜻 겉으로만 훌륭해 보이는 기업 운영 요양원 때문에 진실이 쉽게 밝혀지지 않을 것이었다.

"너도 다시 들어보는 게 좋을 거야." 아버지는 이렇게 말하고는 음성 메모 재생 버튼을 눌렀다. 휴대전화를 사이에 든 채내 쪽으로 기댄 아버지를 보니 문득 다시 일곱 살이 된 듯했다. 어머니와 함께 국회의사당의 빈 복도를 걸어가 아버지 사무실 문밖에 멈춰 선 다음 혼자 안에 들어가도 된다고 허락받았을 때처럼 기쁨이 샘솟고 따뜻한 기분이었다. 그때 나는 아주 조용하고 엄숙하게 비서의 책상으로 다가가 상원의원과 만나기로 약속돼 있다고 말했다.

"아, 그렇군요. 확인해볼게요." 데니슨 부인은 언제나 이렇게 말하고는 눈썹을 추켜올리고 웃음을 애써 참으며 인터폰을 들었다. "의원님, 스태포드 양이 찾아왔습니다. 들여보낼까요?"

성공적으로 들어가면 아버지는 악수로 나를 맞은 다음 근엄한 얼굴로 말했다. "어서 오세요, 스태포드 양. 이렇게 와주시니 기쁘군요. 나가서 사람들을 만날 준비가 되셨는지요?"

"네, 준비됐어요!"

내가 행사 때 입는 옷을 입고 빙빙 돌며 뽐내면 아버지의 눈은 언제나 자부심으로 반짝였다. 아버지가 딸을 위해 할 수 있는 정말 좋은 일 중 하나는 딸이 자신의 기대치를 충족했다는 사실을 알려주는 것이다. 아버지는 내게 늘 그렇게 해줬다. 아무리 애써도 그 빚은 다 갚을 수 없을 것이다. 나는 아버지를 위해, 그리고 어머니를 위해 뭐든 할 것이다.

이제 우리는 어깨를 나란히 하고 앉아서 오늘 남아 있는 일정의 세부 내용과 반드시 다뤄야 할 주제, 피해야 할 쟁점을 듣고 있었다. 요양 시설의 학대와 좌절된 소송, 손해배상금을 지급하기 전에 마법처럼 파산한 유령회사에 관해서는 교묘하게 에두르는 답변이 주어졌다. 이 사태를 어떻게 수습할 생각인가? 정치 후원자들과 오랜 친구들이 정의의 심판을 받지 않도록 보호하기 위해 압력을 행사하지는 않았는가? 그렇다면 이제 공직을 통해 질 좋은 돌봄을 보장받으려고 투쟁하는 수많은 노인을 도울 것인가? 최근 발생한 역대 최악의 홍수 피해를 처리하느라 계속 자기 집에 머물면서 치료를 위해 약을 먹는 대신 집을 수리하고 끼니를 해결하고 전기요금을 내는데 돈을 쓸 수밖에 없는 사람들을 위한 대책은? 이들을 돕기 위해 뭘 해야 한다고 생각하는가?

질문이 이어졌다. 질문마다 대본으로 잘 정리된 답변이 한 개 이상 있어야 했다. 맥락에 따라, 그리고 제기될 수 있는 반박의 내용에 따라 활용할 수 있는 답변 몇 가지가 필요했다. 오후에 열리는 시 청사 토론회는 신중하게 통제된 언론 행사가 될 예정이지만 첩자가 몰래 마이크를 들여올 가능성은 희박하게나마 늘 있었고 토론회가 과열될 수도 있었다.

우리는 토론회 참석자 중 누군가가 주디 할머니 문제를 파헤칠 경우의 답변도 받았다. 왜 우리는 메디케이드에서 저소득 노인에게 배정한 일일 총 비용의 일곱 배가 넘는 금액을 요양원에 지불하고 있는가?

왜일까? 매그놀리아 매너가 우리에게 가장 좋은 선택지라고 주디 할머니의 담당의가 추천했기 때문이다. 할머니가 그곳과 친숙하다는 이유로. 매그놀리아 매너가 요양원으로 바뀌기 전, 할머니의 어릴 적 친구가 그곳에 살았기에 매그놀리아 매너는 할머니에게 요양원보다는 친구 집에 가는 느낌을 줄 수 있었다. 우리는 뭐든 할머니에게 위안될 만한 걸 해주고 싶었고 안전도 걱정됐다. 수많은 가족과 마찬가지로 우리도 답이 간단히 나오지 않는 복잡하고 어려운 문제에 직면했다.

답이 간단히 나오지 않는 복잡하고 어려운 문제……

질문 받을 경우에 대비해 이 문구를 토씨 하나 틀리지 않고 외웠다. 이렇게 매우 개인적인 문제에 관한 질문에는 임의로 대답하지 않는 쪽이 나을 것이었다.

"의원님, 오늘 아침에 요양원에 간 건 훌륭한 전략이었어요." 시 청사에서 몇 블록 떨어진 곳에 주차하고 커피를 사들고 온 레슬리가 차에 타며 말했다. "이제 이 일의 싹을 잘라버리러 가야죠." 그녀는 평소보다 감정이 격했다. "칼 포트너와 그쪽 팀이 노인 요양과 관련된 이번 일로 득을 보려고 애쓰도록 그냥 놔두면 됩니다. 그럴수록 자기 목을 매달 밧줄을 우리에게 건네는 것과 다름없으니까요."

"밧줄이 넘쳐나겠군." 아버지의 농담은 아무 호응도 얻지 못했다. 상대 진영도 공격 방안을 치밀하게 세웠을 것이다. 아버지를 현실에 어두운 엘리트주의자이자 디시에서 오랜 시간을 보내 고향 사람들의 요구를 알지 못하는 워싱턴 우물 안 개구리로 그릴 체계적인 전략을.

"우리가 할 일이 더 많아지는 거죠." 레슬리가 자신만만하게 대답했다. "자, 계획을 약간 바꿔야겠어요. 건물 뒷문으로 들어갈 거예요. 의원님이 편안하게 느끼도록 진행자 맞은편에 앉아서 토론회를 할 거고요. 에이버리는 아버지 오른쪽 소파에 앉아요. 아버지 건강과 가족 일을 돌보려고 고향에 온 걱정 많은 딸 역할이에요. 미혼에 아이들을 기르느라 바쁜 사람이 아니라고, 이곳 에이컨에서 결혼식을 올릴 계획이라고만 이야기하면 돼요. 어떻게 해야 하는지 알 거예요. 지나치게 정치적인 발언을 하면 안 되지만 이 문제와 법적인 지식은 거침

없이 드러내요. 대본이 아닌 것처럼 편안한 투로 말해야 해요. 그래야 개인 신상에 관한 질문이 나올 기회가 생겨요. 이곳 현지 언론사만 참석할 예정이니 과한 압박감 없이 가볍게 대면하기에 아주 좋은 기회죠."

"그렇겠군요." 일거수일투족을 면밀히 살피는 배심원단과 가까이에서 짜증 날 정도로 나를 철저하게 지켜보던 검사들 속에서 지난 오 년을 보냈다. 치밀하게 준비한 시 청사 토론회의 참가자들은 겁나지 않았다.

아니, 겁내지 말자고 스스로 다짐했는지도 모른다. 이유는 알 수 없었지만 맥박이 요동쳤고 목이 마르고 껄끄러웠다.

"자신감 있는 표정 지어야지." 아버지는 내게 이렇게 말하며 가족들이 '백만 달러짜리 윙크'라고 부르는 눈짓을 했다. 그러자 거부할 수 없는 진하고 따뜻한 꿀처럼 자신감이 배어났다.

내게 아버지 반만큼만 카리스마가 있다면.

레슬리는 계속해서 토론회에 관한 내용을 보고했다. 시 청사에 도착할 때까지도. 오전의 요양원 방문과 달리 이번에는 보안요원과 공공안전요원이 있었다. 건물 앞쪽에서 소란스러운 소리가 들렸고 좁은 길 끝에 경찰차가 한 대 서 있었다.

우리가 리무진에서 서둘러 내릴 때 레슬리의 표정은 누구라도 때려눕힐 것 같았다. 나는 입고 있던 수수한 남색 정장 안에서 식은땀을 흘렸다.

"아버지와 어머니를 공경하라!" 시위대 중 한 사람이 소음을 뚫고 외쳤다.

나는 오른쪽으로 돌아 도로 경계로 가서 그들에게 호통치고 싶었다. 어떻게 감히!

"노인 강제수용소는 물러가라!" 문틈으로 이 구호가 우리를 따라왔다.

"저 사람들 뭐예요? 정신 나간 사람들이에요?" 내가 투덜대자 레슬리는 조심하라는 표정으로 나를 보더니 경찰관들을 향해 어깨를 살며시 으쓱했다. 나는 하고 싶은 말이 있더라도 사전에 승인받지 않았다면 공공연하게 표현해서는 안 된다고 들었다. 지금 그러려고 필사적으로 싸우는 중이었다. 굳은 각오 덕분인지 내 맥박은 느려졌고 자신감 있는 표정이 자리 잡는 느낌이 들었다.

문이 닫힐 무렵에는 더욱 진정됐다. 오늘 토론회의 주최 측인 노인 인권 정치활동위원회(PAC)의 프로그램 코디네이터 앤드류 무어가 우리를 맞이했다. 앤드류는 그런 자리에 있기에는 놀라우리만치 젊어 보였다. 잘해야 이십대 중반쯤 같았다. 말끔하게 다린 회색 정장에 약간 삐딱하게 맨 넥타이와 되는대로 접은 셔츠 깃 때문에 누군가가 미리 준비해준 옷을 아침에 혼자서 입어야 했던 소년 같았다. 그는 조부모 밑에서 자랐으며 두 사람이 그를 부양하기 위해 엄청나게 희생했다고 말했다. 그는 이런 식으로 은혜를 갚고 있었다. 누군가가 나를 연방검사라고 소개하자 앤드류는 나를 보더니 정치활동위원회에 훌륭한 변호사가 필요하다고 재치 있게 농담했다.

"기억해둘게요." 나도 농담으로 대꾸했다.

우리는 기다리는 동안 잡담을 더 나눴다. 앤드류에게 호감이 갔다. 그는 정직하고 활기 넘치며 의식 있는 사람 같았다. 비등한 토론회가 되리라는 확신이 점점 커졌다.

다른 사람들도 서둘러 소개받았다. 우리는 사회를 맡을 지역 기자를 만났다. 그리고 재킷 안으로 마이크를 넣어 옷깃에 고정하고 허리춤에 송신기를 걸었다.

사회자가 무대에 나가 주최 측에 감사 인사를 하는 동안 우리는 기다렸다. 잠시 뒤 그는 모든 사람에게 오늘 토론회 형식을 다시 한 번 알려준 다음에야 우리를 소개했다. 청중이 박수하자 우리는 무대로 올라가 그들을 향해 힘차게 손 흔들었다. 대체로 점잖았지만 걱정스럽거나 회의적이거나 다소 우호적이지 않은 표정의 사람도 몇몇 보였다. 그들을 제외한 나머지는 영웅을 추앙한다고밖에 표현할 수 없는 얼굴로 아버지를 봤다.

아버지는 간단한 질문에 답변하고 짧게 대답할 수 없는 몇 가지 질문을 피하며 꽤 괜찮게 토론회를 이어갔다. 이전 세대보다 훨씬 길어진 은퇴 이후의 기간 동안 재정을 지원하는 문제, 분열된 가족 문제, 노인을 집에서 부양하기보다는 전문 요양원에 위탁하는 문화적인 변화 같은 문제에는 손쉬운 해법이 없었다.

답변을 치밀하게 계획했지만 오늘 아버지는 논점을 약간 비껴갔다. 한 젊은이가 질문했을 때는 답변이 조금 늦어지기도 했다. "의원님, 칼 포트너는 기업이 소유한 체인 요양원의 목적이 노인들을 최대한 싼 가격으로 공공 수용해 이익을 늘리는 거라고 지적했습니다. 또한 그는 의원님이 L. R. 로튼에게서 선거 기부금을 받았고 로튼과 그의 투자 파트너를 인정함으로써 노인들을 상대로 이익을 내는 이 체인 요양원을 지지한다고 비난했는데요, 이에 대한 답변을 듣고 싶습니다. 이들 요양원에서 교육을 거의 받지 않았거나 아예 받지 않은 최저임금 노동자들이 노인을 돌본다는 사실을 알고 계십니까? 그마저도 돌보기나 한다면 말입니다. 의원님의 반대 세력들은 연방정부의 법률 제정을 요청하고 있습니다. 요양원이나 요양원을 소유한 기업을 통해 직접적인 이익을 얻는 모든 사람이 요양원에서 제공되는 서비스뿐 아니라 법정 소송에 따른 손해배상금까지도 책임져야 한다는 게 그 법안의 골자입니다. 또한 포트너는 의원님처럼 부유한 사람들에게 세금을 걷어 극빈층 노인에게 혜택을 늘릴 재원을 마련하자고 요구하고 있습니다. 최근 발생한 사건을 참작해 상원에서 이를 지지하시겠습니까? 지지하거나 지지하지 않는 이유는 무엇입니까?"

레슬리가 커튼 뒤에서 이를 악무는 소리가 들리는 것만 같았다. 이 질문들은 대본 어디에도 없었고 아버지가 들고 있는 색인 카드에도 없었다.

아버지는 잠시 어리둥절한 표정으로 머뭇거렸다. '제발.' 등 줄기에 땀이 흘렀다. 근육이 긴장했고 움직이지 않으려고 의자 팔걸이를 꽉 잡았다.

침묵은 고통스러웠다. 몇 분이 지난 것 같았지만 그 정도로 긴 시간이 흐르지는 않았다.

마침내 아버지는 요양원에 관한, 그리고 메디케이드의 재원인 세금과 연방정부 신탁자금에 관한 기존 정부규정에 대해

긴 설명을 시작했다. 아버지는 능숙하고 침착했으며 다시 상황을 장악했다. 메디케이드 재정 지원, 세법, 노인 요양의 실태를 독단적으로 바꿀 수 있는 위치에 있지 않으나 차기 상원의원 회기 때 이 문제에 가장 신경 쓸 거라고 명확히 밝혔다.

이제 토론회는 대본으로 소화 가능한 내용으로 돌아갔다.

마침내 내가 질문 받을 차례가 되자 사회자는 나를 너그러운 표정으로 봤다. 나는 아버지의 상원의원 자리를 잇기 위해 준비 중인지를 묻는 질문에 대한 답변을 미리 받았다. 대본대로 그렇다고 대답하지도, '절대 그럴 일 없다'고 대답하지도 않았다. 대신 '어쨌든 그런 생각을 한다는 것 자체가 아직은 시기상조겠죠…… 아버지의 상대 주자로 출마하고 싶은 게 아니라면 말이에요. 누가 그런 정신 나간 짓을 하겠어요?'라는 말로 대답을 마무리했다.

청중이 웃자 나는 아버지에게서 물려받은 특급 윙크를 했다. 아버지는 무척 기뻐했고 간단한 질문 몇 개에 대답하는 동안 더욱 당당해졌다. 그리고 토론회는 마무리됐다.

무대에서 내려가면서 나는 레슬리가 등을 두드려주리라고 기대했다. 하지만 그녀는 걱정스러운 표정으로 나를 보더니 문밖으로 나가는 내게 다가왔다. "요양원에서 전화가 왔어요. 듣자하니 거기에서 팔찌를 잃어버렸다면서요?"

"뭐라고요? 팔찌요?" 오늘 아침에 팔찌를 한 기억이 퍼뜩 떠올랐다. 손목에는 아무것도 없었고 레슬리 말대로 팔찌는 사라졌다.

"입주자가 발견했나봐요. 원장이 휴대전화로 찍은 행사 사진을 보고 그 팔찌가 당신 거라고 알아냈고요."

요양원에서 만났던 노부인이…… 내 손을 잡았던 그 사람
이…….

이제야 메이 크랜들이 내 손을 놓을 때 금으로 만든 작은 잠
자리 세 마리의 다리가 손목을 긁고 내려갔던 일이 떠올랐다.
그 여자가 내 팔찌를 가져간 게 틀림없었다. "아, 어떻게 된 일
인지 알겠어요."

"원장이 계속 사과하더군요. 새로 들어와서 적응하려고 노
력 중인 입주자라면서요. 그 노부인은 이 주 전에 강가에 있는
자기 집에서 발견됐대요. 여동생 시신과 고양이 십여 마리와
함께요."

"저런, 정말 끔찍하군요." 그러고 싶지 않았지만 나는 머릿
속에서 먼 그곳으로 떠났다. 음울하고 섬뜩한 장면이 보였다.
"우연히 일어난 일이 분명해요. 팔찌 말이에요. 아버지 말씀을
듣고 있을 때 노부인이 내 손을 잡았어요. 요양원 직원이 떼어
냈고요."

"그런 일이 있었다니요."

"괜찮아요, 레슬리. 정말로."

"사람을 보내서 팔찌를 가져오라고 할게요."

메이 크랜들의 파란 눈동자가, 나를 바라보던 간절한 얼굴
이 떠올랐다. 그녀가 내 팔찌를 가져가 방에서 혼자 살펴보고
손목에 채워보며 기쁜 마음으로 감탄하는 모습이 떠올랐다.

물려받은 게 아니었다면 그녀가 가지도록 뒀을 것이다. "있잖아요, 내가 직접 가서 가져와야겠어요. 할머니가 준 팔찌거든요." 오늘 남은 일정상 아버지와 나는 이곳에서 헤어져도 상관없었다. 아버지는 사무실에 잠시 들른 뒤에 유권자와 저녁 식사를 할 예정이고 어머니는 드레이든 힐에서 애국 여성회 모임을 열 것이었다. "누구 저 좀 태워주실래요? 아니면 제가 차를 한 대 써도 될까요?"

레슬리의 눈에서 불길이 일었다. 그녀와 다투게 될까봐 두려워서 좀더 그럴듯한 핑계를 댔다. "팔찌를 찾아서 잠깐 짬이 날 때 주디 할머니와 차라도 한잔하려고요. 할머니는 내가 팔찌 한 걸 좋아하시거든요." 시 청사 토론회 때문에 거의 일주일 동안 할머니를 보러 가지 못해서 죄책감이 들던 차였다.

내 말에 잠자코 동의하는 레슬리의 턱에 경련이 일었다. 철없는 내 변덕이 걱정스러울 정도로 프로답지 못하다고 생각하는 게 분명했다.

어쩔 수 없었다. 메이 크랜들이 계속 생각났고 요양원 학대를 다룬 수많은 뉴스 기사가 떠올랐으니까. 메이가 곤란한 상황에 처해서 내게 접근한 게 아니라는 걸 확인하고 싶었는지도 모른다.

어쩌면 그녀의 슬프고 섬뜩한 사연에 호기심을 느꼈을 수도 있다. 이 주 전 강가에 있는 자기 집에서 여동생의 시체와 함께 발견됐다니…….

여동생 이름이 편이었을까?

4장

릴 포스

테네시 멤피스, 1939년

퀴니의 얼굴은 탈지유처럼 창백했고 몸은 뻣뻣하게 굳었다. 브라이니는 판잣집 베란다에 그녀를 눕혀놓고 유목(流木)을 쌓아둔 곳에 묶어둔 작은 보트를 가지러 갔다. 퀴니는 매끈하고 축축한 판자에 뺨이 눌린 채 미친 듯이 울부짖었다.

라크는 뒷걸음질로 판잣집 벽에 밤 그림자처럼 붙었지만 어린 편과 가비언은 살금살금 기어서 퀴니에게 가까이 다가갔다. 그 애들은 어른이 이렇게 울부짖는 모습을 본 적이 없었다.

가비언은 잘 보려고 몸을 더욱 숙였다. 퀴니의 분홍색 꽃무늬 원피스를 입은 사람이 퀴니 본인이라는 것조차 믿지 못하는 듯했다. 퀴니는 밝고 웃음이 많았으며 강 마을을 옮겨다니며 여행하는 동안 우리와 함께 옛 노래를 즐겨 불렀다. 지금처럼 이를 드러낸 채 욕하고 신음하고 흐느끼는 이 여자는 퀴니일 리 없었다. 하지만 퀴니였다.

"위우, 위우!" 가비언이 말했다. 두 살인 아이는 내 이름인 '릴'을 제대로 발음할 수 없었다. 가비언은 내 치맛단을 잡았고 내가 퀴니의 머리를 받치려고 무릎을 꿇자 치마를 잡아당겼다. "키니 아야?"

"쉿!" 카멜리아가 가비언의 손을 찰싹 때렸고 편 손을 뻗어 퀴니의 길고 곱슬곱슬한 금발을 쓰다듬었다. 브라이니의 눈길을 처음 사로잡고 그가 눈을 떼지 못하게 한 것도 바로 이 머리카락이었다. '엄마는 동화책에 나오는 공주 같지 않아?' 브라이니는 가끔 내게 이렇게 물었다. '엄마는 아카디아 왕국 여왕이야. 그럼 너는 말할 것도 없이 공주가 되는 거지. 그렇지?'

하지만 얼굴이 땀으로 얼룩지고 고통스러워서 입이 뒤틀린 엄마는 아름답지 않았다. 배 속 아기들 때문에 다리를 벌리고 있었고 원피스 아래로 배가 수축과 팽창을 반복했다. 퀴니는 나를 계속 꼭 잡았고 판잣집 안에서는 산파가 손을 닦고 풀로 짠 바구니에 출산 도구를 담고 있었다.

"도와주세요!" 내가 소리쳤다. "퀴니가 죽어가요."

"난 더 이상 할 수 있는 일이 없어." 산파가 말했다. 그녀의 육중한 몸 때문에 배가 흔들렸고 등불도 흔들리며 탁탁 튀었다. "더 이상은 없다고. 바보 같은 강 쓰레기 같으니라고."

브라이니가 현금을 주지 않으려 하자 산파는 판자촌의 개처럼 미쳐 날뛰었다. 브라이니는 산파가 아기를 받기로 약속해놓고 그걸 지키지 않았으니 살찐 메기 두 마리라도 가져가는 걸 다행히 여겨야 한다고 말했다. 메기는 오늘 아침에 브라이니가 주낙으로 낚은 것이었다. 그는 산파가 돌아갈 때 등불을 켤 수 있도록 등유도 좀 줬다. 산파는 할 수만 있다면 우리에게 앙갚음하겠지만 그녀의 피부는 타르보다 검었다. 백인인 우리를 곤란하게 하면 무슨 일이 일어날지 그녀도 잘 알았다.

메기는 우리가 저녁에 먹을 것이었다. 이제 우리 다섯에게는 작은 옥수수빵 한 덩이뿐이었다. 이와 함께 다른 여러 생각이 내 머릿속을 맴돌았다.

퀴니에게 옷이라도 갖다줘야 할까? 머리빗은? 신발은?

브라이니에게 병원비가 있을까? 돈이 없으면 어떻게 될까?

브라이니가 법을 어겼다는 이유로 잡혀가면? 그는 예전에 강변 마을의 당구장에서 내기 당구를 치다가 잡혀간 적이 있었다. 브라이니는 당구 고수였다. 공 여덟 개로 하는 게임에서 그를 이길 사람은 없었고, 당구장에서 돈을 받고 연주할 정도로 피아노도 잘 쳤다. 하지만 망할 대공황 때문에 현금이 들어오지 않았다. 지금은 주로 당구를 치고 피아노를 연주한 대가로 우리에게 필요한 물품을 받아 왔다.

어딘가에 숨겨놓은 돈이 있을까? 브라이니가 돌아오면 물어봐야 할까? 그 돈이 필요할지도 모른다고 일깨워줘야 할까?

폭풍우가 이미 강에 흰 물결을 일으키고 있는 캄캄한 밤에 강은 어떻게 건넌담?

산파는 옆으로 돌아서서 문을 나왔다. 바구니가 몸 뒤에서 부딪쳤다. 바구니 맨 위에 빨간 뭔가가 놓여 있었는데 희미한 불빛 아래서 나는 그게 뭔지 알았다. 위에 깃털이 달린 퀴니의 예쁜 벨벳 모자였다. 보기필드라는 추잡한 곳에서 당구를 치고 브라이니가 따온 것이었다.

"그거 갖다놔요! 우리 엄마 거예요!" 내가 말했다.

산파는 까만 눈을 찡그리더니 나를 향해 화난 듯 턱을 흔들었다. "여기 온종일 있었는데 생선 두 마리밖에 못 받았어. 생선은 많으니 이 모자를 가져야겠어." 그녀는 브라이니가 어디에 있는지 확인하려고 주위를 둘러보더니 베란다 한쪽에 놓인 건널 판자로 갔다.

그녀를 막아서고 싶었지만 그럴 수 없었다. 내 무릎을 베고 누운 퀴니가 몸부림치며 비명을 질렀기 때문이다. 퀴니의 머리는 수박처럼 낮게 쿵 소리를 내며 갑판에 떨어졌다. 나는 두 손으로 그녀를 잡았다.

카멜리아가 황급히 산파 앞으로 가서 몸을 뻗어 문을 가로막고 섰다. 가는 팔로 양쪽 난간을 잡고 있었다. "엄마 모자 아무 데도 못 가져가."

산파는 한 걸음 다가섰다. 카멜리아가 어떤 아이인지 알았더라면 그러지 않았을 것이다. 여동생 카멜리아는 고작 열 살이었지만 브라이니의 굵고 검은 머리카락만 물려받은 게 아니었다. 그에 어울리는 성깔도 물려받았다. 지드 아저씨 말에 따르면 브라이니는 화나면 눈에 보이는 게 없을 정도로 격분했다. '그렇게 막무가내로 화내면 강에서 죽기 딱 좋아.' 지드 아저씨의 배와 우리 배는 서로 묶여 있는 적이 많았는데 그때마다 지드 아저씨는 아빠에게 자주 이렇게 주의를 줬다. 지드 아저씨는 브라이니가 처음 강에 나왔을 때부터 친구였다. 그는 브라이니에게 강에서 사는 법을 가르쳐줬다.

"조막만 한 게 건방지게." 크고 검은 손이 카멜리아의 팔을 움켜쥐었다. 산파는 카멜리아를 잡아당겼고 카멜리아는 난간을 너무 꽉 잡고 있어서 어깨뼈가 빠졌을 것 같았다.

카멜리아는 재빨리 움직여 순식간에 산파를 깨물었다. 산파가 울부짖으며 뒷걸음질하자 배가 흔들렸다.

퀴니가 비명을 질렀다.

멀리서 천둥이 우르릉거렸다.

번개가 번쩍거리자 밤이 낮으로 바뀌었다가 다시 검은 장막이 드리웠다.

'브라이니는 어디 있지? 왜 이렇게 오래 걸리는 거야?'

불길한 생각이 스쳤다. 작은 보트를 묶어둔 줄이 풀려서 브라이니가 못 찾는 게 아닐까? 누군가에게 보트를 빌리려고 판잣집 배가 모여 있는 곳으로 갔다면? 이번만큼은 브라이니가 남과 어울리지 않는 사람이 아니기를 바랐다. 그는 판잣집 배가 모인 곳에 우리 배를 묶는 법이 없었다. 그리고 우리 배를 아는 사람들은 초대받지 않으면 오지 않았다. 브라이니는 강에 좋은 사람들도 있고 믿을 수 없는 사람들도 있기 때문에 멀리 떨어져서 누가 어떤 사람인지 파악하는 게 가장 좋다고 말했다.

퀴니가 몸부림치다가 가비언을 발로 차는 바람에 팔을 부딪친 가비언은 한참 동안 큰 소리로 울었다. 라크는 산파가 나오자 빈 판잣집으로 황급히 들어가 숨었다. 퀴니는 바로 이곳,

내 품에서 죽어가고 있었다. 결국 죽고 말겠지.

건널 판자를 막아선 카멜리아는 꼼짝도 하지 않았다. 카멜리아의 조소 어린 표정 때문에 산파는 그 애를 다시 끌어낼 엄두를 내지 못했다. 카멜리아는 누가 쳐다보기만 해도 싸울 것 같았다. 그 애는 서슴없이 맨손으로 뱀을 잡고 강변 마을의 남자아이들과 싸우곤 했다.

"엄마 모자 놓고 가!" 가비언이 악을 쓰며 우는 와중에 카멜리아가 외쳤다. "그리고 생선도 필요 없다고 했지? 당장 배에서 내려. 경찰한테 가서 흑인 여자가 우리 엄마를 죽이려 하고 우리 물건도 몽땅 훔치려 했다고 말하기 전에. 경찰이 당신을 나무에 매달 거야. 분명히 그럴 거야." 카멜리아는 고개를 늘어뜨리고 혀를 빼물며 목매 죽은 사람을 흉내 냈다. 나는 마음이 무거워졌다. 우리는 불과 이 주 전 수요일, 강 하류의 나무에 목을 맨 남자를 봤다. 작업용 멜빵바지를 입은 덩치 큰 흑인이었다. 반경 수 킬로미터 안에 집이 없기 때문에 남자는 대머리독수리에게 물어뜯길 정도로 오랫동안 그렇게 있었다.

원하는 걸 얻으려고 그런 끔찍한 일을 이용하는 사람은 카멜리아밖에 없을 것이다. 나는 그 장면을 생각만 해도 속이 울렁거렸다.

'어쩌면 그래서 지금 퀴니의 상태가 안 좋은 건지도 몰라.' 내 머릿속에서 속삭임이 들렸다. '브라이니가 가던 길을 멈추고 그 남자를 나무에서 내려서 제대로 장례를 치러줄 사람들을 찾지 않아서인지도 몰라. 어쩌면 지금 그 남자가 숲 속에서 지켜보고 있는지도 몰라.'

퀴니는 브라이니에게 강가에 배를 세우고 시신을 수습하자고 애원했지만 브라이니는 그렇게 하지 않았다. '여왕님, 애들 생각도 해야지. 누가 그런 짓을 했는지, 누가 지켜보고 있는지 모르잖아. 계속 강을 따라 내려가는 게 나아.'

산파는 바구니에서 퀴니의 빨간 모자를 잡아채 바닥에 내던진 다음 밟고 지나갔다. 그녀가 건널 판자를 뒤뚱거리며 내려가자 체중 때문에 갑판이 흔들렸다. 판자를 내려간 그녀는 강가에 두고 온 등불을 들었다. 마지막으로 그녀는 메기 두 마리를 꿴 줄을 들더니 줄곧 우리를 욕하며 걸어갔다.

"악마가 당신도 잡아갈 거야!" 카멜리아가 베란다 난간에 매달려 산파의 등 뒤에 대고 외쳤다. "도둑질한 대가지!" 산파의 욕을 따라 하려던 찰나 카멜리아가 갑자기 말을 멈췄다. 열 살이 되는 동안 고래 배 속도 씻을 수 있을 정도로 비누를 많이 먹더니 입이 깨끗해졌나? 그 애는 사실 비누를 먹고 컸다고 할 수 있었다. 귓구멍에서 비눗방울이 나오지 않는 게 신기할 지경이었다. "누가 오고 있어. 조용히 해봐, 가비언." 가비언을 잡아 손으로 입을 막은 채 카멜리아는 밤의 소리에 귀를 기울였다. 내게도 모터 소리가 들렸다.

"브라이니인지 가서 보고 오자." 내가 말하자 펀은 같이 가려고 일어났다. 하지만 카멜리아가 잡고 있던 가비언을 펀에게 안겼다.

"애 좀 조용히 시키고 있어." 카멜리아는 베란다를 가로질러 물가 쪽 난간에 기대섰고 처음으로 그 애에게서 안도의 목소리가 나왔다. "브라이니가 지드를 데려온 것 같아."

안도감이 이불처럼 나를 감쌌다. 이 사태를 수습할 수 있는 사람은 지드 아저씨뿐이었다. 나는 그가 이곳 머드 아일랜드 근처에 있는지도 몰랐는데 브라이니는 알았던 모양이다. 두 사람은 어떻게든 강에서 서로의 위치를 늘 파악하고 있었다. 내가 마지막으로 들은 소식은 지드 아저씨가 요양원에 가야 하는 누나를 돌보러 내륙에 갔다는 것이었다.

"지드가 왔어요." 나는 퀴니에게 다가가 속삭였다. 퀴니는 알아들었는지 약간 진정하는 것 같았다. 지드 아저씨는 뭘 해야 할지 알 것이다. 브라이니의 격한 감정을 달래주고 눈에 드리운 구름을 거둬줄 것이며 그가 생각하게 할 것이다. "퀴니, 지드가 왔어요. 이제 괜찮을 거예요. 괜찮을 거예요……." 나는 두 사람이 카멜리아에게 줄을 던지고 건널 판자를 올라올 때까지 이 말만 되풀이했다.

브라이니는 두 걸음 만에 베란다를 가로질러 퀴니 옆에 무릎 꿇고 앉아 그녀를 안아 올리더니 고개를 숙여 머리를 맞댔다. 퀴니의 무게와 피부에 느껴지던 그녀의 온기가 내게서 사라졌다. 밤은 더욱 깊어졌고 문득 추위를 느꼈다. 나는 일어나서 등불을 높이 올리고 팔로 몸을 감쌌다.

지드 아저씨는 가까이 와서 쪼그려 앉더니 퀴니의 눈을 보고 이불을 약간 풀었다. 사방에 피가 묻어 있었다. 그는 붉게 얼룩진 축축한 원피스 위로 퀴니의 배에 손을 얹었다. "포스 부인?" 그의 목소리는 침착하고 명료했다. "포스 부인? 내 목소리 들려요?"

퀴니는 '네'로 추정되는 말을 내뱉었지만 이를 악문 탓에 소리가 잘 나오지 않았다. 그녀는 브라이니의 가슴에 얼굴을 묻었다.

숱 많은 하얀 턱수염 안에서 지드 아저씨의 입술이 암울한 기색을 비쳤다. 핏발이 선 두 눈은 튀어나올 것 같았다. 그는 코털이 삐져나온 큰 콧구멍으로 숨을 들이쉬고는 굳게 다문 입술 사이로 내쉬었다. 위스키와 담배 냄새가 묵직하게 맴돌았다. 그 냄새에 위안이 됐다. 오늘 밤에 유일하게 평소와 다름없는 것이었기 때문이다.

지드 아저씨는 브라이니와 눈이 마주치자 고개를 살며시 저었다. "퀴니, 우리가 당신을 배에서 내릴 거예요. 내 말 들려요? 제니를 타고 병원에 갈 거예요. 강을 건너야 하니 힘들 거예요. 이제부터 용감해져야 해요. 들려요?"

지드 아저씨가 브라이니를 도와 퀴니를 바닥에서 들어 올리자 뉴올리언스에서 여자들이 장례식 베일을 갈기갈기 찢을 때 났던 소리와 비슷한 퀴니의 비명 소리가 밤을 갈랐다. 그녀는 배에 타기도 전에 축 늘어진 채 브라이니에게 안겨 있었다.

"퀴니를 잡아." 지드 아저씨는 브라이니에게 이렇게 말하더니 스페인 전쟁에서 부상당해 굽은 손가락으로 나를 가리켰다. "너는 동생들을 모두 집 안으로 데리고 들어가서 재우렴. 나오지 말고 계속 안에 있어. 폭풍우가 시작되지 않으면 아침이 되기 전에 돌아오마. 폭풍우가 불더라도 리지 매가 조금 아래에 정박해 있으니 걱정하지 마. 너희 집 작은 보트는 거기 있어. 리지 매에는 나와 함께 다니는 남자아이가 있어. 좀 거칠어 보일 거야. 기차에서 떠돌이 생활을 하다가 단속반에게

쫓겼던 아이거든. 하지만 너희를 해치지는 않을 거야. 그 아이에게 아침까지 내게서 소식이 없으면 노를 저어 여기로 오라고 일러뒀어."

지드 아저씨가 시동을 걸자 우르릉거리며 모터가 돌아갔다. 나는 불빛 아래서 진흙물이 마구 휘도는 모습을 멍하니 바라봤다. 눈을 감고 입을 벌린 퀴니를 보고 싶지 않았다.

카멜리아가 던진 줄은 작은 보트 뱃머리에 깔끔하게 내려앉았다.

지드 아저씨는 카멜리아를 가리켰다. "요 사슴 같은 녀석아, 언니 말 잘 들어. 뭐든 릴에게 먼저 물어보고 해. 알겠어?"

카멜리아가 콧잔등을 너무 세게 찡그리는 바람에 뺨의 주근깨가 한데 모였다.

"알아들었어?" 지드 아저씨가 다시 물었다. 그는 우리 집에서 나와 다툴 가능성이 가장 많은 사람이 누구인지 잘 알았다.

"카멜리아!" 브라이니의 근심 어린 기색이 잠시나마 사라졌다.

"알겠어요." 카멜리아는 이렇게 말했지만 기분이 안 좋아 보였다.

잠시 뒤 브라이니는 나를 봤다. 그는 내게 말하는 게 아니라 애원하는 것 같았다. "릴, 동생들 잘 보고 있어. 우리가, 그러니까 퀴니와 내가 돌아올 때까지 모두 돌봐주렴."

"우린 괜찮을 거예요. 약속해요. 전부 다 잘 돌볼게요. 아무 데도 가지 않을 거예요."

지드 아저씨가 키를 돌리고 연료 조절판을 올리자 배는 엄마를 싣고 어둠 속으로 사라졌다. 우리 다섯은 급히 난간으로 간 다음 나란히 서서 어둠이 제니를 완전히 삼킬 때까지 지켜봤다. 선체가 오르락내리락하며 흰 물결을 가르는 소리를 들었다. 소형 모터는 굉음을 내다가 조용해졌고 다시 굉음을 냈다. 그 소리는 매번 조금씩 멀어졌다. 먼 곳에서 예인선이 안개 경고음을 울렸다. 갑판장이 부는 휘파람 소리가 들렸고 개가 요란하게 짖는 소리도 들렸다.

밤은 조용해졌다.

펀은 원숭이처럼 내 다리에 매달렸고, 가비언은 라크를 잘 따라서 그 애와 함께 집 안을 돌아다녔다. 마침내 판잣집 안으로 들어가 먹을 게 없는지 살펴볼 일만 남았다. 우리가 가진 거라고는 옥수수빵 한 덩이와 브라이니가 아칸소의 윌슨에서 받아온 배 몇 개뿐이었다. 우리는 윌슨에서 몇 달 동안 머물렀고 여름방학이 될 때까지 학교에도 다녔다. 그쯤 되자 브라이니는 다시 발이 근질거렸다. 그는 강으로 나갈 준비가 됐다.

평소 같았으면 브라이니가 멤피스 같은 대도시 인근의 강가로 우리를 데려갈 리 없었다. 하지만 이틀 전부터 퀴니가 배가 심하게 아프다고 호소했다. 다섯 아이를 낳은지라 아직 산통이 시작되기에는 이르다는 걸 알면서도 퀴니는 배를 묶고 한자리에 머무는 편이 낫겠다고 생각했다.

우리는 아카디아 안에서 모두 짜증 나고 걱정스러웠으며 덥고 불안했다. 문만 닫고 커튼은 치지 않았는데도 카멜리아는 투덜댔다. 창문을 열어놨는데도 끈끈하고 더웠다.

"조용히 해." 나는 화난 목소리로 나지막이 말하고 저녁을 준비했다. 우리 다섯은 바닥에 둘러앉았다. 끝에 두 자리가 빈 채 식탁에 앉는 건 바람직하지 않아 보였기 때문이다.

"나 배고파." 자기 몫을 다 먹어 치운 가비언이 입술을 내밀었다. 그 애는 길고양이보다도 빨리 음식을 해치웠다.

나는 내 몫의 옥수수빵을 떼어 가비언의 입가에서 빙빙 돌렸다. "네 걸 너무 빨리 먹어버렸잖아." 가비언은 빵이 가까이 갈 때마다 새처럼 입을 벌렸고 결국 나는 빵 조각을 가비언의 입안에 넣어줬다.

"음." 가비언은 이렇게 말하며 배를 문질렀다.

펀과 라크는 가비언과 게임을 했다. 게임이 끝날 무렵에는 대부분 음식을 가비언이 먹은 뒤였다. 제 몫을 다 먹은 카멜리아 것만 빼고.

"아침이 되면 주낙을 던질 거야." 카멜리아는 이렇게 말하면 이기적인 행동을 만회할 수 있다고 생각하는 듯했다.

"지드가 가만있으라고 했어." 내가 말했다.

"지드가 돌아오면 하지 뭐. 그 남자애가 오면 하든가."

카멜리아는 혼자서 주낙을 던질 수 없다는 걸 알았다. "작은 보트도 없잖아. 브라이니가 그 배를 타고 노를 저어서 지드의 배에 갔으니까."

"내일은 있을 거야."

"내일이면 브라이니도 돌아오겠지. 퀴니와 아기들도."

이렇게 말한 뒤에 우리, 그러니까 카멜리아와 나는 서로 쳐다봤다. 라크와 펀이 우리를 보고 있는 듯했지만 걱정거리를 나눌 만큼 상황을 이해하고 있는 사람은 우리 둘뿐이었다. 카멜리아가 문 쪽을 보자 나도 그쪽으로 고개를 돌렸다. 오늘 밤 저 문으로 들어오는 사람은 아무도 없으리라는 걸 우리 둘 다 알았다. 밤에 우리끼리 남겨진 적은 처음이었다. 브라이니가 사냥하러 가거나 당구를 치러 가거나 개구리를 잡으러 가도 퀴니는 언제나 우리 곁에 있었다.

가비언은 퀴니가 실을 꼬아 짠 양탄자에 누워 눈을 감았다. 긴 연갈색 속눈썹이 얼굴에 닿았다. 가비언은 아직 잘 때 기저귀를 해야 했는데 나는 퀴니가 그러듯 가비언이 깊이 잠든 다음에 채우기로 했다. 가비언은 낮에 요강을 쓰기 때문에 기저귀를 채운 걸 알면 화냈다.

밖에서 천둥이 우르릉하고 번개가 번쩍였다. 하늘이 엷은 안개를 뱉어내기 시작했다. '지드와 브라이니가 엄마를 데리고 무사히 강을 건넜을까? 카멜리아의 맹장에 문제가 생겼을 때처럼 엄마는 의사의 치료를 받을 수 있는 병원에 있을까?'

"강 쪽 창문에 판자를 대서 고정해야겠어. 비가 들이치지 않도록." 카멜리아에게 말했지만 그 애는 대꾸하지 않았다. 카멜리아는 처음으로 어쩔 줄 몰라 했다. 그 애는 무엇이 최선인지 확신하지 못했다. 문제는 나도 그렇다는 것이었다.

가비언은 입을 벌리고 코를 골기 시작했다. 오늘 밤 적어도 한 명은 소란을 피우지 않았다. 라크와 펀은 문제가 달랐다. 라크는 커다랗고 푸른 눈에 눈물이 고인 채 속삭였다. "퀴니 데려와. 나 무서워."

내게도 퀴니가 필요했지만 동생들에게 그렇게 말할 순 없었다. "쉿, 넌 여섯 살이야. 아기가 아니라고. 바람이 불어오기 전에 창문 닫고 잠옷 입어. 큰 침대의 시트를 바꾸고 거기서 다 같이 잘 거야. 브라이니가 집에 없을 때처럼."

몸에 힘이 없고 몹시 지쳐 있었지만 머릿속은 미친 듯이 돌아갔다. 또렷하게 생각할 수가 없었다. 얕은 물에서 모터보트를 작동할 때 나뭇잎과 잔가지, 미끼로 쓰는 유충과 흙이 뒤섞이듯 무의미한 말들이 빙빙 돌았다.

이런 상태가 이어지자 동생들이 징징대고 투덜대고 숨죽여 웃다가 코를 훌쩍거리는 소리가 하나도 들리지 않았다. 카멜리아가 펀을 멍청이라고, 라크를 울보라고 부르며 마음에도 없는 상스러운 말로 자극하는 것도 들리지 않았다.

동생들이 모두 큰 침대에 눕자 나는 마지막으로 등불을 끈 다음 주석으로 만든 남자가 달린 십자가를 바닥에서 주워 원래 있던 벽에 걸었다. 브라이니에게는 아무 소용 없는 물건이지만 퀴니에게는 소용 있었다. 게다가 오늘 밤 우리를 지켜봐 줄 사람은 이 남자뿐이었다.

침대에 눕기 전 나는 무릎을 꿇고 내가 아는 폴란드 말을 모두 읊조렸다.

5장
에이버리

"오래 걸리지 않을 거예요." 나는 요양원 현관 지붕 아래에 차를 세우는 레슬리의 인턴 이언에게 말했다.

그는 운전석 문을 반쯤 열다가 멈췄다. "아…… 네. 그럼 여기서 기다리면서 이메일이나 확인해야겠군요." 그는 수행원이 필요 없다는 데 실망한 것 같았다. 나는 차에서 내려 로비로 가는 동안 이언의 호기심 어린 시선이 따라오는 걸 느꼈다.

원장은 사무실에서 기다리고 있었다. 주디 할머니의 팔찌는 그녀의 책상에 놓여 있었다. 내가 잃어버린 보물을 다시 손목에 채우자 보석을 박은 잠자리의 눈이 반짝거렸다.

원장은 오늘 행사에 대해 잠시 이야기하고는 번거롭게 해서 미안하다고 사과했다. "크랜들 부인을 한동안 지켜봤습니다. 가여운 양반이에요. 부인은 누구와도 좀처럼 이야기하지 않아요. 그저…… 밤에 문을 닫을 때까지 복도와 구내를 돌아

다녀요. 자원봉사자가 피아노를 연주하러 여기 오지 않으면 방에 틀어박혀 있기도 하고요. 음악을 좋아하는 것 같지만 노래 부르는 시간에 다른 입주자들과 함께하라고 설득하기는 어려워요. 슬픔에 빠져 있는데 사는 곳까지 바뀌면 상황이 너무 버거워서 정신과 몸이 제대로 대처하지 못하곤 하죠."

이 말을 듣자마자 누군가가 주디 할머니에게 똑같이 말한다면 어떨까 상상했다. 메이라는 이 가여운 노부인 때문에 마음이 아팠다. "부인이 불쾌해하지 않았길 바라요. 그분이 일부러 팔찌를 가져가지는 않았다고 믿어요. 오랫동안 집안에서 전해온 물건이 아니었다면 부인에게 가지라고 했을 거예요."

"오, 저런. 그건 안 돼요. 돌려주는 게 최선이에요. 우리 요양원 입주자들은 집에 가지고 있던 물건을 대부분 여기 가져올 수 없다는 사실을 받아들이기 힘들어해요. 그래서 요양원의 물건들을 살펴보고 누군가가 자기 물건을 훔쳤다고 생각하죠. 그분들이 물건을 훔쳐서 되돌려주는 일은 제법 흔하답니다. 크랜들 부인은 집을 떠났다는 사실에 아직 적응하는 중이에요. 지금 당장은 혼란스럽고 불안해하지만 자연스러운 현상이죠."

"그런 변화가 얼마나 힘든지 알 것 같아요." 래니앱 거리에 있는 할머니의 집은 그 안의 물건을 그대로 둔 채 아직도 잠겨 있었다. 우리는 할머니의 평생이 담긴 기념품과 셀 수 없이 많은 가보가 있는 그곳을 어떻게 할지 결정할 마음의 준비가 되지 않았다. 결국 그 집은 늘 그래왔듯 다음 세대 자손들에게 상속될 것이다. 나는 언니들 중 한 명이 그 집으로 들어가 살면서 대부분 물건을 그대로 남겨두기를 바랐다. "크랜들 부인에게 찾아오는 가족이 있나요?" 죽은 여동생 이야기는 일부러 하지 않았다. 이 노부인을 뭐랄까…… 연구 사례처럼 말하는데서 이미 죄책감을 느꼈다. 그녀는 주디 할머니와 같은 사람이었다.

원장은 인상 쓰며 고개를 저었다. "가까운 곳에는 아무도 살지 않아요. 아들은 몇 년 전에 사망했고요. 손주들이 있지만 재혼해서 생긴 자식들의 자녀예요. 그마저도 가까이에 사는 사람은 없어요. 상황이 복잡하죠. 가족들은 나름대로 최선을 다하고 있지만 솔직히 상황을 어렵게 만든 건 크랜들 부인이에요. 처음엔 부인을 집에서 가까운 시설에 보냈는데 거기서 도망치려고 했죠. 가족들은 좀 떨어져 있으면 나을까 싶어서 부인을 여기로 보냈고요. 이 주 사이에 여기서도 세 번이나 도망치려고 했어요. 새로 들어온 사람이 갈피를 못 잡고 어려움을 겪는 일은 꽤 흔해요. 적응하고 나면 나아지기를 바라야죠. 부인을 알츠하이머 병동으로 보내기는 정말 싫어요. 하지만……." 원장은 말끝을 흐리며 입술을 깨물었다. 내게 모든 걸 다 말할 필요가 없다는 걸 깨달은 게 분명했다.

"정말 안타깝군요." 나는 이미 좋지 않은 상황을 더 나쁘게 만든 것만 같은 기분이었다. "혹시 부인을 만날 수 있을까요……? 팔찌를 돌려줘서 고맙다고 말하고 싶어서요."

"사실…… 돌려준 건 아니에요. 부인이 팔찌를 가지고 있는 걸 우리 직원이 본 거죠."

"어쨌든 팔찌를 돌려받아서 고맙다는 말이라도 하고 싶어요." 무엇보다 원장이 이 모든 일에 너무…… 냉랭해서 걱정스러웠다. 나 때문에 메이가 난처해졌으면 어쩌지? "팔찌는 제 할머니가 좋아하시던 거였어요." 나는 눈에 보석이 박혀 있고 등이 알록달록 화려한 금 잠자리 장식을 내려다봤다.

"입주자를 찾아오는 사람을 제한하지는 않지만 만나시지 않는 게 좋을 것 같군요. 크랜들 부인이 대화를 나누지 않을 가능성도 높고요. 팔찌를 돌려드리고 모두 해결됐다는 이야기는 전할게요."

우리는 오전에 있었던 생일잔치 이야기를 하며 유쾌하게 좀더 대화한 뒤에 사무실 문 앞에서 헤어졌다. 요양원 입구로 이어지는 복도에는 이름과 방 호수를 금속판에 써서 깔끔하게 정리한 표지판이 걸려 있었다.

메이 크랜들, 107호. 나는 모퉁이를 돌았다.

107호는 복도 끝에 있었다. 문이 열려 있었다. 방 앞쪽 절반을 차지한 침대는 비어 있었고 가운데에 커튼이 쳐져 있었다. 나는 안으로 들어가서 작은 소리로 물었다. "계세요? 크랜들 부인?" 퀴퀴한 냄새가 났고 불은 꺼져 있었지만 어디선가 거친 숨소리가 들렸다. "크랜들 부인?" 한 걸음 더 들어가자 다른 침대의 담요 밖으로 나온 발이 보였다. 잔뜩 쪼그라든 발이었다. 오랫동안 무게를 지탱해본 적 없는 것처럼. 크랜들 부인의 발은 아니었다.

나는 크랜들 부인의 공간이 확실해 보이는 곳을 유심히 살펴봤다. 좁고 단조롭고 어쩐지 우울했다. 주디 할머니가 얼마 전에 입주한 작은 아파트에는 소파, 의자, 게임용 탁자가 있고 좋아하는 사진을 얼마든지 놓아 장식할 수 있다. 하지만 이 방의 주인은 여기서 지낼 생각이 없어 보였다. 침대 옆 탁자에 놓인 개인 물품이라고는 하나뿐이었다. 뒤에 벨벳 받침대가 달린 액자였다.

참견하면 안 된다는 걸 알았지만 뭔가가 필요하다는 듯 울새 알처럼 파란 눈동자로 날 보던 메이의 얼굴이 지금도 눈에 선했다. 그 간절한 표정이. 그녀가 여기서 학대당해서 도망치려고 했다면 어쩌지? 연방검사로서 끔찍한 노인 학대 사건을 못 본 체할 순 없었다. 통신판매 사기, 명의 도용, 사회보장 연금 수표를 빼돌리는 범죄는 우리 담당이었다. 젊은 사람들이 노인들 돈에 손대려고 기회를 엿보는 경우는 너무도 많았다. 크랜들 부인의 손주들이 정말 훌륭한 사람들일 수도 있었다. 하지만 왜 그들이 부인을 잘 돌보는지 지켜볼 수 있는 가까운 요양원이 아니라 이런 곳의 요양원에 부인을 홀로 뒀는지는 짐작하기 어려웠다.

'그저 확인하고 싶은 것뿐이야.' 나는 스태포드 가문의 책임감을 타고났다. 그래서인지 낯선 사람들의 안녕에, 특히 속수무책인 소외 계층의 안녕에 책임감을 느꼈다. 자선활동은 어머니가 온종일 시간을 쏟아붓는 일이기도 했다. 어머니는 스스로 그 일을 제2의 직업으로 삼았다.

화려하게 장식된 액자는 아쉽게도 벽을 향해 있었다. 테두리는 진주 같은 광택이 나는 상아색 셀룰로이드였는데 1930~40년대의 여성용 파우더 용기, 브러시, 빗, 단추걸이 같은 것에 어울릴 법했다. 가까이 몸을 숙여도 사진은 보이지 않았다.

그래서 결국 저지르고 말았다. 나는 액자를 돌렸다. 가장자리가 하얗게 바랜 적갈색 사진 속에는 호수인지 연못인지 알 수 없는 물가에 젊은 연인이 있었다. 남자는 낡은 중절모를 쓰고 낚싯대를 들었다. 검은 눈동자와 검은 머리카락 때문에 얼굴을 알아보기가 힘들었다. 그는 잘생겼고, 한쪽 다리를 쓰러진 통나무 위에 올리고 호리호리한 어깨를 활짝 편 모습으로 봐서 자신감이 대단해 보였다. 반항적으로 느껴질 정도였다. 그는 마치 사진 찍는 사람에게 자기 모습을 담을 테면 담아보라고 도전하는 것 같았다.

여자는 임신한 상태였다. 바람에 날리는 꽃무늬 원피스 아래로 길고 마른 다리가 지탱하기에는 너무 커 보이는 배의 윤곽이 드러났다. 풍성한 금발은 허리까지 왔다. 머리 앞쪽은 어린아이처럼 너저분하게 리본을 묶어 올렸다. 여자를 보자 학교에서《분노의 포도》같은 작품을 공연하느라 분장한 십대 소녀 같다는 생각이 맨 먼저 들었다.

다시 여자를 봤을 때는 주디 할머니가 떠올랐다. 나는 눈을 깜빡이며 몸을 더욱 가까이 숙인 채 얼마 전 주디 할머니의 방에 성성껏 걸었던 사진들을 떠올렸다. 그중 유독 기억에 남은 사진이 있었다. 고등학교 졸업 여행에서 찍은 사진이었다. 할머니는 코니아일랜드 부두에 앉아 카메라를 향해 미소 짓고 있었다.

사진 속 여자와 할머니가 닮았다는 건 내 착각인지도 몰랐다. 입은 옷으로 봐서 사진 속 인물은 주디 할머니라고 하기에는 너무 구식이었다. 항상 세련된 할머니가 이런 식으로 옷을 입을 리 없었다. 하지만 액자를 뚫어지게 쳐다보고 있는 지금 이 순간 머릿속에는 '어쩌면 할머니일 수도 있다'는 생각밖에 나지 않았다. 조카 코트니와 나와도 닮은 구석이 있었기 때문이다.

휴대전화를 꺼내 희미한 빛 속에서 카메라 초점을 맞추려고 애썼다.

카메라의 십자선이 깜빡거렸다. 사진을 찍었지만 흐릿했다. 침대 쪽으로 가서 다시 찍었다. 어쩐지 불을 켜는 건 선을 넘는 행동 같았고 카메라 플래시를 켜면 번쩍이는 유리만 찍힐 것이었다. 하지만 나는 사진을 원했다. 아버지에게 이 사람들을 아는지 모르는지 물어볼 수 있을지도 몰랐다. 아니면 집에 가서 다시 보고 닮았다는 생각이 지나쳤다는 걸 깨달을지도 몰랐다. 사진은 낡아서 그리 선명하지 않았다.

"초대하지도 않았는데 다른 사람 공간에 침입하는 건 무례한 행동이에요."

사진을 다시 찍으려다가 고개를 휙 들었다. 휴대전화가 손에서 떨어졌다. 전화기는 빙글빙글 돌며 떨어졌고 나는 슬로모션으로 움직이는 만화 속 인물처럼 허공을 움켜쥐었다.

내가 침대 아래서 휴대전화를 꺼내는 사이 메이 크랜들이 방으로 들어왔다. "정말 죄송해요. 저는 그저⋯⋯." 그럴듯한 핑곗거리는 없었다. 전혀.

"대체 뭘 하고 있었죠?" 내가 돌아서자 메이는 놀라서 물러섰다. 잔뜩 움츠리고 있던 목이 천천히 다시 나왔다. "또 왔군요." 그녀의 시선이 액자에 머물렀다. 위치가 바뀌었다는 걸 안다는 듯. "저들과 한통속이에요?"

"저들이라니요?"

"저 사람들 말이에요." 허공을 스친 손이 요양원 직원들을 가리켰다. 메이는 목을 길게 뺐다. "저들이 날 여기에 가뒀어요."

레슬리에게 들은 이야기가 떠올랐다. 집과 여동생의 시체 이야기가. 어쩌면 이곳에는 슬픔과 혼란 이상의 뭔가가 있는지도 몰랐다. 나는 이 노부인에 대해 아는 바가 하나도 없었다.

"내 팔찌를 하고 있군요." 메이는 내 손목을 가리켰다.

원장의 말이 떠올랐다. '누구와도 좀처럼 이야기하지 않아요. 그저…… 밤에 문을 닫을 때까지 복도와 구내를 돌아다녀요……'

하지만 지금 그녀는 내게 말하고 있었다.

나는 잠자리 팔찌를 빼려다가 멈칫하고 손목을 손으로 잡은 채 가슴팍으로 가져갔다. "죄송하지만 이 팔찌는 제 거예요. 오늘…… 아까…… 생일잔치 때 제 손목을 잡으셨을 때 빠진 게 틀림없어요."

메이는 내가 무슨 말을 하는지 도통 모르겠다는 듯 나를 보며 눈을 깜빡거렸다. 생일잔치를 벌써 잊어버렸을까?

"혹시 이것과 비슷한 걸 하셨나요?" 내가 물었다.

"생일잔치? 아니, 그랬을 리 없지." 그녀는 격노를 터뜨리기 직전이었다.

요양원 원장이 이 노부인의 문제를 과소평가하는 건 아닐까? 치매와 알츠하이머 때문에 피해망상과 불안이 나타날 수 있다는 이야기를 들었다. 하지만 그런 행동을 직접 겪어본 적은 없었다. 주디 할머니는 혼란스러워하고 가끔 자신에게 좌절하기도 하지만 여느 때처럼 다정하고 인정 많았다. "제 말씀은 이것과 비슷한 팔찌를 가지고 계시느냐는 뜻이었어요."

"아, 그랬지…… 저들이 그걸 아가씨에게 주기 전까지는."

"그런 게 아니에요. 오늘 아침에 여기에 올 때 하고 온 팔찌인걸요. 팔찌는 할머니에게 받은 선물이에요. 할머니가 좋아하시는 거죠. 그렇지 않았다면 아마 이걸……." 나는 '그냥 가지시라고 했을 거예요'라고 말하려다 말았다. 메이를 아이처럼 대하는 게 실례가 될 것 같았기 때문이다.

그녀는 한참 동안 나를 바라봤다. 그러다 갑자기 정신이 또렷해진 것 같았고 명민해 보이기까지 했다. "내가 아가씨 할머니를 만나본 적이 있을지도 모르겠군요. 어디 한번 알아봅시다. 할머니가 이 근처에 사나요?"

방 안 공기가 돌연 달라졌다. 변화를 느꼈다. 머리 위에서 윙윙 돌아가는 환기구 때문은 아니었다. 메이는 내게서 뭔가를 원하고 있었다. "그렇진 않아요. 그러면 참 좋겠지만 아니에요." 사실 나는 화난 이 낯선 노부인에게 다정한 할머니를 노출하고 싶지 않았다. 노부인과 이야기를 나눌수록 여동생의 시신을 안은 그녀의 모습을 쉽게 떠올릴 수 있었다.

"그럼 돌아가셨나요?" 메이는 갑자기 의기소침하고 연약해졌다.

"아니요. 하지만 집을 떠나 요양원으로 가셨어요."

"최근에요?"

"한 달 전쯤에요."

"오…… 저런…… 안됐군요. 그곳에서 잘 지내나요?" 이 말을 하는 메이는 애원하는 듯하면서도 절실한 표정이었다. 마음을 꿰뚫는 듯한 슬픔에 나는 한 대 맞은 기분이었다. 그녀의 인생은 어땠을까? 친구, 이웃, 동료들은 어디 있을까? 의무감에라도 그녀를 보러 올 사람들은? 주디 할머니는 적어도 하루에 한 명은 방문객이 있었고 가끔은 두어 명이 오기도 했다.

"그런 것 같아요. 사실 집에서는 외로우셨거든요. 요양원에 계신 지금은 이야기 나눌 사람도 있고 게임하는 날도 있는 데다가 파티에 참석할 수도 있어요. 수공예도 하고 장서가 많은 도서관도 있고요." 분명 여기서도 그런 프로그램을 제공할 것이다. 어쩌면 나는 메이 크랜들에게 좋은 일을 할 수 있을지도 모른다. 그녀가 마음을 터놓고 새로운 생활에 적응하려 노력하고 요양원 직원들과 다투지 않도록 독려할 수 있을지도 모른다. 대화 주제가 바뀌자 나는 메이가 평소에 정신이 없는 척 연기하는 게 아닌지 의심스러워졌다.

그녀는 내가 넌지시 비쳤던 의중을 자연스럽게 무시하고 주제를 바꿨다. "그분을 아는 것 같아요. 아가씨 할머니 말이에요. 같은 브리지 게임 동호회 소속이었는지도 몰라요." 그녀는 마디가 구부러지고 울퉁불퉁한 손가락으로 나를 가리켰다. "아가씨는 할머니를 꽤 많이 닮은 것 같군요."

"네. 그런 말 많이 들어요. 할머니 머리카락을 물려받았죠. 언니들은 안 그런데 저만 그래요."

"그리고 눈도." 대화는 매우 사적으로 바뀌었다. 메이는 나를 뼛속까지 훤히 들여다봤다.

지금 무슨 일이 일어나고 있는 거지?

"제…… 제가 여쭤볼게요. 할머니를 뵈러 가면요. 하지만 기억 못 하실지도 몰라요. 상태가 좋은 날도 있고 나쁜 날도 있거든요."

"그건 우리 모두 그렇지 않나?" 메이의 입가가 실룩거리며 올라가자 나는 불안하게 웃었다.

나는 몸을 움직이다가 팔꿈치로 침대 옆 램프를 쳤고 떨어지는 램프를 잡았다. 그러자 이번에는 액자가 떨어졌다. 액자도 바닥에 떨어지기 전에 잡았다. 나는 사진을 자세히 보고 싶었지만 애써 참았다.

"다들 부딪쳐서 떨어뜨리죠. 이곳에서 일하는 사람들 말이에요."

"서랍장 위에 놓을까요?"

"가까이에 두고 싶어요."

"아…… 네." 나는 휴대전화로 사진을 다시 찍을 수 있기를 바랐다. 빛이 반사되지 않는 지금 각도에서 보니 사진 속 얼굴은 할머니와 더 닮아 보였다. 혹시 할머니일까……? 연극용 의상을 입은 걸까? 할머니는 사립 고등학교 재학 시절 연극반 반장이었다. "사실 부인이 들어오셨을 때부터 궁금하긴 했어요." 이제 그녀와 조금은 친밀해졌으니 물어봐도 될 것 같았다. "사진 속 여자를 보고 할머니가 떠올랐거든요."

내 휴대전화가 울렸다. 시 청사 토론회 때부터 계속 진동으로 돼 있었다. 그제야 이언이 차에서 계속 기다리고 있다는 사실이 떠올랐다. 하지만 메시지는 어머니에게서 온 거였다. 통화하고 싶다는 내용이었다.

"머리카락이 똑같군요." 메이 크랜들이 무덤덤하게 말했다. "하지만 흔히 있을 수 있는 일이죠."

"네, 그건 그래요." 메이는 더 이상의 정보를 주지 않았다. 나는 마지못해 액자를 침대 옆 탁자에 내려놨다.

메이는 또다시 울리는 내 휴대전화를 쳐다봤다. 어머니가 메시지를 확인했는지 묻는 내용이었다. 나는 어서 답해야 한다는 걸 알았다.

"만나서 반가웠습니다." 나는 자리를 빠져나가려고 시도했다.

"가야 하나요?"

"안타깝게도 그래야 할 것 같아요. 하지만 할머니께 부인 성함을 아시는지 여쭤볼게요."

메이가 입술을 축이자 입술이 떨어지며 혀 차는 듯한 소리가 났다. "다시 와줘요. 사진 이야기를 해줄게요." 그녀는 놀랍도록 민첩하게 돌아서서 지팡이도 짚지 않고 문으로 향하더니 한 마디 덧붙였다. "가급적이요."

그녀는 내가 대답하기도 전에 가버렸다.

나는 액자 사진을 찍고 서둘러 나갔다.

로비에 가니 이언이 휴대전화로 이메일을 확인하고 있었다. 차에서 기다리다 지쳐서 나온 게 틀림없었다.

"미안해요. 너무 오래 걸렸죠." 내가 말했다.

"아, 괜찮아요. 덕분에 이메일을 정리한걸요."

보육원 원장이 지나가다가 인상을 찡그렸다. 왜 내가 아직도 여기 있는지 궁금해하는 것 같았다. 내가 스태포드 가문 사람이 아니었다면 분명 멈춰 서서 물었을 것이다. 하지만 그녀는 눈길을 돌리고 가던 길을 갔다. 사우스캐롤라이나에 온 지 두 달이 지났는데도 내 성 때문에 록스타 대우를 받는 게 여전히 이상했다. 메릴랜드에서는 아버지가 상원의원이라는 사실을 몇 달이 지나서야 알게 된 사람들이 많았다. 오롯이 내 힘으로 나를 증명할 기회를 갖는다는 게 무척 좋았다.

이언과 나는 차로 갔고 우리는 곧 도로 공사 때문에 생긴 정체에 갇히고 말았다. 그래서 나는 그사이 어머니에게 전화하기로 했다. 애국 여성회 모임이 열릴 예정이니 집으로 전화하면 분명 어머니가 받을 것이다. 모임이 끝났더라도 어머니는 분주하게 도자기 그릇과 펀치용 유리잔을 제자리에 정리하느라 집에 있을 것이다. 그래야 허니비니까. 어머니는 모임을 주최하는 데 달인이었다.

이름을 잊어버리는 법도 없었다.

"혹시 메이 크랜들이라는 사람 아세요?" 모임에 '우연히 들러' 얼굴을 비추고 악수하며 상류층 부인들에게 점수를 따라는 어머니의 요청이 끝나자 내가 물었다. '여자들 마음을 잡으면 표를 얻을 수 있어. 어리석은 남자들만이 그들의 힘을 과소평가하지.' 아버지는 늘 이렇게 말했다.

"글쎄. 모르겠는데." 어머니는 잠시 생각에 잠겼다. "크랜들…… 크랜들이라…….""

"메이 크랜들이요. 연세가 주디 할머니와 비슷해요. 혹시 할머니와 같이 브리지 게임 하시던 분 아닐까요?"

"저런, 맙소사. 그럴 리 없어. 할머니와 브리지 게임 하시던 분들은 친구들인걸." 어머니가 말한 친구란 대부분 몇 대에 걸쳐 가문끼리 연을 맺고 오래 알아온 사람들이라는 뜻이었다. "루이스 하트스타인, 닷 그릴리, 미니 클락슨…… 이분들은 너도 다 알잖니."

"그렇죠." 어쩌면 메이 크랜들은 현실과 일부만 닮은 수많은 기억이 머릿속에서 뒤섞여 정신이 혼란스러운 상태인지도 몰랐다. 하지만 그렇다고 해도 탁자 위에 있던 사진을 설명할 순 없었다.

"그걸 왜 물어?"

"그냥요. 요양원에서 만난 노부인이에요."

"저런, 다정하기도 해라. 그분과 이야기 나눈 건 정말 잘했구나. 외로운 분들이잖니. 에이버리, 그 노부인은 이제야 우리 가문을 제대로 알게 됐을지도 몰라. 많은 사람이 그렇거든."

나는 움찔하며 마지막 부분이 이언에게 들리지 않길 바랐다. 당혹스러웠다.

내 머리 한구석에는 사진에 관한 의문이 계속 자리하고 있었다. "오늘 저녁에 할머니 뵈러 누가 가죠?"

"내가 갈 생각이야. 모임이 너무 늦게 끝나지 않으면." 어머니는 한숨을 쉬었다. "아버지가 갈 순 없으니까." 허니비는 아버지가 일 때문에 가족에게 책임을 다하지 못할 때마다 한결같이 그 책임을 대신했다.

"어머니는 모임 끝나고 집에서 쉬시는 게 어때요? 제가 갈게요."

"하지만 그 전에 모임에 들러야 한다." 어머니가 압박했다. "타호 호수로 여행 갔던 비트시가 돌아왔어. 널 몹시 보고 싶어 하더구나."

갑자기 우리 문이 닫힐 때 야생동물이 경험할 법한 소름 끼치고 절망적인 기분이 들었다. 비트시가 돌아왔다니. 모임 참석자들의 면면을 떠올려보니 엘리엇과 내가 결혼 날짜를 잡았는지, 그릇과 은 식기를 골랐는지에 대한 추궁과 결혼식 장소와 시기, 그러니까 실내에서 할지 야외에서 할지, 겨울에 할지 봄에 할지에 대한 이야기가 끝없이 이어질 게 뻔했다.

'우리는 급하지 않아요. 지금은 둘 다 너무 바빠요. 정말 제 짝이라는 느낌이 드는지 두고 보는 중이에요.' 비트시는 이런 대답을 듣고 싶어 하지 않았다. 비트시를 비롯한 애국 여성회 회원들이 일단 내게 관심을 보이면 무기고에 있는 도구를 모두 이용해 원하는 대답을 들을 때까지 나를 놓아주지 않을 것이다.

오늘 저녁 매그놀리아 매너에 가서 주디 할머니에게 사진에 대해 물어보지 못할 것만 같은 예감에 마음이 무거워졌다.

6장
릴

꿈에서 우리는 강을 자유롭게 달리고 있었다. 브라이니가 배 뒤에 고정한 모델 T 엔진 덕분에 무게가 전혀 나가지 않는 듯 쉽게 상류로 갔다. 퀴니는 코끼리에 탄 것처럼 선실 가장 높은 곳에 앉아 있었다. 고개를 젖힌 그녀의 깃털 달린 빨간 모자 아래로 머리카락이 흘러내렸다. 그녀는 판자촌에 사는 어느 아일랜드 사람에게 배운 노래를 불렀다.

"네 엄마 말야. 여왕처럼 아름답지 않니?" 브라이니가 물었다.

햇살은 따스했고 멧종다리가 지저귀고 살찐 농어가 물 위로 뛰어올랐다. 흰 펠리컨 떼가 커다란 화살표를 그리며 북쪽으로 향했다. 이는 우리 앞에 여름이 아직 온전하게 남았다는 뜻이다. 외륜선, 평저선, 예인선, 바지선 같은 것들은 하나도 보이지 않았다. 강은 우리 것이었다.

우리만의 것.

"그럼 넌 뭐가 되지?" 꿈에서 브라이니가 내게 물었다.

"아카디아 왕국의 릴 공주!" 내가 외쳤다.

브라이니는 내 머리에 인동덩굴 꽃으로 만든 왕관을 씌워주며 공주라고 선언했다. 동화책 속 왕들이 그러듯.

아침에 잠에서 깨자 입에서 계속 단맛이 느껴졌다. 그 달콤함은 눈떠서 왜 우리 다섯이 모두 퀴니와 브라이니의 침대 매트리스를 가로질러 어부가 잡아 올린 물고기처럼 펄떡대며 땀에 젖어 번질번질한지 생각날 때까지 남아 있었다.

'퀴니는 여기 없어.' 이 생각이 들기 무섭게 내가 왜 꿈에서 깼는지 깨달았다.

누군가가 문을 두드리고 있었다.

가슴이 두근거렸다. 벌떡 일어나서 퀴니의 숄을 잡아당겨 잠옷 위에 두르고 판잣집 마루를 걸어갔다. 문밖에는 지드 아저씨가 있었다. 유리창을 통해서 봤을 뿐인데도 흰 수염이 덮인 그의 얼굴이 힘들고 슬퍼 보인다는 걸 알았다. 배 속이 꼬이는 것 같았다.

태풍은 지나갔고 날이 맑을 것 같았다. 아침 공기가 후텁지근해지고 있었지만 문을 열고 밖으로 나가자 서늘함이 낡은 면 잠옷을 곧장 뚫고 들어왔다. 키가 너무 많이 자라는 바람에 퀴니가 주름 장식으로 쓰는 천을 꿰매 만들어준 옷이었다. 퀴니는 내 나이 정도의 여자아이들은 다리를 많이 드러내면 안 된다고 말했다.

가슴팍 위로 숄을 더 단단히 여몄다. 지드 아저씨 때문도 아니었고 내게 감춰야 할 여자다운 면모가 있어서도 아니었다. (퀴니는 때가 되면 그렇게 될 거라고, 아직은 때가 아닐 뿐이라고 했다.) 지드 아저씨가 타고 온 작은 보트에 남자아이가 있었기 때문이었다. 그 아이는 깡말랐지만 키가 컸고 케이준(프랑스인 후손으로 미국 루이지애나에 사는 사람)이나 원주민 같았다. 아직 성인 남성 티가 나지 않았지만 나보다는 나이가 많아 보였다. 열다섯 살쯤 되는 것 같았다. 지드 아저씨는 언제나 누군가를 보살폈다. 그는 온 강의 할아버지였다.

남자아이는 낡아 빠진 신문배달원 모자를 깊이 눌러 쓴 채 내가 아니라 보트 바닥을 봤다. 지드 아저씨는 소개를 건너뛰었다.

나는 이게 무슨 의미인지 알았지만 모르고 싶었다.

내 어깨에 닿은 지드 아저씨의 손이 무겁게 느껴졌다. 위로하려는 손길이었지만 달아나고 싶었다. 둑 아래 어딘가로 서둘러 달려가고 싶었다. 내 발은 정말 빠르게 날다시피 해서 깨끗해진 모래 위에 흔적을 거의 남기지 않을 텐데.

목구멍에서 눈물이 치솟자 꿀꺽 삼켰다. 펀이 내 뒤 창문에 얼굴을 붙이고 있었다. 잠에서 깬 나를 찾은 모양이었다. 펀은 내게서 멀리 떨어지는 법이 없었다.

"퀴니의 아기들이 죽었어." 지드 아저씨는 에둘러 말하는 사람이 아니었다.

내 안에서 무언가가 죽었다. 남동생인지 여동생인지 모르지만 새로 산 인형처럼 소중하게 안아주려고 했던 동생이. "둘 다요?"

"의사가 둘 다 죽었댔어. 하나도 살리지 못했다고. 브라이니가 네 엄마를 병원에 일찍 데려갔더라도 결과는 같았을 거래. 그 애들은 세상 빛을 못 볼 운명이었던 것뿐이야."

나는 그 말들을 귀에서 빼내려고 수영하고 나서 물을 뺄 때처럼 고개를 세차게 저었다. 그 말이 사실일 리 없었다. 아카디아 왕국에서는 있을 수 없는 일이었다. 강은 우리에게 마법을 선사했다. 브라이니는 언제나 강이 우리를 돌볼 거라고 장담했다. "브라이니는 뭐래요?"

"많이 힘들어하고 있어. 병원에 있는 네 엄마 곁에 두고 왔단다. 병원에서 서명해야 할 서류인가 뭔가가 있다고도 하고. 네 엄마에게는 아기 이야기를 아직 안 했어. 퀴니가 깨어나서 상태가 괜찮으면 브라이니가 하겠지. 의사 말이 퀴니는 괜찮을 거래."

하지만 나는 퀴니를 알았다. 퀴니는 괜찮지 않을 것이다. 갓 태어난 단내 나는 아기를 품에 안는 일만큼 그녀를 행복하게 하는 건 없었다.

지드 아저씨는 병원으로 돌아가는 게 좋겠다고 했다. 오늘 아침에 브라이니 상태가 좋지 않았다면서. "강가 판자촌에 가서 너희를 돌봐줄 사람이 있는지 알아봤는데 찾기가 쉽지 않았어. 경찰과 마찰도 있었고, 판잣집에 사는 사람들은 대부분 강에 나와 사니까. 그래서 사일러스를 데려왔어. 네 아빠가 집에 올 때까지 너희를 돌보라고." 지드 아저씨가 보트에 탄 남자아이에게 손짓하자 그 애는 놀란 표정으로 고개를 들었다. 지드 아저씨가 자기를 이곳에 두고 간다는 게 무슨 뜻인지 모르는 것 같았다.

"우리끼리도 잘 있을 수 있어요." 내가 가장 바라는 건 퀴니와 브라이니가 집으로 돌아와 우리와 함께 강 하류로 내려가는 일이었다. 얼마나 간절히 바랐는지 잔뜩 꼬인 배 속 깊은 곳이 아팠다.

"우리한테는 저 아이까지 먹일 음식이 없어요." 어느새 카멜리아가 문간에 와서 자기주장을 펼쳤다.

"안녕, 장밋빛 햇살 아가씨." 지드 아저씨는 언제나 카멜리아를 이렇게 불렀다. 카멜리아가 장밋빛 햇살과 정반대라서 놀리고 싶었기 때문이다.

"개구리를 잡아먹을 거예요." 카멜리아는 아카디아의 선장이라도 되는 양 선언했다.

"아니, 그러지 마." 내가 말했다. "우리는 배를 떠나지 않을 거야. 우리 중 누구도 그럴 수 없어."

지드 아저씨는 카멜리아를 손가락으로 가리켰다. "다들 집에 꼼짝 말고 있어야 해." 그는 눈을 찌푸리고 강을 봤다. "머드 아일랜드 판자촌에 머무는 사람들이 무슨 짓을 할지 몰라. 어쨌든 지금처럼 눈에 띄지 않는 곳에 너희끼리 있는 게 좋아. 그냥 조용히 있어. 주의를 끌 만한 짓은 절대 하지 말고."

뭔가 새로운 게 가슴을 무겁게 짓눌렀다. 새로운 걱정은 내 안에 앉을자리를 파내고 자리 잡았다. 나는 지드 아저씨가 떠나는 게 싫었다.

펀이 내 다리에 슬며시 매달렸다. 나는 그 애를 안고 헝클어진 곱슬머리에 얼굴을 묻었다. 펀은 내게 위안이었다.

가비언이 나왔기에 그 애도 안았다. 두 아이의 무게 때문에 발이 바닥에 붙어 움직일 수 없었다. 퀴니의 숄로 어깨를 너무 꼭 감싼 나머지 피부가 땅겼다. 지드 아저씨는 내게 다시 책임자 노릇을 시킨 다음 사일러스라는 남자아이를 아카디아로 데려왔다. 일어선 사일러스는 생각보다 키가 컸다. 베란다 난간처럼 말랐지만 터진 입술과 퍼렇게 멍든 눈만 아니라면 잘생긴 얼굴이었다. 지드 아저씨의 말처럼 사일러스가 기차에서 떠돌이 생활을 했다면 단속반에게 더 심한 일을 당하지 않은 게 행운이었다.

그 애는 베란다 난간으로 올라왔다. 그곳이 원래 자기 자리라는 듯.

"이제 네가 아이들을 돌보렴." 지드 아저씨가 그에게 말했다.

사일러스는 고개를 끄덕였지만 기분 좋지 않은 게 틀림없었다. 쿠퍼매가 먹잇감을 찾아 하늘을 날았다. 사일러스는 날아가는 매를 보더니 멤피스 쪽을 계속 바라봤다.

지드 아저씨는 음식을 주고 갔다. 옥수숫가루 한 부대, 당근한 단, 달걀 열 개, 소금에 절인 생선 몇 마리였다.

사일러스는 보트를 타고 사라지는 지드 아저씨를 지켜봤다.

"배고파?" 내가 그 애에게 물었다.

그 애가 고개를 돌려 나를 보자 그제야 잠옷을 입었다는 사실이 떠올랐다. 안고 있던 아이들이 잠옷 목 부분을 끌어내리는 바람에 맨살에 끈끈한 공기가 느껴졌다.

사일러스는 내 잠옷을 눈치챈 듯 시선을 돌렸다. "그런 것 같아." 그 애의 눈동자는 한밤중의 강물처럼 새까맸다. 눈동자에는 그 애가 보는 모든 게 비쳤다. 가까이에서 물고기를 잡는 왜가리, 반쯤 부서진 나무에서 꺾여 늘어진 나뭇가지, 거품처럼 흰 구름이 뜬 아침 하늘…… 그리고 나. "요리는 할 줄 알아?" 그 애의 말투에서 이미 내가 요리를 못한다고 단정한 것 같은 느낌이 풍겼다.

고개를 들고 어깨를 폈다. 퀴니의 솔이 더욱 팽팽해졌다. 나는 사일러스가 그다지 마음에 들지 않았다. "할 수 있어."

"퉤!" 카멜리아가 침을 뱉었다.

"넌 가만있어." 나는 아이들을 내린 다음 카멜리아를 향해 밀었다. "동생들 좀 보고 있어. 라크는 어디 있지?"

"아직 자."

"그 애도 잘 봐." 라크는 속삭이듯 조용하면서도 재빠르게 빠져나갈 수 있었다. 개울 옆의 작은 터에 누웠다가 깊이 잠든 적도 있었다. 우리는 오후 내내, 그리고 밤이 절반쯤 지날 때까지 찾아다니고 나서야 라크를 발견했다. 퀴니는 넋이 나가 있었다.

"집에 불이나 낼 것 같은데." 사일러스가 투덜댔다.

바로 그때 나는 그 애가 정말 싫어졌다.

하지만 함께 집안으로 들어갈 때 나를 보고 갈라진 입술 한쪽 끝을 올리며 웃는 모습을 보니 그리 나쁘지 않을지도 모른다는 생각이 들었다.

우리는 스토브에 불을 지피고 최선을 다해 요리했다. 사일러스와 나 둘 다 아는 게 별로 없었다. 스토브는 퀴니의 영역이었기에 전혀 신경 쓰지 않았다. 나는 퀴니 옆에 있기보다는 나가서 강과 강에 사는 동물들을 관찰하며 브라이니가 해주는 기사, 성, 서부와 먼 곳의 원주민 이야기에 귀 기울였다. 나는 브라이니가 온 세상을 다 봤다고 생각했다.

사일러스는 브라이니와 약간 비슷했다. 요리하고 앉아서 먹는 동안 그는 기차에 탔던 일, 차를 얻어 타고 다섯 개 주를 지나온 일, 떠돌이들이 잠시 머무는 곳에서 음식을 긁어모은 일, 야생의 원주민처럼 자급자족해서 먹고산 일을 이야기했다.

"넌 왜 엄마가 없어?" 가장자리가 약간 탄 옥수수빵의 마지막 조각을 먹은 뒤 카멜리아가 물었다.

라크도 궁금했지만 수줍어서 못 물어봤다는 듯 고개를 끄덕였다.

사일러스는 오래된 난파선 옆의 모래사장에서 브라이니가 파낸 근사한 은 포크를 흔들었다. "있어. 아홉 살까지는 엄마를 정말 좋아했어. 그 뒤 엄마를 떠나고는 못 만났어."

"왜?" 나는 사일러스가 장난치는 게 아닐까 해서 그 애의 얼굴을 열심히 살폈다. 벌써 퀴니가 이렇게 그리운데 일부러 엄마를 떠난다는 건 상상할 수 없었다.

"엄마는 위스키를 마셔대고 채찍을 휘두르는 남자와 결혼했어. 일 년을 견디고 나서 내 갈 길을 가는 게 낫겠다고 생각했지." 사일러스의 눈이 잠시 이글거렸다가 다시 새까매졌다. 하지만 그 애는 재빨리 어깨를 으쓱하며 미소 지었다. 그러자 양쪽 뺨에 작은 보조개가 돌아왔다. "여기저기 돌아다니면서 추수하는 사람들과 함께 떠났어. 캐나다까지 가서 사과를 따고 밀을 수확했지. 일이 끝나면 다시 남쪽으로 내려왔어."

"열 살짜리가 그런 일을 했다고?" 카멜리아는 사일러스의 말을 한마디도 믿지 않는다는 걸 알리려고 입술로 소리를 냈다. "그걸 전부 다 했다고? 어련하시겠어."

사일러스는 고양이처럼 부드럽게 의자에서 몸을 돌리고는 빛바랜 셔츠 끝을 들어 올려 등을 가로질러 난 흉터를 보여줬다. 우리 다섯은 모두 식탁에서 재빨리 물러났다. 카멜리아조차도 건방지게 따지며 대꾸하지 않았다.

"너희 엄마 아빠가 좋은 사람이라면 감사해야 해." 사일러스는 카멜리아를 노려봤다. "부모님을 떠난다는 생각은 애초에 하지도 마. 그들이 잘해준다면 말야. 그렇지 못한 사람들도 분명 있으니까."

우리는 한동안 조용했다. 라크는 눈물을 글썽였다. 사일러스는 마지막 남은 달걀을 먹고 물을 꿀꺽꿀꺽 마셨다. 그 애는 주석 컵 테두리 너머로 우리를 살펴보며 왜 우리 표정이 울적한지 알 수 없다는 듯 인상을 썼다. "내 이야기 더 해줄게." 사일러스가 손을 뻗어 라크의 코를 비틀자 아이의 속눈썹이 나비 날개처럼 흔들렸다. "내가 밴조 빌과 그의 춤추는 개를 만났던 날 밤 이야기 했나?"

그런 식으로 사일러스는 계속 다른 이야기로 넘어갔다. 식사를 마치고 어질러진 걸 정리하는 동안 시간은 순식간에 지나갔다.

"요리 실력이 그렇게 형편없지는 않은데?" 베란다에서 양동이로 설거지를 끝낸 뒤에 사일러스는 이렇게 말하며 입술을 핥았다. 그쯤 편은 옷을 뒤집어 입고 있었다. 혼자서 옷을 갈아입었기 때문이다. 가비언은 혼자서 판잣집 뒤쪽으로 몰래 나갔다가 더러워진 몸을 씻겨줄 사람을 찾으며 반쯤 벗은 채 뛰어다녔다. 가비언이 강물에 빠지지 않아서 정말 다행이었다. 판잣집 배를 벗어나면 땅이 아니라 강물이었다.

나는 카멜리아에게 가비언을 베란다로 데려가서 강물에 엉덩이를 씻긴 다음 물기를 닦아주라고 했다. 그게 가장 쉬울 것 같았다.

카멜리아는 콧구멍을 벌름거렸다. 똥은 그 애가 세상에서 유일하게 두려워하는 것이었다. 그래서 카멜리아에게 가비언을 씻기라고 했다. 카멜리아는 그런 일을 당해 마땅했다. 오전 내내 아무것도 돕지 않았으니까.

"멜리아! 멜리아!" 어린 남동생은 아랫도리를 벗은 채 통통하고 짧은 다리로 문을 향해 뒤뚱뒤뚱 걸으며 환호했다. "나 더러워졌어!"

카멜리아는 경멸 어린 눈빛으로 나를 보더니 가림막을 휙 열고 가비언을 끌어내 그 애가 뒤뚱거리는 다리로 잘 설 수 있도록 한 팔에 안았다.

"내가 할게." 다툼이 끝나기를 바라는 라크가 속삭였다.

"카멜리아가 하게 놔둬. 넌 아직 너무 어려."

사일러스와 나는 서로 쳐다봤다. 그러자 그 애가 살며시 웃었다. "넌 옷 안 갈아입을 거야?"

아래를 본 나는 잠옷을 갈아입지 않고 그럴 생각도 하지 못했다는 걸 그제야 깨달았다. 사일러스의 이야기에 너무 몰입한 탓이었다. "갈아입는 게 좋겠어." 나는 이렇게 말했고 스스로 우습다고 생각하며 고리에 걸린 옷을 꺼낸 다음 그 자리에 들고 서 있었다. "밖에 나가줘. 훔쳐보지 말고."

사일러스와 함께 요리하고 동생들을 돌보는 동안 우스운 생각이 들었다. 내가 엄마 역할을, 사일러스가 아빠 역할을 하는 소꿉놀이를 하는 기분이었다. 이 집도 우리 둘의 집 같았다. 이런 생각 덕분에 아직 멀리 있는 퀴니와 브라이니를 떠올리지 않을 수 있었다.

하지만 사일러스나 다른 누구 앞에서 옷을 벗을 순 없었다. 나는 지난 일 년 동안 많이 자라서 퀴니처럼 판잣집 안 커튼 뒤에서 옷을 갈아입었다. 누군가가 내 알몸을 본다면 등을 채찍질당해 흉터가 남을 때만큼 견딜 수 없을 것 같았다.

"뭐야?" 사일러스는 이렇게 말하며 눈을 굴렸다. "내가 뭐하러 보겠어? 어린애를."

머리부터 발끝까지 몸이 뜨거워졌고 두 뺨은 끓어올랐다.

가림막이 쳐진 문밖에서 카멜리아가 웃음을 터뜨렸다.

얼굴이 더욱 빨개졌다. 할 수만 있다면 지금 당장 카멜리아와 사일러스 둘 다 물에 빠뜨리고 싶었다. "나갈 때 애들이나 좀 데리고 가줘." 내가 쏘아붙였다. "여자에겐 사생활이 필요하니까."

"네가 여자의 사생활에 대해 뭘 안다고 그래? 넌 여자가 아니잖아. 그냥 곱슬머리 큐피(큐피드를 닮은 아기 인형)일 뿐인걸." 사일러스가 놀려댔지만 하나도 재미없었다. 카멜리아에게 들리는 상황에서는 더욱. 카멜리아는 베란다에서 펀과 라크와 나란히 서서 이 쇼를 즐기고 있었다.

온몸의 근육이 뻣뻣해졌다. 쉽게 화내지는 않았지만 한번 화나면 안에서 불길이 치솟았다. "꼬챙이 같은 게! 바람이 불다가 네게 부딪쳐도 속도가 줄어들지 않을 거야. 그 정도로 말라깽이니까." 나는 어깨를 펴고 사일러스에게 맞섰다. 증오심을 최대한 내보이며 주먹 쥔 두 손을 허리에 얹었다.

"적어도 난 머리카락이 대걸레 같진 않아." 그 애는 고리에 걸어둔 모자를 가지고 쿵쿵대며 밖으로 나갔다. 건널 판자 근처 어딘가에서 그 애가 외쳤다. "넌 서커스단에 가야 해! 그게 어울려! 광대 역할로!"

나는 벽 거울에 비친 내 모습을 봤다. 곱슬곱슬한 금발은 사방으로 뻗쳤고 얼굴은 딱따구리 머리처럼 새빨갰다. 모습이 어떤지 더 자세히 살피기도 전에 나는 문으로 달려가 소리쳤다. "흥, 그냥 가버려! 사일러스…… 사일러스…… 성이 뭐든 간에! 성이 있는지 없는지도 모르지만 우린 네가 필요 없어! 그리고……."

육지에 내려선 사일러스는 갑자기 걸음을 늦추더니 나를 향해 손짓했다. 모자 때문에 그의 표정이 잘 보이지는 않았지만 문제가 생긴 게 틀림없었다. 그는 숲 속에서 뭔가를 봤다.

내 피부의 열기는 방향을 바꿔 안으로 향했다.

"그래, 이대로 가버려!" 카멜리아가 싸움에 끼어들며 외쳤다. "우리 배에서 꺼져, 꼬챙이야!"

사일러스는 우리를 흘끔 보더니 다시 손바닥을 들어 보이며 가만있으라고 신호했다. 그 애는 덤불 속으로 서둘러 들어갔다.

"숨어도 소용없어! 거기 있는 거 봤어!"

"쉿, 카멜리아!" 나는 문의 가림막을 활짝 열고 편과 라크를 안으로 밀어 넣었다.

카멜리아가 심술 맞게 인상을 찡그리고는 난간 너머로 허리를 숙여 가비언의 팔을 잡고 그 애가 매달리게 했다. 가비언은 엉덩이가 강물에 닿자 발길질하며 낄낄댔다. 카멜리아가 팔을 놓는 시늉을 하다가 다시 잡자 가비언은 꺅 하고 소리를 질렀다. 나는 재빨리 그 애들에게 갔다.

"안으로 들어가." 몸을 숙여 가비언의 팔을 잡으려 했지만 카멜리아가 내 팔을 찰싹 때려서 그러지 못하게 했다. 그 바람에 가비언은 한 팔에만 매달려 있었다.

"재미있어 하잖아. 게다가 안은 더워." 카멜리아의 굵고 검은 머리카락이 앞으로 쏟아졌고 끝부분이 물이 닿아 잉크처럼 번졌다. "수영할래?" 그 애가 가비언에게 물었다. 나는 카멜리아가 가비언을 데리고 물에 들어가려는 걸까 생각했다.

육지에서는 사일러스가 덤불 속에서 고개를 빼꼼 내밀더니 우리를 향해 입술에 손가락을 갖다 대며 조용히 하라고 신호했다.

"뭔가 잘못됐어." 나는 가비언의 손을 잡고 위시본(Y 모양의 새 가슴뼈. 두 사람이 뼈 양끝을 잡고 소원을 빈 다음 부러질 때까지 당겨 더 크게 조각난 쪽의 소원이 이루어진다는 미신이 있다)인 양 힘껏 끌어올렸고 카멜리아도 함께 끌려왔다.

"아!" 카멜리아는 팔꿈치가 난간에 부딪치자 화냈다.

"안으로 들어가!" 강가의 나뭇잎이 파르르 떨리며 갈라지더니 남성용 모자 같은 시커먼 물체가 보였다. "저기 누가 있어."

카멜리아가 콧방귀를 뀌었다. "저 남자애가 돌아오기를 바라는 모양이지?" 카멜리아에게는 사일러스가 보이지 않았지만 그 애는 나뭇가지가 꺾이고 큰까마귀가 불만스럽게 까악대며 날아오르는 곳에서 3미터도 떨어지지 않은 것 같았다.

"저기. 보여?"

카멜리아는 시커먼 걸 봤다. 분명 누군가가 오고 있었다. 하지만 그 애는 집 안으로 들어가지 않고 재빨리 배 반대쪽으로 갔다. "내가 뒤로 몰래 빠져나가서 누군지 볼게."

"안 돼." 화난 목소리로 낮게 답했지만 사실 나도 뭘 어떻게 해야 할지 몰랐다. 줄을 배 위로 던져 아카디아를 모래에서 밀어낸 다음 강으로 나아가고 싶었다. 오늘 아침 강물이 잔잔하고 고요했으니 배를 밀어내기 쉬울 것 같았다. 하지만 감히 그렇게 하지 못했다. 배가 모래톱에 부딪치거나 바지선이나 외륜선이 만든 물결에 밀려나지 않게 할 사람이 카멜리아와 나, 어쩌면 사일러스까지 셋밖에 없어서 이대로 강에 나갔다가는 무슨 일이 일어날지 알 수 없었다.

"들어가자." 내가 말했다. "배가 비었다고 생각하고 자기 할 일을 하려는 사람일지도 몰라." 하지만 주위에 아무것도 없는 이 좁고 외진 곳에 무슨 볼일이 있을까?

"다람쥐처럼 견과를 찾는 사람일지도 몰라." 카멜리아가 희망을 담아 말했다. "우리가 착하게 굴면 저녁에 먹으라고 좀 줄지도 모르지." 카멜리아는 필요에 따라 다정하게 굴 줄 알았다. 내줄 달콤한 사탕이나 모닥불 가에서 나눠 먹을 도넛을 가지고 있는 사람에게.

"지드가 조용히 있으라고 했잖아. 브라이니가 알면 우린 매 맞을 거라고." 브라이니는 한 번도 우리를 때린 적 없었지만 가끔 때리겠다고 겁주기는 했다. 카멜리아는 생각만으로도 걱정됐는지 나와 함께 서둘러 베란다를 가로질러 집 안으로 들어갔다.

우리는 빗장을 잠근 뒤 큰 침대로 기어올라가 커튼을 내리고 귀를 기울였다. 강가로 다가오는 남자 발소리가 들리는 것 같았다. 잠시 뒤 나는 그 남자가 가버린 게 분명하다고 생각했다. 그냥 사냥꾼이나 떠돌이인지도 몰랐다.

"계세요? 거기 배 말이에요!"

"쉿!" 내 목소리는 떨렸다. 걱정 가득한 커다란 눈동자들이 나를 봤다. 강에서 자라면 낯선 사람을 조심해야 한다는 걸 잘 안다. 강은 다른 어딘가에서 나쁜 짓을 저지른 사람들이 도망쳐오는 곳이기도 했다.

카멜리아가 몸을 가까이 기댔다. "지드가 아냐." 그 애의 속삭임에 내 목덜미의 솜털이 흔들렸다.

선체가 약간 흔들렸다. 누군가가 건널 판자를 지나려 했다.

라크가 몸을 바싹 붙여왔고 편은 무릎에 기어올라 내 가슴에 얼굴을 묻었다.

아카디아는 성인 남성의 체중 때문에 강가 쪽으로 기울었다. 덩치가 큰 사람 같았다. 저 사람이 누구든 사일러스는 그의 상대가 되지 않을 것이었다.

나는 손가락을 입술에 갖다 댔다. 우리 다섯은 암사슴이 먹이를 구하는 동안 홀로 남겨진 아기 사슴처럼 그대로 얼어붙었다.

이제 남자는 베란다까지 왔다.

"아무도 없어요?" 그가 다시 말했다.

'가버려…… 여긴 아무도 없어.'

그는 문을 열어보려 했다. 문손잡이가 천천히 돌아갔다. "배에서 카드 게임이라도 하는 건가?" 문은 빗장에 걸려 열리지 않았다.

창문을 통해 마룻바닥에 비친 정사각형 빛 위로 그림자가 어른거렸다. 남자의 머리였고 모자 윤곽이 보였다. 손에는 막대기나 몽둥이 같은 게 들려 있었다. 그는 손에 든 걸로 유리창을 톡톡 두드렸다.

경찰일까? 경찰은 기분 내키는 대로 판잣집 배에 사는 사람들을 잡으러 다녔다. 그들은 판자촌을 급습했고 강에 사는 사람들에게 폭력을 휘둘렀으며 원하는 걸 뺏은 다음에야 우리가 제 갈 길을 가게 했다. 그래서 브라이니는 다른 사람들과 교류할 특별한 이유가 있을 때 외에는 언제나 우리끼리만 뭉쳐 있도록 했다.

"선생님, 도와드릴까요?" 사일러스의 목소리에 다른 쪽 창문으로 안을 들여다보려고 걸음을 옮기던 낯선 남자가 그 자리에 멈춰 섰다. 두 사람의 그림자가 바닥에 길게 드리웠다. 한 사람은 다른 한 사람보다 머리 하나가 더 컸다.

"여기 사니?"

"아뇨. 그냥 사냥하러 돌아다니는 중이에요. 저 앞에 아빠가 계세요."

"여기 아이들이 살지?" 남자의 목소리에서 증오는 느껴지지 않았지만 사무적인 느낌이 들었다. 사일러스가 거짓말해서 잡혀가면 어쩌지?

"잘 모르겠어요. 이 배는 지금 처음 봐서요."

"그래? 나한테 거짓말하고 있다는 생각 안 들어? 요 쥐새끼같은 녀석아. 이 배에서 네 녀석이 누구와 이야기하는 소리를 들었단 말이다."

"그럴 리가요." 사일러스의 목소리는 떠오르는 태양만큼 확신에 차 있었다. "어떤 사람들이 작은 보트를 타고 가는 건 봤어요…… 음…… 두 시간쯤 전에요. 아까 들으신 소리는 강 하류 판자촌에서 난 게 분명해요. 강에서는 소리가 멀리 퍼지니까요."

남자는 사일러스에게 성큼성큼 다가섰다. "아가, 나한테 강이야기는 하지 마. 이건 내 강이고 난 오전이 절반이나 지나도록 강에서 이 애들을 찾아다녔어. 네가 애들을 나오게 해. 그래야 시내에 있는 애들 엄마와 아빠에게 데려갈 수 있으니까." 사일러스가 말이 없자 남자는 몸을 가까이 숙였다. 두 그림자의 얼굴 부분이 이어졌다. "널 법적으로 난처하게 하고 싶지는 않아. 그나저나 눈은 어쩌다가 그렇게 멍들었지? 해서는 안 될 짓을 한 거야? 널 돌봐주는 사람이 있어? 아니면 떠돌이야?"

"지드 삼촌과 있어요. 삼촌이 돌봐줘요."

"아빠와 사냥하러 나왔다고 한 것 같은데."

"아빠도 있고요."

"경찰에게 거짓말했다가는 감옥에 갇힐 거야, 쥐새끼 같은 녀석아."

"거짓말 아니에요."

이제 가까이에서 또 다른 목소리가 들렸다. 숲에서 남자들이 소리쳤고 개 짖는 소리도 들렸다.

"애들한테 밖으로 나오라고 해. 그 애들 엄마 아빠가 보내서 온 거야."

"그럼 애들 아빠 이름이 뭐예요?"

카멜리아와 나는 서로 쳐다봤다. 카멜리아의 눈이 호두만큼 커졌다. 그 애는 고개를 저었다. 나와 같은 생각을 하고 있었다. '브라이니가 이곳으로 경찰을 보냈을 리 없어. 만약 보냈다면 이 배 위치를 정확히 알고 있었겠지.'

이 남자는 우리에게 뭘 원하는 걸까?

우리는 커튼 틈으로 커다란 그림자가 작은 그림자의 셔츠 깃을 잡고 끌어올리는 모습을 지켜봤다. 사일러스는 숨 막혀 캑캑댔다. "건방지게 감히 내게 말대꾸해? 널 데리러 온 건 아니지만 성가시게 하면 같이 데려가는 수가 있어. 그러면 너처럼 말라비틀어진 부랑아들이 도시에서 결국 어떤 신세가 되는지 똑똑히 보게 될 거야."

나는 침대에서 나왔고 카멜리아는 내가 뭘 하려는지 알아차리고 나를 막으려 했다. "안 돼! 릴, 하지 마!" 그 애가 내 잠옷을 잡았지만 옷자락은 손가락 사이로 빠져나갔다.

문을 열었을 때 처음 보인 건 갑판에서 15센티미터가량 떨어져 위에서 달랑거리는 사일러스의 발이었다. 그 애 얼굴은 자줏빛이었다. 그 애는 주먹을 날리려고 애썼고 경찰관은 웃기만 했다. "아가, 날 치려고? 널 물에 담가서 좀 식혀야겠다."

"그만요! 하지 마세요!" 다른 사람들이 오는 소리가 들렸다. 육지에 사람들이 있었고 배 오른쪽으로 갑자기 모터보트가 나타났다. 우리가 강에서 집시 생활을 하는 것 말고 무슨 잘못을 했는지 모르겠지만 꼼짝없이 잡히게 생긴 상황이었다. 사일러스가 자기 목숨을 내놓든 우리를 데리고 달아나든 도움이 되지는 않을 것이었다.

경찰관이 너무 갑자기 내려놓는 바람에 사일러스는 판잣집 벽 쪽으로 떨어지며 머리를 세게 부딪쳤다. "가, 사일러스." 이렇게 말하는 내 목소리는 너무 심하게 떨려서 알아듣기 힘들었다. "집에 가. 여기 있을 필요 없어. 우린 엄마와 아빠를 보고 싶어." 우리가 협조하는 쪽이 낫다고 생각했다. 혼자라면 이들에게 잡히지 않고 베란다에서 뛰어나가 숲으로 도망칠 수 있을지 모르지만 동생들이 있는 상황에서는 가능할 리 없었다. 그리고 브라이니가 무슨 일이 있어도 우리와 함께 있기를 원한다는 것만은 확실했다.

나는 등을 곧게 펴고 경찰관을 보며 최대한 어른스럽게 행동하려고 노력했다.

경찰관은 미소 지었다. "이제야 착하게 구는구나."

"아빠는 잘 있나요?"

"물론이지."

"엄마는요?"

"아주 잘 있어. 엄마가 너희를 보고 싶어 해."

경찰관의 눈을 보지 않아도 거짓말이라는 걸 알았다. 지금 퀴니는 잘 있을 수 없었다. 어디에 있든 아기들 때문에 마음이 아플 테니까.

침을 꿀꺽 삼켰다. 그러자 얼음덩어리에서 막 떨어져 나온 날카로운 조각 같은 게 아래로 내려가는 느낌이었다. "애들을 데려올게요."

경찰이 다가오더니 나를 막아 세우려는 듯 내 팔을 잡았다. "강에 사는 쥐새끼치고는 예쁘게 생겼군." 그는 혀로 이를 훑었다. 처음으로 그가 반짝이는 모자 챙 아래로 얼굴을 제대로 볼 수 있을 정도로 가까이 다가왔다. 그의 눈동자는 잿빛에 비열해 보였지만 예상한 만큼 차갑지는 않았다. 두 눈동자에서 호기심이 느껴졌는데 이유는 알 수 없었다. 그의 눈은 내 얼굴을 지나 목으로 내려갔고 잠옷이 걸린 어깨로 향했다. "좀 잘 먹어야겠구나."

그의 뒤에서 사일러스가 비틀거리면서 일어나 눈을 깜박이며 휘청댔다. 사일러스는 장작더미 옆에 세워둔 도끼로 손을 가져갔다.

'안 돼!' 이렇게 말하려 했지만 소리가 나오지 않았다. 사일러스는 육지에 있는 남자들 소리와 모터보트가 다가오는 소리를 듣지 못했을까?

판잣집 안에서 날카롭게 끽 하는 소리가 들렸다. 작았지만 내 귀에 들릴 정도였다. 화장실 문 소리였다. 카멜리아는 집 뒤로 빠져나가려고 했다.

'뭐라도 하자.' "도…… 동생이 방금 볼일을 봤어요. 가기 전에 애를 씻겨야 해요. 안 그러면 온 데 똥이 묻을 거예요. 그…… 그런 건 싫으실 테죠." 내가 생각해낼 수 있는 건 이 정도뿐이었다. 남자들은 지저분한 아기를 좋아하지 않는다. 브라이니는 뒤처리를 할 퀴나 나나 카멜리아가 없어서 어쩔 수 없이 똥을 강에 던져 넣어야 할 때를 제외하고는 손도 대지 않았다.

경찰관은 입꼬리를 올리며 웃더니 나를 놓아줬고 어깨 너머에서 나는 소리에 뒤를 돌아봤다. 사일러스는 도끼에서 황급히 손을 뗀 뒤에 깡마른 팔 끝에 달린 주먹을 꼭 쥐고 서 있었다.

"서둘러야 해." 경찰관은 환하게 웃었지만 친절함은 느껴지지 않았다. "엄마가 기다리시거든."

"사일러스, 넌 이제 가. 멍청아, 가라고." 나는 이렇게 말하고는 문간에 멈춰 서서 그 애를 보며 생각했다. '가, 어서 도망쳐!'

경찰관의 시선이 내게서 사일러스로 옮겨갔다. 그는 총, 곤봉, 검은 수갑이 있는 허리춤으로 손을 가져갔다. 뭘 하려는 거지?

"어서 가, 멍청아!" 내가 소리치며 사일러스를 밀쳤다. "브라이니와 지드는 네가 여기 있는 걸 원치 않을 거야!"

우리 둘의 시선이 마주쳤다. 사일러스는 고개를 약하게 저었다. 나는 고개를 끄덕였다. 그는 아주 천천히 눈을 감더니 다시 뜨고는 돌아서서 건널 판자를 뛰어 내려갔다.

"물속에 하나가 있다!" 강둑에서 다른 경찰관이 외쳤다. 모터보트에 탄 남자들이 고함쳤고 엔진 속도가 올라갔다.

'카멜리아!' 나는 돌아서서 황급히 집 안으로 들어갔다. 경찰관의 묵직한 발걸음이 뒤따랐다. 그가 밀치는 바람에 나는 요리용 스토브에 부딪쳤다. 그는 발을 쿵쿵대며 집 뒤쪽으로 갔고 선미의 문이 열려 있는 걸 발견했다. 편, 라크, 가비언이 무리 지어 난간을 잡고 있었다. 남자가 아이들을 안으로 끌어 올려 세게 내던지는 바람에 아이들은 서로 겹쳐진 채 소리 지르고 울었다.

"멜리아! 멜리아!" 가비언이 울부짖으며 화장실 쪽을 가리켰다. 카멜리아는 화장실 구덩이를 통해 강으로 나갔다. 햇빛에 그은 긴 다리에 젖은 잠옷을 휘감은 채 강가를 향해 힘겹게 헤엄치고 있었다. 경찰과 모터보트에 탄 남자들이 강에서 그 애를 쫓아갔다.

카멜리아는 암토끼처럼 재빠르고 날렵하게 유목 더미를 기어올랐다.

가비언이 고성을 내질렀다. 뒤쪽 현관에 서 있던 경찰관이 권총집에서 총을 뽑았다.

"안 돼요!" 나는 앞으로 달려가려 했지만 편이 다리를 잡고 있었다. 우리는 바닥에 넘어졌고 그 위로 라크도 넘어졌다. 라크는 날카롭게 울음을 내뱉었고, 나무 상자가 시야를 가리기 전에 내가 마지막으로 본 건 육지에 있던 남자가 손을 뻗으며 덤불로 뛰어들어 카멜리아의 길고 검은 머리카락을 잡는 장면이었다.

다시 일어나서 보니 카멜리아는 발로 차고 소리 지르고 으르렁대며 필사적으로 저항하고 있었다. 경찰이 몸을 떼자 그 애는 팔과 다리를 마구 버둥거렸다.

모터보트에 탄 남자들은 고개를 돌려 이 장면을 보더니 당구장에서 술 취해 싸우는 사람들처럼 웃어 젖혔다.

카멜리아를 배로 데려오는 데는 남자 셋이 필요했고 배에 탄 그 애를 붙잡고 있는 데는 둘이 필요했다. 그들은 아카디아에 올라타자 카멜리아를 바닥에 눕히고 꼼짝도 못 하게 했다. 경찰들은 진흙투성이가 됐고 카멜리아에게서 화장실 구덩이 냄새가 나서 몹시 화가 났다. 그 애는 온몸에 배설물을 뒤집어쓰고 있었다.

아카디아에 있던 경찰관은 문간에 서서 팔짱을 끼고 그곳이 편안한 듯 기댔다. "넌 지금 당장 제대로 된 옷으로 갈아입어…… 여기 내가 보는 앞에서. 다시는 누구도 달아나지 못할 거야."

그 사람 앞에서 옷을 갈아입을 생각이 없었기에 가비언, 라크, 편을 먼저 챙겼다. 마지막으로 내가 잠옷 위에 옷을 입었다. 그러기에는 너무 더웠지만.

경찰관은 웃음을 터뜨렸다. "그래, 그렇게 하고 싶다면 할 수 없지. 이제 너희 모두 말 잘 듣고 조용히 굴어야 해. 그래야 엄마 아빠한테 데려다줄 거야."

그의 말대로 판잣집에서 나가 문을 닫았다. 침을 삼킬 수도, 숨을 쉴 수도, 생각할 수도 없었다.

"나머지 넷이 극성맞지 않아서 다행이군." 한 경찰이 말했다. 그는 카멜리아의 팔을 뒤로 묶어 모터보트 바닥에 처박았다. "이놈은 살쾡이 같지만."

"냄새는 들개 같은데?" 보트에 타고 있던 다른 경찰이 농담했다. 그는 가비언과 펀과 라크를 차례로 안아 보트에 태웠고 바닥에 가만히 앉아 있으라고 했다. 나도 그들이 시키는 대로 하자 카멜리아는 사나운 표정으로 나를 봤다.

그 애는 이 상황이 벌어진 게 내 잘못이라고, 내가 싸워서 어떻게든 막아야 했다고 생각했다.

어쩌면 그래야 했을지도 모른다.

"그 여자가 이 녀석들을 좋아할 거야. 그렇고말고." 모터가 돌아가기 시작하고 아카디아에서 멀어지자 한 경찰이 소리쳤다. 그가 큰 손을 라크의 머리에 얹자 라크는 그를 피해 내게 파고들었다. 펀도 그랬다. 아무것도 모르는 가비언만 무서워하지 않았다.

"그 여자는 금발을 좋아하지 않아?" 아카디아에 탔던 경찰관이 웃었다. "저기 저 냄새나는 녀석은 어떻게 하려나 몰라." 그는 턱으로 카멜리아를 가리켰다. 그러자 카멜리아는 침을 모아 그를 향해 뱉었다. 그는 카멜리아를 때릴 것처럼 손을 들었지만 잠시 뒤 그저 웃으면서 엉망이 된 바지를 닦아냈다.

"도슨 웨어하우스 주차장으로 돌아가야 하나?" 모터를 조작하던 남자가 물었다.

"저번에 그렇게 들었어."

모터보트를 타고 얼마나 갔는지 모르겠다. 우리는 강 반대쪽으로 간 다음 울프강이 미시시피강으로 흘러드는 수로로 향했다. 머드 아일랜드 끝을 돌자 멤피스 전경이 보였다. 큰 건물들이 우리를 통째로 집어삼키려고 기다리는 괴물처럼 하늘로 솟아 있었다. 나는 강물로 뛰어들까도 생각해봤다. 그런 다음 필사적으로 도망가면 어떨까 하고. 싸울까도 생각해봤다. 지나가는 배들이 보였다. 예인선, 외륜선, 낚싯배, 바지선. 판잣집 배도 지나갔다. 소리치며 팔을 흔들어 도움을 청할까 생각했다.

하지만 누가 우리를 도와줄까?

이들은 경찰이다.

우리를 감옥으로 데려갈까?

누군가 내 생각을 읽기라도 한 듯 어깨에 손길이 느껴졌다. 그 손은 부두에 이를 때까지 거기 머물렀다. 언덕 위로 건물이 더 많이 보였다.

"지금부터 정말 착하게 굴어야 해. 동생들이 말썽부리지 않게 하고." 아카디아에 탔던 경찰관이 내 귓가에 속삭였다. 그런 다음 그는 다른 사람들에게 살쾡이를 잠시 붙들고 있으라고 했다. 그 여자가 우리 넷을 볼 때까지.

우리는 판자를 깔아 만든 길을 줄지어 걸어갔다. 가비언은 내게 안겨 있었다. 기계가 땡그랑땡그랑 휙휙 하고 돌아가는 소리와 타르가 달궈진 냄새가 나자 코에서 강 내음이 사라졌다. 우리는 길을 건넜고 여자의 노래와 남자의 고함, 망치가 금속을 두드리는 소리가 들렸다. 목화 더미에서 빠져나온 보풀이 눈처럼 허공에 떠다녔다.

주차장 주변의 엉성한 덤불에서 홍관조가 날카롭게 지저귀고 있었다. 윕, 윕, 윕.

가까이에 자동차가 있었다. 큰 차였다. 제복을 입은 남자가 차에서 나와 뒷좌석 문을 열자 어떤 여자가 좌석에서 몸을 일으켜 내렸다. 그녀는 햇빛 때문에 눈을 가늘게 뜨고 서서 우리를 살펴봤다. 젊지도 늙지도 않은 어중간한 나이였다. 육중한 몸이 꽃무늬 원피스 안에 말려 들어가 있었다. 머리는 짧았는데 간혹 흰머리도 보였고 갈색 머리도 보였다.

그녀의 얼굴을 보자 왜가리가 떠올랐다. 경찰들이 우리를 줄 세우는 동안 그녀는 그 새처럼 우리를 내려다봤다. 벌어지고 있는 모든 일을 살피느라 잿빛 눈동자가 빠르게 휙휙 움직였다. "다섯이라고 했잖아." 그녀가 말했다.

"한 명은 오고 있습니다, 미스 탠." 경찰관이 말했다. "그 녀석이 좀 골치예요. 강에서 달아나려고 했거든요."

여자는 혀를 끌끌 찼다. "넌 안 그럴 거지?" 그녀는 편의 턱을 손가락으로 받치고 그 애와 코가 맞닿을 정도로 허리를 가까이 숙였다. "넌 못된 아이가 되지 않을 거야, 그렇지?"

편은 파란 눈을 크게 뜨고 고개를 끄덕였다.

"사랑스러운 고아들 같으니라고." 여자, 그러니까 미스 탠이 말했다. "소중한 금발 곱슬머리 아이가 다섯이라니. 정말 완벽해." 그녀는 손뼉을 치더니 턱 밑에서 두 손을 모았다. 눈가에 잔주름이 졌지만 입을 굳게 다무는 바람에 미소 짓고 있는데도 입술이 보이지 않았다.

"넷뿐인걸요." 경찰관은 이렇게 말한 뒤에 카멜리아를 향해 고갯짓했다. 카멜리아는 다른 경찰관에게 목덜미를 잡힌 채 강에서 올라오고 있었다. 그들이 뭐라고 했는지 카멜리아는 더 이상 저항하지 않았다.

미스 탠은 인상을 썼다. "음…… 저 아이는 다른 아이들과 안 닮았군. 좀 평범한데? 하지만 저 아이를 데려갈 사람도 찾을 수 있겠지. 늘 그랬으니까." 그녀는 물러서서 코를 손으로 막았다. "세상에. 무슨 냄새지?"

엉망이 된 카멜리아를 미스 탠은 달가워하지 않았다. 그녀는 경찰들에게 카멜리아를 차 바닥에, 우리 나머지를 의자에 앉히라고 했다. 차 바닥에는 이미 다른 아이 둘이 있었다. 라크 또래로 보이는 금발 여자애와 가비언보다 약간 큰 남자애였다. 둘 다 겁에 질린 갈색 눈을 크게 뜨고 날 봤다. 그들은 말 한마디 없이 꼼짝도 하지 않았다.

차에 타기 전에 미스 탠은 내가 안고 있던 가비언을 데려가려고 했다. 내가 아이를 꼭 붙들고 버티자 그녀는 인상을 썼다. "얌전히 굴어야지." 그녀의 말에 나는 가비언을 놓아줬다.

우리 모두 차에 타자 그녀는 가비언을 무릎에 올린 다음 일으켜 세워 창밖을 보여줬다. 가비언은 흥분해서 깡충거리고 뭔가를 가리키거나 옹알이했다. 차에 처음 타본 탓이었다.

"세상에나. 이 곱슬머리 좀 봐." 미스 탠은 내 남동생의 머리를 쓰다듬더니 옥수수수염 같은 머리카락을 위로 쓸어 올려 시장에서 본 아기 인형처럼 뾰족하게 만들었다.

가비언은 창밖을 가리키며 환호했다. "우와! 저 봐!" 그 애는 커다란 집 앞에서 흑백 얼룩무늬 조랑말을 타고 사진을 찍는 소녀를 보고 있었다.

"강의 악취를 씻어내야 해. 그렇지? 그럼 넌 멋진 아기가 될 거야." 미스 탠의 콧등에 주름이 생겼다.

나는 그녀의 말이 무슨 뜻인지 궁금했다. 누가 왜 우리를 씻겨준다는 거지?

'어쩌면 이 상태로는 병원에 못 들어가서인지도 몰라. 먼저 씻고…… 그다음에 퀴니를 보러 가려나?' 나는 이렇게 생각했다.

"그 애 이름은 가비언이에요." 나는 미스 탠에게 가비언을 어떻게 불러야 하는지 알려줬다. "줄여서 개비라고도 하죠."

그녀는 식료품 저장실에서 쥐를 본 고양이처럼 고개를 휙 돌렸다. 그러고는 내가 차에 타고 있다는 사실을 잊고 있었다는 듯 쳐다봤다. "묻는 말에만 대답해."

그녀는 살집이 두둑하고 하얀 팔을 뻗어 라크를 안아 데려갔다.

나는 바닥에 앉아 웅크린 채 두려움에 떨고 있는 두 아이와 카멜리아를 봤다. 카멜리아의 눈빛은 내가 이미 아는 걸 자기도 알고 있다고 말하고 있었다. 비록 나는 알고 싶지 않았지만.

우리는 엄마 아빠를 만나러 병원에 가는 게 아니었다.

7장

에이버리

은은한 아침 햇빛이 요양원을 비추고 있었다. 잔디가 제멋대로 자라던 앞마당을 주차장으로 바꿨는데도 매그놀리아 매너에는 애프터눈 티의 고상함, 화려한 코티용(네 사람이나 여덟 사람이 한 조가 돼서 추는 프랑스 춤), 지금도 다이닝룸에 있는, 정찬이 열리던 긴 마호가니 식탁 등 지난 시대가 고스란히 남아 있었다. 이끼 낀 참나무가 그늘을 드리우고 흰 기둥으로 지붕을 받친 베란다 아래서 스칼렛 오하라가 부채질하는 장면이 금세 떠오르는 광경이었다.

비록 조금이지만 나는 이곳의 옛 모습을 기억했다. 아홉 살인가 열 살 때 어머니를 따라 이곳에서 열리는 베이비 샤워에 온 적이 있었다. 차를 타고 가는 동안 어머니는 여기서 열린 칵테일파티에 참석했던 일을 이야기해줬다. 사우스캐롤라이나 주지사에 출마한 어머니의 사촌을 축하하는 중요한 자리였다. 당시 대학생이었던 어머니의 머릿속에는 정치 생각뿐이었다. 매그놀리아 매너에 도착한 지 삼십 분도 지나지 않아 어머니는 홀을 걸어가는 아버지를 봤다. 어머니는 그 남자가 누구인지 반드시 알아내기로 했다. 그가 스태포드 가문 사람이라는 걸 알아낸 뒤 어머니는 아버지의 호감을 사려고 애썼다.

그다음은 모두 알 만한 이야기다. 정치 거물 집안끼리의 혼사였으니. 어머니의 할아버지는 노스캐롤라이나 하원의원으로 지내다 은퇴했고 어머니의 아버지는 결혼 당시 공직에 있었다.

나는 이 이야기가 떠올라 미소 지으며 매그놀리아 매너의 대리석 계단을 올라 정문 옆에 설치된, 이곳과 어울리지 않는 현대식 키패드에 정보를 입력했다. 지금도 여기에는 중요한 사람들이 산다. 그 누구도 마음대로 들어갈 수 없다. 또한 슬프게도 그 누구도 마음대로 나올 수 없다. 집 뒤의 값비싼 땅 둘레에는 화려하지만 넘어갈 수 없을 정도로 높은 철제 울타리가 쳐져 있다. 대문은 잠겨 있다. 호수와 정원에 있는 리플렉팅 풀(수면에 건물이 비치도록 하기 위해 얕게 물을 채운 연못)은 눈으로만 볼 수 있을 뿐 가까이 가거나…… 들어가지 못한다.

이곳에 입주한 사람 중 다수는 스스로 생활할 수 없었다. 슬프지만 현실이었다. 이들은 몸이 쇠약해질수록 더 세심하게 돌봐주는 병동으로 이동했다. 매그놀리아 매너가 메이 크랜들이 사는 요양원보다 고급스러운 건 부정할 수 없지만 두 곳 모두 똑같은 근원적 과제에 직면했다. 삶이 어려운 국면에 접어드는 시기에 존중과 돌봄, 편안함을 어떻게 동시에 제공하느냐 하는 것이다.

나는 기억력 치료 병동으로 갔다. 이곳의 그 누구도 알츠하이머 병동이라는 무신경한 호칭을 떠올릴 수 없을 것이었다. 또다시 잠긴 문을 지나 응접실로 갔다. 응접실 텔레비전에서는 〈건스모크〉 재방송이 시끄럽게 나오고 있었다.

창가의 여자가 지나가는 나를 멍하니 바라봤다. 창밖에 핀 덩굴장미는 이슬이 맺혀 싱싱했고 생명력 가득한 분홍색이었다.

주디 할머니의 창밖에 핀 장미는 활기찬 노란색이었다. 내가 들어갔을 때 할머니는 안락의자에 앉아서 장미를 감상하고 있었다. 나는 한 걸음 들어섰다가 꽃을 보는 할머니가 날 알아차리기 전에 그 자리에 멈췄다.

방금 응접실에서 만난 노부인과 같은 눈빛으로, 그러니까 조금도 알아보는 기색 없이 나를 보는 할머니를 마주할 마음의 준비가 필요했다.

할머니가 그러지 않기를 바랐다. 하지만 그건 예측할 수 없었다.

"할머니, 저 왔어요!" 나는 밝고 활기차고 크게 말했다. 그런데도 할머니가 반응을 보이기까지는 시간이 좀 걸렸다.

할머니는 천천히 고개를 돌리고 머릿속에 흩어진 책장을 넘겨본 다음 전과 다름없이 다정하게 말했다. "어서 오거라, 얘야. 오늘 오후엔 기분이 어떠니?"

물론 지금은 아침이었다. 내 예상대로 애국 여성회 모임은 어젯밤 늦게 끝났고 대단히 노력했는데도 결혼에 대한 취조에서 빠져나갈 수 없었다. 나는 닭장에 떨어진 불행한 메뚜기 같았다. 이제 내 머릿속에는 온갖 조언, 중요한 사람이 부재하니 결혼해서는 안 되는 날짜, 도자기 그릇, 은 식기, 크리스털 그릇, 식탁보 같은 것들을 빌려주겠다는 제안으로 가득 찼다.

"아주 좋아요. 고맙습니다." 나는 이렇게 말하고는 방을 가로질러 할머니를 안았다. 가까이 다가가면 할머니의 기억이 되살아나기를 바라면서.

잠깐 동안은 그런 것 같았다. 할머니는 내 눈을 한참 들여다보더니 한숨 쉬며 말했다. "넌 정말 예뻐. 머리카락은 또 얼마나 사랑스러운지." 할머니는 내 머리를 어루만지며 미소 지었다.

가슴속에 슬픔이 밀려왔다. 메이 크랜들과 그녀의 탁자에 있던 낡은 사진에 대한 답을 찾을 수 있지 않을까 하고 이곳에 왔는데, 지금은 그럴 수 있을 것 같지 않았다.

"한 소녀가 있었네. 이마 한가운데 곱슬머리가 난 아이였지." 할머니는 이렇게 말하고는 나를 보며 웃었다. 종잇장처럼 얇은 피부가 덮인 차디찬 손가락이 내 뺨을 어루만졌다.

"소녀는 착할 때는 정말 착했다네." 내가 이어 말했다. 어릴 때 래니앱 거리의 할머니 댁에 갈 때면 할머니는 언제나 이 시로 나를 맞이했다.

"하지만 나쁠 때는 정말 지독했다네." 할머니는 마지막 구절을 읊고는 씩 웃으며 눈을 찡긋했고 우리는 함께 웃었다. 예전으로 돌아간 것 같았다.

나는 작은 원탁 맞은편 의자에 앉았다. "할머니가 이 시를 읊으며 제게 장난치는 게 정말 좋았어요." 허니비는 우리에게 어릴 때부터 무례하게 굴지 말라고 가르쳤다. 주디 할머니에게는 언제나 선을 넘을 정도로 무례하지 않으면서도 활달하고 용감한 구석이 있었다. 여성이 목소리를 내는 게 용인되기 오래전부터 인권이나 여성 교육 같은 문제에 대해 공개적으로 의견을 냈다.

할머니는 내게 웰리 보이를 봤는지 물었다. 웰리 보이는 할머니가 부르는 아버지 웰스의 애칭이었다.

나는 어제 있었던 언론 행사와 시 청사 토론회, 그리고 드레이든 힐에서 열린 아주아주 길었던 애국 여성회 모임에 대해 이야기했다. 당연히 결혼에 대한 수다는 건너뛰었다.

말하는 동안 주디 할머니는 미간을 좁히기도 하고 시 청사 토론회에 대해 예리한 말도 하며 알겠다는 듯 고개를 끄덕였다. "그 사람들이 웰스를 상대로 소란을 피우도록 그냥 놔둬서는 안 돼. 스태포드 가문의 이름에 먹칠하고 싶어서 안달 난 모양인데 그럴 순 없을 거야."

"당연히 안 되죠. 늘 그렇듯 아버지가 잘 대처했어요." 나는 질의응답 시간에 아버지가 무척 피곤해 보였다는 것과 잠깐 정신이 나갔었다는 말은 하지 않았다.

"그래야 내 아들이지. 착한 녀석. 그런 애가 어떻게 이렇게 까불까불한 딸을 낳았는지 도통 모르겠단 말야."

"휴! 할머니!" 나는 할머니 손을 살짝 때리는 시늉을 하며 잡았다. 할머니가 농담하는 걸 보니 내가 누구인지 아는 것 같았다. 정말 운이 좋은 날이었다. "한 세대 건너서 유전된 것 같은데요."

나는 할머니가 재치 있게 받아치리라고 기대했다. 하지만 할머니는 그러는 대신 담담하게 말했다. "여러 가지가 그렇지." 할머니는 의자에 기대앉으며 내게서 손을 뺐다. 나는 할머니가 나를 알아본 순간이 시들어가고 있음을 감지했다.

"할머니, 여쭤보고 싶은 게 있어요."

"그래?"

"어제 어떤 노부인을 만났어요. 그분이 할머니를 안다고 하더군요. 메이 크랜들이라는 분인데 혹시 들어보셨어요?" 오랜 친구나 지인의 이름은 할머니가 쉽게 떠올리는 경우가 많았다. 마치 활짝 펼쳐진 할머니의 사진첩에 바람이 집요하게 불어 최근 쪽부터 뜯겨 나가는 것 같았다. 오래된 기억일수록 고스란히 남아 있었다.

"메이 크랜들……." 할머니는 이름을 중얼거렸다. 나는 할머니가 아는 이름이라는 걸 이내 파악할 수 있었다. 그래서 사진을 보여주려고 휴대전화로 손을 뻗었다. 그때 할머니가 말했다. "아니…… 아무것도 떠오르지 않는데." 가방을 뒤지던 나는 할머니를 봤다. 할머니는 나를 똑바로 쳐다보고 있었는데 갑자기 이상할 정도로 심각한 표정을 지으며 바다처럼 새파란 눈 위의 가늘고 하얀 눈썹을 찡그렸다. 대화 도중 할머니가 예고도 없이 말을 뚝 끊고 '오늘 네가 들를 줄 몰랐구나. 그동안 어떻게 지냈니?' 같은 말을 시작하는 순간이 온 게 아닐까 두려웠다. 하지만 할머니는 이렇게 말했다. "그걸 왜 물어?"

"어제…… 요양원에서 만난 분이에요."

"그래, 그렇다고 했지. 하지만 얘야, 스태포드 가문을 아는 사람은 많단다. 그래서 항상 조심해야 하고. 사람들은 안 좋은 소문을 찾아다니니까."

"안 좋은 소문이요?" 이 말에 가슴이 철렁했다.

"그래."

손에 쥔 휴대전화가 문득 차갑게 느껴졌다. "우리 집안에 수 치스러운 비밀은 없잖아요."

"세상에나. 당연히 없지."

나는 휴대전화 사진을 열어 젊은 여자의 얼굴을 봤다. 이렇게 할머니와 탁자 하나를 사이에 두고 마주 앉아 있으니 더욱 닮아 보였다. "그분이 이 사진을 가지고 있었어요. 사진 속 사람을 아세요?" 혹시 숨겨진 친척들일까? 할머니가 족보상 인정하고 싶어 하지 않는 사람들일까? 집안마다 그런 사람들은 있었다. 만나서는 안 될 남자와 달아나 아기를 가진 사촌이라도 있는 걸까?

나는 휴대전화를 할머니 가까이 들이밀고 반응을 살폈다.

"퀸……." 할머니는 휴대전화를 더 가까이 끌어당기며 중얼 거렸다. "오……." 할머니의 눈에 눈물이 차올랐다. 눈물은 넘 쳐서 뺨을 타고 흘러내렸다.

"할머니?"

할머니는 아주 먼 곳에 가 있었다.

아니, 먼 곳이 아니라 오래전으로. 아주 오래전. 뭔가가 기억난 것 같았다. 할머니는 사진 속 인물을 알고 있었다. 퀸. 이게 무슨 뜻일까?

"할머니?"

"퀴니." 할머니는 사진을 어루만졌다. 그러더니 갑자기 나를 향해 홱 돌아앉았고 그 바람에 의자에 앉아 있던 나는 놀라서 움찔했다. "그들이 알면 안 돼……." 할머니는 목소리를 낮춰 말했다. 그러고는 문 쪽을 보더니 몸을 가까이 숙이고 속삭였다. "절대 그들이 아카디아를 알아선 안 돼."

뭐라고 대답하기까지 시간이 필요했다. 머릿속이 빙빙 돌았다. '할머니가 전에 이 말을 한 적이 있었나?' "뭐라고요? 할머니…… 아카디아가 뭐예요?"

"쉿!" 이 소리가 어찌나 날카로웠는지 탁자에 작은 침방울이 튀었다. "혹시라도 그들이 알게 되면……"

"그들이 누군데요?"

문손잡이가 덜컹거리자 할머니는 다시 의자에 기대앉아 두 손을 단정하게 포갰다. 그러고는 말없이 내게도 그렇게 하라고 지시하는 눈빛을 보냈다.

나는 느긋한 척했지만 머릿속에 여러 가능성이 어수선하게 떠올랐다. 할아버지가 관련된 워터게이트 같은 공작부터 냉전 시대에 스파이로 활동했던 여성 정치 비밀조직까지 온갖 생각이 들었다. 할머니는 어떤 일에 연루됐을까?

친절한 직원이 커피와 쿠키를 들고 들어왔다. 매그놀리아 매너에 사는 사람들에게는 식사뿐 아니라 간식과 음료도 제공됐다.

할머니는 휴대전화를 치우라고 나를 향해 비밀스럽게 손을 흔든 다음 직원에게 고개를 돌렸다. "무슨 일이에요?"

직원은 평소답지 않은 퉁명스러운 인사에도 당황하지 않았다. "스태포드 부인, 모닝커피예요."

"아, 그렇군요." 할머니는 다시 한 번 내게 휴대전화를 치우라는 신호를 몰래 보냈다. "잘 마실게요."

나는 시계를 봤다. 생각보다 시간이 많이 지났다. 컬럼비아에서 열리는 오찬과 개관식에 아버지와 함께 참석하기로 돼 있었다. 레슬리는 이를 두고 '고향에서 거물 정치인들의 눈도장을 찍을 황금 같은 기회'라고 말했다. 언론사와 주지사도 참석할 예정이었다. 최근 워싱턴 내부자와 정계에서 흘러나온 소문을 감안할 때 이런 지역 행사는 중요했다. 나도 알았다. 하지만 내가 정말 하고 싶은 일은 할머니와 오래 머물며 메이 크랜들 문제를 명확하게 이해하고 아카디아가 무슨 관련이 있는지 알아내는 거였다.

혹시 지명일까? 캘리포니아의 아카디아? 아니면 플로리다의 아카디아?

"할머니, 이제 가야겠어요. 아버지와 개관식에 참석하기로 했거든요."

"저런. 그럼 내가 붙잡고 있으면 안 되지."

그래도 직원은 커피를 두 잔 따랐다. "혹시나 해서요." 그녀가 말했다.

"가져가서 마시렴." 할머니가 농담했다. 커피는 도자기 잔에 담겨 있었다.

"오늘 아침에는 그만 마시는 게 좋겠어요. 너무 두근거릴 테니까요. 아까 그걸 여쭤보려고 들른 거였어요. 메이……"

"쉿!" 할머니는 내가 이름을 끝까지 말하지 못하게 하려고 손가락을 올렸다. 그러고 내가 교회에서 욕이라도 한 것처럼 흘겨봤다.

직원은 눈치 빠르게 카트를 끌고 방에서 나갔다.

할머니는 내게 속삭였다. "조심해, 릴."

"뭐…… 뭐라고 하셨어요?" 할머니의 진지함에 다시 한 번 놀랐다. 할머니 머릿속에서 무슨 일이 일어나고 있을까? 릴이라니. 사람 이름인가?

"듣는 귀는 사방에 있어." 할머니는 자기 귀를 가리키며 말했다.

할머니의 기분이 빠르게 바뀌었다. 할머니는 한숨 쉬더니 작은 도자기 항아리를 기울여 커피에 크림을 넣었다. "너도 넣을래?"

"저는 가야 해요."

"아, 미안하구나. 다음에 또 시간 내서 오면 좋겠어. 네가 연락도 없이 찾아오니 정말 좋아."

우리는 삼십 분쯤 이야기를 나눴다. 하지만 할머니는 이미 잊어버렸다. 아카디아가 뭐든 간에 이미 안개 속으로 사라져버렸다.

할머니는 막 지운 칠판처럼 텅 빈 미소를 지었다. 하지만 온전히 진심 어린 미소였다. 할머니는 내가 누구인지 몰랐지만 예의를 차리려고 애썼다. "바쁘지 않을 때 다시 오렴."

"그럴게요." 나는 할머니 뺨에 입을 맞추고 방에서 나왔다. 답은 얻지 못하고 의문만 늘어난 채.

이제 이 일을 그냥 넘길 수 없게 됐다. 여기서 들은 게 뭔지 알아내야 했다. 그러려면 다른 정보원을 발굴해야 했는데, 어디부터 파기 시작해야 하는지 알았다.

8장
릴

크고 흰 집의 그림자가 차를 통째로 삼켰다. 도로 경계석에 늘어서서 잎이 무성하고 푸릇푸릇한 벽을 만들고 있는 키가 크고 둥치가 굵은 목련을 보자 잠자는 숲 속의 미녀가 사는 성이 떠올랐다. 그 벽 덕분에 아이들이 노는 마당과 보도를 따라 엄마들이 유모차를 끌고 가는 길에서는 우리가 보이지 않았다. 이 집의 앞 현관에는 유모차가 있었다. 낡아 빠지고 바퀴 한쪽이 없어서 기울어진 유모차는 아기를 태우면 쏟아낼 것만 같았다.

어린 남자아이 하나가 목련 위에 원숭이처럼 쪼그리고 앉아 있었다. 몸집이 라크와 비슷한 걸로 봐서 대여섯 살쯤 되는 것 같았다. 그 애는 차를 타고 들어가는 우리를 봤지만 미소 짓지도, 손 흔들지도, 움직이지도 않았다. 차가 멈추자 아이는 나뭇잎 속으로 사라졌다.

잠시 뒤 그 애는 나무에서 내려와 이 집의 뒷마당과 그 옆의 건물을 둘러싼 높은 철제 울타리 아래로 몸을 욱여넣었다. 옆의 작은 건물은 예전에 학교나 교회로 쓰인 것 같은 생김새였다. 아이들 몇 명이 그곳에서 시소와 그네를 타고 놀았지만 문과 창문은 판자로 막혀 있었고 나무는 페인트칠도 거의 돼 있지 않았다. 앞 현관 너머까지 자란 검은딸기나무 때문에 다시 잠자는 숲 속의 미녀가 떠올랐다.

바닥에 앉아 있던 카멜리아가 밖을 보려고 몸을 세웠다. "이게 병원이라고?" 그 애는 믿지 않는다는 노골적인 눈빛으로 미스 탠을 잠시 쳐다봤다. 차를 타고 오는 동안 휴식을 취한 카멜리아는 또다시 싸울 준비가 돼 있었다.

미스 탠은 고개를 돌린 채 무릎에서 곯아떨어진 가비언을 추슬렀다. 가비언은 작은 팔을 늘어뜨리고 통통한 손가락을 접었다 폈다 하며 꿈에서 뽀뽀라도 하는 듯 입술을 움직였다. "그런 꼴로 병원에 갈 순 없잖니. 안 그래? 강물 악취가 풍기고 해충이 우글거리는데? 머피 부인이 너희를 돌봐줄 거야. 너희가 말을 정말 잘 들으면 병원에 가는 걸 생각해볼게."

마음속에서 희망이 타오르려고 깜빡거렸지만 불쏘시개 역할을 하기에는 약했다. 미스 탠이 나를 보자 그 불꽃은 금세 수그러들었다.

펀이 내 품을 파고들며 무릎으로 배를 눌렀다. "브라이니 보고 싶어." 그 애가 속삭이며 칭얼댔다.

"어서 움직여. 이제 안으로 들어가야 해. 너희는 여기서 잘 지낼 거야." 미스 탠이 말했다. "말만 잘 들으면 말이야. 무슨 뜻인지 알겠지?"

"네." 내가 모두를 대신해 대답하려 했지만 카멜리아는 나처럼 쉽게 포기하지 않았다.

"브라이니는 어디 있어요?" 카멜리아는 이 모든 상황을 마음에 들어 하지 않았고 눈에 보이는 게 없을 정도로 화가 났다. 태풍이 불어오는 걸 알아채듯 그걸 감지할 수 있었다.

"쉿, 카멜리아!" 내가 쏘아붙였다. "말 들어."

미스 탠은 살며시 미소 지었다. "아주 좋아. 알겠지? 모든 건 간단해. 머피 부인이 너희를 돌봐줄 거야."

그녀는 기사가 내려서 자동차 문을 열어주기를 기다렸다. 문이 열리자 그녀는 한 팔로는 가비언을 안고 다른 한 팔로는 라크의 손을 잡고 맨 먼저 내렸다. 라크는 눈을 크게 뜨고 나를 봤지만 늘 그렇듯 저항하지는 않을 것이었다. 라크는 건초 더미의 아기 고양이처럼 조용했다.

"다음은 너." 미스 탠은 내게 내리라고 했다. 나는 서둘러 내리려다가 바닥에 앉아 있던 갈색 눈동자의 남자아이와 여자아이에게 무릎을 부딪쳤다. 펀이 내 목을 너무 세게 끌어안는 바람에 숨 쉬기가 힘들었다.

"이제 너희 둘."

우리보다 먼저 차에 타고 있던 아이들이 자동차 진입로에 내렸다.

"이제 너." 미스 탠은 카멜리아를 보며 낮은 목소리로 말했다. 그녀는 가비언과 라크를 내게 넘기더니 자동차 문 바로 앞에 다리를 벌리고 서서 몸으로 막았다. 나를 내려다보는 그녀는 몸집이 작지 않았고 힘이 세 보였다.

"카멜리아, 어서 내려." 나는 카멜리아가 말을 잘 듣기를 간절히 바랐고 카멜리아는 내가 무슨 뜻으로 말하는지 잘 알았다. 하지만 아직 그 애는 꼼짝하지도 않았다. 손이 뒤로 묶인 채 다른 문으로 나가려 하지 않을까 걱정스러웠다. 그래봤자 무슨 소용이 있을까? 여기가 어딘지, 어떻게 강으로 돌아가야 하는지, 무슨 수로 병원을 찾아야 하는지도 모르는데. 우리의 유일한 희망은 미스 탠의 말처럼 착하게 굴어서 브라이니와 퀴니를 만나게 되는 것뿐이었다.

아니면 브라이니와 퀴니가 사일러스에게 자초지종을 듣고 우리를 찾으러 오거나.

카멜리아는 어깨를 약간 움직였고 나는 손잡이가 딸깍하는 소리를 들었다. 문이 열리지 않자 카멜리아는 코를 벌름거렸다. 그 애가 몸을 돌려 문을 밀려고 하자 미스 탠이 한숨 쉬며 문을 열고 차 안으로 몸을 숙였다.

느릿하게 몸을 세운 그녀는 카멜리아의 옷을 잡아 끌어내고 있었다. "이제 그만해! 어서 일어나서 얌전하게 굴어."

"카멜리아, 그만해!" 내가 외쳤다.

"멜리아, 하지 마, 하지 마!" 펀의 목소리는 메아리 같았다.

가비언은 고개를 들고 소리 질렀다. 그 소리는 집에 부딪쳐 튕겨 나와 나무 쪽으로 퍼졌다.

미스 탠은 잡고 있던 손을 비틀어 카멜리아를 더욱 꽉 잡았다. "다 알아듣게 이야기하지 않았나?" 그녀는 살찐 양 볼이 벌게진 채 땀을 흘렸다. 안경 뒤의 잿빛 눈동자가 튀어나올 것 같았다.

카멜리아가 입술을 꽉 깨물자 미스 탠이 뺨을 때려 당장 그 표정이 사라지게 하지 않을까 걱정했지만 그녀는 그러지 않았다. 대신 카멜리아에게 뭐라고 귓속말하더니 옆에 서서 지켜봤다. "이제 괜찮을 거야. 그렇지?"

카멜리아의 입술은 여전히 레몬이라도 빨아 먹은 모양새였다.

상황은 아카디아 갑판 끄트머리에 놓인 병처럼 고꾸라져 강물에 휩쓸려갈 듯 위태로웠다.

"그렇지?" 미스 탠이 다시 물었다.

카멜리아의 까만 눈동자에 불길이 일었지만 그 애는 고개를 끄덕였다.

"아주 좋아."

미스 탠은 우리를 한 줄로 세웠고 카멜리아도 우리와 함께 계단을 걸어 올라갔다. 철제 울타리 뒤에서 체격이 다양한 남자아이들과 여자아이들이 우리를 지켜봤다. 그 누구도 웃지 않았다.

큰 집 안으로 들어가자 나쁜 냄새가 났다. 사방에 커튼이 드리워져 어두웠다. 현관과 마주한 홀에는 널찍한 계단이 있었다. 계단 끝에는 남자아이 둘이 앉아 있었다. 그중 하나는 머리카락이 여우 털처럼 붉은 것만 빼면 몸집이 큰 사일러스 같았다. 이들은 마당에서 놀던 아이들이나 나무에 앉아 있던 남자아이와 닮지 않았다. 모두 형제자매일 순 없겠지.

이 아이들은 누구일까? 몇 명이나 될까? 이곳에 살까? 다들 병원에 있는 엄마 아빠를 보러 가기 위해 씻으려고 이곳에 왔을까?

여기는 대체 어디일까?

우리가 어떤 방으로 가자 그곳에는 한 여자가 책상에 앉아 있었다. 미스 탠에 비해 몸집이 작았는데 팔이 어찌나 가는지 뼈와 혈관이 드러났다. 코는 안경에서 삐져나와 부엉이 부리처럼 구부러져 있었다. 그녀는 우리를 보자 콧등을 찡그렸다. 그러더니 잠시 뒤 웃으며 일어나 미스 탠을 맞이했다. "조지아, 오늘은 좀 어때요?"

"아주 좋아, 머피. 제법 생산적인 아침이었지."

"그런 것 같네요."

머피 부인이 책상을 손가락으로 두드리며 우리에게 다가오자 먼지 위로 길이 생겼다. 그녀의 입꼬리 한쪽이 올라가자 그 안의 송곳니가 빛났다. "세상에나! 요 꼬마 부랑아들을 어디서 찾아냈죠?"

아이들은 내게 밀착했다. 모르는 아이들조차도. 나는 한 손으로는 편을, 다른 한 손으로는 가비언을 안고 있었다. 팔이 저려왔지만 놓을 수 없었다.

"너무 딱하지 않아?" 미스 탠이 말했다. "우리가 때마침 데려온 것 같아. 이 애들 전부 다 지낼 자리가 있을까? 힘들진 않을 거야. 몇 명은 정말 빨리 나갈 것 같으니까."

"이 머리카락 좀 봐……." 머피 부인이 더 가까이 왔고 미스 탠도 따라왔다. 미스 탠이 걸을 때마다 살찐 몸이 이리저리 움직였다. 그녀가 다리를 절뚝인다는 걸 이제 발견했다.

"정말 대단하지? 한배에서 나온 금발 곱슬머리가 넷이야. 그리고…… 저기 하나 더 있어." 미스 탠은 콧방귀를 뀌며 카멜리아를 봤다.

"오, 저 애는 같은 곳에서 데려오지 않았나봐요." 머피 부인은 나를 봤다. "네 동생이니?"

"네…… 네, 부인." 내가 대답했다.

"저 애 이름이 뭐지?"

"카, 카멜리아요."

"평범한 애 이름치고는 꽤 근사하군. 저 우스꽝스러운 주근깨는 또 어떻고. 황새가 둥지를 잘못 찾아가서 떨어뜨린 것 같아."

"비협조적인 애야." 미스 탠이 주의를 줬다. "벌써 문제가 있었어. 여러모로 골칫덩이라니까."

머피 부인은 인상을 썼다. "저런. 이 집에서는 착하게 굴어야 해. 내 기대에 어긋나는 짓을 하면 위층에서 다른 아이들과 함께 있지 못할 거야." 그녀는 혀로 이를 훑었다.

온몸이 오싹했다. 펀과 가비언은 내 목을 더욱 꼭 끌어안았다. 머피 부인의 뜻은 분명했다. 카멜리아 때문에 화가 나면 그 애를 데려가…… 어딘가 다른 곳에 둔다는 뜻이었다.

카멜리아는 고개를 끄덕였지만 나는 그 애가 전혀 진심이 아니라는 걸 알았다.

"이 어두운 금발 아이 둘은…… 도중에 찾았어." 미스 탠은 카멜리아와 함께 자동차 바닥에 앉아 있었던 남자아이와 여자아이를 끌어 모았다. 둘 다 머리가 지푸라기 색의 긴 직모였고 큰 눈은 갈색이었다. 남자아이가 매달리는 걸로 봐서 여자아이가 누나인 것 같았다. "물론 강에 사는 애들은 더 있어요. 하류 쪽 판자촌은 거의 비었지만요. 어떻게 새났는지 몰라도 말이 돈 게 틀림없어요."

"이렇게 사랑스러운 얼굴이라니."

"맞아, 곱슬머리 애들은 천사 같지. 찾는 곳이 많을 거야."

머피 부인이 물러섰다. "하지만 맙소사! 다들 강에서 나는 악취가 풍기는군요. 이 상태로 내 집에 들일 순 없어요. 목욕하기 전까지 밖에 둬야겠어요."

"씻긴 뒤에 아이들이 이곳 규칙을 완전히 이해했다는 확신이 들 때까지는 밖에 못 나가게 해." 미스 탠은 카멜리아의 어깨에 손을 올렸다. 카멜리아가 얼굴을 실룩거리는 모습을 보니 미스 탠이 그 애 어깨를 누른 채 손가락으로 후벼 파고 있다는 걸 알 수 있었다. "이 녀석은 도망치려 했어. 차에서까지 달아나려고 했지. 저 강가 저지대에 사는 소들은 번식할 줄만 알았지 행실을 똑바로 가르치는 법은 몰라. 그러니 이 녀석에겐 작업이 좀 필요하겠어."

"당연하죠. 다들 마찬가지예요." 머피 부인은 고개를 끄덕였다. 그녀는 다시 나를 봤다. "넌 이름이 뭐지?"

"릴이에요. 릴 포스." 더는 말하지 않으려 했지만 말이 샜다. 그들이 무슨 이야기를 하는지 이해할 수 없었고 심장이 요동쳤다. 동생 둘을 안고 있느라 다리가 떨렸지만 이유가 그뿐은 아니었다. 죽도록 무서웠다. 미스 탠은 우리를 여기 남겨둘 셈일까? 얼마나 오래? "엄마 아빠는 언제 만나러 가나요? 지금 병원에 있거든요. 엄마가 아기를 낳았는데……"

"쉿." 머피 부인이 말했다. "중요한 일부터 해야지. 넌 애들을 데리고 홀로 가서 계단 벽을 따라 바닥에 앉혀. 작은 녀석부터 큰 녀석 순으로. 거기서 기다리면 돼. 떠들어도 안 되고 나를 속이려 해서도 안 돼. 알아듣겠니?"

"하지만……"

미스 탠이 이번에는 내 어깨에 손을 올렸다. 그녀의 손가락이 뼈를 움켜쥐었다. "말썽 부리지 않으면 좋겠구나. 넌 동생보다 똑똑할 테지."

통증 때문에 팔이 풀렸고 가비언이 미끄러져 내려가는 느낌이 들었다. "네, 부인. 알겠습니다."

미스 탠은 나를 놓아줬다. 나는 가비언을 다시 안았다. 어깨를 문지르고 싶었지만 참았다.

"그리고…… 릴. 무슨 이름이 그래?"

"강에서 따온 이름이에요. 아빠가 지어주셨어요. 노래 부르는 것처럼 발음이 예쁘다고요."

"우리가 적당한 이름을 지어주마. 제대로 된 여자아이에게 어울리는 제대로 된 이름을. 메이가 좋겠어. 메이 웨더스."

"하지만 저는……"

"메이." 미스 탠이 나가라고 문을 향해 손짓하자 아이들이 내게 매달려 따라왔다. 카멜리아는 홀에 가만히 앉아 있기만 하라고 다시 한 번 주의를 들었다.

내게 매달린 아이들을 떼어내서 앉히려 하자 어린아이들은 강아지처럼 칭얼대며 훌쩍거렸다. 계단 위에 앉아 있던 남자

아이 둘은 가고 없었다. 바깥 어딘가에서는 아이들이 레드 로버('우리 집에 왜 왔니'와 유사한 놀이)를 하고 있었다. 나는 학교에서 그 놀이를 배웠다. 퀴니와 브라이니는 대개 강변 마을 근처 어딘가에 배를 정박하고 카멜리아와 나와 최근에는 라크까지 학교에 가도록 했다. 학교에 가지 않는 시간에 우리는 책을 읽었고 브라이니에게 산수를 배웠다. 브라이니는 거의 모든 걸로 암호를 만들어낼 수 있었다. 카멜리아는 숫자의 달인이었다. 펀도 알파벳을 이미 알고 있었지만 학교에 가기에는 너무 어렸다. 내년 가을에는 라크가 1학년이 될 것이었다.

라크는 생쥐 같은 눈을 크게 뜨고 나를 올려다봤다. 나는 폐수가 회오리치듯 속이 메스꺼웠다. 회오리는 갈 곳이 없었다. 그저 원을 그리며 계속 돌았다.

"우릴 감옥에 데려가는 거야?" 이름도 모르는 어린 여자아이가 속삭였다.

"아니, 그렇지 않아." 내가 대답했다. "어린애들을 감옥에 넣진 않아." 혹시 그러려나?

카멜리아는 고개를 기울여 앞 현관을 봤다. 여기서 나가 도망칠 수 있을지 궁리하는 것 같았다.

"그러지 마." 내가 숨죽여 말했다. 머피 부인이 떠들지 말라고 했기 때문이다. 나는 말을 잘 들을수록 우리가 원하는 곳으로 갈 가능성이 늘어난다고 생각했다. "우리는 다 함께 있어야해. 우리가 아카디아에 없다는 걸 알면 브라이니가 올 거야. 사일러스가 무슨 일이 있었는지 알릴 거고. 브라이니가 왔을 때 우리 모두 한곳에 모여 있어야 해. 내 말 듣고 있어?" 나는 퀴니처럼 말했다. 퀴니는 깨진 얼음이 강에 떠다니다가 배를 치면 물에 빠질 수 있으니 난간에 매달리지 말라고 할 때 이런 식으로 말했다. 그럴 때면 퀴니는 안 된다는 말이 진심이라는 걸 우리에게 알리고 싶어 했다. 그렇다고 이런 식으로 자주 말하지는 않았다.

카멜리아를 제외하고 모두 고개를 끄덕였다. 내가 모르는 아이들까지도.

"멜리아?"

"으으." 카멜리아는 포기하고 무릎을 감싸고 앉아 다리 사이에 얼굴을 묻더니 머리를 세게 부딪쳤다. 이런 결정이 마음에 들지 않는 거였다.

다른 아이들에게 이름을 물어봤지만 아무도 말하지 않았다. 어린 남자아이의 뺨에 굵은 눈물방울이 흘러내리자 그 아이 누나가 끌어당겨 안았다.

앞 유리창으로 새가 날아들어 부딪치며 쿵 소리가 났다. 우리 모두 깜짝 놀랐다. 나는 목을 빼고 새가 일어나서 제대로 날아가는지 지켜봤다. 작고 예쁜 홍관조였다. 어쩌면 강에서 지저귀고 있던 새가 여기까지 따라온 건지도 몰랐다. 새가 비틀거리며 일어났다. 길고 나른한 오후 햇빛에 깃털이 밝게 빛났다. 오다가 덤불에 고양이 세 마리가 숨어 있는 걸 봤다. 고양이가 채가기 전에 새를 구하고 싶었지만 두려웠다. 미스 텐이 내가 달아나려 한다고 생각할 테니까.

라크는 무릎으로 서서 보더니 입술을 떨었다.

"괜찮을 거야. 그러니까 앉아서 착하게 가만있어." 내가 속삭였다.

라크는 내 말대로 했다.

새가 비틀거리며 계단 쪽으로 갔기 때문에 보려면 벽에서 약간 기어 나와야 했다. '어서 날아. 서둘러야 해. 고양이에게 잡히기 전에 날아가.'

하지만 새는 그 자리에 있었고 부리를 벌린 채 온몸을 헐떡였다.

'어서 날아가. 집으로 가란 말이야.'

나는 계속 지켜봤다. 고양이가 오면 창문으로 겹줘서 쫓아보낼 수 있을지도 몰랐다.

홀 건너편 문 아래서 말소리가 흘러나왔다. 아주 조심스럽게 일어나 까치발을 하고 가까이 갔다.

미스 탠과 머피 부인이 하는 말이 드문드문 들렸지만 뜻을 알아들을 수 있는 말은 하나도 없었다. "다섯 아이에 관한 서류는 병원에서 곧바로 양도받았어. 간단하고 쉬웠지. 관계를 끊을 수 있는 가장 쉬운 방법이야. 사실 아이들이 살던 판잣집 배의 정확한 위치를 찾아내는 게 가장 어려웠어. 경찰에게 들어보니 배는 머드 아일랜드 맞은편에서 혼자 계류 중이었다더군. 주근깨 난 꼬맹이가 화장실로 나가 헤엄쳤고. 아까 난 냄새가 강물 악취만은 아니었어."

큰까마귀의 울음처럼 날카로운 웃음소리가 들렸다.

"그럼 나머지 둘은요?"

"판잣집 배에 사는 기생충들이 모여 있는 곳 근처에서 꽃을 꺾고 있는 걸 우연히 발견했나봐. 그 애들 서류도 곧 발급

될 거야. 당연히 아무 문제도 없을 테고. 그 애들은 온순해 보이더군. 음…… 셰리와 스티비. 그 애들 이름으로는 이게 어울려. 당장 교육을 시작하는 게 좋겠어. 정말 사랑스럽지 않아? 어리기도 하고. 그 애들은 여기에 오래 있지 않을 것 같아. 다음 달에 아이들을 선보일 대면 행사가 있을 테니 그때까지 준비시켜야겠어."

"음, 그게 좋겠군요."

"나머지 다섯 아이 이름은 메이, 아이리스, 보니…… 베스…… 로비가 좋겠어. 성은 웨더스를 쓰고. 메이 웨더스, 아이리스 웨더스, 보니 웨더스…… 품격 있어." 다시 웃음소리가 들렸다. 높고 요란한 웃음 때문에 나는 문 뒤로 물러섰다.

마지막으로 들은 건 머피 부인의 말이었다. "준비는 제가 확실히 시킬 테니 믿어주세요."

두 사람이 나올 때쯤 나는 자리로 서둘러 돌아가 모두 벽을 따라 똑바로 잘 있는지 확인했다. 카멜리아까지 고개를 들고 학교에서 했던 것처럼 책상다리를 하고 앉아 있었다.

우리는 머피 부인과 미스 탠이 현관문으로 걸어가는 동안 동상처럼 꼼짝하지 않고 기다렸다. 모두들 현관에서 이야기하는 두 사람을 보려고 눈만 돌렸다.

아까의 작은 홍관조는 계단을 뛰어올랐지만 무기력하게 앉아만 있었다. 두 사람 모두 새를 알아차리지 못했다.

'어서 날아가.'

나는 퀴니의 빨간 모자가 떠올랐다. '퀴니에게 날아가서 우리가 어디에 있는지 알려줘.'

'날아가.'

미스 탠이 몇 걸음 절뚝거리는 바람에 새가 밟히기 직전이었다. 나는 숨이 막혔고 라크는 숨이 멎을 정도로 놀랐다. 미스 탠은 발을 멈추고 뭐라고 말했다.

그녀가 다시 움직이기 시작하자 마침내 새가 날아갔다.

새는 브라이니에게 우리 있는 곳을 알려주겠지.

다시 들어온 머피 부인은 웃고 있지 않았다. 그녀는 홀 건넛방으로 가서 문을 닫았다.

우리는 앉아서 기다렸다. 카멜리아는 다시 얼굴을 묻었다.

펀이 내 어깨에 기댔다. 미스 탠이 셰리라고 불렀던 여자아이는 남동생의 손을 잡고 있었다. "나 배고파." 가비언이 속삭였다.

"배고프다고." 가비언이 다시 말했다. 이번에는 소리가 너무 컸다.

"쉿." 나는 녀석의 머리를 쓰다듬었다. 손에 느껴지는 머릿결이 보드라웠다. "조용해야 해. 숨바꼭질할 때처럼. 이건 게임 같은 거야."

가비언은 입을 꼭 다물고 안간힘을 다해 참았다. 아카디아에서 흉내 내기 놀이를 할 때 우리는 언제나 두 살밖에 안 된 가디언을 끼워주지 않았다. 아이는 이번에 게임을 할 수 있게 돼 기뻐하는 것 같았다.

나는 이 모든 일이 게임이기를 바랐다. 규칙을 알고 있어서 이기면 무엇을 얻게 될지 알기를 바랐다.

지금 당장 우리가 할 수 있는 일이라고는 가만히 앉아서 앞으로 무슨 일이 일어나든 그저 기다리는 것뿐이었다.

우리는 앉고 또 앉고 계속 앉아 있었다.

시간이 영원처럼 느껴질 무렵 머피 부인이 나왔다. 나도 배가 고팠지만 부인의 표정으로 봐서 묻지 않는 쪽이 나을 것 같았다.

그녀는 주먹 쥔 손을 허리에 얹고 우리 앞에 섰다. 검정 꽃무늬 원피스 아래로 골반이 비죽 튀어나왔다. "일곱 명 추가라……." 그녀는 이렇게 말하더니 인상 쓰며 계단을 올려다봤다. 그녀가 내쉰 숨이 안개처럼 가라앉았다. 냄새가 지독했다. "어쩔 도리가 없었어. 너희 부모가 너희를 돌볼 수 없게 됐으니까."

"브라이니는 어딨어요? 퀴니는요?" 카멜리아가 불쑥 물었다.

"조용히!" 머피 부인은 늘어선 우리 앞에서 비틀거리며 걸었다. 그녀가 방에서 나올 때 난 냄새가 뭔지 이제 알았다. 위스키 냄새였다. 당구장에서 자주 맡아본 냄새였다.

머피 부인은 카멜리아를 가리켰다. "너 때문에 다들 밖에 나가서 못 놀고 여기 앉아 있는 거야." 그녀는 발을 구르며 홀을 걸어갔다. 발걸음이 비뚤비뚤한 선을 그렸다.

우리는 앉아 있었다. 어린아이들은 잠들었는데 가비언은 아예 바닥에 대자로 누웠다. 아이 몇 명이 우리를 지나갔다. 나이가 있어 보이는 아이들도 있었고 어린아이들도 있었다. 남자아이와 여자아이가 섞여 있었다. 대부분 너무 크거나 너무 작은 옷을 입고 있었다. 아무도 우리 쪽을 보지 않았다. 아이들은 우리가 있다는 사실을 모른다는 듯 걸었다. 흰 원피스를 입고 흰 앞치마를 한 여자들이 계단을 황급히 오르내렸다. 그들 역시 우리를 보지 않았다.

나는 손으로 발목을 잡고 내가 아직 존재한다는 걸 확인하려는 듯 힘줬다. 내가 H. G. 웰스의 책에 나오는 투명인간이 된 줄 알았다. 브라이니는 그 이야기를 좋아했다. 우리에게도 여러 번 읽어줘서 카멜리아와 나는 강가 판자촌 아이들과 투명인간 놀이를 하기도 했다. 누구도 투명인간을 볼 수 없었다.

잠시 눈을 감고 투명인간이 된 척했다.

펀은 화장실에 가고 싶다고 하더니 내가 어떻게 해야 할지 생각하기도 전에 오줌을 싸고 말았다. 흰 유니폼을 입은 머리카락이 검은 여자가 지나가다가 바닥에 오줌이 흥건하게 고여 엉망이 된 걸 봤다. 그녀는 펀을 안았다. "여기엔 이런 일을 돌봐줄 사람이 없어. 때가 되면 스스로 화장실에 가야 해." 그녀는 앞치마 아래서 행주를 꺼내더니 오줌 위로 던졌다. "닦아." 그녀가 내게 말했다. "머피 부인이 알면 엄청 화낼 거야."

그녀는 펀을 안고 갔고 나는 시킨 대로 했다. 다시 돌아온 펀은 빨아서 축축한 속바지와 원피스를 입고 있었다. 여자는 우리에게 화장실에 가도 좋지만 재빨리 다녀와서 다시 계단 옆에 앉아 있어야 한다고 했다.

우리가 자리에 제대로 앉고 얼마 지나지 않아 밖에서 누가 휘파람을 불었다. 아이들이 몰려드는 소리가 들렸다. 그 수가 아주 많았다. 말소리는 들리지 않았지만 홀 끝의 문 너머로 발소리가 울렸다. 아이들은 한동안 그대로 있었고 잠시 뒤 서둘러 계단을 올라가는 듯한 시끄러운 소리가 들렸다. 하지만 우리 옆 계단으로 올라가지는 않았다.

머리 위로 아카디아의 뱃전과 나무판자에서 나는 것 같은 삐걱대는 소리가 났다. 나는 눈을 감고 집에서 나던 소리에 귀를 기울이며 우리가 안전한 배로 돌아갈 수 있기를 바랐다.

소원은 아주 빨리 수포로 돌아갔다. 흰 원피스를 입은 여자가 와서 말했다. "이쪽으로 와."

우리는 일어나서 따라갔다. 카멜리아가 앞장섰고 나는 어린아이들을 앞에 세웠다. 셰리와 스티비까지도.

여자는 홀 끝의 문으로 우리를 데리고 들어갔다. 그곳에서는 모든 게 무척 달라 보였다. 밋밋하고 낡은 곳이었다. 벽에는 가느다란 종이와 성긴 면직물이 걸려 있었다. 한쪽에는 주방이 있었는데 흑인 여자 둘이 스토브 위에 올린 주전자로 뭔가를 하느라 바빴다. 나는 곧 뭐든 먹을 수 있기를 바랐다. 위장이 땅콩만 하게 줄어든 느낌이었다.

이렇게 생각하기만 해도 땅콩을 먹고 싶었다.

주방 한쪽에는 큰 계단이 있었다. 발길이 많이 닿은 듯 대부분 칠이 벗겨졌다. 난간 막대 중 절반은 빠지고 없었다. 헐렁한 난간 두어 개는 지드 아저씨가 웃을 때 보이는 남은 치아처럼 덜렁거렸다.

흰 유니폼을 입은 여자가 우리를 위층으로 데려가 복도 벽에 세웠다. 근처에는 다른 아이들이 줄을 서 있었다. 어딘가에서 물통에 물 흐르는 소리가 들렸다. "말하지 말고. 목욕 차례가 될 때까지 여기서 기다려. 이제 옷을 벗어서 발밑에 잘 개놔. 전부 다 벗어야 해."

피부로 피가 몰려 뜨겁고 불편한 기분이 들었다. 다양한 체격의 아이들은 이미 여자가 시킨 대로 하고 있었다.

9장

에이버리

"메이 크랜들. 이 이름 정말 모르세요?" 나는 어머니 아버지와 함께 리무진을 타고 있었다. 컬럼비아에서 열리는 개관식에 가는 길이었다. "어제 요양원에서 제 팔찌를 찾아준 분이에요." 나는 '찾아줬다'고 말했다. '내 손목에서 팔찌를 빼갔다'는 말보다 나았기 때문이다. "그리어에서 디자인한 가넷 잠자리 장식이 달린 팔찌요. 주디 할머니가 주신 거요. 그 노부인이 팔찌를 알아본 것 같아요."

"할머니가 그 팔찌를 자주 하시긴 했지. 할머니가 한 팔찌를 본 사람이면 다들 기억할 거야. 정말 독특하니까." 엄마는 완벽하게 화장한 입술을 꾹 다물고 기억을 더듬었다. "그런데 정말 모르는 이름이야. 혹시 애시빌의 크랜들 집안 사람 아닐까? 어릴 때 그 집안 남자와 데이트한 적 있어. 물론 네 아버지를 만나기 전에 말야. 가족이나 친척들에 대해 물어봤니?" 허니비를 비롯해 좋은 집안에서 자란 같은 세대의 남부 여자들은 만나면 자연스레 이렇게 물었다. '만나서 정말 반가워요. 아주 멋진 날이죠? 자, 이제 이야기해봐요. 당신 가족들은 어떤 사람이죠?'

"물어볼 생각을 못 했어요."

"저런, 에이버리! 널 어쩌면 좋니?"

"혼내시게요?"

가방에 한가득 담긴 서류를 읽던 아버지가 우리를 쳐다보며 웃었다. "허니비, 나 때문에 에이버리가 바빴잖아요. 그리고 당신처럼 세세한 일을 모두 잘 정리하는 사람은 없어요."

어머니는 아버지를 장난스럽게 살짝 때렸다. "그런 말 마요."

아버지는 어머니의 손을 잡고 입 맞췄고 나는 그 상태로 가운데에 끼어 있었다. 열세 살이 된 기분이었다.

"어휴, 다들 공개된 장소에서 애정 행각은 자제해주세요." 집에 돌아온 뒤로 나는 북부에 있을 때는 쓰지 않던 남부 말투를 다시 쓰고 있었다. 이제 와서 보니 소박한 맛의 삶은 남부에서 자주 먹는 땅콩처럼 여러 상황에 어울렸다.

"웰스, 메이 크랜들이라는 이름 알아요? 친구 어머니라든지요." 허니비가 다시 우리의 대화로 돌아왔다.

"글쎄. 모르겠는데요." 아버지는 머리를 긁적이려고 손을 올렸다가 헤어스프레이를 잔뜩 뿌렸다는 사실을 떠올렸다. 야외 행사에는 추가로 준비가 필요했다. 신문에 알팔파(콩과에 속하는 다년생 식물)처럼 나오는 것보다 끔찍한 일은 없을 테니까. 레슬리는 내가 머리를 뒤로 넘기도록 했다. 허니비와 나는 머리 모양이 똑같아졌다. 프렌치 트위스트(머리를 뒤로 묶어 틀어 올린 머리)의 날이었다.

"아카디아." 나는 무슨 반응이 있는지 보려고 이 말을 불쑥 내뱉었다. "혹시 할머니가 나가시던 동호회나…… 브리지 모임 중에 이런 이름 없나요? 아니면…… 아는 분 중에 아카디아에 사는 사람이 있나요?"

어머니와 아버지 모두 이 단어에 특이한 반응을 보이지는 않았다. "플로리다의 아카디아 말이니?" 어머니가 물었다.

"모르겠어요. 할머니가 브리지 게임 하던 이야기를 하다가 들었거든요." 할머니가 그 이야기를 했을 때의 느낌이 얼마나 불편하게 남아 있는지는 말하지 않았다. "어떻게 하면 더 알아볼 수 있을까요?"

"이 일에 지나칠 정도로 신경 쓰는구나."

나는 휴대전화를 꺼내 사진을 보여줄 뻔했다. 그럴 뻔했다. 가방으로 손을 가져가다가 멈추고 대신 치마를 매만졌다. 새로운 걱정거리가 남긴 여운이 어머니의 얼굴에 적나라하게 드러났다. 어머니가 스트레스받을 일을 하나 더할 필요는 없었다. 내가 사진을 보여주면 어머니는 못된 계략이라고, 메이크랜들이 우리에게 원하는 게 있다고 확신할 것이다. 어머니는 걱정 전문가니까.

"그렇게 신경 쓰진 않아요. 그냥 궁금해서 그래요. 노부인이 정말 외로워 보였거든요."

"정말 다정하지만 주디 할머니와 그분이 서로 아는 사이라고 해도 자주 어울리시진 않은 모양이야. 먼데이 걸스 모임에 연락해서 이제 매그놀리아 매너에 가시지 말라고 해야겠어. 옛 친구가 너무 많아서 할머니가 더 좌절하시는 것 같아. 이름과 얼굴이 기억 안 나서 당황스러워하시고. 가족이 아니면 더 힘들지. 할머니는 사람들이 자기 이야기를 할까봐 걱정하셔."

"저도 알아요." 어쩌면 이번 일은 그냥 잊어야 할지도 몰랐다. 하지만 의문이 계속 나를 괴롭혔다. 의문은 알 수 없는 말을 속삭이고 성가시게 하고 놀렸다. 오후 내내 가만히 내버려 두지 않았다. 어머니와 나는 시시콜콜한 수다를 떨었고 아버지가 개관식에서 리본을 자를 때 손뼉을 쳤다. 현지 컨트리클럽 VIP 라운지에서 시간을 보내며 주지사와 어울렸고 기업 고위 관계자들과 이야기를 나눴다. 천연가스 시추 기술과, 이웃한 노스캐롤라이나에서 가스를 시추할 수 있게 할 입법 진행 중인 건을 두고 벌어진 싸움에 무료로 법률 조언을 하기도 했다. 경제냐 환경이냐. 이런 문제는 대개 두 가지 중요한 주제로 귀결돼 여론과 법률 제정을 두고 다퉜다.

내가 깊은 관심을 갖고 있는 비용 편익 문제를 토론하는 동안에도 머리 한구석에서는 가방 속의 휴대전화와 사진을 본 주디 할머니의 반응을 생각하고 있었다.

할머니는 분명 그 여자를 알아봤다. 퀸인지 퀴니인지.

이건 우연이 아니었다. 우연일 수 없었다.

아카디아. 아카디아가 도대체 뭘까?

에이컨에 있는 아버지의 사무실로 돌아가는 차 안에서도 아무런 의심을 받지 않을 만한 핑계를 대서 부모님과의 대화에서 몇 차례 잠시 벗어났다. 사실 나는 메이 크랜들을 다시 만나기로 결심했다. 여기서 뭔가가 일어나고 있다면 아는 쪽이 나았다. 그러면 뭘 해야 할지 판단할 수 있겠지.

아버지는 내가 함께 가지 않아서 약간 실망한 것 같았다. 아버지는 보좌관들과 전략회의를 한 뒤에 집으로 가서 저녁식사를 할 예정이었는데 그때 내가 함께 있기를 바랐다.

"웰스, 에이버리에게도 사생활이 있어요." 어머니가 참견했다. "신경 써야 할 잘생긴 약혼자도 있다고요. 잊었어요?" 어머니는 호리호리한 어깨를 으쓱하며 나를 향해 회심의 미소를 지었다. "게다가 결혼 계획도 세워야 해요. 서로 이야기해야 계획을 세우죠." 문장 끝 억양이 노랫가락처럼 올라가며 기대감이 드러났다. 어머니는 내 무릎을 토닥이더니 가까이 기댔다. 그러고는 의미심장한 눈빛으로 나를 봤다. '자, 어서 시작하렴.' 눈빛은 이렇게 말하고 있었다. 어머니는 괜히 가방을 뒤지며 이 순간을 넘기고 아무렇지 않게 대화 주제를 바꿨다. "며칠 전 정원사가 진달래 뿌리에 덮개를 새로 덮어줬어요. 비트시네 정원사가 추천했나봐요. 비트시네는 작년 가을에 그걸로 덮었는데 그 집 진달래가 우리 집보다 두 배나 굵지 뭐예요? 내년 봄에는 드레이든 힐의 정원사가 모든 사람의 부러움을 살 거예요. 3월 말쯤 되면 정말…… 천국 같겠죠."

입 밖으로 내지는 않았지만 어머니의 '결혼식에 완벽할 거예요'라는 말이 허공에 맴돌았다. 우리가 약혼을 발표할 때 엘리엇은 비트시와 허니비에게 약속받았다. 끼어들어서 의사결정 과정을 방해하지 않겠다고. 두 사람은 정말이지 이 약속 때문에 죽을 지경이었다. 우리가 막지 않았더라면 두 사람은 결혼과 관련된 모든 일을 계획했을 것이다. 하지만 우리는 스스로 결정한 시점에 우리가 가장 좋다고 생각하는 방식으로 계획을 세우기로 마음먹었다. 지금은 아버지와 허니비가 내 결혼 준비 걱정은 제쳐두고 아버지의 건강에 온전히 집중해야 할 때였다.

하지만 허니비에게 그렇게 말할 순 없었다.

나는 이해하는 척했다. "제이슨이라면 사막에서도 장미를 길러낼 사람이죠." 제이슨은 내가 대학에 입학해 집을 떠나기 오래전부터 드레이든 힐의 정원을 돌봤다. 그는 정원을 자랑할 기회가 생긴다는 데 흥분을 감추지 못했다. 하지만 엘리엇은 어머니들의 아이디어대로 결혼식을 할 생각이 전혀 없을 것이다. 그는 자기 어머니를 사랑하지만 외아들로 자란 탓에 자기 인생을 끊임없이 멋대로 계획하려는 어머니에게 지쳤다.

'한 번에 하나씩 하자.' 나는 속으로 생각했다. '아버지, 암, 정치.' 지금 당장은 이 세 가지가 중요했다.

차는 사무실 앞에 섰다. 기사가 문을 열어줬고 차에서 내리자 자유로워져서 기뻤다.

내리고 나서 결혼식을 희미하게 암시하는 마지막 말이 뒤따랐다. "엘리엇한테 어머니께 고맙다는 인사 전해달라고 해. 진달래 심으라고 조언해줘서 말이야."

"그럴게요." 나는 이렇게 약속하고 서둘러 내 차에 탄 다음 엘리엇에게 전화했다. 하지만 그는 받지 않았다. 다섯 시가 넘었지만 회의 중일 가능성이 많았다. 전 세계에 금융 고객이 있어서 그는 시간과 관계없이 일했다.

나는 진달래에 관한 메시지를 재빨리 남겼다. 이걸 보면 엘리엇은 웃음을 터뜨릴 테지. 스트레스에 시달린 하루의 끝에 그에게는 웃음이 필요했다.

차를 몰고 한 블록 내려갔을 때 작은언니 앨리슨에게서 전화가 왔다.

"언니, 무슨 일이야?"

언니는 웃고 있었지만 기진맥진한 것 같았다. 전화기 너머에서 세쌍둥이가 야단 피우는 소리가 들렸다. "혹시…… 혹시…… 무용 수업에 간 코트니 좀 데리러 가줄 수 있나 해서. 쌍둥이들이 아파서 오늘 벌써 옷을 세 번째 갈아입었어. 그런데 또 갈아입어야 해. 나까지 넷 모두. 코트니는 내가 어디쯤 오는지 궁금해하면서 무용실 밖에 서서 기다리고 있을 거야."

재빨리 차를 돌려 한나 선생님의 무용실로 향했다. 나도 예전에 그곳에서 발레를 배우고 미인대회 수업을 들었지만 둘 다 실패했다. 다행히 코트니는 재능이 있었다. 봄에 열린 발표회에서도 정말 잘했다. "그럼, 당연히 가야지. 그렇게 멀지 않은 곳에 있어. 십 분 안에 도착할 거야."

언니는 안도의 한숨을 길게 내쉬었다. "고마워. 네가 구세주다. 내가 가장 좋아하는 자매는 너야, 오늘만큼은." 우리는 어린 시절부터 작은언니가 가장 좋아하는 자매는 누구인지를 두고 농담했다. 둘째라서 가운데에 낀 언니에게 선택권이 주어졌다. 큰언니는 작은언니보다 나이가 많아 흥미로운 점이 많았고 나는 어려서 마음대로 부릴 수 있었다.

나는 나지막이 웃었다. "음, 그 정도면 시내로 되돌아갈 가치가 충분한데."

"그리고 어머니한테는 애들 아프다는 이야기 하지 말아줘. 그럼 이리로 오실 텐데 무슨 바이러스가 됐든 아버지한테 노출되는 건 싫어. 코트니는 셸리 집에 내려줘. 문자로 주소 보내줄게. 셸리 엄마에게는 전화해뒀어. 코트니가 하룻밤 자고 가도 괜찮다고 했고."

"알겠어. 그렇게 할게." 우리 셋 중 작은언니가 허니비를 가장 많이 닮았다. 언니는 4성 장군처럼 진두지휘하는 유형이었지만 세쌍둥이가 태어난 뒤로는 침략군에게 제압당했다. "무용실에 거의 다 왔어. 언니 딸을 구출하고 나면 문자 보낼게."

우리는 전화를 끊었고 몇 분 뒤 나는 한나 선생님의 무용실 앞에 도착했다. 코트니가 문 앞에 서 있었다. 자기가 버려지지 않았다는 걸 알게 되자 코트니의 표정이 밝아졌다.

"이모, 안녕!" 코트니가 차에 올라타며 말했다.

"안녕."

"엄마가 또 잊어버린 거야?" 코트니는 눈을 굴리며 머리를 한쪽으로 늘어뜨렸다. 그렇게 하니 열 살짜리가 아니라 훨씬 더 큰 아이 같았다.

"아니…… 내가 너 보고 싶어서 왔지. 너랑 같이 공원에 가서 미끄럼틀도 타고 놀이터에 있는 요새에서 놀기도 할 수 있을 것 같아서."

"이모, 그러지 말고 솔직히 말해봐……."

나는 코트니가 내 제안을 너무 빨리 거절해서 신경이 쓰였다. 환경 때문에 너무 일찍 철든 것 같았다. 드레이든 힐에서 내 바짓가랑이를 잡고 늘어지며 같이 나무에 올라가자고 애원했던 게 엊그제 같은데. "알겠어. 네 엄마가 널 태워달라고 전화했어. 쌍둥이들이 아프대. 그래서 널 셀리네 집에 데려다 줄 거야."

코트니의 표정이 밝아졌다. 그 애는 조수석에서 허리를 꼿꼿하게 폈다. "좋았어!" 내가 기분 나쁘다는 듯 흘끔 보자 코트니가 덧붙였다. "쌍둥이들이 아파서 좋다는 뜻은 아냐."

나는 잠깐 아이스크림을 먹으러 가자고 했다. 한때 우리가 좋아한 일이었다. 하지만 코트니는 배고프지 않다고 했다. 그 애는 셀리네 집에 가는 데만 정신이 팔려 있었다. 그래서 나는 내비게이션을 켜고 목적지를 입력했다.

코트니는 휴대전화를 꺼내 셀리에게 문자를 보냈고 나는 다른 생각에 빠져들었다. 남들보다 빨리 사춘기에 접어든 조카를 보는 아린 마음을 아카디아와 메이 크랜들이 덮어버렸다. 내가 '아카디아'라는 말을 물으면 메이는 어떤 반응을 보일까?

오늘 알아낼 가능성은 적어 보였다. 코트니를 내려줄 때쯤 요양원은 저녁식사 시간일 것이다. 직원들은 바쁠 테고 메이도 마찬가지겠지.

대로를 벗어나 나무가 늘어선 거리로 접어들었다. 세기가 바뀔 무렵에 지어진 듯한 우아하면서도 장중한 집이 즐비했고 모두 잘 가꾼 잔디와 정원에 둘러싸여 있었다. 몇 블록 가고 나서야 셀리네 집으로 가는 길이 왜 이렇게 익숙한지 떠올랐다.

주디 할머니의 집이 있는 래니앱 거리와 그리 멀지 않았다.

"코트니, 셸리네 집에 가기 전에 주디 할머니 집에 잠깐 들러볼까?" 혼자 그곳에 가기는 싫었지만 그 집에 가면 할머니의 소지품에서 답을 찾을 수 있을지도 모른다는 생각이 문득 들었다.

코트니는 전화기를 내리고 어리둥절한 표정으로 나를 봤다. "이모, 그건 어쩐지 으스스한데? 거기 아무도 안 살잖아. 할머니 물건은 아직 그대로 있고." 코트니는 아랫입술을 내밀더니 크고 파란 눈으로는 나를 진지하게 쳐다봤다. 아이들이 할머니의 급격한 변화를 받아들이기는 힘들 것이다. 사람은 언젠가 죽는다는 사실을 처음 실감하는 순간이니까. "정 그렇게 가고 싶으면 같이 갈게."

"아냐, 괜찮아." 나는 갈림길에서 꺾지 않고 계속 달렸다. 코트니를 끌어들일 이유는 없었다. 코트니를 친구 집에 내려준 뒤 래니앱에 가기로 했다.

코트니는 눈에 띄게 안심했다. "알겠어. 오늘 태워줘서 고마워, 이모."

"언제든 말만 해."

잠시 뒤 코트니는 셸리네 집 진입로를 빠르게 걸어갔고 나는 래니앱 거리와 과거를 향해 출발했다. 진입로에 도착해 차에서 내리자 무딘 슬픔이 찾아들었다. 어디에나 추억이 담겨 있었다. 할머니를 도와 함께 가꾼 장미, 아래쪽에 사는 여자아이와 소꿉놀이를 했던 버드나무, 신데렐라의 성 같은 위층의 돌출된 창, 졸업파티 사진의 배경이 됐던 널찍한 현관, 알록달록한 비단잉어가 크래커 부스러기를 먹으려고 뻐끔대던 연못.

집 옆의 찰스턴 양식 광장에 들어서자 할머니가 집에 있는 것 같은 느낌마저 들었다. 계단을 올라가는 동안 정말 할머니가 계시지 않을까 기대했다. 할머니가 없다는 사실을 깨닫자 고통스러웠다. 이곳에 왔을 때 할머니가 맞아줄 일은 다신 없겠지.

뒷마당의 온실에서는 퀴퀴한 먼지 냄새가 났다. 이제 축축한 흙의 향기는 나지 않았다. 선반과 화분은 모두 사라졌다. 어머니가 쓸 수 있는 사람들에게 나눠준 게 분명했다.

열쇠는 늘 같은 자리에 숨겨져 있었다. 분수 가장자리의 헐거운 벽돌을 들어내자 늦은 오후 햇살에 열쇠가 반짝거렸다. 안으로 들어가 경보기를 끄는 일은 무척 쉬웠다. 그런 다음 거실에 서서 생각했다. '이제 뭘 하지?'

발아래서 마루가 삐걱거리자 오래되고 익숙한 소리인데도 깜짝 놀랐다. 코트니가 옳았다. 빈 집은 으스스했고 예전처럼 제2의 고향으로 느껴지지 않았다. 열세 살 때부터 부모님이 학기 중 디시에 가실 때마다 이곳에 머물렀다. 에이컨에서 친구들과 수업을 듣기 위해서였다.

그런데 지금은 몰래 들어온 도둑 같은 기분이었다.

'정말 우습네. 뭘 찾는지도 모르다니.'

사진을 찾아볼까? 메이 크랜들의 탁자에서 봤던 여자가 옛날 사진첩에 있지 않을까? 주디 할머니는 언제나 가족의 역사를 기록했다. 스태포드 집안의 관리자로서 오래된 수동 타자기로 라벨을 찍어내 온갖 물건에 붙였다. 이 집의 가구, 그림,

예술작품, 사진에는 하나도 빠짐없이 출처와 이전 소유자에 대한 설명이 붙어 있었다. 할머니의 개인 물품도 중요한 거라면 모두 비슷하게 보관됐다. 내가 받은 잠자리 팔찌가 담겨 있던 닳은 상자에도 바닥에 빛바랜 라벨이 붙어 있었다.

1966년 7월. 선물 받음. 문스톤은 미국 탐사 우주선 서베이어가 지구로 처음 보낸 사진에 등장함. 가닛은 사랑, 잠자리는 물, 사파이어와 오닉스는 추억을 상징함. 그리어 디자인의 디자이너 데이먼 그리어가 맞춤 제작함.

그 아래에 할머니는 다음과 같이 덧붙였다.

에이버리에게

너는 끊임없이 꿈을 꾸고 새로운 길을 나아가는 사람이야. 이 잠자리가 너를 상상 너머의 공간으로 데려다주기를 바란다.

주디 할머니

이제야 든 생각이지만 할머니가 누구에게서 받은 선물인지 기록돼 있지 않은 게 이상했다. 할머니의 일기장에서 정보를 찾을 수 있지 않을까 싶었다. 할머니는 한 주도 빠짐없이 매일 있었던 일과 만났던 사람과 입었던 옷과 식사 때 먹은 음식을 모두 꼼꼼히 기록했다. 할머니와 메이 크랜들이 친구였거나 같은 브리지 동호회 회원이었다면 분명히 메이의 이름이 일기장에 있을 것이다.

'언젠가는 네가 이걸 읽고 내 비밀을 모두 알게 될 거야.' 할머니에게 왜 그렇게 꼼꼼하게 모든 걸 기록하는지 물었을 때 할머니는 이렇게 대답했다.

이제 와 생각하니 그 말은 허락 같았다. 하지만 어둑어둑한 집 안을 오가는 동안 자꾸 죄책감이 들었다. 할머니가 돌아가신 것 같은 느낌은 아니었다. 할머니는 아직 여기 있었다. 내가 하려는 짓이 염탐인 걸 알았지만 할머니가 내게 뭔가를 알리고 싶어 한다는 생각이, 왜 그런지 몰라도 이 일이 우리 둘에게 중요하다는 생각이 사라지지 않았다.

서가 밖에 있는 할머니의 작은 서재 책상 위에는 할머니가 쓰던 마지막 일기장이 아직 놓여 있었다. 일기장은 할머니가 여덟 시간 동안 사라져서 길을 잃고 쇼핑몰이었던 건물에서 어리둥절한 모습으로 발견된 그 날짜에 펼쳐져 있었다. 목요일이었다.

글씨를 알아보기 힘들었다. 떨리는 필체는 아래로 기울어져 있었다. 할머니의 동글동글하고 예쁜 필체와 전혀 달랐다. 그날의 유일한 기록은 '트렌트 터너, 에디스토'였다.

에디스토? 할머니는 사라진 동안 이곳에 갔을까? 에디스토 섬의 별장으로 가야 한다고 생각했을까? 누군가를 만나러? 혹시 간밤에 꿈을 꾸고 깨어난 뒤 그 꿈이 실제라고 믿었을까? 꿈에서 과거의 어떤 사건을 다시 경험했을까?

트렌트 터너는 누구일까?

나는 페이지를 넘겼다.

지난 몇 달 사이에 할머니가 만난 사람 중 메이 크랜들이라는 이름은 없었다. 하지만 어쩐지 메이와 할머니가 최근까지 만났을 것 같은 느낌이 들었다.

앞으로 갈수록 글씨가 또렷해졌다. 나는 예전에 가끔 따라다니기도 했던 할머니의 익숙한 일상에 빠져들었다. 여성 클럽 연합, 도서관 위원회, 애국 여성회, 봄에는 원예 동호회. 할머니가 급격히 안 좋아지기 전인 칠 개월 전만 해도 친구 한둘이 부모님에게 '주디가 자주 깜빡깜빡한다'고 귀띔하기는 했지만 할머니가 제법 잘 활동했으며 만난 사람들을 잘 기록하고 있었다는 사실에 마음이 아팠다.

나는 분수령이 된 올해를 떠올리며 궁금증에 차서 페이지를 더 넘겼다. 인생은 급선회할 수도 있었다. 일기장을 보는 동안 이를 더욱 의식하게 됐다. 앞날은 계획할 순 있지만 통제할 순 없었다.

할머니의 1월 일기는 새해 첫날 앞의 공백에 되는대로 휘갈겨 쓴 메모 한 줄로 시작됐다. '에디스토'와 '트렌트 터너'가 이곳에도 쓰여 있었다. 그 아래는 전화번호가 쓰여 있었다.

에디스토섬의 별장에서 할 일을 누군가에게 시켰던 것일까? 짐작하기 어려웠다. 칠 년 전 할아버지가 돌아가신 뒤로 아버지의 개인 비서가 할머니의 일을 처리하고 있었다. 그 집에 해야 할 일이 있었다면 비서가 처리했을 것이다.

알아낼 방법은 하나뿐인 것 같았다.

나는 휴대전화를 들고 번호를 눌렀다.

신호가 울렸다. 한 번, 두 번.

누군가가 전화를 받으면 뭐라고 말해야 할지 고민하기 시작했다. '음…… 왜 전화를 걸었는지 저도 잘 모르겠어요. 할머니 집의 옛날 일기장에서 이름을 발견해서…….'

그래서 뭐라고 해야 하지?

자동응답기가 전화를 받았다. "터너 부동산의 트렌트입니다. 지금은 부재 중이오니 메시지를 남기시면……."

부동산? 놀라웠다. 할머니는 에디스토의 별장을 팔 생각이었을까? 가늠하기 힘들었다. 별장은 할머니 집안 소유로 할머니가 할아버지와 결혼하기 전부터 있었다. 할머니는 그 별장을 매우 좋아했다.

별장을 팔려고 했다면 부모님이 내게 말했을 것이다. 다른 그럴듯한 설명이 필요했다. 하지만 알 길이 없었기에 다시 집안을 살피기 시작했다.

벽장에서 나머지 일기장을 찾았다. 일기장은 보기 좋게 낡은 원목 책꽂이에 꽂혀 늘 있던 바로 그 자리에 있었는데 할아버지와 결혼한 해부터 현재까지 연도순으로 가지런히 정리돼 있었다. 나는 재미 삼아 가장 오래된 것부터 꺼냈다. 말라서 온통 갈색으로 갈라진 희부연 가죽 표지는 오래된 도자기 같았다. 안에 쓰인 글씨는 여자아이의 우스꽝스러운 필체였다. 여학생 클럽 파티, 대학교 시험, 결혼 축하 파티, 도자기 그릇 무늬, 할아버지와 데이트한 밤에 대한 메모가 종이를 채웠다.

여백 한 곳에는 곧 결혼하면 갖게 될 이름으로 서명하는 연습을 한 흔적이 있었다. 잔뜩 멋 부린 필체에서 첫사랑의 들뜸이 느껴졌다.

이렇게 시작하는 내용도 있었다. '드레이든 힐에 가서 해럴드의 부모님을 만났다. 말을 타고 펜스도 몇 개 넘었다. 해럴드는 어머니에게 말하지 말라고 했다. 해럴드의 어머니는 결혼을 앞두고 우리가 다치지 않기를 바랐다. 나는 왕자님을 찾았다. 의심할 여지가 전혀 없다.'

감정이 차올라 목이 멨다. 씁쓸하면서도 달콤했다.

'의심할 여지가 전혀 없다.'

할머니는 정말 그렇게 느꼈을까? 할아버지를 만났을 때 이 사람이라고 확신했을까? 엘리엇과 나도 이런…… 전기가 찌릿하게 오는 경험을 한 적이 있나? 어린 시절에 함께 놀다가 어른이 돼 친구가 되고 다시 데이트하고 약혼하게 된 편안하게 흘러온 관계가 아니라? 육 년이나 사귀었으니 때가 된 것 같아서가 아니라? 무모하게 굴거나 서두르지 않는 우리가 잘못됐을까?

휴대전화가 울렸다. 전화기를 꺼내며 엘리엇이기를 바랐다.

전화기 건너편의 목소리는 친절한 남자였지만 엘리엇은 아니었다.

"여보세요. 트렌트 터너입니다. 이 번호로 전화가 와 있어서요. 전화 못 받아서 미안합니다. 무슨 일로 연락하셨죠?"

"아…… 그게……." 어색함을 깰 만한 말이 머릿속에서 모두 사라져서 불쑥 이렇게 말했다. "할머니의 일기장에서 트렌트 터너라는 이름을 발견했어요."

종이를 뒤적이는 소리가 들렸다. "혹시 이곳 에디스토에서 만나기로 약속했던가요? 별장을 살펴보거나 하려고요. 아니면 주택 임대 건이었나요?"

"뭔지는 저도 모르겠어요. 사실 그걸 알고 싶어서 전화했거든요. 할머니 건강에 문제가 생겨서 할머니 일기장을 보면서 파악하려고 애쓰는 중이에요."

"약속이 며칠로 돼 있던가요?"

"약속했는지 안 했는지도 모르겠어요. 제 생각에는 별장을 팔려고 전화했던 것 같아요. 마이어스 별장이에요." 그곳에서는 수십 년 전에 집을 소유했던 사람의 이름으로 집을 구분하는 경우가 흔했다. 할머니의 부모님은 내륙의 후텁지근한 여름에서 탈출하기 위해 에디스토에 집을 지었다. "할머니 성함은 스태포드, 주디 스태포드예요." 나는 이름을 말하면 예외 없이 달라지는 말투를 들을 마음의 준비를 했다. 사우스캐롤라이나 어디를 가든 우리를 좋아하는 사람도 있고 싫어하는 사람도 있었지만 우리가 누구인지는 대부분 알았다.

"스태…… 포…… 스태포드……." 그가 중얼거렸다. 혹시 이 사람은 이곳 출신이 아닐까? 생각해보니 억양에 찰스턴 느낌이 전혀 없었다. 저지대 출신의 억양은 아니었지만 말을 약간 느리게 끌었다. 혹시 텍사스? 어린 시절에 각지에서 온 아이들과 많이 어울리다보니 나는 우리 주 출신인지 아닌지 억양을 잘 구분하게 됐다.

잠시 어색한 침묵이 흘렀다. 트렌트의 목소리에서 경계하는 기색이 느껴졌다. "제가 여기서 일한 지 구 개월밖에 되지 않았지만 마이어스 별장을 팔거나 빌리는 일로 전화한 사람은 분명 아무도 없었습니다. 더 이상 도움을 드리지 못해서 죄송합니다." 갑자기 그는 전화를 끊으려고 했다. 왜 그럴까? "혹시 올해 초 이전에 있었던 일이라면 할머니가 말씀하신 분이 제 할아버지 트렌트 시니어일 수도 있습니다. 하지만 할아버지는 육 개월 전에 돌아가셨어요."

"아, 이런. 그런 안타까운 일이 있었군요." 나는 내가 좋아하는 곳에 그가 있다는 걸 넘어서는 동질감을 느꼈다. "그렇다면 할머니가 무슨 일로 당신 할아버지께 연락하셨는지 알 방법이 없을까요?"

또다시 불편한 침묵이 흘렀다. 트렌트는 말을 신중하게 고르는 것 같았다. "있기는 합니다. 서류가 있어요. 제가 드릴 수 있는 말씀은 그뿐이군요."

내 안의 검사 기질이 튀어나왔다. 나는 정보를 숨긴 채 주저하는 증인의 향기를 느꼈다. "어떤 서류요?"

"죄송합니다. 할아버지와 약속했어요."

"무슨 약속을 하셨죠?"

"할머니께서 직접 이곳에 오시면 제 할아버지가 남긴 봉투를 주기로요."

머릿속에서 경고음이 울렸다. 도대체 무슨 일이 일어나고 있는 걸까? "할머니는 멀리 움직일 수 없어요."

"그렇다면 저도 도울 수 없겠군요. 죄송합니다."

그는 이 말을 남기고 전화를 끊었다.

방은 조용했고 축축한 냄새가 났다. 나는 눈을 떴다가 꼭 감은 다음 다시 천천히 떴다. 잠이 깨지 않아 몽롱해서 눈앞이 또렷하지 않았다. 밤사이 판잣집 창문으로 강 안개가 기어 올라온 것 같았다.

하지만 제자리에 있는 건 아무것도 없었다. 아카디아의 문과 창문이 있어야 할 자리에는 두꺼운 돌벽이 있었다. 공기에서는 우리가 식량이나 생필품과 연료를 저장했던 문 닫힌 선실에서 나는 냄새가 났다. 곰팡이와 축축한 먼지 냄새가 코로 들어와 그대로 머물렀다.

라크가 잠결에 칭얼대는 소리가 들렸다. 라크와 펀이 자는 곳에서는 접이식 침대가 바스락대는 소리가 아니라 경첩이 삐걱대는 소리가 났다.

눈을 깜빡이며 위를 봤다. 천장 가까이에 작은 창문이 있었다. 거기로 아침 햇빛이 들어왔지만 흐릿하고 그늘졌다.

창밖의 덤불 가지가 유리를 긁어 작게 끽 하는 소리가 났다. 덤불에는 반쯤 시든 분홍 장미가 늘어져 매달려 있었다.

갑자기 정신이 들었다. 전날 퀴퀴한 냄새가 나는 침대에 누워 날이 저물고 주위에 누운 동생들이 느리고 길게 숨을 쉬는 동안 창밖의 장미를 보다가 잠이 들었다.

흰 원피스를 입은 직원이 우리를 지하로 데려간 다음 아궁이와 석탄 더미를 지나 이 작은 방으로 안내했다.

'너희가 이곳에 계속 머무를지 결정될 때까지 여기서 자야 해. 시끄럽게 굴거나 장난치면 안 돼. 조용히 있어. 침대에서 나오지 말고.' 그녀는 간이침대 다섯 개를 가리켰다. 이따금 강가에 훈련하러 나오던 군인들이 막사에서 쓰던 것과 비슷했다.

잠시 뒤 여자는 방에서 나갔고 문을 닫았다.

우리는 침대에서 조용히 웅크리고 있었다. 카멜리아까지도. 나는 다시 우리끼리 있게 돼, 우리 다섯만 남게 돼 기뻤다. 생기 없고 매서운 눈으로 우리를 향해 호기심 어린 눈빛, 걱정스런 눈빛, 슬픈 눈빛, 심술궂은 눈빛, 공허한 눈빛을 보내던 직원들과 아이들이 없어서 좋았다.

어제 일어난 모든 일이 머릿속에서 영화처럼 펼쳐졌다. 아카디아, 경찰, 사일러스, 미스 탠의 자동차, 위층의 목욕 줄이 보였다. 그러자 발끝부터 머리끝까지 메스꺼움이 밀려왔다. 메스꺼움은 후미진 곳에 고여 여름 햇빛에 뜨거워지고 그 안에 떨어진 모든 것에 오염된 물처럼 나를 집어삼켰다.

뼛속까지 더러워진 기분이었다. 동생들을 비롯해 나보다 먼저 목욕한 아이들에게서 씻겨 나온 모래와 비누 때문에 갈색으로 변한 탁한 목욕물 때문은 아니었다.

몸을 감추려고 어깨를 돌리고 욕조로 들어가는 나를 지켜보던 직원이 떠올랐다. "씻어." 그녀는 비누와 헝겊을 가리켰다. "꾸물댈 시간이 없어. 강에 사는 너희 쥐새끼들은 내숭과 어울리지 않아. 안 그래?"

나는 그 말이 무슨 뜻인지도, 뭐라고 대답해야 할지도 몰랐다. 대답하면 안 되는 것도 같았다.

"씻으라고 했잖아!" 여자가 외쳤다. "내가 한가해 보여?" 물론 그렇지 않다는 건 알았다. 여자가 다른 아이들에게 똑같이 소리치는 것도 이미 들었다. 머리를 감기려고 물속에 담갔을 때 아이들이 칭얼대며 우는 소리도 들었다. 다행히 포스 일가의 아이들은 물에 잠기는 일에 거부감이 없었다. 아이들과 카멜리아까지도 목욕하는 데 별문제가 없었다. 나도 그렇게 하고 싶었지만 여자는 내게 유독 엄격했다. 내 나이가 가장 많아서 그랬는지도 모른다.

물 위에 쪼그리고 앉았다. 물이 더럽고 차가웠기 때문이다.

여자는 나를 더 자세히 보려고 움직이더니 소름 돋는 눈길로 쳐다봤다. "어쨌든 어린애들과 함께 있지 못할 정도로 성숙하지는 않았구나. 하지만 머지않았어. 넌 다른 곳으로 가게 될 거야."

나는 어깨를 더 많이 돌리고 최대한 빨리 씻었다.

누군가가 나를 그런 식으로 봐서 오늘 아침까지도 여전히 기분이 더러웠다. 다음번에 목욕하기 전에 이곳을 떠나기를 바랐다.

창밖의 작은 분홍 장미가 사라지면 좋겠다고 생각했다. 창이 바뀌고 돌벽이 나무 벽이 되고 시멘트 바닥이 흔적도 없이 사라지기를 원했다. 우리가 하도 밟고 다녀서 닳은 판자와 침대 아래서 흔들리는 강과 브라이니가 현관에서 불던 부드러운 하모니카 소리를 원했다.

밤사이 잠에서 적어도 열 번은 깼다. 꼭두새벽에 깨서 보니 펀이 내 옆에 몸을 간신히 구겨 넣은 채 자고 있었다. 닳은 캔버스가 우리를 어찌나 꼭 감고 있는지 잠자는 건 고사하고 숨 쉬는 것조차 놀라웠다.

잠들려고 애쓸 때마다 나는 아카디아로 돌아갔다. 그리고 깰 때마다 이곳에 있었고 상황을 파악하려고 애썼다.

'너희가 이곳에 계속 머무를지 결정될 때까지 여기서 자야 해.'

그게 무슨 뜻일까? 계속 머무르다니? 여기서 하룻밤 자면서 씻고 나서 브라이니와 퀴니를 보러 병원에 가는 게 아니란 말일까? 우리 전부 다 가게 될까 아니면 몇 명만 가게 될까? 이곳에 동생들만 남겨둘 순 없었다. 이 사람들이 동생들을 해치면 어쩌지?

나는 동생들을 지켜야 했지만 나 자신조차 지키지 못했다.

눈물이 흘러 입이 찐득찐득해졌다. 울지 말자고 다짐했다. 울면 동생들이 무서워할 뿐이다. 나는 그 애들에게 다 괜찮을 거라고 장담했고 지금까지는 카멜리아도 그 말을 믿는 것 같았다.

눈을 감고 펀을 끌어안았다. 눈물을 닦고 펀의 머리에 얼굴을 묻었다. 흐느낌이 배를 지나 가슴까지 올라왔지만 그걸 딸꾹질처럼 삼켰다. 펀은 계속 잘 자고 있었다. 어쩌면 꿈꾸느라 침대가 강물 때문에 흔들린다고 생각하는지도 몰랐다.

'잠들지 마.' 나는 속으로 이렇게 말했다. 누가 들어오기 전에 펀을 자기 침대에 뉘여야 했다. 우리 모두를 난처하게 할 순 없었다. 여자는 우리에게 침대에서 나오지 말라고 했다.

'일이 분만 더 버티자. 조금만 더 지난 다음에 일어나서 모두 제자리에 있는지 확인해야지.'

나는 까무룩 잠들었다가 깨기를 반복했다. 가까운 곳에서 누군가의 숨소리가 들리자 갈비뼈 안의 심장이 거세게 뛰었다. 우리 중 한 사람이 아니라 덩치 큰 남자의 숨소리였다. 브라이니인지도 몰랐다.

이런 생각이 들기 무섭게 오래된 머릿기름, 푸른 잔디, 석탄 가루, 땀 냄새가 방 안에 풍겼다. 브라이니가 아니었다. 브라이니에게서는 강물과 하늘 냄새가 났다. 여름에는 아침 안개 냄새가, 겨울에는 서리와 나무를 땐 연기 냄새가 났다.

정신을 똑바로 차리고 귀를 기울였다. 발소리는 문에서 몇 걸음 움직이다가 멈췄다. 브라이니의 소리가 아니었다.

나는 펀의 머리끝까지 이불을 덮으며 펀이 지금 깨서 움직이지 않기를 바랐다. 창을 통해 아까와 같은 희미한 빛이 들어오는 방 안은 아직 제법 어둑했다. 그래서 저 남자가 펀이 자기 침대에 없다는 걸 알아차리지 못할 수도 있었다.

고개를 돌리자 눈꼬리로 남자의 모습이 겨우 보였다. 그는 브라이니보다 덩치도 키도 많이 컸고 훨씬 뚱뚱했다. 내가 파악할 수 있는 건 그 정도였다. 그는 그 자리에 서 있는 그림자 같았다. 움직이지도 말하지도 않았다. 그저 서서 지켜보기만 했다.

울어서 콧물이 흘렀지만 닦거나 훌쩍이지 않았다. 내가 깨어 있다는 걸 들키고 싶지 않았다. 저 남자는 왜 이곳에 왔을까?

카멜리아가 침대에서 몸을 움직였다.

'안 돼. 쉿.' 카멜리아도 저 남자를 보고 있을까? 카멜리아가 눈을 떴는지 안 떴는지 남자에게 보일까?

그는 차츰 방 안으로 들어왔다. 몇 걸음 걷다가 멈추고 다시 몇 걸음 걷다가 멈췄다. 그는 라크의 침대로 몸을 숙여 베개를 매만졌다. 그러고는 약간 휘청대다 나무틀에 부딪혔다.

나는 실눈을 뜨고 계속 지켜봤다. 남자는 다음으로 내 침대에 와서 잠시 내려다봤다. 머리 가까이에서 베개가 바스락거렸다. 그는 베개를 아주 가볍게 두 번 어루만졌다.

그러고는 나머지 침대도 살펴본 다음 마침내 방에서 나가 문을 닫았다.

나는 참고 있던 숨을 내쉬었다가 들이마셨다. 페퍼민트 냄새가 났다. 이불을 젖혀 펀을 깨우고 나니 머리맡에 놓인 작고 흰 사탕 두 개가 보였다. 그러자 이내 브라이니가 떠올랐다. 브라이니는 당구장에서 돈을 따거나 정박 중인 순회공연선에서 일하고 나면 언제나 주머니에 비치넛 러스터 민트를 넣어 아카디아로 왔다. 그 사탕은 최고였다. 브라이니는 수수께끼 게임에서 우리가 답을 맞히면 사탕을 줬다. '나무에 홍관조 두 마리가 앉아 있고 땅에 한 마리가 있어. 그리고 덤불에 파랑새 세 마리가 있고 땅에 네 마리가 있지. 울타리에는 큰까마귀 한 마리가 앉아 있고 헛간 선반에는 올빼미 한 마리가 앉아 있어. 그러면 땅에 있는 새는 모두 몇 마리일까?'

나이가 많을수록 질문은 어려워졌다. 질문이 어려울수록 사탕은 더 맛있었다.

페퍼민트 냄새를 맡자 문밖으로 달려 나가 브라이니가 있는지 살펴보고 싶었다. 하지만 이 페퍼민트는 종류가 달랐다. 핀을 그 애 침대로 데려가느라 사탕을 손에 쥐자 느낌이 달랐다.

문 옆에서는 카멜리아가 자기 몫의 사탕을 입에 넣고 깨물었다.

동생들 머리맡에 놓인 사탕을 그냥 놔둘까 하다가 거둬들이기로 했다. 직원들이 왔을 때 사탕 때문에 난처해질까봐 걱정스러웠다.

"도둑놈!" 카멜리아는 지난밤 목욕 줄에 서 있을 때 이후로 처음 입을 열었다. 그 애는 자기 침대에 앉아 있었는데 잠옷 어깨가 너무 헐렁해서 팔로 반쯤 내려와 있었다. 목욕한 뒤에 한 직원이 옷 더미를 뒤져 우리에게 입으라고 건넨 옷이었다. "우리에게 각각 사탕을 줬잖아. 언니가 다 가져가면 안 되지. 그건 불공평해."

"쉿!" 카멜리아의 목소리가 너무 커서 문이 벌컥 열리고 우리 모두 곤란해질 것만 같았다. "나중에 주려고 보관해두는 거야."

"그건 도둑질이야."

"아냐." 누가 봐도 오늘 카멜리아는 예전 모습이었다. 하지만 아침에는 늘 그렇듯 기분이 좋지 않았다. 그 애는 사탕이 있어도 깨어나서 기분 좋은 법이 없었다. 대부분 내가 싸움의 대상이 됐지만 지금은 너무 피곤했다. "나중에 주려고 아껴두는 거라고 했잖아. 사탕 때문에 우리가 곤란해지는 게 싫어서 그래."

카멜리아의 앙상한 어깨가 축 늘어졌다. "우린 이미 곤란해진걸." 그 애의 새까만 머리카락이 말 꼬리처럼 앞쪽 매트로 쏟아졌다. "릴, 이제 우린 어떻게 해야 해?"

"우리가 착하게 굴면 사람들이 브라이니에게 데려다줄 거야. 다시는 도망치려고 하지 마, 카멜리아. 저 사람들을 상대로 싸울 순 없어. 알겠어? 저들을 화나게 하면 우리를 병원에 데려가지 않을 거라고."

카멜리아는 나를 노려봤다. 갈색 눈을 가늘게 뜨자 강둑에 펄펄 끓는 큰 솥을 걸고 강변 마을 사람들의 옷을 세탁해주던 중국인 같기도 했다. "그 사람들이 우리를 정말 데려갈 거라고 생각해? 오늘?"

"우리가 착하게 굴면." 이 말이 거짓이 아니기를 바랐지만 거짓말일 수도 있었다.

"도대체 왜 우리를 여기로 데려왔을까?" 이렇게 묻는 카멜리아의 목이 멨다. "왜 우리를 그냥 놔두지 않았을까?"

그 이유를 생각하느라 나는 머릿속이 복잡했다. 카멜리아는 물론이고 나 자신에게도 설명이 필요했다. "착오가 있었던 것 같아. 저 사람들은 브라이니가 우리를 돌보러 오지 않을 거라고 생각하는 게 분명해. 하지만 브라이니는 우리가 없어졌다

161

는 걸 알면 곧바로 그들에게 이야기할 거야. 이 모든 게 누군가의 엄청난 착오라고. 그러고 우리를 집으로 데려갈 거야."

"하지만 그게 오늘일까?" 카멜리아의 턱이 떨렸다. 그 애는 아랫입술을 세게 깨물더니 남자아이와 싸우기 직전에 그러듯 입술을 굳게 다물었다.

"오늘이 틀림없어. 당연히 오늘이고말고."

카멜리아는 훌쩍거리더니 소매로 콧물을 훔쳤다. "다시는 그 여자들한테 끌려서 욕조에 들어가지 않을 거야. 다시는."

"카멜리아, 그 사람들이 너한테 무슨 짓 했어?"

"아니." 그녀는 턱을 치켜들었다. "다시는 거기 들어가고 싶지 않아. 그뿐이야." 그 애는 나를 향해 손을 뻗더니 손바닥을 폈다. "아까 그 사탕 애들한테 나눠주지 않을 거면 나 줘. 배고파 죽겠어."

"나중을 위해서 남겨두자. 어제 아이들이 있었던 곳으로 나가게 되면 그때 나눠줄 거야."

"이따 브라이니가 온다면서."

"언제 올지는 모르잖아. 올 거라는 건 분명하지만."

카멜리아는 내 말을 하나도 믿을 수 없다는 듯 입술 한쪽을 비틀더니 문 쪽으로 몸을 돌렸다. "어쩌면 아까 그 남자가 우리가 여기서 나가도록 도와줄 수 있을지 몰라. 페퍼민트 사탕을 준 사람 말이야. 그 사람은 우리 편이야."

나도 그렇게 생각해봤다. 하지만 그는 대체 누굴까? 왜 여기에 왔을까? 우리 편이 돼주고 싶었을까? 그는 머피 부인의 집에서 처음으로 우리에게 친절을 베푼 사람이다.

"브라이니를 기다리자. 그때까지는 얌전히 있자고. 그래야……."

문손잡이 덜컥대는 소리가 났다. 카멜리아와 나는 동시에 각자 침대로 뛰어들어 자는 척했다. 따끔거리는 담요 아래에 누워 심장박동이 빨라졌다. 누굴까? 새로운 우리 편일까 아니면 다른 사람일까? 우리가 말하는 걸 들었을까?

궁금증은 곧 풀렸다. 흰 원피스를 입은 갈색 머리 여자가 들어왔다. 나는 담요의 닳은 부분으로 그녀를 지켜봤다. 여자는 벌목꾼처럼 튼실하고 배가 불룩했다. 어제 봤던 여자가 아니었다.

그녀는 문간에서 인상을 찡그린 채 우리 침대를 보더니 손에 든 열쇠를 봤다. "다들 침대에서 나와." 작년 여름 우리 배 아래쪽에 정박해 한 달 동안 머물렀던 노르웨이 가족의 말투와 비슷했다. '침대'를 '첨대'라고 발음했지만 의미는 알 수 있었다. 여자는 화난 게 아니라 피곤한 것 같았다. "어서 일어나서 담요를 개도록 해."

우리는 벌떡 일어났다. 가비언만 빼고. 그 애의 침대로 황급히 달려갔다. 가비언은 일어나면서 발을 헛디뎌 바닥에 주저앉았고 그사이에 나는 담요를 정리했다.

"밤사이 이 방에 다른 사람이 다녀갔어. 맞지?" 여자는 손가락 사이에 열쇠를 끼고 있었다.

페퍼민트 사탕을 주고 간 남자 이야기를 해야 할까? 그는 우리 방에 오면 안 되는 사람일까? 우리가 말하지 않은 게 발각되면 곤란해질지도 몰랐다.

"아뇨. 아무도 안 왔어요. 우리뿐이었어요." 내가 나서기 전에 카멜리아가 대답했다.

"그래, 네가 그 문제아구나. 다 들었어." 카멜리아는 차가운 시선이 꽂히자 약간 위축됐다.

"아니에요."

"아무도 안 왔어요." 나도 거짓말할 수밖에 없었다. 카멜리아가 거짓말했는데 내가 뭘 어쩐단 말인가? "자고 있을 때는 어땠는지 모르지만요."

여자는 머리 위에 달린 전구의 줄을 당겼다. 전구가 번쩍거리자 우리는 눈을 깜빡이다가 가늘게 떴다. "이 문은 잠겨 있었어. 그렇지?"

"우린 모르죠." 카멜리아가 말했다. "밤새도록 침대에 있었으니까요."

여자가 나를 봤고 나는 고개를 끄덕였다. 그런 다음 나는 바쁘게 방 안을 정리했다. 사탕을 버리고 싶었지만 너무 무서워서 계속 손에 쥐고 있는 탓에 담요를 개기가 힘들었다. 하지만 여자는 알아채지 못했다. 그녀는 우리를 방에서 내보내기 바빴다.

방에서 나가자 지하에 서 있는 덩치 큰 남자가 보였다. 그는 핼러윈 호박 잎처럼 생긴 보일러 스토브의 울타리 옆에 놓인 빗자루 손잡이에 기대 있었다. 그는 우리가 지나가는 걸 지켜봤다. 카멜리아가 그를 향해 미소 짓자 그도 미소 지었다. 이는 삐뚤삐뚤하고 땀이 나서 얼굴에 가는 갈색 머리카락이 가닥가닥 붙어 있었지만 미소는 보기 좋았다.

어쨌든 이곳에서 우리 편이 한 명 생긴 건지도 몰랐다.

"리그스 씨, 더 할 일 없으면 밤사이 마당에 떨어진 나뭇가지나 좀 쓸어요. 아이들이 밖에 나가기 전에요." 여자가 말했다.

"알겠습니다, 펄니크 부인." 그는 입꼬리를 올리며 미소 지었고 펄니크 부인이 위층으로 올라가자 빗자루를 약간 움직였지만 아무것도 쓸지 않았다.

카멜리아가 돌아보자 그는 윙크했다. 윙크를 보자 브라이니가 떠올랐다. 어쩌면 그래서 리그스 씨가 조금 마음에 들었는지도 몰랐다.

위층으로 간 펄니크 부인은 우리를 세탁실로 데려가 쌓여 있는 옷 더미의 일부를 줬다. 부인은 그 옷들을 놀이용 옷이라고 불렀지만 사실 누더기와 다름없었다. 그녀는 우리에게 그 옷을 입고 화장실에 다녀오라고 했고 우리는 시키는 대로 했다. 아침식사는 지난 밤 목욕 뒤에 먹은 저녁식사와 마찬가지로 옥수수죽 한 국자였다. 우리는 식탁에 늦게 도착했다. 다른 아이들은 이미 놀러 나가고 없었다. 우리는 그릇을 깨끗하게 긁어 먹은 뒤에 나가도 좋다고 허락받았고 뒷마당과 교회 마당을 벗어나지 말라고 주의를 들었다.

"그리고 울타리 가까이에는 가지 마." 우리가 문을 나서기 전 펄니크 부인이 카멜리아와 라크의 팔을 잡았다. 그녀는 우리를 향해 시뻘겋게 달아오르고 땀이 번들거리는 살찐 얼굴을 숙였다. "어제 남자애 하나가 울타리 밑으로 굴을 팠어. 그래서 머피 부인이 그 애를 벽장에 가둬버렸지. 벽장에 갇히면 정말정말 안 좋아. 그 안은 캄캄하거든. 무슨 말인지 알겠지?"

"네." 나는 가비언을 안고 라크도 안으려고 손을 뻗으며 막히는 목소리로 대답했다. 라크는 나무 그루터기처럼 꼼짝하지 않고 서 있었다. 움직이는 거라고는 뺨을 타고 흘러내리는 굵은 눈물방울뿐이었다. "엄마 아빠를 보러 갈 때까지 아이들이 규칙을 잘 지키도록 할게요."

펄니크 부인은 두툼한 입술을 내밀었다가 웃었다. "좋아. 그게 현명한 선택일 거야. 너희 모두에게."

"네."

우리는 최대한 빨리 문밖으로 나갔다. 햇살은 천국 같았고 포플러와 단풍나무 사이로 보이는 하늘은 드넓었다. 계단을 내려가서 맨발로 밟는 흙은 서늘하고 부드러웠다. 안전한 기분이었다. 나는 눈을 감고 나뭇잎 바스락거리는 소리와 아침 노래를 부르는 새소리에 귀 기울였다. 굴뚝새, 홍관조, 멕시코양지니가 내는 소리를 하나하나 헤아렸다. 전날 아침 우리 판잣집 배에서 눈을 떴을 때도 같은 새들이 지저귀고 있었다.

여자아이들이 내 원피스에 매달리자 가비언은 내 품에서 내려가려고 내 팔을 끌어내렸다. 카멜리아는 우리가 가만히 서 있기만 한다고 투덜댔다. 눈을 뜨자 그 애는 마당을 둘러싼 높은 검은색 철제 울타리를 보고 있었다. 인동덩굴과 가시가 잔뜩 난 호랑가시나무와 진달래가 우리 머리보다 더 높이 울타리를 뒤덮었다. 보이는 문은 하나뿐이었다. 옆의 쓰러져가는 교회 뒤쪽 놀이터로 가는 문이었다. 그곳에도 식물이 빽빽한 같은 울타리가 쳐져 있었다.

카멜리아는 울타리 아래로 빠져나가기에는 몸집이 너무 컸지만 시도해보기에 가장 좋은 장소를 물색하는 것 같았다.

"적어도 그네는 타러 가야지." 그 애가 우는소리를 했다. "그네를 타면 길이 보이잖아. 브라이니가 우리를 데리러 언제 오는지 보일 거야."

우리는 마당을 지났다. 가비언은 내가 계속 안고 있었고 다른 동생들은 뒤에 꼭 붙어 왔다. 우리가 가는 학교마다 말을 시작하기도 전에 싸움부터 하는 카멜리아까지도. 아이들은 눈을 동그랗게 뜨고 우리를 쳐다봤다. 우리가 새로 왔기 때문이다. 우리는 모르는 체했다. 우리는 이런 종류의 게임에 능했다. 다른 아이들에게 너무 친절하게 굴지 않고 우리끼리 서로 보살피고 우리 중 한 사람을 건드리면 전부 다 상대해야 할 거라고 알려주는 일 말이다. 하지만 이번에는 달랐다. 우리는 이곳의 규칙을 몰랐다. 주변에서 지켜보는 선생님도 없었다. 어른은 아무도 보이지 않았다. 온통 아이들뿐이었는데 다들 줄넘기와 레드 로버를 하다 말고 우리를 지켜봤다.

전날 우리와 함께 강에서 온 여자아이가 보이지 않았다. 미스 탠이 스티비라고 이름 붙인 그 애의 남동생만 칠이 모두 벗겨지고 바퀴 하나가 없는 주석 트럭을 가지고 혼자 땅바닥에 앉아 있었다.

"누나는 어디 갔어?" 나는 그 애 옆에 쪼그리고 앉았다. 가비언의 무게 때문에 휘청거려서 넘어지지 않으려고 땅을 짚었다.

스티비는 어깨를 으쓱했다. 커다란 갈색 눈에 눈물이 고였다.

"우리랑 같이 가자." 내가 말했다.

카멜리아가 툴툴댔다. "그 애는 우리가 상관할 바 아냐."

나는 카멜리아에게 조용히 하라고 했다.

스티비는 부루퉁하게 내민 입술을 오므리더니 고개를 끄덕이고 두 팔을 들었다. 팔 한쪽에 크게 물린 자국이 있었다. 누가 그랬는지 궁금했다. 나는 그 애를 안고 일어났다. 스티비는 가비언보다 나이가 많았지만 몸무게는 비슷했다. 정말 깡마른 아이였다.

찌그러진 주석 접시를 가지고 놀던 여자아이 둘이 우리를 봤다. 그 아이들은 낙엽을 긁어 모아 카멜리아와 내가 가끔 숲에서 그러는 것처럼 우물 지붕 아래 그늘에 앉아 소꿉놀이를 하고 있었다. "같이 놀래?" 둘 중 한 아이가 물었다.

"꺼져!" 카멜리아가 쏘아붙였다. "우린 시간이 없어. 교회 마당으로 가서 우리 아빠가 오는지 봐야 해."

"그러면 안 될 텐데." 아이들은 다시 저희끼리 놀았고 우리는 가던 길을 계속 갔다.

교회 마당으로 가는 문에 다다르자 호랑가시나무 뒤에서 덩치 큰 남자아이가 튀어나왔다. 덤불 속에 터널처럼 파낸 구멍이 이제야 보였다. 그 안에서는 남자아이 너덧 명이 카드놀이를 하고 있었고 그중 하나는 주머니칼로 나뭇가지를 뾰족하게 깎고 있었다. 그 애는 눈을 가늘게 뜨고 나를 흘끔 보더니 나뭇가지가 얼마나 뾰족한지 손가락 끝으로 살며시 눌러 봤다.

덩치 큰 빨간 머리 남자아이가 팔짱을 끼고 문에 섰다. "넌 여기로 와." 그 애는 나를 지휘하는 사람인 양 명령했다. "그래야 네 동생들이 저기로 가서 놀 수 있어." 그 말이 뜻하는 바는 분명했다. 그 애는 내가 덤불에 난 구멍으로 기어가서 무리와 함께 있기를 원했다. 그러지 않았다가는 동생들이 교회 마당에서 놀 수 없었다.

얼굴이 뜨거워졌다. 피가 몰리는 느낌이었다. '도대체 무슨 생각으로 저럴까?'

내가 머릿속으로 떠올리기만 한 생각을 카멜리아가 소리 내 말했다. "너랑 같이는 아무 데도 안 가." 카멜리아는 다리를 벌리고 서서 남자아이의 가슴 높이쯤 되는 곳을 향해 턱을 치켜들었다. "넌 우리 대장이 아니잖아."

"너한테 한 말 아냐, 도롱뇽같이 생긴 게. 진짜 못생겼다. 이런 말 못 들었어? 난 여기 예쁜 언니한테 이야기했다고."

카멜리아의 눈이 튀어나올 듯했다. 머리끝까지 화가 나기 직전이었다. "너만큼 못생겼을까, 당근 대가리 같은 게. 너 태어났을 때 엄마가 대성통곡했지? 당연히 그랬겠지!"

나는 가비언을 퍼에게 넘겼다. 스티비는 내게서 떨어지려 하지 않았다. 그 애는 내 목을 단단히 안고 있었다. 혹시라도 싸움이 날 때에 대비해 아이를 안고 있을 순 없었다. 빨간 머리 남자아이는 카멜리아와 내가 감당할 수 없을지도 몰랐고 그 애 친구들이 몰려나오면 정말 큰일이었다. 직원들은 여전히 보이지 않았고 저 꼴 보기 싫은 녀석들 중 하나는 칼을 가지고 있었다.

빨간 머리는 콧구멍을 벌름거리더니 팔짱을 풀었다. 이제 시작이었다. 카멜리아는 이길 수 없는 싸움에 응할 것이다. 나는 키가 큰 편이었지만 남자아이는 나보다 적어도 15센티미터는 더 커 보였다.

내 머릿속은 나뭇가지 여기저기로 뛰어다니는 봄날의 다람쥐 같았다. '생각하자. 뭐라도 생각해내자.'

'릴, 언제나 머리를 써야 해.' 브라이니가 머릿속에서 말했다. '그러면 위기에서 빠져나갈 방법을 그 무엇보다 빨리 찾을 수 있어.'

"나한테 페퍼민트 사탕이 있어." 나는 횡설수설하며 빌려 입은 옷의 주머니에 손을 넣었다. "우릴 지나가게 해주면 다 줄게."

남자아이는 턱을 당기더니 눈을 가늘게 뜨고 나를 봤다. "그걸 어디서 났어?"

"거짓말하는 거 아냐." 스티비가 너무 꽉 끌어안는 바람에 목이 졸려서 겨우 말을 뱉어냈다. "지나가게 해줄 거야, 말 거야?"

"사탕 이리 내." 다른 남자아이들도 구덩이에서 나와 제 몫을 차지하려 했다.

"우리 사탕이야!" 카멜리아가 주장했다.

"조용히 해." 나는 사탕을 꺼냈다. 손에 쥐고 있던 바람에 약간 더러워졌지만 무리는 신경 쓰지 않을 것 같았다.

빨간 머리가 손을 펴자 나는 사탕을 줬다. 그 애는 얼굴 가까이 사탕을 들어 올려 눈이 몰리도록 유심히 봤다. 더 바보 같아 보였다. 그러더니 천천히 야비하게 미소 지었다. 앞니가 부러져 있었다. "리그스에게 받은 거야?"

나는 지하에서 만난 남자를 곤란하게 하고 싶지 않았다. 지금까지 우리를 친절하게 대해준 유일한 사람이었기 때문이다. "그건 네가 알 바 아냐."

"리그스는 우리 친구야." 카멜리아는 입을 다물고 있지 못했다. 덩치 큰 남자가 우리 편이라는 걸 알면 남자아이들이 겁먹을 거라고 생각한 모양이었다.

하지만 빨간 머리는 씩 웃기만 했다. 그 애는 내 귓가를 향해 몸을 숙였다. 역겨운 입 냄새가 풍기고 체온이 느껴질 정도로 가까이 왔다. 그 애는 이렇게 속삭였다. "절대 혼자서 리그스를 만나지 마. 그 사람은 너희가 원하는 그런 친구가 아냐."

11장
에이버리

스페인 이끼가 신부의 면사포 레이스처럼 섬세한 무늬를 나무에 그려냈다. 내 차가 지나가서 방해받은 왜가리가 바닷물이 드나드는 습지에서 날아올랐다. 그 새는 공기에 적응하고 제대로 날 시간이 필요하다는 듯 서툴게 날았다. 그러더니 차츰 세차게 날갯짓해 마침내 멀리 날아갔다. 다시 지상에 내려오는 일이 급하지 않은 것처럼.

나도 그 느낌을 알았다. 지난 이 주 동안 나는 슬그머니 떠나서 차를 몰고 에디스토섬으로 가려고 애썼다. 하지만 이미 예정돼 있는 회의와 언론 행사 그리고 예상치 못한 합병증이 생긴 아버지의 건강 때문에 도저히 불가능했다.

지난 엿새 동안 진료실에서 어머니의 손을 잡고 원인을 파악하려고 애쓰며 시간을 보냈다. 암과 장출혈을 수술로 치료했는데도 아버지가 다시 빈혈에 시달리고 두 발로 간신히 설

정도로 약해진 원인을. 끝없는 검사 끝에 원인을 찾아냈고 해결책은 간단했다. 복강경 수술로 소화기관의 파열된 혈관을 봉합해야 했다. 이는 암과는 무관한 문제였다. 빠르고 쉬운 외래 수술이었다.

하지만 온 세상에 숨기려고 한다면 간단한 건 아무것도 없었다. 아버지는 건강에 사소한 문제가 생겼다는 사실을 아무에게도 알리지 않겠다고 고집부렸다. 레슬리는 이 의견에 전적으로 찬성했다. 그녀는 아버지가 심한 식중독에 걸렸으며 며칠 안으로 예정된 활동에 복귀할 거라고 발표했다.

취소할 수 없는 자선행사 몇 군데에는 큰언니가 대신 얼굴을 비쳤다. "에이버리, 너 많이 피곤해 보여. 잠깐 쉬는 게 어때? 레슬리가 일정을 상당 부분 취소했잖아. 엘리엇 만나러 가. 드레이든 힐 일은 앨리슨과 내가 살필게." 언니가 말했다.

"고마워…… 하지만…… 정말 괜찮겠어?"

"그냥 가. 가서 결혼 계획 좀 의논해봐. 엘리엇이 어머니 압력에 무릎 꿇도록 설득할 수 있을지도 모르잖아."

나는 언니에게 황급히 몇 마디 했을 뿐 엘리엇과 내가 결혼에 대해 구체적으로 의논해보지 않았다는 말은 하지 않았다. 우리에게는 할 일이 너무 많았으니까. "엘리엇은 고객을 만나러 밀라노에 갔어. 그래서 난 에디스토에 있는 옛날 별장에 가볼까 해. 최근에 누가 거기 간 적 있나?"

"스콧과 내가 애들 데리고 며칠 다녀왔어. 지난봄이었던 것 같은데. 주택 관리 서비스 덕분에 상태가 괜찮아. 필요한 건 다 있을 거야. 가서 좀 쉬고 와."

언니가 에디스토 해변에 안부 전해달라고 말하기도 전에 나는 짐을 꾸리기 시작했다. 시내를 벗어나는 길에는 오래 미뤄뒀던 메이 크랜들의 요양원에 방문했다. 하지만 그곳 직원에게 메이가 호흡기 감염 때문에 입원했다는 말을 들었다. 직원은 상태가 얼마나 심각한지, 언제 메이가 돌아올지 몰랐다.

이 말은 곧 에디스토에 있다는 의문의 서류가 지금으로서는 유일한 실마리라는 뜻이었다. 트렌트 터너는 내 전화를 받지 않을 것이다. 분명했다. 내가 할 수 있는 일은 그를 직접 만나는 것뿐이었다. 그가 가지고 있다는 봉투가 깨어 있는 매 순간을 사로잡았다. 나는 매번 그에게 다른 역할을 대입해서 이야기를 꾸며내며 약간 집착하는 상태까지 이르렀다. 가끔은 그가 우리 가족의 끔찍한 진실을 알고 그 정보를 아버지의 정적에게 팔아넘기려는 공갈협박범이 아닐까 하는 생각도 했다. 그래서 내 전화를 받지 않는 거라고. 또 어떤 때는 그가 메이 크랜들의 사진 속 남자가 아닐까 상상했다. 그가 안고 있는 임신부는 나의 할머니고 할머니가 할아버지와 결혼하기 전에 감추고 있는 삶이 있는 게 아닐까 하고. 십대 시절의 연애라든지. 그 스캔들이 세대를 걸쳐 비밀로 묻혀 있었던 것이다.

할머니는 아기를 멀리 떠나보냈고 그 아기는 계속 어딘가에서 살았다. 그러다 이제 재산을 뺏긴 상속자가 가문의 돈에서 자기 몫을 요구하는 건지도 몰랐다.

내가 상상한 각본은 모두 정신 나간 생각이었지만 그렇다고 전혀 근거가 없지도 않았다. 나는 할머니의 일기장을 읽으며 몇 가지를 알아냈다. 내 잠자리 팔찌에는 에디스토까지 거슬러 올라가는 깊은 역사가 있었다. '에디스토에서의 아름다운 날에 받은 아름다운 선물. 우리만의.' 일기장 첫 줄에는 이렇게 쓰여 있었다.

'우리만의'라는 말이 신경 쓰였다. 바로 한 쪽 앞에서 할머니는 아이들을 데리고 일주일 동안 산으로 낚시하러 간 할아버지에게서 편지를 받았다고 썼기 때문이다.

우리만의…….

누구일까? 1966년에 에디스토에서 할머니에게 선물을 준 사람은?

수년 동안 할머니는 이곳에 주로 혼자 왔지만 섬에 온 뒤에는 혼자가 아니었다. 이 점은 일기장에서 분명히 알 수 있었다.

할머니에게 애인이 있었을까?

눈앞에서 도후 다리가 올라가자 배 속이 울렁거렸다. 그럴 리 없었다. 사람들의 시선 속에서 살아야 하는 압박감에도 우리 가문은 언제나 견고한 결혼 관계를 유지했다. 할머니는 할아버지를 깊이 사랑했다. 그것과 별개로 주디 할머니는 내가 아는 사람 중 가장 정직했다. 할머니는 지역사회의 기둥이자 감리교의 터줏대감 역할을 하는 교인이었다. 그런 할머니가 가족들에게 뭔가 숨겼을 리 없었다.

그 비밀이 우리에게 상처 줄 만한 게 아니라면.

바로 그것 때문에 두려웠다.

또한 그런 이유 때문에 할머니의 이름이 적혀 있고 은밀한 정보가 담긴 그 봉투가 제멋대로 돌아다니게 할 수 없었다.

"준비됐는지 안 됐는지 모르지만 이렇게 와버렸네." 나는 소금기 느껴지는 허공에 대고 혼잣말했다. "트렌트 터너, 할머니에게 뭘 원하는 거지?"

지난 몇 주 동안 차에 앉아 있거나 대기실에서 의사를 기다리는 동안 나는 트렌트 터너 시니어와 트렌트 터너 주니어에 대해 조사했다. 나와 통화했던 트렌트 터너 3세의 할아버지와 아버지였다. 정치적 인맥과 범죄 기록 등 할머니와의 연결고리를 찾을 만한 거라면 뭐든 동원해서 조사했다. 검사로서 내가 즐겨 사용하는 요령도 총동원했다. 칠 개월 전 찰스턴 지역 신문 부고란에 따르면 트렌트 터너 시니어는 평생 찰스턴과 에디스토섬에 살았으며 터너 부동산의 소유자였다. 그냥 평범한 사람이었다. 숨길 것도 없었고 간단했다. 그의 아들 트렌트 터너 주니어는 결혼해서 텍사스에 살고 있으며 그곳에서 부동산을 운영하고 있었다.

트렌트 터너 3세 역시 평범함의 범주를 벗어나지 않는 사람 같았다. 그는 클렘슨에서 농구를 했는데 꽤 잘했다. 최근까지 상업 부동산 사업을 했고 주로 뉴욕에서 활동했다. 몇 개월 전의 현지 언론에 따르면 그는 에디스토에서의 할아버지 사업을 물려받기 위해 뉴욕을 떠났다.

궁금할 수밖에 없었다. 고층 빌딩을 중개하던 사람이 왜 별안간 에디스토 같은 벽지에 와서 해변의 작은 집을 중개하고 휴가 때 집을 임대하는 일을 하게 됐을까?

곧 알게 되겠지. 나는 그의 직장 주소를 찾았다. 어떻게 해서든 할머니의 봉투와 그 안의 내용물을 모두 가지고 터너 부동산에서 나올 생각이었다. 내용물이 뭐든 간에.

긴장되고 속이 울렁거렸지만 다리에서 내려와 섬으로 들어간 다음 길을 따라 달리며 소나무와 참나무 숲 사이에 자리한 바닷바람에 빛바랜 작은 집과 상업용 건물 몇 채를 지나가자 에디스토가 마법을 부리기 시작했다. 머리 위의 하늘은 새파랬다.

이곳은 내가 기억하던 모습과 여전히 비슷했다. 평화롭고 쾌적했으며 인적이 드물었다. 현지인들이 이 섬을 '에디슬로우'라는 별명으로 부르는 이유가 있었다. 도로 위에는 외부 세계와 섬을 차단하겠다는 듯 오래된 오크 나뭇가지가 낮게 늘어져 있었다. 이끼 긴 나무는 드레이든 힐 마구간에서 여행을 위해 몰래 몰고 나온 소형 SUV 위로 깊은 그림자를 드리웠다. 에디스토의 뒷길이 울퉁불퉁하기도 했고 봉투에 담긴 내용물이 협박과 상관있는 게 아닐까 의심하는 상황에서 BMW를 타고 나타나는 건 좋은 생각이 아닌 것 같았다.

터너 부동산 건물은 찾기 쉬웠다. 물가에서 몇 블록밖에 떨어지지 않은 정글 로드에 위치한 파란색 낡은 오두막은 예스럽지만 딱히 인상적이지 않았고 있는 그대로의 상태에 만족하는 듯했다. 이곳에 와서 보니 희미하게나마 눈에 익어 보였다. 하지만 워낙 어릴 때였기 때문에 건물 안에 들어갈 일은 없었다.

주차하고 모래가 흩뿌려진 주차장을 지나면서 내가 찾으러 온 남자가 잠시 부러웠다. 나도 이런 곳에서 일하며 살고 싶었다. 매일 아침 천국에서 하루를 맞이하고 싶었다. 멀지 않은 곳에서 웃음과 해변 소리가 들려왔다. 나무 위로 알록달록한 연이 보였는데 일정하게 부는 바닷바람 때문에 잘 떠 있었다.

어린 여자아이 둘이 막대기에 묶은 빨간 리본을 흩날리며 달렸다. 여자 셋은 웃으며 자전거를 타고 있었다. 다시 한 번 부러웠다. 잠시 뒤에는 이런 생각이 들었다. '왜 여기 더 자주 오지 않았을까? 왜 언니들과 어머니에게 전화해서 잠깐 떠나서 일광욕하며 앉아 있자고, 여자들끼리 시간을 좀 보내자고 말하지 않았을까? 왜 엘리엇과 함께 이곳에 오지 않았을까?'

답을 생각하자 입맛이 썼다. 그래서 생각을 오래 곱씹지 않았다. 우리 일정표는 언제나 다른 일로 빽빽했다. 그게 이유였다.

'그 일정은 누가 선택했지?' 우리가 선택했다.

하지만 어쩔 수 없어 보이는 경우가 많았다. 성곽을 꾸준히 새로 칠하지 않으면 바람과 날씨가 몰래 파고들어 조상들이 이뤄놓은 일을 무너뜨리고 말 테니까. 훌륭한 삶에는 유지 보수가 많이 필요했다.

터너 부동산으로 가는 현관 계단을 오른 뒤 숨을 고르며 용기를 북돋웠다. 표지판에는 '영업 중. 들어오세요'라고 쓰여 있었다. 그래서 그렇게 했다. 종이 울리며 내가 들어간다는 걸 알렸지만 카운터에는 아무도 없었다.

앞쪽 공간은 로비였고 가장자리에 알록달록한 플라스틱 의자가 나란히 놓여 있었다. 냉수기와 종이컵이 있었다. 선반에는 안내 책자가 끝없이 진열돼 있었다. 팝콘 기계를 보자 점심을 먹지 않았다는 사실이 생각났다. 벽에는 섬의 아름다운 풍경을 담은 사진이 걸려 있었다. 로비 한쪽의 카운터 아랫부분은 아이들이 그린 그림과 새로운 해변 집 앞에서 포즈를 취한 행복한 가족들의 사진으로 장식돼 있었다. 사진은 과거와 현재가 아무렇게나 섞여 있었다. 일부 흑백 사진은 1950년대에 찍은 것 같았다. 나는 서서 사진을 살펴보며 혹시 할머니가 있는지 찾아봤다. 할머니의 흔적은 없었다.

"계세요?" 로비 안쪽 방에서 아무도 나타나지 않아서 조심스럽게 말을 꺼냈다. "누구 안 계세요?"

잠시 자리를 비웠을까? 이곳은 죽은 듯 조용했다.

내 위장은 꿈틀대며 팝콘을 간절히 원했다.

팝콘 기계를 급습하려고 할 때 뒷문이 열렸다. 나는 팝콘 봉투를 털썩 놓고 돌아섰다.

"이런! 누가 온 줄 몰랐어요." 남자 목소리가 들렸다. 나는 트렌트 터너 3세를 알아봤다. 온라인에서 사진을 찾아봤기 때문이다. 하지만 그 사진은 건물 앞에서 전신이 나오도록 멀리서 찍은 것이었다. 사진 속 그는 야구 모자를 쓰고 턱수염을 길렀다. 하지만 사진은 실물과 달랐다. 지금 그는 깨끗하게 면도한 상태였다. 카키색 바지에 몸에 잘 맞는 폴로셔츠를 입고 맨발에 보기 좋게 닳은 로퍼를 신은 그는 어딘가에 있는 파라솔 탁자나 캐주얼 생활용품 광고에 어울렸다. 머리카락은 엷게 갈색이 도는 금발이었고 눈동자는 파랬다. 머리가 얼마나 덥수룩한지 해변에 산다고 간접적으로 말하기에 충분했다.

그는 음식 포장봉투 두 개와 음료수를 흔들며 로비로 왔다. 나는 봉투가 흔들릴 때마다 곁눈질했다. 새우와 감자칩 냄새가 났다. 내 위장은 꼬르륵거리며 다시 한 번 몸부림쳤다.

"죄송합니다. 저는…… 아무도 없어서요." 나는 어깨 너머로 문을 손가락질했다.

"점심 사러 다녀오느라고요." 그는 카운터에 음식을 내려놓고 주변을 둘러보며 냅킨을 찾더니 인쇄용지 조각으로 손에 묻은 칵테일소스를 닦았다. 우리의 악수는 끈끈했지만 우호적이었다. "트렌트 터너입니다." 그가 태평하게 말했다. "뭘도와드릴까요?" 그의 미소를 보자 나는 그를 좋아하고 싶어졌다. 사람들이 그를 좋아하게 만드는 미소였다. 그는…… 정직해 보였다. 내 생각에는 그랬다.

"이 주 전쯤에 전화했어요." 이름을 곧바로 말할 생각은 없었다.

"임대였나요, 매매였나요?"

"네?"

"집 말이에요. 통화할 때 임대나 보유 물건 목록에 대해 이야기했던가요?" 그는 기억을 더듬었다. 그와 달리 나는 가벼운 흥미를 넘어서는 뭔가를 느꼈다. 뭐랄까…… 불꽃이 튀었다.

그에게 웃어 보였다.

이내 죄책감이 들었다. 아무리 외로워도 약혼한 여자가 이런 식으로 반응해도 될까? 거의 이 주 동안 엘리엇과 제대로 이야기하지 못해서인지도 몰랐다. 그는 밀라노에 있었고 시차 때문에 통화하기 힘들었다. 그는 일에 집중했고 나는 가족 문제에 집중했다.

"둘 다 아니에요." 더 이상 미룰 순 없을 것 같았다. 이 남자가 잘생기고 호감형이라고 해서 현실이 달라지지는 않았다. "할머니 댁에서 뭔가를 찾고 나서 그 일로 전화했어요." 이제 막 싹튼 나와 트렌트 터너 사이의 우정은 오래가지 못할 운명이 틀림없었다. "저는 에이버리 스태포드예요. 제 할머니 주디 스태포드 이름으로 된 봉투가 있다고 말씀하셨죠? 그걸 가지러 왔어요."

트렌트의 태도가 곧바로 달라졌다. 그가 울퉁불퉁한 가슴 위에서 근육질 팔로 팔짱을 끼자 카운터는 순식간에 협상 테이블이 됐다. 그것도 적대적인 분위기의.

그는 언짢아 보였다. 아주 많이. "헛걸음하게 해서 미안하군요. 말했다시피 수취인으로 명시된 사람들 말고는 아무에게도 그 서류들을 줄 수 없어요. 아무리 가족이라도요."

"할머니의 위임장이 있어요." 나는 들고 온 큰 가방에서 이미 서류를 꺼내고 있었다. 가족 변호사인 데다 어머니와 아버지가 건강 문제로 정신이 없어서 내가 주디 할머니의 서류를 담당하게 됐다. 위임장을 펼쳐서 그를 향해 내밀었지만 그는 손을 들며 거부했다. "할머니는 직접 일을 처리할 상황이 아니에요. 저에게 법적으로 권한이……."

트렌트는 위임장을 보지도 않고 서류를 주지 않겠다고 거절했다. "법적인 문제가 아닙니다."

"할머니 우편물의 경우 법적인 문제가 맞아요."

"우편물이 아니에요. 그건 그러니까…… 할아버지의 서류철에서 나온 것들을 정리한 거예요." 그는 눈을 돌려 창밖의 흔들리는 야자나무를 보며 내 질문을 피했다.

"그럼 이곳 에디스토의 별장에 관한 내용인가요?" 어쨌든 이곳은 부동산이었다. 하지만 왜 부동산 문건을 비밀로 할까?

"아닙니다."

실망스럽게도 그의 대답은 간결했다. 대개 증인에게 잘못된 추측을 던지면 증인은 대답하면서 무심결에 옳은 추측을 적어도 하나는 내놓기 마련이었다.

트렌트 터너는 수많은 협상을 경험한 게 분명했다. 그가 지금과 똑같은 일을 이미 겪어봤다는 느낌이 들었다. 그는 '사람들'과 '서류들'이라고 복수형으로 말했다. 다른 가족들도 인질로 잡혔을까?

"진실을 알아낼 때까지 가지 않을 거예요."

"저쪽에 팝콘 있어요." 그가 던진 농담은 내 배 속의 불길에 부채질한 꼴이 되고 말았다.

"농담 아니에요."

"이제 알겠군요." 그가 처음으로 내 처지를 약간 딱하게 여기는 것 같았다. 그는 팔짱을 풀더니 머리를 거칠게 쓸어 올렸다. 짙은 갈색 속눈썹이 눈을 에워싸고 있었다. 가장자리에 주름이 생긴 걸로 봐서 한때 지금보다 훨씬 스트레스를 받으며 지낸 듯했다. "이보세요. 난 할아버지와 약속했다고요. 그것도 임종하실 때요. 날 믿어요. 이 일은 이러는 쪽이 나아요."

나는 그를 믿을 수 없었다. 그게 문제였다. "필요하다면 법적 조치를 취해서라도 보겠어요."

"할아버지 서류를요?" 그는 냉소를 터뜨렸다. 내 협박이 마음에 들지 않는 것 같았다. "어디 한번 잘해봐요. 그 서류는 할아버지 거였고 지금은 내 소유예요. 이 정도로 끝내는 게 좋을 거예요."

"그 서류로 내 가족이 다칠 수 있다면 이야기가 다르죠."

트렌트의 표정을 보니 내가 진실에 다가가고 있는 것 같았다. 속이 메스꺼웠다. 정말 우리 가족에게 깊고 어두운 비밀이 있다는 말인가? 그게 뭘까?

트렌트는 한숨을 길게 내쉬었다. "이건 그냥…… 정말이지 이게 최선이에요. 내가 할 수 있는 말은 그뿐이군요." 전화가 울리자 그는 전화를 받았다. 대화가 끊긴 사이에 내가 가버리기를 바라는 눈치였다. 전화한 사람은 에디스토의 해변 주택 임대와 섬에서 할 수 있는 활동에 관해 온갖 질문을 퍼부었다. 트렌트는 흑돔 낚시부터 해변에서 마스토돈(코끼리와 비슷하게 생긴 신생대 대형 포유류) 화석과 화살촉 찾기까지 공들여 모두 설명했다. 전화한 사람에게 남북전쟁 이전에 에디스토에 살았던 부유한 가문에 관해 친절하게 역사 수업까지 해줬다. 농게와 플러프 진흙(사우스캐롤라이나 습지에 있는 썩은 달걀 냄새가 나고 빠져나오기 힘들 정도로 끈끈한 흙)과 굴 따기 이야기도 했다.

그러고는 내게 등을 보인 채 카운터에 기대서서 상대방의 이야기를 들으며 새우튀김을 입에 넣고 음미했다.

나는 원래 앉으려 했던 문 옆자리로 돌아가 끄트머리에 자리 잡고 보타니만에 대해 장황하게 설명하는 그의 등을 물끄러미 바라봤다. 그는 16제곱킬로미터 넓이의 구역을 잘게 쪼개 묘사하는 듯했다. 나는 발로 바닥을 톡톡 치고 손가락을 두드렸다. 트렌트는 모르는 체했지만 나를 계속 곁눈질했다.

나는 휴대전화를 꺼내 이메일을 확인했다. 상황이 지금보다 나빠지면 인스타그램을 보거나 어머니와 비트시가 핀터레스트에서 보라고 한 결혼식 아이디어를 슬슬 살펴볼 생각이었다.

트렌트는 데스크톱 컴퓨터로 몸을 숙여 정보를 찾아보고는 임대료와 날짜를 말했다.

마침내 손님은 이상적인 휴가를 보낼 시기와 장소를 정했다. 트렌트는 자기가 직접 임대 예약을 진행하지는 않는다고 털어놨다. 아기가 아파서 비서가 부재 중인데 이메일을 보내면 예약을 확정해줄 거라고도 했다.

삼십 분도 넘게 느껴진 수다가 드디어 끝났다. 트렌트는 몸을 꼿꼿하게 펴고 내 쪽을 봤다. 그러고는 나를 가만히 내려다봤다. 분명히 이 남자는 나만큼 고집이 세다. 안타깝게도 그가 더 오래 버틸 수 있겠지. 그에게는 음식이 있으니까.

전화를 끊은 그는 손가락으로 입술을 톡톡 두드리더니 고개를 저으며 한숨을 쉬었다. "여기에 얼마나 오래 있든 상관없어요. 아무것도 달라지지 않을 거예요." 그는 좌절하는 모습을 보이기 시작했다. 약간 진전이 있었다. 이제 그를 난처하게 만들었다.

나는 팝콘 기계와 냉수기로 조용히 다가가 양껏 챙겼다. 그렇게 연좌 농성 채비를 갖춘 뒤에 자리로 돌아갔다.

트렌트는 사무용 의자를 꺼내 컴퓨터 앞에 앉더니 서랍 네 개짜리 서류 보관함 뒤로 사라졌다.

팝콘을 처음으로 한 입 먹자 내 위장은 실례가 될 정도로 큰 소리를 내며 울부짖었다.

그때 카운터 가장자리에 갑자기 새우 바구니가 나타났다. 트렌트는 바구니를 내 쪽으로 밀었지만 한마디도 하지 않았다. 그의 친절함에 나는 죄책감을 느꼈고 그가 따지 않은 음료수를 큰 소리를 내며 올려놓자 죄책감은 더욱 심해졌다. 내가 그의 완벽하게 좋은 하루를 망치고 있다는 건 의심할 바 없었다.

나는 손에 들어갈 만큼 새우를 집어서 자리로 돌아왔다. 죄책감과 새우튀김은 제법 잘 어울리는 걸로 판명됐다.

컴퓨터 자판 두드리는 소리가 났다. 서류 보관함 뒤에서 또다시 한숨 소리가 흘러나왔다. 시간이 더 흘렀다. 그가 뒤로 기대자 의자가 버티며 끽 하는 소리를 냈다. "스태포드 가문에는 이런 일을 대신 처리해줄 사람들이 없나봐요?"

"가끔 있어요. 하지만 이 경우엔 아니에요."

"당신은 언제나 원하는 걸 손에 넣으며 살았군요."

그의 교묘한 말에 발끈했다. 나는 지금껏 싸워왔다. 내가 가진 자질이라고는 귀여운 금발과 스태포드라는 이름뿐이라는 편견과. 이제 내가 정치에 입문할 거라는 추측이 달아오르는 상황에서 이런 말에 신물이 났다. 가문의 이름 덕분에 컬럼비아 법학대학원을 우등으로 졸업한 건 아니었다.

"원하는 걸 얻으려고 노력하는 거죠."

"쳇."

"특별히 잘 봐달라고 부탁하지도 않고 그런 걸 기대하지도 않아요."

"그럼 경찰을 불러서 당신을 내 회사 대기실에서 나가게 해달라고 해야겠군요. 무작정 찾아와서 기다리고, 가달라고 했을 때 가지 않는 여느 사람들에게 그러는 것처럼요."

새우와 팝콘이 가슴뼈 아래서 한 덩어리로 뭉친 것 같았다. 그가 정말 그렇게 할까? 나는 신문 1면에 등장한 나를 상상했다. 레슬리는 단번에 나를 매달아 죽일 것이다. "그런 일이 자주 있나요?"

"해변에서 맥주를 많이 마신 사람이 오는 경우에는요. 하지만 에디스토는 그런 곳이 아니죠. 이곳에는 별로 흥미로운 일이 없어요."

"나도 알아요. 당신이 이 일에 경찰이 개입하지 않기를 바라는 이유 중 하나도 그게 아닐까요?"

"또 다른 이유는요?"

"우리 가족에게 피해를 줄 수 있는 정보가 정말 존재한다면 그 정보를 이용해 망설이지 않고 우리를 협박할 사람들이 있어요. 하지만 그런 협박은 불법이죠."

트렌트는 곧장 의자에서 일어났고 나도 따라 일어났다. 우리는 전쟁에서 협상 테이블을 사이에 둔 장군 같았다. "에디스토 해안 경찰을 만나기 일보 직전이에요."

"당신 할아버지는 내 할머니에게 뭘 원했던 거죠?"

"당신이 생각하는 것 같은 협박은 아니에요. 할아버지는 정직한 분이셨어요."

"왜 할머니에게 봉투를 남겼을까요?"

"같이하는 일이 있었어요."

"무슨 일이요? 왜 할머니가 아무에게도 말하지 않았을까요?"

"그게 최선이라고 생각하셨나보죠."

"할머니가 누군가를 만나러 여기로 왔나요? 할아버지가 그 사실을 알게 된 건가요?"

트렌트는 물러서며 입술을 비쭉거렸다. "아니에요!"

"그럼 말을 해요!" 나는 이제 법정에서처럼 한 가지, 진실에 다가가는 데 집중했다. "내게 봉투를 줘요!"

그가 손으로 카운터를 내리치자 그 위에 있던 게 모두 달그락거렸다. 그는 갑자기 카운터 끝으로 갔고 몇 걸음 만에 우리는 얼굴을 마주하게 됐다. 최대한 키가 커보이도록 몸을 꼿꼿하게 세우고 섰는데도 그는 나를 내려다봤다. 나는 주눅 들지 않기로 했다. 우리는 이 일을 해결할 것이다. 바로 지금 이곳에서.

문에 달린 종이 울렸지만 처음에는 거의 들리지 않았다. 나는 흰자위 속의 파란 눈동자와 악문 이에 집중했다.

"휴! 밖이 정말 덥군요. 오늘은 팝콘 없어요?" 어깨 너머로 흘끔 보니 공원 서비스 직원이나 관리인 같은 사람들이 입는 공무 수행용 제복을 입은 남자가 문간에 서서 트렌트 터너와 나를 번갈아 봤다. "이런…… 손님이 있는 줄 몰랐어요."

"에드, 들어와서 팝콘 마음껏 먹어요." 트렌트는 찾아온 사람에게 다정하게 열심히 손짓했다. 하지만 나를 보더니 손짓을 재빨리 멈추고 이렇게 말했다. "에이버리는 막 가려던 참이니까요."

이곳 아이들이 테네시 보육원의 피보호자라는 사실을 알기까지 이 주가 걸렸다. 머피 부인이 통화하면서 '피보호자'라고 말하는 걸 처음 들었을 때는 그 말이 무슨 뜻인지 몰랐다. 그렇다고 물어볼 수도 없었다. 전화를 엿들어서는 안 되기 때문이다. 나는 집을 따라 심은 진달래 덤불 아래로 잽싸게 기어들어가면 머피 부인의 사무실 창문 방충망을 통해 나오는 소리가 들릴 정도로 가까이 갈 수 있다는 걸 알아냈다.

"도르타, 당연히 모든 아이는 테네시 보육원의 피보호자예요. 며느님이 처한 어려움은 충분히 이해합니다. 불행할 때 술과…… 여자로 눈 돌리는 남자들이 많죠. 아내로서는 정말 힘든 일이에요. 오래 기다린 끝에 아이가 생기면 집안 분위기가 밝아지고 모든 문제가 해결될 거예요. 남자는 아버지가 되면 달라지거든요. 아무 문제 없을 거라고 자신해요. 비용을 지불하는 데도 차질 없을 테고요. 네…… 네…… 물론 빨리 해야겠죠. 기념일에 깜짝 선물로 데려가는 게 어떨까요? 얼마나 다정해요. 도르타, 이들 중 하나를 그냥 드릴 수 있다면 당연히 그렇게 했을 거예요. 지금 이곳에 천사같이 사랑스러운 아이들이 몇 명 있거든요. 하지만 모든 건 미스 탠이 결정해요. 저는 아이들을 데리고 돌보는 비용만 받고…….”

통화를 듣고서 그 새로운 단어가 무슨 뜻인지 곧바로 알아차렸다. 피보호자라는 말은 부모가 데리러 오지 않는 아이라는 뜻이었다. 이곳 아이들은 부모가 데리러 오지 않으면 미스 탠이 다른 사람들에게 보내, 그들이 집으로 데려갈 거라고 말했다. 그들은 아이를 계속 데리고 있기도 하고 그렇지 않기도 했다. 우리는 그 이야기를 하면 안 되기 때문에 무서워서 질문을 많이 할 순 없었다. 하지만 우리가 이곳에 온 뒤로 스티비의 누나가 보이지 않는 이유가 그 때문이라는 느낌이 들었다. 미스 탠이 그 아이를 누군가에게 보낸 것이다. 셰리는 피보호자였다.

우리는 운 좋게도 피보호자가 아니었다. 우리는 브라이니의 자식들이었고 퀴니가 회복하면 곧 우리를 데려갈 테니까. 그 일이 생각보다 오래 걸리고 있었기에 나는 머피 부인의 창문 아래서 통화를 엿듣기 시작했다. 브라이니에 대해 뭔가를 들을 수 있지 않을까 해서였다. 직원들에게 물어봤지만 얌전히 굴지 않으면 이곳에 오래 있어야 한다는 말뿐이었다. 그보다 더 끔찍한 상황은 없다고 생각했기 때문에 나는 우리 모두 얌전해 보이도록 최선을 다했다.

이렇게 창문 아래로 기어 들어가는 모험을 감행하고서야 알게 됐다. 원래 우리는 머피 부인의 화단 가까이 갈 수 없었다. 내가 통화와, 사람들이 왔을 때 현관에서 한 이야기를 엿들었다는 걸 부인이 알면…… 무슨 일이 일어날지 상상할 수 있었다.

머피 부인이 방충망 가까이 왔다. 진달래 잎 사이로 담배 연기가 뿜어났다. 연기는 알라딘의 램프 위에 떠 있는 지니처럼 축축한 공기에 걸려 있었고 나는 코가 간질간질한 게 재채기가 나올 것 같았다. 황급히 손으로 얼굴을 덮자 나뭇가지가 움직였다. 갈비뼈 안에서 망치가 쿵쾅대는 느낌이었다.

"펄니크!" 머피 부인이 외쳤다. "펄니크!"

온몸이 싸늘해졌다. '도망치지 말자. 도망치면 안 돼'라고 속으로 되뇌었다.

안쪽 복도에서 재빠른 발소리가 들렸다.

"무슨 일이시죠, 머피 부인?"

"리그스에게 오늘 저녁 진달래 밑에 독약을 놓으라고 일러 둬. 지긋지긋한 토끼들이 내 화단을 또 침범한 것 같군."

"당장 그렇게 시켜둘게요."

"그리고 앞마당 좀 정돈하고 잡초를 뽑으라고도 해줘. 일을 시킬 만한 나이 찬 남자애들이 있으면 시키라고 하고. 미스 탠이 내일 올 거야. 집을 남부끄럽지 않게 해두고 싶군."

"알겠습니다, 머피 부인."

"양호실에 있는 애들은 어떻게 됐지? 특히 눈이 시퍼렇게 멍든 남자 아기 말이야. 미스 탠이 그 애를 보고 싶어 해. 뉴욕

주문 건에 그 애를 보내기로 했거든."

"유감스럽게도 아직 기진맥진해요. 게다가 너무 말랐어요. 옥수수죽도 거의 못 먹고요. 장거리 이동은 힘들 것 같은데요."

"미스 탠이 기뻐하지 않겠군. 나도 그렇고. 뒷골목과 하수구에서 자란 부랑아들이 더 튼튼할 텐데."

"그건 사실입니다만 양호실에 있는 여자애도 상태가 나빠지고 있어요. 이틀 동안 음식을 거부했어요. 의사를 불러야 할까요?"

"아니, 그럴 필요 없어. 콧물 좀 흘린다고 의사를 부를 필요 있어? 아이들에게 콧물쯤은 늘 있는 일이야. 생강 뿌리나 달여줘. 그 정도면 됐어."

"그렇게 할게요."

"스티비는 어때? 그 녀석이 양호실에 있는 녀석과 몸집이 비슷한 것 같은데. 나이가 더 많지만 그거야 바꾸면 그만이니까. 눈동자가 무슨 색이었더라?"

"갈색이요. 하지만 계속 침대에 오줌을 싸서 돌보기가 힘들어요. 말을 한마디도 안 하고요. 고객이 그 애를 마음에 들어 할지 모르겠어요."

"그럼 안 되지. 오줌 싸지 않도록 확실히 해두고 혹시 다시 그러면 치우지 말고 그냥 둬. 물집 몇 개 잡혀봐야 깨달을 테지. 어쨌든 이번 주문 건에 갈색 눈동자는 안 돼. 파란색, 초록색, 보라색을 특별히 요청했거든. 갈색은 아냐."

"그럼 로비인가요?"

나는 목구멍이 막혔다. 로비는 그들이 부르는 가비언의 이름이었다. 이 집에 또 다른 로비는 없었다.

"아쉽지만 아냐. 그 다섯 명은 행사 때 특별히 선보여야 하거든."

목구멍에서 올라오는 뜨거운 걸 삼켜 배 속까지 억지로 밀어 넣었다. 행사 때 특별히 선보이다니. 그 말이 무슨 의미인지 알 것 같았다. 부모들이 이곳에 오는 걸 몇 차례 봤다. 그들이 현관에서 기다리면 일하는 사람들이 아이들을 데리고 왔다. 모두 깨끗하게 씻고 옷을 잘 갖춰 입었으며 머리를 잘 빗은 상태였다. 부모들은 선물을 가져왔고 돌아갈 때면 아이들을 끌어안고 눈물 흘렸다. 분명 아이들을 보여주는 행사였다.

'브라이니가 곧 우리를 데리러 올 거야.'

하지만 걱정스러웠다. 지난주에 어떤 남자가 자기 아들을 찾으러 왔는데 머피 부인은 그에게 아이가 이곳에 없다고 했다. '입양 가고 없어요. 정말 죄송합니다.' 부인은 이렇게 말했다.

'분명 여기 있어요.' 남자가 항변했다. '로니 켐프예요. 내 아들이라고요. 난 입양 서류에 서명한 적 없어요. 보육원에서는 내가 다시 자립할 수 있을 때까지만 아이들을 맡아주는 거잖아요.'

머피 부인은 걱정스러워 보이지 않았다. 남자가 주저앉아 울 때조차. '그렇다 해도 아이가 없는걸요. 가정법원에서 그게 최선이라고 판단했어요. 아이를 잘 키워줄 수 있는 부모가 데려갔어요.'

'하지만 그 애는 내 아들이라고요.'

'켐프 씨, 이기적인 분이군요. 이미 끝난 일은 어쩔 수 없어

요. 아이를 생각해야죠. 켐프 씨가 줄 수 없는 것들을 누리게
될 텐데요.'

'그래도 내 아들이에요…….'

남자는 현관에서 무릎을 꿇고 흐느꼈다.

머피 부인은 안으로 들어가서 문을 닫아버렸다. 잠시 뒤 리
그스 씨가 남자를 일으켜 세우더니 거리로 내보내 타고 온 트
럭에 태웠다. 남자는 온종일 트럭에 앉아 마당을 살피며 아들
을 찾았다.

브라이니가 와서 똑같은 문제를 겪을까봐 걱정스러웠다. 다
만 브라이니는 그 자리에 서서 울지만은 않을 것이다. 그는 밀
고 들어올 테고 그러면 끔찍한 일이 벌어질 것이다. 리그스 씨
는 덩치가 컸고 미스 탠은 경찰과 잘 알았다.

"양호실에 있는 애를 최대한 잘 돌봐야 해." 머피 부인이 말
했다. "따뜻한 물에 목욕시키고 아이스크림을 줘. 생강 쿠키도
주고. 기운을 좀 북돋워주라고. 미스 탠에게 주문을 하루나 이
틀쯤 미룰 수 있는지 물어볼게. 멀리 갈 수 있을 정도로만 회
복되면 좋겠군. 무슨 말인지 알겠지?"

"네, 머피 부인." 펄니크 부인이 이를 악물고 말했다. 이는
곧 오늘 진달래 덤불 속에 있다가 들키면 안 된다는 뜻이었다.
펄니크 부인이 저런 기분일 때는 재빨리 달아나 잘 숨어 있어
야 했다. 그녀가 화를 퍼부을 대상을 찾을 테니.

부러진 나뭇가지를 집어 들고 내 발자국이 찍힌 나뭇잎을
흩어놓기 시작했다. 그래야 리그스 씨가 내가 여기 있었다는
걸 알아채지 못하기 때문이다. 그가 펄니크 부인에게 이르는

건 원치 않았다.

하지만 가장 두려운 일은 그게 아니었다. 가장 겁나는 건 누군가가 여기에 숨어들었다는 걸 리그스 씨가 알게 되는 일이었다. 이곳 진달래 덤불로 오려면 지하 창고 문을 몰래 지나가야 했다. 리그스 씨는 그 문을 항상 열어놨고 마음만 먹으면 어떻게든 아이들을 데리고 지하 창고로 들어갈 수 있었다. 그곳에서 무슨 일이 일어나는지는 아무도 말하지 않았다. 나이가 많은 남자아이들마저도. 그 애들은 이렇게 말했다. '그 이야기를 하면 리그스가 잡아가서 네 목을 부러뜨린 다음 네가 나무에서 떨어졌다거나 현관 계단에서 넘어졌다고 할 거야. 그러면 사람들은 너를 늪으로 데려가서 악어 밥으로 던지겠지. 그 뒤엔 누구도 다시는 네 소식을 듣지 못하게 돼.'

덩치 큰 빨간 머리 소년 제임스는 이곳에 꽤 오래 있었는데 실제로 그런 일이 일어나는 걸 봤다고 했다. 우리는 그 애에게 페퍼민트 사탕을 줬고 그 애는 우리에게 이곳 머피 부인의 집에서 그럭저럭 살아가기 위해 알아야 할 것들을 말해줬다. 우리는 친구는 아니었지만 이곳에서 사탕으로 얻을 수 있는 건 많았다. 매일 아침 잠에서 깨면 우리 방문 아래 사탕 뭉치가 끼어 있었다. 밤이 되면 리그스 씨가 오는 소리가 들렸다. 그는 문을 열려고 했지만 문은 늘 잠겨 있었다. 우리가 침대에 누우면 열쇠는 언제나 일하는 사람들이 가져갔다. 다행스러웠다. 이따금 리그스 씨가 우리 방 앞까지 왔다 갈 때면 그가 집으로 연결된 계단을 오르는 소리가 들렸다. 그가 어디로 가는지는 알 수 없었지만 우리가 지하 창고에 있어서 다행스러웠다. 창고는 추웠고 간이침대는 가렵고 냄새났으며 밤에는 요강을 써야 했지만 지하 창고에 있을 때만큼은 누구도 우리에게 잔소리하지 않았다.

침대가 너무 많이 비어서 위층으로 올라가기 전에 브라이니가 오기를 바랐다.

진달래 덤불 끝에 이르렀을 때 리그스 씨는 지하 창고 문으로 가고 있었다. 잡고 있던 나뭇가지를 놓고 재빨리 숨느라 그를 못 볼 뻔했다.

그는 계단을 내려가기 전에 내 쪽을 똑바로 봤지만 나를 보지는 못했다. 다시 투명인간이 된 기분이었다. 아니 투명 소녀. 그게 나였다.

리그스 씨가 갔다는 확신이 들 때까지 기다린 다음 보브캣처럼 조용히 있던 자리에서 빠져나왔다. 보브캣 이야기가 나와서 말인데 보브캣은 30센티미터 옆까지 아무도 모르게 다가갈 수 있다. 나는 한 번 심호흡한 다음 지하 창고 문을 빠르게 지나 무화과나무 쪽으로 갔다. 무화과나무만 지나면 안전했다. 리그스 씨는 직원들이 주방 창밖을 자주 내다본다는 걸 알았다. 그는 다른 사람에게 노출된 곳에서는 아무 짓도 하지 않을 것이다.

교회 놀이터 뒤쪽 언덕에서 카멜리아가 나를 기다리고 있었다. 라크와 펀은 시소를 타고 있었고 가비언은 시소 한가운데 앉아 있었다. 스티비는 카멜리아 옆 흙바닥에 앉아 있었다. 내가 앉기가 무섭게 스티비는 내 무릎으로 올라왔다.

"다행이네." 카멜리아가 말했다. "그 애 좀 나한테서 떼내줘.

오줌 같은 지독한 냄새가 나."

"어쩔 수 없잖아." 스티비는 내 목을 끌어안고 가슴팍에 기
댔다. 그 애는 끈끈했고 정말 냄새가 지독했다. 내가 그 애 머
리를 쓰다듬자 낑낑거리며 피해서 보니 머리카락 안에 혹이
나 있었다. 이곳 직원들은 겉으로 드러나지 않는다는 이유로
아이들 머리를 자주 때렸다.

"아니, 어쩔 수 없기는. 그 애도 말하고 싶으면 할 수 있어.
직원들과 문제를 일으키는 건 그 애 잘못이라고. 이제 그만두
는 게 좋을 거라고 말해줬어." 카멜리아는 그렇게 말할 자격이
없었다. 이곳에 있는 동안 우리 중 누군가가 벽장에 갇히게 된
다면 카멜리아일 것이다. 벽장 안에서 무슨 일이 벌어지는지
는 지금도 잘 모르지만 나쁜 일이 틀림없었다. 바로 며칠 전 아
침식사 때 머피 부인이 식탁 앞에 서서 말했다. '음식 도둑이
잡히면 벽장에 가둬버릴 거야. 하루만 가두는 게 아냐.'

그 뒤로 주방에서는 아무것도 사라지지 않았다.

"스티비는 무서워서 그러는 거야. 그리워서……." 나는 말
하다 말았다. 누나 이야기를 해봤자 스티비 기분만 나빠질 것
같았기 때문이다. 가끔 나는 스티비가 말은 하지 않아도 우리
가 하는 말을 모두 알아듣는다는 걸 잊어버렸다.

"오늘은 창가에서 무슨 이야기 들었어?" 카멜리아는 내가
나 말고는 아무도 진달래 덤불 아래로 가지 못하게 하는 걸 못
마땅하게 여겼다. 그 애는 언제나 나를 살피고 코를 킁킁대며
내가 진달래 덤불에 있는 동안 페퍼민트 사탕을 찾았는지 알
아내려 했다. 카멜리아는 덩치 큰 남자아이들이 리그스 씨에

대해 한 말이 거짓이라고 생각했다. 그 애는 내가 보고 있지 않으면 우리가 놀러 나간 사이에 진달래 덤불로 기어들어가려고 할 것이다. 카멜리아에게 동생들을 돌보라고 맡겨놓을 때가 아니면 그 애에게서 잠시도 눈을 뗄 수 없었다.

"브라이니 이야기는 안 했어." 나는 머피 부인의 창문 아래서 엿들은 이야기를 이해하려고 계속 노력하고 있었다. 카멜리아에게 어디까지 이야기해야 할지도 몰랐다.

"브라이니는 안 와. 감옥 같은 곳에 갇혀서 못 나오나봐. 퀴니는 죽었고."

나는 스티비를 안고 힘겹게 일어났다. "아냐, 안 죽었어! 그런 말 하지 마! 다시는 하지 마!"

놀이터에서 시소가 멈췄고 그네를 타던 아이들은 바닥에 발을 끌어 그네를 세웠다. 그 애들은 우리 쪽을 봤다. 큰 남자아이들이 싸우면서 구르고 발로 차고 주먹질하는 건 익히 봤다. 하지만 여자아이들에게 그런 일은 좀처럼 일어나지 않았다.

"내 말이 맞아!" 카멜리아는 재빨리 일어나서 턱을 내밀고 깡마른 팔을 허리 위로 올렸다. 주근깨 뭉치 때문에 가늘게 뜬 눈이 하나도 보이지 않았고 코는 들창코 같았다. 얼룩얼룩한 돼지 같았다.

"아니라니까!"

"맞다니까!"

스티비가 칭얼대며 내려가려고 몸을 꼼지락거렸다. 아이를 내려놓는 게 좋을 것 같았다. 그 애가 시소로 달려가자 라크가 팔을 잡았다.

카멜리아는 주먹을 불끈 쥐었다. 우리가 서로 때려눕히고 침을 뱉고 머리를 잡아당기며 싸운 건 이번이 처음은 아니었다.

"이봐! 당장 그만둬!" 내가 알아차리기도 전에 제임스가 무리가 숨어 있는 구덩이에서 나와 우리 쪽으로 왔다.

카멜리아는 그 애가 올 때까지 계속 머뭇거렸다. 그 애는 큰 손을 뻗어 카멜리아의 옷을 움켜쥐더니 흙바닥에 세게 내던졌다.

"거기 가만있어." 그 애는 화난 목소리로 말하며 손가락질했다.

당연히 카멜리아는 그 말대로 하지 않았다. 그 애는 파리채로 맞은 말벌보다 더 화나서 벌떡 일어났다. 그러자 제임스는 그 애를 다시 밀었다.

"하지 마!" 내가 외쳤다. 아무리 나를 때려눕히려 했어도 카멜리아는 내 동생이었다.

제임스는 나를 보며 씩 웃었다. 깨진 이 사이로 분홍색 혀끝이 보였다. "그만하길 바라?"

카멜리아가 그 애를 향해 주먹을 휘둘렀지만 그 애는 카멜리아의 팔을 잡고 발길질도 할 수 없을 정도로 거리를 벌렸다. 카멜리아는 한 발이 문에 낀 유령거미 같았다. 제임스가 팔을 어찌나 세게 잡았는지 카멜리아의 피부가 자주색으로 변했다. 카멜리아는 눈물을 흘리면서도 계속 싸우려고 했다.

"그만하라니까! 어서 놔줘!" 내가 외쳤다.

"내가 그러길 원하면 내 여자 친구가 돼줘, 예쁜이." 그가 말했다. "그렇지 않으면 공정하게 싸워봐야지."

카멜리아는 울부짖고 소리 지르며 미친 듯이 날뛰었다.

"어서 놔!" 내가 주먹질하자 제임스는 내 손목도 잡았다. 이제 그 애는 우리 둘 다 잡고 있었다. 손목뼈가 으스러질 것 같았다. 스티비까지 합세해 놀이터에서 놀던 아이들이 몰려오더니 제임스의 다리를 때리기 시작했다. 그는 잡고 있던 카멜리아를 휘둘러 펀과 가비언을 넘어뜨렸다. 펀은 코피가 나자 얼굴을 감싸며 비명을 질렀다.

"알겠어! 알겠다고!" 내가 말했다. 내가 달리 뭘 할 수 있을까? 주변에 어른이 있는지 둘러봤지만 늘 그렇듯 아무도 없었다.

"알겠다고? 뭘 알겠다는 말이지, 예쁜이?" 제임스가 물었다.

"네 여자 친구가 될게. 하지만 키스는 곤란해."

제임스는 이 정도로 만족하는 것 같았다. 그 애는 카멜리아를 바닥에 내던지며 그대로 있으라고 으름장을 놓았다. 그러더니 나를 끌고 언덕 위로 갔다. 우리는 누가 들어갔다가 뱀에 물릴까봐 문에 못질해놓은 낡은 별채 주변으로 갔다. 그날 두 번째로 내 갈비뼈 안에서 망치가 쿵쾅댔다. "너랑 키스 안 할 거야." 내가 다시 말했다.

"입 닥쳐."

별채 뒤에서 그 애는 나를 바닥에 밀치더니 내 옆에 털썩 앉았다. 나는 계속 팔을 잡혀 있었다. 호흡이 가빠지고 숨이 막힐 것 같았고 신물이 올라왔다.

내게 뭘 하려는 걸까? 배에서 자랐고 내 뒤로 동생이 넷이나 태어났기에 남자와 여자가 뭘 함께하는지는 좀 알았다. 누군가가 내게 그러는 건 싫었다. 정말로. 나는 남자아이들이 싫었고 영원히 싫어할 것 같았다. 제임스의 숨결에서 썩은 감자 냄새가 났다. 내가 키스를 허락할 만하다는 생각이 드는 사람은 사일러스뿐이었다. 그것도 잠깐 동안만.

그 애의 패거리들이 외치는 소리가 건물을 돌아 들려왔다. "제임스 여자 친구 생겼다. 제임스 여자 친구 생겼다. 제임스랑 메이가 나무에 앉아서 키스를………."

하지만 제임스는 내게 키스하려 하지 않았다. 그 애는 목과 얼굴이 빨개진 채 그냥 그렇게 앉아 있었다. "넌 예뻐." 그 애의 목소리는 아기 돼지처럼 수줍었다. 나는 우스웠지만 웃지 않았다. 너무 무서웠다.

"아니, 그렇지 않아."

"넌 정말 예뻐." 그 애는 잡고 있던 내 손목을 놓고 손을 잡으려고 했다. 나는 그걸 뿌리치고 쪼그리고 앉은 다리를 감싸 몸을 단단한 공처럼 말았다.

"난 남자애들이 싫어."

"언젠가 너랑 결혼할 거야."

"난 누구와도 결혼하고 싶지 않아. 배를 만들어서 강을 따라 내려갈 거야. 내 일은 내가 알아서 할 거고."

"나도 네 배에 탈 수 있잖아."

"아니, 안 돼."

우리는 잠시 그렇게 앉아 있었다. 언덕 아래서 패거리들이 또 외쳤다. "제임스 여자 친구 생겼다…… 키스……."

제임스는 팔꿈치를 무릎에 올려 턱을 받치고 나를 봤다. "거기서 온 거야? 강에서?"

"응."

우리는 배 이야기를 했다. 제임스는 셸비 카운티의 작은 농장 출신이었다. 어느 날 동생과 함께 학교로 걸어가던 중 길가에서 미스 탠에게 붙잡혀왔다. 그때 그 애는 4학년이었다. 그 뒤로 줄곧 여기서 지냈고 학교는 구경하지도 못했다. 동생은 오래전에 입양돼 가고 없었다.

제임스는 턱을 들었다. "난 새로운 부모 같은 건 필요 없어. 머지않아 조금 더 크면 여기서 나갈 거야. 내게 필요한 건 아내야. 네가 원한다면 같이 강에서 살자."

"아빠가 우리를 데리러 올 거야." 이렇게 말하는데 기분이 좋지 않았다. 제임스에게 미안했다. 그 애는 정말 외로워 보였다. 외롭고 슬퍼 보였다. "곧 올 거야."

제임스는 어깨를 으쓱했다. "내일 티케이크(건포도 같은 말린 과일을 넣어 만든 작고 동글납작한 빵) 갖다줄게. 하지만 그러려면 계속 내 여자 친구로 있어야 해."

나는 대답하지 않았다. 티케이크를 떠올리자 입에 침이 고였다. 이제야 밤에 주방에 몰래 숨어든 사람이 누군지 알 것 같았다. "그러면 안 돼. 벽장에 갇힌다고."

"안 무서워." 그 애는 내 손 위에 자기 손을 올렸다.

나는 가만있었다.

그다지 신경 쓰이지 않아서였는지도 모른다.

머지않아 나는 제임스의 여자 친구가 된 게 그리 나쁘지 않다는 걸 알게 됐다. 그 애는 말 걸기 어렵지도 않았고 내 손을 잡고 싶어 할 뿐이었다. 게다가 머피 부인의 집에 대해 필요 이상으로 많은 걸 알려줬다. 그 애는 다시 티케이크를 갖다주겠다고 약속했다. 그러면서 오늘 밤에는 어떻게 숨어들어 그걸 가져올 계획인지 설명했다.

나는 그 애에게 티케이크를 좋아하지 않는다고 말했다.

목욕하는 줄에 서면 나이 든 남자아이들은 나를 쳐다보지 않았다. 그 애들은 그러지 않는 쪽이 좋다는 걸 알았다.

다음 날 아침식사 시간에 제임스가 보이지 않았다. 펄니크 부인이 식탁 앞에 서서 크고 살찐 손을 나무 숟가락으로 두드렸다. 그녀는 제임스를 내보냈다고 말했다. 테네시 보육원의 친절에 기대 사는 대신 직접 밥벌이해야 하는 곳으로.

"여자애 꽁무니를 쫓아다닐 정도 나이면 일하기 충분하고 훌륭한 가정에서 데려가기엔 너무 크지. 머피 부인은 이곳에서 남녀 사이의 그런 행동을 절대 허락하지 않아. 너희 모두 규칙을 잘 알고 있겠지." 그녀는 숟가락으로 식탁을 세게 치며 거세게 코웃음을 쳤다. 그러자 펑퍼짐하고 납작한 코가 씰룩거렸다. 우리는 머리에 끈이 달린 꼭두각시 인형처럼 고개를 똑바로 홱 들었다. 펄니크 부인은 남자아이들이 앉아 있는 식탁으로 갔다. 아이들은 고개를 숙이고 빈 그릇만 봤다. "그리고 너희 여자애들은" 숟가락과 흔들리는 팔이 우리 쪽을 향했다. "남자애들에게 누를 끼치면 부끄러운 줄 알아야 해. 스스로 신경 쓰고 치마 길게 입고 여자답게 행동해." 그녀는 마지막 말을 하며 나를 매섭게 쳐다봤다. "안 그랬다가는 너희에게 무슨 일이 생길지 몰라."

피가 몰려서 목이 뜨거워지고 뺨이 달아올랐다. 제임스가 쫓겨나게 돼 마음이 불편했다. 그 애의 여자 친구가 되는 게 아니었는데. 이럴 줄은 몰랐다.

직원들은 스티비도 아침식사 자리에 데려오지 않았다. 그 애는 놀이터에도 없었다. 다른 아이들에게 들어보니 어젯밤에 또 오줌을 싸서 침대에 남아 있다고 했다. 나중에 방충망에 코를 붙이고 위층 창가에 서 있는 그 애를 봤다. 나는 마당에 서서 그 애를 향해 속삭였다. "얌전히 있어야 해. 알겠지? 말 잘 듣고."

그날 오후, 직원들이 현관에 줄지어 서자 무서워서 동생들을 불러 모았다. 다른 아이들도 무슨 일인지 모르는 것 같았다.

펄니크 부인과 직원들은 저마다 빗물 모으는 통을 하나씩 들고 우리에게 왔다. 그들은 적신 수건으로 우리의 더러운 얼굴과 팔과 무릎을 닦고 머리를 빗기더니 우리에게 손을 씻으라고 했다. 어떤 아이들에게는 현관에서 옷을 갈아입게 했다. 또 어떤 아이들은 새 옷을 입거나 입고 있던 놀이복 위에 긴 앞치마를 둘렀다.

머피 부인이 밖으로 나와 계단 맨 위에 서서 우리를 살펴봤나. 그녀의 손에서 철사로 만든 양탄자 먼지떨이가 달랑거렸다. 주방에서 일하는 여자들이 그걸로 양탄자 먼지를 털어내는 모습은 한 번도 보지 못했다. 대신 그걸로 아이들을 때리는 모습은 여러 번 봤다. 아이들은 그걸 철사 마녀라고 불렀다.

"오늘은 아주 특별한 일이 있을 거야." 머피 부인이 말했다. "하지만 착한 아이들에게만 해당하는 일이지. 무슨 말인지 알아들어?"

"네." 나는 다른 아이들과 함께 냉큼 대답했다.

"아주 좋아." 그녀가 웃었다. 뒷걸음질하게 만드는 미소였다. "오늘 이동도서관이 올 거야. 여성자선협회의 친절한 분들이 시간을 내서 너희가 책 고르는 걸 도와줄 거야. 우리가 잘 보이는 게 정말 중요해. 착하게 굴면 모두 책 한 권씩 읽게 해주지." 그녀는 계속해서 우리에게 예절에 신경 쓰라는 둥 '네, 부인. 아닙니다, 부인'이라고 대답하라는 둥 아무 책이나 꺼내서 만지지 말라는 둥 잔소리했고 협회 사람들이 우리에게 여기서 행복하냐고 물으면 우리를 찾아내 머피 부인의 집으로 데려와준 미스 탠에게 무척 감사한다고 대답하라고 시켰다.

나머지는 기억나지 않는다. 생각나는 거라고는 우리에게 책 읽을 기회가 생긴다는 것과 내가 책을, 특히 아직 읽지 않은 책을 무척 좋아한다는 것뿐이었다. 우리는 다섯 명이니 다섯 권을 손에 넣을 수 있었다.

하지만 협회 사람들이 도착해 마당 문이 열리고 아이들이 줄을 서기 시작하자 머피 부인이 카멜리아와 나와 동생들을 제지했다. "너희는 안 돼. 아직 위층에 너희 자리가 없어서 책을 잘 보관할 만한 곳이 없잖니. 도서관 장서를 상하게 할 순 없어."

"정말 조심해서 다룰게요. 약속해요." 내가 말했다. 평소 같으면 머피 부인에게 말대꾸하지 않았겠지만 이번에는 참을 수 없었다. "제발요. 한 권만이라도 안 될까요? 제가 동생들에게 읽어 줄게요. 퀴니가 그랬던……." 나는 더 난처해지기 전에 입을 다물었다. 이곳에서는 엄마 아빠 이야기를 하면 안 됐다.

머피 부인은 한숨 쉬며 현관 기둥에 박힌 못에 양탄자 먼지 떨이를 걸었다. "좋아. 하지만 어린 애들은 갈 필요 없어. 너만 가. 빨리 다녀와야 해."

동생들을 두고 갈지 말지 결정하는 데는 그리 오래 걸리지 않았다. 카멜리아가 아이들 팔을 잡고 끌어 모았다. "어서 가." 그 애는 나를 보며 눈에 힘을 줬다. "가서 재미있는 거 골라 와."

나는 동생들을 한 번 쳐다본 뒤에 문을 향해 서둘러 갔다. 마당을 가로질러 목련을 헤치고 도망치지 않으려고 꾹 참았다. 문밖으로 나오니 자유의 냄새가 났다. 향긋했다. 나는 진입로에 줄을 서서 다른 아이들을 따라갔다. 매우 질서정연하게.

나무 벽 맞은편에 검은색 대형 트럭이 서 있었다. 차 두 대가 더 도착했다. 그중 한 대에서 미스 탠이 내렸고 나머지 한 대에서 카메라를 든 남자가 내렸다. 남자는 미스 탠과 악수하고는 주머니에서 수첩과 펜을 꺼냈다.

검은 트럭 한쪽에는 '셸비 카운티 도서관'이라고 쓰여 있었고 가까이 가자 트럭 뒤쪽으로 선반이 보였다. 선반에는 책이 가득했다. 아이들은 선반 주변에서 서성댔고 나는 차례를 기다리는 동안 책을 만지고 싶은 걸 참느라 등 뒤로 손을 깍지 껴야 했다.

"보시다시피 우리는 아이들에게 자극이 될 만한 여러 기회를 제공합니다." 미스 탠이 말하자 남자는 빨리 받아 적지 않으면 말이 도망가기라도 할 것처럼 수첩에 기록했다. "우리 아이들 중에는 이곳에 오기 전에 책을 접하는 호사를 누려보지 못한 아이도 있어요. 우리는 모든 보육원에 훌륭한 책과 장난 감을 제공합니다."

나는 고개를 빼고 꼼지락거리며 줄이 줄어드는지 살폈다. 미스 탠에게 이런 보육원이 또 있다면 그곳이 어떤지는 모르 겠지만 머피 부인의 집에는 책이 단 한 권도 없었고 장난감은 모두 망가져 있었다. 장난감을 고쳐줄 정도로 신경 쓰는 사람 은 아무도 없었다. 이곳에 오래 있었던 미스 탠도 그 사실을 당연히 알았다.

"떠돌아다니던 불쌍한 아이들이죠." 그녀가 남자에게 말했 다. "우리는 버림받고 사랑받지 못한 아이들을 데려옵니다. 그 애들에게 부모가 줄 수 없거나 주지 않으려 한 걸 주죠." 나는 땅을 쳐다본 채 등 뒤에서 주먹을 꼭 쥐었다. '거짓말이야.' 나 는 남자를 향해 소리라도 지르고 싶었다. '엄마 아빠는 우리를 버리지 않았어. 우리를 사랑했고. 로니를 데리러 왔다가 입양 됐다는 소식을 듣고 현관에 주저앉아 아이처럼 울던 그 애 아 버지도 그랬지.'

"아이들은 보통 얼마나 오래 이곳에 머뭅니까?" 남자가 물 었다.

"이곳에 보통이라는 건 없어요." 미스 탠은 높은 소리로 웃 었다. "저마다 특별한 아이들이니까요. 다른 아이들보다 더 오 래 머무는 아이들도 있어요. 우리에게 왔을 때의 상태에 따라 다르죠. 이곳에 왔을 때 몸이 약하고 왜소해서 뛰놀지 못하는 아이들도 있어요. 우리는 그 아이들에게 매일 영양가 높은 끼 니를 세 번 제공합니다. 잘 자라려면 그에 맞는 음식이 필요하니까요. 과일과 채소를 많이 먹여야 하고 붉은 살코기를 먹여야 얼굴에 윤기가 흘러요."

'머피 부인의 집은 그렇지 않아. 이곳에서는 아침저녁으로 작은 그릇에 옥수수죽을 줄 뿐이지. 우리는 언제나 배고파. 가비언은 안색이 우유처럼 창백해. 라크와 펀은 너무 말라서 팔에 근육과 뼈가 드러난다고.'

"우리는 모든 관할 보육원이 아이들을 잘 먹이고 돌보도록 관리합니다." 그녀는 이 말이 사실인 양 행동했다.

남자는 고개를 끄덕이며 받아 적더니 이렇게 말했다. "음……." 정말 맛있는 음식을 꿀꺽 삼킬 때 내는 소리 같았다.

'가서 뒷마당을 봐요.' 나는 그에게 말하고 싶었다. '주방 안도 들여다보고요. 진짜 어떤지 보라고요.' 몹시 그렇게 말하고 싶었다. 하지만 정말 그랬다가는 책도 받지 못한 채 벽장에 갇히리라는 걸 잘 알았다.

"아이들은 정말 고마워하고 있답니다. 우리가 그 애들을 시궁창에서 건져서……."

누군가가 내 팔을 건드리자 그럴 생각은 아니었지만 화들짝 놀랐다. 파란 원피스를 입은 여자가 나를 보고 있었다. 그녀의 미소는 햇살처럼 눈부셨다.

"넌 무슨 책을 읽고 싶니?" 그녀가 물었다. "무슨 책 좋아해? 계속 참을성 있게 기다리더구나."

"네, 부인."

그녀는 나를 데리고 책장으로 갔다. 눈이 튀어나올 것 같았다. 미스 탠 이야기는 모두 잊었고 책 생각뿐이었다. 강변 마을에 있는 도서관에 가본 적 있었지만 그때는 아카디아에도 우리 책이 있었다. 지금 우리에게는 아무것도 없었고 책이 한 권도 없는 상황에서 책을 만진다는 생각만 해도 크리스마스와 생일을 한꺼번에 맞이하는 기분이었다.

"아…… 아무거나요." 겨우 더듬더듬 말했다. 선반에 놓인 다양한 색과 글자만 봐도 환하게 웃음이 났다. 이곳에 온 뒤 처음으로 행복했다. "두꺼운 책이 좋겠어요. 한 권밖에 못 빌리니까요."

"똑똑하구나." 여자는 내게 윙크했다. "책 좋아하니?"

"네, 정말 좋아해요. 예전에……." '아카디아에 살 때는 퀴니가 언제나 책을 읽어줬어요'라고 말하려 했기 때문에 말을 멈추고 고개를 숙였다.

협회 사람은 나와 30센티미터 정도밖에 떨어져 있지 않았고 미스 탠도 그리 멀지 않은 곳에 있었다. 미스 탠이 이 말을 들으면 나는 순식간에 이곳에서 쫓겨날 것이다.

"그래, 좋아." 책 고르는 걸 도와주던 사람이 말했다. "어디 보자……."

"저는 모험이 좋아요. 모험 이야기요."

"음…… 어떤 모험?"

"여왕과 공주와 원주민이 나오는 그런 이야기요." 내 머릿속은 이야기로 가득 찼다.

"서부를 배경으로 한 이야기는 어떨까?"

"강에서 벌어지는 이야기도 좋아요. 혹시 그런 책 있어요?" 강에 관한 책을 읽으면 집으로 돌아간 느낌이 들 것 같았다.

그러면 브라이니가 우리를 아카디아로 데려갈 때까지 버틸 수 있겠지.

여자는 손을 맞잡았다. "아! 그래, 생각났어!" 그녀는 허공을 가리켰다. "네게 딱 맞는 책이 있단다."

여자는 잠시 살펴보더니 마크 트웨인의 《허클베리 핀의 모험》을 건넸다. 그 책은 내게 딱 맞았다. 읽어본 적은 없었지만 브라이니에게서 톰 소여와 허클베리 핀과 아메리카 원주민 조 이야기를 들은 적 있었다. 마크 트웨인은 브라이니가 좋아하는 작가였다. 그는 어릴 때 마크 트웨인의 책들을 읽었다고 했다. 심지어 브라이니와 톰 소여가 친구라는 생각이 들 정도였다.

파란 원피스를 입은 여자는 내 새로운 이름 메이 웨더스를 카드에 적었다. 책에 날짜 도장이 찍히자 어제가 편의 생일이었다는 걸 깨달았다. 그 애는 이제 네 살이었다. 아카디아에 있었다면 퀴니가 작은 케이크를 굽고 우리 모두 편에게 직접 만들었거나 강둑에서 찾아낸 선물을 줬을 텐데. 이곳 머피 부인의 집에서는 도서관 책으로 만족해야 했다. 마당으로 돌아가면 편에게 깜짝 생일선물이라며 책을 줘야지. 하지만 잠시만 가지고 있을 수 있을 것이다. 진흙으로 케이크를 만들고 꽃으로 장식한 다음 잔가지 위에 나뭇잎을 달아서 촛불을 만들어야지. 편이 촛불 끄는 시늉을 할 수 있도록.

도서관 여자는 나를 한 번 끌어안은 다음 보냈다. 느낌이 너무 좋아서 그 자리에서 그녀에게 매달려 책 냄새를 맡고 싶었지만 그럴 순 없었다.

《허클베리 핀의 모험》을 끌어안고 마당을 가로질렀다. 이제 언제든 원할 때면 이곳에서 벗어날 수 있었다. 허클베리 핀과 함께하기만 하면 가능했다. 그의 뗏목에는 우리 다섯 명이 탈 자리가 분명 있을 것이다. 어쩌면 책 속에서 아카디아를 찾을 수 있을지도 몰랐다.

머피 부인의 집으로 돌아갔는데도 새로운 곳에 간 기분이 었다.

이제 그 안에 강이 있으니까.

바로 그날 밤 잠자기 전에 우리는 핀의 생일 책을 펼쳐서 허클베리 핀과의 모험을 시작했다. 우리가 강물을 따라 그와 모험을 떠난 지 일주일쯤 되던 어느 날 오후 미스 탠의 반짝이는 검은색 차가 진입로에 들어섰다. 화창하고 더운 날이었고 집 안은 튀김 기름처럼 더워서 그녀와 머피 부인은 현관에서 이야기를 나눴다. 나는 엿들으려고 무화과나무로 잽싸게 뛰어가 진달래 덤불 아래로 숨어들었다.

"맞아, 모든 신문에 이미 광고가 실렸지!" 미스 탠이 말했다. "내게 멋진 계획이 있는 건 사실이야. '금발의 천사 같은 아이와 함께 보내는 여름휴가. 연락만 하면 데려갈 수 있답니다!' 완벽하지 않아? 몽땅 다 금발이야."

"숲의 정령들을 모아놓은 것처럼요. 엘프와 요정들도요." 머피 부인이 맞장구쳤다. "크리스마스에 아이들을 데려가라는 광고만큼이나 솔깃하지. 벌써 고객들에게 전화가 오고 있어. 일단 아이들을 보면 서로 앞다퉈 차지하려고 할 거야."

"그렇고말고요."

"토요일 아침에 아이들 모두 준비시켜. 옷 잘 입히고. 원피스나 나비넥타이 같은 것까지 아주 꼼꼼하게 신경 써. 전부 다 목욕시키고 구석구석 잘 씻겨. 손톱에 때가 끼거나 귀 뒤에 때가 묻어 있으면 안 돼. 아이들에게 어떻게 행동해야 하는지, 사람들 앞에서 나를 부끄럽게 하면 무슨 일이 일어나는지 확실히 알려줘. 미리 누군가를 본보기 삼아 다른 아이들이 보게 하는 것도 좋겠지. 이번 행사는 우리가 가장 좋은 아이들을 데리고 있다고 알려 명성을 높일 절호의 기회야. 새로 게재한 광고 덕분에 테네시를 비롯한 다른 주의 명망 있는 집안에서 찾아올 거라고. 그 사람들이 아이들을 보고 어쩔 줄 모르게 만들어야 해. 다들 하나씩 데리고 갈 수밖에 없도록."

"아이들은 확실히 준비시킬게요. 명단만 다시 보여주세요." 그들은 대화를 멈췄다. 종이 부스럭대는 소리가 들렸다. 바람의 방향이 바뀌어 진달래 가지가 흔들리자 미스 탠의 머리가 보였다. 그녀가 머피 부인 쪽으로 몸을 숙이자 바람에 흩날리던 짧고 희끗희끗한 갈색 머리카락이 똑바로 섰다.

나는 벽에 바싹 붙어 숨죽였다. 혹시라도 그들이 무슨 소리를 듣고 난간 너머를 볼까봐 두려웠다. 바람결에 뭔가 죽은 냄새가 실려 왔다. 뭔지 보이지는 않았지만 리그스 씨가 놓은 약을 먹고 죽은 게 아닐까 싶었다. 썩은 냄새가 심해지면 그는 사체를 찾아내 어딘가에 묻었다.

"메이까지도요?" 머피 부인의 질문에 나는 귀가 쫑긋 섰다. "메이는 천사 같은 아기라고 하기엔 좀 그렇잖아요."

미스 탠은 짧고 날카롭게 웃었다. "아이들을 돌보는 데 도움이 될 거야. 게다가 내 기억에 제법 예뻤던 것 같은데."

"그렇긴 하죠." 머피 부인의 목소리는 달갑지 않았다. "게다가 말썽을 부리지도 않고요."

"토요일 한 시에 그 애들을 태울 차를 보내겠어. 애들이 배가 고프거나 졸리거나 화장실에 가고 싶지 않게 준비해줘. 발랄하고 생기 넘치고 예의 바르게 행동하도록. 그렇게 기대하고 있겠어."

"네, 물론이에요."

"그건 그렇고 이 지독한 냄새는 뭐지?"

"토끼요. 올 여름에 토끼가 말썽을 부려서요."

나는 그들이 확인하러 오기 전에 빠져나갔다. 리그스 씨가 보이지 않아서 무화과나무를 지나 언덕으로 가는 데는 그리 오래 걸리지 않았다. 카멜리아에게 아이들을 선보이는 행사나 우리가 내일 목욕하게 된다는 이야기는 하지 않았다. 그 애가 미리 성깔을 부리게 할 필요가 없었다.

그리고 어쩐지 카멜리아에게 또 목욕한다는 말을 할 필요가 없다는 불길한 예감이 들었다.

카멜리아는 금발이 아니었다.

결국 내 예감은 옳았다. 토요일 아침식사를 마친 뒤 나는 카멜리아가 명단에 없다는 사실을 알게 됐다. 우리가 어디를 가든 그 애는 함께하지 않았다.

"목욕을 안 할 수만 있다면 그 사람들이 날 보고 싶어 하지 않는다는 건 별로 유감스럽지 않아." 그 애는 포옹하며 작별인사 하려는 나를 밀어내며 이렇게 말했다.

"카멜리아, 우리가 없는 동안 말 잘 듣고 있어. 다른 사람 곤란하게 하지 말고 나이 든 남자아이들 가까이 가지 마. 무화과나무 지나다니지 말고 또……"

"애 취급하지 마." 카멜리아는 턱을 치켜들었다. 아랫입술이 약간 떨렸다. 그 애는 두려워하고 있었다.

"메이!" 직원이 외쳤다. "이제 줄 서야 해!" 명단에 있던 다른 아이들은 이미 모두 줄을 서 있었다.

"우리 정말 빨리 돌아올게." 나는 카멜리아에게 속삭였다. "무서워하지 마."

"안 무서워."

하지만 잠시 뒤 그 애는 결국 나를 끌어안았다.

직원들이 다시 내게 소리쳤고 나는 서둘러 줄을 섰다. 그 뒤 한 시간 삼십 분 내내 우리는 비누칠하고 문지르고 머리를 빗고 나비넥타이를 매고 칫솔로 손톱 아래를 닦고 리본을 묶고 레이스가 달린 새 옷을 입었다. 그리고 맞는 신발을 찾을 때까지 옷장을 가득 채우고 있던 신발을 신어봤다.

직원들이 차에 앉힌 우리는 아까와 같은 아이들로 보이지 않았다. 차에는 우리 넷과 여자아이 셋과 다섯 살 난 남자아이 하나, 그리고 아기 둘과 스티비가 있었다. 스티비는 다시 한 번 바지에 오줌을 쌌다가는 바로 그 자리에서 매 맞을 거라는 말을 들었다.

우리는 차에서 말을 할 수 없었다. 가는 도중 직원이 말했다. "여자아이들은 숙녀처럼 다리를 모으고 얌전히 앉아야 해. 누가 말 걸 때만 말하고. 미스 탠이 여는 행사에 참석하는 사람들에게 예의 바르게 굴어. 머피 부인 집에서 지낸 데 대해서는 좋은 이야기만 해야 해. 오늘 행사장에는 장난감, 알록달록한 물건들, 케이크, 쿠키가 있을 거야. 너희는…….”

차가 언덕을 넘어가고 강이 보이자 그녀의 목소리가 귀에 들어오지 않았다. 메이는 강물 위에 비친 햇살처럼 서서히 사라지고 릴이 튀어나왔다. 릴은 창문 위의 틈으로 손을 뻗어 바깥 공기가 들어오게 하고는 익숙한 냄새를 맡았다.

그 애는 이내 집에 돌아갔다.

잠시 뒤 차가 모퉁이를 돌자 강은 보이지 않았다. 묵직하고 슬픈 뭔가가 나를 짓눌렀다. 의자에 머리를 기대자 일하는 사람이 그러지 말라고 했다. 머리에 묶은 리본이 망가진다면서.

잠시 조는 동안 가비언은 잠들었다. 나는 그 애를 가까이 끌어당겨 안고 머리카락이 턱을 간질이도록 놔두었다. 그러자 다시 집에 돌아간 기분이었다. 이들이 나에 대한 모든 걸 통제하려 해도 내 생각이 어디로 흘러가는지는 막을 수 없었다.

하지만 아카디아 방문은 너무 짧았다. 우리는 곧 머피 부인의 집보다 큰 높다랗고 흰 집에 도착했다.

“얌전하게 굴지 않으면 전부 다 아주 비참해질 거야.” 직원은 이렇게 말하며 우리 얼굴에 손가락질하고는 차에서 내리게 했다. “행사에서 만난 손님들에게 상냥하게 굴어. 그들이 무릎에 앉히려고 하면 얌전히 앉고. 웃어야 해. 너희가 착한 아이라는 걸 보여줘.”

안으로 들어가자 사람이 가득했다. 다른 아이들과 아기들도 있었다. 다들 예쁜 옷을 입었고 우리가 먹을 케이크와 쿠키도 있었다. 어린아이들을 위한 장난감도 있었는데 어느새 펀과 가비언, 심지어 라크까지 내게서 떨어져 나갔다.

어떤 남자가 가비언을 밖으로 데리고 나가 파란 공을 가지고 놀았다. 머리카락이 검은 여자는 라크와 함께 앉아 그림책을 색칠하고 있었다. 펀은 피곤하고 슬픈 표정으로 혼자 의자에 앉아 있던 금발 미녀와 까꿍 놀이를 하며 까르륵 웃고 있었다. 펀 덕분에 여자도 웃었다. 그녀는 곧 내 여동생을 안고 이 장난감 저 장난감을 찾아 돌아다녔다. 펀이 혼자서는 걷지 못하기라도 하는 듯.

마지막으로 두 사람은 함께 의자에 앉아 책을 읽었는데 그 모습을 보자 마음이 조여왔다. 퀴니가 우리에게 책 읽어주던 일이 생각났다. 그 여자에게서 펀을 떼내 데려오고 싶었다.

어떤 남자가 들어오더니 펀의 배를 간지럽혔다. 그러자 여자가 미소 지으며 말했다. "대런, 이 아이는 완벽해요! 아멜리아도 이 또래였겠죠." 그녀는 의자 팔걸이를 두드렸다. "여기 앉아서 우리랑 책 읽어요."

"당신이 해요." 남자는 여자의 뺨에 입 맞췄다. "나는 이야기 나눌 사람들이 있어서." 그는 그렇게 말하고는 다시 나갔다.

펀과 여자가 두 번째 책을 읽고 있을 때 남자가 돌아왔다. 펀과 여자는 너무 집중한 나머지 남자가 소파로 다가와 내 옆에 앉는 것도 몰랐다. "둘이 자매니?" 그가 물었다.

"네, 선생님." 나는 교육받은 대로 대답했다. 말끝마다 '부인'이나 '선생님'을 붙이라는 거였다.

남자는 몸을 멀찍이 하더니 나를 한동안 쳐다봤다. "부탁 좀 들어줄래?"

"네, 선생님." 나는 손을 내려다봤다. 심장박동이 빨라져서 판잣집에서 잡았던 굴뚝새가 가슴속에 들어 있는 것 같았다. '내게 뭘 원하는 걸까?'

남자는 내 등에 손을 댔다. 그러자 어깨뼈가 움츠러들었다. 목덜미 아래에 난 털이 당겨지는 듯했고 따끔거리는 원피스 아래로 땀이 흘렀다.

남자가 물었다. "너 몇 살이니?"

13장

에이버리

문을 열자 조용한 별장에 달빛이 가득했다. 조명 스위치를 찾으려고 더듬거리며 한쪽 어깨로 휴대전화를 받치고 클리퍼드 삼촌이 질문에 대답하기를 기다렸다. 내가 질문한 건 조금 전이었다. 삼촌은 드라이브 스루 창구에서 음식을 주문하는 동안 기다리라고 했다.

할머니와 단둘이서 캄캄할 때 이곳에 도착한 일이 선명하게 떠올랐다. 별장은 지금과 똑같았다. 팔메토 종려나무 모양으로 바닥에 드리운 달빛, 짭짤한 바닷물 냄새, 모래가 떨어진 양탄자, 레몬유, 바닷가에서 오랜 세월을 보낸 가구.

손가락을 꼼지락거려봤다. 내 손을 잡던 할머니의 손길이 느껴지는 것 같았다. 그때 나는 열한 살 아니면 열두 살이었다. 사춘기라서 사람들 앞에서는 할머니 손을 잡지 않았고 우리의 이 마술 같은 공간에서만 잡았다.

입구에 서서 그때 느꼈던 편안함을 찾으려 했지만 이번 방문에서는 정반대의 맛이 날카롭게 느껴졌다. 씁쓸하면서도 달콤한, 익숙하면서도 낯선 맛이. 인생의 맛이.

클리퍼드 삼촌이 전화로 돌아왔다. 해변을 한참 거닐고 워터프런트 레스토랑에서 저녁을 먹은 뒤 지금으로서는 내 조사에 진전을 가져올 유일한 방법이 삼촌뿐이라고 결론지었다. 트렌트 터너는 나를 버리고 제복 입은 남자와 지프를 타고 어디론가 갔다. 차에서 기다렸지만 터너 부동산은 오후 내내 닫혀 있었다.

지금까지는 이번 여행이 실패작 같았다.

"에이버리, 무슨 일이야? 에디스토 별장에는 어쩐 일이고?" 클리퍼드 삼촌이 물었다.

"그러니까, 혹시 삼촌이랑 아버지랑 할머니가 함께 이 집에 자주 오셨나 궁금해서요. 어릴 때 말이에요." 나는 아무렇지 않은 말투로 말했다. 삼촌이 아무것도 눈치채지 못하도록. 클리퍼드 삼촌은 젊은 시절 연방정부 요원이었다. "주디 할머니 친구분 중에 이곳에서 만난 사람이 있었나요? 아니면 할머니를 보러 이곳으로 온 사람이라든지요."

"글쎄…… 가만있자……." 삼촌은 잠시 생각하고 나서 말했다. "생각해보니 그곳에 그리 자주 갔던 것 같진 않아. 물론 크고 나서보다는 어릴 때 자주 갔지만. 우리가 자라고 나서는 폴리스섬에 있는 그래니 스태포드 별장을 더 좋아했지. 거기가 더 크고 요트도 있었고 같이 놀 사촌들도 자주 있었거든. 어머니는 에디스토 별장에 주로 혼자 가셨어. 그곳에서 글 쓰기를 좋아하셨지. 너도 알다시피 시를 좀 쓰셨잖니. 한동안 신문 사교란에 글을 실었고."

나는 잠시 멍해졌다. "주디 할머니가 신문 사교란에 기고했다고요?" 신문 사교란은 주간 가십이라고 불리기도 했다.

"음, 당연히 본명으로는 아니지."

"그럼 어떤 이름으로요?"

"그걸 말했다가는 내가 널 죽여야 할지도 몰라."

"삼촌!" 아버지가 예의범절에 엄격한 반면 클리퍼드 삼촌은 언제나 제멋대로였고 장난을 좋아했다. 다이애나 숙모는 삼촌 때문에 머리가 하얗게 셌고, 품행이 바른 남부 여자들이 다들 그렇듯 주기적으로 염색했다.

"할머니의 비밀은 비밀로 남겨두자." 나는 잠시 그 말에 숨은 뜻이 있다고 생각했다. 하지만 조금 뒤 그냥 삼촌이 나를 놀리는 말이라는 걸 알았다. "그래, 지금 마이어스 별장에 있다고?"

"네. 며칠 쉬려고요."

"음, 내 대신 낚싯대라도 드리워보렴."

"저 낚시 못하는 거 아시잖아요. 윽." 딸밖에 없는 불쌍한 아버지는 우리 중 한 명이라도 낚시광으로 만들려고 열심히 노력했다.

하지만 클리퍼드 삼촌마저도 그 노력이 실패로 돌아갔다고 인정했다. "음, 그거 하나는 네 할머니를 안 닮았단 말이지. 낚시를 좋아하셨거든. 에디스토에서는 더욱. 네 아버지와 내가 어릴 때 어머니는 우리를 데리고 에디스토로 가서 작은 보트를 가지고 있는 누군가를 만났어. 우리는 강에 나가서 낚시하면서 한나절을 보냈지. 우리랑 같이 갔던 사람이 누군지 기억이 안 나네. 친구였겠지. 그 남자에게 어린 금발 남자아이가 있었는데 난 그 애랑 노는 걸 좋아했어. 이름이 뭐였더라? 'T'로 시작하는데…… 토미, 티미…… 아냐…… 트레…… 트레이나 트래비스였던 것 같군."

"혹시 트렌트 아니에요? 트렌트 터너요." 아까 만난 트렌트 터너는 트렌트 3세였고 그의 아버지 역시 트렌트였다. 그는 삼촌과 나이가 비슷했다.

"어쩌면. 그런데 왜 물어보는 거야? 무슨 일 있어?"

문득 나는 너무 앞서 질문했고 무심코 탐정 사무소 문을 열었다는 걸 깨달았다. "아니에요. 그냥 여쭤봤어요. 에디스토에 오니 이런저런 생각이 나서요. 할머니랑 여기에 더 자주 올걸 그랬어요. 할머니 기억이 온전할 때 여쭤봤어야 하는데."

"음, 그게 삶의 역설이지. 다 가질 순 없단다. 일부를 취할 순 있지만 다 가지려 들면 모두 잃어. 그 당시에 가장 좋다고 생각하는 걸 위해 타협하거든. 넌 어린 나이에도 많은 걸 이뤘어. 아, 참, 너도 이제 서른 살이지."

때로 나는 가족들이 내 진짜 모습을 다 알지는 못한다는 생각이 들었다. "고마워요, 삼촌."

"자, 상담비 5달러."

"우편으로 수표 보낼게요."

전화를 끊은 뒤에 바이로에서 사 온 식료품 봉투를 정리했다. 나는 이 슈퍼마켓 이름이 피글리 위글리인 줄 알았다.

'삼촌 말에 단서가 없을까?'

딱히 떠오르는 건 없었다. 생각이 이어질 만한 내용도 없었다. 작은 보트에 함께 탄 남자아이의 이름이 트렌트라면 할머니가 그 아이의 아버지 트렌트 터너와 개인적으로 아는 사이였다는 뜻인데, 그 정도는 이미 추측할 수 있었다. 하지만 두 사람이 아이들과 함께 낚시하며 시간을 보냈다면 그 사실 역시 내 협박 가설에 구멍을 낸다. 협박범과 낚시하러 가지는 않을 테고 당연히 아이들도 데려가지 않을 테니까. 부적절한 관계였어도 아이들을 데려가지 않았을 것이다. 그 일을 기억할 정도로 자란 아이들이라면 더더욱.

어쩌면 트렌트 터너 시니어는 단순히 오랜 친구일지도 몰랐다. 그 봉투에는 사진이…… 나쁜 의도라고는 전혀 없는 사진이 들어 있을지도 몰랐다. 하지만 그렇다면 왜 그의 할아버지는 죽음을 앞두고 손자에게 주인들 말고는 아무에게도 그 봉투를 넘겨주지 않겠다고 약속받았을까?

나는 소지품을 침실로 옮긴 다음 가방을 열어 정리하면서 몇 가지 가설을 세웠다. 그리고 옛 사무실의 회의실에 모여 동료들과 그랬듯 머릿속에서 그 가설에 다트를 던졌다.

하지만 다트가 과녁 한복판에 꽂혀서 결정할 수 없었다. 그래도 힘든 하루가 끝나고 있었다. 샤워하고 잘 준비를 할 생각이었다. 내일이면 천재적인 발상이 떠오르거나…… 트렌트 터너 3세를 만나 진실을 얻으려고 몸부림치겠지.

둘 다 가능성은 비슷해 보였다.

샤워기를 틀자 별장에 뜨거운 물이 나오지 않는 것 같다는 생각이 들었다. 그제야 클리퍼드 삼촌이 했던 말 한마디에 신경이 집중됐다. 할머니는 글을 쓰러 이곳에 왔다.

'할머니가 쓴 글이 아직 여기 있지 않을까? 그 안에서 단서를 찾을 수 있지 않을까?'

나는 번개같이 옷을 입었다. 어쨌든 찬물 샤워도 그리 좋아 보이진 않았으니까.

별장 창밖으로 보이는 모래 언덕에서는 시오트(북미 동남 해안 지대가 원산지인 벼과 식물)가 흔들렸고 팔메토 숲 위로 달이 떠올랐다. 서랍과 옷장과 이불장과 보관장을 뒤지는 동안 파도가 해안을 두드렸다. 할머니의 침대 밑까지 확인했을 때는 이곳에 건질 만한 게 아무것도 없다고 결론 내리기 직전이었다. 그때 침대 옆의 작은 가구가 책상이나 화장대가 아니라 타자기 스탠드라는 걸 알았다. 스탠드 가운데의 나무판 아래 낡은 검은색 타자기가 거꾸로 매달려 있었다. 빈티지 가구가 가득한 집에서 자랐기에 나는 이런 것들을 어떻게 작동하는지 대충 알고 있었다. 나는 곧 걸쇠를 풀고 경첩을 제대로 돌렸다. 그러자 타자기가 덜컥 하는 소리를 내며 똑바로 뒤집혔다.

살며시 자판을 만져봤다. 할머니가 자판을 가볍게 두드리는 소리가 들리는 것만 같았다. 몸을 숙여 종이에 닿는 검은색 고무 롤러를 자세히 살펴봤다. 뒷면에 자판이 낸 작은 자국이 있었다. 이게 컴퓨터라면 하드 드라이브에서 뭔가를 찾기는 했으나 아무것도 열리지 않는 상황이었다. 언제 무엇이 쓰였는지 알아내기란 불가능했다.

"내가 모르는 뭘 알고 있니?" 나는 타자기를 향해 속삭이며 서랍을 뒤졌다. 타자기 스탠드에는 갖가지 펜과 연필, 누런 타자 용지, 먹지 한 상자, 한쪽은 하얗고 다른 한쪽은 반질반질한 수정용 필름밖에 없었다. 맨 위에 놓인 필름에 글자 자국 같은 게 있었다. 그걸 불빛 가까이 가져가자 잘못 타자한 다음 수정한 글자를 쉽게 알아볼 수 있었다.

팔메토 대로, 에디스토섬…….

할머니는 이 주소로 편지를 쓴 게 분명했다. 하지만 우연인지 일부러 그랬는지 흔적을 말끔히 치웠다. 쓰다 만 종이도 없었고 먹지도 깨끗했으며 글자라고는 그림자도 보이지 않았다. 이상했다. 집에 있는 할머니 책상에는 소소하게 받아 적거나 접거나 아이들이 그림을 그릴 수 있도록 종이가 가득한 서류철이 항상 있었기 때문이다.

나는 타자기 자판을 눌렀다. 그러자 해머가 올라가 롤러를 두드렸고 아주 희미하게 'K'가 찍혔다. 리본의 잉크가 말라버린 거였다.

리본…….

다음으로 스풀을 확인하려고 몸을 굽혀 검은 금속 덮개를 비틀어 열었다. 매우 쉬웠다. 안타깝게도 리본은 조금밖에 사용하지 않은 거였다. 마지막으로 타이핑한 자국이 찍힌 부분은 몇 센티미터에 불과했다. 리본의 그 부분을 풀어서 조명에 비춘 다음 무슨 글자인지 보려고 눈을 가늘게 떴다.

디주벗의신당.다니답있고라바히절간길러그는리우,트렌
트.죠겠있도수를모영영면쩌어.요군하금궁지을있이용내
떤어또에록기의원육보시네테고했절좌

처음 봤을 때는 무슨 말인지 몰랐다. 하지만 할머니와 오래
지낸 덕분에 타자기 리본이 어떻게 작동하는지 알았다. 리본은
자판으로 치는 대로 감겼다. 이 글자에는 분명 규칙이 있었다.
그러자 맨 처음 단어의 의미가 눈에 들어왔다. '당신의 벗
주디'였다. 글자는 오른쪽에서 왼쪽으로 순서가 바뀌어 쓰여
있었다. 맨 마지막으로 타자를 친 글자가 맨 앞에 나오는 식이
었다. 또 다른 단어가 눈에 들어왔다. '보육원'이었다.
그 앞 단어와 맞춰보니 '테네시 보육원'이었다.
나는 종이와 연필을 꺼내 나머지 단어를 규칙에 맞게 받아
적었다.

…… 좌절했고 테네시 보육원의 기록에 또 어떤 내용이 있
을지 궁금하군요. 어쩌면 영영 모를 수도 있겠죠. 트렌트,
우리는 그러길 간절히 바라고 있답니다. 당신의 벗 주디

손으로 쓴 글씨를 물끄러미 바라보며 이야기의 나머지 조
각을 맞추려 애썼다. 보육원은 입양되지 않은 고아와 아기를
돌보는 시설이다. 메이 크랜들의 사진 속 젊은 여자는 임신 중

이었다. 그 여자는 할머니의 친척일까? 그런데 곤란한 상황에 처하게 됐을까?

머릿속에 사건이 떠올랐다. 좋은 집안에서 자란 꿈꾸는 듯한 눈빛의 소녀와 평판이 수상쩍은 남자가 눈이 맞아 도망친 스캔들. 더 나쁘게 추측하자면 두 사람이 결혼한 사이가 아닐 수도 있었다. 혼외 임신인 것이다. 어쩌면 여자는 연인에게 버림받고 어쩔 수 없이 가족에게 돌아갔을 지도 모른다.

당시에는 이런 상황이 닥치면 여자들은 아기를 멀리 떠나보내고 입양 서류에 조용히 서명했다. 심지어 지금도 내 어머니가 활동하는 사교계의 여자들은 이모와 지내려고 잠시 떠난 누군가에 대해 이따금 쑥덕거렸다. 어쩌면 바로 이게 트렌트 터너가 숨기고 있는 사실일지도 몰랐다.

한 가지만은 확실했다. 이 타자기로 쓴 마지막 편지의 수신인은 트렌트 터너였다. 그리고 편지가 언제 쓰였는지는 알 수 없었지만 그 정체불명의 봉투가 많은 의문을 해소하리라는 데는 의심할 여지가 없었다.

아니, 의문을 더 만들어낼지도 모를 일이었다.

두 번 생각하지도 않고 서둘러 트렌트 터너에게 전화했다. 이제는 번호를 외울 지경이었다.

발신음이 세 번 울리고 나서야 시계를 보니 자정이 다 된 시각이었다. 낯선 이나 다름없는 사람에게 전화를 걸기에는 매우 부적절한 시간이었다. 어머니가 알면 혼비백산하겠지.

'에이버리, 그 남자에게 협조받고 싶다면 이 방법은 좋지 않아'라는 소리가 머릿속에서 들려온 찰나 잠에 취한 낮은 목소리가 들렸다. "여보세요. 트렌트 터너입니다." 내가 그의 잠을 깨운 게 분명해졌다. 아마 그래서 그는 누구인지 확인하지도 않고 전화를 받았을 것이다.

"테네시 보육원이요." 내가 불쑥 말했다. 이 초 반만 지나면 그가 정신을 차리고 전화를 끊으리라고 생각했기 때문이다.

"네?"

"테네시 보육원 말이에요. 이곳이 당신 할아버지나 내 할머니와 무슨 관계가 있죠?"

"스태포드 씨?" 정중하게 불렀지만 잠에 취한 그의 낮은 목소리에서는 머리맡에서 이야기를 나누는 듯한 친밀함이 느껴졌다. 그는 곧 한숨을 깊이 내쉬었고 침대 스프링 삐걱대는 소리가 들렸다.

"에이버리예요, 에이버리. 그렇게 불러줘요. 뭔가를 찾았는데 그게 무슨 의미인지 알아야겠어요."

다시 한 번 긴 한숨 소리가 들렸다. 트렌트는 목소리를 가다듬었지만 여전히 졸리고 잠겨 있었다. "지금 몇 신지나 알아요?"

나는 시계를 소심하게 곁눈질했다. 그러면 내 예의 없는 행실을 용서받기라도 하는 듯. "미안해요. 전화 걸고 나서 알았어요."

"그럼 끊어요."

"지금 끊으면 내 전화 다시는 안 받아줄 거잖아요."

웃음소리와 기침 소리가 짧게 들리는 걸로 봐서 내 말이 맞았다. "당연하죠."

"제발 내 이야기 좀 들어줘요. 부탁이에요. 저녁 내내 별장을 뒤졌다고요. 뭔가를 찾기는 했는데 그게 무슨 뜻인지 알려줄 만한 사람이 당신뿐이에요. 난 그저…… 무슨 일이 일어나고 있는지, 뭘 해야 할지 알고 싶을 뿐이에요." 과거에 우리 가문에 스캔들이 있었다고 해도 지금은 더 이상 문제가 되지 않을 가능성이 많았다. 가십을 좋아하는 모임의 회원 몇 명 정도나 수군대겠지. 하지만 내가 무슨 일인지 알기 전에는 판단할 길이 없었다.

"그 이야기는 정말 할 수 없어요."

"할아버지와 약속했다는 건 이해해요. 하지만……."

"안 돼요." 갑자기 그는 잠이 완전히 깬 목소리로 말했다. 잠에서 완전히 깬 자신을 통제하는 목소리로. "내 말은 말해줄 게 없다는 거예요. 봉투들 중에 내가 내용물을 본 건 아무것도 없어요. 난 이름이 쓰인 사람들에게 봉투가 전달되도록 할아버지를 돕는 것뿐이에요."

그의 말이 사실일까? 짐작하기 힘들었다. 나는 크리스마스 트리 아래에 선물이 등장하자마자 조심스레 포장을 벗겨 내용물을 미리 엿보는 유형의 인간이다. 깜짝 선물을 좋아하지 않는다. "하지만 봉투가 뭐에 관한 건지는 알잖아요? 그게 테네시 보육원과 무슨 상관이 있는지도요. 보육원은 고아들이 사는 곳이에요. 혹시 할머니가 입양되지 않은 누군가를 찾고 있었을까요?"

이 말을 하자마자 너무 많이 말한 것 같아서 걱정스러웠다. "그냥 내 가설이에요." 그래서 이렇게 덧붙였다. "이게 사실이라고 할 만한 뚜렷한 증거는 없어요." 스캔들의 가능성이 있다는 여지를 주지 않는 게 나았다. 트렌트 터너가 믿을 만한 사람인지 모르기 때문이다. 물론 여러 달 동안 봉인된 봉투를 보전하고 지낸 걸 보면 진실한 것 같지만. 터너 시니어는 자기 손자가 속이 꽉 찼다는 사실을 분명 알았을 테지.

전화기에 침묵이 흘렀다. 그 상태가 너무 오래 가서 트렌트가 전화를 끊은 게 아닐까 생각했다. 말하기가 두려웠다. 내가 하는 말이 어느 쪽으로든 균형을 깨뜨릴까봐 겁났다.

부탁에 익숙지 않았지만 결국 이렇게 속삭였다. "제발 부탁이에요. 오늘 오후에 일이 꼬인 건 미안해요. 하지만 이제 어디로 가야 할지 모르겠어요."

트렌트는 숨을 크게 들이마셨다. 그의 가슴이 불룩해지는 게 눈에 선할 정도였다. "여기로 와요."

"뭐라고요?"

"내 생각이 바뀌기 전에 우리 집으로 오라고요."

내가 보일 수 있는 반응이라고는 어리둥절한 침묵뿐이었다. 기분이 짜릿한지 죽도록 무서운지 알 수 없었다. 아니면 한밤중에 낯선 사람의 집에 간다는 생각만으로도 정신 나간 듯한지.

트렌트는 이 섬에서 평판이 좋고 잘 알려진 사업가였다.

그 사업가는 이제 내가 비밀의 아주 작은 부분을 파헤쳤다는 걸 알았다.

그의 할아버지가 임종을 맞으며 지켜달라고 한 비밀을.

'이렇게 야심한 시간에 오라고 한 이유가 해코지하기 위해

서라면 어쩌지? 내가 어디에 있는지는 아무도 모를 텐데. 누구한테 말하지?'

지금 당장은 이 문제에 끌어들이고 싶은 사람이 떠오르지 않았다.

'쪽지를 남기자⋯⋯ 여기 별장에⋯⋯.'

'아니, 잠깐. 나한테 이메일을 보내야겠어. 혹시 내가 실종되면 이메일부터 확인할 테니까.'

이런 생각이 극단적이고 우습게 느껴졌다가 돌아서면 정반대의 기분이 들었다. "차 열쇠를 찾고 있어요. 그리고⋯⋯."

"차 필요 없어요. 네 집 아래니까."

"그렇게 가까이 산다고요?" 나는 주방 커튼을 젖히며 벽처럼 가로막은 감탕나무와 참나무 사이를 보려고 애썼다. '지금껏 트렌트가 옆집이나 다름없는 곳에 살았단 말이야?'

"해변으로 오면 더 빨라요. 집 뒤쪽 현관에 불을 켜놓을게요."

"금방 갈게요."

나는 손전등과 배터리를 찾아서 별장 안을 헤집었다. 요전에 어떤 친척이 머물렀는지 몰라도 다행히 기본적인 도구들이 남아 있었다. 내가 있는 곳과 출발 시각을 쓰는 사이 휴대전화가 울렸다. 나는 너무 놀라서 펄쩍 뛰었고 잠시 뒤 두려움의 구덩이로 세게 내려앉았다. '트렌트가 벌써 마음을 바꾼 게 아닐까⋯⋯.'

하지만 발신인 번호를 보니 엘리엇이었다. 너무 긴장한 나머지 지금 밀라노가 몇 시인지 계산할 수 없었지만 볼 것도 없이 그는 일하는 중이었다. "어제 전화했을 때는 일하느라 바빴어. 미안해." 그가 말했다.

"그럴 줄 알았어. 계속 바빠?"

"좀." 그는 늘 그렇듯 애매모호하게 말했다. 그의 집안 여자들은 일에 관심이 없었다. "에디스토는 어때?"

솔직히 우리 가족의 정보망이 마이크로칩을 심어 추적하는 것보다 나았다. "어떻게 알았어?"

"어머니께 들었어." 그는 한숨을 쉬었다. "앨리슨이 코트니와 세쌍둥이를 데리고 드레이든 힐에 왔다고 해서 아기 보러가셨거든. 이제 또 손주 타령을 하시겠지." 엘리엇은 불만이가득했다. "어머니는 내가 벌써 서른한 살이고 당신은 쉰일곱살이라고, 늙은 할머니가 되고 싶지 않다고 하셨어."

"저런." 가끔 비트시가 내 시어머니가 되면 어떨지 생각해봤다. 나는 그녀를 좋아했고 그녀는 늘 좋은 뜻으로 말하고 행동했지만 그녀에 비하면 허니비가 에둘러 말하는 것처럼 보일 정도였다.

"앨리슨에게 쌍둥이들을 데리고 우리 어머니 집에 며칠 있어달라고 해도 될까?" 엘리엇이 유감이라는 듯 물었다. "그러면 어머니의 아기 타령이 좀 나아질지도 몰라."

나는 농담이라는 걸 알면서도 기분이 나빴다. "네가 물어봐." 엘리엇과 나는 우리의 인생 계획에서 아이가 중대한 부분을 차지한다는 말까지만 했다. 그런데도 그는 이미 우리 가족중에 쌍둥이를 낳은 사람이 있다는 사실을 걱정하고 있었다. 한 번에 한 명밖에 기를 수 없다고 생각하기 때문이었다. 가끔나는 엘리엇이 언젠가 아이를 낳자고 한 말이 아이를 낳지 않겠다는 뜻이 아닐까 걱정스러웠다. 앞으로 우리가 이 문제를 해결해야 한다는 걸 잘 알았다. 대부분 연인이 그렇지 않을까?

"그래, 며칠이나 있을 생각이야?" 그가 화제를 바꿔 물었다.

"이틀 정도. 더 오래 있다가는 레슬리가 날 잡으러 사람을 보낼 거야."

"음, 레슬리는 너에게 가장 득이 되는 일을 하려는 거야. 넌 사람들에게 모습을 자주 비춰야 하잖아. 그래서 집에 간 거고."

'난 아버지를 돌보러 집에 간 거야.' 이렇게 말하고 싶었지만 엘리엇에게는 모든 일이 다음의 뭔가로 나아가기 위한 걸음이었다. 그는 내가 만난 사람들 중 가장 성공을 추구했다. "알아. 하지만 좀 쉬는 것도 좋잖아. 목소리 들어보니 너도 쉬어야 할 것 같은데. 거기 있는 동안 쉬엄쉬엄해. 알겠지? 어머니나 손주 이야기 같은 건 걱정하지 말고. 어머니는 내일이면 다른 일에 몰두하실 거야."

우리는 작별 인사를 했고 나는 예방 차원에서 내게 보내는 이메일을 마저 썼다. 내 소식이 끊기면 누군가가 이메일을 확인하겠지. '화요일 자정. 주디 할머니와 관계된 일을 이야기하러 에디스토 별장에서 네 집 아래에 있는 트렌트 터너의 집으로 감. 한 시간쯤 뒤에 돌아올 예정. 혹시 몰라서 메모를 남겨둠.'

바보 같다는 생각이 들었지만 이메일을 보내고 문을 나섰다.

밖으로 나가 뱀이 나오는지 보려고 손전등으로 비추며 모래 언덕을 지나는 길을 걸었다. 밤은 고요하고 깊었다. 해안의 집들은 대부분 캄캄했고 보름달이 비추는 빛과 멀리 수평선에 떠 있는 듯한 미약한 불빛뿐이었다. 나뭇잎과 해변 식물이 바스락거렸고 바닷가에서는 달랑게가 모래를 헤치며 옆으로 종종걸음을 쳤다. 나는 그 위로 손전등 불빛을 비추며 먹잇감을 찾아 무리지어 이동하는 게들을 방해하지 않으려고 했다.

산들바람이 목과 머리카락을 스치자 느긋하게 걸으며 달래주는 듯한 바다의 노래를 만끽하고 싶었다. 이런 소리를 담은 명상 음악이 있었지만 진짜 소리를 들으려고 시간을 내기는 힘들었다. 지금 생각하니 딱한 노릇이었다. 이곳이 얼마나 천국 같은지, 초대형 고층 건물이나 모닥불이나 사륜 오토바이의 방해를 받지 않는 이곳의 땅과 바다가 얼마나 완벽하게 조화를 이루는지 잊고 있었다.

마음을 미처 준비하기도 전에 트렌트 터너의 집에 도착했다. 사람이 많이 다닌 길을 따라 관목 숲을 지나 짧은 판잣길을 건넌 다음 열린 문으로 향하는 동안 맥박이 빨라졌다. 트렌트의 집은 주디 할머니의 별장만큼 오래돼 보였다. 넓은 터에 자리한 집은 기둥이 짧았고 뜰 옆쪽에 별채가 있었다. 돌길은 현관 계단으로 이어졌다. 머리 위 전구 주변에는 나방이 원을 그리며 팔랑거렸다.

문을 두드리기도 전에 트렌트가 나왔다. 그는 바래고 목 언저리가 찢어진 티셔츠와 엉덩이가 늘어진 운동복 바지를 입고 있었다. 햇빛에 그은 발은 맨발이었고 자다 일어난 머리를 자랑스레 드러냈다.

그는 팔짱을 끼고 문간에 기대서 나를 봤다.

나는 갑자기 손발이 움직이지 않는 것 같았다. 첫 데이트 상대와 중학교 댄스파티에 가는 사춘기 소녀가 된 기분이었다. 이런 나를 어쩔 줄 몰랐다.

"궁금해하던 참이었어요." 그가 말했다.

"내가 올지 안 올지요?"

"통화가 악몽이 아니었을까 하고요." 그는 싱긋 웃었고 그제야 나는 농담이라는 걸 알았다.

그런데도 얼굴이 약간 화끈거렸다. 엄청나게 폐를 끼치는 건 사실이었으니까. "미안해요. 정말이지 난 그냥…… 알아야겠어요. 당신 할아버지와 내 할머니는 어떤 관계였죠?"

"할아버지가 당신 할머니에게 일을 의뢰받은 것 같아요."

"무슨 일이요?"

그는 나를 지나쳐 뜰 옆 나무 아래에 있는 작은 오두막을 봤다. 나는 그가 갈등하고 있다는 걸 알았다. 그는 임종 직전의 할아버지와 한 약속을 어기는 게 아닐까 고민하고 있었다. "할아버지는 찾아다니는 일을 했어요."

"뭘요?"

"사람들이요."

14장
릴

대면 행사가 끝날 분위기에 접어들 무렵 밖은 어두워지고 있었다. 직원들은 아이들을 차에 태워 집으로 가려고 그들을 불러 모았다. 나는 가고 싶지 않았다. 오후 내내 쿠키, 아이스크림, 감초로 만든 디저트, 케이크, 우유, 샌드위치, 색칠 그림책, 새 크레욜라 크레용, 여자아이들을 위한 인형, 남자아이들을 위한 장난감 자동차 속에 있었기 때문이다.

너무 많이 먹어서 움직이기가 힘들었다. 제대로 먹지 못하고 삼 주를 보냈기에 이곳에서 먹은 음식은 그 어떤 것보다 맛있었다.

이 모든 걸 카멜리아와 함께하지 못해서 안타까웠다. 그러면서도 카멜리아가 이 행사를 견딜 수 있었을지 모르겠다는 생각이 들었다. 그 애는 누가 끌어안거나 만지는 걸 싫어했다. 나는 카멜리아에게 줄 쿠키를 슬쩍해서 입고 있던 멜빵 원피스 앞주머니에 넣었다. 자리를 떠나기 전에 아무도 검사하지 않기를 바랐다.

사람들은 모두 우리를 '귀염둥이', '예쁜 아가', '소중한 보물'이라고 불렀다. 이곳에 있는 동안에는 미스 탠도 그렇게 했다. 이동도서관에서 그랬던 것처럼 사실이 아닌 이야기들을 했다. 그녀는 눈을 반짝이고 미소 지으며 교묘하게 꾸며대기를 즐겼다.

나도 이동도서관에서처럼 진실이 뭔지 입을 꾹 다물고 있었다.

"여러모로 정말 완벽한 아이들이에요." 미스 탠은 손님들에게 거듭 말했다. "신체 발달 상태도 좋고 또래보다 성숙하답니다. 음악이나 미술에 재능이 있는 부모에게서 태어난 아이가 많아요. 채워지기를 기다리는 빈 도화지 같은 아이들이죠. 여러분이 바라는 그 어떤 것이라도 될 수 있어요. 정말 예쁘죠?" 미스 탠은 가비언을 온종일 안고 있던 남자와 그의 아내에게 물었다. 그들은 공과 자동차를 가지고 놀았고, 남자가 가비언을 허공에 던지며 장난치자 가비언은 까르르 웃었다.

떠날 때가 됐는데도 여자는 가비언을 놓아주지 않았다. 그녀는 현관까지 걸어갔고 가비언은 편이 내 목을 끌어안는 것처럼 여자의 목을 꼭 안고 있었다.

"난 안 갈 거야." 가비언이 칭얼댔다.

"가야 해." 펄니크 부인이 우리에게 현관으로 가라고 손짓하자 나는 편을 한 팔로 안았다. 칭얼대는 가비언을 탓할 순 없었다. 나 역시 머피 부인의 집으로 돌아가기는 싫으니까. 그 상냥한 여자와 편이 책을 더 읽는 모습을 지켜봤지만 여자는 조금 전 남편과 함께 떠났다. 그녀는 편의 머리에 입 맞추며 말했다. "곧 보자꾸나, 귀여운 아가." 그런 다음 그녀는 편을 내게 건넸다.

"가비……." 나는 머피 부인의 집에서 펄니크 부인이 들으면 머리를 때리는 이름을 말하기 직전에 멈췄다. "로비, 여기에 못 있어. 자, 가자. 허클베리 핀과 짐이 강을 따라 아칸소까지 간 뒤에 무슨 일이 일어났는지 궁금하지 않아?" 나는 가비언을 향해 한 팔을 뻗었다. 나머지 한 팔로는 편을 안고 있었기 때문이다. 가비언은 내게 오지 않았고 여자도 그 애를 놓지 않았다. "자, 머피 부인 집으로 돌아가서 책 읽자. 친절한 부인께 '안녕' 하고 인사해야지."

"조용!" 미스 탠이 이글거리는 눈빛으로 나를 보며 말했다. 나는 주춤하며 팔을 내렸다. 너무 갑자기 내리는 바람에 손바닥이 다리에 부딪치는 소리가 났다.

미스 탠은 여자에게 미소 짓더니 가비언의 머리를 쓰다듬었다. "우리 로비 정말 사랑스럽지 않아요? 무척 매력적인 아기랍니다." 그녀는 금세 짜증 내더니 언제 그랬냐는 듯 다시 상냥해졌다. "제가 보기에 부인과 로비가 마음이 맞는 것 같군요."

"네, 정말 그런 것 같아요."

여자의 남편이 다가왔다. 그는 양복 재킷의 깃을 잡아당겨 보기 좋게 폈다. "잠깐 이야기 좀 하고 싶군요. 협의할 일도 있을 테고……."

"그럼요, 그러고말고요." 미스 탠은 그의 말이 끝나기를 기다리지 않았다. "하지만 미리 말씀드리자면 이 귀여운 녀석은 인기가 정말 많답니다. 이미 몇 군데에서 요청받았어요. 저 사랑스러운 푸른 눈동자와 검은 속눈썹과 금발을 보세요. 정말 보기 드물죠. 꼬마 천사 같아요. 수많은 엄마의 마음을 훔쳤죠."

그들은 모두 가비언을 바라봤다. 남자가 손을 뻗어 뺨을 살짝 꼬집자 가비언은 아주 귀엽게 웃었다. 경찰이 우리를 아카디아에서 데려온 뒤로 이렇게 웃는 건 처음이었다. 가비언이 행복해서 기뻤다. 비록 오늘뿐일지라도.

"다른 아이들은 다 데리고 나가요." 미스 탠이 낮고 단호하게 말했다. 그녀는 펄니크 부인에게 몸을 기울여 입술 모양이 보이지 않게 이 사이로 속삭였다. "애들 다 차에 태워서 오 분 뒤에 출발시켜요." 그리고 더 낮은 목소리로 덧붙였다. "부인도 여기에 있을 필요 없으니 애들과 같이 가요."

펄니크 부인은 목소리를 가다듬더니 머피 부인의 집에서는 한 번도 들어보지 못한 상냥하고 기분 좋은 목소리로 말했다. "애들아, 다들 차에 타렴. 같이 가자."

라크, 스티비, 다른 아이들은 서둘러 현관으로 나갔다. 펀은 고집 센 조랑말을 타고 헛간에서 나가려고 애쓰듯 내 다리를 발로 차며 품 안에서 몸부림쳤다.

"하지만 가…… 로비." 나는 발밑에 뿌리가 내린 것처럼 움직일 수 없었다. 처음에는 이유도 알지 못했다. 사람들이 그저 가비언을 좀더 안아주고 그 애에게 좀더 입 맞추고 싶어 하는 줄 알았다. 그들은 어린아이들과 놀기를 좋아하니까. 나는 다른 아이들보다 나이가 많았기 때문에 내가 누구며 왜 이곳에 왔는지 궁금해하는 남자들이 두어 명 있었고 그들에게서 벗어나면 개비, 라크, 펀을 내내 지켜봤다. 이 방 저 방, 이 창문 저 창문으로 옮겨 다니며 동생들이 어디에 있는지, 누가 그 애들에게 못되게 굴지는 않는지 확인했다.

하지만 머리 한구석에서는 머피 부인의 집을 떠나 다시 돌아오지 않은 스티비의 누나가 계속 떠올랐다. 나는 고아들에게 무슨 일이 일어나는지 알았다. 하지만 셰리와 스티비와 달리 우리는 고아가 아니었다. 우리에게는 우리를 데리러 올 아빠와 엄마가 있었다.

가비언과 놀아주던 여자는 그 사실을 알까? 누가 이야기해 줬을까? 혹시 가비언이 고아라고 생각하는 건 아닐까?

나는 가비언에게 한 발 다가갔다. "주세요. 제가 안을게요."

여자는 내게 몸을 돌려 어깨를 보였다. "아이는 괜찮아."

"나가자!" 펄니크 부인이 내 팔을 움켜쥐었고 나는 그녀가 하자는 대로 하지 않으면 무슨 일이 일어날지 잘 알았다.

나는 가비언의 무릎을 어루만지며 말했다. "괜찮을 거야. 부인께서 네게 '안녕' 하고 인사하려는 거야."

가비언은 나를 향해 통통한 손을 흔들었다. "안녕." 그 애가 따라했다. 가비언은 이를 드러내며 환하게 웃었다. 나는 그 이 하나하나가 언제 났는지 기억한다.

"차에 타." 펄니크 부인의 울퉁불퉁한 손톱이 내 살을 파고들었다. 나는 그녀에게 끌려 나가다 현관 문턱이 발이 걸려 비틀거리는 바람에 안고 있던 펀을 떨어뜨릴 뻔했다.

"오, 저런. 이 아이 누나인가요?" 가비언을 안은 여자가 걱정스럽게 물었다.

"아니에요." 미스 탠은 또 거짓말했다. "저희 집에서는 어린 녀석들이 나이 든 아이들에게 애착을 느낀답니다. 그뿐이에요. 어쩔 수 없는 일이죠. 당연히 아이들은 그만큼 빨리 잊어버려요. 이 녀석 피붙이라고는 태어난 지 얼마 안 된 여자아이뿐이에요. 신생아였는데 마찬가지로 아주 명망 있는 가문에입양됐어요. 이제 그 아이가 평범하지 않다는 걸 아시겠죠? 우리 아이들 중 가장 훌륭한 아이를 선택하셨어요. 아이 어머니는 대학을 졸업한 아주 똑똑한 사람이었어요. 안타깝게도아이를 낳다 죽었고 아버지는 아이들을 버렸죠. 하지만 아이들은 아주 멀쩡해요. 댁의 캘리포니아 해변에 이 녀석이 있으면 얼마나 사랑스러울까요? 물론 다른 주로 입양되는 경우에는 특수 요금이……."

이 말을 마지막으로 듣고 나는 펄니크 부인에게 끌려 현관계단에서 내려갔다. 그녀는 내가 차에 타지 않으면 머피 부인이 내게 무슨 짓을 할지 낮은 목소리로 말했다. 펄니크 부인이 내 팔을 어찌나 세게 움켜쥐었는지 팔이 부러진 것 같았다.

하지만 신경 쓰이지 않았다. 아무것도 느껴지지 않았다. 발밑에서 부서지는 바싹 마른 여름날의 잔디도, 오늘 아침에 직원들이 내게 준 뻣뻣한 신발도. 후텁지근한 저녁 공기와 펀이 발을 구르고 꼼지락대며 내 어깨를 잡고서 "개비…… 개비……"라고 훌쩍거리는 바람에 당겨진 꼭 끼는 원피스도.

여름이지만 한기를 느꼈다. 한겨울에 강물에 빠졌을 때처럼 얼어 죽지 않도록 모든 피가 몸속 깊숙이 모이는 것 같았다.

팔다리가 다른 사람 것 같았다. 움직이기는 했지만 뭘 해야 하는지 알아서 움직일 뿐 내가 명령해서 움직이는 건 아니었다.

펄니크 부인은 다른 아이들이 타고 있는 차에 펀과 나를 집어 던지고 내 옆에 앉았다. 나는 잔뜩 긴장한 채 큰 집을 바라보며 대문이 열리고 누군가가 가비언을 안고 마당을 건너오기를 기다렸다. 그러기를 가슴이 아릴 정도로 간절히 바랐다.

"가비언은 어딨어?" 펀이 내 귓가에 속삭였다. 라크는 슬프고 고요한 눈빛으로 나를 바라봤다. 라크는 머피 부인의 집에 온 뒤로 말을 많이 하지 않았고 지금도 마찬가지였다. 하지만 나는 그 애가 무슨 말을 하고 싶은지 알았다. '언니가 가서 가비언을 데려와.'

나는 마당을 뛰어오는 가비언의 모습을 떠올렸다.

그러기를 바랐다.

그래서 지켜봤다.

그러면서 생각하려고 애썼다.

'내가 뭘 어떻게 해야 하지?'

펄니크 부인의 손목시계 소리가 들렸다. 똑딱똑딱.

미스 탠의 말이 머릿속을 돌아다녔다. 누군가가 강에 돌을 던졌을 때 소금쟁이가 움직이는 것처럼. 그럴 때 소금쟁이는 한 번에 여러 방향으로 움직였다.

'아이를 낳다가 죽었고……'

엄마가 죽었다고?

'아버지는 아이들을 버렸죠.'

브라이니가 우리를 데리러 오지 않는다고?

'이 녀석 피붙이라고는 태어난 지 얼마 안 된 여자아이뿐이에요. 신생아였는데…….'

병원에서 쌍둥이 중 하나가 살아난 걸까? 그럼 내게 여동생이 또 생겼을까? 미스 탠이 그 애를 다른 사람에게 줬다고? 그 말은 거짓일까? 아니면 전부 다 거짓말일까? 미스 탠이 너무 아무렇지 않고 쉽게 거짓말해서 그녀 자신조차 자기 말이 사실이라고 믿는 것처럼 보였다. 가비언에게는 대학을 졸업한 엄마가 없었다. 퀴니는 똑똑했지만 8학년까지 다닌 뒤에 브라이니를 만나서 강으로 나왔다.

'거짓말이야. 전부 다. 그래야만 해.' 나는 생각했다.

'행사에 온 사람들 기분을 맞춰주려고 한 말이야. 하지만 그 사람들이 가비언을 돌려줘야 하는데. 상황이 되면 아빠가 우리를 데리러 온다는 걸 미스 탠도 알 텐데. 브라이니는 절대 우리를 포기하지 않아. 진짜 여동생이 새로 생겼다고 해도 브라이니는 미스 탠이 그 애를 데려가도록 하지 않을 거야. 절대 안 그래. 차라리 죽으면 죽었지.'

'혹시 브라이니가 죽었을까? 그래서 못 오는 걸까?'

차가 출발하자 나는 무릎에 앉아 있던 펀을 밀어내고 창문을 향해 고개를 휙 돌렸다. 내가 문손잡이를 잡자 펀은 자리에 앉았다. 저 집으로 달려가 사람들에게 진실을 알릴 생각이었다. 미스 탠은 거짓말쟁이라고. 그 뒤에 그들이 내게 무슨 짓을 하든 상관없었다.

하지만 무슨 일이 생기기도 전에 오늘 아침 직원이 내 머리에 예쁘게 장식해준 크고 근사한 리본을 펄니크 부인이 잡아당겼다. 펀은 우리 사이에 끼어서 꼼지락대더니 바닥에 내려가 스티비와 라크와 함께 앉았다.

"가만있어." 펄니크 부인의 입술이 내 귀에 닿았다. 그녀의 숨결은 뜨겁고 시큼했다. 머피 부인의 위스키 냄새가 났다. "가만있지 않으면 머피 부인이 널 벽장에 가둘 거야. 너뿐 아닐걸? 너희 모두 벽장에 가둔 다음에 신발 끈으로 신발을 걸어두듯 매달아놓을 거야. 벽장 안은 춥고 어두워. 네 동생들이 그걸 좋아할까?"

그녀가 내 머리를 잡아당겨 젖히자 심장박동이 거세졌다. 목에서 딱딱 부러지는 소리가 났다. 머리카락은 뿌리째 뽑힐 것 같았고 고통스러운 나머지 눈앞에서 흰 섬광이 번쩍거렸다.

"무슨 말인지 알아들어?"

나는 최선을 다해 고개를 끄덕였다.

펄니크 부인이 문을 향해 나를 던지자 나는 창문에 머리를 부딪쳤다. "네가 말썽을 일으키리라고는 상상도 못 했어."

눈물이 쏟아져서 눈을 힘줘 깜빡였다. '울지 말자. 안 울 거야.'

좌석이 젖혀지는 바람에 내 몸은 펄니크 부인의 육중한 몸과 가까워졌다. 그녀는 의자에서 햇볕을 쬐는 고양이처럼 가르랑대며 한숨을 내쉬었다. "기사 양반, 어서 집으로 갑시다. 시간이 됐어요."

나는 몸을 꿈틀대며 하얀 집의 큰 기둥이 보이지 않을 때까지 계속 창밖을 바라봤다.

차 안의 그 누구도 말 한마디 하지 않았다. 펀은 내 무릎에 다시 기어 올라왔고 우리는 석상처럼 꼼짝하지 않고 앉아 있었다.

머피 부인의 집으로 돌아가는 길에 나는 강을 찾아봤다. 머릿속에 작은 꿈이 싹텄다. 펀은 내 목을 끌어안았고 라크는 내 무릎에 기대 쉬었다. 스티비는 내 발 사이에 웅크리고 앉아 내 신발 버클을 꼭 잡고 있었다. 나는 강을 지나갈 때 아카디아가 그곳에 있다고, 브라이니가 이 차를 본다고 상상했다.

공상 속에서 브라이니는 둑을 뛰어넘어 차를 세웠다. 그는 문을 열고 우리와 스티비를 내리게 했다. 펄니크 부인이 그를 막으려 하자 브라이니가 그녀의 코를 세게 때렸다. 당구장에서 그의 물건을 훔치려는 사람에게 그러듯. 이야기 속에서 허클베리 핀의 아빠가 그랬듯 브라이니는 우리를 데려갔다. 허클베리 핀의 아빠는 나쁜 사람이지만 브라이니는 좋은 사람이다.

그는 아까 그 집으로 가서 미스 탠에게서 가비언을 데려온 다음 우리와 함께 멀리 떠났다.

하지만 공상은 현실이 아니었다. 강은 보이다 말다 했다. 아카디아는 흔적도 없었고 곧 머피 부인의 집 그림자가 차를 덮었다. 뼛속까지 공허하고 추웠다. 언젠가 절벽을 넘어 등산했을 때 브라이니가 우리를 데리고 야영하러 갔던 원주민 동굴에서처럼. 동굴에는 유골이 있었다. 실종된 사람들의 유골이었다. 내 안에도 유골이 있었다.

릴 포스는 이런 곳에서 숨을 쉴 수 없었다. 이런 곳에 살 수도 없었다. 메이 웨더스만이 할 수 있었다. 릴 포스는 강에 살

앉다. 그녀는 아카디아 왕국의 공주였다.

머피 부인 집 앞 보도를 줄지어 걸어갈 때 카멜리아가 떠올랐다. 브라이니가 우리를 구출한다고 상상한 일에 죄책감을 느꼈다. 상상 속에서 브라이니는 카멜리아를 빼놓고 우리를 데려갔기 때문이다.

가비언과 함께 오지 못했다고, 나중에라도 그 애가 오기를 바란다고 말하면 카멜리아가 뭐라고 할지 두려웠다. 카멜리아는 내가 더 치열하게 싸워야 했다고, 자기처럼 때리고 할퀴고 소리 질러야 했다고 하겠지. 그 말이 옳을지도 모른다. 그런 말을 들어 마땅한지도 모른다. 너무 겁쟁이처럼 굴었는지 몰라도 벽장에 갇히고 싶지는 않았다. 그들이 동생들까지 벽장에 가두는 건 원치 않았다.

집 안으로 들어갈 때쯤 나는 두려움에 휩싸여 있었다. 해빙기가 돼 불어난 강물과 얼음덩어리가 배를 향해 곧장 떠내려오는 장면을 볼 때와 비슷한 기분이었다. 가끔은 긴 갈고리로 밀어낼 수 없을 정도로 큰 얼음덩어리가 떠내려왔다. 얼음에 세게 부딪쳐 선체 모서리가 갈라지면 배는 가라앉는다.

내가 할 수 있는 일이라고는 머피 부인의 집 대문이 닫히기 전에 뒤돌아서서 동생들을 버리고 달아나지 않도록 꾹 참는 것뿐이었다. 집 안에는 곰팡내가 진동했고 화장실 냄새와 머피 부인의 향수와 위스키 냄새가 났다. 그 냄새에 목이 막혀 숨을 쉴 수 없었기에 저녁식사 시간 전까지 밖에 나가 있으라는 말을 듣자 다행스러웠다.

"옷을 더럽히면 안 돼!" 펄니크 부인이 우리에게 소리쳤다.

내가 일러준 안전한 장소 몇 군데로 가서 카멜리아를 찾아봤다. 그 애는 아무 데도 없었다. 나이 든 남자아이들에게 카멜리아가 어디에 있는지 물어봤지만 그 애들은 대답하지 않았다. 그저 어깨를 으쓱하고는 담 너머에서 주워온 마로니에 열매 깨기 놀이를 계속했다.

카멜리아는 땅을 파고 있지도 않았고 그네를 타고 있지도 않았다. 그렇다고 나무 그늘에서 소꿉놀이를 하고 있지도 않았다. 다른 아이들은 다 있는데 카멜리아만 없었다.

오늘 두 번째로 심장이 가슴 밖으로 튀어나올 것 같았다. 혹시 그들이 카멜리아를 데려갔을까? 우리가 가고 난 다음 카멜리아가 성질을 부려서 곤란한 상황에 빠졌다면?

"카멜리아!" 이렇게 외치고 귀를 기울였지만 다른 아이들 소리만 들렸다. 동생은 대답이 없었다. "카멜리아!"

진달래 덤불을 찾아보려고 집 옆쪽으로 가는 길에 카멜리아가 보였다. 카멜리아는 몸을 말고 고개를 숙인 채 현관 한구석에 앉아 있었다. 검은 머리카락과 피부는 자욱하게 내려앉은 먼지 때문에 잿빛이었다. 내가 다녀온 사이 누군가와 싸우기라도 한 것 같았다. 팔에는 긁힌 자국이 있었고 무릎이 까져 있었다.

그래서 나이 든 남자아이들이 카멜리아가 어디 있는지 알려주지 않았는지도 몰랐다. 그들과 싸웠을지도 모르니까.

나는 동생들에게 감나무 옆에 있으라고, 아무 데도 가지 말고 그대로 있으라고 말했다. 그런 다음 계단을 올라가 긴 현관을 걸어 카멜리아에게 갔다. 뻣뻣한 신발이 나무 바닥에 부딪쳤다. 딱딱딱. 하지만 카멜리아는 꼼짝하지도 않았다.

"카멜리아?" 바닥에 앉으면 옷이 더러워지기 때문에 그 애 옆에 쪼그려 앉았다. 카멜리아는 잠들었는지도 몰랐다. "카멜리아? 널 위해 뭘 가져왔어. 지금 내 주머니에 있어. 아무도 못보게 언덕으로 가서 줄게."

그 애는 대답하지 않았다. 내가 머리를 쓰다듬자 손길을 뿌리쳤다. 내 손이 카멜리아의 어깨로 떨어지자 작은 잿빛 먼지 구름이 일었다. 재 냄새 같았는데 벽난로에서 나는 냄새와는 달랐다. 어디서 나는 냄새인지는 몰라도 익숙했다. "우리가 다녀온 사이에 뭐 했어?"

나는 그 애를 다시 어루만졌다. 그러자 카멜리아는 어깨를 움츠리며 고개를 들었다. 입술은 퉁퉁 부었고 턱에는 멍이 네 군데나 들어 있었다. 눈은 운 것처럼 빨갛게 부어 있었는데, 가장 마음 아팠던 건 그 눈동자 안에 담긴 감정이었다. 마치 창문으로 빈방을 보는 듯했다. 카멜리아의 눈 속에는 어둠밖에 없었다.

다시 냄새가 났고 그 냄새가 뭔지 불현듯 떠올랐다. 석탄이 타고 난 재였다. 아카디아가 기찻길 가까이에 정박할 때마다 우리는 기차에서 떨어진 석탄을 주워 모았다. '난방도 하고 요리도 해야지. 떨어진 건 공짜잖아.' 브라이니는 늘 이렇게 말했다.

'브라이니가 왔다 갔을까?'

이 생각이 들자마자 내가 얼마나 잘못된 공상을 했는지 깨달았다. 이 상황이 얼마나 잘못됐는지 알게 됐다. 내가 없는 사이에 끔찍한 일이 벌어졌다. "무슨 일 있었어?" 나는 너무 두려워서 더 이상 옷을 신경 쓰지 못하고 현관 바닥에 주저앉았다. 나무 가시가 다리를 찔렀다. "카멜리아, 무슨 일이야?"

카멜리아는 입을 벌렸지만 말하지는 않았다. 눈에서 눈물이 흘러내려 석탄재 위로 분홍색 강을 만들었다.

"그러지 말고 말해봐." 카멜리아를 더 자세히 보려고 몸을 기울였지만 카멜리아는 몸을 돌리더니 다른 곳을 봤다. 우리 사이에 놓인 손은 주먹을 꼭 쥐고 있었다. 나는 카멜리아가 뭘 쥐고 있는지 보려고 손을 잡고 손가락을 펼치려 했다. 내용물을 보는 순간 행사에서 먹은 쿠키와 아이스크림을 다 토할 뻔했다. 카멜리아는 더러워진 페퍼민트 사탕을 어찌나 꼭 쥐고 있었는지 사탕이 녹아 손바닥이 끈적끈적했다.

나는 눈을 감고 고개를 저으며 알고 싶지 않다고 생각했으나 알고 말았다. 머릿속에서 발버둥치고 소리 질렀지만 머피 부인의 집 지하실로 끌려갔다. 석탄통과 보일러가 재에 덮여 있는 계단 뒤의 어두운 구석으로. 그곳에서 가늘지만 힘 있는 팔이 마구 저항하고 다리가 발버둥치는 장면이 보였다. 비명을 지르는 입을 막은 큰 손도 보였는데 더럽고 기름 묻은 그 손으로 어찌나 세게 눌렀는지 멍이 네 군데나 들었다.

집 안으로 들어가 소리치고 비명을 지르고 싶었다. 가지 말라고 했는데도 고집스럽게 진달래 덤불로 간 카멜리아를 한 대 때리고 싶기도 했다. 그 애를 끌어안고 모든 게 나아지게 해주고 싶었다. 리그스가 카멜리아에게 뭘 어떻게 했는지는 정확히 모르지만 나쁜 짓이라는 것만은 분명했다. 또한 우리가 이 일을 말하면 그가 카멜리아를 나무에서 떨어뜨려 머리를 깨놓으리라는 것도 알았다. 어쩌면 내게도 똑같이 할지 몰랐다. 그러면 동생들은 누가 돌보지? 누가 가비언이 돌아오기를 기다리지?

나는 카멜리아의 손을 잡고 사탕을 떼어냈다. 사탕이 현관에서 몇 번 튕기다가 화단으로 떨어지게 놔뒀다. 화단에 떨어진 사탕은 수선화 아래로 사라지겠지.

내가 일으켜 세웠을 때 카멜리아는 거부하지 않았다. "가자. 저녁식사 종이 울릴 때 네가 이 꼴을 하고 있는 걸 그들이 보면 싸웠다고 생각할 거야. 그럼 벽장에 갇힐 테고."

나는 카멜리아를 현관에서 밀 가마니처럼 이끌고 내려와 빗물 통으로 간 다음 조금씩 물을 묻혀 최선을 다해 씻겼다.

"그네에서 떨어졌다고 해." 내가 얼굴을 잡고 있는데도 카멜리아는 나를 보지 않았다. "들었어? 누가 무릎 까진 거 보고 물어보면 그네에서 떨어졌다고 하라고."

계단 위에서 펀과 라크와 스티비가 생쥐처럼 조용히 우리를 기다리고 있었다. "다들…… 카멜리아 가만히 놔둬. 기분 안 좋으니까." 내가 아이들에게 말했다.

"배가 아파?" 펀이 다가가자 라크도 따라갔고 카멜리아는 그들을 세게 밀었다. 라크는 어리둥절한 표정으로 나를 봤다. 라크는 카멜리아가 가장 좋아하는 동생이었기 때문이다.

"내버려두라고 했잖아."

"알나리깔나리, 나는 봤지!" 나이 든 남자아이들 중 한 명이 마당을 뛰어오다 말고 외쳤다. 그 애들은 이 무렵이 되면 언제나 근처에서 배회하다 저녁식사 줄의 맨 앞에 섰다. 나는 그 이유를 알 수 없었다. 우리 모두 매 끼니 똑같은 걸 먹는데.

"조용히 해, 대니 보이!" 나는 식식대며 카멜리아의 원피스를 내려 무릎을 덮었다. 직원들은 그 애가 아일랜드 출신이라는 이유로 대니 보이라고 불렀다. 제임스처럼 머리카락이 붉고 주근깨가 수없이 난 아이였다. 제임스가 사라지고 나서는 그 애가 패거리를 이끌었다. 하지만 대니 보이는 뼛속까지 심술궂었다.

그 애는 가까이 오더니 반바지 허리끈을 만지작거렸다. "음, 그 사람들 마음에 들게 굴지 않았어? 그렇게 예쁜 옷을 입고도 새로운 엄마 아빠를 못 구하다니."

"우린 엄마 아빠 필요 없어. 이미 있는걸."

"어쨌든 누가 널 데려가려고 하겠어?" 그는 카멜리아의 긁힌 팔과 다리를 보더니 더 가까이 왔다. "얘는 무슨 일이래? 싸움이라도 한 것 같은데."

나는 대니 보이 앞에 섰다. 동생을 보호하기 위해 벽장에 갇혀야 한다면 그렇게 할 것이다. "넘어져서 좀 다쳤을 뿐이야. 뭐 할 말 있어?"

저녁식사를 알리는 종이 울리자 우리는 다른 일이 벌어지기 전에 줄을 섰다.

그날 저녁 벽장에 갇힌 사람은 걱정과 달리 내가 아니었다. 카멜리아였다. 그 애는 저녁식사 내내 조용했고 음식을 먹지 않았다. 하지만 목욕 시간이 되자 살아나서 난리를 피웠다. 동물처럼 소리 지르고 할퀴고 발로 차는 바람에 펄니크 부인의 팔에 길고 붉은 손톱자국이 났다.

카멜리아를 붙들고 욕실로 끌고 가기 위해 세 사람이 동원됐다. 그때 펄니크 부인이 내 머리채도 잡았다. "말하면 안 돼. 한마디도. 안 그랬다가는 어떻게 되는지 두고 보라고." 펀과 라크와 스티비는 벽에 서로 딱 붙어 서 있었다.

욕실로 끌려간 카멜리아는 울부짖고 비명을 질렀다. 물 튀기는 소리, 병 깨지는 소리, 목욕 솔이 덜거덕거리는 소리가 이어졌다. 욕실 문이 흔들렸다.

"리그스!" 펄니크 부인이 아래층을 향해 외쳤다. "밧줄 좀 가져와요. 벽장에 쓰는 밧줄!"

그렇게 카멜리아는 사라졌다. 마지막으로 본 카멜리아는 발길질하거나 때리지 못하도록 애벌레처럼 침대 시트에 돌돌 싸여 아래층으로 끌려가고 있었다.

그날 밤 우리는 셋뿐이었다. 나는 책을 꺼내 읽지 않았고 동생들은 이야기해달라고 조르지 않았다. 라크와 펀과 함께 한 침대에서 몸을 웅크리고 퀴니가 즐겨 부르던 옛 노래를 동생들이 잠들 때까지 나지막이 불러줬다. 그러다 나도 잠들었다.

몇 시인지는 모르지만 해가 뜨기 전이었고 펀은 두 살 반 이후 처음으로 침대에 오줌을 쌌다. 나는 그 애를 나무라지 않았다. 그저 최대한 치우고 금이 간 지하실 창문을 열었다. 젖은 담요와 펀의 속바지를 돌돌 말아서 아무도 찾지 못할 만한 덤불 아래에 쑤셔 넣었다. 이따 몰래 진달래 덤불로 가서 오늘 밤에 쓸 수 있도록 펼쳐 말릴 생각이었다.

나뭇가지에 담요를 펼쳐 널고 있을 때 잎이 바람에 날려 뭔가가 보일 정도로 벌어졌다. 가로등 불빛 아래에 서서 집을 지켜보는 사람들이 있었다. 으스름한 새벽이라 얼굴과 옷이 확실히 보이지는 않았지만 구부정하고 나이 든 남자와 키가 크고 마른 남자아이라는 건 알 수 있었다.

그들은 지드 아저씨와 사일러스처럼 보였다.

갑자기 눈앞에 나타난 그들은 나뭇잎이 다시 가리자 순식간에 사라졌다.

15장

에이버리

봉투는 놀라우리만치 평범했다. 사무실에서 쓰는 것 같은 마닐라지로 만든 일반 봉투였다. 내용물의 두께는 얇았다. 얇은 종이 몇 장을 세 번쯤 접은 것 같았다. 봉투는 밀봉돼 있었고 뒷면 여백 끄트머리에 흔들리는 필체로 할머니 이름이 쓰여 있었다.

"할아버지는 말년에 파킨슨병으로 고생하셨어요." 트렌트가 설명했다. 그는 약속을 깨고 봉투를 내게 줘야 하는지 또다시 고민하는 듯 이마를 문지르며 봉투를 보고 인상을 찡그렸다.

그의 생각이 바뀌기 전에 봉투를 여는 게 현명했지만 죄책감 때문에 괴로웠다. 트렌트는 뭔가에 실패한 사람 같았고 내가 그 원흉이었다.

가족에게 신의를 지킨다는 게 어떤 건지 나도 잘 알았다. 내가 한밤중에 여기 온 이유가 바로 그 신의 때문이었으니까.

"고마워요." 내가 말했다. 이렇게 말하면 죄책감을 덜 수 있기라도 한 것처럼.

그는 손끝으로 눈썹을 문지르며 마지못해 고개를 끄덕였다. "알다시피 봉투 속 내용물 때문에 상황이 더 좋아지기는커녕 나빠질 수도 있어요. 할아버지가 사람 찾는 일을 도우려고 그렇게 많은 시간을 할애한 데는 이유가 있었어요. 할아버지는 결혼한 뒤에 찰스턴에서 가족 사업을 물려받았어요. 그리고 부동산 계약을 직접 처리할 수 있도록 학교에서 법을 공부했고요. 하지만 그렇게 한 또 다른 이유가 있었죠. 할아버지는 열여덟 살이 되던 해에 입양됐다는 사실을 알았어요. 그 누구도 말해주지 않은 사실이었죠. 할아버지의 양부는 멤피스 경찰서의 경사였어요. 두 분이 가까웠는지는 모르지만 할아버지가 자신이 평생 거짓 속에서 살아왔다는 걸 알게 된 게 관계에 결정적인 영향을 미쳤어요. 할아버지는 다음 날 입대했고 그 뒤로 다시는 양부모와 말하지 않았어요. 수년 동안 친부모를 찾아다녔지만 결국 그러지 못했고요. 할머니는 할아버지가 처음부터 기록을 우연히 보지 않았더라면 좋았을 거라고 늘 생각했어요. 할아버지의 양부모가 기록을 파기했더라면 좋았을 거라고도 생각했죠."

"비밀은 어떻게든 드러나기 마련이잖아요." 이는 아버지가 내게 수차례 일러준 지혜였다. '비밀이 있으면 적을 상대할 때 나약해지는 법이야. 정적이든 다른 적이든.'

이 봉투 안에 무엇이 들어 있든 나는 아는 게 나을 것 같았다.

하지만 봉투를 뜯는 내 손은 떨렸다. "당신 할아버지가 다른 사람들에게 정보와 잃어버린 가족을 찾아주는 일에 왜 그리 열심이었는지 이제 이해할 수 있어요." '하지만 그 일과 할머니가 무슨 상관일까?'

봉투를 잡아당기자 접착제가 조금씩 떨어져 나갔다. 나는 어머니가 생일 선물을 열어볼 때처럼 종이가 찢기지 않도록 조심하며 천천히 뜯었다. "비밀을 알아내기엔 지금이 적기인 것 같아요." 내가 말했다. 그리고 언젠가 뜯은 적 있는 듯한 작은 봉투를 조심스럽게 열었다. 안에 담긴 종이는 전단지나 전기요금 고지서처럼 접혀 있었다. 그런데도 그 종이가 공문서라는 걸 알 수 있었다.

내가 탁자 위에 종이를 꺼내놓는 동안 트렌트는 자기 손만 바라봤다.

"정말이지⋯⋯." 다시 고맙다고 인사해봤자 소용없을 것 같았다. 그런다고 해서 그가 느끼는 양심의 가책이 사라지지는 않을 테니까. "이 내용물을 보고 내가 뭐든 최선을 선택하리라는 걸 믿어줬으면 해요. 이 일로 가족에게 문제가 생기게 하지는 않을 거예요. 당신 할아버지께서 사람들을 위해 무슨 일을 하셨는지 알았으니 할아버지의 염려도 존중할 거고요."

"할아버지는 무슨 일이 일어날 수 있는지 직접 경험하셨어요."

내가 탁자 위에 서류를 펼치는 동안 집 안에서 무슨 소리가 났다. 우리 둘 다 돌아봤다. 누군가가 맨발로 모래가 밟히는 바닥을 걸어오는 소리였다. 혹시 조카 중 한 명이 나를 보러 온 게 아닐까 기대했지만 돌아본 곳에는 서너 살쯤 돼 보이는 엷은 노란 머리의 남자아이가 있었다. 아이의 파란 눈동자에는 잠이 가득했고 턱에는 사랑스럽게 옴폭 들어간 부분이 있었다.

트렌트 터너에게는 아들이 있었다. 침실에서는 터너 부인이 자고 있을까? 희미하게 초록불이 들어왔던 머릿속에 이상하게도 실망의 기색이 돌았다. 나는 어느새 트렌트가 결혼반지를 꼈는지 확인하고 있었고 잠시 뒤 다시 아이를 보며 생각했다. '에이버리 스태포드, 그만해. 도대체 왜 이러는 거야?'

내게 정말 무슨 문제가 있을까 고민하게 되는 순간은 바로 이런 때였다. 왜 나는 영혼의 동반자와 영원을 약속한 여자 같은 기분이 들지 않을까? 두 언니 모두 남편에게 푹 빠졌고 다른 생각은 전혀 하지 않는 것 같았다. 어머니와 할머니도 그랬다.

아이는 탁자 주위를 돌며 나를 살피더니 하품하고 이마를 긁적였다. 아이의 행동에는 극적인 구석이 있었다. 과장된 동작으로 기절하는 무성영화 배우 같았다.

"조나, 자야지." 아이 아빠가 말했다.

"으, 응."

"혹시 잠에서 깬 이유가⋯⋯." 트렌트는 엄하게 말하려고 애썼지만 얼굴에는 온통 '아들 바보'라고 쓰여 있었다. 조나는 두 손으로 아빠의 무릎을 잡더니 다리를 올려 정글짐처럼 타고 올랐다.

트렌트가 안아 올리자 조나는 가까이 다가가 속삭였다. "내 옷장에 잉룡이 있어."

"익룡 말이야?"

"으, 응."

"조나, 네 옷장에는 아무것도 없어. 루 고모 집에서 형이랑 누나들이 보여준 영화 속에만 나오는 거야. 또 악몽을 꾼 모양이구나. 공룡은 너무 커서 네 옷장에 들어갈 수도 없어. 옷장 안에는 공룡이 없단다."

"으, 응." 조나는 코를 훌쩍거렸다. 아빠의 티셔츠를 한 움큼 손에 쥔 조나는 입을 크게 벌리고 하품하면서 몸을 돌려 나를 봤다.

이 일에 관여하지 말아야 했다. 상황을 악화시킬 수 있었으니까. 하지만 휴일을 맞아 조카들이 드레이든 힐에서 자고 갈 때나 함께 휴가를 갔을 때 이 공룡 이야기를 겪어본 적 있었다. "내 조카들도 공룡을 무서워했는데. 그때 어떻게 했는지 알아?"

조나는 고개를 저었고 트렌트는 금빛 눈썹을 꿈틀대며 궁금하다는 표정으로 나를 봤다. 그는 이마를 자유자재로 움직였다.

푸른 눈동자 두 쌍이 나를 보며 옷장 속 공룡 문제의 해결책을 내놓으라고 했다.

다행히 내게 해결책이 있었다. "다음 날 가게에 가서 손전등을 샀어. 아주 멋진 손전등이었지. 그걸 침대 옆에 놓은 다음 밤에 잠에서 깨서 뭔가가 보이는 것 같으면 손전등을 켜고 비춰봤어. 손전등을 비춰볼 때마다 무슨 일이 일어났을까?"

조나는 궁금해서 숨이 넘어갈 지경이었다. 작은 큐피드의 화살 같은 입술이 벌어졌다. 하지만 아빠 트렌트는 대답을 알았다. 그는 자기 이마를 한 대 때리고 싶은 표정이었다. '왜 진작 그 생각을 못 했지?'라고 말하듯.

"손전등을 비춰볼 때마다 아무것도 없었어."

"만날요?" 조나는 의심하는 눈치였다.

"그래, 매일. 정말이야."

조나는 확인받고 싶어서 아빠를 봤다. 둘 사이에 신뢰가 가득한 다정한 눈길이 오갔다. 양육에 적극적인 아빠만이 가능한 일이었다. 그는 괴물을 처치해주고 잠자리를 살펴주는 아빠였다. "내일 바이로에 가서 손전등 사자. 어때?"

나는 트렌트가 '내일 엄마랑 같이 손전등 사러 가자'라고 말하지 않는다는 걸 알아차렸다. 그는 아들에게 의젓하게 굴라고 말하지 않았고 아이를 거칠게 침대로 돌려보내지도 않았다. 그저 조나를 반대쪽 어깨로 옮겨 안은 뒤에 한 손을 탁자에 내려놓고 내 손 아래 놓인 서류를 가리켰다.

조나는 엄지손가락을 빨면서 아빠 품에 파고들었다.

나는 잠시 서류를 잊고 있었다는 사실에 놀라며 서류를 내려다봤다. 조나는 참을 수 없이 귀여웠다.

첫 장은 공문서 서식 같은 게 흐릿하게 복사된 사본이었다. 맨 위에는 굵고 검은 글자로 '신상 정보'라고 쓰여 있었다. 그 아래에는 이 문서의 대상자에 대한 기록이 몇 가지 있었다. '7501번 / 나이: 영아 / 성별: 남자'. 아기 이름은 '섀드 아서 포스'라고 돼 있었고 '교회와의 관련성 알 수 없음'이라고도 쓰여 있었다. 문서 한구석에는 1939년 10월이라는 날짜 도장이 찍혀 있었고 테네시 멤피스의 병원에서 작성한 문서임을 분명히 확인할 수 있었다. '어머니 이름: 메리 앤 앤서니 / 아버지 이름: B. A. 포스'. 부모의 주소 칸에는 '강에서 가건물 생활, 극빈층'이라고 적혀 있었다. 아기가 태어났을 때 부모 둘 다 나이가 이십대 후반이었다.

이 문서의 담당자 유지나 카터는 사무적인 표제 아래에 아기의 상황을 짤막하게 설명해놨다. '테네시 보육원 양도 사유: 혼외 관계 출생아로 부모에게 부양 능력 없음. / 양도 방법: 출생 직후 부모가 서명함.'

"모르는 이름이에요." 나는 이렇게 중얼거리며 그 장만 따로 탁자 위에 조용히 내려놨다. 우리에게 친척이 많기는 하지만 결혼식 초대 명단에서 포스나 앤서니라는 이름을 본 적은 없었고 장례식에서 만난 적도 없었다. "이 일이 할머니와 무슨 관계가 있는지 짐작이 안 되네요. 할머니도 1939년 무렵에 태어나신 것 같다는 점 말고는요." 주디 할머니의 나이는 물어볼 때마다 바뀌었다. 할머니는 뭐가 맞는지 확실히 말하지 않았고 누군가가 나이를 묻는 일 자체를 어색하게 여겼다. "할머니가 섀드 아서 포스라는 사람을 나중에 학교에서 알게 됐을 수도 있지 않을까요? 친구가 출생 정보를 추적하는 걸 할머니가 도왔을지도 모르잖아요."

다음 장에는 포스라는 남아의 병력 기록 사본이 있었다.

생년월일: 1939년 9월 1일
출생 시 체중: 1.8킬로그램(미숙아)
현재 체중: 3킬로그램

아기: 아기는 미숙아로 태어났으며 출생 시 체중이 1.8킬로그램에 불과함. 현재 모든 면에서 정상. 매독 혈청 검사 결과 칸 테스트 음성, 모체 바서만 테스트와 스미어 테스트 모두 음성. 질병과 예방주사 이력 없음.

어머니: 29세. 미국 출생. 폴란드—네덜란드 혼혈. 고등학교 교육 받음. 파란 눈동자. 금발. 신장 약 167센티미터. 체중 52킬로그램. 종교 개신교. 매력적이고 똑똑함.

아버지: 29세. 미국 출생. 스코틀랜드—아일랜드, 케이준—프랑스 혼혈. 고등학교 교육 받음. 갈색 눈동자. 흑발. 신장 약 186센티미터. 체중 79킬로그램. 소속 교회 없음. 부모 모두 유전 질환 없음. 젊은 남녀가 혼외 자식을 출산하는 실수를 저질렀지만 부모 모두 근면하고 각 지역사회에서 좋은 평가를 받고 있음. 부모 모두 양육권에 관심 없음.

나는 두 번째 장을 탁자 너머 트렌트에게 건넸다. 그는 첫 번째 장을 읽고 있었다. 세 번째 장에는 다음과 같이 쓰여 있었다.

부모와 후견인은 테네시 보육원에 모든 권리를 양도함.
아이들이 가정을 찾도록 돕는 게 우리의 신조입니다.

아기 섀드의 슬픈 이야기는 여러 질문 옆에 삐뚤빼뚤하게 줄을 긋고 쓴 답변에 다시 한 번 등장했다. '건강한가? 몸이 단단한가? 기형이나 장애는 없는가? 질병은? 내장기관은 문제없는가? 정신박약은? 기르기에 적합한가?'와 같은 질문이었다.

누군가가 섀드를 대신해 서명하고 봉인하고 증언했으며 그를 어딘가로 보냈다. 그는 관찰과 배치를 위해 멤피스 임시 보호소로 보내졌다.

"이게 다 무슨 의미인지 전혀 모르겠어요." 하지만 중요한 일이 아니었다면 할머니가 트렌트 터너 시니어를 만나러 이곳 에디스토에 몇 번이고 왔을 리 없었다. 할머니가 친구를 도우려고 이 정도까지 했다는 것도 믿기 어려웠다. "이런 봉투가 더 있나요? 할아버지가 또 남기신 건 없어요?"

트렌트는 다시 한 번 양심과 싸우며 시선을 돌렸다. 내게 할 말을 가려내는 것 같았다. 마침내 그가 말했다. "이렇게 이름이 쓰여 있고 밀봉된 봉투가 몇 개 더 있어요. 대부분 서류는 할아버지가 돌아가시기 전에 당사자에게 직접 줬고요. 할아버지는 남아 있는 봉투의 주인들은 사망했는데 몰랐다고 생각하신 것 같아요."

트렌트는 잠시 멈추고 품 안에서 잠든 조나를 추슬렀다. "할아버지는 조사를 시작한 뒤로 오륙십 년 동안 추적하신 경우도 있어요. 어떤 기준으로 조사 대상을 결정했는지는 모르겠어요. 물어본 적도 없고요. 고객들이 사진을 가지고 할아버지를 찾아와서 밖에 있는 작은 별채에 앉아 있던 게 희미하게 기억나요. 그들은 울면서 말했던 것 같은데 그런 일이 그리 자주일어나지는 않았어요. 할아버지는 주로 찰스턴의 사무실에서 일하셨거든요. 내가 고객 일부를 볼 수 있었던 건 그들이 기회가 되면 할아버지와 함께 이곳 에디스토에 왔기 때문이에요. 가끔 할아버지는 여기서 사람들을 만났죠. 사생활 보호 차원에서 그랬던 것 같아요. 간혹 제법 유명한 고객도 있었던 것 같고요." 그가 나를 의미심장하게 쳐다봤다. 나를 그 제법 유명한 고객으로 분류했다는 뜻이었다. 갑자기 피부가 가려워서 티셔츠 아래서 몸을 꼼지락댔다.

"이 일이 할머니와 무슨 관계가 있는지 전혀 모르겠어요. 할아버지의 서류 중에 메이 크랜들이라는 이름의 여자와 관련된 것도 있었나요? 아니면 펀이나…… 퀴니라든지요. 이 사람들이 할머니 친구였을 수도 있을 것 같아요."

트렌트는 조나의 보드라운 머리카락이 덮인 머리에 턱을 묻었다. "낯선 이름인데요. 하지만 아까 말한 것처럼 할아버지가 돌아가시고 나서 서류를 읽어볼 수 없었어요. 할아버지가 일하던 곳을 잠갔고 그 뒤로 가본 적 없어요." 그는 마당 불빛 아래서 잠에 빠진 작은 통나무집을 어깨로 가리켰다. "난 그저 할아버지가 부탁한 대로 봉투만 맡고 있는 거예요. 나머지는 다 저기에 있어요. 할아버지가 더 이상 중요하지 않다고 생각한 것들이 남아 있을 것 같군요. 할아버지는 사람들의 사생활을 대단히 존중했어요. 당신께서 입양됐다는 사실을 알게 된 뒤에 겪은 일 때문이겠죠. 할아버지는 직접 정보를 알아봐달라고 의뢰받지 않는 한 누군가의 과거에 그렇게 엄청난 영향을 끼치고 싶어 하지 않으셨어요."

"그러니까 할머니가 당신 할아버지를 직접 만나러 온 건 확실하다는 건가요?"

"할아버지의 일에 대해 내가 아는 바에 따르면 그래요." 그는 생각에 잠긴 듯 아랫입술을 깨물었다. 어느새 그 입술에 집중하느라 그가 무슨 말을 하는지 놓칠 뻔했다. "잃어버린 친척이나 다른 누군가가 당신 할머니를 찾아달라고 의뢰했다면 할머니를 찾았기 때문에 고객에게 서류를 주고 서류철을 완료 처리했을 거예요. 할아버지는 결국 찾은 사람과의 연락 여부를 언제나 고객에게 맡겼거든요. 하지만 이 서류철이 완료 처리되지 않았고 서류철 이름을 '주디 스태포드'로 했다는 사실은 당신 할머니가 누군가를 찾고 있었다는 뜻이에요. 할아버지가 찾을 수 없었던 사람을요."

내 머릿속은 늦은 시간인데도 빠르게 돌아갔다. "내가 나머지 봉투를 볼 방법은 없을까요?" 지금 이런 부탁을 한다는 게 얼마나 뻔뻔한지 잘 알았지만 생각할 시간이 생기면 트렌트가 마음을 바꿀까봐 겁났다. 법정에서 검사로 일하며 얻은 교훈이었다. 증인이 노선을 바꾸기를 원하면 휴정을 요청하면 된다. 그렇지 않다면 뭐가 됐든 원하는 걸 향해 계속 열심히 달려야 한다.

"설마 이 밤에 저기 가겠다는 건 아니겠죠? 별채는 낡은 슬래브 오두막을 여기로 옮겨온 거라서 틈이 많아요. 지금 저 안에 뭐가 살고 있을지 모른다고요."

"난 어릴 때부터 마구간에서 살다시피 했어요. 그런 건 겁 안 나요."

트렌트가 짓궂은 미소를 짓자 보조개가 드러났다. "어련하겠어요." 그는 안고 있던 조나를 다시 한 번 추슬렀다. "일단 이 녀석을 눕혀야겠어요."

우리 둘의 눈이 마주쳤다. 그리고 잠시 우리는…… 서로 바라봤다. 빈티지 조명의 희미한 불빛이나 친밀감을 느끼게 하는 조용함 때문인지는 모르지만 느끼고 싶지 않은 감정을 느꼈다. 그 감정은 나른하고 따뜻하게 나를 감쌌다. 공기가 시원해진 여름밤에 파도가 밀려드는 바다에 몸을 담근 것 같았다.

나는 그 물속에서 물장구를 치고 나지막이 웃다가 얼굴이 빨개지는 느낌에 시선을 내렸다. 그리고 잠시 뒤 트렌트를 다시 흘끔 봤다. 그는 환하게 웃고 있었다. 그 미소를 보자 이상한 감각이 발끝까지 전해졌다. 바다 먼 곳의 하늘이 쩍 갈라지며 번개가 치는 것처럼 예측 불가능하고 위험한 감각이었다.

잠시 멍해졌다. 내가 어디에 있는지, 왜 이곳에 왔는지도 잊었다.

조나의 머리가 트렌트의 어깨에서 미끄러지자 마법이 깨졌다. 나는 아침 일찍 몽롱한 상태로 병원에 갔다가 마취 뒤에 깨어난 환자처럼 그 감각에서 헤어났다. 하지만 내 머리는 늑장을 부렸다. 분별력이 제대로 정비돼 시선을 돌리기까지는 시간이 조금 걸렸다. 그 과정에서 반지를 끼고 있던 내 손을 내려다봤다. 지금은 약혼반지를 끼고 있지 않았다. 이렇게 정신없는 저녁을 보내기 전에 샤워할 생각이었기 때문에 로션이 묻지 않도록 빼놨다.

도대체 무슨 일이지? 이런 느낌은 한 번도 겪어본 적 없었다. 처음이었다. 평소 나는 정신이 흐릿해지지 않았고 다른 사람 집에 쉽게 가지 않았으며 낯선 사람에게 부적절하게 행동하지도 않았다. 어릴 때부터 이런 일을 하지 않는 게 매우 중요하다고 교육받았고 법을 공부하면서 한층 군건해졌다.

"이만 가야겠어요." 때마침 주머니 속 휴대전화가 진동하며 현실 세계가 비집고 들어왔다. 의자를 밀고 일어나자 끽 하고 소리가 났다. 이 소리가 뜻밖에 트렌트를 멈추게 한 것 같았다. 그는 정말 오늘 밤 나를 데리고 별채에 가볼 생각이었을까? 아니면 뭔가…… 더 은밀한 걸 떠올렸을까?

전화기 진동을 무시한 채 그에게 봉투를 줘서 고맙다고 인사한 다음 이렇게 덧붙였다. "내일 만날 수 있을까요?" 빛이 밝고 또렷한 낮에. "남아 있는 게 있는지 같이 볼까요?" 지금 보든 내일 보든 위험을 부담해야 하기는 마찬가지였다. 내일이 되면 트렌트는 모든 걸 다시 생각할 것이다. 하지만 오늘 밤에는 다른 종류의 위험을 부담해야 했다. "내가 시간을 너무 많이 빼앗은 것 같아요. 이렇게 늦게 전화한 것도 말할 수 없이 무례했고요. 정말 미안해요…… 너무…… 너무 간절하게 알고 싶었어요."

트렌트는 하품하고 눈을 껌벅이며 뜨려고 애썼다. "괜찮아요. 난 저녁형 인간이거든요."

"어련하겠어요." 내 농담에 그가 웃었다.

"내일 봐요." 그는 약속이라도 하듯 말했다. "퇴근하고 봐야 할 거예요. 온종일 일이 있어서요. 루 고모가 조나를 몇 시간 더 봐줄 수 있는지 알아볼게요."

그의 약속에 안도감을 느꼈다. 그의 생각이 바뀌지 않기를 바랐다. "그럼 내일 저녁에 만나요. 몇 시가 좋은지 알려주고요. 아, 그리고 나 때문이라면 조나를 고모에게 더 오래 맡겨두지 않아도 돼요. 내겐 두 살 난 세쌍둥이 조카들이 있거든요. 애들을 아주 좋아해요." 나는 주디 할머니의 서류와 손전등을 챙기고 문으로 한 걸음 갔다가 걸음을 멈추고 연필과 종이를 찾았다. "내 전화번호 알려줄게요."

"알고 있어요." 트렌트가 얼굴을 찡그렸다. "내 휴대전화에 있어요…… 전화를 이백 번쯤 했잖아요."

당혹스러워야 마땅했지만 우리는 같이 웃었다. 그는 복도 쪽으로 몸을 돌렸다. "조나 눕히고 와서 해변까지 바래다주고 집에 잘 들어가는지 볼게요."

머릿속에서 안 된다고 말했지만 적당한 핑계를 생각해내기가 힘들었다. "괜찮아요. 가는 길 알아요." 창밖을 보니 달빛이 훤했고 집 뒷마당의 야자나무 사이로 바다가 반짝거렸다. 부용과 재스민이 바닷바람에 살랑거렸다. 남부 해안 저지대에서만 볼 수 있는 완벽하게 조화로운 풍경이었다.

트렌트는 나를 홀끔 봤다. "밤이 늦었어요. 내게 신사다울 최소한의 기회는 주는 게 어때요?"

나는 그가 조나를 눕히고 올 때까지 기다렸다. 그런 다음 함께 뒷마당을 지나 계단을 내려갔다. 바닷바람은 내 머리카락을 날리더니 살갗을 스치고 티셔츠 안으로 들어왔다. 계단을 다 내려가자 작은 슬래브 오두막이 보였다. 나는 판자를 덧댄 낡은 창문을 유심히 봤다. 창문 여섯 개는 모두 앞쪽 현관을 향해 있었다. 저 소금기 뒤덮인 창문 너머에 답이 있을까?

"1850년쯤 지어진 집이에요." 트렌트는 할 말을 애써 찾는 것 같았다. 우리 둘 다 어색해서 일상적인 수다 이상의 뭔가가 필요했는지도 몰랐다. "할아버지가 저 집을 직접 구입해서 이곳으로 옮겨오셨죠. 원래 저곳을 사무실로 쓰셨어요. 이 터는 할아버지의 첫 부동산 거래 건이었고요. 마이어스 별장과 가까운 땅을 사서 집을 짓고 저 별채를 옮겨온 거예요."

트렌트 터너 시니어와 할머니 사이의 또 다른 연결고리가 드러났다. 분명 그들은 오래전부터 서로 알고 지냈다. 할머니는 그가 사람 찾아주는 일을 한다는 걸 알고 도와달라고 했을까? 아니면 그가 이 일을 하다가 할머니를 만나게 됐을까? 할머니가 그에게 가까운 곳에 땅을 사면 어떻겠느냐고 제안했을까? 지금 내 옆의 트렌트 터너는 두 가족의 연관성에 대해 나만큼이나 몰랐을까? 한 세대에서 복잡하게 얽혀 살던 두 가문이 어떤 이유인지는 몰라도 다음 세대에서 감춰진 걸까?

달빛에 물든 시오트가 유리섬유처럼 반짝이는 해변에 이를 무렵 내 머릿속은 온갖 의문으로 가득 차 있었다. "근사한 밤이었어요." 트렌트가 말했다.

"네, 맞아요."

"조심해요. 조수가 밀려오고 있어요. 발이 젖을 거예요." 그는 바다를 향해 고개를 끄덕였고 내 시선은 어쩔 수 없이 그를 향했다. 반짝이며 밀려오는 파도는 달로 이어졌고 머리 위에 양탄자처럼 깔린 별이 비현실적으로 빛났다. 어둠 속에 앉아서 이런 밤을 만끽한 게 언제였을까. 문득 그날들이 몹시 그리웠다. 바다와 하늘 그리고 일정표에 가득한 작은 사각형으로 구분되지 않는 날들이.

할머니도 이런 기분이었을까? 그래서 여기에 그렇게 자주 왔을까?

"다시 한 번 고마워요…… 저녁을 망치도록 허락해줘서요." 나는 잔디에서 모래로 뒷걸음질했다. 그리고 뭔가가 내 발을 지나가는 바람에 꺅 하고 소리를 질렀다.

"손전등 켜고 가는 게 좋을 거예요."

나는 손전등을 켜기 전에 나를 보며 씩 웃고 있는 트렌트를 마지막으로 봤다.

그리고 돌아서서 걸어갔다. 그가 지켜보고 있다는 걸 알았다.

휴대전화가 다시 울리자 주머니에서 전화를 꺼냈다. 그건 또 다른 세계로 들어가는 관문 같았다. 나는 발걸음을 재촉했다. 해변에서 트렌트와 묘한 시간을 보낸 뒤라 익숙하고 안전하게 집중할 수 있는 곳으로 얼른 가고 싶었다.

전화 건 사람은 볼티모어 사무실에서 일하는 애비였다. 이런 새벽에 그녀가 무슨 일로 전화했을까?

전화를 받자 그녀는 숨도 쉬지 않고 말했다. "에이버리, 드디어 받았군. 괜찮아? 조금 전에 네게서 이상한 이메일을 받았거든."

나는 웃음을 터뜨렸다. "아, 애비. 미안해. 나한테 보낸다는 걸 그만."

"어디로 가는지 적은 이메일을 자신에게 보내려 했다고?" 애비는 디시에서 나고 자랐으며 매사에 진지했고, 공공주택에서 자라 법학 학위까지 따낸 자수성가한 사람이었다. 또한 뛰어난 연방검사였다. 나는 그녀와 함께 먹는 점심이, 머리를 맞대고 진행 중인 사건을 의논하던 시간이 그리웠다.

주디 할머니에 관한 정보를 믿고 말할 수 있는 사람을 꼽으라면 애비였다. 하지만 사무실에서 만나서 의논하는 쪽이 안전했기에 이렇게만 말했다. "사연이 길어. 그런데 이 시간에 안 자고 뭐해?"

"일하지. 내일 수사 경과를 발표해야 하거든. 돈세탁과 우편 사기 사건인데 덩치가 커. 상대측에서 브래컨과 톰슨을 선임했어."

"오…… 거물급이군." 법과 관련된 수다를 떨자 이내 볼티모어의 집으로 돌아간 기분이었다. 트렌트의 집에서 겪었던 터무니없는 감정은 빠르게 사라졌고 그러기를 바랐기 때문에 기뻤다. "무슨 일인지 이야기해줘." 내 의식은 오늘 밤과 어깨 너머로 느껴지는 트렌트의 시선과 무관한 쪽으로 옮겨갔다.

애비는 수사에 대해 자세히 말했고 내 머릿속은 그 이야기에 집중했다. 그러면서 부정할 수 없는 사실을 한 가지 깨달았다.

나는 예전 삶이 그리웠다.

16장
릴

"일어나서 청소하자. 오늘은 드디어 해가 나온 것 같네!" 도드 양이 지하실 문을 열며 말했다. 그녀는 이틀 전에 새로 온 직원인데 다른 사람들보다 어리고 친절했다. 나는 그녀와 단둘이 있게 되면 카멜리아 일을 물어볼 생각이었다. 그 애가 어디에 있는지 아무도 내게 알려주지 않았다. 펄니크 부인은 입 다물고 직원들을 그만 괴롭히라고 말했다.

대니 보이는 그들이 카멜리아를 벽장에 가두고 한 짓 때문에 그 애가 죽었다고 했다. 대니 보이의 말에 따르면 리그스 씨가 카멜리아의 시신을 트럭에 싣고 나가서 늪에 버렸다. 그 애는 그걸 전부 다 두 눈으로 똑똑히 봤다고 했다. 그리고 내 동생이 죽었으니 귀찮은 일이 줄었다고도 했다.

나는 대니 보이의 입에서 나온 말을 한마디도 믿지 않았다. 그 애를 뼛속까지 증오했다.

도드 양이라면 사실을 알려주겠지.

지금 그녀는 방 안의 악취 때문에 걱정하고 있었다. 비가 오면 지하에 물이 뚝뚝 떨어져서 곰팡내가 나는 데다가 카멜리아와 가비언이 사라진 뒤로 편이 매일 밤 침대에 오줌을 쌌기 때문이다. 내가 편에게 그러면 안 된다고 했지만 소용없었다.

"어휴, 냄새!" 도드 양은 걱정스러운 표정으로 우리를 봤다. "여긴 애들이 있을 만한 곳이 못 되는데."

나는 그녀와 축축한 침대 사이를 오가며 젖은 곳을 이불로 덮었다. 오줌 싼 걸 숨기기 위해 내가 생각해낼 수 있는 방법은 이 정도였다. "제…… 제가 요강을 쏟았어요."

도드 양은 구석을 봤다. 요강 아래의 시멘트는 말라 있었다. "누가 침대에 실례했니?"

눈물이 왈칵 솟구쳤다. 라크는 편을 데리고 구석으로 뒷걸음질했다. 나는 도드 양의 앞치마를 잡고 고개를 푹 숙였다. 맞을까봐 무서웠다. 하지만 맞는 한이 있더라도 그녀가 위층으로 가서 펄니크 부인에게 알리는 일만은 막아야 했다. "말하지 말아주세요."

도드 양의 잿빛이 도는 부드러운 초록 눈동자 위에서 갈색 속눈썹이 파르르 떨렸다. "음…… 왜 안 되는데? 어질러진 걸 다 치우면 괜찮을 거야."

"편이 곤란해질 거예요." 도드 양은 이곳에서 침대에 오줌을 싸면 어떻게 되는지 아직 모르는 것 같았다.

"맙소사. 아닐 거야."

"제발요……." 당혹감이 홍수처럼 밀려왔다. "제발 말하지 말아주세요." 편과 라크까지 잃을 순 없었다. 카멜리아에게 무슨 일이 일어났는지도 알 수 없었고 나흘이나 지난 지금 저들이 가비언을 돌려주지 않으리라는 것도 알았다. 나는 남동생을 잃었다. 카멜리아는 사라졌다. 라크와 편은 내게 남은 전부였다.

도드 양은 양손으로 내 얼굴을 감싸더니 아주 다정하게 나를 안았다. "쉿. 이제 서두르자. 수습할 수 있는지 살펴볼게. 요 꼬맹이야, 속 태우지 마. 이번 일은 우리만의 비밀로 해둘게."

눈물이 쏟아졌다. 퀴니 말고는 그 누구도 나를 이렇게 안아주지 않았다.

"이제 진정해." 도드 양은 어깨 너머를 초조한 듯 바라봤다. "그들이 우리를 보러 내려오기 전에 우리가 올라가는 게 좋겠다."

나는 고개를 끄덕이며 목멘 소리로 대답했다. "네." 절대로 도드 양을 난처하게 만들 순 없었다. 그녀가 주방 여자들과 말하는 걸 들어보니 도드 양의 아빠는 작년에 사망했고 엄마는 수종으로 아팠다. 남동생 넷과 여동생 넷은 북쪽 셀비 카운티의 농장에 살고 있었다. 도드 양은 차를 얻어 타고 걸어서 멤피스까지 와서 일자리를 찾았고 월급을 받으면 집으로 보냈다.

도드 양에게는 이 일이 필요했다.

우리에게는 도드 양이 필요했다.

나는 편과 라크를 데리고 도드 양을 앞세워 문을 나갔다. 리그스 씨는 보일러 옆에서 얼쩡대며 주방 문을 지키는 개처럼 시끄러운 소리를 냈다. 늘 그렇듯 나는 고개를 숙이고 곁눈질로 그를 봤다.

"리그스 씨." 계단을 오르기 직전에 도드 양이 그를 불렀다. "부탁 하나만 해도 될까요? 아무에게도 말하지 말아주시고요."

"네, 말씀하세요."

내가 막기도 전에 그녀는 이미 말하고 있었다. "클로락스를 물에 타서 문 옆에 있는 침대를 문질러주시겠어요? 끝나면 양동이는 그냥 두시고요. 나중에 제가 나머지 침대를 닦아야 하니까요."

"네, 그…… 그렇게 해드리죠. 하고말고요." 리그스 씨가 웃자 들쑥날쑥한 이가 드러났다. 비버의 이빨처럼 길고 누랬다. "조만간 애들을 위층으로 옮기는 게 좋겠군요." 그는 들고 있던 삽 손잡이를 우리에게 흔들어 보였다.

"빠를수록 좋아요." 도드 양은 자기가 얼마나 잘못된 일을 했는지 몰랐다. 위층에 가면 우리와 리그스 씨 사이에 잠긴 문이 없었다. "지하실은 어린 애들에게 좋지 않아요."

"그렇죠."

"게다가 집에 불이라도 나면 갇히고 만다고요."

"부…… 불이 나면 제가 문을 부…… 수고 들어갈 겁니다."

"리그스 씨, 정말 좋은 분이군요."

도드 양은 리그스 씨의 실체를 몰랐다.

"고…… 고맙습니다."

"제가 청소 부탁한 건 아무에게도 말하지 마시고요." 그녀가 다시 한 번 일깨웠다. "우리만의 비밀이에요."

리그스 씨는 미소 지으며 우리를 봤다. 눈 가장자리가 희번덕이는 게 겨울날의 곰처럼 제정신이 아닌 것 같았다. 겨울에 돌아다니는 곰을 보면 조심해야 한다. 배가 고픈 곰은 허기를 채울 만한 걸 찾아다닌다. 뭐든 상관하지 않는다.

리그스 씨의 시선은 아침식사 내내, 그리고 마당이 마침내 나가 놀 수 있을 정도로 마른 오후까지 내게 머물렀다. 현관을 지나갈 때 나는 구석 자리를 보며 카멜리아를 생각했고 그때마다 궁금했다. '대니 보이 말이 사실일까? 카멜리아가 죽었을까?'

내 잘못이었다. 내가 첫째니까. 나는 동생들을 모두 돌봐야 했다. 그건 브라이니가 황급히 강을 건너기 전에 내게 마지막으로 남긴 말이었다. '릴, 동생들 잘 보고 있어. 우리가 돌아올 때까지 모두 돌봐주렴.'

이제는 릴이라는 이름조차 낯설게 들렸다. 사람들은 나를 계속 메이라고 불렀다. 릴은 아직도 카멜리아, 라크, 펀, 가비언과 함께 강 어딘가에 있는 모양이었다. 그들은 수위가 낮아진 채 느릿하게 흐르는 여름 물살을 따라 내려가며 지나가는 배와 바지선, 물고기를 사냥하러 다이빙하기 위해 천천히 넓게 원을 그리며 나는 쿠퍼매를 지켜보고 있을지도 모른다.

어쩌면 릴은 허클베리 핀과 짐처럼 내가 읽은 이야기에만 존재하는 인물인지도 모른다. 나는 지금도, 그 전에도 릴이었던 적이 없었는지도.

돌아서서 계단을 내려가 마당을 가로질렀다. 원피스가 날려 다리에 감겼다. 손으로 원피스를 잡고 고개를 젖힌 채 잠시 바람을 느꼈다. 그러자 릴이 다시 나타났다. 나는 릴이었다. 그리고 우리의 작은 천국 아카디아에 있었다.

나이 든 남자아이들이 굴을 파놓은 대문에 이르렀는데도 나는 걸음을 멈추지 않았다. 그 애들은 어제 쏟아진 비에도 새로 온 아이 둘을 괴롭히느라 바빴다. 둘은 형제인 것 같았다. 어쨌든 나와는 상관없었다. 대니 보이가 나를 막아서면 카멜리아가 그랬듯 때려눕힐 생각이었다. 울타리 바로 옆에 쓰러뜨린 다음 밟고 넘어가서 자유로워지고 싶었다.

그리고 강둑에 도착할 때까지 쉬지 않고 달려야지.

나는 전력질주하며 낡은 별채를 빙빙 돌다가 힘껏 도약해 높이 뛰어오른 다음 철제 울타리를 넘었다. 하지만 실패했다. 약간 모자라게 뛰어올라 바닥에 세게 떨어졌다. 나는 울타리를 잡아당기며 우리에서 빠져나가려는 야생동물처럼 울부짖었다.

울타리가 땀과 눈물로 미끄러워지고 손에 피가 날 때까지 계속 시도했다. 울타리는 굴하지 않고 꼼짝하지도 않았다. 내가 땅에 주저앉아 통곡해도 자리를 굳건히 지켰다.

내가 우는 소리 말고 다른 소리가 들렸다. 대니 보이였다. "예쁜 애가 완전히 미쳤군."

펀과 스티비가 우는 소리도 들렸다. 펀은 내 이름을 부르고 있었고 남자아이들은 동생들을 놀리며 아이들이 문을 통과하려고 할 때마다 밀쳐서 넘어뜨렸다. 동생들에게 가야 했다. 그 애들을 도와야 했다. 하지만 이대로 사라지고 싶었다. 아무도 나를 찾을 수 없는 곳에 혼자 있고 싶었다. 내가 사랑하는 사람들이 사라지지 않는 곳에서.

대니 보이가 스티비의 팔을 등 뒤로 비틀며 '삼촌'이라고 말하라고 시키더니 스티비가 비명을 지를 때까지 계속했다. 비명은 내 배 속을 깊숙이 찔렀다. 그 비명은 내가 돌처럼 단단하게 만들고 싶어 하는 곳을 뚫고 들어왔다. 스티비의 비명은 아서 왕의 검처럼 돌을 뚫었다.

어떻게 할지 생각하기도 전에 나는 이미 교회 마당을 가로질러 대니 보이의 머리채를 잡고 있었다. "당장 놔줘!" 더 세게 잡아당기자 대니 보이의 머리가 뒤로 젖혀졌다. "놔줘. 그리고 다시는 그 애한테 손대지 마. 다시 한 번 그랬다가는 네놈 목을 닭 모가지처럼 비틀어버릴 테니." 싸움을 맡던 카멜리아가 없으니 갑자기 내가 그 역할을 하게 됐다. "그러곤 늪에 갖다 버릴 거야."

다른 남자아이가 눈을 희번덕이는 나를 보더니 편을 놓고 뒷걸음질했다. 내 그림자를 보고서야 그 이유를 알았다. 나는 머리가 사방으로 흩날려 그리스 신화 속의 메두사 같았다.

"싸움 났다! 싸움 났어!" 아이들은 이렇게 외치며 구경하러 몰려들었다.

대니 보이는 스티비를 놓았다. 모든 사람이 보는 앞에서 매질당하고 싶지는 않은 모양이었다. 스티비는 얼굴이 먼저 땅에 떨어지며 넘어져 흙을 한가득 문 채 일어났다. 그 애는 흙을 뱉어내며 울었고 나는 대니 보이를 밀치고 스티비와 펀의 손을 잡았다. 언덕을 오를 때쯤에야 누가 없는지 깨달았다.

심장이 멎는 것 같았다. "라크는 어디 있지?"

펀은 곤경에 처할까봐 겁에 질려 주먹으로 자기 입을 막았다. 방금 내가 한 짓 때문에 나를 무서워하는 것 같았다.

"라크는 어디에 있냐고 묻잖아!"

"아짐마." 우리가 이곳에 온 뒤 처음으로 스티비가 말을 웅얼거렸다. "아짐마."

나는 축축한 잔디에 무릎을 대고 앉아서 두 아이의 얼굴을 똑바로 쳐다봤다. "어떤 아줌마? 펀, 어떤 아줌마야?"

"현관에 있는데 어떤 아줌마가 라크를 데려갔어." 펀이 손가락 틈으로 말했다. 그 애 눈가에 눈물이 촉촉했다. "이렇게." 펀은 스티비의 팔을 잡아끌고 몇 발자국 갔다. 스티비는 자기도 봤다며 고개를 끄덕였다.

"여자였어? 리그스가 아니고? 리그스가 데려간 게 아냐?"

둘 다 고개를 끄덕였다. "아짐마." 스티비가 말했다.

말라버린 눈물과 남아 있는 분노로 머릿속이 흐릿했다. 라크에게 무슨 일이 생겼을까? 아픈가? 그럴 리 없었다. 아침식사 때 라크는 평소와 똑같았다. 그들은 열이 올라 벌겋거나 토하지 않으면 양호실로 데려가지 않았다.

나는 펀과 스티비를 보며 놀이터를 가리켰다. "너희 둘은 놀이터로 가. 가서 시소 타고 있어. 내가 오거나 종소리가 들릴 때까지 둘 다 거기 있어야 해. 알겠지?"

둘 다 죽도록 겁에 질려 있었지만 고개를 끄덕이고는 손을 잡았다. 나는 아이들이 시소로 가는 걸 지켜본 뒤에 집으로 향했다. 대문을 지나면서 대니 보이에게 동생들을 괴롭혔다가는 나를 상대해야 할 거라고 알려줬다.

마당을 지나 걸어가는 동안 용기가 사라졌다. 계속 집을 보면서 도드 양을 볼 수 있기를 바랐다. 살금살금 현관을 지나 세면장으로 가는 동안 귀에서 망치 두드리는 소리가 났다. 누가 나를 보느냐에 따라 무사할 수도 곤란해질 수도 있었다. 내가 음식을 훔치려 했다고 생각하는 사람이 있을지도 몰랐다.

내가 지나갈 때 흑인 여자들은 세탁기와 탈수기 옆에 있었다. 그들은 라크에게 무슨 일이 생겼는지 알까? 안다고 해도 내게 말해줄까? 평소에 우리는 서로 안 보는 게 나은 사람들처럼 지나쳤다.

그들은 나를 쳐다보지 않았고 나도 그들에게 묻지 않았다. 주방에는 아무도 없었고 나는 그곳에 있다가 들킬까봐 서둘러 걸었다.

현관 안쪽의 넓은 홀로 고개를 내밀자 스윙도어에서 끼익 소리가 났다. 열린 사무실 문에서 목소리가 흘러나왔다. 하마터면 늦어서 못 들을 뻔했다.

"아이가 마음에 드셨으면 좋겠군요." 방에는 미스 탠도 있었다. 그녀의 끈적거리는 상냥한 목소리로 봐서 머피 부인 옆의 누군가에게 말하고 있었다. "모든 면에서 완벽한 아이예요. 아이 어머니는 대공황 전에 대학에 입학했어요. 아주 똑똑한 젊은이에 미인이었다고 하더군요. 그런 건 당연히 유전되죠. 이 아이는 정말이지 셜리 템플(1930년대에 미국에서 가장 유명했던 아역배우) 같아요. 웨이브를 넣으려고 파마할 필요도 없죠. 조용한 편이지만 아주 예의 바르고 온순하답니다. 사람들 앞에 나서는 자리에서 조금도 말썽을 일으키지 않을 거예요. 하시는 일로 봐서 이 점이 무척 중요할 것 같은데요. 사실 저

277

희가 그쪽으로 아이를 데려가기를 바랐어요. 아이들이 머무는 이곳으로 부모가 될 분들이 직접 오시는 건 일반적인 절차가 아니라서요."

"편의를 봐주셔서 고맙습니다." 남자의 목소리는 깊었다. 군대 지휘관에 어울릴 목소리였다. "저희 쪽에는 보는 눈이 너무 많아서 그랬습니다."

"충분히 이해합니다." 나는 머피 부인이 그렇게 친절하게 말하는 걸 처음 들었다. "이렇게 제 집까지 찾아주시니 정말 영광이에요."

"저희 아이들 중 가장 훌륭한 아이를 고르셨어요." 미스 탠이 문 가까이 온 것 같았다. "보니, 계속 훌륭한 아이로 지낼 거지? 새엄마 새아빠가 원하는 건 뭐든 다 해야 해. 넌 정말 운이 좋구나. 그걸 늘 감사하게 생각해야 한단다."

보니는 라크의 새로운 이름이었다.

라크가 뭐라고 대답하는지 들으려 애썼지만 잘 들리지 않았다.

"그럼 정말 아쉽지만 이제 그만 두 분을 보내드려야 할 것 같군요." 미스 탠이 말했다.

남자와 여자가 라크를 데리고 홀로 나왔다. 남자는 동화책 속 왕자처럼 잘생겼다. 여자는 근사한 머리 모양을 하고 립스틱을 예쁘게 바른 미인이었다. 프릴이 달린 흰 원피스를 입은 라크는 꼬마 발레리나 같았다.

목이 멘 채 주방문을 활짝 열었다. '저 사람들을 막아야 해.' 속으로 이렇게 중얼거렸다. '저들에게 라크가 내 동생이고 그

애를 데려갈 수 없다는 걸 보여줘야 해.'

그때 누가 내 팔을 잡고 뒤로 끌어당겼다. 그러자 문이 소리 내며 닫히더니 앞뒤로 흔들렸다. 나는 비틀거리며 주방과 세탁실을 지나 현관으로 끌려 나갔다. 도드 양이 나를 돌려세울 때까지 누구에게 끌려가는지도 몰랐다. 그녀가 내 양쪽 어깨를 잡았다.

"메이, 여기에 있으면 안 돼!" 그녀는 창백한 얼굴로 눈을 크게 뜨고 있었다. 나만큼 겁에 질려 보였다. "규칙 알고 있잖니. 머피 부인과 미스 탠을 성가시게 하면 끔찍한 앙갚음을 당할 거야."

목구멍을 막고 있던 덩어리가 암탉이 갓 낳은 달걀처럼 깨졌다. 끈적끈적하고 뜨겁고 큰 덩어리가 미끄러져 내려갔다. "내…… 내 동생이……."

도드 양은 내 얼굴을 감쌌다. "알아, 하지만 그게 동생에게 최선이라는 걸 생각해야지. 이제 동생에게는 영화배우 엄마와 아빠가 생기는 거야." 그녀는 마을 축제에서 방금 상이라도 탄 것처럼 숨을 골랐다. "얼마 동안은 슬플 거라는 거 알아. 하지만 누구나 바라는 최상의 결과라고. 새 부모와 새 집. 완전히 새로운 삶."

"우리에겐 엄마 아빠가 있다고요!"

"쉿! 자, 조용히 해." 도드 양은 나를 데리고 현관을 내려가 문에서 멀리 떨어뜨렸다. 그녀에게서 벗어나려 했지만 그녀는 나를 놔주지 않았다. "쉿. 계속 이러면 안 돼. 엄마 아빠가 너희를 찾으러 오기를 바라는 마음은 알지만 그럴 수 없어. 네

부모님은 테네시 보육원에 너희를 놔두기로 서명했다고. 너희는 모두 고아야."

"아니에요!" 나는 울부짖었다. 참을 수 없었다. 나는 진실을 쏟아냈다. 아카디아, 퀴니, 브라이니, 내 동생들 이야기를 전부 했다. 카멜리아와 벽장 이야기도 했고 그 애에게 무슨 일이 일어났는지 직원마다 말이 다르다고도 했다. 대니 보이 말로는 그 애가 늪에 버려졌다는 이야기도.

도드 양은 고개를 숙인 채 그대로 있었다. 그녀는 내 어깨를 감쌌다. 어찌나 꽉 안았는지 살이 비틀리고 아팠다. "신 앞에 맹세코 전부 사실이야?" 내 말이 끝나자 그녀가 물었다.

나는 눈을 꼭 감고 고개를 끄덕이며 눈물과 콧물을 삼켰다.

"쉬……." 도드 양은 이렇게 속삭이며 나를 꼭 안았다. "이제 아무 말도 하지 마. 그 누구에게도. 계속 다른 아이들과 나가서 놀아. 말 잘 듣고 조용히 있어야 해. 내가 자세히 알아볼게."

그녀가 놓아주자 나는 그녀의 손을 잡았다. "머피 부인에게 말하지 말아주세요. 내게서 펀마저 빼앗아갈 거예요. 이제 펀은 내 전부예요."

"말 안 할게. 널 그냥 내버려두지도 않을 거고. 네 동생에게 무슨 일이 일어났는지 알아볼게. 하늘에 맹세컨대 우린 이 상황을 바로잡게 될 거야. 하지만 그동안 정말 강해져야 해." 그녀는 내 눈을 바라봤다. 그녀의 눈이 뜨겁게 타올랐다. 그 눈빛은 내게 위안이 됐지만 내가 그녀에게 무슨 부탁을 했는지 잘 알았다. 머피 부인은 카멜리아를 사라지게 한 것처럼 도드 양도 그렇게 할 수 있었다.

"저…… 절대 그들에게 자…… 잡히지 마세요."

"난 사람들이 생각하는 것보다 예리해." 도드 양은 나를 달래서 마당으로 보냈고 그렇게 우리는 친구가 됐다. 마침내 누군가가 우리 이야기를 들어줬다.

그날 밤 펀은 라크를 찾으며 영원히 그치지 않을 것처럼 울어댔다. 책을 읽어주려고까지 했지만 진정하지 않았고 결국은 나도 견디기 어려워졌다. 나는 펀의 팔을 세게 잡고 일으켜 내 얼굴을 똑바로 보게 했다.

"뚝 그쳐!" 작은 방에 내 목소리가 울려 퍼졌다. "바보야, 그만 울어. 라크는 없어! 내 잘못이 아니라고! 뚝 그치지 않으면 엉덩이 때린다!" 나는 손을 들어 보였다. 펀이 눈을 한참 깜빡이며 울음을 참은 뒤에야 내가 무슨 짓을 했는지 깨달았다.

나는 펀을 침대에 눕히고 돌아서서 내 머리카락을 아플 때까지 잡아당겼다. 머리를 몽땅 다 뽑고 싶었다. 한 올도 남김없이. 나는 이해할 수 없는 고통이 아니라 이해할 수 있는 고통을 원했다. 영원히 지속돼 뼛속까지 갈가리 찢어놓는 고통이 아니라 시작과 끝이 있는 고통을 원했다.

그 고통 때문에 나는 나조차 알지 못하는 아이로 변했다.

나는 그들로 변했다. 펀의 표정에서 알 수 있었다. 무엇보다 그 점이 마음 아팠다.

나는 도드 양이 우리를 위해 닦아준 침대에 쓰러졌다. 클로락스 냄새가 났다. 더러운 베개 밑에서 페퍼민트 사탕 세 개가 나왔다. 나는 그걸 요강으로 던져버렸다.

펀이 와서 내 옆에 앉더니 엄마가 아기를 달랠 때 했던 것처럼 내 등을 토닥였다. 오늘 하루, 이곳, 이곳에서 일어난 모든 일이 머릿속을 스쳐 지나갔다. 그 모든 게 영화처럼 보였다. 강변 마을 축제에서 건물이나 헛간 한 면에 영사기를 비춰 보여주던 5센트짜리 영화처럼. 하지만 내 머릿속에서 상영되는 영화는 흔들리고 흐릿했으며 너무 빨리 지나갔다.

결국 나는 깊은 곳에 가라앉았고 모든 게 어둡고 조용해졌다.

한밤중에 잠에서 깨자 옆에 있던 편이 파고들었다. 우리는 둘 다 담요를 덮고 있었다. 담요가 이상하게 뭉치고 꼬인 것으로 봐서 편이 덮어줬다는 걸 알았다.

편을 끌어안고 아카디아 꿈을 꾸었다. 좋은 꿈이었다. 우리는 모두 다시 모였다. 기분이 어찌나 달콤한지 인동덩굴에서 꿀을 따 먹는 것 같았다. 나는 혀를 내밀어 그 꿀을 먹고 또 먹었다.

나무 타는 냄새와 맞은편 둑이 보이지 않을 정도로 짙은 아침 안개에 넋을 잃은 사이 강은 바다로 바뀌었다. 나는 동생들과 모래톱을 따라 달리다가 풀 속에 숨어서 그 애들이 나를 찾기를 기다렸다. 안개 속에서 동생들의 목소리가 부드럽게 울려 퍼졌다. 그 소리로 아이들이 얼마나 멀리 있는지 알 수 있었다.

아카디아에서는 퀴니가 노래를 불렀다. 나는 풀 속에 가만히 앉아서 엄마 목소리에 귀를 기울였다.

봄에 찌르레기가
버드나무 위에 앉아 몸을 흔들면

나는 새의 노래에 귀 기울이네

새는 오러 리, 오러 리, 오러 리 하고 노래하네

금발의 처녀

햇살이 따라다니는 그대……

퀴니의 노래에 마음을 빼앗겨 지하실 문이 열리는 소리도 듣지 못하고 손잡이 돌아가는 소리만 겨우 들었다. 놀라서 눈을 뜨니 벌써 아침이었다. 진달래 덤불 사이로 작은 햇살 줄기가 비스듬히 들어와 방을 비췄다.

구석에서는 펀이 요강에서 일어나 속바지를 올리고 있었다. 어젯밤 이후로 너무 무서워서 침대에 다시 오줌을 싸지 않게 된 것인지도 몰랐다.

"잘했어." 나는 이렇게 속삭이고는 서둘러 침대를 정리했다.

"그럴 필요 없어. 오늘은 아무 데도 안 갈 거니까." 문간에서 들려온 목소리는 도드 양이 아니었다. 머피 부인이었다. 채찍을 맞아 온몸이 찢긴 기분이었다. 머피 부인이 여기 내려온 건 처음이었다.

"어떻게 감히!" 입을 어찌나 굳게 다물었는지 그녀의 광대뼈가 튀어나왔다. 고르지 못한 앞니 사이로 숨소리가 샜다. 그녀는 세 걸음 만에 다가와 내 머리채를 잡았다. "감히 내 호의와 친절을 이용해서 나를 모함하다니! 시골뜨기가, 아무것도 모르는 그 애송이가 정말 널 도울 수 있을 거라고 생각했어? 물론 그 애가 네 거짓말을 믿을 만큼 멍청할 순 있겠지. 하지만 네가 한 짓 때문에 그 애의 일자리가 위태로워질 수 있다고. 그리고 미스 탠이 도드의 동생들을 재빨리 잡아들였겠지. 그 애들은 셸비 카운티 복지국에 신고됐을 테고. 그랬다면 아마 지금쯤 그들의 서류를 작성 중일 거야. 이게 네가 원한 거야? 이렇게 만들려고 도드의 귀에 가여운 리그스에 대해 끔찍한 이야기를 쏟아냈어? 다른 사람도 아닌 내 사촌을! 피나 빨아 먹는 너희 멍청이들이 어지른 마당을 치우고 너희 장난감을 고치고 어리고 소중한 것들이 추운 밤 감기에 걸리지 않게 보일러를 지키는 내 사촌을!" 그녀는 최대한 구석으로 몸을 피한 편을 향해 경멸 어린 웃음을 지었다.

"저…… 저…… 저는 그런 게 아니라……." 어떻게 해야 할까? 난 어디로 가야 할까? 도망칠까 생각도 해봤지만 그러면 머피 부인은 편을 가두겠지.

"아니라고 하지 마. 부끄러운 줄 알아야지. 그런 거짓말을 하다니 수치스럽지도 않아? 난 강에 우글거리는 이가 어울리는 네게 분에 넘치게 잘해줬어. 혼자 있으면서 네 행동이 얼마나 잘못됐는지 생각해보고 기분이 어떻게 바뀔지 두고 보자고." 그녀가 거세게 밀치는 바람에 나는 침대 위로 넘어졌다. 내가 일어나기도 전에 그녀는 편을 잡았다.

편은 비명을 지르며 나를 잡으려고 했다.

"하지 마요!" 나는 벌떡 일어나며 외쳤다. "아프다고 하잖아요!"

"내가 더한 일을 하지 않은 걸 다행으로 여겨. 네 동생에게 네 죗값을 치르게 할까?" 머피 부인이 지나가면서 나를 밀쳤다. "다시 한 번 말썽을 일으켰다가는 그렇게 될 줄 알아."

대들고 싶었지만 참았다. 그랬다가는 펀이 다칠 테니까. "말 잘 들어. 착하게 굴어야 해." 내가 펀에게 말했다.

내가 마지막으로 본 건 머피 부인에게 끌려 문을 나가면서 펀의 발이 쏟아진 석탄재에 자국을 내는 모습이었다. 지하실 문이 잠겼고 나는 점점 멀어지는 펀의 울음소리를 듣고 있었다. 결국 모두 사라져버렸다.

침대에 쓰러져 펀과 나의 온기가 아직 남아 있는 담요를 붙들고 눈물이 한 방울도 남지 않을 때까지 울었다. 그런 다음에 할 수 있는 일이라고는 천장을 멍하니 바라보는 것뿐이었다.

온종일 기다렸지만 아무도 오지 않았다. 지하실 창문을 열고 밖에서 아이들이 노는 소리를 들었다. 높이 떠오른 태양이 서쪽으로 가는 여정을 시작했다. 그리고 마침내 저녁식사 종이 울렸다.

잠시 뒤 다들 자러 가는지 천장의 나무가 삐걱댔다.

배고프고 목말랐지만 무엇보다 원하는 건 펀이었다. 설마 잠까지 다른 곳에서 재울까? 내가 한 말 때문에?

하지만 그랬다.

집이 조용해진 뒤에 다시 누웠다. 안에서 쥐가 갉아먹는 것처럼 배 속이 꾸르륵거리고 아팠다. 목은 누가 긁어내리는 것 같았다.

나는 자다 깨다 했다.

아침에 되자 펄니크 부인이 물 한 통과 국자를 가지고 들어왔다. "조금만 마셔. 당분간 아무도 못 만날 거야. 계속 갇혀 있을 테니."

사흘이 더 지나서야 펄니크 부인이 음식을 가져왔다. 너무 배가 고파서 리그스가 문 아래로 밀어 넣은 사탕을 먹기 시작했다. 그러는 내가 끔찍하게 싫었지만.

하루가 그다음 날이 되고 또 그다음 날이 되고 다시 다음 날이 됐다. 나는 《허클베리 핀의 모험》을 끝까지 읽었다. 결말에서 허클베리 핀은 입양 대신 원주민 보호구역으로 가는 쪽을 택했다.

눈을 감고 그곳으로 달아나는 상상을 했다. 나는 서부영화에 나오는 토니나 톰 믹스처럼 발과 눈 사이에 흰 털이 난 크고 멋진 붉은색 말에 타고 있었다. 내 말은 다른 말보다 빨랐고 우리는 달리고 또 달렸다.

책을 다시 읽기 시작하자 나는 미주리의 큰 강기슭으로 돌아갔다. 허클베리 핀의 뗏목을 타고 여행하면서 하루를 보냈다.

밤에 나뭇가지가 바람에 날리자 창밖을 내다보며 가로등 아래 지드 아저씨와 사일러스 그리고 브라이니가 있는지 살폈다. 바람이 다시 불자 그들이 서 있는 모습이 보였다. 그들 옆에는 여자가 있었는데 퀴니라고 하기에는 몸집이 컸다. 도드 양인 것 같았다.

그들은 나타나자마자 사라졌다. 내가 미친 게 아닐까 싶었다.

펄니크 부인이 와서 책을 가져갔다. 그녀는 나 때문에 머피 부인이 이동도서관 직원들에게 입장이 난처해졌다고 했다. 내게 도둑이라고 하며 도서관 책을 가지고 있다고 말하지 않았다는 이유로 내 얼굴을 세게 때렸다.

나는 《허클베리 핀의 모험》 없이 버틸 자신이 없었다.

펀이 위층에서 혼자 어떻게 지낼지 걱정스러웠다.

몇 날 며칠이 지났다. 일수 세기를 포기하고 아주 오랜 시간이 지난 뒤 마침내 펄니크 부인이 나를 머피 부인의 사무실로 데려갔다. 내게서는 요강만큼 악취가 났고 머리카락은 뒤엉켜 더럽게 뭉쳐 있었다. 위층의 불빛이 너무 밝아서 비틀거리다가 어딘가에 부딪쳤고 감각에 의지해 걸어야 했다.

책상 뒤에 앉아 있는 머피 부인은 흐릿한 그림자 같았다. 나는 더 잘 보려고 눈을 가늘게 떴고 그 사람이 머피 부인이 아니라는 걸 알았다. 책상 뒤에 앉은 사람은 미스 탠이었다. 머피 부인은 미스 탠 뒤쪽 창가에 서 있었다.

펄니크 부인이 나를 앞으로 밀었다. 나는 다리에 힘이 풀려 무릎으로 주저앉고 말았다. 펄니크 부인이 옷과 머리카락을 잡아당겨 무릎을 꿇렸다.

미스 탠은 일어나서 책상에 기대섰다. "바로 그게 네가 취해야 할 자세 같구나. 무릎 꿇고 네가 저지른 모든 일에 용서를 빌어야지. 머피 부인에 대해 네가 한 거짓말도. 이 배은망덕한 것 같으니라고. 그렇지?"

"네…… 네, 부인." 나는 꺽꺽대며 속삭였다. 지하실에서 나갈 수만 있다면 뭐든 할 수 있었다.

머피 부인이 주먹 쥔 손을 허리에 갖다 댔다. "내 사촌에 대해 거짓말하다니. 이 끔찍하고 요망한……."

"그만." 미스 탠이 손을 들자 머피 부인은 입을 꾹 다물었다. "무슨 짓을 했는지는 메이 자신이 잘 알겠지. 이 아이는 그저 관심이 필요했던 것 같은데. 메이, 혹시 그런 거니? 관심이 필요했어?"

나는 뭐라고 말해야 할지 몰라서 계속 무릎 꿇은 채 덜덜 떨었다. 펄니크 부인은 바닥을 향해 나를 세게 밀쳤다. 머리카락 끝에서 시작된 통증이 무릎까지 전해졌다. 안에서 눈물이 차올랐지만 내보일 순 없었다.

"대답해!" 미스 탠의 목소리가 천둥소리처럼 방 안을 채웠다. 그녀는 책상 주변을 절뚝거리며 맴돌더니 내 앞에 서서 손가락으로 내 얼굴을 흔들었다. 그녀의 눈동자는 겨울 폭풍처럼 차가운 잿빛이었다.

"네…… 네, 부인…… 아…… 아닙니다, 부인."

"어느 쪽이란 말이야?"

입을 벌렸지만 말이 나오지 않았다.

미스 탠은 내 턱을 잡았다. 그러더니 내가 목을 길게 늘이도록 잡아당기고 몸을 가까이 기울였다. 탤컴파우더(활석 가루에 붕산과 향료 등을 섞어서 만든 화장용 분으로, 주로 땀띠약으로 씀) 냄새와 숨결에서 풍기는 시큼한 냄새가 났다. "지금은 왜 말이 없어? 이제 네 잘못을 알아서 그래?"

나는 가까스로 고개를 끄덕였다.

미스 탠은 미소 지었다. 그녀의 눈은 굶주림으로 빛났다. 내게서 느껴지는 두려움이 마음에 든다는 듯. "네가 거짓으로 꾸며낸 동생과 가여운 리그스 씨에 관해 터무니없는 이야기를 하기 전에 그 생각을 했어야지."

머릿속에서 맥박이 쿵쾅댔다. 미스 탠의 말을 이해하려 애썼지만 할 수 없었다.

"카멜리아…… 라는 애는 처음부터 없었어. 메이, 우리 둘 다 그걸 알잖니? 여기 왔을 때 너희는 넷이었어. 네게는 여동생 둘과 남동생 하나가 있었다고. 넷뿐이었어. 그리고 우리는 지금까지 좋은 가정을 찾아줬어. 아주 좋은 가정을. 그 일에 가장 감사해야 할 사람은 너야, 안 그래?" 그녀는 펄니크 부인에게 몸짓했다. 그러자 묵직한 게 내 어깨를 일으켰다. 미스 탠은 내가 바로 설 때까지 잡고 있던 내 턱을 끌어올렸다. "다시는 이런 일이 있어선 안 돼. 알겠어?"

나는 고개를 끄덕이면서도 그런 자신이 끔찍하게 싫었다. 이건 잘못된 일이었다. 내가 도드 양에게 말한 건 모두 사실이었다. 하지만 지하로 돌아갈 순 없었다. 나는 핀을 찾아서 저들이 나를 해치지 않았다는 걸 확인시켜야 했다. 내게 남은 건 핀뿐이었다.

"좋아." 미스 탠은 나를 놓아준 다음 두 손을 깍지 끼더니 발뒤꿈치를 쿵쿵댔다. 그녀의 원피스가 무릎 언저리에서 흔들렸다.

머피 부인은 숨죽여 웃었다. "저 부랑아의 머릿속에도 뇌라는 게 있긴 하겠죠."

미스 탠은 씩 웃었다. 보는 사람을 서늘하게 만드는 웃음이었다. "아무리 반항하는 아이일지라도 훈육은 가능한 법이지. 교훈을 주기 위해 어떤 수단을 동원하느냐가 문제일 뿐." 그녀는 눈을 찡그리더니 나를 머리끝부터 발끝까지 훑어봤다. 곧 벽난로 선반의 자명종이 울려 그녀의 주의를 사로잡았다. "이제 나는 내 일을 해야겠군." 미스 탠은 방에 파우더 냄새를 남기고 스쳐 지나갔다. 그 냄새를 맡지 않으려 애썼지만 냄새는 이미 코에 남아 있었다.

머피 부인은 책상에 앉더니 내가 그곳에 있다는 걸 잊은 듯 서류를 집어 들었다. "이제부터 넌 내 호의에 감사해야 할 거야."

"네…… 네, 부인. 이…… 이제 편을 볼 수 있을까요?" 이렇게 묻기까지 안간힘을 써야 했지만 반드시 물어야 했다. "머…… 머피 부인?"

그녀는 나를 쳐다보지 않았다. "네 동생은 없어. 입양됐어. 다시는 못 만날 거야. 이제 나가서 다른 애들이랑 놀아." 그녀는 서류를 뒤적이며 펜을 들었다. "펄니크, 오늘 밤에 메이를 위층 새 침대로 옮기기 전에 꼭 목욕시켜. 냄새를 참기 힘들군."

"네, 시키신 대로 하겠습니다."

펄니크 부인이 팔을 잡았지만 아무런 느낌이 없었다. 그녀가 나를 밖에 두고 간 뒤에도 나는 현관 계단에 한참 동안 앉아 있었다. 다른 아이들이 지나가다가 동물원의 동물 보듯 나를 쳐다봤다.

그들이 전혀 신경 쓰이지 않았다.

스티비가 다가와 내 무릎에 올라오려 했지만 그 애가 가까이 오는 것조차 견딜 수 없었다. 편이 생각났기 때문이다.

"가서 트럭 장난감 가지고 놀아." 나는 스티비에게 이렇게 말하고 마당을 지나 교회 뒤의 울타리까지 갔다. 그런 다음 야생 포도 덩굴 아래로 기어 들어가 숨었다.

나뭇잎 사이로 여자아이들이 자는 방 창문을 보며 생각했

다. '오늘 밤 저기서 뛰어내리면 죽을까?'

편 없이 살 수 없었다. 그 애가 태어났을 때부터 우리의 심장은 묶여 있었다.

이제 내 심장이 사라졌다.

고개를 숙이고 목덜미에 닿은 햇살을 느꼈다. 그리고 잠이 나를 덮치게 놔뒀다. 깨어나지 않기를 바라면서.

누가 팔을 흔드는 바람에 잠에서 깼다. 나는 손길을 뿌리치고 비틀거리며 일어나 쪼그려 앉았다. 나를 깨운 사람이 리그스 씨라고 생각했다. 하지만 그 얼굴을 보니 아직 꿈속인 것 같았다.

꿈이어야 했다.

"사일러스?"

그 애는 입술에 손가락을 갖다 댔다. "쉿!" 그 애가 속삭였다.

나는 떨리는 손을 뻗어 울타리를 잡았다. 이 상황이 진짜인지 알아야 했다.

사일러스는 울타리 너머에서 내 손을 꼭 잡았다. "여기 있었구나! 마침내 찾아냈어! 퀴니가 쌍둥이를 낳은 직후에 병원에서 어떤 여자가 퀴니와 브라이니에게 서류에 서명하라고 했대. 병원에서는 브라이니에게 서류에 서명하면 퀴니의 병원비를 내주고 아기들 장례를 치러주겠다고 했고. 하지만 서류에 적힌 내용은 그게 아니었지. 서류에는 그들이 너희를 아카디아에서 데려가도 된다고 돼 있었어. 브라이니와 지드 아저씨가 경찰서에 갔지만 경찰은 브라이니가 너희 모두를 테네시 보육원에 넘기기로 서명했기 때문에 어쩔 수 없다고 했어.

우리는 몇 주나 너희를 찾아다녔어. 도드 양이라는 여자가 우리를 찾아서 너희가 어디에 있는지 알려줬고. 기회가 있을 때마다 찾아와서 이곳을 살펴봤어. 네가 아직 여기 있기를 바라면서."

"그들이 날 가둬놨어. 문제가 생겼거든." 나는 덩굴 안에서 주위를 살폈다. 지금 일어나는 일이 여전히 믿기지 않았다. 상상 속에서 벌어지는 일 같았다. "퀴니와 브라이니는 어디에 있어?"

"아카디아에. 다시 강으로 나갈 준비를 하고 있어. 너무 오래 정박해 있었잖아."

나는 울타리에 기댔다. 피부가 뜨겁고 빨갰다. 몇 주째 입고 있는 누더기 같은 잠옷 아래로 땀이 흘렀다. 브라이니가 사실을 알게 되면 무슨 생각을 할까? "그들이 다 데려갔어. 나 빼고 다 데려갔어. 난 브라이니 말대로 할 수 없었어. 떨어지지 않고 같이 있지 못했어."

"괜찮아." 사일러스가 속삭였다. 내가 울자 그 애는 내 머리를 쓰다듬었다. 엉망진창인 머리카락 속에서 그 애의 손가락이 엉켰다. "내가 널 꺼내줄게. 오늘 밤에 와서 울타리를 하나 자르고…… 저기 호랑가시나무 열매 아래가 좋겠다. 덤불 상태가 좋고 빽빽하니까. 오늘 밤 여기로 나올 수 있어? 몰래 빠져나올 수 있겠어?"

나는 딸꾹질하고 훌쩍거리며 고개를 끄덕였다. 제임스가 음식을 훔치러 주방에 내려갔듯 나도 주방에 갈 수 있었다. 주방에 갈 수 있다면 교회 마당까지도 올 수 있었다.

사일러스는 울타리를 유심히 살폈다. "시간을 좀 줘. 완전히 어두워진 다음 여기에 와서 울타리를 자르려면 두 시간쯤 걸릴 거야. 넌 그때 오면 돼. 네가 자리를 비우는 시간이 짧을수록 좋으니까."

우리는 계획을 세웠고 사일러스는 누가 그를 보기 전에 가는 게 좋겠다고 했다. 내가 할 수 있는 일은 그를 놔주고 덩굴 아래로 기어 나와 걸어가는 것뿐이었다.

'몇 시간만 더 버티면 돼.' 나는 이렇게 되뇌었다. '남은 오후가 지나고 저녁을 먹은 뒤 목욕을 한 번만 더 하면 집에 갈 수 있어. 아카디아의 집으로 돌아가는 거야.'

하지만 마당을 지나갈 때 나를 보는 스티비가 보였다. '스티비는 어쩌지?'

대니 보이가 스티비를 때리려고 교회 마당 대문에서 나왔다.

"그냥 놔둬." 나는 스티비에게 다가가 대니 보이 앞에 섰다. 지하실에 갇힌 사이에 내 키가 더 큰 것 같았다. 더 마른 건 말할 것도 없었다. 대니 보이의 얼굴 앞에서 흔든 주먹은 너무 뼈가 앙상한 나머지 무덤에서 튀어나온 것 같았다.

"너랑 못 싸우겠다. 냄새가 너무 지독해." 대니 보이가 침을 꿀꺽 삼켰다. 어쩌면 그 애는 몇 주나 지하실에서 버틴 내가 싸우기에 버거운 상대라고 생각했는지도 모른다. 두려웠는지도 모른다. 싸움에 휘말리면 그들에게 나와 똑같은 일을 당할 테니까.

그 애는 오후 나머지 시간 동안 나도 스티비도 괴롭히지 않았다.

저녁이 돼 안으로 들어가는 줄을 설 때 나는 스티비와 함께 맨 앞에 섰다. 대니 보이는 그걸 마음에 들어 하지 않았지만 그 애에게는 나를 막을 배짱이 없었다. 그 애는 내 머리카락과 냄새를 놀리는 것으로 만족했다. "듣자 하니 네 바보 같은 여동생을 내일 데려온다던데." 안으로 들어갔을 때 그 애가 내 뒤에서 말했다. "너무 멍청해서 침대에 오줌을 싸는 바람에 데려간 사람들이 그 애를 원치 않는대."

그 말 역시 거짓이겠지만 그래도 작은 희망의 불꽃이 일었다. 나는 그 불꽃을 밟아 끄지 않았다. 대신 거기에 불쏘시개를 넣고 아주 약하게 바람을 불어 넣었다. 저녁식사 뒤에 나는 용기를 내서 직원 한 사람에게 편이 돌아온다는 게 사실이냐고 물었다. 직원은 사실이라고 대답했다. 이곳을 떠나 있는 내내 편은 계속해서 나를 찾고 오줌을 쌌다고 했다.

"집안에 황소고집 피가 흐르나 봐." 직원이 말했다. "어쨌든 애석한 노릇이야. 이제 그 애는 절대 가정을 찾지 못할 테니."

기쁘지 않은 척하려 애썼지만 기뻤다. 편이 돌아오면 우리는 같이 도망갈 수 있었다. 하지만 그러려면 사일러스에게 하루 더 기다려달라고 해야 했다. 오늘 밤에 몰래 나가서 말해야지.

직원들에게 들키지 않고 몰래 나갈 방법을 찾아야 했다. 내가 위층에서 자는 게 처음이니 그들은 나를 유심히 지켜볼 것이다. 하지만 내가 가장 걱정하는 건 직원들이 아니라 리그스 씨였다. 그는 내가 오늘 밤에 어디서 자는지 알고 있었다.

그리고 위층 방에 자물쇠가 없다는 것도 알았다.

17장
에이버리

에디스토는 시간을 죽이기에 그리 나쁜 곳이 아니다.

바다에서 불어오는 산들바람이 커튼 사이로 들어와 낮을 보내고 갈아입은 심플한 랩 원피스 자락을 간질였다. 집을 나올 때 휴대전화 충전기를 깜빡하고 챙기지 않았다. 배터리는 반 정도 남아 있다. 섬을 뒤져봤지만 호환되는 충전기를 찾을 수 없었다. 그래서 이메일에 답장하거나 지난밤 알게 된 사실과 관련된 내용을 인터넷으로 찾아보는 대신 고전적인 방법으로 재미를 찾는 수밖에 없었다.

에이스 저수지에서 타는 카약은 나름의 가치가 있었다. 미지근한 물로 겨우 샤워했고 빌린 카약 좌석에서 흰 곰팡이와 플러프 진흙이 섞인 거무튀튀한 얼룩이 반바지에 묻어서 지워지지 않았지만. 어린 시절의 나를 다시 찾은 기분이었다.

노를 저으며 움직이자 6학년 때 아버지와 에디스토로 소풍을 왔던 오래전 기억이 떠올랐다. 그때 나는 시커먼 물이 흐르는 강 저지대의 생태계에 관한 과학경진대회 프로젝트를 준비하고 있었다. 의욕 넘치는 꼬마 완벽주의자였던 나는 책에서 발췌하기보다는 직접 표본을 수집하고 사진을 찍고 싶어 했다. 아버지는 그런 나를 도와줬다. 이곳으로 온 1박 여정은 마술(馬術) 쇼나 언론 행사가 아닌 아버지와 딸이 단둘이 보낸 얼마 안 되는 시간 중 하나였다. 그때의 기억은 오랜 세월이 지난 지금도 소중하다.

내 경진대회 전시의 거대한 배경을 만드는 일을 엘리엇이 도와준 일도 기억났다. 우리는 옷장 가득한 옛날 캠페인 도구를 꺼내 표지판을 페인트로 칠했고, 판지로 만든 대형 조형물이 스스로 서 있으려면 길이를 어느 정도로 해야 하는지를 두고 말다툼했다. 우리 둘 다 도구를 사용하는 데 능하지 못했다.

'왜 그냥 사서 하지 않는지 모르겠어.' 두 번째 작품이 실패로 돌아간 뒤에 엘리엇이 투덜댔다. 늦은 밤, 우리는 아버지의 마구간에서 팔꿈치에 페인트를 묻힌 채 어설프게 못질한 잡동사니에 둘러싸여 있었다.

'물건을 재활용해서 전시를 준비했다고 과제물에 쓰고 싶으니까. 직접 만들었다고 하고 싶어서 그래.'

'도대체 뭐가 다른지 모르겠네……'

말다툼의 나머지 부분은 시간이 지나 다행히 잊었다. 하지만 마구간 관리인이 말이 뛰어넘는 묵직한 나무 장애물을 들고 들어올 만큼 말소리가 컸다는 건 분명히 기억한다. 관리인은 케이블 타이와 강력 접착테이프가 담긴 큰 상자를 가져다줬고 그 덕분에 엘리엇과 나는 처음부터 다시 시작할 수 있었다.

과학경진대회를 떠올리면 웃음이 났다. 엘리엇에게 전화해서 그때 이야기를 할까 하고 시계를 봤지만 트렌트 터너가 내게 전화를 걸었을 때 통화 중이고 싶지 않았다. 시계를 보고 나자 슬슬 걱정이 됐다. 다섯 시가 넘었는데도 트렌트에게서 연락이 없었다. 혹시 오늘 저녁 늦게까지 일하는 걸까?

어쩌면 할아버지가 남긴 나머지 기록을 보여주겠다는 생각이 바뀌었는지도 몰랐다.

다시 삼십 분이 지났다. 나는 작은 우리에 갇힌 햄스터처럼 불안했다. 앉았다가 일어서기를 반복했고 전화가 왔는지 휴대전화를 확인하며 별장 안을 서성댔다.

마침내 참지 못하고 해변으로 나가 트렌트의 집에 사람이 있는 흔적이 있는지 몰래 살폈다. 모래 언덕과 시오트 주변을 기웃거리며 그 집까지 반쯤 걸었을 때 전화가 울렸다.

그 소리에 너무 놀라서 펄쩍 뛰는 바람에 모래 위에서 발을 헛디뎠다. 그 바람에 전화기가 날아가 공중에서 빙글빙글 돌았다.

"끊으려던 참이었어요." 마침내 전화를 받자 트렌트가 말했다. "문을 세 번 두드렸는데 대답이 없더라고요. 그래서 당신 생각이 바뀐 줄 알았어요."

간절함을 들키지 않으려고 노력했지만 부질없었다. "아니에요. 나 여기 있어요. 방금 전에 잠깐 나왔을 뿐이에요." '문을 두드렸다고? 마이어스 별장 문 앞에 있단 말인가?'

"지금 갈게요."

마이어스 별장을 보고서야 내가 얼마나 멀리까지 걸어왔는지 깨달았다. 트렌트는 내가 뭘 하고 있었는지 알 것이다. "별장 대문 위에 독이 있는 담쟁이덩굴이 자라고 있을 텐데요."

"아뇨. 그래 보이지는 않는데요."

돌아서서 뒷마당을 향해 재빨리 움직였지만 모래 위인 데다 긴 랩 원피스가 다리에 감겼고 플립플롭이 발바닥에 찰싹찰싹 부딪쳤다. 할머니의 팔메토 울타리 주변에 파란 셔츠가 보이자 나는 속도를 늦추고 아무렇지 않은 듯 행동하며 판잣길을 올라갔다.

그런데도 트렌트는 나를 어리둥절하게 쳐다봤다. "할아버지의 별채를 살펴보기엔 너무…… 잘 차려입은 것 같은데요. 그 안은 엉망이라고 했을 텐데. 게다가 덥기도 하고요."

"아…… 그래요?" 나는 랩 원피스를 내려다봤다. "가져온 옷 중에 남은 게 이것뿐이라서요. 오전에 카약을 타다가 옷이 엉망이 됐거든요. 지금 완전 만신창이에요."

"만신창이 같아 보이지는 않아요." 그가 그저 예의를 차리는 건지 나를 유혹하려는 건지 알아내려 애썼지만 구분할 수 없었다. 그가 왜 부동산 사업에서 성공했는지 알 것 같았다. 그는 매력이 넘쳐흘렀다. "갈까요?" 그가 말했다.

"네, 좋아요."

나는 뒷문을 닫고 그와 함께 해변을 거닐었다. 트렌트는 늦어서 미안하다고 했다. "오늘 루 고모 집에서 좀 재미있는 일이 있었어요. 조나 사촌들이 자세하게 이야기하고 싶어 하지 않아서 이유는 알 수 없지만 조나가 코코아 퍼프(작은 공 모양의 초콜릿 맛 시리얼)를 콧구멍에 넣었더라고요. 그래서 그걸 빼주느라 늦었어요."

"그걸 손으로 뺐어요? 조나는 괜찮아요?"

트렌트는 씩 웃었다. "후추를 이용했어요. 가로막고 있는 물질을 비강 내부에 압축된 공기가 제거하게 했죠. 다시 말해 조나가 재채기했어요. 이제 루 고모가 사촌들에게 누구 책임인지 알아내는 일이 남았어요. 조나 사촌이 일곱 명이거든요. 다 남자아이들이고 조나가 가장 어린데 막내 사촌과 세 살 차이가 나요. 조나는 힘들게 삶을 배우고 있죠."

"가여운 녀석. 이해할 수 있어요. 막내 노릇이 쉽지 않죠. 우리 가족은 전부 다 여자인데 그것도 단점이 있어요. 혹시 가서 조나를 데려와야 하면……."

"지금 농담하는 거죠? 그랬다가는 난리가 날 거예요. 조나는 거기 있는 걸 좋아해요. 이모 두 분과 사촌 한 명이 같은 거리에 살고 부모님도 일 년 중 일정 기간을 그곳에서 보냈어요. 그래서 음식이나 생활이 익숙하죠. 같이 놀 사람도 항상 있고요. 조나 엄마가 죽고 나서 이곳으로 이사하고 부동산 사무소를 차린 가장 큰 이유가 그거였어요. 무리하지 않는 수준으로 일하는 시간을 줄이면서도 조나가 가족들과 함께 생활하게 하고 싶었거든요. 그 애가 나와 단둘이 아파트에서 자라는 건 원치 않았어요."

여러 질문이 머릿속에 떠올랐다. 대부분 너무 개인적인 질문이었다. "그 전에는 어디에 살았어요?" 답은 이미 알고 있다. 협박 가설을 믿었을 때 뒷조사해봤으니까.

"뉴욕이요." 카키색 바지, 폴로셔츠, 캐주얼한 보트슈즈, 약한 텍사스 억양을 생각하면 검은색 기본 정장의 단추를 채워 입고 뉴욕에서 전문직에 종사하는 그의 모습을 상상하기 힘들었다. "상업 부동산 쪽에서 일했죠."

나는 뜻밖에 트렌트 터너와 동질감을 느꼈다. 우리 둘 다 새로운 환경과 새로운 삶에 적응하고 있었다. 물론 그의 환경과 삶이 부러웠지만. "엄청난 변화였군요. 이곳이 마음에 들어요?"

그의 대답에서 약간 후회하는 기색이 느껴졌다. "이곳은 뭐든지 엄청나게 느려요…… 하지만 좋아요. 마음에 들어요."

"아내 일은 안타깝군요." 자세한 이야기가 궁금했지만 묻지 않기로 했다. 유혹일지도 모른다고 착각했던 건 아내를 잃은 지 몇 달밖에 안 된 사람이 당연히 느낄 법한 외로움인 것 같았다. 어쨌든 나는 그를 유혹하고 싶지 않았다. 지금은 약혼반지도 끼고 있었다. 프린세스 컷이라서 사람들이 그냥 멋으로 끼는 반지인 줄 아는 경우도 있지만.

"결혼한 사이는 아니었어요."

나는 이내 얼굴을 붉혔다. 멋대로 추측하다니 바보 같았다. 요즘에는 모를 일이었다. "아…… 미안해요. 내 말은……."

그의 미소에 마음이 편안해졌다. "괜찮아요. 좀 복잡해요. 우린 동료이자…… 친구였죠. 로라가 이혼하고 나서 우리는 넘지 말아야 할 선을 넘었어요. 난 조나가 내 아이라고 생각했지만 그녀는 아니라고 했죠. 그녀는 전남편과 재결합하기 위해 북부로 갔어요. 난 혼자 남겨졌고요. 그녀가 교통사고를 당하고 나서야 조나에 대해 사실대로 알았어요. 사고로 조나의 장기가 손상돼서 간 이식이 필요했죠. 로라의 언니가 내게 연락했고요. 내가 이식이 가능하길 바란다면서요. 검사 결과 가능했고 그래서 이렇게 된 거예요."

"아……." 내가 할 수 있는 말은 이뿐이었다.

그는 내 눈을 바라봤다. 우리는 그의 집으로 이어지는 길에 접어들기 전에 걸음을 멈췄다. 그는 다음 이야기를 하려고 했다. "조나에게는 이복형제가 둘 있는데 지금은 거의 기억하지 못해요. 아이들이 성인이 되고 나서 찾지 않는 한 조나는 그들의 존재를 모를 거예요. 양육권 심리가 끝나고 그 애들 아버지는 자기 아들들이 조나나 나와 얽히지 못하게 했어요. 내가 원하지는 않았지만 그렇게 됐죠. 그래서인지 난 할아버지가 도왔던 사람들을 당신이 생각하는 것보다 잘 이해해요."

"그렇군요." 나는 그가 툭 터놓고 이야기해서 놀랐다. 그의 고통과 실망이 깊다는 건 분명했다. 하지만 그는 결정을 두고 갈등하거나 과거의 잘못된 판단으로 수없이 어려운 선택을 할 수밖에 없었던 상황을 감추려 하지 않았다. 이런 환경은 조나에게 평생 영향을 미칠 테지.

나는 이런 일을 솔직하게 인정하지 않는 세계에서 살았다. 사실상 낯선 사람이나 다름없는 사람에게는 말할 것도 없었다. 내가 아는 세계에서는 세련된 겉모습과 흠잡을 데 없는 평판이 무엇보다 중요했다. 트렌트의 이야기를 듣고 나니 내가 사람들 앞에서 절제된 모습을 보이는 데 너무 익숙해진 게 아닐까 하는 생각이 들었다.

내가 이런 상황에 처하면 어떻게 할까?

"조나는 정말 멋진 아이 같아요."

"맞아요. 이제 난 조나가 없는 삶은 상상할 수도 없어요. 모든 부모가 이렇게 느끼겠죠."

"분명 그럴 거예요."

그는 내가 앞장서기를 기다린 다음 나를 뒤따랐다. 마당에 들어서자 얼굴에 연신 거미줄이 걸렸다. 집 근처 히치콕 숲으로 말을 타러 갈 때면 늘 누가 맨 처음 길을 통과하느냐를 두고 사촌들과 싸웠는데 이제야 그 이유를 깨달았다. 나는 거미줄을 떼어내고는 마른 야자 잎을 잡고 앞으로 휘둘렀다.

트렌트가 빙그레 웃었다. "보기보다 도시적이지 않은가봐요."

"마구간에서 자랐다고 했잖아요."

"그 말 안 믿었어요. 그래도 할아버지 작업실을 보면 좀 겁날 거예요."

"그럴 리 없어요." 어깨 너머로 흘끔 보니 그는 웃고 있었다. "내가 무서워하면 좋겠어요?"

마당을 가로질러 지붕이 낮은 작은 통나무집의 계단을 오르는 동안 트렌트는 진지해졌다. "난 확신이 안 들어요. 할아버지가 여기 계셔서 직접 결정을 내려주면 좋겠어요." 주머니에서 열쇠를 꺼내 고개를 숙이고 살펴보는 동안 햇볕에 그은 그의 이마에 수심 가득한 주름이 잡혔다.

"이해해요. 진심으로요. 나도 할머니의 과거를 파헤쳐야 할지 여러 번 고민했어요. 하지만 어쩔 수 없었어요. 진실이 더 중요하다는 생각이 들었거든요."

　그는 걸쇠에 열쇠를 끼우고 자물쇠를 열었다. "정치인이 아니라 기자처럼 말하는군요. 조심해요, 에이버리 스태포드 씨. 정치판에서 그런 이상적인 생각을 하다가는 뒤통수 맞을 테니까."

　나는 그 말에 발끈했다. "질 나쁜 정치인 깨나 상대해본 사람처럼 말하네요." 레슬리도 내게 그렇게 말했다. 상원의원에 입후보하는 일을 고답적이고 비현실적으로 생각하는 듯해 걱정이라며. 그녀는 내가 지금껏 옷부터 사립학교 등록금까지 모든 것에 대해 낯선 사람들이 아무렇게나 쏟아내는 말을 들으며 살았다는 걸 잊은 듯했다. 사실 낯선 사람뿐 아니라 친구들도 그랬다. "우리 가문에서 공직이란 다수를 위해 봉사하는 거예요."

　트렌트가 무표정해서 내 말에 동의하는지 아닌지 알 수 없었다. "그렇다면 테네시 보육원과 관련해 곧 알게 될 사실들이 그리 달갑지는 않을 거예요. 어느 모로 보나 아름다운 이야기는 아니거든요."

　"왜요?"

　"그곳은 아주 좋은 평가를 받았어요. 그리고 그곳을 운영한 조지아 탠이라는 여성은 사회적으로나 정치적으로 강한 무리 속에서 활동했죠. 그녀는 언론을 통해 존경받는 인물이 됐어요. 사람들은 그녀가 하는 일에 찬사를 보냈고요. 고아들은 불량품이라는 보편적 인식을 바꿔놨거든요. 하지만 사실 멤피스의 테네시 보육원은 뼛속까지 썩은 곳이었어요. 할아버지가 이 좁은 별채에서 무슨 일을 하는지 말하길 원치 않은 게 전혀 놀랍지 않아요. 너무 슬픈 이야기니까요. 그들은 소름 끼칠 정도로 가혹했고 이 일에 연루된 사람이 수천 명에 달해요. 그들은 아이들을 중개했어요. 조지아 탠은 입양, 교통, 다른 주 인도 등의 명목으로 거액을 챙겼어요. 가난한 집에서 태어난 아이들을 유괴해서 유명 인사들과 정치 거물들에게 팔았죠. 그녀는 사법기관과 가정법원 판사들도 주물렀어요. 병원 분만실의 여성들을 속여 그들이 진정제를 맞는 동안 서류에 서명하게 했고요. 그녀는 사람들에게 서류에 서명하지 않으면 아기가 죽는다고 했어요." 트렌트는 뒷주머니에서 접힌 종이를 꺼내 내게 건넸다. "더 자세한 이야기는 여기에 나와 있어요. 오늘 일하다가 잠깐 시간이 빌 때 복사했어요."

그가 건넨 종이는 옛날 뉴스 기사 사본이었다. 기사 제목은 충격적이었다. '입양의 대모, 수많은 생명을 앗아간 연쇄 살인마 가능성 있어'.

트렌트는 문손잡이를 돌리다 말고 멈췄다. 내가 기사 읽기를 기다리는 것 같았다. "할아버지와 가끔 찾아오는 고객들 말고 이 별채에 들어가본 사람은 없어요. 할머니조차 못 들어갔죠. 할머니는 이 일에 대해 할아버지와 대화를 나누지도 않았어요. 할머니는 과거는 과거로 묻어둬야 한다고 생각하는 분이라고 말했죠? 할머니가 옳았는지도 몰라요. 할아버지도 마지막에는 그렇게 느끼셨거든요. 할아버지는 내게 별채를 깨끗하게 치우고 남은 건 모두 버리라고 하셨어요. 들어가기 전에 미리 경고해두는 거예요. 이 문 안쪽에 뭐가 있는지는 나도

304

몰라요."

"알겠어요. 하지만 난…… 메릴랜드에서 연방검사로 일해요. 뭘 봐도 그리 놀라지 않을 거예요."

하지만 기사 제목만 읽고도 놀란 건 사실이었다. 트렌트는 내가 기사를 다 읽기 전까지, 그러니까 강력한 경고를 미리 접하고 마음을 준비하기 전까지는 문을 열지 않을 것 같았다. 그는 별채 안에 있는 것들이 외롭던 고아들이 마침내 가정을 찾는 솜털처럼 따뜻한 이야기가 아니라는 걸 내가 이해하기를 바랐다.

나는 기사를 읽기 시작했다.

한때 '현대 입양의 어머니'로 알려졌고 엘리너 루즈벨트의 요청을 받아 미국 입양 정책 개정을 자문했던 조지아 탠은 실제로 1920년대부터 1950년대까지 수많은 어린이의 입양을 활성화했다. 그녀는 보육원 조직을 직접 운영하기도 했는데 그곳에서는 500명에 달하는 아동과 영아를 돌보지 않고 방치했으며 죽음에까지 이르게 했다.

"대부분 아이는 고아가 아니었어요." 메리 사이크스는 이렇게 말했다. 메리는 네 살 때 당시 아기였던 여동생과 함께 미혼모인 어머니의 집 현관에 있다가 유괴당해 테네시 보육원에 들어갔다. "대부분 그들을 사랑하고 키우려는 부모가 있는 아이들이었어요. 아이들은 그야말로 백주대낮에 유괴당했고, 생모와 생부가 법정에서 아무리 싸워도 이기지 못했어요." 사이크스 부인은 조지아 탠과 그녀를 돕는 인력망이 운영하는 크고 흰 집에서 삼 년간 살았다. 사회복지 담당 직원이라고 주장하는 어떤 여자가 그들을 집 현관에서 데려갔을 때 메리의 여동생은 겨우 육 개월로, 테네시 보육원에서 두 달 동안 살았다.

"아기들은 음식을 제대로 먹지 못했고 치료도 받지 못했어요." 사이크스 부인이 말했다. "아기 침대로 가득한 방바닥에 앉아 침대 난간 틈으로 손을 넣어 동생을 다독이던 일이 생각나는군요. 동생은 몸이 너무 약했고 탈수 증세 때문에 울지도 못했어요. 아무도 그 애를 도와주지 않았어요. 동생이 회복할 가망이 없다는 게 분명해지자 그곳 직원은 동생을 종이 상자에 넣어 어디론가 데려갔어요. 그 뒤로 동생을 보지 못했어요. 나중에 들어보니 아기가 너무 약하거나 많이 울면 뭔가에 넣어 땡볕 아래 그냥 두고 온다더군요. 지금 내겐 아이들과 손주 그리고 증손주까지 있어요. 아이들에게 그런 짓을 하다니 상상할 수도 없지만 그 일은 실제로 일어났죠. 그들은 우리를 침대와 의자에 묶어놓고 때렸고 목욕물에 빠뜨리기도 했어요. 우리는 학대당했어요. 그곳은 공포의 집이었어요."

삼십 년이 넘는 기간 동안 테네시 보육원의 아이들이 집단으로 사라졌고 그들의 서류도 함께 사라져 기록을 확인할 수 없는 경우가 많다. 친가족이 정보를 찾거나 법원에 탄원하면 보육원 측은 아이가 입양됐고 기록은 봉인됐다고만 했다.

멤피스의 악명 높은 정치 거물 보스 크럼프의 비호를 받는 조지아 탠의 조직을 건드리는 건 불가능해 보였다.

기사 나머지 부분에는 돈 많은 사람들과 할리우드 유명 인사들에게 아이를 팔아넘긴 이야기, 슬픔에 잠긴 채 남겨진 친부모 이야기, 아이들을 육체적, 성적으로 학대한 혐의가 자세히 보도돼 있었다. 기사 마지막에서는 '잃어버린 양들'이라는 웹사이트를 운영하는 남자의 이야기가 인용됐다.

"멤피스의 테네시 보육원은 사방으로 손을 뻗었습니다. 사회복지기관, 시골 병원, 빈곤층이 사는 동네, 판자촌 같은 곳이었습니다. 아이들은 주로 탠의 편에 선 사회복지사나 공무원이 데려왔고요. 이 아이들을 입양한 부모들은 돈을 더 달라거나 입양 보낸 아이를 데려가겠다고 협박당하기도 했습니다. 조지아 탠은 보스 크럼프와 가정법원의 비호 아래 아이들 삶을 제멋대로 바꿨습니다. 그녀는 신 행세를 했고 반성의 기미가 전혀 없었어요. 조지아 탠은 강제 소환되기 전에 암으로 사망했습니다. 영향력 있는 사람들이 사건 종결을 원했기 때문에 그대로 종료됐고요."

"이건……." 나는 뭐라고 해야 할지 몰라 말끝을 흐렸다. '정말 놀랍다'고 말하려 했지만 그건 적당한 단어가 아니었다. "너무 끔찍하군요. 이런 일이 일어날 수 있다는 게 상상조차 안 돼요. 그것도 이렇게 대규모로…… 오랫동안……."

"테네시 보육원은 1950년까지도 폐쇄되지 않았어요." 트렌트는 공포, 경악, 분노가 섞인 내 감정에 공감했다. 죽어가는 동생을 어루만지는 메리 사이크스의 이야기에서 나는 조카들과 그 애들의 우애가 떠올랐다. 밤에 세쌍둥이 우는 소리가 들리면 코트니는 아기들 침대로 가서 잠드는 일이 많았다.

"정말이지…… 상상이 안 돼요." 학대와 부패 사건을 많이 기소해봤지만 이 사건은 규모가 너무 컸다. 이런 일이 벌어지고 있다는 걸 수많은 사람이 알았을 텐데. "어떻게 그렇게 많은 사람이 모른 척할 수 있었죠?"

그때 깨달았다. 우리 가문은 테네시 출신이고 정치적으로 영향력이 있었다. 가족들은 주와 연방정부의 다양한 기관과 사법기관에서 일했다. 그들은 이 사건을 알았을까? 알고도 모르는 척했을까? 주디 할머니가 트렌트 터너 시니어와 관계된 것도 그런 이유 때문이었을까? 가문의 잘못을 바로잡으려 했던 걸까?

혹시 할머니는 가문이 이런 악마적인 행위에 협조하고 거기서 나아가 그걸 지지했다는 사실이 드러나기를 원치 않은 걸까?

머리에서 피가 몽땅 빠져나가는 기분이었다. 벽을 짚었다. 여름의 온기에도 뺨이 싸늘해졌다.

문을 열려고 하던 트렌트가 걱정스러운 표정을 지었다. "괜찮아요?"

그도 나만큼이나 확신이 없어 보였다. 우리는 금지 구역에 용감하게 들어가려는 어린아이들 같았다. 그는 내가 생각을 바꿔 우리를 기다리는 자세한 내용이 뭐든 간에 보지 말자고 하기를 바랄까?

"진실은 언젠가 밝혀지기 마련이에요. 차라리 그 진실을 미리 아는 쪽이 낫다고 믿어요." 이렇게 말하면서도 의아했다. 지금껏 나는 우리 가문이 비난받을 일을 하지 않았다고 굳게 믿었다. 우리 가문은 투명하다고. 어쩌면 너무 순진한 생각이었는지도 모른다. 그동안의 내 생각이 틀렸으면 어쩌지?

트렌트는 신발을 내려다보더니 현관 데크의 빈 조개껍데기를 발로 찼다. 조개껍데기는 이 순간 더욱 가슴 아프게 보이는 빨간색 장난감 트랙터에 부딪쳤다. "이곳에서 할아버지가 기사에 나온 것처럼 입양됐다는 증거를 찾게 될까봐 겁나는군요. 공직자의 입을 막으려고 그들에게 아이를 줬다고 언급한 대목 말이에요. 할아버지를 입양한 양부는 멤피스 경찰서 경사였거든요. 그들은 비싼 돈을 내고 입양할 만한 사람들이 아니었어요……." 그는 이 이야기를 더 이상 하고 싶지 않다는 듯 말끝을 흐렸다. 그의 눈동자에서 나와 같은 두려움이 느껴졌다. 우리는 과거 세대가 지은 죄 때문에 죄책감을 느끼는 걸까? 그렇다면 그 짐의 무게를 견딜 수 있을까?

트렌트가 문을, 수수께끼의 문을 열었다.

지붕이 낮은 오두막 안에는 그림자가 짙게 드리워져 있었다. 흰 널빤지 벽은 금 가고 변색됐으며 창문 유리는 휘어져 나무 창틀에 맞지 않았다. 먼지와 흰 곰팡이 냄새가 났고, 어떤 냄새는 그게 뭔지 떠올리는 데 시간이 걸렸다. 파이프 담배 냄새였다. 그 냄새를 맡자 할아버지가 떠올랐다. 래니앱 거리의 집에 있는 할아버지의 서재에서는 늘 이 냄새가 났고 지금도 그랬다.

트렌트가 불을 켜자 이곳의 나머지 풍경과 어울리지 않는 아르데코 양식 전등 안에서 전구가 고집스레 깜빡였다.

우리는 자그마한 원룸 구조인 별채 안으로 들어갔다. 도서관 할인 행사 때 샀을 법한 큰 책상, 서류 보관장 두 개, 작은 나무 탁자, 독특한 의자 두 개가 있었다. 다이얼을 돌리는 방식의 낡은 검은색 전화기가 지금도 책상 위에 놓여 있었다. 나무 연필이 꽂힌 통, 스테이플러, 3구 펀치, 비우지 않은 재떨이, 목이 자유자재로 움직이는 탁상 스탠드, 바랜 올리브그린색 전기 타자기도 있었다. 뒤쪽 벽에 놓인 책꽂이는 쌓여 있는 서류철, 낡은 바인더, 묶지 않은 종이, 잡지, 책의 무게 때문에 아래로 쳐졌다.

트렌트는 한숨 쉬며 머리를 쓸어 올렸다. 공간이 좁아서인지 그가 매우 커 보였다. 그의 머리와 서까래 사이의 간격이 15센티미터 정도밖에 되지 않았다. 지금 보니 서까래에는 손으로 벤 자국이 있었는데 대부분 조난당한 배에서 가져온 목재인 것 같았다.

"괜찮아요?" 내가 물었다.

트렌트는 고개를 저으며 어깨를 으쓱하더니 중절모, 손잡이에 용이 새겨진 낡은 우산, 고무창을 댄 파란 신발 한 켤레를 가리켰다. 이 세 가지는 주인이 돌아오기를 기다리는 듯 옷걸이에 걸려 있었다. "할아버지가 살아 돌아오신 기분이에요. 할아버지에게선 언제나 이곳 냄새가 났어요."

트렌트가 블라인드를 걷자 벽에 줄지어 달린 메모판이 빛났다.

"이것 좀 봐요." 나는 먼지 때문에 목이 메어 속삭였다.

내가 말한 곳에는 사진이 수십 장 있었다. 현대 사진기술을 보여주는 색이 또렷한 사진, 빛바랜 색채의 오래된 폴라로이드 사진, 흰 테두리에 '1942년 7월', '1936년 12월', '1952년 4월'이라고 날짜를 써넣은 흑백 사진 등이 있었다.

트렌트와 나는 나란히 서서 벽을 바라보며 각자 생각에 잠겼고 경외를 느꼈다. 나는 사진을 찬찬히 살펴봤다. 아이들의 얼굴과 어른들의 얼굴이 나란히 있었다. 분명 닮았다. 부모와 아이들이었고 서로 헤어진 친가족인 것 같았다. 그 옆에는 어른이 된 아이들의 사진이 걸려 있었다.

나는 아름다운 여자의 눈을 들여다봤다. 그녀의 미소는 생기가 넘쳤고 골반을 내민 채 아기를 안고 있었다. 헐렁한 원피스를 입고 앞치마를 두른 그녀는 어른 옷을 입은 아이 같았다. 기껏해야 열대여섯 살이 넘지 않을 것 같았다.

'당신은 내게 무슨 말을 해줄 수 있나요? 당신에게는 무슨 일이 있었나요?' 나는 생각했다.

트렌트는 내 옆에서 사진 몇 장을 엄지손가락으로 가리켰다. 그 밑으로 사진이 켜켜이 쌓여 있었다. 트렌트 시니어는 철저하게 일하는 사람이었다.

"뒷면에는 아무것도 없어요." 트렌트가 살펴보고 말했다. "그래서 할아버지가 걱정 없이 내게 이것들을 처분해달라고 부탁하셨던 것 같아요. 이미 아는 사람이 아니라면 사진 속 사람들이 누군지 모를 테니까요."

머릿속에 슬픔이 젖어들기 시작했지만 모호한 느낌이었다. 나는 여자 넷이 찍은 사진에 주목했다. 그들은 해변에 서서 팔짱을 끼고 있었다. 흑백 사진이었지만 1960년대풍의 여름 원피스와 챙 넓은 모자의 화사한 색을 짐작할 수 있었다. 그들의 길고 곱슬곱슬한 금발은 햇빛을 받아 빛났다.

그중 한 사람은 할머니였다. 할머니는 모자를 손에 들고 있었고 그 손목에는 잠자리 팔찌를 하고 있었다.

나머지 세 여자는 할머니와 닮아 있었다. 모두 다 금발 곱슬머리였고 눈동자 색이 연했다. 아마 연한 파란색이겠지. 친척 관계가 분명했지만 나는 그중 누구도 알지 못했다.

모두 할머니와 똑같은 잠자리 팔찌를 하고 있었다.

배경에는 파도가 밀려오는 끝부분에 쪼그려 앉은 남자아이들이 흐릿하게 보였다. 그 애들은 무릎을 내밀고 앉아서 양동이에 모래를 담아 모래탑을 쌓고 있었다.

'저 아이들 중에 우리 아버지가 있을까?'

내가 사진으로 손을 뻗자 트렌트는 내 대신 사진을 떼려고 손을 뻗었다. 그가 압정을 뽑자 작고 하얀 뭔가가 떨어지며 바람이 멈췄을 때의 연처럼 팔랑거렸다. 허리를 숙여 집어 들기도 전부터 그것이 친숙했다. 메이 크랜들의 요양원 방 진주 장식 액자 속에 있던 사진의 축소판이었다.

어떤 목소리가 들려왔지만 너무 집중한 나머지 그 말을 하고 있는 사람이 나라는 걸 깨닫지 못했다. "이 사진 본 적 있어요."

18장
릴

집 안은 완전히 캄캄했다. 피워둔 불도 없었고 침실 창밖의 달빛도 커튼에 막혔다. 내 주변 아이들은 자면서 침대에서 뒤척이거나 훌쩍댔고 이를 갈기도 했다. 지하실에 혼자 갇혀 있은 뒤라 누군가와 함께 있다는 사실이 위안됐다. 하지만 사실 이곳은 안전하지 못했다. 이곳 아이들에게 이야기를 들었다. 그 애들은 밤에 가끔 리그스가 와서 원하는 사람을 아무나 데려간다고 했다. 주로 안고 가기 쉬운 어린아이들이었다.

나는 안고 가기에는 덩치가 너무 컸다. 그러기를 바랐다. 하지만 정말 그런지는 알고 싶지 않았다.

나는 그림자처럼 조용히 담요 아래서 나와 까치발로 걸었다. 오늘 밤 새로운 침대에 눕기 전부터 조심스레 바닥을 밟으며 어느 마루판이 삐걱거리는지 알아뒀다. 문과 계단까지 몇 걸음인지도 세어봤고 직원들이 의자에 앉아 조는 주방을 지나 응접실로 빠져나가는 가장 안전한 길도 파악했다. 전에 제임스가 밤에 머피 부인의 티케이크를 훔치러 내려가는 길을 상세히 말해줘서 그 애가 어떻게 케이크를 훔쳤는지 알았다.

하지만 결국 제임스가 알아낸 방법은 그 애를 지켜주지 못했다. 그렇기에 사일러스에게 편이 돌아올 때까지 기다려야 한다고 전하러 몰래 나갈 때 아주 조심해야 했다. 편이 돌아오자마자 나는 그 애를 데리고 어둠 속에서 빠져나갈 것이다. 그러면 사일러스가 우리를 데리고 집이 있는 강으로 갈 테고 끔찍한 시간은 모두 끝나겠지.

'브라이니와 퀴니가 내가 돌아오길 원치 않으면 어쩌지? 내가 잘못을 저질렀으니까. 나도 내가 이렇게 싫으니 그들도 내가 싫을 거야. 슬픔에 빠진 말라깽이인 데다 아무도 원치 않는 나를 보게 될 텐데.'

나는 머릿속을 진정시켰다. 이대로 놔두면 괜한 생각 때문에 다 망칠 수도 있기 때문이다. 들키지 않으려면 집중해서 모든 걸 잘해내야 했다.

몰래 나가는 일은 생각만큼 어렵지 않았다. 나는 빠르게 뒤쪽 계단으로 내려갔다. 주방에 딸린 방에서 작은 동그라미 모양으로 빛이 샜다. 그 안에서 누군가가 코 고는 소리가 들렸다. 문 가까이 가자 묵직해 보이는 흰색 신발을 신은 발 한 쌍이 나방 날개처럼 밖으로 튀어나왔다. 그게 누구 발인지 보지도 않았다. 스토브 옆의 벽으로 재빨리 움직였고 제임스가 말한 대로 그림자 속에 가만있었다. 발끝으로는 아직 밟지 않은 마루에서 소리가 나는지 아주 조심스럽게 시험해봤다. 잠옷의 너덜너덜한 단이 오븐의 울퉁불퉁한 철제 표면에 걸렸다. 그 바람에 소리가 나리라고 생각했지만 다행히 아무 소리도 나지 않았다.

세탁실의 방충망 달린 문을 열자 작게 삐걱 하는 소리가 났다. 나는 그대로 멈춰서 숨죽인 채 집 쪽으로 귀를 쫑긋 세우고 무슨 소리가 나는지 들어봤다.

조용했다.

속삭이듯 조용하게 밖으로 나갔다. 현관에 깔린 나무판자는 아카디아 갑판처럼 이슬에 젖어 축축했다. 머리 위의 여치와 귀뚜라미 울음소리는 하늘의 심장박동 같았고 수많은 별이 먼 곳의 모닥불처럼 빛났다. 그 뒤에는 반달이 무겁게 걸려 있었다. 그곳을 지나가자 빗물 통에 비친 반달에 잔물결이 일었다.

갑자기 나는 다시 집에 가 있었다. 집에서 밤과 별이라는 담요에 싸여 있었다. 담요는 내 일부였고 나는 담요의 일부였다. 누구도 나를 건드릴 수 없었다. 누구도 담요와 나를 구분할 수 없었다.

마당을 가로질러 달리는 동안 황소개구리와 시커먼 새가 울었다. 다리에 스치는 얇은 흰색 잠옷은 거미줄처럼 가벼웠다. 뒤쪽 울타리에 가까워지자 나는 호랑가시나무 숲에 바싹 붙어 쏙독새 울음소리를 냈다.

맞은편에서 같은 소리가 들렸다. 나는 미소 지었고 재스민의 달콤하고 묵직한 향기를 맡으며 소리가 나는 쪽으로 갔다. 나이 든 남자아이들이 뚫어놓은 구덩이를 지나 마침내 울타리에 도착했다. 울타리 밖에 사일러스가 있었다. 달빛에 진 그림자 때문에 그 애의 얼굴은 보이지 않았고 털실로 짠 빵모자와 개구리처럼 굽은 울퉁불퉁한 다리 윤곽만 보였다. 사일러스는 나를 보러 울타리 가까이 왔다.

"가자." 그 애는 이렇게 말하고는 맨손으로 울타리를 빼내려고 막대 하나를 잡았다. "이거 하나 자르는데도 힘들었어. 이건……."

나는 그 애의 손을 잡고 울타리를 빼지 못하게 했다. 지금 빼놓으면 아침에 은신처로 온 나이 든 남자아이들이 보게 될 것이었다. "안 돼." 내 안의 모든 건 가라고, 달리라고 외쳤다. "아직은 갈 수 없어. 펀이 돌아올 거야. 그 애를 데려간 사람들이 더 이상 원치 않는대. 내일 밤까지 기다렸다가 펀을 데리고 와야 해."

"넌 지금 가야 해. 내가 펀을 데리러 다시 올게."

이런저런 생각이 빠르게 스치는 가운데 의심이 머릿속을 관통했다. "안 돼. 내가 사라진 걸 저들이 알면, 저들이 울타리 구멍을 보면 펀을 절대 데리고 나올 수 없어. 내일 밤에 다시 몰래 빠져나올게. 그리고 스티비라는 어린 남자애가 있어. 그 애도 강에서 왔어. 그 애를 여기 두고 갈 순 없어." 스티비를 어떻게 데리고 나오지? 그 애가 어디서 자는지는 알았지만 유아들이 자는 방에서 아무도 모르게 그 애를 데리고 나와 펀과 함께 데려가는 일은……

불가능해 보였다.

하지만 사일러스가 와서 확신과 용기가 생겼다. 뭐든 할 수 있을 것 같았다. 방법을 찾을 것이다. 펀과 스티비를 이곳에 두고 갈 순 없었다. 그 애들은 강에 속했고 우리에게 속했다. 머피 부인과 미스 탠은 이미 내게서 많은 걸 앗아갔다. 나는 그걸 돌려받고 싶었다. 다시 릴 포스가 되고 싶었다.

나는 동생들을 모두 찾아서 함께 아카디아의 집으로 돌아갈 것이다. 반드시 해낼 것이다.

사일러스는 길고 가는 팔을 뻗어 나를 안았다. 내가 기대자 그 애가 쓰고 있던 모자가 벗겨졌다. 그 애의 이마가 내 뺨에 닿았고 까마귀 날개 같은 머리카락이 내 얼굴을 간질였다.

"넌 저기로 돌려보내고 싶지 않아." 그 애는 다정하고 조심스럽게 내 머리를 쓰다듬었다. 가슴이 두근거렸다.

나는 지금 당장 울타리 밖으로 빠져나가지 않으려고 안간힘을 썼다. "하루만 더 참으면 돼."

"그럼 내일 밤에 올게." 사일러스가 약속했다.

그 애는 내 뺨에 입 맞췄다. 처음 느껴보는 떨림에 눈을 질끈 감았다.

사일러스를 그곳에 두고 가는 건 지금껏 해본 일 중 가장 어려웠다. 나는 엎드려서 왔던 길을 되짚어갔고 사일러스는 금속이 잘린 자국을 아무도 보지 못하게 울타리를 진흙으로 교묘히 가렸다. 나이 든 남자아이들이 이곳에서 놀다가 울타리에 기대더라도 부러지지 않기를 바랐다.

숨도 쉬지 않고 집으로 돌아가 계단을 올라갔다. 계단 위에 올라가서 복도를 살피며 무슨 소리가 들리는지 귀를 기울인 다음 우리가 목욕하려고 줄 서는 난간을 잡고 걸었다. 계단 창문으로 비치는 달그림자와 사람들이 자면서 내는 소리 말고는 아무것도 들리지 않았다. 한 아이가 잠결에 내는 소리에 나는 그 자리에 얼어붙었다. 그 애는 금세 조용해졌다.

열다섯 걸음만 가면 다시 내 방으로 돌아갈 수 있었다. 내가 해냈다. 어디에 다녀왔는지 아무도 모르겠지. 한 번 해냈으니 내일은 더 쉬울 것이다. 제임스가 옳았다. 똑똑하기만 하면 여기서 물건을 훔치기란 어렵지 않았다.

'내가 모두 다 속였어.' 안에서 이런 생각이 솟아났다. 그러자 그들에게서 뭔가를, 그들이 훔쳐간 내 걸 되찾아온 기분이었다. 힘. 이제 내게는 힘이 있었다. 아카디아에 무사히 도착하면 강은 우리를 여기서 멀리 떨어진 곳으로 데려다줄 것이다. 그러면 나는 이곳에서 있었던 일을 모두 잊을 것이다. 이곳에서 일어난 일을 아무에게도 말하지 않을 것이다. 그런 일이 일어나지도 않았다는 듯.

나쁜 사람들이 나오는 악몽이었던 것처럼.

이런 생각에 빠져 있느라 걸음 수를 잘못 셌다. 발 밑 마루에서 삐걱 하고 소리가 났다. 놀라서 숨을 들이쉬며 아래를 봤다. 직원들이 나타날지도 모르니 서둘러 들어가는 게 최선이라고 생각했다. 내가 침대에 누워 있으면 누가 낸 소리인지 알 길이 없을 테니까.

리그스 씨와 아주 가까워지고 나서야 나는 그를 봤다. 그는 유아 침실에서 나오고 있었다. 그가 비틀거리며 뒷걸음질하자 나도 그렇게 했다. 어깨가 벽에 부딪치자 그는 '아야' 하고 작게 소리 냈다.

돌아서서 뛰어가려 했지만 그가 내 잠옷과 머리채를 잡았다. 그는 큰 손으로 내 입과 코를 꽉 막았다. 땀, 위스키, 담배, 석탄재 냄새가 났다. 그가 내 머리를 심하게 뒤로 젖혔다. '당장 내 목을 부러뜨리려고 하는구나. 그런 다음 계단에서 굴려 내가 굴러떨어졌다고 하겠지. 이렇게 끝이구나…….'

나는 그를 보려고 눈에 힘을 줬다. 그는 주위를 둘러보며 나를 어디로 데려갈지 생각하는 것 같았다. 나를 지하실로 데려가게 해서는 안 됐다. 그랬다가는 내가 죽을 테니까. 알고 있었다. 그에게 끌려가면 내일 편이 돌아왔을 때 나는 이곳에 없을 것이었다.

계단을 확인한 리그스 씨는 뒤뚱거리며 걸어갔다. 그의 장화가 내 발가락을 짓밟자 눈앞에 별이 보였다. 나는 신음했다. 그는 내가 숨도 쉬지 못하게 입과 코를 더욱 꽉 막았다. 내 척추에서 우두둑 소리가 났다. 벗어나려고 몸부림쳤지만 그는 나를 더욱 꽉 안더니 질질 끌며 복도를 지나 욕실 문이 그림자를 드리운 곳으로 갔다. 그는 문을 열려고 더듬거리며 손잡이를 찾았다. 내가 낑낑대며 몸을 움직이고 잡아당기자 마침내 그는 목 깊은 곳에서 낮게 신음하며 문을 열기 위해 나를 벽에 붙였다. 그의 배가 내 가슴을 짓눌렀고 눈앞이 캄캄해지며 아무것도 보이지 않았다. 폐가 공기를 원했고 질식할 것 같았다.

그의 얼굴이 내 귓가로 다가왔다. "우…… 우린 치…… 친구가 될 수 있어. 내가 사…… 탕이랑 쿠…… 쿠키 줄게. 네…… 네가 원하는 건 뭐든. 우린 가장 친한 친구가 되…… 될 수 있어." 그는 내 턱과 어깨에 수염 난 빰을 거칠게 문질렀다. 그러더니 내 머리카락 냄새를 맡고 잠옷의 목 부분에 얼굴을 들이

밀었다. "바…… 밖에 나갔다 온 냄새가 나는데. 저기 저……
크…… 큰 남자애들을 만나고 왔나? 또 나…… 남자 친구 생
긴 거야?"

그의 목소리는 추운 아침에 강을 지나는 배에서 들려오는
안개 경고음처럼 아득했다. 다리에 힘이 풀렸다. 발이 말을 듣
지 않았고 감각이 없었다. 벽도 리그스 씨도 느껴지지 않았다.
내 갈비뼈는 줄에 꿰어놓은 생선 아가미처럼 벌어졌다.

눈앞에 요정 같은 게 반짝거렸다. 그들은 어둠 속에서 격렬
하게 춤췄다.

'안 돼!' 나는 속으로 외쳤다. '안 돼!' 하지만 저항해봤자 소
용없었다. 내 몸은 가망이 없었다. 나는 질식해서 죽을 것이었
다. 차라리 그러기를 바랐다.

리그스 씨가 재빨리 나를 놓자 그에게 짓눌려 있던 부분이
시원해지며 배 속으로 공기가 쏟아져 들어왔다. 나는 벽에서
미끄러져 주저앉고는 어지럼에 눈을 깜빡이며 바닥을 기어
달아나려 했다.

"리그스 씨?" 계단에서 직원의 날카로운 목소리가 들렸다.
"이 시간에 여기서 뭐 하는 거예요?"

눈이 밝아지자 내 앞에 서 있는 리그스 씨가 보였다. 그에게
가려져 직원에게는 내가 보이지 않았다. 나는 그림자 속으로
뒷걸음질해 벽에 딱 붙었다. 여기 있다가 들키면 리그스 씨가
아니라 내가 곤란해진다. 다시 갇히거나…… 더한 일을 당할
지도 몰랐다.

"방금 전에 처…… 천둥소리가 난 것 같아서요. 차…… 창문

을 닫으려고요."

직원이 난간 쪽으로 왔다. 달빛에 그녀의 모습이 비쳤다. 그녀는 도드 양이 떠나고 새로 온 사람이었다. 그녀가 심술궂은 사람인지 아닌지는 잘 몰랐지만 목소리만은 날카로웠다. 리그스 씨가 여기 올라온 걸 못마땅해하는 기색이 역력했다. 하지만 리그스 씨를 곤란하게 하면 머피 부인의 집에 오래 있지 못할 것이다.

"난 못 들었는데요." 그녀는 앞뒤를 오가며 침실 문 쪽을 쳐다봤다.

"소…… 소리가 들려서 나…… 나왔어요. 그런데 기…… 길고양이 우는 소리였어요. 그래서 주…… 죽이려고 총을 가지고 나오려고요."

"세상에, 온 집안 사람을 깨울 뻔했군요. 고양이가 무슨 해를 끼친다고."

"사…… 사촌 아이다는 키…… 키우지 않는 동물이 돌아다니는 걸 싫어해요." 그가 말한 사촌 아이다는 머피 부인을 뜻했다. 그 말에는 새로 온 직원에게 자기 지위를 알려주려는 의도도 있었다.

"내가 창문을 확인해볼게요." 그녀는 굽히지 않았다. 나는 기뻐해야 할지 말아야 할지 알 수 없었다. 그녀가 가까이 다가오면 결국 나를 보게 될 것이다. 그녀가 그냥 돌아가면 리그스 씨가 나를 욕실로 끌고 갈 테고. "리그스 씨, 잠을 설칠 필요 없어요. 밤에 아이들 돌보는 건 내 일이니까요."

리그스 씨는 내게서 떨어져 직원에게 다가갔다. 그의 걸음은 비틀거렸다. 그는 난간 구석으로 가서 그녀의 길을 막았다. 두 사람의 그림자가 하나가 됐다. 리그스 씨가 뭐라고 속삭이는 모양이었다.

"리그스 씨!" 그림자에서 그녀의 손이 나왔다가 들어갔다. 그리고 살갗을 찰싹 때리는 소리가 났다. "술 취했어요?"

"네…… 네가 날 계속 보…… 보고 있는 거 알아."

"난 그런 적 없어요."

"사…… 상냥하게 굴어. 안 그러면 사촌 아이다에게 말할 테니까. 아이다는 나를 고…… 곤란하게 하는 사람을 시…… 싫어해."

그녀는 벽에 바싹 붙어 모걸음하며 리그스 씨에게서 빠져나가려 했다. 그는 그녀가 가게 됐다. "나…… 나한테 다가오지 마…… 안 그러면 아이다에게 말할 거야. 네가 술 취해서 내게 건방지게 굴었다고 말할 거야."

리그스 씨는 계단을 향해 천천히 걸어갔다. "자…… 잘 살펴봐. 남자 아기들 방부터. 거기서 누…… 누가 침대를 빠져나왔어." 그는 무거운 발걸음으로 계단을 내려갔다. 나무가 삐걱거렸다.

직원은 팔로 몸을 감싼 채 리그스 씨를 보다가 남자 아기들을 살피러 갔다. 나는 후들거리는 다리로 일어나 서둘러 내 침대로 가서는 이불을 목까지 뒤집어쓰고 돌돌 말았다. 다행이었다. 아까 그 직원이 다음으로 우리 방에 왔기 때문이다. 리그스 씨가 우리 방 근처에 있었다고 생각해서 그랬는지도 몰랐다.

그녀는 돌아다니면서 뭔가를 확인하듯 이불을 들추며 우리를 하나하나 살폈다. 내 차례가 되자 나는 길고 깊게 숨 쉬며 그녀가 이불을 들추고 내 맨살에 손댈 때 떨지 않으려고 애썼다. 그녀는 이렇게 후텁지근한 날 왜 내가 이불을 돌돌 감고 있는지 궁금해할지도 몰랐다. 리그스 씨처럼 내게서 밤의 냄새를 맡을지도 몰랐다.

그녀는 내 침대에 잠시 머물렀다.

마침내 그녀가 떠나자 나는 어둠을 응시하며 누워 있었다. '하루만 더. 하루만 더 버티면 돼.'

나는 약속이라도 한 듯 계속 이렇게 생각했다. 그래야 했다. 그러지 않으면 창문 방충망을 열 방법을 찾아서 그 아래로 뛰어내릴 테니까. 내가 죽을 정도로 높기를 바라면서.

이렇게 살 순 없었다.

나는 정말 그럴 수 없다고 생각하다가 잠들었다.

아침은 갑자기 찾아왔다. 나는 자다 깨다 하면서 직원들이 우리에게 침대에서 나와 옷을 입으라고 하기를 기다렸다. 그 전에는 움직이지 않는 게 좋았다. 펄니크 부인은 침대와 그 아래의 작은 옷상자를 보여주기 전에 위층 규칙을 거듭 말했다.

하지만 내게는 그 상자가 오래 필요하지 않았다. 오늘 밤 우리는, 나와 펀과 스티비 이렇게 셋은 무슨 일이 있어도 여기서 나갈 것이다. '우리가 나가기 위해서라면 식칼로 누군가를 찌르는 일도 마다하지 않을 거야. 그럴 거야.' 나는 자신에게 이렇게 말했다. '그 누구도 날 막지 못하게 할 거야.'

아침식사를 하러 아래층으로 내려가서야 나는 지키기 힘든 약속을 했다는 걸 깨달았다. 오늘 아침 맨 먼저 잠에서 깨 방에서 나온 펄니크 부인은 주방에서 모래 발자국을 발견했다. 발자국이 말라 있었기 때문에 어젯밤에 찍힌 것임을 알았다. 발자국은 계단 앞에서 흐릿해져 어디까지 이어졌는지 알 수 없었다. 하지만 크기가 커서 부인은 그 주인이 나이 든 남자아이들 중 하나라고 확신했다. 그녀는 그 애들을 줄 세운 다음 발자국이 누구 발에 맞는지 하나씩 확인했다.

그녀는 내 발이 크다는 걸 알아차리지 못했다. 나는 다른 여자아이들과 식탁 우리 자리에 서서 발끝을 오므리며 그녀가 내 쪽을 보지 않기를 바랐다.

'저 애들 중 하나와 크기가 맞을지도 몰라.' 나는 옳지 않다는 걸 알면서도 이렇게 생각했다. 내가 누군가를 힘들게 만들다니. 그것도 아주 힘들게. 이곳에는 머피 부인도 있었는데 그녀는 냄비에서 갓 소독을 마친 병보다 뜨거웠다. 그녀 손에는 온통 찢겨 나간 우산이 들려 있었다. 누군가를 때리려고 가지고 다니는 거였다. 그걸로 때린 다음 벽장에 가두겠지.

나는 벽장에 갇힐 수 없었다.

하지만 내 잘못인데 다른 사람이 그 일을 당하도록 구경하고만 있어도 될까? 그건 내가 저 우산을 휘두르는 것과 마찬가지였다.

세탁실을 통해 방충망 달린 뒷문 옆에 서 있는 리그스 씨가 보였다. 그는 이 광경을 지켜보고 있었다. 그가 고개를 끄덕이며 내게 미소 짓자 나는 온몸이 얼어붙었다.

한구석에서 새로 온 직원이 까만 눈동자를 불안하게 움직이며 지켜보고 있었다. 그녀는 이런 광경을 처음 봤다.

"저…… 제 발자국인 것 같아요." 그녀가 주절주절 말했다. "리그스 씨가 밖에 길고양이가 있다고 해서 쫓아 보냈거든요."

머피 부인은 그 말을 듣지도 않았다. "끼어들지 마!" 그녀가 빽 소리를 질렀다. "게다가 네 발은 작잖아. 누구 대신 뒤집어 쓰려는 거야? 누구야?"

"그런 거 아니에요." 직원의 시선이 나를 향했다.

머피 부인과 펄니크 부인은 그 시선을 쫓아갔다. 시간이 천천히 흐르는 것 같았다.

'가만있어, 가만히. 움직이지 마.' 나는 꼼짝하지도 않았다.

"어…… 어제 저녁에도 저 바…… 발자국이 있었어요. 비…… 빗물 통 주변이 지…… 진흙투성이라서요." 다들 내가 있는 식탁을 바라보자 리그스 씨가 끼어들었다. 처음에 나는 그가 도와주려는 줄 알았다. 하지만 곧 의도를 파악했다. 내가 갇히면 오늘 밤 내게 손댈 수 없기 때문이었다.

머피 부인은 그를 향해 손을 흔들었다. "넌 가만있어. 솔직히 넌 이 배은망덕한 것들에게 지나치게 친절해. 이 애들은 조금이라도 여지를 주면 아주 멀리 나가버린다고." 그녀는 우산으로 손바닥을 두드리며 내가 있는 쪽을 유심히 봤다. "남자애들이 아니라면…… 누구 발자국일까?"

어젯밤 내 맞은편 침대에서 잤던 도라가 고개를 젖히고 몸을 떨더니 바닥에 쓰러져 죽은 듯 기절했다.

아무도 움직이지 않았다.

"저 애는 아니겠군." 머피 부인이 말했다. "저 애도 아니라면 누굴까?" 그녀는 우산을 마술 지팡이처럼 빙빙 돌렸다. "여자애들은 모두 식탁에서 한 발 물러서." 그녀의 눈에서 불꽃이 튀었다. "신데렐라가 누군지 한번 볼까?"

전화벨 소리에 모두 깜짝 놀랐다. 머피 부인이 전화를 받을지 말지 고민하는 동안 우리는 물론 직원들까지 조각상처럼 꼼짝 않고 서 있었다. 그녀는 결국 전화를 받기로 하고 벽에 걸린 전화기를 잡아채듯 들었다. 하지만 전화 건 사람이 누구인지 알자 목소리가 벌꿀처럼 달콤해졌다.

"네, 그럼요. 안녕하세요, 조지아. 이렇게 일찍 전화를 다 주시고 얼마나 기쁜지 몰라요." 그녀는 잠시 멈춘 다음에 말했다. "네, 네. 아, 당연하죠. 한참 전에 일어난걸요. 사무실로 가서 조용하게 전화드릴게요."

전화기에서 새는 상대방의 말이 서부영화 속 카우보이가 쏘는 기관총처럼 다다다 울려 퍼졌다.

"네, 알겠습니다. 그럼요." 머피 부인은 우산을 내려놓고 이마를 짚었다. 입술을 벌려 이가 드러난 모습을 보자 마지막으로 본 퀴니의 모습이 떠올랐다. "네, 열 시까지 끝낼 순 있습니다만 그리 바람직하진 않아 보입니다. 아시다시피⋯⋯."

전화기 너머에서 시끄럽고 빠른 말소리가 들렸다.

"네, 알아들었습니다. 늦지 않게 준비하겠습니다." 머피 부인이 이를 악물고 말했다. 그녀는 쾅 소리가 나게 전화기를 내려놓더니 인상 쓰고 입을 잔뜩 오므린 채 나를 가리켰다. "저 애를 데려가서 깨끗이 씻긴 다음 제일 좋은 옷을 입혀. 눈동자와 어울리는 파란색이 좋겠어. 멜빵 원피스를 덧입히고. 미스 탠이 저 애를 열 시까지 시내 호텔로 데려오라는군."

펄니크 부인의 표정도 머피 부인과 같아졌다. 지금 이들이 가장 하기 싫은 일이 나를 씻기고 내 머리를 빗기고 내게 옷을 입히는 것이었다. "하지만…… 저 아이는……."

"토 달지 말고!" 머피 부인은 이렇게 외치며 가장 가까이에 있던 대니 보이의 머리를 내리쳤다. 그녀가 손가락질하며 방 안을 한 바퀴 휩쓸자 모두 움츠러들었다. "다들 뭘 봐?"

아이들은 앉아야 할지 그대로 서 있어야 할지 몰라 머뭇거렸다. 그들은 머피 부인이 스윙도어를 박차고 나갈 때까지 기다렸다. 그런 다음 경첩이 삐걱대는 의자에 살며시 앉았다.

"내가 널 챙겨야겠군." 펄니크 부인이 내 팔을 세게 잡았다. 나는 그녀가 어떻게든 내게 복수하려 한다는 걸 알았다.

하지만 미스 탠의 계획이 뭐든 상황이 더 나빠졌다는 것도 알았다. 직원들이 호텔로 데려가면 무슨 일이 생기는지 아이들 사이에 도는 말이 있었다.

"멍 자국 있으면 안 돼!" 머피 부인의 명령이 복도에 울려 퍼졌다.

이렇게 나는 구원됐고 다시 구원에서 멀어졌다. 펄니크 부인은 내 머리채를 잡고 비틀었다. 그녀는 준비하는 동안 나를 최대한 아프게 하려고 노력했고 실제로 많이 아팠다. 머피 부인과 함께 차를 타러 나갈 무렵 내 머리는 깨질 것 같았고 흘리지 말라고 한 눈물 때문에 눈이 빨갰다.

차 안에서 머피 부인은 한마디도 하지 않았다. 차라리 다행스러웠다. 나는 문에 바싹 붙어서 창밖만 내다봤다. 두렵고 걱정스럽고 아팠다. 내게 무슨 일이 일어날지 몰라도 좋은 일이 아니라는 건 분명했다. 여기서 좋은 일은 아무것도 없었으니까.

시내로 가는 길에 우리는 강을 지나갔다. 예인선, 바지선, 대형 순회공연선이 보였다. 순회공연선에서 연주하는 증기 오르간 소리가 차 안으로 흘러들자 순회공연선이 지나갈 때 아카디아 갑판에서 춤추던 가비언이 떠올랐다. 그 애 덕분에 우리는 웃고 또 웃었다. 강에 가고 싶어서 심장이 조였다. 아카디아나 지드 아저씨의 배, 어떤 것이라도 좋으니 판잣집 배를 볼 수 있을까 해서였다. 하지만 강에는 이런 것들이 없었다. 지나가다 본 강변 판자촌은 비어 있었다. 불씨가 꺼진 화덕, 짓밟힌 풀, 누군가가 모았지만 쓰지 못한 유목 더미뿐이었다. 판잣집 배는 모두 사라지고 없었다.

문득 지금이 10월 즈음이라는 생각이 처음으로 들었다. 곧 단풍과 유칼립투스 이파리가 가장자리부터 빨갛고 노랗게 물들 것이다. 강에 사는 떠돌이들은 이미 남쪽으로 떠나는 길고 느린 여정을 시작했을 테지. 겨울이 따뜻하고 강에는 살찐 메기가 가득한 남쪽으로.

'브라이니는 아직 여기에 있을 거야.' 이렇게 되뇌었지만 불현듯 그를, 그리고 편과 내가 사랑하는 모든 사람을 다시는 못 볼 것 같은 예감이 들었다. 그 예감은 나를 통째로 집어삼켰고 나는 그저 내 정신이 몸을 떠나게 하는 수밖에 없었다. 운전사가 높은 건물 앞에 차를 세울 때 나는 그곳에 없었다. 얌전히 굴지 않으면 무슨 일이 일어날지 으름장을 놓는 머피 부인의 말도 간신히 들렸다. 그녀가 옷 위로 옆구리를 두 번이나 꼬집으며 이곳에서는 뭐든 시키는 대로 해야 하고, 누구에게도 말

걸지 말고, 울거나 투덜대도 안 된다고 말할 때도 별로 아프지 않았다.

"새끼 고양이처럼 싹싹하게 굴어야 해." 머피 부인은 내 팔을 세게 움켜쥐더니 내 얼굴 가까이 자기 얼굴을 들이밀었다. "안 그랬다간 신세가 딱해질 거야. 네 친구 스티비도. 그 애한테 그런 일이 생기길 바라진 않겠지?"

그녀는 도로 경계석에 내리더니 나를 잡아끌었다. 우리 옆으로 정장 입은 남자들이 지나갔다. 화려한 꾸러미를 든 여자들도 지나갔다. 빨간 외투를 입은 아이 엄마가 유모차를 끌고 호텔에서 나와 우리를 흘긋거리며 지나갔다. 나는 그 친절해 보이는 여자에게 달려가고 싶었다. 가서 옷자락을 붙들고 전부 다 말하고 싶었다.

'도와주세요!' 이렇게 외치고 싶었다.

하지만 그럴 수 없었다. 그랬다가는 스티비가 화풀이를 당할 테니까. 아마 편도 머피 부인의 집에 돌아가게 되면 같은 일을 당하겠지. 무슨 일이 있어도 오늘 나는 착하게 굴어야 했다. 저들이 시키는 건 뭐든 해야 했다. 그래야 밤에 돌아갔을 때 나를 가두지 않을 테니까.

나는 등을 곧게 펴고 이번이 마지막이라고 생각했다. '저들이 내게 뭐든 시킬 수 있는 것도 이번이 마지막이야.'

그게 뭐든 하겠다고 다짐했다.

하지만 심장이 거세게 뛰었고 위장이 주먹만 하게 쪼그라들었다. 제복 입은 남자가 문을 열어줬다. 그는 군인이나 왕자 같았다. 그에게 동화책에서 공주를 구하듯 나를 구해달라고 하고 싶었다.

"안녕하세요." 머피 부인은 미소 지으며 고개를 들고 걸어 갔다.

호텔 안에서는 사람들이 웃고 이야기하고 레스토랑에서 점심을 먹고 있었다. 궁전처럼 아름다운 곳이었지만 오늘만큼은 아름다워 보이지 않았다. 그곳은 덫 같았다.

엘리베이터 담당 직원이 버튼 옆에 조각상처럼 서 있었다. 이 작은 상자가 우리를 데리고 자꾸만 위로 올라가는 동안 그는 숨도 쉬지 않는 것 같았다. 우리가 내릴 때 그는 슬픈 얼굴로 나를 봤다. 이들이 나를 어디로 데려가는지, 이제 곧 내게 무슨 일이 일어날지 알고 있는 걸까?

머피 부인은 복도를 지나 어느 방의 문을 두드렸다.

"들어와." 여자 목소리가 들렸고 우리가 들어가자 미스 탠이 일광욕하는 고양이처럼 소파에 앉아 있었다. 그녀 뒤의 커튼을 젖힌 큰 창문으로는 멤피스 시내가 한눈에 보였다. 얼마나 높이 올라왔는지 지붕이 내려다 보였다. 지금껏 이렇게 높은 곳에 올라와본 적 없었다.

나는 꽉 쥔 주먹을 주름 장식이 달린 원피스 아래 숨기고 움직이지 않으려고 애썼다.

미스 탠은 반쯤 찬 유리잔을 들고 있었다. 이곳에 온 지 좀된 것 같았다. 혹시 이 호텔에 살고 있을까?

그녀는 갈색 음료를 흔들더니 소파 맞은편의 문을 향해 들어올렸다. "그 애를 침실에 데려다놔. 그럼 끝이야. 당신은 아이를 놔두고 나와서 문을 닫고 돌아가. 다른 말 할 때까지 조용히 앉아 있으라고 해두고. 내가 그 사람과 여기서 먼저 이야기를 나누면서 우리…… 협의가 제대로 됐는지 확인할 테니.”

“조지아, 저는 있어도 괜찮아요.”

“그럼 그러든가.” 미스 탠은 침실 문으로 가는 우리를 지켜봤다. 머피 부인이 겨드랑이를 꽉 잡는 바람에 나는 비스듬히 기울어져 걸을 수밖에 없었다. “솔직히 더 나은 애들도 많은데 왜 그 애를 원하는지 도무지 모르겠단 말이지.” 미스 탠이 말했다.

“누가 됐든 이 아이를 원하는 이유는 알 수 없죠.”

침실에 들어가자 머피 부인이 나를 침대에 앉히고 프릴 달린 원피스가 잘 부풀도록 펼쳤다. 나는 치마를 동그랗게 펼치고 앉은 솜 인형처럼 보였다. 그녀는 내 머리를 앞쪽으로 잡아당겨 긴 곱슬머리가 어깨에 늘어지게 하고는 그대로 가만있으라고 했다. “1센티미터도 움직이지 마.” 문으로 향하며 그녀가 마지막으로 말했다. 그러고는 나가서 문을 닫았다.

다른 방에서 그녀와 미스 탠이 하는 말이 들렸다. 그들은 경치 이야기를 하며 같이 술을 마셨다. 잠시 뒤 조용해지더니 먼 곳에서 나는 도시의 소음만 들렸다. 경적이 들렸고 전차가 울리는 종소리도 들렸다. 신문 배달원이 외치는 소리도 들렸다.

얼마나 시간이 지났을까. 문 두드리는 소리가 들렸다. 미스 탠이 불쾌하리만치 다정하게 대답했고 뒤이어 남자 목소리가 들렸다. 하지만 그들이 가까이 오기 전까지 그 대화 내용은 들리지 않았다.

“물론이에요. 그 애는 모두 선생님 거랍니다. 다만…… 지금도 원하신다면요." 미스 탠이 말했다.

"네. 급하게 연락드렸는데도 약속을 바꿔주셔서 고맙습니다. 아내는 지난 몇 년 동안 이미 너무 힘들었어요. 몇 주 동안이나 혼자 침대에 틀어박혀 있었던 적도 있었죠. 제가 뭘 어떻게 할 수 있겠어요?"

"정말 그러시겠군요. 어떤 면에서 저 아이가 필요하신지 알겠어요. 하지만 저희에겐 더…… 다루기 쉬운 아이들이 있답니다." 미스 탠이 말했다. "나이가 더 많은 여자아이도 많아요. 원하시기만 하면요."

'제발 다른 사람을 골라요.' 나는 생각했다. 그리고 잠시 뒤 나쁜 생각이라는 걸 깨달았다. 다른 아이들의 불행을 빌면 안 되는데.

"아닙니다. 꼭 그 아이가 필요해요."

침대 커버를 움켜쥐었다. 손바닥에 축축하게 땀이 나 커버에 베어들었다. 나는 손톱자국이 나도록 그걸 꽉 눌렀다.

'어떤 경우에도 얌전히 굴어야 해.'

'오늘 밤에 사일러스가 올 거야.'

"제가 뭘 어쩔 수 있겠어요?" 남자가 또 이렇게 물었다. "아내는 지금 지칠 대로 지쳤어요. 아이는 앞으로도 계속 칭얼대겠죠. 아시다시피 저는 작곡가라서 일하려면 집 안이 조용해야 해요. 하지만 애가 온종일 칭얼거려서 곡을 쓸 수가 없어요. 명절 전까지 영화에 들어갈 곡을 만들어야 하는데 시간이 부족해요."

"저런, 선생님. 그렇다면 제가 장담하건대 이 아이는 문제를 줄여주기보단 늘릴 거예요." 머피 부인이 말을 꺼냈다. "저는…… 선생님께 저 아이가 잠시만 필요한 줄 알고…… 그러니까 선생님께서 저 아이를 계속 데리고 있으려고 생각하시는 줄 몰랐어요. 알았다면 진작 말씀드렸을 텐데요."

"그건 상관없어요, 머피 부인." 미스 탠이 끼어들었다. "이 아이는 세비어 씨가 원하는 게 뭐든 그걸 따를 정도의 나이는 됐잖아요."

"네…… 물론 그래요. 끼어들어서 죄송합니다."

"이 아이는 여러모로 완벽해요. 그건 제가 장담하죠, 선생님. 티 없는 아이예요."

남자가 뭐라고 했는데 나는 그 말을 알아들을 수 없었다. 잠시 뒤 미스 탠이 다시 말했다. "아주 좋습니다. 그러면 이 아이 서류를 선생님께 드리죠. 물론 이전 입양과 마찬가지로 절차가 완전히 마무리되려면 일 년쯤 걸립니다. 하지만 아무 문제 없을 겁니다. 특히 선생님 같은…… 위상을 지닌 분이라면요."

대화가 끝나고 조용해졌다. 종이 부스럭거리는 소리가 났다. "빅토리아가 다시 행복해지기를 바랄 뿐이에요." 남자가 말했다. "전 아내를 정말 사랑해요. 하지만 지난 몇 년은 고문이 따로 없었죠. 의사들은 아내가 우울함을 극복할 유일한 희망은 그녀에게 뒤를 돌아보는 게 아니라 앞을 바라볼 수밖에 없는 이유를 주는 거라고 했어요."

"세비어 씨, 바로 그런 상황 때문에 저희가 있는 겁니다." 미스 탠의 목소리는 울먹이듯 떨렸다. "이 가난하고 버림받은 아이들과 이들을 원하는 가정. 이 둘은 제가 쉬지 않고 일하는 원동력이죠. 저는 아침저녁으로 고되게 일하면서 이 부랑아들의 슬픈 어린 시절을 감내한답니다. 이들의 생명을 구하고 수많은 빈집에 생명을 더해주려고요. 물론 저는 좋은 가정에서 자라 쉬운 길을 선택할 수도 있었어요. 하지만 스스로를 지킬 수 없는 아이들을 보호하려면 누군가는 반드시 희생해야 하죠. 이건 소명이에요. 저는 이 소명을 보상이나 개인적 이득에 대한 기대 없이 기꺼이 받아들였고요."

남자는 조급한 듯 한숨을 쉬었다. "물론 그 점은 정말 감사하게 생각합니다. 우리 일을 마무리 짓는 데 더 해야 할 일이 있나요?"

"아뇨, 없습니다." 발자국이 울려 퍼졌다. 하지만 그 발자국은 침실 문으로 다가오는 게 아니라 문에서 멀어졌다. "서류는 다 적법하게 준비됐습니다. 이제 저희에게 비용만 지불하시면 저 아이는 세비어 씨 소유예요. 아이는 침실에서 기다리고 있습니다. 두 사람이…… 선생님께서 적당하다고 생각하시는 방식으로…… 서로 익숙해지도록 저희는 이만 물러가죠."

"확실히 훈육하셔야 해요. 저 아이는……."

"갑시다, 머피 부인."

잠시 뒤 그들은 가버렸고 나는 침대에 꼼짝 않고 앉아서 남자의 소리에 귀 기울였다. 그는 문으로 다가와 잠시 멈춰 섰다. 그가 숨을 깊이 들이쉬었다가 내쉬는 소리가 들렸다.

나는 무릎 위의 옷자락을 움켜쥐었다. 온몸이 떨렸다.

문이 열리고 남자가 1미터 정도밖에 떨어지지 않은 곳에 서 있었다.

내가 아는 얼굴이었다. 그는 대면 행사 때 소파 옆자리에 앉아서 내게 몇 살이냐고 물었던 사람이었다.

그때 그의 아내는 편에게 책을 읽어줬다.

19장
에이버리

앞의 운전자가 속도를 늦췄지만 길옆으로 말을 타고 지나가는 십대 여자아이 둘을 보는 데 정신이 팔려서 앞차와 부딪치기 직전에야 브레이크를 밟았다. 앞차는 승마 경기장 쪽으로 방향을 틀었다. 나는 여자아이들이 말을 타고 그곳으로 갈지 궁금했다. 승마 대회가 줄줄이 열리는 시기였기 때문이다. 어릴 때 경기를 보거나 직접 참가하러 그곳에 간 적이 있다. 하지만 어른이 된 요즘의 삶에는 승마를 비롯해 과거에 열광했던 일을 할 여유가 없다고 한탄할 시간조차 없었다.

지금 머릿속에서 나는 이미 길을 따라 달려 요양원에 있는 메이 크랜들의 방에 가 있었다. 친절한 인턴 이언에게 몰래 전화해 메이의 현재 위치와 상태를 파악해달라고 부탁했다. 메이는 요양원으로 돌아왔으며 직원들에게 말썽을 피울 정도로 건강이 회복됐다.

나를 뒤따르던 트렌트가 경적을 울리며 손을 들어 보였다. 운전에 집중하라고 말하는 듯했지만 선글라스 아래로 웃는 표정이 보였다.

같은 차에 탔다면 그에게 '같이 가겠다고 고집 피운 건 당신이잖아요. 난 예측 불허한 일이 생길 수 있다고 미리 말했어요'라고 했을 것이다.

그러면 그는 웃으면서 '이런 일에서 빠질 순 없죠'라고 답했겠지.

우리는 처음으로 학교 수업을 몰래 빼먹은 6학년짜리 같았다. 오늘 아침 우리는 있어야 할 곳에 있지 않았다. 지난밤 트렌트 할아버지의 작업실에서 그 사진을 발견한 뒤로 둘 다 이 여정을 거부할 수 없었다. 나는 아침 일찍 레슬리에게서 온 전화를 받지 못했고 트렌트는 부동산으로 걸려온 새 고객 여섯 명의 문의 전화를 받지 못했는데도 둘 다 지난밤 충동적으로 세운 계획을 변경하지 않았다. 어떻게든 그의 할아버지와 내 할머니가 뭘 숨기고 있는지, 내 과거와 그의 과거가 어떻게 엮여 있는지, 그리고 메이 크랜들이 그것과 무슨 관련이 있는지 알아낼 것이다.

나는 레슬리의 전화를 일부러 받지 않았고 트렌트는 부동산 사무소 문에 쪽지를 붙여놨다. 우리는 동트자마자 출발해 쉬지 않고 달렸다.

두 시간 조금 넘게 운전해 에이컨에 도착했다. 우리는 메이 크랜들의 아침식사 시간이 끝난 뒤에 찾아가기로 했다. 메이에게서 무엇을 알아내느냐에 따라 래니앱 거리의 할머니 집에 갈 수도 있었다.

나무가 우아하게 늘어선 거리를 따라 달리는 동안 나는 운전에 집중하려 애썼다. 차분한 목련과 높이 솟은 소나무가 자동차 위로 고요하게 그림자를 드리우며 '왜 서둘러? 천천히가. 오늘 하루를 즐겨'라고 말하는 것 같았다.

나는 잠시 경치를 보며 긴장을 풀고 오늘은 여느 늦여름 아침과 다를 바 없다고 되뇌었다. 하지만 모퉁이를 돌아 요양원이 보이자마자 환상은 사라졌다. 이에 방점을 찍듯 또다시 휴대전화가 울렸다. 오늘 네 번째로 화면에 레슬리의 이름이 떴다. 마음이 불편했지만 결과가 어찌되든 메이 크랜들을 만나고 나서 레슬리에게 연락하기로 했다. 현실 세계의 문제들이 나를 불렀다.

아버지의 건강 때문에 온 전화였다면 레슬리가 아니라 언니들 중 한 명이 전화했으리라는 정도는 알았다. 따라서 이 전화는 분명 일과 관련된 거였다. 어제 내가 이언에게 전화한 이후 생긴 일일 것이다. 그 전에 생긴 일이었다면 이언이 내게 말했을 테니까. 얼굴을 비춰야 하는 언론 행사가 예정돼 있어서 에디스토로 떠난 짧은 휴가에서 서둘러 돌아오기를 바라는지도 몰랐다. 레슬리는 모르겠지만 나는 이미 에이컨에 와 있었다.

정치라는 뜨거운 냄비 속에 다시 뛰어든다고 생각하자 얼굴이 약간 찡그려졌다. 정말이지 그 생각은 하고 싶지 않았다. 나는 휴대전화를 진동 모드로 바꾼 뒤에 쌓여 있는 문자를 확인하지도 않고 가방에 넣었다. 이메일도 와 있을 것이다. 레슬리는 무시당하는 걸 좋아하지 않았다.

주차한 뒤에 메모판에서 떼온 낡은 사진과 주디 할머니의 봉투에서 나온 서류가 담긴 서류철을 집어 들고 차에서 내리자 레슬리 생각은 사라졌다.

도롯가에 서 있던 트렌트가 나를 반겼다. "혹시라도 우리가 국토를 횡단할 일이 생기면 그땐 내가 운전할게요."

"뭐예요, 날 못 믿는 거예요?" 찌르르하고 이상한 느낌이 등줄기를 타고 빠르게 내려가자 나는 어깨를 으쓱하며 그걸 떨쳐냈다. 에이컨에 돌아오자 내가 트렌트에게 호감을 느끼는 것만큼이나 우리 관계가 우정의 선을 넘어서는 안 된다는 생각이 강하게 들었다.

나는 당사자 간 공평을 꾀하기 위해 에디스토를 떠나기 전에 이야기 도중 약혼자가 있다는 말을 흘렸다.

"당신은 믿어요. 하지만 당신 운전은…… 못 믿겠어요."

"위험한 상황은 전혀 없었잖아요." 우리는 보도를 걸어가며 정감 어린 농담을 주고받았고 요양원 입구에 도착했을 때 나는 본의 아니게 웃고 있었다. 그러다 방향제 냄새와 숨 막힐 듯한 고요함에 정신이 들었다.

트렌트의 표정도 이내 바뀌었다. 그의 얼굴에서 미소가 사라졌다. "이곳에 오니 옛날 생각이 나는군요."

"여기에 와본 적 있어요?"

"아뇨. 하지만 할아버지가 뇌졸중으로 쓰러지신 뒤에 계셨던 곳과 정말 비슷해요. 어쩔 도리가 없었지만 할아버지는 꽤나 힘들어하셨죠. 할머니와 육십 년 넘게 사시는 동안 하루 이

틀 밤 외에는 떨어져본 적 없으셨거든요."

"괜찮은 선택권이 없는 상황이 닥치면 정말 힘들죠." 트렌트는 주디 할머니의 상황을 알았다. 지난밤 별채 현관에 앉아 사진이 무슨 의미일까 이야기하던 도중 이 말이 나왔다.

알록달록한 수술복 같은 옷을 입은 직원이 지나가며 우리에게 인사했다. 그녀는 나를 본 적 있는지 궁금해하는 것 같았다. 잠시 뒤 그녀가 그냥 지나가자 나는 안도했다. 내가 이곳에 왔다는 사실을 누가 아는 건 정말 원치 않았다. 이 소식이 레슬리나 아버지 귀에 들어가면 강도 높은 질문이 이어질 텐데 거기에 뭐라고 답해야 할지 짐작조차 되지 않았다.

메이 크랜들의 방 문간에서 문득 그녀에게 무슨 말을 해야 할지 잘 모르겠다는 생각이 들었다. 불쑥 들어가서 사진을 내밀며 '당신과 할머니는 무슨 사이죠? 트렌트 터너 시니어는 이 일에 어떤 관련이 있나요?'라고 물어야 할까?

아니면 좀더 에둘러서 답을 얻어야 할까? 메이와는 잠깐 만났을 뿐이라서 우리가 찾아온 데 그녀가 어떤 반응을 보일지 알 수 없었다. 트렌트의 존재가 조금이라도 마법을 발휘하기를 바랐다. 어쨌든 메이는 그의 할아버지를 알 가능성이 많으니까.

우리 둘이 나타난 걸 메이가 감당하기 힘들어하면 어쩌지? 그녀는 얼마 전까지 몸이 좋지 않았다. 나는 그녀에게 더 이상 문제를 일으키고 싶지 않았다. 사실 이곳에 다시 온 데는 그녀를 도울 만한 일을 해야 한다는 생각도 있었다. 어쩌면 노인 인권 정치활동위원회의 앤드류 무어와 이야기해볼 수도 있었다. 그가 메이처럼 가족과 멀리 떨어져 사는 노인을 위한 기관을 추천해줄지도 몰랐다.

트렌트는 문 앞에서 멈춰 서더니 명패를 가리켰다. "다 온 것 같군요."

"긴장돼요." 나는 솔직하게 말했다. "그분은 얼마 전까지 아팠어요. 얼마나 회복됐을지도 모르고……."

"누가 밖에서 얼쩡대는 거야?" 메이는 이렇게 말하며 내가 말을 끝내기도 전에 불안감을 잠재웠다. "썩 가버려! 난 아무것도 필요 없으니까. 당신들이 내 이야기 수군대게 놔두지 않을 거야!" 약간 열린 문틈으로 슬리퍼 한 짝이 날아왔고 잠시 뒤 머리빗이 날아와 복도 바닥에 탁 하고 소리 내며 떨어졌다.

트렌트는 떨어진 물건들을 주웠다. "팔 힘이 좋은데요?"

"날 내버려두라고!" 메이가 고집스레 말했다.

트렌트와 나는 불안한 눈빛으로 서로 쳐다봤다. 잠시 뒤 나는 메이가 뭔가를 또 집어던질 때에 대비해 물건이 날아온 방향을 피해 문 가까이 몸을 숙였다. "메이? 잠깐 이야기 좀 들어줄 수 있어요? 에이버리 스태포드예요. 기억하시죠? 몇 주 전에 만났잖아요. 제 잠자리 팔찌를 좋아하셨고요. 기억나세요?"

침묵이 흘렀다.

"제 할머니와 친구라고 하셨잖아요. 주디 할머니요. 주디 마이어스 스태포드요. 그때 침대 옆 사진에 대해 이야기했어요." 그날 이후로 내 세계가 달라진 듯했다.

"그래서?" 잠시 뒤 메이가 쏘아붙였다. "들어올 거야 말 거야?" 문 너머에서 몸을 움직이는 소리와 이불 소리가 들렸다.

그녀가 우리를 만나려고 그러는지 뭔가를 또 던지려고 하는지 알 수 없었다.

"이제 물건은 그만 던지실 건가요?"

"그래야 안 갈 것 아냐." 메이의 목소리에서 일말의 기대감이 느껴졌다. 그녀가 들어오라고 하자 나는 트렌트를 복도에 안전하게 남겨둔 채 방으로 들어갔다.

메이는 눈동자 색과 어울리는 파란 실내복을 입고 침대에 기대앉아 있었다. 베개를 몇 개나 쌓아 상체를 받쳤는데도 나를 보는 그녀에게서는 위엄이 느껴졌다. 요양원에 오기 오래 전부터 침대에서 받는 시중에 익숙한 듯했다.

"오늘 몸 상태가 저와 이야기 나눌 수 있을 정도로 괜찮았으면 좋겠어요." 나는 과감하게 나갔다. "할머니께 부인 얘기를 했어요. 퀸인지 퀴니인지 정확하지 않지만 그런 단어를 말씀하시더군요. 하지만 할머니가 기억하시는 건 그뿐이었어요."

메이는 충격받은 표정이었다. "그 정도로 안 좋아?"

"유감이지만 그래요." 나는 이런 말을 전하게 돼 몹시 괴로웠다. "하지만 할머니가 불행한 건 아니랍니다. 기억을 못 하실 뿐이에요. 그걸 힘들어하시죠."

"아가씨도 그것 때문에 힘들겠군."

메이가 갑자기 내 감정을 꿰뚫어보는 바람에 나는 당황했다. "네. 할머니와 저는 언제나 아주 가까웠거든요."

"그런데도 내 사진 속 사람들에 대해 말하지 않았다고?" 그 질문은 그녀와 할머니가 매우 가까운 사이라는 걸 암시했다. 이번에 진실을 알아내지 못한다 해도, 메이가 내게 말하지 않는다 해도 체념할 수 없다는 확신이 들었다.

"할머니가 할 수만 있다면 말씀하실 것 같아요. 그러길 바라지만 지금은 불가능한 상황이라 부인께 이야기를 듣고 싶어요."

"그건 아가씨와는 상관없는 일이야." 메이는 내가 똑바로 쳐다보는 게 싫다는 듯 어깨를 보이고 약간 돌려 앉았다.

"할머니는 분명 제게 알려주셨을 거예요. 그리고 어쩌면……."

메이의 시선이 문 쪽으로 향했다. "밖에 있는 사람은 누구지? 또 누가 듣고 있는 거지?"

"저와 함께 온 사람이에요. 할머니가 제게 알려주지 않은 일들을 파악하는 데 도움을 주고 있는 친구예요."

트렌트는 안으로 들어와 메이에게 다가가더니 에스키모에게 스노콘(시럽으로 맛을 낸 얼음과자)이라도 팔 법한 미소를 지으며 손을 내밀었다. "트렌트입니다." 그는 자신을 소개했다. "만나서 반갑습니다, 크랜들 부인."

메이는 악수에 응하며 양손으로 트렌트의 손을 감쌌다. 그녀가 손을 잡은 채 나를 돌아보는 바람에 트렌트는 몸을 약간 굽혔다. "그냥 친구라고? 못 믿겠는데."

나는 조금 물러났다. "트렌트와 저는 만난 지 며칠 안 됐어요. 에디스토에 가서 만났죠."

"에디스토, 멋진 곳이지." 메이는 눈을 가늘게 뜨고 트렌트를 뚫어지게 쳐다봤다.

"네, 맞아요." 내가 맞장구쳤다. '왜 메이가 트렌트를 저렇게 쳐다볼까?' "할머니는 오래전부터 에디스토에서 적지 않은 시

343

간을 보내셨어요. 클리퍼드 삼촌께 들어보니 별장에서 글 쓰는 걸 좋아하셨다고 하더라고요. 제 할머니와 트렌트의 할아버지가 그곳에서 뭔가…… 처리할 일이 있었던 것 같아요." 나는 증인석의 증인에게 그러듯 메이의 태도가 변하는지 지켜봤다. 그녀는 아무렇지 않은 체하려 애썼지만 뭔가 달라졌다. 한 문장 한 문장 말할 때마다 변화는 뚜렷해졌다.

그녀는 내가 얼마나 아는지 궁금해하고 있었다.

"트렌트라는 성은 잘 모르겠는데." 그녀는 트렌트를 보며 눈을 껌벅거렸다.

대답을 기다리는 동안 방 안에는 긴장감이 흘렀다. 하지만 트렌트가 성까지 붙여 더 정중하게 자기를 소개하자 메이는 고개를 끄덕이며 미소 지었다. "음…… 그래. 그 사람 눈을 닮았어."

증인이 말문을 터뜨리려고 할 때마다 찾아오는 흥분을 느꼈다. 바로 이렇게 시작되는 경우가 많았다. 익숙한 얼굴이 갑작스레 나타나거나 숨겨진 과거와의 연결고리가 드러나거나 너무 오래 간직한 비밀의 주변부까지 접근했다는 게 밝혀지면 그들은 말문을 터뜨렸다.

메이는 잡고 있던 트렌트의 손을 놓고 떨리는 손으로 그의 턱을 어루만졌다. 그녀의 속눈썹에 눈물이 맺혔다. "그 사람을 빼닮았군. 정말 매력적인 사람이었지." 그녀는 입술을 붙인 채 미소 지었다. 그 모습을 보니 젊은 시절 이성에게 인기가 많았을 것 같았고 남성들의 세계에서 어렵지 않게 활동했을 듯했다.

트렌트는 뺨을 약간 붉히기까지 했다. 그 모습이 귀여웠다.

나는 어느새 두 사람의 대화를 즐기고 있었다.

메이가 나를 향해 손가락을 흔들었다. "이 사람 꽉 잡아. 내 말 명심해야 해."

이번에는 내 얼굴이 빨개졌다. "안타깝게도 전 이미 짝이 있는걸요."

"결혼반지가 안 보이는데." 메이는 내 손을 잡더니 과장된 동작으로 약혼반지를 살폈다. "난 불꽃이 튀는 걸 잘 알아봐. 그럴 수밖에. 지금까지 남편 셋을 먼저 보냈으니."

트렌트는 터져 나오는 웃음을 꾹 참느라 고개를 숙였다. 엷은 갈색이 도는 금발이 앞으로 쏟아졌다.

"혹시나 해서 하는 말인데 남편들 죽음에 내가 관련된 건 아냐." 메이가 말했다. "난 그들을 모두 진심으로 사랑했어. 한 사람은 교사, 한 사람은 전도사, 나머지 하나는 말년에 천직을 찾은 예술가였지. 그들은 각자 내게 생각하는 법, 아는 법, 보는 법을 가르쳐줬어. 모두 내게 영감을 주기도 했고. 난 음악가였어. 할리우드에서 일했고 대규모 밴드와 공연을 다니기도 했지. 바보 같은 디지털 세상이 오기 한참 전의 찬란하던 시절에."

내 가방 속에서 휴대전화 진동 소리가 나자 메이는 소리 나는 쪽을 보며 인상을 썼다. "정말 지긋지긋한 물건이야. 저게 발명되지 않았다면 세상이 더 좋았을 텐데."

나는 휴대전화를 무음으로 바꿨다. 마침내 메이가 침대 옆 사진에 얽힌 이야기를 할 준비가 된 거라면 그 무엇에도 방해받고 싶지 않았다. 이제 다시 증인을 직접 심문할 시간이었다.

나는 봉투를 열어서 트렌트의 별채에서 가져온 사진들을 꺼냈다. "저희가 궁금한 건 이거예요. 이 사진들과 테네시 보육원에 대해서요."

메이의 표정이 이내 굳었다. 그녀는 화난 눈빛으로 나를 쏘아봤다. "그 말을 다시는 입에 담지 않으면 이야기하겠어."

트렌트는 양손으로 메이의 손을 잡고는 한데 얽힌 손을 내려다봤다. "저희가 가슴 아픈 기억을 끄집어냈다면 죄송합니다, 부인. 하지만 할아버지가 제게 말씀해주시지 않았어요. 할아버지가 어릴 때 입양됐다는 것과 그 사실을 알고 나서 양부모와 연을 끊었다는 건 알고 있어요. 하지만 테네시 보육원에 대해서는 거의 몰랐어요. 최근까지 말이에요. 예전에 집에 들른 손님들이 할아버지에게 그 이름을 말하는 걸 지나가면서 들었을 순 있겠죠. 저는 할아버지가 어떻게든 그 사람들을 도왔다는 것도 알고 있어요. 할아버지가 다른 사람들 눈에 띄지 않게 작업실에서나 배를 타고 나가서 그들과 만나야 한다고 생각했다는 것도 알아요. 제 할머니는 부동산이든 뭐든 집에서 일 이야기하는 걸 안 좋아하셨고요. 할아버지의 취미 활동이나 부업 같은 것에 대해 전혀 몰랐어요. 할아버지가 돌아가시기 전에 남은 서류철 정리를 돕기 전까지는요. 할아버지가 서류를 읽지 말라고 하셨기 때문에 읽지 않았어요. 며칠 전 에이버리가 에디스토에 올 때까지는 그랬죠."

메이는 입을 벌렸다. 눈가에 눈물이 고였다. "그 사람이 죽었어? 많이 아프다는 건 알고 있었는데."

트렌트가 몇 달 전 할아버지를 여의었다고 하자 메이는 그를 끌어당겨 뺨에 입 맞췄다. "그는 좋은 사람이자 소중한 친구였어."

"할아버지가 테네시 보육원에서 입양되셨나요?" 트렌트가 물었다. "그래서 그곳에 관심이 많으셨나요?"

메이는 침울하게 고개를 끄덕였다. "맞아. 나도 그곳에 있었지. 우린 거기서 만났어. 물론 그는 당시에 겨우 세 살이었지만. 정말 귀여웠어. 그때 이름은 트렌트가 아니었어. 세월이 지난 뒤에도 이름을 트렌트로 바꾸지 않았고. 하지만 그러다 자신이 누군지 알게 됐지. 그에게는 그곳에 함께 있다가 헤어진 누나가 하나 있었어. 두 살인가 세 살 많았는데 그는 원래 이름을 사용하면 누나를 찾는 데 도움이 되리라고 늘 생각했던 것 같아. 하지만 참 아이러니하지. 우리 같은 처지에 놓인 수많은 사람이 다시 가족을 만날 수 있게 도와줬지만 정작 자기 누나는 찾지 못했으니까. 어쩌면 그의 누나는 살아남지 못했는지도 몰라. 많은 사람이……."

메이의 목소리가 갈라지더니 말이 끊어졌다. 그녀는 침대에서 몸을 꼿꼿하게 세우고 목소리를 가다듬었다. "난 미시시피 강에서 태어났어. 아버지가 만든 판잣집 배에서. 어머니 이름은 퀴니, 아버지는 브라이니였고. 내게는 여동생 카멜리아, 라크, 펀과 남동생 가비언이 있었어. 가비언이 막내였어……."

그녀는 눈을 감았다. 이야기를 이어가자 푸른 핏줄이 비치는 얇은 눈꺼풀 아래서 눈이 떨렸다. 눈앞에 흘러가는 이미지를 보며 꿈꾸는 듯했다. 그녀는 배에서 경찰에게 붙잡혀 보육원에 가게 된 일을 이야기했다. 불안과 두려움 속에서 보낸 몇 주, 무자비한 직원들, 혈육과의 이별, 트렌트와 내가 신문기사에서 읽었던 공포에 대해.

메이가 한 이야기는 가슴 아프면서도 마음을 사로잡았다. 우리는 침대 양끝에 서서 숨만 겨우 쉬며 귀를 기울였다. "그곳에서 동생 셋과 소식이 끊겼어." 그녀가 결국에는 이렇게 말했다. "하지만 펀과 나는 운이 좋았어. 함께 입양됐으니까."

그녀는 창밖을 물끄러미 봤다. 나는 그녀가 하려던 이야기를 모두 했는지 궁금했다. 마침내 그녀는 트렌트에게 시선을 돌렸다. "아이였던 자네 할아버지를 마지막으로 봤을 때 난 그가 입양 가정을 찾지 못할까봐 걱정했어. 너무 겁이 많고 주눅 들어 있었거든. 의도치 않게 직원들과 항상 문제를 일으켰고. 내가 떠날 때 그는 내 친동생이나 다름없었어. 다시는 못 볼 줄 알았는데. 세월이 흐른 뒤에 트렌트 터너라는 남자가 내게 연락했을 때 나는 그가 사기꾼이라고 생각했어. 모르는 이름이었으니 당연히 그랬겠지. 조지아 탠은 아이들에게 으레 이름을 새로 붙여줬어. 가족들이 찾지 못하게 하려는 이유가 분명했지. 내가 기억하는 그 여자는 끔찍하고 무자비했어. 말로 다 할 수 없을 정도로 범죄를 많이 저질렀고. 그녀에게 희생된 사람들 중 자네 할아버지처럼 원래 이름과 혈통을 되찾은 경우는 거의 없었어. 심지어 그는 친어머니가 돌아가시기 전에 찾았고 다른 친척들도 다시 만났어. 다시 트렌트가 됐지. 하지만 어릴 때 내가 알던 이름은 스티비였어."

메이는 다시 주의가 산만해졌다. 머릿속에서 그때로 돌아간 것 같았다. 나는 여자 넷이 찍은 사진을 조금 들어 올리며 몇 가지를 추론해봤다. 법정에서는 이렇게 하면 증인의 증언을 유도할 수 있지만 여기서는 이야기를 조금이라도 더 알아내는 데 도움이 되는 정도일 것이었다. "부인과 제 할머니와 같이 사진을 찍은 분들은 자매인가요?"

왼쪽부터 세 명은 분명 자매나 사촌이었다. 모자 그림자에 얼굴이 가려져 있었지만 닮았다는 걸 분명하게 알 수 있었다. 나는 아직도 이들과 주디 할머니가 닮았다는 사실이 신경 쓰였다. 머리 색. 사진 너머를 보는 듯한 연한 색 눈동자. 하지만 이 사진으로만 봤을 때 얼굴 윤곽은 달랐다. 세 자매의 얼굴형은 조각한 듯 윤곽이 매우 또렷했다. 넓은 사각 턱에 코가 오똑했으며 아몬드 모양 눈은 눈꼬리가 살짝 위로 올라가 있었다. 그들은 아름다웠다. 주디 할머니도 예뻤지만 얼굴형이 갸름하고 새 같았으며 얼굴에 비해 파란 눈동자가 너무 커 보였다. 흑백 사진인데도 눈이 빛나고 있는 게 보였다.

메이는 떨리는 손으로 사진을 가져가서 들었다. 그걸 영원히 살펴볼 기세였다. 나는 재촉하고 싶은 마음을 꾹 참았다. '그녀의 머릿속에서는 무슨 일이 벌어지고 있을까? 무슨 생각을 하는 걸까? 뭘 떠올리고 있을까?'

"맞아. 라크, 펀, 나야. 수영하는 미녀들이지." 메이는 장난기 어린 웃음을 짧게 피식하고는 트렌트의 손을 가볍게 쳤다. "아가씨 할머니는 우리와 어울릴 때마다 약간 걱정했던 것 같아. 그럴 필요 없었는데. 트렌트는 그녀를 정말 좋아했어. 우리는 서로 찾도록 도와준 트렌트에게 정말 고마웠어. 우리에게 에디스토는 특별한 곳이었지. 처음으로 다시 만난 곳이거든."

"제 할머니를 만나신 곳도 에디스토였나요?" 나는 이 모든 의문을 해소할 수 있는 간단한 답을 간절히 원했다. 내가 받아들일 수 있는 답을. 우리 집안이 테네시 요양원과 관계있어서 할머니가 그걸 속죄하려고 한 게 아니라는 답을 듣고 싶었다. 조지아 탠과 그녀의 조직망을 비호하고 힘 있는 가문이 그녀의 범죄와 법적 효력이 없는 자신들의 입양을 밝히고 싶어 하지 않는다는 이유로 잔혹한 행위를 모르는 체한 수많은 정치인 중에 할아버지가 포함돼 있지 않다는 답을. "두 분은 그곳에서 친구가 됐나요?"

메이는 액자의 흰 틀을 어루만졌다. 그러면서 주디 할머니를 보고 있었다. 내가 메이의 머릿속이나 사진 속으로 들어갈 수만 있다면. "응, 그랬지. 우리는 사교 행사에서 우연히 처음 마주쳤어. 이런 말 하기 그렇지만 난 그녀를 알기 전까지 완전히 잘못된 인상을 갖고 있었어. 그러다 소중한 친구가 됐고. 그녀는 마음씨 좋게도 이따금 에디스토 별장을 나와 동생들에게 빌려주기도 했어. 덕분에 우리는 함께 시간을 보낼 수 있었지. 이 사진은 언젠가 에디스토에 왔을 때 찍은 거야. 아가씨 할머니도 에디스토로 와서 우리와 함께 시간을 보냈어. 아름다운 어느 늦여름 날 해변에서 찍은 사진이지."

이 말을 듣자 마음이 진정됐다. 이쯤에서 이야기를 멈추고 싶기도 했지만 할머니 별장의 타자기 리본에서 '테네시 보육원'이라는 말이 왜 나왔는지는 알 수 없었다. 할머니가 왜 트렌트 터너 시니어와 연락했는지도.

"트렌트의 할아버지가 주디 할머니 앞으로 봉투를 남기셨어요." 내가 말했다. "할머니 일기장으로 판단하건대 할머니는 편찮아지시기 전에 이 봉투를 직접 가지러 갈 계획을 세우셨던 것 같아요. 봉투 안에는 테네시 보육원에서 발행한 서류가 들어 있었어요. 섀드 아서 포스라는 남자아이의 건강 평가서와 권리 포기서였어요. 할머니에게 왜 그런 서류가 필요했을까요?"

이제 메이는 경계를 풀고 있었다. 이 이야기에는 뭔가가 더 있었다. 하지만 그녀는 어렵게 참고 있었다.

메이는 눈꺼풀을 떨며 눈을 내리깔았다. "갑자기 너무…… 너무…… 피곤하군. 말을 너무 많이 한 것 같아. 평소…… 일주일 동안 하는 말보다 더 많이 했어."

"주디 할머니가 테네시 보육원과 관련돼 있나요? 혹시 우리 가문이요?" 오늘 알아내지 못하면 영영 알지 못할 것 같은 예감이 들었다.

"그건 할머니에게 물어봐." 메이는 베개에 깊숙이 기대며 부자연스럽게 숨을 내쉬었다.

"그럴 순 없어요. 말씀드렸잖아요. 할머니는 기억을 못 하세요. 제발 부탁이에요. 진실이 뭐든 제게 알려주세요. 아카디아. 이 단어가 이 일과 관련돼 있나요?" 나는 침대 난간을 힘줘 잡았다.

트렌트가 다가와 내 손 위에 자기 손을 얹었다. "오늘은 그만하는 게 좋겠어요."

하지만 나는 메이가 자기 안으로 움츠러든다는 걸, 비 오는 날 분필로 그린 그림처럼 이야기가 사라지고 있다는 걸 알 수 있었다.

나는 씻겨 나가는 그림을 재빨리 쫓아갔다. "우리 가문이…… 어떤 식으로든 책임이 있는지 없는지만 알고 싶어요. 왜 할머니가 이 일에 그토록 관심을 가지셨는지 말이에요."

침대 난간을 두드리던 메이의 손이 내 손과 닿았다. 그녀는 안심하라는 듯 내 손을 꼭 잡았다. "아니, 그렇지 않아. 그러니 속 태우지 마. 오래전 이 이야기를 글로 남기도록 주디가 돕겠다고 한 것뿐이야. 하지만 난 하지 않기로 했고. 지나간 세월은 케일 같다는 걸 깨달았거든. 씹을수록 맛이 점점 써지기 때문에 지나치게 오래 씹지 않는 게 좋아. 주디는 글을 잘 썼지만 우리가 그곳에서 보낸 이야기는 쓰기 힘들어했지. 그녀는 행복한 이야기를 쓰는 데 재능이 있었던 것 같아."

"할머니가 글 쓰는 걸 도우려 했다고요? 그게 전부인가요?" 정말 이게 전부일까? 가문에 얽힌 중대한 비밀이 있는 게 아니라 주디 할머니가 재능을 활용해 친구를 도우려고, 아직까지 여파가 남아 있는 과거의 부당함을 드러내려 한 것뿐이라고? 안도감이 나를 휩쓸고 지나갔다.

완벽하게 앞뒤가 맞았다.

"그게 전부야." 메이가 확인해줬다. "더 해줄 말이 있다면 좋겠군."

그녀의 마지막 말은 꺼졌다고 짐작한 불길에서 스멀스멀 피어나는 연기처럼 내 감각을 간질였다. 진실을 말하지 않은 증인들은 딱 잘라서 '네', '아니오'로 대답하더라도 꼭 한마디씩 덧붙였다.

'더 하고 싶은 말이 뭘까? 뭔가 더 있단 말일까?'

메이는 트렌트의 손을 잠깐 잡았다가 놓았다. "할아버지 일은 너무 애석해. 우리 같은 많은 사람에게 그는 하늘이 준 선물이었어. 1996년에 나라에서 입양 기록을 공개하기 전에는 우리가 진짜 누구인지, 친지들은 어디 있는지 알아낼 방법이 거의 없었지. 그에게는 나름의 방법이 있었어. 그가 없었더라면 펀과 나는 라크를 찾지 못했을 거야. 라크와 펀은 이제 죽고 없지만. 두 사람이 이 문제로 그 애들 가족이나…… 내 가족을 찾아가진 않으면 고맙겠어. 다시 만났을 때 우리는 저마다의 삶과 남편과 아이들이 있는 젊은 여자였지. 그래서 서로의 삶에 끼어들지 않기로 했고. 다들 잘 지낸다는 걸 아는 것만으로 족했어. 자네 할아버지도 그걸 이해했어. 그러니 우리 바람을 존중해주면 좋겠군." 그녀는 눈을 뜨고 나를 봤다. "두 사람 모두." 갑자기 그녀에게서 지친 기색이 사라졌다. 나를 보는 그녀의 눈빛은 강렬하고 고집스러웠다.

"물론입니다." 트렌트가 말했다. 하지만 나는 메이가 듣고 싶어 하는 게 그의 대답이 아님을 알았다.

"누군가를 성가시게 할 목적으로 시작한 일은 아니에요." 지키지 못할 약속을 할 순 없었기에 애매모호하게 대답했다. "전 주디 할머니가 이 일과 무슨 관계가 있는지 알고 싶을 뿐이에요."

"그럼 이제 알았으니 다 됐겠군." 메이는 단호하게 고개를 끄덕이며 이 상황을 끝냈다. 나는 그녀가 누구를 납득시키려 하는지 확신할 수 없었다. 나인지 그녀 자신인지. "난 내 과거와 화해했어. 다시는 말하고 싶지 않은 이야기야. 아까도 말했지만 차라리 주디에게 전부 다 이야기하는 게 더 나을 것 같군. 도대체 왜 그런 추악한 일을 지금 와서 터뜨리는 거지? 사람은 모두 어려움을 겪으며 살아. 내 경우엔 남과 다를지 모르지만 어쨌든 극복했어. 라크와 펀도 그랬고. 그리고 짐작컨대 결국 찾아내지 못한 남동생도 그럴 거야. 그랬으리라고 소망하는 쪽이 낫겠지. 오래전 내가 이 이야기를 글로 쓰이도록 도와달라고 주디를 설득한 이유는 단 하나, 남동생 때문이었어. 그 애가 어딘가에 살아 있다면 책이나 신문 기사로 어떻게든 소식이 전해질 수 있지 않을까 생각했거든. 혹시 그 애가 테네시 보육원에서 사라진 수많은 사람 중 하나가 됐더라도 추모가 되리라고 생각했어. 내 친부모에게도 그렇고. 하다못해 꽃을 놓을 무덤이라도 찾고 싶었지. 다만 어떻게 찾아야 할지를 몰랐던 거야."

"그동안 겪으신 일은 정말…… 정말 안타까워요."

메이는 고개를 끄덕이며 다시 눈을 감아 나를 밀어냈다. "이제 쉬어야겠어. 곧 그들이 와서 날 쿡쿡 찌르며 지긋지긋한 치료실로 쫓아낼 거야. 솔직히 아흔이 다 된 나이에 근육이 긴장된 걸 뭘 어쩌겠어?"

트렌트가 킥킥거렸다. "제 할아버지처럼 말씀하시는군요. 할아버지 뜻대로라면 우리는 할아버지를 작은 배에 실어서 에디스토강을 따라 흘려보내야 했어요."

"그거 아주 좋은데? 혹시 내게 친절을 베풀어 배를 마련해 줄 수 있을까? 그럼 고향 오거스타로 가서 배를 타고 서배너

강을 따라 흘러갈 수 있을 텐데." 메이는 눈을 감은 채 엷게 미소 지었다. 곧 그녀의 호흡이 길어지고 주름진 눈꺼풀이 떨렸다. 하지만 미소는 여전했다. 그녀 아버지가 만든 판잣집 배를 타고 미시시피강의 진흙투성이 강물을 떠가는 어린 소녀로 다시 한 번 돌아간 게 아닐까 했다.

메이처럼 상황에 따라 어쩔 수 없이 다른 사람이 돼 두 가지 삶을 살면 어떨지 상상해보려 애썼다. 하지만 할 수 없었다. 나는 스태포드라는 이름의 충실한 요새와 나를 지지하고 길러주고 사랑하는 가족들밖에 몰랐다. 양부모와 함께 산 메이의 삶은 어땠을까? 이제 보니 그 이야기는 듣지 못했다. 보육원에서 지낸 가슴 아픈 이야기를 한 뒤에 그녀와 여동생이 어떤 가족에게 입양됐다고만 했다.

왜 그 지점에서 이야기를 끝냈을까? 뒷이야기는 너무 사적이어서일까?

메이는 나를 이곳에 오게 만든 질문에는 대답해줬지만 그 이상은 캐묻지 말라고 했다. 하지만 나는 어쩔 수 없이 더 알고 싶었다.

트렌트도 같은 생각인 듯했다. 당연히 그럴 것이다. 그의 가족사가 메이와 관련돼 있으니.

우리는 잠시 침대 옆에서 맴돌며 각자 생각에 잠긴 채 그녀를 봤다. 그러다 마침내 가져온 사진을 들고 방에서 나왔다. 말소리가 들리지 않을 정도로 거리가 멀어질 때까지 둘 다 말이 없었다.

"할아버지에게 이런 사연이 있는지 몰랐어요." 트렌트가 말했다.

"힘드셨을 거예요. 사실을 알고 나서 말이에요."

트렌트의 눈썹이 한데 모였다. "할아버지가 자라면서 그런 일을 겪었다고 생각하니 기분이 묘해요. 할아버지가 어떤 일을 했는지, 어떤 분이었는지 알고 나니 더 존경스럽기도 하고요. 하지만 정말 화나요. 할아버지가 잘못된 때 잘못된 장소에 있지 않았더라면, 할아버지의 친부모가 가난하지 않았더라면, 테네시 보육원에서 할아버지를 데려가기 전에 누군가가 그들을 막았다면 할아버지의 삶은 어땠을까 생각하지 않을 수 없어요. 할아버지가 친부모 밑에서 자랐어도 같은 사람이 됐을까요? 할아버지가 강을 좋아한 이유가 강에서 태어났기 때문일까요, 아니면 길러준 아버지가 주말마다 낚시를 다녀서일까요? 메이는 할아버지가 원래 친척들을 만났다고 했어요. 그때 할아버지 기분이 어땠을까요? 그리고 왜 내게는 그들을 소개해주지 않았을까요? 할아버지께 묻고 싶은 게 너무 많아요."

우리는 정문을 나가자마자 걸음을 멈췄다. 둘 다 지금 헤어져서 각자 차를 세워둔 곳으로 가기가 내키지 않았다. 메이의 이야기에 몰입한 나머지 우리가 함께 있는 이유를 잊었다. 이제 우리는 여기에서 헤어져야 했다. 하지만 이제 막 만들어진 우리의 유대를 끊으면 안 될 것 같았다. "혹시 그들 중 누구라도 찾아볼 생각 있어요? 할아버지 가족들 말이에요."

트렌트는 청바지 주머니에 손을 넣은 채 어깨를 으쓱하더니 보도를 내려다봤다. "너무 예전이라 그래야 할 이유를 모르겠어요. 게다가 이젠 먼 친척일 뿐인걸요. 어쩌면 그래서 할아버지가 내게 소개해주지 않았는지도 몰라요. 하지만 좀더 알아볼 순 있겠어요. 자세한 내용은 알고 있어야 할 테니까요. 조나와 조카들을 위해서라도요. 언젠가 그 애들이 물어볼지도 모르잖아요. 더 이상 비밀은 싫어요."

대화는 시들해졌다. 트렌트는 할 말이 있는데 할지 말지 결정 못 한 사람처럼 입술을 가볍게 축였다.

우리는 동시에 말을 꺼냈다.

"고마워요……."

"에이버리, 우리가……."

무슨 이유에선지는 몰라도 우리 둘 다 이 상황이 우스웠다. 웃음 덕분에 긴장감이 조금 사라졌다.

"숙녀분 먼저 하시죠." 그는 내가 하려던 말의 길을 안내하듯 내 쪽으로 손짓했다. 사실 나는 딱히 할 말도 없었다. 지난 며칠 동안 우리가 함께 겪은 일을 생각하면 이렇게 끝낸다는 건 상상할 수도 없었다. 우리는 서로 묶여 있었다. 적어도 느낌은 그랬다.

어쩌면 내가 바보처럼 구는지도 몰랐다. "전부 다 고맙다고 말하려고 했어요. 날 빈손으로 내쫓지 않아줘서요. 할아버지와의 약속을 어기는 일이 힘들었다는 거 알아요. 난……." 그와 눈이 마주쳤다. 나는 말끝을 흐렸고 뺨이 달아올랐다. 다시 한 번 예상치 못한 끌림을 느꼈다. 처음에는 우리 둘 다 풀지 못한 수수께끼 때문이라고 생각했다. 하지만 수수께끼가 풀린 지금도 나를 끌어당기는 간질간질한 느낌은 남아 있었다.

예상하지 못했고 원하지도 않은 말도 안 되는 생각이 갑자기 들었다. '어쩌면 내가 지금 실수하고 있는지도 몰라…… 엘리엇에게.' 그리고 잠시 뒤 이 생각이 말도 안 되지는 않는다는 걸 깨달았다. 나는 지금까지 이 질문을 피하고 있었다. 엘리엇과 나는 정말 사랑하는 걸까, 아니면…… 삼십대가 됐으니 때가 됐다고 생각하는 것뿐일까? 우리 사이에는 깊고 오랜 우정이 있을까? 열정은? 둘 다 가족 때문에 억지로 결혼하지는 않겠다고 말했지만 정말 우리가 원해서 이렇게 됐을까? 레슬리가 가르쳐준 정치 요령 중 하나가 떠올랐다. '에이버리, 대중에게 인지도를 높이고 싶으면 적절한 시점에 결혼한다고 발표해요. 그러면 효과가 아주 좋을 거예요. 그것 말고는 정계에서 젊고 예쁜 미혼 여성의 장점은 없어요. 사교적인 상황에서 아무리 처신을 잘한다고 해도 말이에요. 늑대들에게 여지가 없다는 걸 공식적으로 알려줘야 해요.'

이 생각을 떨쳐버리려 했지만 말의 앞쪽 갈기에 달라붙은 가시풀처럼 떼어낼 수 없었다. 가시풀 주변으로 갈기가 온통 엉켜 있었다. 이제 와서 방향을 트는 건 상상할 수 없었다. 전부다, 모든 사람이 곧 결혼을 발표하리라고 기대했다. 그 기대를 깨는 건…… 생각할 수도 없었다. 허니비와 비트시는 무척 상심하겠지. 나는 사회적으로나 정치적으로 믿을 수 없는 사람으로 비쳐질 테고. 결단력 없고 자기 마음도 모르는 사람으로.

나는 정말 그런 사람일까?

"에이버리?" 트렌트는 미간을 찡그린 채 고개를 한쪽으로 기울였다. 내가 무슨 생각을 하는지 궁금해하는 것 같았다.

그렇다고 그에게 말할 순 없었다. "이제 당신 차례예요." 생각이 거칠게 질주하는 걸로 봐서 내가 무슨 말을 할지 믿을 수 없었다.

"별거 아니에요."

"불공평해요. 무슨 말 하려고 했어요?"

그는 그리 버티지 않고 말했다. "우리의 첫 만남이 순조롭지 못해서 미안하다고 사과하고 싶었어요. 평소에는 손님에게 그런 식으로 말하지 않는데."

"음, 난 손님이 아니었으니까 괜찮아요." 사실 내가 얼마나 밀어붙였는지를 생각하면 그는 매우 점잖았다. 결국 나는 뼛속까지 스태포드였다. 원하는 걸 얻고 말았으니까.

이 사실을 깨닫자 몸을 떨렸고 아이를 입양함으로써 조지아 탠의 사업에 자금을 대준 꼴이 돼버린 양부모가 된 듯 으스스했다. 그들 중에는 좋은 뜻으로 입양한 사람도 있었을 테고 정말 가정이 필요한 아이도 있었을 것이다. 하지만 무슨 일이 벌어지고 있는지 알았던 사람도 있었을 것이다. 특히 주문 제작하다시피 한 아이들을 보내는 대가로 과한 비용을 청구한다는 걸 알았던 사람들이라면 더욱. 그들은 돈과 권력 그리고 사회적 지위가 있으면 그런 일을 해도 된다고 생각했는지도 모른다.

이렇게 생각하자 죄책감이 들었다. 사실상 나를 위해 준비된 것이나 다름없는 상원의원 자리를 비롯해 그동안 내게 주어졌던 온갖 특권이 떠올랐다.

'특정 가문 출신이라는 이유만으로 내게 이런 권리가 주어졌을까?'

트렌트는 어색하게 손을 다시 주머니에 넣었다. 그는 자기 차를 흘끔 보더니 다시 나를 봤다. "연락하자고요. 다음에 에디스토에 오면 찾아와요."

사냥 대회의 시작을 알리는 나팔 소리처럼 아이디어가 떠올랐다. 대회 시작 전 말은 근육을 잔뜩 긴장하고 있다가 고삐가 풀리면 잠재된 에너지를 한 방향으로 모두 발산한다. "당신이 할아버지 가족에 알아낸 게 있는지 정말 궁금할 거예요. 뭔가를 알아내게 된다면 말이에요. 그렇다고 부담 주는 건 아니에요. 참견하고 싶진 않아요."

"지금 참견하는 것 같은데요."

나는 기침하며 기분이 상한 척했다. 하지만 우리 둘 다 그 말이 사실이라는 걸 알았다. "검사의 습성이에요. 미안해요."

"당신은 분명 훌륭한 검사일 거예요."

"그러려고 노력해요." 내가 좋아하는 일을 잘한다고 누군가가 인정해주자 자부심이 차올랐다. 이 일을 하는 이유 중 하나였다. "난 일을 바로잡는 걸 좋아해요."

"그래 보여요."

차 한 대가 우리와 가까운 곳의 주차 공간으로 들어왔다. 우리 둘은 여기 계속 서 있으면 안 되겠다고 생각했다.

트렌트는 마지막으로 요양원을 봤다. "메이 말이에요. 대단한 삶을 산 것 같아요."

"그러게요." 이곳에서 하루하루 시들어가고 있는 할머니의 친구 메이를 떠올리자 마음이 아팠다. 찾아오는 이 하나 없고 말할 사람 하나 없이. 복잡하게 얽힌 가족 상황 때문에 손주들은 멀리에 살았다. 그 누구의 잘못도 아니었다. 현실이었다. 나는 정치활동위원회의 앤드류 무어에게 연락해서 메이를 도울 수 있는 기관을 추천해줄 수 있는지 알아보겠다고 다짐했다.

거리에서 자동차 경적이 들렸고 가까이에서 차 문 닫히는 소리도 들렸다. 세상은 계속 돌아가고 있었고 트렌트와 나도 그래야 했다.

트렌트의 가슴이 불룩하게 올라왔다가 긴장이 풀린 듯 다시 내려갔다. 그가 내 뺨에 입 맞추려고 몸을 숙이자 숨결이 귓가에 스쳤다. "에이버리, 고마워요. 진실을 알게 돼서 기뻐요."

그의 얼굴이 내 얼굴 앞에서 머뭇거렸다. 짭짤한 냄새와 아기 샴푸 냄새가 났고 아주 약하게 진흙 냄새도 났다. 내 상상인지도 모르지만.

"나도 그래요."

"연락해요." 그가 다시 말했다.

"그럴게요."

눈꼬리로 보도를 걸어오는 여자가 보였다. 흰 블라우스와 검은 치마를 입고 펌프스를 신고 있었다. 그녀의 속사포 같은 걸음걸이가 달갑지 않았고 그건 오늘 하루와 어울리지 않았다. 나는 얼굴이 뜨거워졌다. 트렌트에게서 너무 빨리 돌아서는 바람에 그는 나를 어리둥절한 표정으로 봤다.

레슬리가 나를 쫓아왔다. 이언에게 메이의 상태를 확인해달라고 부탁하는 게 아니었는데. 레슬리는 턱을 목 쪽으로 바짝 당긴 채 트렌트와 나를 봤다. 그녀가 뭘 상상하는지 짐작할 수 있었다. 사실 짐작할 필요도 없었다. 그녀가 어떻게 생각하는지 얼굴에 다 보였으니까. 방금 그녀가 목격한 장면에서 트렌트와 나는 꽤 친밀해 보였을 것이다.

"다시 한 번 고마워요, 트렌트." 나는 레슬리가 받은 인상을 희석하려고 했다. "운전 조심해서 가요." 나는 한 발 물러나 양손을 맞잡았다.

트렌트는 나를 살폈다. "그럴게요." 그는 이렇게 중얼거리면서 고개를 한쪽으로 기울이더니 눈을 가늘게 뜨고 나를 봤다. 그는 뒤에 누가 서 있는지 몰랐다. 현실 세계가 강풍 같은 세기로 밀려왔다는 사실도.

"계속 찾고 있었어요." 레슬리는 인사도 하지 않고 자기 존재를 알렸다. "오늘 아침에 전화 안 받더군요. 숨어 있었어요?"

트렌트는 옆으로 돌아서서 아버지의 언론 담당 비서관과 나를 번갈아 봤다.

"휴가 중이잖아요. 내가 어디에 있는지는 다들 알 텐데요."

"에디스토 말인가요?" 레슬리는 냉소적인 표정으로 쏘아붙였다. 분명 지금 내가 있는 곳은 에디스토가 아니었다. 그녀는 트렌트를 의혹의 눈초리로 쏘아봤다.

"네…… 그러니까…… 난……." 머릿속이 복잡했다. 오늘 깨끗한 옷을 입고 싶어서 구입한, 관광객이나 입을 법한 꽃무늬 면 원피스 아래로 땀이 흘렀다. "사연이 길어요."

"들을 시간 없어요. 당장 집으로 가야 해요." 레슬리는 우리에게 해야 할 일이 있고 그는 더 이상 환영받지 못한다고 트렌트에게 알릴 목적으로 말했다. 그 말은 효과가 있었다. 트렌트는 나를 어리둥절한 표정으로 보더니 에이컨에 온 김에 갈 곳이 있다면서 양해를 구했다.

"잘 지내요, 에이버리." 그는 이렇게 말하고는 자기 차로 향했다.

"트렌트…… 고마워요." 그의 뒤에 대고 외쳤다. 그는 어깨 위로 손을 흔들었다. 메이와 관련해서 무슨 일이든 함께하고 싶다고 말하는 듯했다.

그에게 달려가서 레슬리 때문에 느닷없이 떠나게 된 일을 사과하고 싶었다. 하지만 그러면 안 된다는 걸 잘 알았다. 의혹만 키울 테니까.

"휴대전화가 꺼져 있었나봐요. 미안해요. 무슨 일이에요?" 나는 그녀가 심문을 시작하기 전에 차단했다.

레슬리는 천천히 눈을 깜빡이며 턱을 치켜들었다. "그 이야기는 잠깐 미뤄두고요. 내가 여기까지 걸어오면서 본 걸 이야기해보죠." 그녀는 트렌트를 향해 손짓했고 나는 그에게 이 말이 들리지 않았기를 바랐다. "그 일이 너무 신경 쓰이니까요."

"레슬리, 트렌트는 친구예요. 우리 가족사와 관련된 일을 알아보는 걸 도와줬어요. 그뿐이에요."

"가족사라니요? 정말이에요? 여기서?" 레슬리는 턱을 내민 채 못마땅한 듯 코웃음 쳤다. "무슨 가족사요?"

"그건 말할 수 없어요."

레슬리의 눈에서 불길이 일었다. 그녀는 입술을 일자로 꼭 다물었다. 그리고 숨을 깊이 들이마시더니 다시 눈을 깜빡이고 열기 가득한 눈길로 나를 봤다. "자, 뭐 하나 알려줄게요. 방금 내가 뭘 봤든지 간에 그건 절대 보여선 안 되는 장면이에요. 에이버리, 모든 게 그럴듯하게 꾸며지고 이용되고 잘못 해석될 수 있어요. 모든 게요. 당신은 눈처럼 깨끗해야 해요. 그런데 아까 그 장면은 멀리서 보기에도 그렇지 않았어요. 그 모습이 사진에서 어떻게 조작될 수 있는지 짐작돼요? 우리 모두, 그러니까 우리 팀 전체가 가진 모든 걸 당신에게 쏟고 있어요. 당신이 필요해질 때에 대비해서요."

"알아요. 이해해요."

"싸워야 할 전투가 또 한 번 벌어진다면 가족들은 견디지 못할 거예요."

"무슨 말인지 알아들었어요." 자신 있게 말하려 했지만 속으로는 혼란스럽고 당황스러웠다. 그리고 지금 당장 레슬리와 마주하고 있다는 게 짜증났다. 나는 레슬리를 달래는 일과 트렌트를 쫓아가고 싶은 마음 사이에서 갈등했다. 그가 차에 탔는지도 확인하지 못했다.

시동 걸리는 소리에 궁금증이 풀렸다. 나는 그가 차를 몰고 가는 소리를 들었다. '이게 최선일 거야. 그렇고말고.' 나는 속으로 중얼거렸다. 에디스토에 가기 전 내게는 인생 전반에 대한 계획이 있었다. 오래된 가족사, 더는 중요하지 않은 문제들, 주인공조차 잊고 싶어 하는 이야기가 아니었다면 나와 아무런 관련이 없었을 남자 때문에 그 계획을 위태롭게 하고 싶지 않았다.

"일이 생겼어요." 레슬리를 보고 있는데도 그녀의 말을 알아듣는 데 시간이 걸렸다. "〈센티넬〉에서 방금 기업 소유 요양원과 그들의 책임 회피를 대규모로 폭로하는 기사를 냈어요. 대형 언론사에서 보도하는 건 시간문제예요. 기사에서는 사우스 캐롤라이나 사례에 주목하고 있어요. 피해자가 소송을 제기한 사건에서 언급된 요양원 몇 곳과 매그놀리아 매너의 가격을 비교했고 피해자와 그 가족들 사진도 실었어요. '불평등한 노후'라는 제목인데 매그놀리아의 정원을 거니는 아버지와 할머니를 멀리서 찍은 사진이 함께 게재됐어요."

나는 입을 벌린 채 그녀를 봤다. 마음 깊은 곳에서 분노가 일었다. "어떻게 감히! 어떻게……! 그들에게 할머니를 괴롭힐 권리는 없어요."

"에이버리, 이게 정치예요. 정치와 선정주의죠. 안전지대는 없어요."

남자의 이름은 대런이었고 여자의 이름은 빅토리아였다. 하지만 그들은 우리에게 아빠와 엄마라고 부르라고 했다. 대런과 빅토리아, 세비어 씨와 세비어 부인이라고 부르는 게 아니라. 그건 그리 힘들지 않았다. 그 누구도 아빠, 엄마라고 불러본 적이 없었기 때문에 마음속에 그 말이 차지하고 있는 자리는 없었다. 그건 그냥 단어일 뿐이었다.

퀴니와 브라이니는 여전히 우리 가족이었고 내가 방법만 찾으면 우리는 돌아갈 수 있었다. 그건 생각만큼 어렵지 않을 것 같았다. 세비어 부부의 집은 컸고 아무도 쓰지 않는 방이 많았으며 뒤쪽에는 키 큰 나무와 초록색 풀이 가득한 들판이 보이는 넓은 베란다가 있었다. 그곳의 경사면을 내려가면 더없이 좋은 곳이 나왔다. 바로 물가였다. 강은 아니었다. 길고 가는 쇠뿔 모양으로 생긴 우각호는 데드멘 습지라는 곳으로 이어졌고, 그곳을 따라 죽 내려가면 미시시피강이 나왔다. 집을 청소하고 음식을 준비하는 주마에게 물어보고 알아낸 사실이다. 그녀는 세비에 씨가 차를 세워두는 낡은 마차 차고에 살았다. 세비에 씨에게는 차가 세 대 있었다. 나는 차가 세 대나 있는 사람을 만나본 적 없었다.

주마는 남편 호이와 딸 후트시와 함께 그곳에 살았다. 호이는 마당과 닭장을 지키고 밤새도록 짖고 우는 사냥개들과 조랑말 한 마리를 관리했다. 세비어 부인은 우리가 원하면 조랑말을 탈 수 있다고 이 주째 말하고 있었다. 나는 우리가 조랑말을 좋아하지 않는다고 거짓말했다. 편에게도 똑같이 말해야 한다고 일러뒀다.

주마의 남편은 악마처럼 덩치가 크고 무섭고 시커멨다. 머피 부인의 집에서 지낸 뒤로 나와 편은 어디서도 허드레꾼과 단둘이 마주치고 싶지 않았다. 우리가 세비어 씨와 단둘이 있는 것도 싫었다. 그 역시 우리에게 조랑말에 타라고 했지만 세비어 부인이 시켜서 그런 거였다. 그는 부인이 길 아래쪽 정원으로 가지 못하게 하기 위해서라면 뭐든 다 했다. 정원에는 그녀가 사산한 아기 둘과 유산한 아기 셋의 무덤이 있었다. 무덤 위에는 돌로 만든 작은 양이 있었다. 세비어 부인은 그곳에 갈 때면 바닥에 엎드려 울었다. 그런 다음 집으로 돌아와 침대에만 있었다. 그녀의 손목에는 오래된 상처가 있었다. 나는 그 상처가 뭔지 알았지만 편에게는 그에 대해 말하지 않았다.

"그냥 부인 무릎에 앉아서 부인이 네 머리를 만지고 너와 인형놀이를 하게 돼. 부인을 행복하게 해줘." 나는 편에게 말했다. "울지 말고 침대에 오줌 싸지도 말고. 듣고 있어?" 처음부터 세비어 부부가 나를 여기로 데려온 이유도 그거였다. 편이 계속 울고 침대에 오줌을 싸고 칭얼거려서.

이제 편은 대체로 잘하고 있었다. 하지만 가끔은 그 어떤 것도 세비어 부인에게 도움 되지 않는 날이 있었다. 그런 날이면 부인은 다른 생명체와의 접촉을 원하지 않았다. 죽은 아이들만 원했다.

그녀가 침대에 누워 죽은 아이들을 떠올리며 울 때면 세비어 씨는 음악실에 숨어 있었고 우리는 주마와 함께 있었다. 주마는 우리 때문에 일이 너무 많아졌다고 여겼다. 세비어 씨는 나보다 두 살 어린 열 살 난 후트시에게 뭔가를 사다주곤 했다. 이제는 대신 세비어 부인이 우리에게 뭔가를 사다줬다. 주마는 이런 변화가 조금도 반갑지 않았다. 그녀는 교활하게 편을 구슬려 우리가 어디서 왔는지 알아냈고 세비어 부부처럼 훌륭한 사람들이 왜 우리 같은 강 쓰레기를 데려왔는지 모르겠다고 했다. 하지만 세비어 부인에게 들릴 만한 곳에서는 말하지 않았다.

주마는 우리를 때리지는 않았지만 때리고 싶어 했다. 후트시가 말을 안 들으면 주마는 그 애의 살집 없는 엉덩이를 때렸다. 가끔 주마는 아무도 보지 않을 때 우리를 향해 긴 나무 숟가락을 흔들며 말했다. "고마운 줄 알아야지. 부인의 발에 입이라도 맞춰야 할 판이야. 이 좋은 집에 너희를 들였으니. 너희는 부인이 아기를 낳을 때까지만 여기에 있을 거야. 선생님께서는 부인이 임신 걱정을 너무 많이 하지만 않으면 아기가 생길 거라고 생각하시거든. 그렇게 되면 강에서 온 너희 쥐새끼들은 연기처럼 사라질 거야. 쓰레기와 함께 나가는 거지. 너희는 당분간만 여기에 있는 거야. 그러니 너무 집처럼 편히 지내지 마. 주위에서 그런 일을 한두 번 본 게 아니라 알려주는 거야. 너희는 여기에 오래 있지 않을 거야."

주마의 말이 옳았기 때문에 대꾸할 이유가 없었다. 적어도 이곳에는 음식이 있었다. 그것도 아주 많이. 거칠고 뻣뻣하지만 프릴 달린 원피스도 있었고 리본과 크레욜라와 책과 반짝이는 새 메리제인 슈즈가 있었다. 오후에 쿠키를 먹으며 티 파티를 하는 작은 티 세트도 있었다. 세비어 씨는 티 파티를 한 번도 해보지 않은 우리에게 그 방법을 알려줬다.

목욕 시간에 줄을 설 필요도 없고 다른 사람들이 보는 앞에서 옷을 벗지 않아도 됐다. 아무도 우리 머리를 때리지 않았고 우리를 묶어서 벽장에 매단다고 협박하지 않았다. 아무도 우리를 지하실에 가두지 않았다. 적어도 지금까지는 그랬다. 그리고 주마의 말처럼 새로운 아기가 태어나면 우리는 무슨 일이 벌어질지 알 정도로 이곳에 오래 있지 않을 것이다.

세비어 부부가 우리에게 싫증 내더라도 절대 머피 부인의 집으로 돌아가지 않겠다는 것만은 확실했다. 밤이 돼 방에서 안전하게 편의 옆에 있을 때면 나는 목초지를 내려다보며 나무 사이로 호수를 봤다. 우각호에 떠가는 손전등 불빛도 몇 번 봤다. 가끔은 멀리 습지에서 별이 떨어진 것처럼 빛이 떠가기도 했다. 내가 할 일은 저 배들 중 하나로 갈 방법을 찾아서 데드멘 습지를 지나 큰 강으로 가는 것이었다. 일단 그곳에 가면 울프강과 미시시피강이 만나는 머드 아일랜드로 쉽게 내려갈 수 있을 것이다. 그리고 머드 아일랜드에서는 퀴니와 브라이니가 우리를 기다리고 있겠지.

나는 배를 찾아야 했고 찾을 것이었다. 우리가 사라지고 나면 세비어 부부는 우리에게 무슨 일이 일어났는지 전혀 모를 것이다. 미스 텐은 그들에게 우리가 강에서 태어났다고 말하지 않았고 장담하건대 주마도 하지 않을 것이다. 우리의 새엄마와 새아빠는 우리의 친엄마가 대학생이었고 아빠가 교수인 줄 알았다. 그들은 엄마가 폐렴으로 사망했고 아빠는 일자리를 잃어 우리를 기를 수 없다고 알고 있었다. 그들은 펀이 세 살인 줄 알았지만 그 애는 네 살이었다.

나는 세비어 부부에게 사실을 밝히지 않고 착하게 굴려고 노력했다. 펀과 내가 도망치기 전에 아무 일도 일어나지 않도록.

"여기 있었구나." 아래층 식탁에서 아침식사를 기다리는 우리를 본 세비어 부인이 말했다. 그녀는 지난밤에 준 옷을 벌써 입은 우리를 보며 인상을 찡그렸다. 펀은 파란 체크무늬 바지와 등에 단추가 달린 셔츠를 입었다. 셔츠 팔 둘레에는 부푼 주름 장식이 달려 있었고 아랫단 레이스 아래로 배가 보였다. 나는 윗부분이 작아서 꼭 끼는 주름 장식이 달린 자주색 원피스를 입었다. 원피스 단추를 채우려고 숨을 한껏 들이마셔야 했다. 나는 굳이 자랄 필요가 없는데도 자라고 있는 것 같았다. 퀴니는 포스 집안 아이들은 언제나 단숨에 확 자란다고 말했다.

지금이 급성장기일 수도 있었지만 이곳에서 옥수수죽이 아닌 음식을 많이 먹어서일 수도 있었다. 매일 아침 우리는 푸짐하게 식사했고 점심때가 되면 주마가 샌드위치를 만들어 쟁반에 담아 갖다줬다. 저녁에는 세비어 씨가 음악실에서 바쁘게 일할 때가 아니면 역시나 푸짐하게 식사했다. 세비어 씨가 일할 때면 우리는 다시 쟁반에 담긴 샌드위치를 먹고 세비어 부인과 실내에서 게임을 했는데 편은 이걸 아주 좋아했다.

"메이, 이렇게 일찍 일어나서 베스에게 옷 입히지 않아도 된다고 했잖니." 그녀는 클레오파트라 여왕이 입었을 것 같은 실크 목욕 가운을 입고 팔짱을 꼈다. 편과 나도 그에 어울리는 가운이 있었다. 우리의 새엄마가 주마에게 특별히 만들어달라고 한 것이었다. 하지만 우리는 그 가운을 입지 않았다. 오래 머물지 않을 것이므로 근사한 것들에 익숙해지지 않는 게 좋다고 생각했다. 그것도 그렇고 가슴에 작은 혹 같은 게 두 개 솟았는데 가운이 반짝이고 얇아서 솟아오른 부분이 드러났다. 다른 사람이 그걸 보는 게 싫었다.

"기다리긴 했어요…… 잠깐이지만요." 나는 무릎을 내려다봤다. 부인은 우리가 지금껏 동트자마자 일어났다는 사실을 이해하지 못했다. 판잣집 배에 살면 어쩔 도리가 없었다. 강이 깨어나면 나도 깨어나야 했다. 새가 울고 배가 경적을 울렸고 큰 물길 가까이에 정박하면 파도가 연이어 밀려왔다. 물고기가 미끼를 무는지 낚싯대도 지켜봐야 했고 스토브에 불도 피워야 했다. 배에서는 해야 할 일들이 있었다.

"적당한 시간까지 자는 법을 배워야지." 세비어 부인이 나를 향해 고개를 저었다. 나는 그게 장난스러운 행동인지 그녀가 나를 좋아하지 않아서 그러는지 알 수 없었다. "메이, 넌 더 이상 보육원에 있지 않아. 여기가 네 집이라고."

"네, 부인."

"네, 엄마라고 해야지." 그녀는 내 머리에 손을 얹었더니 몸을 숙여 펀의 뺨에 입 맞춘 다음 귀를 무는 척하며 장난쳤다. 펀은 꺅 소리를 내고 깔깔거렸다.

"네, 엄마." 나는 시킨 대로 말했다. 자연스럽지 않지만 차츰 나아지겠지. 다음에는 꼭 기억하기로 마음먹었다.

부인은 식탁 끝에 앉아 인상을 쓰고 턱을 괸 채 긴 복도를 살펴봤다. "오늘 아침에 아빠 못 봤니?"

"못 봤어요…… 엄마."

펀은 의자에서 몸을 움츠리더니 얼굴을 찡그리며 걱정스러운 표정으로 새엄마를 바라봤다. 우리 모두 세비어 씨가 어디에 있는지 알았다. 복도를 타고 음악 소리가 들려왔다. 원래 그는 아침식사 전에 음악실에 가지 못하게 돼 있었다. 그 일 때문에 부부가 싸우는 소리를 들은 적 있었다.

"대런!" 부인이 식탁을 손가락으로 두드리며 외쳤다.

펀은 손으로 귀를 막았고 주마는 뚜껑 덮은 도자기 그릇을 들고 덜컹대며 황급히 들어오다가 떨어질 뻔한 뚜껑을 간신히 잡았다. 주마는 눈을 희번덕거렸지만 곧 세비어 부인이 자신에게 화낸 게 아님을 알았다. "부인, 제가 가볼게요." 그녀는 그릇을 식탁에 내려놓고 어깨 너머로 주방 쪽으로 외쳤다. "후트시, 식기 전에 음식 내오렴!"

그녀는 양복 솔처럼 뻣뻣하게 식탁을 지나갔고 새엄마가 보고 있지 않을 때 우리를 노려봤다. 우리가 오기 전 주마는 아침식사 때 그릇을 이렇게 많이 쓸 필요가 없었다. 쟁반에 간단한 식사를 담아 세비어 부인의 침실로 갖다주면 그만이었다. 후트시에게 들은 이야기다. 우리가 오기 전에는 가끔 후트시가 오전 내내 부인과 함께 위층에 있으면서 〈라이프〉나 그림책을 보며 세비어 씨가 일할 수 있도록 부인의 기분을 맞췄다.

이제 후트시는 주방 일을 돕고 있는데 그것도 우리 잘못이었다.

그녀는 달걀을 내오며 식탁 아래로 발을 들이밀어 내 발을 밟았다.

잠시 뒤 주마가 세비어 씨와 함께 복도를 걸어왔다. 음악실 문이 잠겨 있을 때 그를 데리고 나올 수 있는 사람은 주마뿐이었다. 주마는 세비어 씨를 어릴 때부터 돌봤고 지금도 그를 어린아이처럼 대했다. 세비어 씨는 아내 말은 듣지 않아도 주마 말은 들었다.

"먹어야 해요!" 그를 따라 복도를 걸어오며 주마가 말했다. 아침 햇빛이 드리운 그림자 위로 그녀가 손 흔드는 모습이 보였다. "이걸 다 요리했는데 벌써 반은 식었겠어요."

"아침 일찍 깼는데 악상이 떠올랐어요. 잊어버리기 전에 써두려고 한 거예요." 세비어 씨는 복도 끝에서 멈춰 서더니 한 손을 배에 얹고 나머지 한 손은 허공으로 뻗었다. 그리고 우리를 향해 꾸벅 절했다. "좋은 아침입니다, 숙녀분들."

세비어 부인은 인상을 쓴 채 고개를 치켜들었다. "대런, 우리 약속했잖아요. 아침식사 전에는 일하지 않고 식사는 식탁에서 하기로요. 그렇게 내내 혼자 틀어박혀 있으면 아이들이 가족이 되는 법을 어떻게 배우겠어요?"

세비어 씨는 자기 자리에 앉지 않고 식탁을 돌아 부인의 입술에 키스했다. "오늘 아침 내 뮤즈께서는 기분이 어떤가요?"

"이런, 그만해요." 부인은 계속 불평했다. "내가 잔소리 못 하게 하려고 그러는 거 알아요."

"성공인가?" 그는 펀과 내게 윙크했다. 펀은 깔깔대며 웃었고 나는 못 본 체했다.

가슴속에서 뭔가가 끌어당기는 느낌이 들어서 접시를 내려다봤다. 그러자 브라이니가 판잣집을 지나 뒤쪽 갑판으로 갈 때 퀴니에게 똑같이 입 맞추던 모습이 보였다.

더 이상 음식 냄새가 맛있게 느껴지지 않았다. 배 속은 음식을 간절히 원하는데도. 이들이 마련한 아침식사를 먹고 싶지 않았고 그들의 농담에 웃고 싶지 않았으며 그들을 엄마 아빠라고 부르고 싶지도 않았다. 내게는 엄마와 아빠가 있었고 그들이 있는 집으로 가고 싶었다.

펀도 낄낄대며 이들과 어울려서는 안 된다. 그건 옳지 않았다.

나는 식탁 밑으로 손을 뻗어 펀의 허벅지를 꼬집었다. 그러자 펀은 약간 움찔했다.

새엄마와 새아빠는 우리 쪽으로 고개를 기울이며 무슨 일인지 궁금해했다. 하지만 펀은 말하지 않았다.

주마와 후트시가 음식을 마저 내오자 우리는 아침식사를 시작했다. 먹는 동안 세비어 씨는 어떤 음악을 작업 중이고 한

밤중에 어떻게 곡조가 떠올랐는지 이야기했다. 그러면서 악보, 쉼표, 음표 같은 것들을 말했다. 세비어 부인은 한숨 쉬며 창밖을 봤지만 나는 이야기에 빨려들었다. 사람들이 종이에 어떻게 음악을 쓰는지 들은 건 이번이 처음이었다. 내가 아는 곡조라고는 브라이니가 기타나 하모니카로 연주하던 노래와 당구장에서 피아노로 연주된 곡뿐이었다. 음악은 언제나 내 마음 깊은 곳에 닿았고 어떤 느낌을 전해줬다.

나는 세비어 씨가 말한 대로 사람들이 책을 쓰듯 종이에 곡을 쓴다는 것과 그 곡이 영화에 들어간다는 사실을 브라이니가 아는지 궁금했다. 그가 새로 쓰고 있는 곡은 영화에 들어갈 음악이었다. 식탁 끝에 앉은 그는 허공에 손을 저으며 몹시 흥분해 영화에서 콴트릴의 습격대가 캔자스로 말을 타고 가서 온 마을을 불태우는 장면을 설명했다.

그는 곡조를 흥얼거리며 탁자를 북처럼 두들겼다. 그러자 그릇이 달그락거렸다. 말이 달리고 총소리가 들리는 듯했다.

"어때요, 여보?" 그는 곡을 멈추고 세비어 부인에게 물었다.

부인이 손뼉을 치자 편도 따라 했다. "걸작이군요." 부인이 말했다. "걸작이고말고요. 안 그러니, 베시?"

나는 편을 베스라고 부르는 데 적응되지 않았다. 물론 부부는 베스가 진짜 이름이라고 생각했다.

"골짝이에요." 편은 굵게 빻은 옥수수를 입안 가득 넣고 '걸작'이라고 말하려 애썼다.

세 사람은 웃음을 터뜨렸고 나는 접시만 내려다봤다.

"베스가 행복해하니 정말 좋아요." 부인이 식탁 너머로 몸을 기울여 옥수수가 묻지 않도록 펀의 머리카락을 넘겨줬다.

"맞아요." 세비어 씨는 아내를 봤다. 하지만 그녀는 펀을 쓰다듬느라 그 눈길을 알아채지 못했다.

세비어 부인은 펀의 머리카락을 손가락으로 말아 작은 나선형으로 곱슬곱슬한 머리를 셜리 템플처럼 굵직한 곱슬머리로 만들었다. 세비어 부인은 그 머리를 가장 좋아했다. 나는 주로 머리를 뒤로 땋았기 때문에 내 머리로는 뭘 할 수 없었다. "우리에게 이런 순간이 오지 않을까봐 걱정했어요." 부인이 남편에게 말했다.

"시간이 필요한 법이에요."

"엄마가 되지 못할까봐 두려웠다고요."

세비어 씨는 행복하다는 듯 눈을 위로 굴리더니 식탁 너머를 바라봤다. "이제 우리에겐 베스가 있잖아요."

'아냐! 당신은 펀의 엄마가 아냐. 우리 엄마가 아냐. 무덤에 있는 죽은 아이들이 당신 자식들이야.' 나는 이렇게 외치고 싶었다. 펀을 데려오고 싶어 한 세비어 부인이 싫었다. 죽은 아기들도 싫었다. 우리 둘을 이곳으로 데려온 세비어 씨도 싫었다. 우리를 그냥 내버려뒀으면 지금쯤 펀과 나는 아카디아로 돌아갔을 텐데. 내 동생의 머리를 셜리 템플처럼 만들고 그 애를 베스라고 부르는 사람은 아무도 없을 텐데.

이를 너무 악물어 머리끝까지 통증이 전해졌다. 이런 통증은 차라리 반가웠다. 많이 아프지도 않았고 왜 아픈지 알고 있었으므로 언제든 멈출 수 있었다. 마음의 통증이 훨씬 괴로웠다. 그 통증은 아무리 노력해도 치료할 수 없었다. 상처가 너무 깊은 나머지 숨 쉬기도 힘들었다.

'편이 나보다 이 사람들을 더 좋아하게 되면 어쩌지? 브라이니와 퀴니와 아카디아를 잊으면?' 아카디아에는 근사한 옷, 현관에 놓인 장난감 스쿠터, 테디 베어 인형, 크레욜라, 도자기 티 세트 같은 게 없었다. 그곳에는 강뿐이었지만 강은 우리를 먹여주고 실어가 자유롭게 했다.

나는 편이 잊지 않게 해줘야 했다. 뼛속까지 베스가 되도록 놔둘 순 없었다.

"메이?" 세비어 부인이 뭐라고 말했지만 나는 제대로 듣지 못했다. 나는 환한 표정으로 그녀를 봤다.

"네…… 엄마?"

"못 들었니? 오늘 베스를 데리고 멤피스에 가서 특별한 신발을 맞출 거야. 더 자라기 전에 안짱다리를 교정하는 게 중요하거든. 자라고 나면 너무 늦다고 하더라고. 치료할 수 있는데 그렇게 되면 너무 안타깝잖니." 그녀는 고개를 옆으로 약간 기울였다. 물고기를 찾는 독수리 같았다. 예뻤지만 물고기 입장에서는 조심해야 했다. 식탁 아래 가려져 그녀가 내 오른쪽 발을 볼 수 없다는 게 다행스러웠다. 우리는 모두 발이 안쪽으로 약간씩 굽어 있었다. 퀴니를 닮아서였다. 브라이니는 그 점이 아카디아 왕가의 특징 가운데 하나라고 했다.

나는 부인이 볼 때에 대비해 발을 똑바로 하려고 애썼다.

"밤에 교정기를 하고 자야 할 거야." 세비어 부인이 내게 말했다. 그녀 옆에 앉은 세비어 씨는 베이컨을 먹으며 신문을 펼쳐 읽었다.

"아." 내가 중얼거렸다. '밤에 펀의 다리 교정기를 빼면 되겠구나. 그게 내가 할 일이야.'

"내가 직접 돌봐주고 싶어." 세비어 부인이 나를 향해 아주 조심스레 말했다. 나를 뚫어지게 쳐다보는 그녀의 짙푸른 눈동자와 아래쪽이 곱슬곱슬한 금발을 보자 그러고 싶지 않았는데도 퀴니가 떠올랐다. 물론 퀴니가 더 예뻤다. 정말이다. "베스는 새엄마와 함께 있는 데 익숙해져야 해. 우리 둘만 있을 때도…… 칭얼거리지 않고." 펀은 접시에 놓인 주마가 만든 딸기 병조림을 작은 유아용 은 포크로 먹는 데 정신이 팔려 있었다. 세비어 부부는 손으로 먹는 걸 좋아하지 않았다.

세비어 부인이 세비어 씨의 주의를 끌려고 손뼉을 쳤다. 그러자 그는 신문을 약간 내리고 코를 내밀었다. "대런, 대런, 베스 좀 봐요. 너무 귀여워요!"

"아이쿠, 계속해보렴. 방금 전에도 집었으니 또 할 수 있어." 그가 펀을 보며 말했다.

펀은 딸기를 신중하게 찔러 통째로 입안에 넣더니 딸기즙을 흘리며 미소 지었다.

새엄마와 새아빠는 웃음을 터뜨렸다. 세비어 부인은 펀이 블라우스에 딸기즙을 흘리지 않도록 냅킨으로 입을 닦아줬다.

나는 신발을 맞추러 의사에게 가는 데 같이 가게 해달라고 할지 말지 고민했다. 부인이 펀을 내게서 멀리 데려가는 게 불안했다. 그녀는 펀에게 뭔가를 사줄 테고 그러면 펀은 그녀를 좋아하겠지. 하지만 나는 멤피스에 가고 싶지 않았다. 그곳과 관련된 내 마지막 기억은 머피 부인이 나를 데리고 시내 어느 호텔 방으로 가서 새아빠에게 넘겨준 일이었다.

세비어 부인이 외출한 사이에 집 밖에 나가서 주위를 둘러볼 수 있을지도 몰랐다. 평소 부인은 우리가 밖을 돌아다니는 걸 싫어했다. 덩굴옻나무를 만지거나 뱀에게 물릴까봐 겁냈기 때문이다. 우리는 강에서 자라 걸음마를 시작했을 때부터 그런 것들에 대해 잘 알고 있다는 걸 그녀가 알 리 없었다.

"넌 곧 학교에도 가야 할 텐데." 부인은 펀을 의사에게 데려가는 일에 내가 곧바로 대답하지 않아서 기분이 안 좋은 것 같았다. "물론 베스는 아직 학교에 가기에는 어리지. 이 년 정도 집에 있다가 유치원에 가게 될 거야. 우리가 보내기로 한다면 말이지. 난 베스를 일 년쯤 더 집에 데리고 있고 싶어. 그건 상황에 따라⋯⋯." 그녀는 늘씬한 손가락으로 배를 부드럽게 문질렀다. 말은 안 했지만 아기를 바라고 있었다.

나는 그 생각을 안 하려고 애썼다. 학교 생각도 안 하려고 노력했다. 그들이 나를 학교에 보내면 세비어 부인은 온종일 펀과 있게 되겠지. 그러면 틀림없이 펀은 나보다 그녀를 더 좋아하게 될 것이다. 그런 일이 벌어지기 전에 이곳에서 나가야 했다.

세비어 부인이 헛기침하자 세비어 씨가 다시 신문을 내려놨다. "여보, 오늘 일정이 어때요?" 그녀가 물었다.

"당연히 곡 써야죠. 머릿속에 생생하게 남아 있을 때 새 곡을 완성하고 싶어요. 그런 다음에 스탠리에게 전화해서 연주를 들려주고⋯⋯ 영화에 어울린다고 생각하는지 알아봐야죠."

부인은 한숨을 쉬었다. 눈가에 주름이 잡혔다. "호이에게 조랑말을 마차에 매달라고 해서 둘이 같이 탔으면 하는데요." 그녀는 세비어 씨와 나를 번갈아 쳐다봤다. "메이, 어떠니? 아빠와 함께 타면 조랑말이 무섭지 않을 거야. 정말 순한 말이란다. 내가 어릴 때 고향 오거스타에서 탔던 말도 비슷했어. 난 그 말을 세상에서 가장 좋아했지."

나는 온몸이 경직되고 표정이 굳었다. 조랑말은 무섭지 않았다. 나는 세비어 씨가 무서웠다. 그가 내게 무슨 짓을 해서가 아니라 머피 부인의 집에서 지낸 뒤로 무슨 일이 일어날 수 있는지 알게 됐기 때문이다. "귀찮게 해드리고 싶지 않아요."

나는 손에 난 땀을 원피스에 문질러 닦았다.

"음……." 세비어 씨의 눈썹이 쳐졌다. 그도 나만큼이나 조랑말 마차를 타기 싫어하는 듯해 다행스러웠다. "여보, 일이 돼가는 걸 봐야 할 것 같아요. 영화 제작이 일정보다 많이 늦어져서 나도 평소보다 일할 시간이 부족해요. 게다가 지난 몇 주 동안 집이 엉망이기도 했고……." 부인이 턱을 들고 가볍게 고개를 젓자 세비어 씨는 잠시 말을 멈춘 다음 이렇게 말했다. "일이 돼가는 걸 한번 봅시다."

나는 무릎을 내려다봤다. 조랑말 마차 타는 일과 관련된 이야기는 더 나오지 않았다. 우리는 아침식사를 마쳤고 세비어 씨는 최대한 빨리 음악실로 사라졌다. 잠시 뒤 핀과 세비어 부인도 나갔다. 나는 크레욜라와 책을 들고 나무와 호수가 내려다보이는 널찍한 뒤쪽 베란다에 앉았다. 세비어 씨의 작업실에서 피아노 소리가 흘러나왔다. 그 소리와 새소리가 뒤섞이자 나는 눈을 감고 귀 기울이며 주마와 후트시가 차고의 집으로 가기를 기다렸다. 그래서 몰래 나가 주변을 돌아볼 수 있기를.

까무룩 잠든 나는 편을 데리고 세비어 씨가 낚시하는 부두로 내려가는 꿈을 꿨다. 우리는 식품 저장실에 놔둔 큰 여행가방 위에 앉아 있었다. 가까이에 주마의 대걸레와 빗자루가 보였다. 우리는 여행가방에 카멜리아, 라크, 가비언에게 나눠줄 장난감을 잔뜩 담았다. 그리고 브라이니와 퀴니가 데리러 오기를 기다렸다.

우각호 저 멀리 아카디아가 보였다. 아카디아는 안간힘을 쓰며 천천히 물을 거슬러 올랐다. 그런데 갑자기 바람이 불어 아카디아가 멀어졌다. 어깨 너머로 돌아보니 우리 뒤로 커다란 검은색 자동차 한 대가 들판을 가로질러 달려오고 있었다. 차창에 미스 탠의 얼굴이 비쳤다. 그녀의 눈은 분노로 이글거렸다. 나는 편을 데리고 물가로 가서 헤엄쳐 도망가려 했다.

달리기 시작했지만 아무리 열심히 달려도 부두는 멀어지기만 했다.

미스 탠의 차가 우리를 바싹 뒤쫓았고 누군가의 손이 내 옷과 머리채를 붙잡았다.

"이 배은망덕한 놈!" 미스 탠이었다.

나는 놀라서 깼다. 후트시가 내 점심과 차 한 잔을 들고 서 있었다. 그녀는 고리버들 탁자에 들고 있던 걸 쾅 소리가 나게 내려놓았다. 차가 접시와 쟁반 위로 흘러넘쳤다. "이제야 좀 강 사람들 음식 같아지겠군. 안 그래? 축축하게 젖어서 부드러워지겠지." 그녀는 눈을 가늘게 뜨고 미소 지었다.

나는 젖은 샌드위치를 집어 들고 한 입 크게 베어 문 다음 그녀에게 미소 지었다. 후트시는 우리가 이곳에 오기 전에 어떻게 지냈는지 몰랐다. 나는 옥수수죽에 바구미가 들어 있어도 망설이지 않고 먹을 수 있었다. 샌드위치에 차 좀 흘린 정도로는 나를 울릴 수 없었다. 후트시 역시 아무리 노력해봤자 할 수 없었다. 그녀는 거칠지 않았다. 나는 거친 아이를 여럿 봤다.

후트시는 씩씩대며 코를 쳐들고 가버렸다. 나는 점심을 다 먹은 뒤에 파리가 꼬이지 않도록 냅킨으로 접시를 덮었다. 그러고는 긴 베란다 끝 음악실 쪽으로 갔다. 지금은 온통 조용했다. 집 끝으로 가서 조심스레 모퉁이를 돌았다. 세비어 씨의 흔적은 없었다. 그가 있는지 먼저 확인한 뒤에 쭈뼛거리며 가까이 다가갔다.

방충망 달린 문으로 들어가자 커튼이 드리워진 음악실은 어둑어둑했다. 한쪽 벽에 영사기가 빈 사각형 빛을 쏘고 있었다. 그걸 보자 강변 마을의 이동식 극장이 떠올랐다. 가까이 가서 내 긴 그림자와 머리카락 사이로 빛나는 작고 동그랗게 말린 빛 조각을 봤다. 가끔 아카디아의 창문으로 들어오는 불빛을 이용해 그림자 인형극을 하던 브라이니가 떠올랐다. 그가 어떻게 했는지 기억해내려 했지만 기억나지 않았다.

영사기 옆에는 레코드판이 돌아가며 바늘이 움직이고 있었다. 축음기가 들어 있는 장식장 측면으로 부드럽게 긁히는 소리가 흘러나왔다. 나는 축음기 안에서 검은 원이 회전하는 모습을 지켜봤다. 잠깐이지만 판잣집 배 뒤쪽 베란다에도 이런 게 있었는데 손으로 돌리는 거였다. 브라이니가 아무도 살지 않는 강가의 낡은 집에서 발견한 물건이었다.

얼마 뒤 그는 그걸 장작으로 바꿨다.

축음기를 건드리면 안 된다고 생각했지만 참을 수 없었다. 지금껏 본 물건 중 가장 예뻤기 때문이다. 게다가 새것 같았다.

바늘이 고정된 은색 공을 집어 들고 아주 조금 안으로 옮겨서 음악의 마지막 부분이 나오게 했다. 그러면서 조금씩 더 들었다. 나 말고는 듣는 사람이 아무도 없을 것 같았지만 소리를 아주 작게 낮췄다.

잠시 뒤 피아노로 가서 브라이니와 함께 당구장이나 빈 순회공연선에서 연주했던 곡조를 떠올렸다. 그는 내게 피아노 치는 법을 알려줬다. 브라이니는 우리 중 내가 가장 잘한다고 했다.

레코드 음악이 끝나자 바늘 긁히는 소리가 났다.

나는 방금 들은 곡의 음을 피아노에서 찾았다. 아주 조용히. 그런 다음 살짝 눌러봤다. 음악을 그대로 따라 치는 일은 그리 어렵지 않았다. 재미있어서 바늘을 다시 앞으로 돌려놓고 조금 더 해봤다. 이번에 들은 부분은 약간 어려워서 더 열심히 했고 결국 해냈다.

"브라보!"

깜짝 놀라서 돌아보니 세비어 씨가 방충망 달린 문에 한 손을 대고 서 있었다. 그는 나를 향해 걸어오며 손뼉을 쳤다. 나는 피아노 의자에서 벌떡 일어나 도망칠 곳이 있는지 둘러봤다.

"죄송해요⋯⋯." 눈물이 차올라 목이 멨다. 세비어 씨가 이 일로 화나서 부인에게 알리고 편과 내가 강으로 돌아가기 전에 나를 내쫓으면 어쩌지?

그는 안으로 들어와 문을 닫았다. "걱정하지 마. 피아노를 망가뜨린 것도 아닌데 뭘. 하지만 빅토리아는 자기가 외출한 사이 우리가 조랑말 마차를 타게 하려고 단단히 마음먹었더라고. 그래서 호이에게 준비하라고 했어. 사람들을 불러서 호수 옆에 별채를 지을 거야. 집이 시끄러울 때 조용히 일할 수 있도록. 같이 마차를 타고 내려가서 별채 지을 곳을 살펴보자. 그리고 돌아와서 가르쳐줄게."

그가 몇 걸음 더 다가왔다. "그거 아니? 다시 생각해보니 조랑말은 기다려도 개의치 않을 것 같구나. 인내심 있는 녀석이니까." 세비어 씨는 피아노를 향해 손짓했다. "다시 해보렴."

목까지 차올랐던 눈물이 쑥 들어갔다. 그가 축음기로 가는 동안 나는 남은 눈물을 삼켰다.

"자, 내가 바늘을 다시 옮길게. 얼마나 할 수 있겠어?"

나는 어깨를 으쓱했다. "모르겠어요. 길게는 못할 것 같아요. 처음에는 정말 집중해서 들어야 해요."

그는 내가 이미 듣고 연주한 부분 앞으로 바늘을 옮겼다. 하지만 나는 머리를 재빨리 굴려 대부분 맞게 연주해냈다.

"피아노 연주해본 적 있니?" 그가 물었다.

"아뇨." 그가 바늘을 더 앞으로 옮겼고 우리는 모두 다시 해봤다. 나는 처음 듣는 부분만 조금 틀렸다.

"굉장하군." 그가 말했다.

사실 그렇지는 않았지만 그 말을 들으니 기분이 좋았다. 동시에 궁금하기도 했다. '그는 뭘 원하는 걸까? 내가 군이 피아노를 잘 칠 필요는 없을 텐데. 그가 정말 잘 치니까. 심지어 레

코드판보다도 더.'

"다시 연주해보렴." 그가 손짓했다. "기억나는 대로 해봐."

다시 연주했지만 뭔가 빠진 것 같았다.

"저런, 음이 다른 걸 알겠니?" 그가 말했다.

"네."

"올림표가 붙은 음이야. 그래서 소리가 달랐던 거야." 그는 피아노를 가리켰다. "괜찮으면 내가 가르쳐주마."

나는 고개를 끄덕인 다음 다시 돌아앉아 피아노 건반에 손을 올렸다.

"아니, 이렇게 해야지." 세비어 씨가 내 뒤에서 몸을 굽히고 손을 어떻게 해야 하는지 알려줬다. "엄지손가락으로 가운데 도를 쳐. 손가락이 길쭉해서 피아노 치기에 좋군. 피아노 연주자의 손이야."

내 손은 브라이니를 닮았다. 하지만 세비에 씨가 그 사실을 알 리 없었다.

그는 내 손가락을 하나씩 눌렀다. 그러자 건반이 눌려 소리가 났다. 그는 내가 틀렸던 올림표 붙은 음을 어떻게 연주하는지 알려줬다.

"그렇게 하는 거야. 소리가 다르지?"

나는 고개를 끄덕였다. "네! 차이를 알겠어요!"

"이제 음이 어떻게 진행되는지 알겠니?" 그가 물었다. "아까 그 곡에서 말이야."

"네."

"좋았어." 내가 생각하기도 전에 그는 내 옆에 앉았다. "네가 음을 연주하면 내가 화음을 넣을게. 그 둘이 어떻게 조화되는지 잘 들어봐. 그렇게 곡이 만들어지는 거야. 레코드에서 들은 것처럼."

나는 그의 말대로 했고 그는 자기 쪽의 건반을 연주했다. 그러자 레코드에서 들은 음악과 똑같은 음악이 흘러나왔다! 피아노에서 음악이 흘러나와 내 몸으로 들어오는 기분이었다. 새들이 노래할 때 어떤 기분인지 이제야 알 수 있었다.

"다시 해볼 수 있을까요?" 곡이 끝나자 내가 물었다. "다른 부분으로요." 나는 더 많이, 계속하고 싶었다.

세비어 씨는 레코드판을 돌리고 내가 맞는 음을 찾도록 도왔다. 그런 다음 우리는 함께 연주했다. 연주가 끝났을 때 그도 나도 웃고 있었다.

"네게 피아노를 가르쳐줄 사람을 알아봐야겠다. 재능이 있어." 그가 말했다.

나는 농담인지 아닌지 알아내려고 그의 얼굴을 뚫어지게 쳐다봤다. '재능? 내게?'

웃음을 꾹 참고 다시 건반을 봤다. 얼굴이 뜨거워졌다. '진심일까?'

"메이, 사실이 아니면 왜 그런 말을 하겠니. 난 여자아이 기르는 일은 잘 모르지만 음악에 대해서는 잘 알아." 그는 내 얼굴을 보려고 몸을 기울였다. "네 나이에 새로운 집으로 와서 얼마나 힘든지 이해해. 하지만 우린 친구가 될 수 있을 것 같은데."

갑자기 나는 칠흑같이 캄캄한 머피 부인의 집 복도로 돌아갔다. 리그스가 나를 벽에 밀치고 배로 꽉 누르고 있던 그때로. 숨을 쉴 수 없었고 몸이 마비되는 느낌이었다. 위스키와 석탄재 냄새가 코로 밀려드는 가운데 그가 내게 속삭였다. '우…… 우린 치…… 친구가 될 수 있어. 내가 사…… 탕이랑 쿠…… 쿠키 줄게. 네…… 네가 원하는 건 뭐든. 우린 가장 친한 친구가 되…… 될 수 있어.'

나는 놀라서 피아노 의자에서 벌떡 일어났다. 일어나면서 건반을 내리치는 바람에 음이 한꺼번에 눌렸다. 그 소음은 바닥에 부딪치는 내 신발 소리와 섞였다.

멈추지 않고 위층으로 달려가 옷장 안에 웅크리고 앉았다. 그리고 발로 옷장 문을 눌러 아무도 들어오지 못하게 했다.

21장

에이버리

공격이나 비난에 맞서 가문을 지켜야 할 때 스태포드 진영은 가공할 만한 힘을 발휘했다. 거의 삼 주 동안 우리는 바리케이드 뒤에 몸을 숨기고 언론과 싸웠다. 그들의 주목적은 우리가 할머니를 고급 요양원에 모셨다는 이유로, 우리에게 그만 한 여유가 있다는 이유로 우리를 엘리트 범죄자로 모는 것이었다. 우리가 세금으로 요양원 비용을 낸 것도 아닌데. 공식 행사, 회의, 사회공헌 활동, 심지어 교회에 오갈 때마다 다가와 마이크를 내밀던 모든 기자에게 이렇게 말하고 싶었다.

일요일에 부모님과 교회에 갔다가 브런치를 먹고 드레이든 힐로 차를 몰고 돌아가는 길에 나는 암말 방목장에 있는 언니들과 세쌍둥이를 봤다. 승마 경기장에서는 코트니가 나이 든 회색 말을 타고 느리게 구보하고 있었다. 그 애는 안장도 없지 않았다. 나는 주차하며 도우보이의 걸음이 전하는 리듬, 근육이 긴장하고 이완하는 느낌, 널찍한 등이 오르내리는 느낌을 떠올렸다.

"이모! 같이 말 타고 오솔길에 나갈까?" 내가 울타리로 다가가자 코트니가 기대감에 차서 외쳤다. "그러고 나서 이모가 날 집에 데려다주면 되잖아."

나는 '가서 청바지로 갈아입고 올게'라고 말할 참이었다. 하지만 코트니의 엄마가 선수 쳤다. "코트니, 캠프 준비해야지!"

"아아아, 이런." 조카는 우는소리를 내더니 도우보이를 타고 달렸다.

나는 방목장 문으로 들어가 하이힐을 신은 채 암말을 풀어놓은 초지를 위태롭게 걸었다. 먼 곳의 울타리에서는 쌍둥이들이 올해 태어난 망아지를 만져보려고 널빤지 사이로 꽃과 풀을 쑤셔 넣으며 즐거워하고 있었다. 작은언니와 큰언니는 휴대전화로 재빨리 사진을 찍었다. 아이들이 입은 시어서커 반바지와 나비넥타이는 교회에서만큼 깨끗하지 않았다.

큰언니는 쪼그리고 앉아 아이를 끌어안더니 야생화 뽑는 걸 도왔다. "아…… 이런 날이 정말 그리웠어." 언니는 지난날이 애석하다는 듯 말했다. 언니의 십대인 자녀들은 우리도 어린 시절 내내 참가했던 애시빌 여름 캠프에 가느라 집을 비웠다. 코트니는 짧은 일정으로 내일 떠난다.

"원할 때 언제든 이 망나니 셋을 데려가도 돼." 작은언니는 굵은 적갈색 머리카락을 귀 뒤에 꽂으며 희망에 부풀어 눈을 크게 떴다. "정말 언제든. 셋 다 데려가지 않아도 돼. 한둘도 좋아."

우리는 함께 웃었다. 스트레스가 풀리는 순간이었다. 지난 몇 주 동안 다들 걱정이 컸다.

"브런치 먹을 때 아버지는 어땠어?" 늘 그렇듯 큰언니가 가장 먼저 현실적인 문제로 돌아왔다.

"내가 보기엔 괜찮았어. 아버지랑 어머니는 친구분들과 이야기하신다고 해서 나 먼저 왔어. 집에 오시면 어머니가 아버지 좀 제발 쉬게 하셔야 할 텐데. 이따 저녁 먹으러 가야 하거든." 아버지는 평상시와 다름없이 활동했지만 주디 할머니를 둘러싼 논란 때문에 지쳐갔다. 최근에 벌어진 정치 싸움에서 자기 어머니가 표적이 됐다는 걸 견디기 힘들어했다. 스태포드 상원의원은 자신에게 쏜 총에는 잘 대처할 수 있었지만 가족이 십자포화의 한가운데 놓이면 혈압이 급상승했다.

항암제 주입 펌프를 다리에 착용해야 하는 날이면 아버지는 그 무게 때문에 쓰러질 것처럼 보였다.

"그럼 두 분이 오시기 전에 우리가 집을 비우는 게 좋겠네." 작은언니가 진입로를 흘끔 보며 말했다. "애들이 교회용 옷 입고 있을 때 망아지랑 사진 몇 장만 더 찍고. 레슬리가 소셜미디어에 새끼 동물과 우리 집 아기들이 함께 찍은 사진을 올리면 대중이 다른 곳으로 주의를 돌리게 하는 데 좋을 거라고 했어. 순수하고 귀엽다면서."

"그 전에 먼저 내 정신이 쏙 빠지겠는데?" 나는 조카 한 명의 머리에 입을 맞췄다. 그러자 그 애는 풀이 잔뜩 묻은 손을 뻗어 내 얼굴을 다정하게 토닥였다.

"에이버리 이모! 이거 봐!" 코트니는 도우보이를 타고 가볍게 점프했다.

"코트니! 안장이랑 헬멧 없이는 하지 마!" 작은언니가 외쳤다.

"코트니는 나랑 취향이 정말 비슷해." 내가 말했다.

"너무 비슷해서 탈이지." 큰언니가 어깨로 나를 쿡 찔렀다.

"탈일 것까지는 없잖아."

작은언니는 오똑한 콧등을 찡그렸다. "왜 이래? 잘 알면서."

"그러지 말고 코트니가 말 좀 더 타게 놔둬." 나는 코트니를 위해 끼어들지 않을 수 없었다. 게다가 내게는 시간이 좀 있었고 말을 타면 좋을 것 같았다. "내가 한 시간…… 아니 두 시간 뒤에 데려다줄게. 그때 캠프에 가져갈 짐을 꾸려도 되잖아."

코트니는 도우보이를 타고 다시 점프했다. "코트니 린!" 작은언니가 꾸짖었다.

나는 살짝 뛰는 건 괜찮다고, 코트니는 몽골 유목민처럼 말을 타고 있다고 항변하려 했지만 마구간 앞에 서는 차에 정신이 팔렸다. 이내 은색 BMW 컨버터블을 알아봤다. 가슴에 묵직한 돌덩이가 내려앉았다.

"비트시가 왔어?" 큰언니가 물었다.

"좋은 일일 리 없어." 이렇게 말하지 않았어야 했다. 특히 장차 시어머니가 될 사람을 두고는. 하지만 오늘은 비트시에게 결혼 계획 때문에 괴롭힘당하는 일만은 겪고 싶지 않았다. 물론 좋은 뜻으로 하는 말이지만 그녀는 기회가 있을 때마다 나를 찾아왔다.

비트시가 아닌 다른 사람이, 키가 크고 피부색이 어둡고 엄청나게 잘생긴 남자가 차에서 내리자 돌덩이가 사라졌다.

"자, 애인을 만나러 누가 왔는지 보라고. 난 쟤가 에이컨에 온지도 몰랐어." 큰언니가 나를 향해 씩 웃더니 마구간 쪽으로 손을 흔들며 외쳤다. "어서 와, 엘리엇!"

나는 놀라서 말문이 막혔다. "그런…… 에이컨에 온다는 이야기는 없었는데. 어제 통화할 때만 해도 회의가 있어서 디시에 있댔어. 그리고 오늘 캘리포니아에 가야 한다고 했고."

"생각이 바뀌었나보지. 얼마나 낭만적이니?" 작은언니가 문을 향해 나를 밀었다. "가서 안아줘."

"키스도." 큰언니가 맞장구쳤다. "하고 싶은 건 뭐든 다 해."

"그만해." 어린 시절 내내 엘리엇과 내가 사귀지 않는데도 사귀는 게 아니냐고 놀리던 언니들에게 그들이 틀렸다는 걸 보여주려고 무던히 애썼다. 하지만 지금은 엘리엇이 손을 흔들며 방목장 문으로 다가오자 목과 뺨이 뜨거워졌다. 몸에 맞는 매끈한 회색 정장을 입은 그는 멋있었다. 일 때문에 갖춰 입은 게 분명했다. 그런데 왜 여기 왔을까?

갑자기 이유를 알고 싶어서 견딜 수 없었다. 그래서 신발을 벗어던지고 풀밭을 가로질러 달려가 그에게 안겼다. 그는 나를 번쩍 안았다가 내려놓고 짧게 키스했다. 모든 게 황홀했다. 익숙하고 달콤하고 안전한 느낌이었다. 지금 내게 바로 이런 게 필요하다는 걸 깨달았다.

"에이컨에는 어쩐 일이야?" 나는 그의 갑작스런 출현 때문에 아직도 놀란 상태였다. 흥분되기도 했지만 어쨌든 놀랐다.

그의 짙은 갈색 눈동자가 빛났다. 깜짝 놀라게 해준 자신에게 만족하는 듯했다. "비행기를 바꿨어. 여기에 몇 시간 들렀다가 로스앤젤레스로 가려고."

"오늘 로스앤젤레스로 간다고?" 실망을 드러내고 싶지 않았지만 머릿속에서는 이미 계획을 짜고 있었다.

"오늘 저녁에." 그가 대답했다. "더 오래 못 있어서 미안해. 하지만 안 오는 것보단 낫잖아?"

차 소리가 들리자 나는 그를 마구간 쪽으로 끌었다. 점심식사를 마치고 돌아온 아버지와 허니비일 것이었다. 두 분이 우리를 보면 단둘이 있을 수 없었다. "잠깐 걷자. 너랑 단둘이 있고 싶어." 나는 부모님이 작은언니의 차 옆에 주차된 차를 눈치채지 못하기를 바랐다.

엘리엇은 내 맨발을 보고 인상을 찡그렸다. "신발 없어도 되겠어?"

"마구간에 있는 장화 신으면 돼. 집에 가면 네가 온 걸 다들 알 거야. 그럼 어머니는 너랑 이야기하고 싶어 하실 테고." 한꺼번에 여러 일이 닥치는 바람에 내 입은 쉴 새 없이 떠들었다. "너희 어머니는 네가 온 거 아셔?" 엘리엇이 그녀와 시간을 보내지 않고 왔다 간 걸 알면 비트시는 우리 둘 다 죽일지도 몰랐다.

"진정해. 어머니는 이미 만나고 왔어. 늦은 아침을 같이 먹었지."

이로써 비트시가 아까 브런치에 참석하지 않은 이유를 알 수 있었다. "너희 어머니는 네가 온다는 걸 아는데 나한테는 말 안 한 거야?" 질투하고 싶지 않았지만 질투 났다. 엘리엇이 여기 와서 가장 먼저 만난 사람이 비트시라고?

그는 나를 끌어당겨 자기가 가장 좋아하는 사람이 누구인지 알려주는 키스를 했다. "놀라게 해주고 싶었어." 우리는 마구간 복도를 천천히 걸었다. "그리고 어머니에게 방해받고 싶지 않기도 했어. 뭔지 알잖아."

"그래, 무슨 말인지 알아." 늘 그렇듯 엘리엇은 가장 좋은 방법으로 비트시와의 상황을 해결했다. 그래서 우리 둘이 함께 비트시와 만나는 일이 없게 해줬다. 그랬다면 결혼에 대한 강도 높은 토론회가 벌어졌겠지. "혹시 우리가 계획을 바꾸지 않아서 뭐라고 하셨어?"

"조금. 너랑 의논해보겠다고 했어."

나는 비트시의 사전에서 '의논해보겠다'는 말이 '네, 원하시는 대로 할게요'라는 뜻이라는 걸 굳이 지적하지 않았다. 사실 우리 둘 다 엘리엇의 어머니에게 대화의 초점을 맞추고 싶지는 않았으니까.

그는 마구를 놓아둔 방문을 열어준 다음 재킷을 옷걸이에 걸었다. "아버지는 어떠셔?"

나는 발에 맞는 장화를 찾아 신고 바지를 안으로 욱여넣으며 최근 아버지의 건강이 나빠졌다는 소식을 전했다.

"예쁜데." 그는 장화를 다 신은 나를 보며 놀렸다. 엘리엇은 장화를 신고 바지를 넣는 스타일을 좋아하지 않았다.

"집에 가서 더 나은 걸 찾아볼까? 그동안 너는 허니비와 봄에 결혼하는 것에 대해 이야기하고⋯⋯."

그는 킥킥대며 눈을 비볐다. 피곤해 보였다. 그 때문에 그가 이곳에 들른 게 더욱 다정하게 느껴졌다. "매력적인 제안이지만…… 사양할게. 잠깐 걷고 나서 몰래 드라이브하러 나가자."

"완벽해. 언니들한테 네가 왔다는 말 하지 말라고 문자 보낼게." 말을 타는 오솔길로 가는 동안 나는 재빨리 문자를 보냈다. 늘 그렇듯 엘리엇과 나는 편안하게 대화에 빠져들었다. 그는 내 손을 잡았고 우리는 일, 가족 문제, 그의 밀라노 출장, 정치 이야기를 했다. 그동안 전화로 하지 못한 이야기를 모두 쏟아냈다. 오랜 여행을 마치고 집에 돌아온 것처럼 기분이 좋았다.

대화와 동작의 리듬은 우리가 오랜 시간을 함께 보내며 익숙해진 것이었다. 우리 둘 다 이 길을 걸어 샘이 솟는 작은 호수까지 간다는 걸 잘 알았다. 그곳에서 우리는 내가 기억하는 순간부터 그 자리에 있었던 소나무에 둘러싸인 정자에 앉을 것이다. 정자에 거의 도착했을 무렵 나는 어느새 메이 크랜들과 테네시 보육원과 주디 할머니가 아카디아에 대해 한 이상한 경고를 이야기하고 있었다.

엘리엇은 정자 계단 입구에서 걸음을 멈췄다. 그는 기둥에 기대 팔짱을 끼고 내 머리에 뿔이라도 난 것처럼 쳐다봤다. "에이버리, 이 이야기는 다 어떻게 알게 된 거야?"

"음…… 뭐라고?"

"지금 한 이야기들 말이야. 몰랐어…… 네가 오래된 일들을 파헤치고 다니는지. 그것도 너와 관계없는 일들을. 아버지 일, 요양원 사건 때문에 벌어진 소동, 널 정치인으로 만들려고 채찍질하는 레슬리 때문에 이미 힘들지 않아?"

나는 화를 내야 할지 엘리엇의 불만을 이치에 맞는 말로 받아들여야 할지 확신이 서지 않았다. "그게 문제야. 이 일이 우리와 관련돼 있으면 어떡해? 우리 집안과 관계가 있어서 할머니가 테네시 요양원에 관심을 가진 거라면? 집안 조상들이 당시의 입양과 기록 봉인을 합법화하도록 제정하는 데 관여했다면?"

"만약 그랬다고 해도 왜 알고 싶은데? 수십 년이 지난 지금 그게 왜 중요하냐고!" 엘리엇이 인상 쓰자 눈썹이 검은 매듭처럼 한데 모였다.

"그러니까…… 그건…… 우선 주디 할머니에게 중요한 일이기 때문이야."

"그래서 조심해야 한다는 거야."

잠시 어안이 벙벙했다. 교회에 가느라 입은 실크 민소매 블라우스 아래서 열기가 올라왔다. 갑자기 약혼자가 말하는 게 그의 어머니와 너무 비슷하게 느껴졌다. 억양마저 비트시가 떠올랐다. 오랜 세월을 함께 보내는 동안 그녀와 주디 할머니는 동네의 다양한 문제에 서로 정반대의 입장을 취한다는 걸 알게 됐고 대부분 허니비가 중간에서 위시본 역할을 했다. "그게 무슨 뜻이야?"

엘리엇은 그냥 피곤했거나 아침식사 때 비트시에게 어떤 일로 괴롭힘당했는지도 모른다. 하지만 그가 따지지 말라는 듯 손을 흔들자 나는 충격받았다. 엘리엇의 손은 내려가서 둔탁한 소리를 내며 그의 다리를 쳤다. "에이버리, 주디 할머니는 자기 입장을 언제나 거침없이 말씀하시는 분이라는 거 너도 알잖아. 그러니 엄청난 비밀 같은 건 없어. 아무도 모르는 이야기인 것처럼 굴지 마." 그는 짜증스러울 정도로 평온한 표정으로 내 눈을 똑바로 봤다. "할머니는 너희 할아버지의 사회생활을 몇 번이나 위기에 빠뜨릴 뻔하셨다고. 그리고…… 너희 아버지의 사회생활도."

나는 바로 화가 났다. "할머니는 뭔가가 잘못됐을 때 소리 높여 말해야 한다고 믿으시는 거야."

"네 할머니는 논란을 즐기시는 거야."

"아니, 그렇지 않아." 목에서 맥박이 요동쳤다. 하지만 그 밑바닥에는 울고 싶은 감정이 깔려 있었다. 엘리엇이 지금껏 우리 가족에 대해 이렇게 생각하면서도 말하지 않았다는 데 약간 배신감을 느꼈다. 하지만 '엘리엇이 여기까지 왔는데 지금 싸우고 있는 건가?' 하는 생각이 더 많이 들었다.

그는 팔을 뻗어 내 팔을 다정하게 어루만지더니 손을 잡았다. "에이버리……." 그는 나를 달래고 진정시키려 했다. "싸우고 싶진 않아. 그저 솔직하게 말한 것뿐이야. 다 널 사랑해서, 네게 가장 좋은 일을 바라서."

우리의 눈이 마주쳤다. 그러자 그의 심장까지 꿰뚫어보는 기분이었다. 그는 진심이었다. 그는 나를 정말 사랑했다. 그리고 그에게는 이런 말을 할 자격이 있었다. 그의 의견이 나와 너무 달라서 신경 쓰일 뿐이었다. "나도 싸우고 싶지 않아."

우리의 말다툼이 모두 그랬듯 이번에도 타협이라는 제단에서 끝났다.

그는 내 손을 입술로 가져가 입 맞췄다. "사랑해."

나는 그의 눈을 들여다봤다. 우리가 함께한 세월과 거리와 경험이 보였다. 지금은 어엿한 어른이 된, 친구였던 아이가 보였다. "알아. 나도 사랑해."

"결혼식 이야기나 하자." 엘리엇은 한쪽 눈을 찡그리며 말했다. 나는 그가 아침식사 때 쉽지 않은 일을 겪었다는 걸 감지했다. 그는 휴대전화를 꺼내 시간을 확인했다. "어머니께 의논하겠다고 약속했어."

우리는 예전과 다름없는 정자의 우리 자리로 가서 잠시 앉았지만 날씨가 너무 더워서 오래 있을 수 없었다. 세부적인 일들을 결정할 만큼 오래 있을 수 없는 건 당연했다. 결국 우리가 좋아하는 시내의 작은 레스토랑으로 가서 어릴 때 하던 일을 했다. 십대 시절에, 그리고 대학에 다닐 때 우리는 그곳에서 우리가 뭘 원하는지 결론이 날 때까지 이야기했고 그렇게 결정된 사항과 다른 모든 사람이 우리에게 원하는 걸 분리하려고 노력했다.

엘리엇이 공항으로 출발해야 하는 시간까지 우리는 아무런 결론도 내리지 못했다. 하지만 그동안의 일을 이야기하며 회포를 풀었고 서로 마음이 맞는다는 걸 확인했다. 그게 가장 중요했다.

집으로 돌아가자 허니비가 문에서 나를 맞이했다. 그녀는 목을 빼고 진입로를 봤다. 어떻게 알았는지 어머니는 엘리엇이 왔다는 걸 알게 됐고 그가 나와 함께 집에 오지 않아서 실망했다.

"엘리엇은 바쁘잖아요." 나는 그를 대신해 변명했다. "비행기를 타야 했어요."

"손님용 방을 정리해뒀는데. 엘리엇이라면 언제나 환영이지."

"엘리엇도 알아요."

어머니는 잠시 그렇게 문을 열고 서서 손가락을 가볍게 두드리며 진입로를 아쉬운 듯 바라봤다. 그리고 집안 공기가 절반이나 바뀔 정도로 한참 문을 열어두고는 결국 엘리엇을 포기했다. "비트시가 전화했어. 오늘 아침에 엘리엇과 네 결혼 계획을, 아니 너희에게 결혼 계획이 없는 데 대해 의논했다고 하더구나. 그리고 엘리엇이 너와 이야기해보겠다고 약속했다는 말도. 그래서 둘이 이야기한 다음에 같이 집으로 오지 않을까 생각했지."

"몇 가지 가능성에 대해서는 이야기했어요. 아직 결정을 못 했을 뿐이에요."

허니비는 입술을 깨물고 눈썹을 한데 모았다. "지금 일어나는 모든 일이 너희 둘에게…… 방해가 되지 않기를 바라. 너희 미래를 미루고 싶다는 생각이 들지 않았으면 좋겠구나."

"그게 미래를 미루는 일이라고는 생각 안 해요."

"정말이니?" 어머니의 얼굴에 드러난 실망과 절망에 나는 마음이 아팠다. 다가올 결혼식은 행복한 소식이자 미래에 초점을 맞추는 일이 될 것이다. 공식적으로 결혼을 발표해 스태포드 진영이 평소와 다름없이 일을 진행할 만큼 자신 있다는 걸 넌지시 드러낼 것이다.

어쩌면 엘리엇과 내가 모든 걸 미루는 게 이기적인지도 몰랐다. 때와 장소를 정하는 일이 우리를 그렇게 부담스럽게 할까? 봄에 진달래 핀 정원에서 하더라도? 그러면 가족 모두 몹시 행복해할 텐데. 그리고 내 짝과 결혼한다는 확신만 들면 장소와 때가 뭐 그리 중요할까?

"곧 결정할게요. 약속해요." 하지만 내 머릿속 가장 어두운 구석에는 엘리엇의 말이 담겨 있었다. '에이버리, 주디 할머니는 자기 입장을 언제나 거침없이 말씀하시는 분이라는 거 너도 알잖아. 그러니 엄청난 비밀 같은 건 없어.' 엘리엇이 깨닫지 못한 건, 아니 어쩌면 마주하고 싶어 하지 않는 건 할머니와 내가 무척 닮았다는 사실이었다.

"잘됐구나." 허니비의 눈가에 잡힌 걱정스러운 주름이 온화해졌다. "하지만 부담 주는 건 아냐."

"알아요."

어머니는 내 얼굴을 감싸고 사랑스러운 눈길로 바라봤다. "사랑한다, 우리 콩깍지."

어린 시절의 애칭을 듣자 얼굴이 빨개졌다. "저도 사랑해요."

"엘리엇은 운이 좋아. 너랑 같이 있을 때마다 그렇게 생각할 거야." 어머니가 눈물을 약간 글썽이자 나도 눈물이 났다. 어머니가 이렇게…… 행복해하는 모습을 보니 좋았다. "이제 서두르렴. 가서 옷 갈아입어. 안 그러면 오늘 밤 합창단 기금 마련 행사에 늦을 거야. 공연은 일곱 시에 시작해. 아프리카에서 온 어린이 합창단이 첫 곡을 부른대. 그 합창단 정말 굉장하다던데."

"네." 나는 엘리엇이 로스앤젤레스에서 집으로 돌아가는 대로 결혼 이야기를 다시 하자고 자신과 약속했다. 내일이 주디 할머니를 만나러 매그놀리아 매너에 가는 날이라서 그 결심이 더욱 확고해졌다. 할머니가 우리와 함께 결혼 축하연에 참석하기를 바랐다. 어린 시절부터 나는 할머니와 함께하는 결혼식을 꿈꿨다. 우리에게 시간이 얼마나 남았는지는 알 수 없었다.

저녁이 지나는 동안 이리저리 궁리했다. 머릿속으로 정원 결혼식을 그려보려 애썼다. 엘리엇과 나, 친구와 지인들 몇백 명, 완벽한 봄날을 떠올려봤다. 오랜 전통을 현대식으로 보여주는 정말 사랑스러운 날로 만들고 싶었다. 할머니와 할아버지도 드레이든 힐 정원에서 결혼식을 올렸다.

엘리엇은 자기 어머니나 내 어머니가 우리 인생에 관여한다는 생각 때문에 처음에는 거부하겠지만 결국 좋다고 할 것이다. 내가 정원 결혼식을 정말 원한다면 그도 원할 테니까.

아침, 머릿속에 새로운 안건을 떠올리며 매그놀리아 매너로 갔다. 할머니의 결혼식이 어땠는지 물어볼 참이었다. 어쩌면 우리가 다시 연출할 만한 마음에 드는 장면이 있을지도 몰랐다.

내가 중요한 문제를 이야기하러 오리라는 걸 예감한 듯 할머니는 환하게 미소 지으며 알아보는 표정으로 나를 맞이했다.

"왔구나! 여기 내 옆에 앉으렴. 해줄 말이 있단다." 할머니는 다른 안락의자를 가까이 끌어오려 했지만 할 수 없었다. 나는 그 의자를 앞으로 당긴 다음 할머니와 무릎이 닿도록 끄트머리에 앉았다.

할머니가 내 손을 잡고 뚫어지게 쳐다보는 바람에 나는 움직이지도 않고 그대로 있었다. "내 서재 벽장에 있는 물건들을 네가 처분해주면 좋겠구나. 래니앱 집에 있는 것 말이야." 할머니와 나의 시선이 얽혔다. "내가 이곳에서 나가 직접 정리할 수 있을 것 같지 않구나. 내가 죽고 나서 사람들이 내 일기장을 보는 건 싫어.”

속수무책으로 밀려오는 슬픔에 마음을 단단히 먹었다. “할머니, 그런 말씀 마세요. 지난번에 운동하시는 거 봤는데요, 강사 말이 아주 잘하고 계시대요.” 일기장 이야기는 하지 않았다. 그 생각을 하면 견딜 수 없었다. 일기장을 처분하면 한때 왕성하게 활동했던 할머니와 작별 인사를 하는 기분이 들 것 같았다.

“거기 보면 전화번호부가 있어. 그게 나쁜 뜻을 품은 사람들 손에 들어가게 해서는 안 돼. 뒷마당에 불을 피우고 태우렴.”

잠시 할머니가 다시 정신이 흐려진 게 아닐까 했지만 아직은 명료한 것 같았다. 뒷마당에 불을 피우라니…… 세심하게 보존된 고택이 가득한 도시의 거리에서? 그랬다가는 이웃들이 이 초 만에 경찰을 부를 것이다.

그 일이 신문에 어떻게 실릴지는 불 보듯 훤했다.

“낙엽을 태운다고 생각할 거야.” 할머니는 미소 지으며 음모라도 꾸미는 듯 내게 윙크했다. “걱정하지 마, 베스.”

이로써 우리가 같은 곳에 있지 않다는 게 분명해졌다. 나는 베스가 누구인지 몰랐다. 할머니가 누구와 이야기하고 있는지 모른다는 사실이 위안됐다. 벽장을 정리해달라는 부탁을 들어주지 않을 변명거리가 생겼으니까.

“할머니, 제가 살펴볼게요.”

“좋았어. 넌 언제나 내게 잘했지.”

“할머니를 사랑하니까요.”

"그래, 알아. 상자는 열지 말고 그냥 태워."

"상자요?"

"내가 예전에 썼던 칼럼을 모아둔 상자야. 미스 치프(Miss Chief)로 기억돼봤자 도움 될 게 뭐 있겠니." 할머니는 이렇게 말한 뒤에 입을 막으며 가십 칼럼니스트 시절의 이름을 입 밖에 내서 당황한 척했다. 사실은 그렇지 않았지만. 할머니의 표정에서 알 수 있었다.

"사교란에 칼럼을 쓰셨다는 이야기는 안 하셨잖아요." 나는 할머니를 원망하듯 손가락을 흔들었다.

할머니는 비밀로 한 데 아무 잘못이 없다는 듯 말했다. "그랬나? 음, 워낙 오래전 일이라."

"설마 가십 칼럼이라고 사실이 아닌 내용을 쓰신 건 아니에요?" 내가 놀리듯 물었다.

"아니, 사실만 썼지. 하지만 사람들이 진실을 언제나 좋은 뜻으로 받아들이지는 않는단다."

우리는 느닷없이 나온 미스 치프 이야기에서 다른 이야기로 재빨리 넘어갔다. 할머니는 오래전 죽은 사람들 이야기를 어제 점심을 같이 먹은 사람들 이야기처럼 했다.

나는 할머니에게 결혼식에 대해 물어봤다. 할머니는 자신의 결혼식과 내 언니들 결혼식을 비롯해 그동안 참석했던 여러 결혼식 이야기를 뒤죽박죽 섞어서 들려줬다. 할머니는 결혼식을 좋아했다.

내 결혼식은 기억도 못 하실 테지.

할머니와 이야기를 나누자 슬프고 공허해졌다. 희망을 가질 만한 잠깐 동안의 명료함은 있었지만 치매라는 파도가 재빨리 휩쓸어 바다로 데려갔다.

할머니에게 입 맞추고 작별 인사를 하며 오늘 아버지가 들를 수 있기를 바란다고 말했다.

"오, 그런데 네 아빠가 누구지?" 할머니가 물었다.

"할머니 아들 웰스요."

"잘못 알고 있는 것 같은데. 내게는 아들이 없는걸."

건물을 나오며 누군가와 이야기하면서 이 모든 걸 쏟아내고 싶은 마음이 간절했다. 휴대전화 즐겨찾기를 살피다가 엘리엇의 번호에서 손이 멈췄다. 어제 그가 주디 할머니에 대해 한 말을 떠올리자 그에게 할머니가 얼마나 정신이 없는지 말하는 게 그를 배신하는 행위로까지 느껴졌다.

휴대전화가 울려 화면에 나타난 이름을 보고서야 비로소 이야기할 사람이 있다는 걸 깨달았다. 할아버지와의 마지막 약속을 말하던 그의 표정이 떠올랐다. 메이 크랜들과 할머니에 관한 비밀을 지켜달라는 그 약속을. 그 사람이라면 내 심정을 이해하리라는 걸 본능적으로 알았다.

내 안의 무언가가 먼 거리를 뛰어넘어 무모하게 돌진했다. 몇 주 전에 요양원에서 헤어지고 난 뒤로 연락 한 번 하지 않았는데도. 그동안 나는 그와 다시 연락하지 말자고, 지난 일은 남겨두고 앞으로 나아가는 게 낫겠다고 생각했다.

내가 전화를 받자 그는 왜 전화를 걸었는지 확신이 들지 않아 망설이는 것 같았다. 나는 그가 나와 같은 생각을 했는지 궁금했다. 우리 둘 사이에는 우정이 들어설 자리가 없다고.

주차장에서 레슬리와 마주친 일이 그 점을 증명했다. "난 그냥……." 마침내 그가 말을 꺼냈다. "요양원 폭로 기사를 보고 난 뒤로 내내 당신이 마음에 걸려서요."

따뜻하고 기분 좋은 감정이 밀려들었다. 전혀 예상치 못한 반응이었다. 나는 이런 감정이 목소리에 드러나지 않도록 애썼다. "아아아, 그 일은 떠올리기 싫어요. 더 질질 끌면 누군가를 암살하러 닌자 거북이를 보낼지도 모르겠어요."

"아니, 그러진 않을걸요?"

"맞아요. 하지만 그러고 싶어요. 너무…… 절망적이에요. 아버지가 공직자인 건 알지만 우리도 사람이라고요. 공격 대상에서 제외돼야 하는 일도 있는데 말이죠. 가령 암이라든지. 아니면 자신이 누구인지에 대해 뭐라도 기억해내려고 고군분투하는 할머니를 지켜보는 일 같은 거요. 요즘은 사람들이 피를 흘리게 할 수만 있다면 아무 데나 창을 찔러대는 기분이에요. 내가 어릴 때는 그렇지 않았어요. 그때는 정치하는 사람들에게도 뭐랄까……." 나는 적당한 말을 찾으려 했고 떠오른 말 중 그나마 적합한 건 '예의가 있었다'였다.

"우리는 흥미가 좌우하는 세상에 살고 있잖아요." 트렌트가 진지하게 말했다. "모든 게 비난과 공격의 대상이 되죠."

나는 우리 가족을 공격하는 데 대해 더 분통을 터트리려고 입을 벌렸다가 그만두기로 했다. "미안해요. 이렇게 푸념할 생각은 아니었어요. 다시 해변으로 여행을 가야 할지도 모르겠군요." 이렇게 말하고 나서야 이 말이 유혹처럼 들릴 수 있다는 걸 깨달았다.

"대신 점심식사는 어때요?"

"뭐라고요?"

"당신이 시간이 있는지 궁금해서 전화했거든요. 지금 에이 컨에 있어요. 할아버지 서류 때문에 조사 좀 하고 할아버지가 사람 찾는 일을 도왔던 사람들과 이야기를 나눴어요. 그들 중 한 사람이 테네시 셸비 카운티 법원에서 일했던 남자예요. 그때도 입양 기록은 봉인돼 있었고요. 알아보니 그 사람이 할아버지에게 정보를 제법 준 모양이에요."

그의 말을 듣기가 무섭게 나는 이 일의 한복판으로 돌아갔다. 에디스토의 작은 오두막 냄새가 내 감각을 간질였다. 파이프 담배, 오래된 신문 스크랩, 말라비틀어진 메모판, 벗겨진 페인트, 빛바랜 사진 냄새가 났다. "그 덕분에 할아버지가 입양아들이 친척들을 찾도록 도우실 수 있었다는 말이죠? 그럼 당신은…… 할아버지가 중단하신 지점부터 파헤치기 시작한 건가요?"

"그렇지는 않아요. 그동안 메이 크랜들에 관한 정보를 캐고 다녔어요. 그 사람이 찾지 못한 남동생 가비언에 대해 알아낼 만한 게 있지 않을까 해서요."

나는 잠시 멍해졌다. 이 남자는 진심이었다. 그리고 나보다 나은 사람이었다. 나는 가족 문제에 신경 쓰느라 노인 인권 정치활동위원회에 전화해서 메이의 상황을 알리는 일을 계속 미루고 있었다. 이제야 나는 이 일을 의도적으로 밀어내고 있다는 걸 깨달았다. '불평등한 노후' 기사로 인한 논란 때문에 그녀와 관련되는 걸 두려워하고 있었다. 내가 그녀를 돕는다는 말이 샜다면 정적들은 내가 손상된 이미지를 만회하려고 그녀를 이용한다고 비난했을 것이다.

사람들에게 트렌트와 점심 먹는 모습을 보일 수도 없었다. 갈 수 없지만 거절하고 싶지도 않아서 나는 계속 딴소리를 했다. "정말 대단한데요? 그래서 뭘 알아냈어요?"

"아직까지는 별다른 게 없어요. 법원 서류에 캘리포니아 주소가 있어서 따로 적어뒀어요. 거기 사는 사람들에게 1939년에 테네시 보육원에서 입양된 두 살배기 남자아이를 아느냐고 물어볼 수도 있을 것 같아서요. 아니면…… 1930년대 후반에 그 주소에 누가 살았는지라도 알아보려고요. 하지만 가능성은 거의 없어요."

"그래서 메이에게 그 말을 하려고 여기까지 온 거예요?"

"그건 아니에요. 뭔가가 확실하게 나올 때까지 메이를 희망에 부풀게 하기는 싫어요. 사실은 과일 잼 때문에 왔어요. 지난번에 당신과 헤어지고 나서 에이컨 외곽에 사는 숙모를 만나러 갔거든요. 그때 숙모가 블랙베리 잼을 만들고 있었는데 이제 먹을 수 있다고 해서요."

나는 웃음이 났다. "잼을 가지러 오기에 두 시간 삼십 분은 너무 먼데요."

"숙모가 만든 블랙베리 잼을 못 먹어봐서 하는 소리예요. 게다가 조나가 그 집에 가는 걸 좋아해요. 바비 숙부에게 노새가 있거든요."

"그럼 조나도 같이 있어요?" 셋이 함께라면 점심식사가 가능할 것도 같았다. 누가 우리를 본다고 해도 조나가 함께 있으면 다른 생각을 하지 않을 테니까. 머릿속으로 오후 일정을 재빨리 떠올리며 몇 가지 일정을 변경해 시간을 좀 오래 낼 수 있는지 계산해봤다. "그거 알아요? 두 사람이랑 점심 먹는 거 정말 좋아요."

"바비 숙부와 노새에게서 조나를 떼어낼 수 있을 것 같아요. 시간과 장소만 알려줘요. 가고 싶은 데 있어요? 우리는 여유가 있어요. 조나가 낮잠 잘 시간만 아니라면요. 그 시간만 되면 애가 못난이가 되거든요."

이번에도 그의 말은 나를 웃게 했다. "낮잠 시간이 언제예요?"

"두 시쯤이요."

"좋아요. 그럼 점심을 일찍 먹는 건 어때요? 열한 시 괜찮아요? 너무 이른가요?" 트렌트의 숙모 집이 시내에서 얼마나 먼지 모르지만 노새가 있다는 걸로 봐서 지금 내가 있는 곳과 가깝지는 않을 것 같았다. 수년간 매그놀리아 매너 근처에는 농장이 없었다. 이곳의 집들은 아주 깨끗하게 보존돼 있었다. "장소는 당신이 골라요. 내가 그리로 갈게요. 하지만 너무 고급스러운 곳은 말고요. 알겠죠? 눈에 안 띄는 곳이 좋겠어요."

트렌트는 웃음을 터뜨렸다. "고급스러운 곳에는 안 가요. 사실 우린 놀이터가 있는 음식점을 좋아해요. 혹시 그런 곳 알아요?"

내 머릿속은 과거로 돌아가 멋진 기억을 떠올렸다. "알아요. 할머니 댁에서 멀지 않은 곳에 작은 놀이터가 있는 오래된 드라이브인 식당이 있어요. 어릴 때 할머니가 자주 데려간 곳이에요." 나는 그에게 위치를 알려줬고 우리는 약속을 정했다. 열한 시에 만나면 집에서 아무도 나를 찾지 않으리라는 게 무엇보다 좋았다.

'난 어른이야.' 차를 돌려 주디 할머니의 동네로 가면서 이 상황을 합리화했다. '친구와 점심을 먹는다고 해서 몰래 도망가는 사춘기 아이처럼 느낄 필요 없어. 내게는 사생활을 가질 권리가 있어. 안 그래?'

나는 잠시 머릿속에서 논쟁하는 데 몰두했다. 내 생각은 차와 함께 모퉁이를 돌았다. 어쩌면 메릴랜드에서 익명으로 된 나만의 세계에 살면서 참모, 디시의 사무실, 고향, 유권자, 기부자, 정치 네트워크 같은 것에 얽매이지 않고 오직 나만 신경 쓰면 되는 일을 하는 동안 너무 오만해졌는지도 몰랐다.

스태포드 가문의 일원이라는 사실이 얼마나 소모가 심한 것인지 깨닫지 못했는지도 모른다. 특히 우리의 고향인 이곳에서는. 이곳에서는 집단의 정체성이 너무 압도적이라 개인의 정체성이 끼어들 틈이 없었다.

예전에는 그런 걸 좋아했는데. 나는 가문의 이름과 함께 따라오는 특전을 마음껏 누렸다. 내가 발을 들이기만 하면 모든 길은 내 앞에서 즉시 평탄해졌다.

하지만 지금 나는 내 산을 나만의 방식으로 오르는 일을 맛보는 중이었다.

과거의 삶을 뛰어넘어 성장한 걸까?

이런 생각을 하자 내가, 내 정체성이 반으로 쪼개지는 것 같았다. 나는 아버지의 딸일까, 아니면 그냥 나일까? 다른 하나를 위해 나머지를 희생해야 할까?

'요즘 스트레스를 많이 받아서 이러는 게 틀림없어.'

정지 신호에서 멈추고 주디 할머니의 집이 있는 거리를 봤다. 비가 오면 아이들이 웅덩이에서 물을 첨벙대는 파인 도로와 말끔하게 정돈된 울타리와 맨 위에 철제 말 장식이 달린 우편함도 살펴봤다.

할머니 집 진입로에 택시 한 대가 서 있었다. 에이컨 정도 규모의 도시에서 흔히 볼 수 있는 광경은 아니었다.

나는 교차로에서 머뭇거리며 택시를 잠시 지켜봤다. 택시는 후진해서 가지 않았다. 그 집에 지금은 아무도 살지 않는다는 걸 택시 기사가 모르는 걸까? 그는 잘못 찾아간 집 앞에서 기다리는 게 틀림없었다.

할머니 집이 있는 거리에 접어들면서 내가 진입로로 들어가면 택시가 떠나리라고 예상했다. 하지만 택시는 가지 않았다. 기사가 차 안에서 조는 것 같기도 했다. 내가 택시를 지나쳐 차에서 내릴 때까지 그는 움직이지 않았다.

택시 기사는 십대로 생각할 정도로 어려 보였다. 물론 영업용 택시 기사 자격증을 소지할 나이는 됐겠지만. 뒷자리는 물론 집 주변에도 사람이 없었다. 이 택시가 추악한 언론 보도와 관련된 게 아닐까 의심됐다. 기자가 몰래 숨어서 부자들이 어떻게 사는지 보여주는 사진을 찍는 게 아닐까 하고. 하지만 그렇다면 굳이 택시를 탈 이유가 없었다.

반쯤 열린 창문을 두드리자 기사는 깜짝 놀랐다. 그는 입을 벌린 채 눈을 깜빡거리며 나를 제대로 보려고 했다.

"어…… 제가 잠이 들었나봐요. 죄송합니다." 기사가 사과했다.

"잘못 찾아오신 것 같아서요." 내가 말했다.

그는 주위를 흘끔대며 하품을 참았다. 그러자 늦은 아침의 밝은 햇살에 비친 굵고 짙은 속눈썹이 떨렸다. "아니…… 아닙니다. 열 시 삼십 분 예약 손님이 있어요."

나는 손목시계를 봤다. "이렇게 진입로에 차를 세우고…… 거의 삼십 분을 기다렸다고요?" '누가 할머니 집으로 택시를 불렀을까?' "주소가 잘못된 것 같은데요." 지금쯤 택시를 부른 불쌍한 손님이 마루 위를 서성대고 있을지도 몰랐다.

기사는 전혀 걱정스러워 보이지 않았다. 그는 자리에서 몸을 곧게 펴며 계기판을 흘끔 봤다. "아닙니다. 정기 예약 손님이에요. 매주 목요일 열 시 삼십 분에요. 선불이라서 아버지가…… 그러니까 사장님이 여기에 와서 기다리라고 했어요. 요금은 이미 지불됐다면서요."

"매주 목요일에요?" 나는 상근 경비원이 있는 이곳에 살 때 할머니의 일정을 기억나는 대로 더듬어봤다. 할머니가 실종돼 쇼핑몰에서 길을 잃고 발견된 날 할머니는 택시를 탔다. "이 일을, 그러니까 매주 목요일에 이곳에 오는 일을 하신 지 얼마나 됐나요?"

"음…… 사무실에…… 전화해봐야 할 것 같아요. 사장님과 이야기를……."

"아니, 괜찮아요." 사무실에 물어봤자 내 질문에 대답해줄 것 같지 않았다. 운전대를 잡은 이 아이는 더 이상 모르는 것

411

같았다. "목요일마다 제 할머니를 태우고 어디로 갔나요?"

"오거스타의 물가에 있는 어떤 곳으로요. 저는 몇 번밖에 안 갔지만 아버지와 할아버지는…… 몇 년 동안 하신 것 같아요. 4대째 내려오는 가족 회사거든요." 마지막 말은 광고 문구처럼 들렸다.

"몇 년이라고요?" 나는 너무 혼란스러웠다. 혼란스럽다는 말로는 지금 기분을 설명할 수 없었다. 할머니의 일기장에는 목요일마다 정기적으로 하던 일이 쓰여 있지 않았다. 할머니에게는 브리지 모임과 미용실 방문 말고 정기적인 약속이 없었다. 그런데 오거스타라니? 이곳에서 편도로 삼십 분 정도 걸리는 곳이었다. 도대체 할머니는 누구를 만나러 오거스타에 정기적으로 갔을까? 그것도 택시를 타고. 몇 년 동안이나.

"매번 같은 곳에 가셨나요?" 내가 물었다.

"네. 제가 아는 바로는 그렇습니다." 이제 그는 극도로 불편해 보였다. 한편으로는 내가 다그치고 있다는 걸 알았을 테고 다른 한편으로는 오랫동안 거래한 정기 예약 손님을 놓치고 싶지 않은 것 같았다. 나는 오거스타까지 택시비가 얼마인지도 몰랐다.

택시 창문 위를 손으로 잡았다. 우스워 보일지 모르지만 내가 갑자기 쏟아진 정보를 파악하는 동안 그가 달아나지 못하게 하고 싶었다. '오거스타의 물가에 있는 어떤 곳이라…….'

전혀 뜻밖의 무언가가 머릿속에 떠올랐다. "물가에 있는 어떤 곳이라고 하셨잖아요. 혹시 강인가요?" 오거스타에는 서배너강이 흘렀다. 트렌트와 내가 메이와 이야기할 때 그녀는 오거스타를 언급했다. 고향으로 돌아가서 서배너강에서 배를 탄다는 내용이었다.

"음, 네. 그럴 수도 있을 것 같아요. 대문에 온통…… 풀이 마구 자라 있었어요. 저는 손님을 그곳에 내려드리고 기다렸고요. 그래서 손님이 안으로 들어간 다음에는 무슨 일이 있었는지 몰라요."

"보통 얼마나 오래 머물렀나요?"

"몇 시간 정도요. 아버지는 기다리는 동안 다리로 가서 낚시를 하셨어요. 손님은 상관하지 않았고요. 그분은 갈 준비가 되면 나와서 택시 경적을 울렸죠."

나는 넋이 나간 채 그를 보며 서 있었다. 방금 들은 이야기는 내가 아는 할머니와 어울리지 않았다. 내가 안다고 생각했던 할머니와.

'할머니는 결국 메이 크랜들의 이야기를 글로 쓰셨던 걸까? 아니면 또 다른 뭔가가 있을까?'

"저를 그곳으로 데려다줄 수 있으세요?" 내가 불쑥 물었다.

택시 기사는 어깨를 으쓱했다. 그는 뒷좌석 문을 열어주려고 차에서 내렸다. "물론입니다. 요금은 이미 지불됐으니까요."

맥박이 빨라지고 팔에 소름이 돋았다. '이 차를 타면 어디로 가게 될까?'

휴대전화가 울리자 이렇게 다른 곳으로 가기 전에 내가 어딘가로 가고 있었다는 사실이 떠올랐다. 트렌트가 보낸 문자였다. 조나와 함께 자리를 잡고 기다린다는 내용이었다. 오늘 아침 햄버거 매대는 벌써 붐비는 모양이었다.

문자로 답하는 대신 기사에게서 떨어져 전화를 걸었다. 나는 갈 수 없게 됐다고 사과한 뒤에 물었다. "혹시…… 혹시…… 나랑 같이 뭘 좀 하러 갈 수 있어요?" 내가 어디에 있고 무슨 일이 일어났는지를 소리 내 설명하자 더 기이하게 들렸다.

다행히 트렌트는 내가 미쳤다고 생각하지 않았다. 오히려 호기심을 강하게 보였다. 내가 택시를 타고 음식점에 들르면 트렌트와 조나가 그들의 차를 타고 쫓아오기로 했다.

"그건 그렇고 당신이 먹을 햄버거를 사갈게요." 트렌트가 말했다. "여기 셰이크도 정말 유명하대요. 조나가 이미 엄지손가락을 추켜올렸어요. 어때요?"

"좋은데요? 고마워요." 하지만 지금 뭔가를 먹을 자신은 없었다.

음식점까지 가는 짧은 시간 동안 나는 집중할 수 없었고 신경이 너무 곤두서 있었다. 트렌트는 벌써 조나에게 안전띠를 채우고 주차장에서 기다리고 있었다. 그는 내게 햄버거와 셰이크를 건네며 바로 뒤쫓아 가겠다고 말했다.

"괜찮아요?" 그가 물었다. 우리의 시선이 잠시 마주쳤고 나는 그의 깊고 푸른 눈동자에 빠졌다. 어느새 나는 그 눈빛에 잠겨 '트렌트가 있으니 괜찮을 거야'라고 생각하며 긴장을 풀고 있었다.

이런 생각이 들자 내 안에서 점점 커지던 엄청난 두려움이 깨어날 뻔했다. 그럴 뻔했다.

안타깝게도 이 감정을 너무 잘 알았기에 모르는 체할 수 없었다. 내가 맡은 사건과 관련된 사람에 대해 상상할 수도 없는 뭔가를 알게 되려는 찰나에는 언제나 육감이 살아났다. 아동 실종의 범인이 믿었던 이웃이었던 사건, 순진해 보이는 8학년 학생이 파이프 폭탄을 만든 사건, 자식이 넷인 용모 단정한 아버지가 컴퓨터에 역겨운 사진을 잔뜩 가지고 있었던 사건 모두 그랬다. 그때마다 육감은 내게 뭔가에 대비하라고 했다. 무엇에 대비해야 하는지는 몰랐지만.

"괜찮아요." 내가 대답했다. "이 택시가 나를 어디로 데려갈지…… 우리가 뭘 알게 될지 겁나서 그런 것뿐이에요."

트렌트가 내 팔에 손을 올리자 그의 손이 닿은 곳이 뜨거워지는 것 같았다. "우리랑 같이 타고 갈래요? 같이 택시를 따라가자고요." 그는 자기 차를 흘끔 봤다. 차 안에서는 조나가 내 시선을 끌려고 카시트에서 열심히 손 흔들고 있었다. 조나는 자기 감자튀김을 나와 나눠 먹고 싶어 했다.

"괜찮아요. 그렇게 말해줘서 고마워요. 가면서 기사와 더 이야기해야 해요." 사실 기사는 아는 걸 이미 모두 말한 것 같았지만 사무실에 확인 전화를 할 수 없도록 그를 계속 바쁘게 만들어야 했다. 주디 할머니가 낸 요금으로 나를 미지의 장소까지 데려다주는 걸 기사의 아버지는 싫어할 수도 있으니까. 그 사람은 노련해서 이 일 때문에 개인정보 문제가 불거질 수 있다는 걸 알지도 몰랐다. "그리고 기사가 우리에게서 도망칠 수 있는 상황을 만들고 싶지 않아요."

트렌트는 내 팔을 쓸어내린 다음 손을 뗐다. 아니, 어쩌면 내 상상이었는지도 몰랐다. "우리가 바싹 붙어서 갈게요. 알았

415

죠?"

　나는 고개를 끄덕이고 감자튀김을 들어 보이며 환하게 웃는 조나에게 손을 흔들었다. 그리고 우리는 출발했다. 정오 무렵이라서 삼십오 분 정도 거리를 가는 동안 도로는 한산했고 덕분에 기사와 이야기를 나누기가 쉬웠다. 그는 이름이 오즈였고 할머니를 태우고 갈 때마다 할머니에게 쿠키, 초콜릿, 파티와 모임에서 남은 과자 같은 것들을 받았다. 그래서 할머니를 잘 기억하고 있었다. 그는 할머니가 지금은 요양원에 있다는 소식에 안타까워했다. 그동안의 신문 기사와 논란을 모르는 게 분명했다. 건강이 나빠진 아버지를 대신해 택시를 운전하느라 바삐 살았으니까.

　"지난번에 할머니를 이곳으로 모시고 갈 때 좀 걱정스러웠거든요." 고속도로를 벗어나 목적지에 가까워진 듯 구불구불한 시골길로 가면서 기사가 말했다. 저지대에서 자라는 관목이 벽처럼 서 있는 가운데 덩굴 식물과 키 큰 소나무가 우리를 둘러쌌고 모퉁이를 돌 때마다 점점 깊숙이 들어가는 것 같았다. "할머니는 다니시는 데는 별문제가 없었지만 좀 멍해 보였어요. 대문에서 부축해드릴까 여쭤봤지만 괜찮다고 하셨고요. 늘 그렇듯 안에서 골프 카트를 탈 테니 걱정하지 말라고도 하셨어요. 그래서 혼자 가시게 놔뒀고요. 이곳으로 모시고 온 건 그때가 마지막이었어요."

　나는 뒷자리에 말없이 앉아 오즈에게 들은 내용을 머릿속으로 그려보려고 했다. 하지만 아무리 애써봐도 그가 설명한 장면을 떠올리기 힘들었다.

"그날로부터 일주일 뒤에 아버지가 심장 수술을 했어요. 그래서 한 달 정도 임시 기사를 채용했고요. 그 뒤에 다시 목요일이 돼 아까 그 집에 갔지만 아무도 없었어요. 지금껏 죽 그랬죠. 임시로 고용했던 기사는 무슨 일이 있었는지 몰랐고요. 그 기사는 할머니를 쇼핑몰로 모셔다드린 게 마지막이라고 했어요. 그때 할머니는 다음 목요일에 보자고 하셨대요. 우리가 할머니의 요금 청구서에 등록된 전화번호로 전화를 걸었지만 아무도 받지 않았어요. 제가 갔을 때 역시 아무도 없었고요. 저희는 할머니께 무슨 일이 생긴 게 아닐까 생각했어요. 혹시 저희 때문에 문제가 생겼다면 죄송합니다."

"기사님 잘못이 아니에요. 애당초 할머니를 돌보는 사람들이 할머니 혼자 가게 놔두면 안 되는 거였어요." 요즘 할머니 같은 사람을 믿고 맡길 돌보미를 찾기가 힘들기는 했다. 하지만 할머니에게는 돌보는 사람들에게 혼자서도 잘할 수 있다고, 그들의 걱정이 과하다고 확신을 주는 놀라운 재주가 있었다. 그래서 그들은 할머니가 목요일마다 혼자 택시를 타고 가도록 내버려뒀을 것이다. 어쨌든 할머니는 그들에게 급여를 주는 사람이었고 그들도 그 사실을 알고 있었을 테니까. 할머니는 문제를 일으키는 사람은 내보내는 성격이었다.

차는 시멘트 난간이 허물어지고 아치에 이끼가 덮인 오래된 다리를 덜컹대며 지나갔다. 기사가 속도를 늦췄지만 집이나 우편함의 흔적은 보이지 않았다. 겉보기에는 인적이 끊긴 외진 곳이었다.

다행히 오즈는 목적지를 정확히 알고 있었다. 그렇지 않았다면 방향을 꺾어야 할 곳을 그냥 지나쳤을 것이다. 간신히 흔적만 남은 자갈 깔린 진입로에 들어서자 들쭉날쭉한 두 갈래 길이 보였다. 길가의 풀을 헤치고 난 길과 배수로를 지나는 길이었다. 그 바로 너머의 나팔꽃 덩굴과 블랙베리 나무 사이에 돌로 된 입구가 숨어 있었다. 그리고 양쪽 높이가 각각 2미터가 넘는 묵직해 보이는 철제 대문이 비스듬히 열려 있었다. 문에는 식물의 잎과 줄기가 뒤덮여 있었고 경첩은 녹슨 지 오래돼 보였다. 부식된 쇠사슬과 자물쇠는 누가 웃기려고 걸어둔 것처럼 보일 지경이었다. 수십 년 동안 이 문을 통과해 들어간 사람은 없어 보였다. 대문 너머에는 폭이 15센티미터쯤 돼 보이는 플라타너스 나무가 있었는데 튼실한 가지가 울타리까지 뻗어 한쪽 대문을 나머지 한쪽보다 더 높게 들어 올리고 있었다.

"저기 들어가는 길이 있어요." 오즈는 대문 옆에 난 걸어서 들어갈 수 있는 좁은 길을 가리켰다. 그 길로 사람이 많이 다닌 게 분명했다. 길이 다져져서 여름날의 풀도 완전히 덮어버리지 못했기 때문이다. "할머니가 늘 가셨던 곳이에요."

우리 뒤에서 자동차 문 닫히는 소리가 들렸다. 나는 놀라서 돌아보고 나서야 그게 트렌트라는 걸 기억했다.

다시 돌아보면 대문이 사라지고 없을지도 모른다는 느낌이 강하게 들었다. 휙! 드레이든 힐의 내 방 침대에서 '희한한 꿈이 다 있네'라고 생각하며 잠에서 깰지도 몰랐다.

하지만 대문은 사라지지 않았고 길도 그대로였다.

22장
릴

편은 거실을 걸어오다 말고 그 자리에 얼어붙은 듯 섰다. 몸이 어찌나 뻣뻣하게 굳었는지 근육의 힘줄이 다 보일 정도였다. 잠시 뒤 편은 몇 주 만에 처음으로 오줌을 쌌다.

"편!" 나는 낮은 목소리로 쏘아붙였다. 세비어 부인이 내 목소리를 듣고 와서 편이 방금 한 짓을 볼까봐 걱정스러웠다. 우리의 새엄마는 편이 너무 자랑스러운 나머지 우리를 데리고 영화를 보러 갔고 앞으로 함께 갈 여행과 크리스마스에는 어떻게 산타를 보게 될지, 그가 우리에게 무엇을 줄지 이야기했다. 심지어 다 같이 차를 타고 오거스타로 가서 그녀의 엄마를 만날 계획까지 세웠다. 나는 오거스타에 가고 싶지 않았지만 문제를 일으키고 싶지도 않았다. 세비어 부인이 우리를 지켜보지 않는 시간이 조금씩 길어지고 있었기 때문이다.

나는 서둘러 달려가 편의 원피스와 신발과 양말을 벗긴 다음 그걸로 바닥에 고인 오줌을 닦았다. "들키기 전에 위층으로 가."

세비어 부인이 앞쪽 응접실에서 누군가와 이야기하는 소리가 들렸다.

펀은 입술을 떨더니 눈물을 글썽였다. 그 애는 내가 젖은 옷을 말아서 나중에 처리할 수 있도록 재를 담는 통에 넣어두는 동안에도 그 자리에 서 있었다.

문득 펀이 왜 움직이지 않는지 깨달았다. 응접실에서 또 다른 목소리가 들려왔다. 가까이 다가갈수록 뼛속까지 얼음장처럼 얼어붙게 만드는 목소리였다.

"가서 네 침대 밑에 숨어." 나는 펀의 귓가에 이렇게 속삭이며 그 애를 계단 쪽으로 밀었다.

펀은 위층으로 뛰어올라가 모습을 감췄다. 나는 코로 가쁜 숨을 몰아쉬며 계단 벽에 몸을 바싹 붙인 채 열린 응접실 문 가까이 다가갔다. 주마가 주방에서 전기 믹서를 돌리고 있어서 목소리가 잠시 들리지 않았다가 조금 뒤 다시 들렸다.

"……매우 안타까운 상황이지만 더러 일어나는 일이에요." 미스 탠이 말했다. "좋은 가정을 찾아준 아이들을 다시 데려가는 건 제 바람과 어긋나기는 합니다만."

"하지만 남편이…… 서류도…… 우리가 아이들을 키우기로 약속된 거잖아요." 세비어 부인의 목소리는 떨리고 갈라졌다.

찻잔이 접시 위에서 달그락거렸다. 미스 탠이 대답하기까지의 시간은 영원 같았다. "그야 당연하죠." 그녀는 우리 때문에 말썽이 생겨서 미안하다는 듯 말했다. "하지만 입양 절차는 일 년 안에 끝나지 않아요. 아이들의 친족들이 너무 까다롭게 굴 수도 있고요. 이 아이들만 해도 할머니가 양육권을 청구했어요."

나는 놀라서 숨을 들이마셨고 숨소리가 약하게 새어 나가자 손으로 입을 막았다. 우리에게는 할머니가 없었다. 내가 아는 한은 그랬다. 브라이니의 가족들은 죽었고 퀴니는 브라이니와 달아난 뒤로 가족들을 만나지 않았다.

"어떻게 이런 일이……." 세비어 부인은 몸이 반으로 쪼개질 듯 흐느꼈다. 그녀는 훌쩍이며 기침했고 한참 뒤에야 겨우 몇 마디 꺼냈다. "우린…… 우리도 가만있지…… 대, 대런이 집에…… 점심때 집에 올 거예요. 제발…… 기다려주세요. 그이가…… 뭘 어떻게 해야 할지 알 거예요."

"오, 저런. 제가 필요 이상으로 기분 상하게 해드렸군요." 미스 탠은 매우 다정하게 말했지만 나는 그녀의 얼굴이 보였다. 그녀는 펄니크 부인이 내 무릎을 꿇릴 때와 똑같이 야비한 미소를 짓고 있었다. 미스 탠은 두려움에 빠진 사람들을 보는 걸 좋아했다. "오늘 당장 아이들을 데려가진 않을 거예요. 물론 부인께서도 이 말도 안 되는 상황에 법정 대응을 할 수 있습니다. 아니, 해야 합니다. 그 할머니는 아이들을 제대로 기를 수 없어요. 아이들은 비참하게 살게 되겠죠. 메이와 그 어린 베스를 보호하는 건 부인 손에 달렸어요. 하지만 그 전에 알아두셔야 할 일이…… 법정 대응을 하는 데는…… 비용이 많이 듭니다."

"비, 비용이 많이 든다고요?"

"워낙 확실한 분들이니 그 정도는 어렵지 않으실 테죠. 안 그런가요? 죄 없는 두 아이의 운명이 위태로워진 상황에서는 더욱이요. 부인께서 무척 아끼시는 두 아이 말이에요."

"그건 그래요. 하지만……"

"3,000달러 정도 예상합니다. 어쩌면 조금 더 들 수도 있고요. 법적인 문제를 끝까지 해결하려면 그 정도는 들 겁니다."

"3,000달러…… 라고요?"

"4,000달러까지 갈 수도 있어요."

"지금 무슨 말을 하는 거죠?"

잠시 침묵이 흘렀다. "부인의 가족보다 더 중요한 건 없지 않을까요?" 미스 탠의 목소리에서 소름 끼치는 미소가 느껴졌다. 나는 달려가서 사실을 말하고 싶었다. 그녀에게 손가락질하며 소리 지르고 싶었다. '이 거짓말쟁이! 우리에겐 할머니가 없어! 그리고 내 여동생은 둘이 아니라 셋이야. 남동생도 있지. 그 애 이름은 로비가 아니라 가비언이야. 당신이 그 애를 데려갔어! 내 여동생들도!'

전부 다 말하고 싶었다. 말이 혀끝에 맴도는데도 소리 낼 수 없었다. 그랬다가는 무슨 일이 벌어질지 잘 알았다. 미스 탠은 우리를 보육원으로 다시 데려가 편을 다른 사람에게 보낼 것이다. 그러면 우리는 더 이상 같이 있을 수 없겠지.

세비어 부인은 다시 훌쩍거리며 기침했다. "무…… 물론이에요. 저도 그렇게 생각해요. 하지만……." 그녀는 감정을 주체하지 못하고 다시 흐느끼며 계속 미안하다고 했다.

의자 삐걱거리는 소리가 나더니 묵직하고 고르지 못한 발소리가 바닥에 울렸다. "남편과 이야기해보세요. 이 문제에 대해 부인의 진실한 감정을 표현하세요. 아이들을 얼마나 원하는지, 또 아이들이 부인을 얼마나 원하는지요. 오늘은 굳이 아이들을 만나지 않을게요. 부인께서 잘 돌보고 계실 테니까요. 아주 잘 크고 있겠죠."

미스 탠의 발소리가 응접실 반대쪽 끝에 있는 문을 향해 움직였다. 나는 벽에서 몸을 떼고 위층으로 뛰어올라갔다. 미스 탠의 목소리가 집 안 전체에 울려 퍼지는 것만은 듣고 싶지 않았다. "일어나실 필요 없어요. 나가는 길 알아요. 내일 연락 주세요. 기다릴게요. 시간이 절대적으로 중요해요."

위층으로 올라가 황급히 편의 방으로 갔다. 나는 침대 밑에 들어간 그 애를 불러내지 않고 옆으로 기어 들어갔다. 우리는 아카디아에서처럼 침대 밑에서 얼굴을 마주보고 누웠다. "괜찮아." 내가 속삭였다. "그 여자가 우리를 데려가지 못하게 할 거야. 약속할게. 무슨 일이 있어도."

세비어 부인이 복도를 지나가는 소리가 들렸다. 나무 벽과 금색 테두리를 두른 높은 천장을 타고 그녀의 흐느낌이 울려 퍼졌다. 복도 끝에서 문이 닫히고는 그녀가 침대에서 울고 또 우는 소리가 계속해서 들렸다. 내가 이곳에 처음 왔을 때처럼. 주마가 올라와서 문을 두드렸지만 문은 잠겨 있었고 세비어 부인은 아무도 들어오지 못하게 했다. 세비어 씨가 점심식사를 하러 집에 왔을 때도 그녀는 침대에 있었다. 그 무렵 나는 편을 깨끗하게 씻기고 그 애에게 책을 읽어줬다. 그러자 편은 엄지손가락을 입에 물고 가비언의 이름을 따서 개비라고 부르는 곰 인형을 안은 채 잠들었다.

세비어 씨가 잠긴 침실 문을 여는 소리가 들렸다. 그가 들어간 뒤에 나는 말소리를 더 잘 들을 수 있도록 까치발을 하고 밖으로 나갔다. 부인이 무슨 일이 있었는지 말하자 세비어 씨는 가까이 갈 필요가 없을 정도로 크게 화냈다. "이건 협박이야!" 그가 외쳤다. "노골적인 협박이라고!"

"대런, 그 여자가 애들을 데려가게 놔둘 순 없어요." 세비어 부인이 애원했다. "그럴 순 없어요."

"그 여자 협박에 당하지 않을 거예요. 우린 엄청나게 비싼 입양 수수료를 냈어요. 특히 두 번째에는 더욱이요."

"대런, 부탁이에요."

"빅토리아, 한번 시작하면 멈출 수 없을 거예요." 금속으로 된 뭔가가 넘어지더니 바닥에 쨍그랑 소리를 내며 떨어졌다. "끝이 있을 것 같아요? 말해봐요."

"모르겠어요. 난 모르겠어요. 하지만 뭔가 해야 하잖아요."

"물론이에요. 내가 알아서 할게요. 그 여자는 상대가 누군지 모르는 모양인데." 문손잡이가 덜거덕거리자 나는 재빨리 방으로 돌아갔다.

"대런, 제발 부탁이에요. 내 말 좀 들어봐요." 세비어 부인이 애원했다. "우리 오거스타에 있는 엄마 집으로 가요. 벨그로브는 여기보다 넓고 아빠가 돌아가시고 나서 엄마 혼자 계시기에는 너무 커요. 아이들은 이모와 이모부와 가까이 지낼 테고 내 친구들도 다 거기에 있잖아요. 호이와 주마와 후트시도 데려가요. 원하는 만큼 그곳에 머물 수 있어요. 어쩌면 계속 있을 수도 있고요. 엄마도 외롭고 벨그로브 집에는 가족이 필요해요. 아이들 키우기 좋은 곳이잖아요."

"빅토리아, 이제 여기가 우리 집이에요. 드디어 저 아래 호숫가에 내 작업실도 짓기 시작했다고요. 맥캐미 가족이 일하는 속도가 빠르지는 않지만 기둥과 바닥재까지 다 준비됐고 벽 골조를 세우고 있어요. 조지아 탠 때문에 우리 집에서, 내 가족이 머무는 집에서 나갈 순 없어요."

"벨그로브에는 서배너강을 따라 넓은 땅이 있잖아요. 그곳에 작업실을 또 지으면 돼요. 더 크게요. 뭐든 좋으니 당신이 원하는 방식으로요." 세비어 부인의 말이 너무 빨라서 제대로 알아듣기 힘들었다. "대런, 부탁해요. 그 여자가 언제든 문을 두드리고 우리 애들을 데려갈 수 있는 걸 알고도 여기서 살 순 없어요!"

세비어 씨는 대답이 없었다. 나는 눈을 감고 몽글몽글한 분홍색 벽지를 손톱으로 찔렀다. 그의 대답을 간절히 기다리면서.

"너무 성급하게 결정하진 않았으면 해요." 마침내 그가 말했다. "오늘 밤에 모임이 있어서 시내에 나가야 해요. 그때 미스 탠을 찾아가서 직접 얼굴을 보고 이 일을 처리할게요. 그런 뒤에도 그 여자가 대담하게 나오는지 한번 봅시다."

세비어 부인은 더 이상 입씨름하지 않았다. 그녀가 나지막이 흐느끼는 소리가 들렸고 침대가 삐걱대는 소리와 세비어 씨가 그녀를 위로하는 소리도 들렸다. "자, 여보. 울지 말아요. 잘될 거예요. 그리고 아이들을 데리고 오거스타에 가고 싶으면 그렇게 합시다."

이 말을 들으며 서 있는 동안 머릿속에 수많은 생각이 스쳐 지나갔다. 그러다 하나의 생각으로 모였다. 나는 뭘 해야 할지 알았다. 이제 허비할 시간이 없었다. 황급히 서랍장으로 가서 필요한 걸 가지고 아래층으로 뛰어 내려갔다.

주방에서는 주마가 점심식사 준비를 마쳤다. 그녀는 한구석에서 세탁물이 내려오는 구멍에 머리를 넣고 세비어 씨 부부 이야기를 엿들었다. 아마 후트시는 이야기를 더 잘 들으려고 세탁물 구멍을 타고 반쯤 올라가 있다가 들은 이야기를 주마에게 전부 다 전해줄 것이다. 도마 위에는 맥캐미 가족의 공사 현장으로 가져갈 작은 소풍 바구니가 놓여 있었다. 보통 주마는 후트시를 데리고 바구니를 갖다줬다. 후트시도 주마도 그 일을 싫어했다. 주마는 맥캐미 가족은 백인 쓰레기이며 세비어 씨가 등만 돌리면 도둑질할 사람들이라고 했다. 유일하게 다행스러운 점은 그 때문에 주마와 후트시가 우리를 덜 싫어하게 됐다는 것이다. 그들은 맥캐미 가족의 아들들과 아버지를 욕하느라 바빴다.

나는 바구니를 들고 밖으로 나가며 외쳤다. "바구니 제가 갖다줄게요. 공사장에 있는 아이에게 영화 전단지를 전해줘야 하거든요." 그러고는 주마가 점심식사에 늦겠다고 잔소리하기 전에 달려갔다.

나는 쏜살같이 집 뒤로 가서 베란다에서 뛰어내린 다음 다리가 낼 수 있는 최고 속도로 마당을 가로질렀다. 어깨 너머로 후트시가 쫓아오는지 살피고는 아무도 없어서 안심했다.

바구니를 가지고 호숫가에 갔을 때 맥캐미 씨는 나무 그늘 아래에 자리 잡고 식사 준비를 마친 상태였다. 내가 아는 바에 따르면 그는 언제나 일하지 않으려고 했다. 이런 그가 오늘 땀 흘리며 일하는 이유는 덩치 좋은 두 아들이 번개를 맞아 헛간으로 쓰러진 나무를 치우고 지붕 수리하는 일을 도우러 이웃에 갔기 때문이었다. 그들은 그 일이 끝나는 하루 이틀 뒤에나 올 것이다. 지금 맥캐미 씨를 돕는 사람은 막내아들뿐이었다. 그 애 이름은 아르니였지만 맥캐미 씨는 아들이라고만 불렀다.

내가 아르니에게 고갯짓하자 그 애는 나를 따라 전에 함께 앉아서 이야기했던 버드나무로 가는 길로 왔다. 나는 나무 아래서 그 애에게 샌드위치, 사과, 주머니에 넣어 온 설탕 쿠키 두 개를 줬다. 아르니가 너무 말라서 나는 이곳에 올 때면 다른 가족들과 나눠 먹지 않아도 되는 음식을 그 애에게 가져다줬다. 아르니에게 필요할 것 같았기 때문이다. 그 애는 나보다 한 살 많았지만 키가 나보다도 작았다.

"오늘은 다른 걸 가져왔어." 나는 아르니에게 영화관에서 가져온 전단지를 건넸다.

그 애는 키 큰 노란색 말을 탄 카우보이가 그려진 전단지를 들고 낮고 길게 휘파람을 불었다. "멋있는데? 영화 줄거리 좀 이야기해봐. 총 쏘는 장면이 많이 나와?"

그 애가 앉자 나도 같이 앉았다. 나는 세비어 부인이 데려가서 보여준 영화와 커다란 빨간색 벨벳 의자와 왕의 궁전처럼 높은 탑이 있는 극장에 대해 모두 이야기해주고 싶었다. 하지만 그런 이야기를 할 시간이 없었다. 오늘은 곤란했다. 그런 일이 일어난 오늘은. 나는 전날 부탁한 일에 그 애가 반드시 좋다고 대답하게 만들어야 했다.

오늘 밤에는 보름달이 뜰 테고 그러면 물 위는 정오처럼 밝을 것이다. 아르니의 형들이 없으니 이보다 더 때가 좋을 수 없었다. 세비어 부인이 우리를 오거스타로 데려가게 할 순 없었다. 미스 탠이 우리를 보육원으로 데려가게 할 수도 없었다. 무엇보다 펀이 세비어 부인을 엄마라고 생각하기 시작했다. 그 애는 서서히 우리의 진짜 엄마를 잊게 되겠지. 펀의 방으로 몰래 가서 퀴니와 브라이니 이야기를 해줬지만 더 이상은 효과가 없었다. 펀은 강과 아카디아 왕국을 잊고 있었다. 우리가 누구인지 잊고 있었다.

이제 떠나야 할 때였다.

"어제 이야기했던 거 말인데, 네가 우리를 데려갈 거지?" 아르니에게 물었다. "오늘 밤이야. 달이 일찍 떠서 오래 머물 거야." 평생 강에서 살면 달이 어떻게 움직이는지 훤하게 알게 된다. 강과 그곳에 사는 생물들은 달에 따라 기분이 달라진다.

아르니는 내가 뺨이라도 때린 듯 고개를 홱 돌렸다. 그 애는 갈색 눈을 꼭 감았다. 붉은 기가 도는 가는 갈색 머리카락이 이마로 흘러내리더니 길고 뼈가 드러나는 코 위에서 갈라졌다. 그 애는 불안한 듯 고개를 저었다. 애당초 우리를 도울 생각이 전혀 없었는지도 몰랐다. 아버지 보트를 운전할 수 있다는 것도, 우각호를 지나 데드맨 습지까지 간 다음 큰 강으로 나가는 길을 안다는 것도 다 허풍이었는지 몰랐다.

하지만 나는 그 애에게 펀과 내 이야기를 솔직하게 했다. 모든 이야기를. 심지어 우리의 진짜 이름도 알려줬다. 그러면 왜 우리에게 그 애의 도움이 필요한지 이해할 줄 알았다.

아르니는 무릎이 튀어나온 더러운 멜빵바지에 팔꿈치를 올렸다. "네가 떠나고 나면 분명 그리울 거야. 지금까지 여기서 좋은 점이라고는 너뿐이었거든."

"우리랑 같이 가자. 지드는 남자애들을 많이 데려왔어. 분명 그가 널 거둬줄 거야. 분명히. 그럼 넌 다시 여길 안 봐도 돼. 자유로워지는 거지. 우리가 그렇게 되듯이." 아르니의 아버지는 매일 밤 술을 마셨고 아들들을 제재소의 노새처럼 부렸으며 언제나 그들을, 그중에서도 아르니를 때렸다. 아르니가 아버지에게 못을 잘못 갖다줬다는 이유로 거꾸로 매달려 망치 손잡이로 맞는 걸 후트시가 봤다고 했다. "네가 어느 쪽을 선택하든 약속한 대로 진주는 줄게."

나는 주머니에 손을 넣어 진주를 꺼낸 다음 손바닥에 올려 아르니에게 보여줬다. 진주 때문에 마음이 불편했다. 세비어 부인이 펀에게 특수 신발을 맞춰주고 온 날 밤 내게 준 진주였다. 그녀는 테네시 보육원 서류에 쓰인 대로 그날이 내 생일인 줄 알았다. 세비에 부부는 내가 생일을 까맣게 잊은 줄 알고 저녁식사 때 깜짝 파티를 열었다. 놀라기는 했다. 내 생일은 오 개월 반 전에 지났고 나는 이미 그들이 생각하는 것보다 꽉 채운 한 살이 많았으니까. 하지만 지금 내 이름은 메이 웨더스가 아니니 가을에 생일잔치를 한다고 해서 문제가 되지는 않았다.

진주는 지금껏 내가 가져본 물건 가운데 가장 예뻤지만 퀴니와 브라이니와 강을 위해 그걸 포기했다. 나는 눈 깜짝할 사이에 진주를 아르니에게 건넸다.

게다가 진주를 판 돈은 나보다 아르니에게 더 필요했다. 공사 현장에는 먹을 게 위스키밖에 없는 경우가 많았다.

아르니는 진주를 만져보다가 챙기더니 손가락 마디의 딱지를 뗐다. "음…… 난 가족을 떠날 수 없어. 형들도 있고."

"정말 잘 생각해봐. 우리랑 강에서 지내는 거 말이야." 사실 아르니의 형들은 어른이나 다름없었고 그들도 아르니의 아버지만큼 못되게 굴었다. 그들은 개처럼 일하다가 싫증 나서 기분을 전환하고 싶어지면 아르니를 죽기 직전까지 굶기거나 반으로 쪼개질 정도로 때렸다. "브라이니와 퀴니가 네가 지낼 곳을 찾아줄 거야. 정말이야. 네가 펀과 나를 데리고 온 게 너무 기뻐서 정말 좋은 곳을 찾아줄걸? 지드가 머드 아일랜드에 없으면 그를 만날 때까지 우리와 함께 아카디아에 있어도 되고."

나는 약간 걱정되기 시작했다. 사실 브라이니와 퀴니가 지금도 같은 자리에 배를 정박하고 있다고 확신할 순 없었다. 그저…… 느낌으로 알 뿐. 그들은 기다려야 한다면 그 자리에 영원히 있을 것이다. 아무리 밤이 추워지고 나뭇잎이 떨어져 따뜻한 곳을 찾아 남쪽으로 내려갈 때가 됐다고 하더라도.

펀과 내가 아카디아로 돌아간 뒤에 브라이니와 퀴니가 배를 출발하게 하는 일이 쉽지 않을 것 같아서 두려웠다.

'카멜리아는 사라지고 라크와 가비언은 멀리 가버리고 펀과 나만 남았다는 이야기를 사일러스가 전했을까? 브라이니와 퀴니는 알고 있을까?'

마음이 아파서 너무 깊이 생각할 순 없었다. '일어나지도 않은 일을 걱정하지 마.' 브라이니는 언제나 이렇게 말했다. 지금 당장은 습지를 지나 강으로 나가는 일에만 집중해야 했다. 그곳에서 우리는 강가에 가까이 붙어 배와 바지선이 지나간 자국을 살피고…… 유목 더미나 늘어진 나무 같은 게 있는지 잘 봐야겠지. 이곳 세비어 부부의 집에서 지내는 동안 여러 날, 밤이면 지붕에 올라가 호수 쪽을 내다봤다. 지붕에서 강이 보이지는 않았지만 느낄 순 있었다. 아주 멀리서 안개 경고음과 호각 소리가 분명 들렸다. 하늘 가장자리에는 멤피스의 불빛이 보였다. 아르니에게 들은 바로 짐작컨대 이 호수를 지나 도착하는 습지는 치카소 절벽과 머드 아일랜드의 물 위로 솟아오른 봉우리 사이의 어딘가를 지나는 올드맨강으로 이어질 것이다. 아르니가 정확하지 않더라도 내 짐작이 그리 틀리지는 않을 것 같았다.

아르니가 고개를 끄덕이자 안심됐다. "좋아. 널 데려다줄게. 하지만 오늘 밤이어야 해. 형들이 언제 돌아올지 몰라."

"좋아. 달이 나무 꼭대기 위로 올라오자마자 편을 데리고 몰래 여기로 나올게. 우리는 배에서 만나. 오늘 저녁에 너희 아버지가 위스키를 많이 마시게 해야 해. 음식도 잘 먹도록 하고. 그러면 졸릴 거야. 나는 후트시가 저녁식사를 푸짐하게 가지고 오도록 할게." 그건 어렵지 않았다. 나는 그저 세비어 부인에게 공사장에서 일하는 남자아이가 배고파하는데 먹을 게 별로 없다고 하면 그만이었다. 그러면 그녀는 주마에게 음식을 더 만들라고 할 것이다.

세비어 부인은 마음이 민들레 홀씨처럼 나긋나긋하고 여렸다. 우리가 사라지고 나면 그녀가 어떻게 지낼지 생각하고 싶지 않았다. 퀴니와 브라이니에게도 우리가 필요했고 그들은 우리 가족이었다. 간단한 문제였다. 달리 생각할 수 없었다.

이제 우리는 떠나야 했다.

아르니는 다시 고개를 끄덕였다. "좋아. 나는 보트에 있을 게. 하지만 함께 강을 따라 내려가려면 먼저 알아둬야 할 게 있어. 그것 때문에 변화가 좀 생길 수도 있어."

"뭔데?" 나는 약간 딸꾹질했다.

아르니는 앙상한 어깨를 으쓱하더니 인상을 쓰고 나를 보며 말을 꺼냈다. "난 남자가 아냐." 그는 넝마와 다름없는 셔츠 목 단추를 풀었다. 셔츠 안에는 의사가 붕대를 감아준 것처럼 자루를 만드는 데 쓰는 낡은 모슬린 천이 감겨 있었다. 아르니는 남자가 아니었다. "아르니는 아르넬의 애칭이야. 하지만 아빠는 아무에게도 알리고 싶어 하지 않았어. 내가 여자인 걸 알면 사람들이 일할 때 써주지 않을 거라고."

이제 나는 아르니가 우리와 함께 강으로 가야 한다고 확신했다. 아르니가 여자에 이런 생활이 맞지 않는다는 점도 그랬지만 그 애의 말라빠진 몸은 멍투성이였다.

하지만 여자아이를 맡아달라고 하면 지드 아저씨가 뭐라고 할까?

어쩌면 브라이니와 퀴니가 아르니를 우리와 함께 아카디아에 데리고 있을지도 몰랐다. 나는 어떻게든 방법을 찾을 것이다. "아르니, 네가 여자라는 건 상관없어. 우리가 지낼 곳을 찾아줄게. 오늘 밤에 달이 나무 꼭대기에 걸리면 준비하고 있어."

우리는 새끼손가락을 걸고 약속했고 잠시 뒤 아르니의 아버지가 나무 반대쪽에서 그녀를 부르는 소리가 들렸다. 점심 식사가 끝난 것이다.

오후 내내 나는 편을 데리고 보트에 갔을 때 아르니가 있을지 없을지 생각했다. 하지만 결국에는 같이 가리라고 생각했다. 생각해보면 아르니도 자기가 이곳에 있을 이유가 없다는 걸 알게 될 테니까. 그녀 역시 우리만큼이나 강으로 달아날 이유가 충분했다.

세비어 씨가 모임을 위해 멤피스로 가기 전에 부부는 침실에서 또 이야기를 나눴다. 그들이 아래층으로 내려왔을 때 세비어 씨는 하룻밤을 보낼 작은 가방을 들고 있었다.

"모임이 늦어지면 시내에서 자고 올지도 몰라요." 그는 이렇게 말한 뒤에 편과 내 이마에 입 맞췄다. 전에는 이런 적이 없었다. 그가 나를 향해 몸을 숙이는 동안 나는 이를 악물고 가만있으려고 애썼다. 리그스 씨 생각밖에 나지 않았다. "셋이 잘 지내고 있어요." 그는 세비어 부인을 봤다. "걱정 말아요. 다 잘될 테니까."

그는 주마가 건넨 모자를 받아 들고 밖으로 나갔다. 그러자 우리 여자들만 남았다. 세비어 부인은 주마와 후트시에게 집에 가서 쉬라고 했다. 저녁식사를 요란하게 준비할 필요도 없었다. 우리끼리 쟁반에 샌드위치나 담아 먹으면 그만이었다.

주마는 쟁반을 아주 귀엽게 준비해놓은 다음 집으로 갔다.

"우리끼리 파자마 파티 하자. 오늘 밤 라디오에서 〈캡틴 미드나이트〉할 거야." 세비어 부인이 말했다. "따뜻한 코코아도 마시고. 그러면 배 속이 진정될지도 모르겠어." 그녀는 입술을 핥으며 배에 손을 얹었다.

"저도 배가 이상해요." 나는 위층으로 가서 짐을 챙기고 싶어서 안달이 났다. 세비어 부부가 사준 것 중 꼭 필요한 것만 가져갈 생각이었다. 다른 걸 가져가는 건 옳지 않았다. 어쨌든 아카디아에 우리 물건이 있으니까. 이렇게 근사한 것들은 아니지만 필요한 건 있었다. 강에 사는 집시에게 주름 장식이 달린 원피스와 반짝이는 가죽 신발이 무슨 소용이 있을까? 구두 굽 소리에 물고기들이 전부 놀라서 도망갈 것이다.

"너희 둘은 올라가서 씻고 잠옷으로 갈아입으렴. 메이, 다 같이 앉아서 코코아 마시고 간식 좀 먹으면 배가 좀 진정될 거야." 세비어 부인은 손등으로 이마를 문지르고는 애써 미소 지었다. "자, 이제 가자. 근사한 저녁을 보내는 거야. 우리끼리."

나는 편의 손을 잡고 위층으로 올라갔다.

편은 세비어 부인과 파티를 한다는 사실에 무척 흥분했다. 그 애는 혼자서 씻고 재빨리 잠옷을 입었다. 비록 거꾸로 입기는 했지만.

나는 편의 잠옷을 제대로 입히고 그 위에 가운을 걸쳐준 다음 내 옷을 갈아입었다. 하지만 잠옷 아래에 아까 입었던 옷을 입고 있었다. 세비어 부인이 눈치채면 춥다고 할 생각이었다. 요즘 밤에는 집이 추웠으니까. 덕분에 겨울이 오기 전에 강으로 돌아가야 한다는 걸 잊지 않을 수 있었다.

라디오를 들으며 파티를 하게 돼 즐거운 듯 행동하려 애썼지만 샌드위치를 먹는 동안 고양이처럼 초조했다. 가운에 샌드위치를 떨어뜨려 얼룩이 생기자 세비어 부인이 닦아줬다.

그녀는 내 이마를 짚어 열이 나는지 확인했다. "뭘 좀 먹으니까 어떠니?"

그녀가 퀴니였으면 좋겠다는 생각뿐이었다. 이 큰 집이 퀴니와 브라이니의 것이기를. 그리고 세비어 부인이 퀴니처럼 줄줄이 아기를 낳아 우리가 떠난 다음에도 외롭지 않기를 바랐다.

나는 고개를 저으며 속삭였다. "자야 할 것 같아요. 펀을 데려가서 재울게요."

"그건 신경 쓰지 않아도 돼." 부인은 내 머리를 쓰다듬다가 머리카락을 한데 모아 목 위로 올렸다. 퀴니가 그랬던 것처럼. "펀은 시간이 되면 내가 재울게. 내가 엄마잖니."

내 안의 모든 게 다시 차갑고 단단해졌다. 부인이 뺨에 입맞추는 것도 느껴지지 않았고 함께 가서 침대에 눕혀줄지 묻는 것도 잘 들리지 않았다.

"아니에요…… 엄마." 나는 최대한 빨리 그곳에서 나왔고 한 번도 돌아보지 않았다.

위층에서 세비어 부인이 펀을 재우러 오기를 기다리는 시간은 영원 같았다. 벽 사이로 그녀가 부르는 자장가가 들렸다. 나는 두 손으로 귀를 꼭 막았다.

퀴니와 내가 동생들에게 자주 같이 불러주던 노래였다.

자장자장 울지 마라

잘 자라 우리 아가
깨고 나면
넌 작고 어여쁜 말을 갖게 될 거야

머릿속에서 모든 게 뒤엉켰다. 아카디아와 이곳. 내 진짜 부모와 세비어 부부. 퀴니와 엄마. 브라이니와 아빠. 큰 강. 우각호. 습지. 길고 새하얀 베란다와 물 위를 계속 떠다니던 페인트칠하지 않은 작은 현관.

세비어 부인이 내 방에 들어와 다시 이마를 짚었을 때 나는 자는 척했다. 그녀가 나를 깨워서 괜찮으냐고 물어볼까봐 걱정됐지만 잠시 뒤 그녀는 방에서 나갔다. 복도 끝 방문이 닫히는 소리가 나자 비로소 나는 숨을 편하게 쉴 수 있었다.

외투를 입고 신발을 신고 작은 가방을 등에 매자 달이 떠올랐다. 나는 펀의 방으로 몰래 가서 그 애를 침대에서 끌어냈다. "쉬…… 정말 조용히 해야 해. 강까지 걸어가서 반딧불이를 볼 거야. 누가 우리 소리를 들으면 못 나가게 할 거야."

나는 펀을 담요로 감싸 안았고 그 애는 계단을 내려가 문밖 현관으로 나가기도 전에 내 어깨에 기대 잠들었다. 현관은 캄캄했고 그림자가 져 있었다. 집 근처 정원에서 뭔가 긁는 소리가 났다. 라쿤이나 스컹크인 것 같았다. 잔디에 내려서자 세비어 씨의 사냥개들이 짖었지만 나라는 걸 알고는 조용해졌다. 차고 집에도 불빛 하나 없었다. 펀을 꼭 안고 나무를 향해 황급히 걸어가는 동안 다리에 이슬이 튀었다. 나뭇가지 위에 걸린 보름달이 손전등을 켠 듯 환하게 빛났다. 브라이니는 언제나 밤에 아카디아를 묶었다. 빛은 모든 게 보일 정도로 충분했고 우리는 그걸로 족했다. 나는 펀을 안고 호숫가로 빠르게 내려갔다. 약속대로 아르니가 기다리고 있었다.

자기 아버지가 위스키를 마시고 죽은 듯 기절했다고 그 애가 말해줬지만 그런데도 우리는 평소처럼 속삭였다. "아빠가 깨서 나를 찾더라도 일어나서 둘러보지도 못할 거야." 그래도 아르니는 우리를 서둘러 배로 안내했다. 어깨 너머로 공사장을 확인하는 야윈 얼굴 위의 눈은 커다랗고 하얀 동그라미 같았다.

드디어 아르니는 호숫가에 서서 한 손으로 작은 보트를 잡았다. 그 애가 다시 공사장을 살피는 시간은 영원처럼 길었다.

"너도 타." 내가 속삭였다. 보트 바닥에 누운 펀이 잠에서 약간 깼는지 하품하며 기지개를 켜고 눈을 깜빡였다. 무슨 일이 일어나고 있는지 펀이 알게 되면 야단을 피울까봐 걱정스러웠다.

아르니는 보트에서 천천히 손을 떼더니 손가락 끝만 대고 있었다.

"아르니." 그 애는 우리만 보낼 생각일까? 나는 모터보트 운전하는 법을 몰랐고 습지까지 가는 길도 몰랐다. 우리는 가다가 길을 잃고 뭍으로 나오지 못할 것이었다. "아르니, 같이 가야 해."

나무 꼭대기 너머 잔디 위에서 그림자가 움직였다. 잔디 위로 불빛이 움직이는 걸 본 것도 같았다. 더 잘 보려고 일어나자 불빛은 사라지고 없었다. 내가 상상한 걸 수도 있었고 어쩌면…… 세비어 씨가 시내에서 머무르지 않고 집에 온 건지도 몰랐다. 그래서 차를 세우고 집으로 들어갔는지도. 그러면 우리 침실을 살필 테고 우리가 없어진 걸 알 텐데.

나는 보트를 가로질러 비틀대며 다가가 아르니의 팔을 잡았다. 그러자 그 애는 내 존재를 잊고 있었다는 듯 깜짝 놀랐다. 달빛 속에서 우리 둘의 눈이 마주쳤다. "나도 가야 할지 모르겠어. 그럼 가족들을 다시는 못 볼 텐데." 그 애가 말했다.

"아르니, 그들은 널 괴롭히잖아. 넌 떠나야 해. 우리랑 같이 가야 해. 이제 우리가 네 가족이 될게. 나와 펀과 브라이니와 퀴니와 지드까지도."

우리는 한동안 서로 바라봤다. 마침내 아르니는 고개를 끄덕였다. 그 애가 보트를 너무 빨리 출발시키는 바람에 나는 펀 위로 넘어질 뻔했다. 우리는 호숫가에서 충분히 멀어져 바람과 물살을 타고 습지로 갈 수 있을 때까지 노를 저어 나갔다.

"반딧불이는…… 어디에 있어?" 내가 펀을 향해 몸을 숙이자 그 애가 중얼거렸다.

"쉿. 우선 강으로 가야 해. 그때까지 더 자." 나는 펀의 담요를 여민 다음 발이 따뜻해지도록 맨발에 신발을 신겼고 가방을 베개 삼아 받쳐줬다. "반딧불이가 나타나면 깨울게." 반딧불이는 없겠지만 아카디아를 보게 되면 펀은 반딧불이를 잊어버리겠지.

아르니는 모터를 가동한 뒤에 선미에 앉아 보트를 몰았다. 나는 노를 쥐고 떠내려오는 통나무가 있는지 살펴보려고 앞쪽으로 갔다. "등불을 켜. 저기 상자 안에 성냥이 있어." 아르니가 말했다.

나는 그 애의 말대로 했고 몇 분 뒤 우리는 넓고 맑은 호수 한가운데로 나왔다. 불빛이 그린 원 밖으로 야행성 생물들이 잽싸게 빠져나갔다. 나는 머리 위의 별 옆에서 무리를 부르는 소리를 내며 날아가는 캐나다기러기처럼 자유를 느꼈다. 기러기는 우리와 같은 방향으로 향했다. 강 남쪽으로. 날아가는 기러기 중 하나를 잡아타고 집까지 날아가고 싶었다.

"저 위쪽을 잘 지켜봐야 해." 호수가 좁아지고 나무가 가까워지자 아르니는 속도를 늦췄다. "잘 보고 있다가 나무가 떠내려오면 밀어야 해. 부딪치면 안 되니까."

"나도 알아."

밤공기가 차갑고 탁해졌고 습지 냄새가 났다. 나는 외투 단추를 단단히 여몄다. 나무에 가려 하늘이 보이지 않았다. 나무 아랫부분은 넓고 뿌리가 잔뜩 엉켜 있었다. 가지는 우리를 향해 손가락처럼 뻗어 있었다. 뭔가가 보트를 긁는 소리가 나더니 보트 한쪽이 들렸다.

"빠져나가야 해." 아르니가 외쳤다. "보트가 부서지면 우린 가망이 없어."

나는 통나무나 사이프러스 가지 등 유목이 있는지 살펴봤다. 유목이 보이면 노로 밀어내면서 천천히 앞으로 나아갔다. 간혹 물가에 정박한 작은 배와 습지의 물 위에 떠 있는 집에서 흘러나온 불빛이 깜빡거렸지만 대개 우리는 혼자였다. 수달과 보브캣이 살고 머리 위 나뭇가지에 이끼가 두텁게 낀 저지대 늪과 우리뿐이었다. 어둠 속에서 나무는 괴물 같은 형상을 하고 있었다.

가면올빼미가 울자 아르니와 나는 몸을 숙였다. 우리 머리 바로 위로 올빼미 날아가는 소리가 들렸다.

소리에 놀란 펀은 잠결에 주위를 둘러봤다.

나는 브라이니에게 들은 이야기를 떠올렸다. 늑대인간이 어린아이들을 습지로 데려간다는 내용이었다. 온몸이 떨렸지만 아르니 눈에 띄지 않게 했다. 돌아가게 됐을 때 머피 부인의 집에서 우리를 기다리는 괴물이 더 무서웠다.

무슨 일이 있더라도 펀과 나는 잡힐 수 없었다.

물을 바라보며 습지에 뭐가 있을지 생각하지 않으려고 애썼다. 아르니는 방향을 이리저리 수차례 돌리더니 약속대로 물길을 찾았다.

우리는 달빛이 잘 비치지 않는 곳으로 가게 됐고 등불의 등유도 바닥났다. 연료가 떨어져 심지가 타들어가자 불꽃에서 탁탁 소리가 났다. 물가로 가서 나뭇가지에 보트를 묶으니 불어온 산들바람에 불꽃이 꺼졌다. 내 팔다리는 노로 밀어낸 물에 젖은 통나무처럼 묵직했다. 담요 아래의 펀 옆으로 가려고 보트 중앙으로 기어가자 팔다리에서 우두둑 소리가 나며 쑤셨다. 그동안 펀은 계속 자고 있었다.

아르니도 왔다. "여기서 습지 끝까지는 멀지 않아." 그 애는 이렇게 말했고 우리 셋은 한데 모여 웅크렸다. 물에 젖어 추웠고 자고 싶었다. 어딘가에서 음악 소리가 들리는 것 같았다. 순회공연선에서 나는 소리였다. 강이 멀지 않았다는 뜻이었다. 하지만 환청일 수도 있었다. 물길을 따라 내려오는 동안 나는 멀리서 배와 바지선 소리가 들렸다고 확신했다. 밤공기를 타고 안개 경고음과 호각 소리가 들려왔다. 나는 들어본 소리인지 확인하려고 귀를 기울였다. 베니 슬레이드와 제너럴 피에서 나는 소리가 들렸고 외륜선이 증기를 내뿜고 물살을 가르는 소리도 들렸다.

집에 왔다. 나는 외우고 있는 자장가를 떠올렸다. 그리고 어둠과 밤의 소리가 내 안에 들어오게 놔뒀다. 꿈도 걱정도 없었다. 어머니 같은 강이 내 주변에 아무것도 없을 때까지 나를 부드럽고 다정하게 어루만졌다.

나는 강에 사는 집시답게 깊은 잠에 빠졌다.

아침이 되자 목소리에 이끌려 고요함에서 빠져나왔다. 여러 사람의 목소리가 들렸고 나무로 나무를 내리치는 소리도 들렸다. 담요를 젖히자 편을 사이에 두고 있던 아르니가 벌떡 일어났다. 우리는 잠시 서로 쳐다보며 여기가 어디인지, 우리가 뭘 했는지 떠올렸다. 우리 사이에 있던 편은 돌아눕더니 눈을 깜빡이며 하늘을 봤다.

"레믈리, 배에 누가 있다고 했잖아." 흑인 남자아이 셋이 사이프러스 둥치에 서서 우리를 쳐다보고 있었다. 멜빵바지를 입은 그들은 바싹 말랐고 다리는 진흙투성이였다.

"저 애는 여자애야!" 가장 큰 아이는 이렇게 말하더니 우리를 더 잘 보려고 목을 쭉 빼고는 개구리 잡는 작살로 배를 두드렸다. "어린 여자애도 있어. 백인 여자애들이야!"

두 명은 물러섰지만 기껏해야 아홉 살이나 열 살쯤 돼 보이는 가장 큰 남자아이는 그 자리에서 작살에 기대섰다. "여기서 뭐 하는 거야? 길 잃어버렸어?"

아르니가 일어서서 그들을 향해 손을 휘둘렀다. "저리 가! 당장 꺼지는 게 좋을 거야." 그 애는 굵은 목소리를 냈다. 여자라고 밝히기 전에 내던 목소리였다. "우린 낚시하러 나왔어. 아침이 돼 다시 낚시하러 나가길 기다렸던 것뿐이야. 너희 중에 누가 저기 올라가서 줄 좀 풀어주지 그래? 우리가 갈 수 있게 말이야."

남자아이들은 눈이 휘둥그레진 채 그 자리에서 계속 우리를 지켜봤다.

"서둘러. 내 말 안 들려?" 아르니는 이렇게 말하며 보트를 묶어놓은 나뭇가지를 향해 노를 휘둘렀다. 우리가 자는 사이 밧줄이 물살에 이리저리 움직여 엉켜 있었다. 우리 힘으로 풀기는 어려울 것 같았다.

나는 작은 가방을 뒤져서 쿠키를 꺼냈다. 세비어 부부의 집에서 주마가 구운 음식들을 들고 도망치는 건 어렵지 않았다. 이 여행을 준비하려고 며칠 동안 꾸준히 먹을 걸 모았다. 이제 그 음식이 유용하게 쓰일 차례였다. "줄 풀어주면 쿠키 줄게."

편이 눈을 비비며 옹알거렸다. "엄마는 어딨어?"

"쉿. 가만있어. 아무것도 묻지 말고." 내가 편에게 말했다.

나는 남자아이들을 향해 쿠키를 들어 보였다. 가장 작은 아이가 씩 웃더니 작살을 내려놓고 도마뱀처럼 능숙하게 나무를 탔다. 아이는 매듭을 푸는 데 조금 애를 먹었지만 결국 줄을 풀었다. 떠나기 전에 나는 둑 위로 쿠키 세 개를 던졌다.

"재들한테 줄 필요 없잖아." 아르니가 투덜댔다.

편은 나를 향해 손을 뻗으며 입술을 핥았다.

나는 남은 쿠키 두 개를 펀과 아르니에게 줬다. "아카디아에 가면 음식이 많아. 우리를 보면 퀴니와 브라이니가 무척 좋아할 거야. 눈으로 보고도 믿기지 않을 정도로 음식을 많이 해주겠지." 이 여행을 시작한 뒤로 나는 아르니가 계속 우리와 함께 가고 싶다고 생각할 만한 일들을 약속했다. 아직도 그 애는 가족들에게 돌아가고 싶어 했다. 단지 익숙하다는 이유로 잘 못된 게 괜찮아 보이다니 우스웠다.

"가보면 알 거야." 나는 아르니에게 계속 말했다. "아카디아에 가면 아무도 우리를 괴롭히지 않는 강 하류로 떠날 거야. 남쪽으로 가는 거지. 지드는 우리 바로 뒤에서 쫓아올 테고."

모터에 시동을 걸고 습지 입구로 가는 동안 나는 자신에게도 이렇게 되뇌었다. 하지만 내 마음속에 있는 줄이 저 뒤쪽 어딘가에 아직도 묶여 있는 것 같았다. 그 줄은 우리가 모퉁이를 돌아 나무가 사라지고 강이 보여 집으로 갈 준비가 된 뒤에도 점점 팽팽하게 나를 당겼다. 안에서 걱정이 자라났다. 멤피스를 향해 천천히 나아가는 동안 우리를 거칠게 밀고 흔든 큰배가 일으킨 물결과는 상관없는 걱정이었다.

마침내 머드 아일랜드가 보이자 걱정은 숨 쉬기 힘들 정도로 커졌다. 물결이 잔잔한 후미진 곳으로 가는 동안에는 폭주하는 바지선 때문에 우리 보트가 뒤집히기를 바랄 정도였다. 내 옆에 펀밖에 없다는 걸 알게 되면 브라이니와 퀴니가 뭐라고 할까?

판잣집 배가 모여 있던, 지금은 거의 빈 오래된 동네를 지나가자 걱정은 점점 더 나를 짓눌렀다. 나는 머릿속으로 이미 백 번도 넘게 지나간 강 합류 지점으로 아르니를 안내했다. 미스탠의 차에서도 머피 부인 집의 지하실에서도 대면 행사 때 소파에서도 세비어 부부의 큰 집 안 분홍색 레이스로 장식된 침실에서도 나는 이곳에 있었다.

강이 굽은 곳을 지나 그곳에서 기다리고 있는 아카디아를 봤을 때도 진짜라고 믿지 않았다. 이건 또 다른 꿈이 아니었다.

지드의 판잣집 배는 바로 아래에 정박해 있었다. 하지만 가까이 갈수록 아카디아는 점점 이상해 보였다. 현관 난간이 부서져 있었다. 지붕은 나뭇잎과 늘어진 나뭇가지가 덮여 지저분했고 스토브 연통 근처의 창문이 깨져서 날카로운 유리가 햇살에 빛났다. 아카디아는 한쪽으로 기울어져 있었고 선체가 둑높은 곳에 처박혀 어떻게 물 위로 끌어내야 할지 알 수 없었다.

"아카디아! 아카디아!" 펀은 환호하고 손뼉 치며 배를 가리켰다. 햇빛에 금색으로 빛나는 곱슬머리가 위아래로 통통 튀었다. 펀은 강에서 자란 아이들만 할 수 있는 자세로 보트 한가운데 섰다. "아카디아! 퀴니! 퀴니!" 우리가 아카디아에 점점 가까워지자 그 애는 계속 소리쳤다.

사람의 흔적은 보이지 않았다. '다들 아침에 일어나서 낚시나 사냥을 하러 나갔나? 아니면 지드의 배에 있을까?'

하지만 퀴니는 주로 배에 있었다. 그녀는 근처에 찾아갈 만한 여자들이 없으면 집에 있기를 좋아했다. 그리고 이 주변에는 그럴 사람이 없었다.

"이거야?" 아르니의 목소리에 의심이 가득했다.

"퀴니와 브라이니가 아직 집에 안 왔나봐." 나는 확신하는 듯 보이려 애썼지만 그럴 수 없었다. 암울한 예감이 나를 거세게 덮쳤다. 퀴니와 브라이니는 배가 이 모양이 되도록 놔두는 법이 없었다. 브라이니는 언제나 아카디아를 자랑스러워했고 모든 걸 아주 좋은 상태로 유지했다. 퀴니 역시 아이가 다섯인데도 우리의 작은 집을 티끌 하나 없이 가꿨다. 그녀는 이를 두고 '선원처럼 질서정연하게 정리한다'고 말했다.

하지만 지금 아카디아는 질서정연함과 거리가 멀었다. 아르니가 건널 판자 가까이로 보트를 몰고 가자 더 처참해 보였다. 우리는 모터를 끄고 물 위에 떠 있었다. 내가 일어나려고 현관 난간을 잡자 조각이 떨어져 나왔고 그 바람에 물에 빠질 뻔했다.

우리가 보트를 묶기가 무섭게 긴 다리로 모래를 헤치며 둑을 뛰어오는 사일러스가 보였다. 그 애는 여우처럼 날렵하게 덤불을 뛰어넘었다. 그 모습에 경찰이 왔을 때 날쌔게 도망치던 카멜리아가 떠올랐다.

몇 달 전이 아니라 몇 년 전에 일어난 일 같았다.

나는 배에서 내려 사일러스와 마주했다. 그 애가 나를 끌어안고 빙빙 돌자 내 발이 모래에서 떨어졌고 그 애의 발은 깊이 박혔다. 잠시 뒤 사일러스는 건널 판자 끝에 나를 내려놓았다.

"이렇게 보게 되다니 너무 좋은데? 널 다시는 못 볼 줄 알았어." 그 애가 말했다.

"나도." 뒤에서 아르니가 펀을 데리고 내리려는 소리가 들렸지만 나는 사일러스에게서 눈을 뗄 수 없었다. 그 애를 다시 보게 돼 정말 좋았다. 사일러스는 그런 존재였다. "우리 왔어.

마침내 집으로 왔어.”

“그래, 해냈구나. 편도 데려오고. 지드가 올 때까지 기다려!”

그 애는 나를 다시 안았고 이번에는 내 팔도 가만있지 않았다. 나도 그 애를 안았다.

편의 말소리에 비로소 누군가가 나를 보고 있다는 게 떠올랐다. “퀴니는 어딨어?” 그 애가 물었다.

사일러스에게서 몸을 떼고 한 걸음 물러서서 그 애를 본 순간 나는 뭔가 잘못됐다는 걸 알았다. 우리가 이렇게 소란을 피우고 있는데도 판잣집에서는 아무도 나오지 않았다. “사일러스, 퀴니는 어딨어? 브라이니는?”

사일러스는 내 어깨를 잡았다. 그리고 어두운 눈빛으로 나를 뚫어지게 봤다. 그의 입꼬리가 약간 떨렸다. “릴, 퀴니는 삼 주 전에 죽었어. 의사 말로는 패혈증 때문이래. 하지만 지드 말로는 너무 상심해서 그렇대. 퀴니는 너희 모두를 정말 그리워했어.”

나는 내장을 꺼낸 생선처럼 속이 텅 비었다. ‘엄마가 이 세상에 없다고? 그래서 다시는 못 본다고?’

“그럼…… 브라이니는? 브라이니는 어딨어?”

사일러스는 나를 잡은 손에 힘을 줬다. 그러지 않으면 내가 헝겊인형처럼 주저앉을까봐 겁내기라도 하듯. 잠시 동안 나는 정말 그럴 것 같았다. “브라이니는 상태가 좋지 않아. 가족을 모두 잃고 나서 술에 빠져 지냈어. 퀴니가 죽은 뒤로 더 심해졌지. 두 배로 상심했으니까.”

23장

에이버리

트렌트와 나는 나란히 서서 돌과 콘크리트로 만든 허물어진 분수 주위에 줄지어 선 오래된 기둥을 바라봤다. 기둥은 군인 같은 형상으로 보초병처럼 서 있었는데 아래쪽은 담쟁이덩굴과 우거진 풀에 가려 보이지 않았고 위쪽은 소용돌이 장식과 이끼 낀 천사 장식이 조각된 모자를 쓴 듯했다.

조나가 계단을 올라가 한때 여러 층으로 된 베란다였음이 분명한 곳을 살펴보고 있다는 걸 알아차리기까지는 시간이 조금 걸렸다. 머리 위로 우뚝 솟은 기둥을 따라 쳐놓은 베란다의 녹슨 2단 난간은 빛바랜 금빛 리본 같았다.

"조나, 이리 돌아와." 트렌트가 말했다. 돌 자체는 단단해 보였지만 그곳이 얼마나 튼튼한지는 알 수 없었다.

오거스타 인근 서배너강을 따라 자리한 완만한 구릉지인 이곳에는 한때 농장 저택이 있었다. 누구의 집이었을까? 얼음

창고를 비롯한 근처의 별채들은 버려진 상태였다. 자주색 널을 덮은 별채 지붕은 서서히 허물어지고 있었고 쪼개진 목재가 절단된 뼈처럼 삐죽삐죽 나와 있었다.

"도대체 할머니는 여기서 뭘 하셨을까요?" 내가 마구간에서 엉덩이에 말의 털이라도 묻히고 돌아와 어디에 앉기라도 하면 야단을 피우던 할머니가 이런 곳에 있다는 건 상상하기 힘들었다.

그것도 몇 년 동안 목요일마다. 이유가 뭐였을까?

"한 가지는 확실하군요. 여기 있으면 아무런 방해도 받지 않을 거예요. 이런 곳이 존재한다는 걸 누가 알기나 하겠어요?" 트렌트가 계단으로 가서 손을 잡자 조나는 아쉽다는 듯 뛰어내렸다. "아빠 옆에 있어. 이곳이 근사해 보인다는 건 알지만 뱀이 있을지도 몰라."

조나는 분수를 보고 싶어서 위로 손을 뻗었다. "뱀이 어딨어요?"

"있을지도 모른다고 했지."

"아……."

나는 둘의 모습에 잠시 마음을 빼앗겼다. 그들은 잡지 속 사진에서 나온 것 같았다. 한낮의 밝은 햇살이 오래된 나무 사이를 뚫고 그들을 비추자 비슷한 자세로 서 있는 두 사람의 옅은 갈색 머리카락이 반짝였다.

나는 다시 저택의 잔해로 시선을 돌렸다. 당시에는 제법 웅장했던 집이 틀림없었다. "음, 할머니가 운전기사와 함께 오지 않고 택시를 타고 온 걸로 봐서 행선지를 다른 사람에게 알리고 싶지 않았던 것 같아요."

나는 진실이 나쁜 내용이 아니기를 바랐지만 무턱대고 그렇게 믿을 만큼 어리석지는 않았다. 메이 크랜들이 오거스타를 언급했고 할머니가 이곳에 반복해서 온 건 우연이라고 하기에는 지나쳤다. 이는 두 사람이 어떻게든 연관돼 있다는 뜻이었다. 이곳이 메이와 관련된 장소라는 건 알았다. 그녀와 주디 할머니와의 관계는 옛날 옛적의 비극적인 입양 이야기를 함께 글로 쓰기 훨씬 이전으로 거슬러 올라가는 게 분명했다.

"이 길이 저쪽 아래로 계속 이어지는 것 같은데요." 트렌트는 대문부터 우리가 걸어온 길을 가리켰다. 한복판에 풀이 자랐고 타이어 자국 위로 씨앗이 싹을 틔운 이 길은 길이라고 보기 어려웠지만 지난 계절까지는 자동차도 다니고 자란 풀도 베어낸 게 틀림없었다. 비교적 최근까지 누군가가 이곳을 돌보고 있었다.

"어디로 연결되는지 가보는 게 좋겠어요." 하지만 내 안의 일부는, 아니 거의 대부분은 알아보기를 두려워했다.

우리는 길을 따라 걸어 내려가며 한때 잔디가 깔렸을 곳을 지나갔다. 조나는 발걸음을 옮길 때마다 바닷가에서 파도를 뛰어넘을 때처럼 다리를 높이 들어 올리며 베어내지 않은 풀을 헤치고 나갔다. 풀이 더 높아지고 숲이 나오자 트렌트는 조나를 들어 올려 한 팔로 안았다.

조나가 새와 다람쥐와 꽃을 찾아낸 덕분에 우리의 여정이 순수해졌다. 마치 친구들과 자연 관찰을 나온 것 같았다. 그 애는 찾아낸 것에 대해 트렌트와 내가 한마디씩 해주기를 바랐다. 나는 최선을 다했지만 머릿속은 언덕 아래 먼 곳으로 달려가고 있었다. 나무 사이로 물이 보였다. 햇빛이 반짝이는 물에 산들바람이 불어 물결이 일었다. 분명 강이었다.

조나는 나를 에이버위라고 불렀다. 트렌트는 '스태포드 양'이라고 부르라며 바로잡아주더니 나를 곁눈질하며 미소 지었다. "우리 가족은 구식이라서요. 어른을 이름으로 부르지 않아요."

"훌륭한데요." 나도 그렇게 교육받고 자랐다. 어른을 부를 때 선생님이나 부인이라는 호칭을 제대로 사용하지 않으면 허니비는 나를 방에서 못 나오게 했다. 이 규칙은 내가 대학에 가서 공식적으로 성인이 될 때까지 유지됐다.

앞쪽을 보니 길은 철사로 만든 녹슨 정원 울타리처럼 보이는 걸 빙 돌아갔다. 울타리에는 나팔꽃 덩굴이 뒤덮여 있었는데 마당에서 가장 높은 곳에 올 때까지 나팔꽃이 있는지도 몰랐다. 빨간 넝쿨장미와 눈처럼 흰 배롱나무 꽃 한가운데 깔끔하고 아담한 집이 있었다. 강이 내려다보이는 야트막한 언덕에 자리한 집은 동화책에 나오는 매력적인 오두막 같았다. 공주가 변장하고 숨어 있거나 과거에 왕이었던 나이 많고 지혜로운 사람이 은둔해 있을 것만 같은. 마당에 난 대문에서 시작된 판자 깐 길은 언덕을 내려가 강가의 부두로 이어졌다.

지금은 집을 둘러싼 정원에 초목이 무성했지만 분명 사랑을 담아 정성껏 가꾼 정원이었다. 꼼꼼하게 돌을 놓아 만든 길 옆에는 나무와 벤치와 새 물통이 있었다. 작은 집은 물이 불었을 때에 대비해 짧은 잔교 위에 지어져 있었다. 풍화된 나무 창틀과 주석 판을 얹은 지붕으로 봐서 수십 년 전에 지어진 것 같았다.

할머니가 올 만한 곳이었다. 할머니가 이곳에 오기를 좋아했다는 걸 쉽게 수긍할 수 있었다. 할머니가 꼼꼼하게 기록한 일기장을 가득 채운 의무와 걱정거리와 가문의 지위와 사람들의 눈을 피할 수 있는 곳이었다.

"당신도 이런 곳이 있을 줄은 몰랐나보군요." 트렌트는 작은 은신처를 보며 감탄했다. 우리는 집 앞으로 걸어갔다. 그곳에는 방충망이 달린 널찍한 베란다가 있었는데 숲이 보였다. 창문 안쪽에는 레이스 커튼이 달려 있었다. 풍경(風磬)이 한낮의 달콤하고 부드러운 음악을 연주했다. 계단에 쌓인 나뭇가지와 나뭇잎을 보니 마지막 폭풍이 지나간 뒤로 아무도 쓸지 않은 게 확실했다.

"네, 몰랐어요." 메이 크랜들은 이 집에서 발견됐을까? 여동생의 사체와 함께?

트렌트는 우리가 지나갈 수 있도록 뒤틀린 대문을 열었다. 문은 침입에 항의하듯 돌길에 긁히며 소리를 냈다. "조용한 것 같은데요? 누가 있는지 한번 봅시다."

우리는 함께 계단을 올라갔다. 트렌트는 조나를 베란다에 앉혔다. 방충망 달린 문이 뒤에서 삐걱거리며 닫혔다.

문을 두드리고 기다리다가 결국 레이스 커튼 틈으로 안을 들여다봤다. 안에는 긴 꽃무늬 소파가 있었고 옆에는 앤 여왕 시절에 유행했던 양식의 탁자와 티파니 램프가 놓여 있었는데 강가의 소박한 오두막에는 어울리지 않았다. 아담한 거실 벽에는 그림과 사진이 줄줄이 걸려 있었지만 밖에서는 또렷하게 보이지 않았다. 맨 끝에는 주방이 보였다. 거실에서 나가는 문은 침실과 잠겨 있던 뒤쪽 베란다로 이어진 것 같았다.

더 잘 보이는 창문으로 옮겨갔을 때 트렌트가 현관문 손잡이 돌리는 소리가 들렸다.

"뭐 하는 거예요?" 나는 어깨 너머로 살피며 경고음이 울리거나 설상가상으로 우리를 향해 총알이 날아올 수도 있다고 생각했다.

트렌트는 내게 윙크했다. 손잡이에서 딸깍 소리가 나자 그의 눈은 짓궂게 빛났다. "도움 될 만한 게 있는지 살펴보자고요. 아까 누가 여길 살펴보자고 전화했던 것 같은데요."

그는 내가 뭐라고 대꾸하기도 전에 안으로 들어갔다. 나는 같이 들어가야 할지 확신이 서지 않았다. 하지만 뭔가를 더 알아내지 않고는, 여기서 무슨 일이 일어났는지 알아내지 않고는 떠날 수 없었다. 메이 같은 상황에 처한 사람이 어떻게 이렇게 멀고 외딴 곳에 살 수 있었는지 상상하기 힘들었다.

"조나, 넌 베란다에 꼼짝 말고 있어야 해. 저 방충망 달린 문 밖으로 절대 나가지 마." 트렌트는 어깨 너머로 조나를 쳐다보며 엄한 표정을 지었다.

"알겠어요." 조나는 다람쥐가 찢어진 방충망 틈으로 빠져나가다가 흘렸음직한 도토리를 줍느라 바빴다. 내가 트렌트를 따라 안으로 들어갔을 때 조나는 도토리 개수를 세고 있었다. "하나, 둘, 셋…… 일곱, 여덟…… 마흔넷."

현관문 안쪽에 깔린 낡아 빠진 작은 양탄자에 서서 거실을 둘러보는 동안에도 숫자 세는 소리는 계속 들렸다. 거실의 모습은 내 예상과 전혀 달랐다. 먼지가 쌓여 있지도, 창틀에 죽은 벌레가 수북하지도 않았다. 모든 게 아주 말끔했다. 누군가가 머무는 게 분명했지만 풍경 소리, 새소리, 나뭇잎 소리, 어렴풋이 들리는 조나의 목소리, 강에 사는 새가 다른 새를 부르는 소리밖에 들리지 않았다.

트렌트는 주방 조리대 위에 놓인 봉투를 만지작거리다가 뒤집어봤다. "메이 크랜들." 그가 내게 증거물을 내밀었지만 건성으로 봤다.

나는 벽난로 위에 걸린 그림에 몰두해 있었다. 햇빛을 가리기 위해 쓴 화사한 모자, 빳빳하게 다림질한 1960년대풍 여름 원피스, 미소, 바닷바람에 흩날리는 금발, 볼 순 있지만 들리지는 않는 웃음소리…….

나는 이 장면을 알고 있었다. 정확히 똑같은 자세는 아니지만. 이 그림에서 네 여자는 서로 바라보며 웃고 있었다. 배경에 등장했던 모래사장에서 노는 남자아이들은 없었다. 트렌트 시니어의 작업실에서 발견한 사진은 흑백이었고 그 사진에서 여자들은 카메라를 보며 웃고 있었다. 사진과 이 그림 속 장면 사이에는 몇 초 정도의 시간 차이밖에 없어 보였다. 이 그림을 그린 화가는 생기 넘치는 색채를 더했다. 웃음을 그려낼 수 있는 색채는 없지만 포착된 장면에서는 기쁨이 뿜어져 나왔다. 여자들은 팔짱을 낀 채 고개를 젖히고 있었다. 그들 중 한 사람은 사진 찍는 사람을 향해 발로 바닷물을 튕겼다.

나는 아래쪽 구석에 있는 서명을 자세히 보려고 가까이 다가갔다. '편'이라고 쓰여 있었다.

제목을 쓰는 액자의 놋쇠 판에는 '자매의 한때'라고 돼 있었다.

할머니는 왼쪽에 있었다. 요양원에서 들은 이야기에 따르면 나머지 세 사람은 메이, 라크, 편이었다.

고개를 살짝 젖혀 얼굴에 그림자 없이 햇살이 가득한 그들은 정말 자매 같았다.

할머니까지도.

"그것 말고도 또 있어요." 트렌트는 제자리에서 돌며 거실을 살폈다. 사방에 사진이 있었다. 시대와 장소, 액자의 크기는 달랐지만 모두 같은 여자 넷을 찍은 사진이었다. 강가의 부두에서 청바지를 걷어 올린 채 낚싯대를 들고 있는 사진, 이 작은 집 뒤쪽의 넝쿨장미 옆에서 차를 마시는 사진, 노를 들고 빨간 카누에 탄 사진도 있었다.

트렌트는 탁자 위로 몸을 숙여 너덜너덜한 검은색 사진첩을 펼쳐 넘겨봤다. "그들은 이곳에서 시간을 많이 보냈군요."

나는 그에게 다가갔다.

갑자기 밖에서 개가 짖었다. 그 소리가 빠르게 가까워지자 우리 둘 다 놀라서 얼어붙었다. 개의 발톱이 현관 계단에 부딪치는 소리가 들렸다. 트렌트가 네 걸음 만에 재빨리 거실을 가로질러 문밖으로 나갔지만 이미 늦었다. 방충망 건너편에서 커다랗고 시커먼 개가 으르렁대고 있었고 조나는 꼼짝 못 하고 서 있었다.

"진정해, 친구……." 트렌트는 개에게 중얼거리며 앞으로 나가 조나의 팔을 잡고 내 쪽으로 보냈다.

개는 머리를 들고 으르렁거리더니 찢어진 방충망 구석으로 코를 들이밀며 문 아래쪽을 발로 긁었다.

멀지 않은 곳에서 엔진 같은 게 우르릉대는 소리가 났다. 잔디 깎는 기계인 것 같았다. 소리는 우리 쪽으로 다가왔다. 트렌트와 나는 기다리는 수밖에 없었다. 우리 뒤에 있는 현관문은 닫지 않았다. 개가 뚫고 들어오면 도망칠 곳이 필요할 테니까.

우리는 현장에서 잡힌 범인 같았다. 사실 그렇기는 했다.

아무런 죄가 없는 조나만 흥분 상태였다. 나는 엔진 소리가 어디서 나는지 보려고 펄쩍펄쩍 뛰는 조나의 어깨를 잡았다.

"와…… 트랙터예요! 트랙터!" 멜빵바지를 입고 밀짚모자를 쓴 남자가 빨간색과 회색이 섞인 연식을 알 수 없는 트랙터를 몰고 엔진 소리를 내며 시야에 들어오자 조나는 환호했다. 트랙터는 잔디 깎는 기계와 잔가지가 조금 담긴 바퀴 두 개짜리 수레를 뒤에 달고 덜커덩거렸다. 햇빛이 비스듬히 비치자 대문 가까이에 트랙터를 세우고 시동을 끄는 남자의 윤기 나는 갈색 피부가 얼룩졌다.

가까이에서 보니 남자는 복장에 비해 젊어 보였다. 부모님 또래인 육십대 같았다.

"새미!" 그는 트랙터에서 내리며 굵고 단호한 목소리로 사냥개를 불렀다. "그만해! 조용히! 거기서 물러나!"

새미는 나름대로 생각하는 것 같았다. 개는 남자가 손 닿을 거리에 올 때까지 기다렸다가 명령에 따랐다.

남자는 계단을 반쯤 올라오다가 멈춰 섰는데 키가 어찌나 큰지 우리와 눈높이가 맞았다.

"무슨 일이시죠?" 그가 물었다.

트렌트와 나는 서로 쳐다봤다. 우리 둘 다 이런 순간을 예상하지 못했다.

"요양원에서 메이와 이야기를 나누고 왔어요." 트렌트는 영업사원처럼 매끄럽게 대답했다. 그의 말은 제법 그럴듯하게 이 상황을 설명하는 듯했다. 그 말이 사실은 아니었지만.

"이…… 이곳이 메이의…… 집인가요?" 내가 횡설수설하는 바람에 우리는 더욱 죄지은 사람 같았다.

"트랙터를 가지고 있어요!" 우리 셋 중 조나가 가장 똑똑한 말을 던졌다.

"네, 꼬마 선생님, 그렇답니다." 남자는 조나와 이야기하려고 손으로 무릎을 짚고 몸을 굽혔다. "저건 내 아버지의 트랙터란다. 1958년에 새로 나왔을 때 사셨지. 난 시간이 날 때 트랙터를 몰고 농장 주변의 잡초를 베고 나뭇가지를 모으고 어머니께 가기도 해. 손주들은 나와 트랙터 타는 걸 좋아한단다. 내게도 딱 너만 한 손주가 있어."

"아……." 조나는 퍽 깊은 인상을 받은 듯했다. "난 세 살이에요." 그 애는 엄지손가락과 새끼손가락을 접은 채 가운데 손가락 세 개를 펴느라 애썼다.

"그렇구나. 바트랑 동갑이네." 남자가 대답했다. "바트는 세 살 반이지. 할아버지인 내 이름을 땄고."

할아버지 바트는 똑바로 서서 트렌트와 나를 봤다. "메이의 친척들인가요? 메이는 어때요? 어머니께 들었는데 메이의 여동생이 죽어서 그녀가 요양원에 갈 수밖에 없었다고 하던데요. 손주들이 멀리 에이컨에 있는 요양원으로 보낸 모양이던

데. 집에서 가깝지 않은 곳이 낫다면서요. 슬픈 일이죠. 메이는 이곳을 좋아했는데 말이에요."

"바람대로 잘 지내고 있는 것 같아요." 내가 말했다. "그곳을 그리 좋아하는 것 같지는 않지만요. 이 집에 와보니 왜 그런지 알겠네요."

"메이의 조카나 손녀인가요?" 바트는 나를 똑바로 봤다. 나를 본 적 있는지, 내가 누구인지 떠올리려고 애쓰는 게 분명했다.

나는 그에게 거짓말하는 게 걱정스러웠다. 메이에게 손녀가 있는지조차 몰랐다. 바트는 나를 시험하고 있는지도 몰랐.

어쨌든 거짓말은 문제를 해결해주지 못할 것이었다. "솔직히…… 그런 건 아니에요. 어머니가 근처에 사신다고 했죠? 혹시 그분이 뭔가를 아실지도 모르겠네요. 그러니까……" '할머니의 비밀에 대해서요.' "집 안에 걸린 사진과 벽난로 위의 사진에 대해서요. 그중 한 분이 제 할머니거든요."

바트는 도통 모르겠다는 표정으로 집을 쳐다봤다. "글쎄요. 내가 저 집 안에 들어가본 지가 너무 오래돼서요. 어머니는 이곳을 오랫동안 관리하셨어요. 1982년에 저쪽의 저택이 번개에 맞아 불타기 전부터 말이에요."

"혹시…… 어머니와 이야기를 나눌 수 있을까요? 너무 폐가될까요?"

바트는 미소 지으며 모자를 약간 젖혔다. "저런! 그럴 리가요. 어머니는 손님을 반가워하시죠. 시간이 넉넉한지 먼저 확인하세요. 어머니는 말하는 걸 좋아하시거든요." 그는 몸을 뒤로 젖히고 집 주변을 둘러봤다. "저택에서 여기까지 걸어온 거예요? 저쪽으로 나가면 더 편안한 길이 있어요. 농장 안까지 이어지는 좁은 차도가 있죠. 메이는 어머니 댁 옆의 차고에 주차했어요."

"아, 그건 몰랐어요." 이로써 몇 가지는 해명됐다. 앞쪽 대문에 뒤덮인 풀이라든지 우리가 지나온 고르지 못한 길 같은 게. "저희는 낡은 철제 대문부터 걸어왔어요."

"어이쿠. 내일이면 진드기에 잔뜩 물려 있을 겁니다. 혹시 제가 잊어버리면 어머께 진드기 비누를 달라고 꼭 말씀하세요. 직접 만드신 거죠."

나는 벌써 가렵기 시작했다.

"저쪽에 있는 수레에 모두 타세요. 어머니 댁까지 태워다드릴게요. 걸어가는 걸 더 좋아하지 않는다면 말이에요."

길을 살펴봤다. 보이는 거라고는 내게 달라붙어 나를 영원히 가렵게 할 수많은 진드기뿐이었다.

조나는 이미 들떠서 몸을 달싹였다. 아이는 제 아빠의 바짓가랑이를 당기며 트랙터를 가리켰다.

"타고 가는 게 좋겠군요." 트렌트가 대답했다.

조나는 환호하고 박수치며 어서 가자고 재촉했다.

"그럼 어서 가자꾸나, 꼬마야." 바트가 방충망 문을 열자 조나는 오랜 친구인 양 그에게 손을 뻗었다. 바트는 조나를 번쩍 안아 계단을 내려갔다. 이런 일을 경험해본 것 같았다. 그는 최고의 할아버지가 분명했다.

바퀴가 두 개 달린 작은 나무 수레에 탄 조나는 천국에 있는 듯했다. 수레에 타자 나는 드레이든 힐 마구간에서 일하는 사람들이 쓰던 거름 마차가 떠올랐다. 지금 타고 있는 수레도 그 마차와 똑같은 용도로 쓰이는 게 아닐까 의심스러웠다. 잔 가지 더미 아래에 미심쩍어 보이는 물질이 굴러다녔기 때문이다. 하지만 조나는 전혀 개의치 않았다. 마당 가장자리의 덤불을 지나 자동차나 골프 카트 같은 게 지나간 듯 사용 중임이 분명한 길을 따라가는 동안 아이는 물웅덩이에 들어간 오리처럼 행복해 보였다.

우리는 강에서 점점 멀어져 시골길에 접어들었고 그곳에서 처음 만난 진입로로 들어갔다. 페인트칠한 지 얼마 안 된 파란 집은 나이 든 농가의 안주인이 살 법한 곳이었다. 마당에서는 닭들이 바닥을 쪼고 있었고, 나무 그늘에서는 얼룩덜룩한 젖소가 느긋하게 쉬고 있었다. 빨랫줄 여러 개에서는 빨래가 나른하게 흔들렸다. 새미는 앞장서 달려 나가 짖고 으르렁대며 우리의 도착을 알렸다.

화려한 무무(헐렁한 하와이풍 원피스)를 입고 실내화를 신고 화사한 노란색 스카프를 두른 바트의 어머니가 느릿느릿 현관으로 나왔다. 쪽 찌어 올린 백발은 의상과 어울리는 실크 꽃으로 장식했다. 트랙터 수레에서 내리는 우리를 본 그녀는 한발 물러나며 눈에 들어오는 햇빛을 가렸다. "바르톨로뮤, 같이 온 분들은 누구니?"

나는 뭐라고 해야 할지 몰라서 바트가 설명해주기를 기다렸다. "크랜들 부인의 집에 찾아온 분들이에요. 요양원에 있는 부인을 만났대요."

노부인의 가죽 같은 계피색 목 안으로 턱이 움츠러들었다. "누구라고?"

나는 그녀가 아들에게 우리를 메이의 집으로 다시 데려가라고 하기 전에 냉큼 수레에서 내렸다. "에이버리라고 해요." 현관까지는 두 걸음밖에 되지 않았다. 나는 황급히 손을 내밀어 악수를 청했다. "메이의 집에 걸린 그림과 사진에 대해 아드님에게 물어봤어요. 그중 한 사람이 제 할머니거든요."

노부인은 나와 트렌트를 번갈아 쳐다봤다. 트렌트는 바트와 함께 트랙터를 살펴보는 조나를 계단 아래서 기다리고 있었다. 근처 헛간에서 조나와 체격이 비슷한 남자아이가 나오더니 달려가서 그들과 함께했다. 소개 같은 건 필요하지 않았지만 그들은 재빨리 인사를 나눴다. 그 아이가 손자 바트였다.

노부인이 다시 나를 봤다. 그녀는 목을 빼고 오랫동안 찬찬히 나를 살폈다. 내 얼굴의 윤곽을 다른 누군가와 비교해보는 듯했다. 그녀의 얼굴에 알아보는 기색이 스친 건 내 착각일까? "이름이 뭐라고 했지?"

"에이버리요." 나는 좀더 크게 말했다.

"성은?"

"스태포드요." 지금까지는 일부러 성을 말하지 않았다. 하지만 답을 얻지 못한 채 이곳을 떠나고 싶지 않았으니 성을 알릴 필요가 있다면 알려야 했다.

"주디 양의 딸인가?"

심장이 어찌나 거세게 뛰기 시작했는지 고막에서 진동이 느껴졌다. "손녀예요."

시간이 느리게 흐르는 것만 같았다. 아이들의 재잘거림, 트랙터 이야기, 할아버지 바트, 꼬꼬댁대는 닭, 파리를 쫓는 젖소, 흉내지빠귀의 끝없는 노랫소리 같은 게 모두 의식에서 멀어졌다.

"저 옆 건물에 대해 알고 싶은 게로군. 주디가 왜 그곳에 갔는지 말이야." 노부인의 말은 질문이 아니었다. 마치 조만간 누가 물으러 오리라는 걸 알고서 수년 동안 기다린 듯했다.

"네, 부인. 맞아요. 할머니께 여쭤봤지만 요즘 정신적으로 좀 안 좋으셔서요. 기억을 못 하세요."

부인은 혀를 차며 천천히 고개를 저었다. 그녀는 다시 나를 똑바로 쳐다보며 말했다. "머리가 기억하지 못하더라도 마음은 아는 법이야. 그중에서도 가장 강한 건 사랑이고. 나머지 전부보다 훨씬 강하고말고. 아가씨는 주디의 자매에 대해 궁금하겠군."

"부탁드려요. 제발 말씀해주세요." 내가 속삭였다.

"내가 밝힐 만한 비밀이 아닌데." 그녀는 돌아서서 집 쪽으로 향했고 나는 거절당했다고 생각했다. 하지만 재빨리 그녀를 보니 안으로 따라 들어오라고 하고 있었다.

명령과 다름없었다.

나는 문지방만 넘은 채 기다렸다. 그녀는 오크 책상의 비스듬한 뚜껑을 열어 여기저기 찌그러진 주석 십자가를 꺼내더니 그 아래서 노란 메모 패드에서 뜯어낸 종이 세 장을 꺼냈다. 구겨진 종이를 편 것이었지만 특별히 낡아 보이지 않았고 누르고 있던 십자가만큼 오래 돼 보이지도 않았다.

"안전하게 보관하려고 내가 가지고 있었을 뿐이야." 그녀가 말했다. 그러면서 주석 십자가와 종이를 따로따로 내게 건넸다. "그 십자가는 오래전 퀴니가 가지고 있던 거지. 종이는 주디 양이 쓴 글이고. 그녀의 이야기지만 그것 말고 나머지는 쓰지 않았어. 다들 무덤까지 가지고 가기로 한 모양이야. 하지만 난 언젠가는 누가 찾아와서 물어볼 줄 알았어. 비밀은 건강하지 못해, 아무리 오래전 일이라도. 때로는 해묵은 비밀이 가장 나쁘기도 한 법이지. 아가씨 할머니를 데리고 메이 양을 만나러 가. 마음은 지금도 알고 있을 테니까. 마음은 사랑하는 사람을 기억하는 법이야."

나는 십자가를 손바닥 위에 놓고 뒤집어봤다. 그런 다음 노란 종이를 펼쳤다. 할머니의 글씨였다. 요 근래 일기장을 많이 봐서 분명히 알아볼 수 있었다.

"여기 앉아." 바트의 어머니가 나를 안락의자로 안내했다. 나는 무너지다시피 앉았다. 첫 번째 장에는 이렇게 쓰여 있었다.

이야기의 시작

메릴랜드 볼티모어, 1939년 8월 3일

할머니의 생일과 태어난 곳이었다.

내 이야기는 무더운 8월의 어느 날 내가 한 번도 보지 못한 장소에서 시작한다. 그 공간은 내 상상 속에만 살아 있다. 머릿속에 떠오른 그 방은 대체로 컸다. 벽은 새하얗고 깨끗했고 이부자리는 낙엽처럼 바스락거렸다. 혼자 쓰는 그 방 안에는 좋아 보이는 물건만 있었다…….

나는 수십 년을 거슬러 1939년 8월의 어느 병실로 이동했다. 세상에 나오자마자 세상을 떠난 작은 생명체와 피투성이가 된 채 다행히도 잠든, 슬픔에 빠지고 지칠 대로 지친 아이 엄마에게로.

영향력 있는 남자들이 속삭이는 소리가 들렸다. 그중 한 사람은 부와 지위에도 자그마한 손녀를 구하지 못한 할아버지였다.

그는 중요한 위치에 있는 사람이었다. 국회의원이었을까?

그는 딸을 구할 수 없었다. 아니, 구할 수 있었을까?

'멤피스에 사는 어떤 여자를 알고 있는데요…….'

그는 극단적인 선택을 한다.

이야기는 여기까지 쓰여 있었다.

그리고 또 다른 이야기가 시작된다. 조지아 탠의 탐욕 때문에 태어나자마자 어머니와 떨어진 금발 여자 아기의 일대기였다. 아기를 낳고 기진맥진한 산모는 위조문서에 원치 않게 서명했을 수도 있고 그저 아기가 사망했다고 들었을지도 모른다. 그녀가 낳은 아기는 조지아의 품에 안겨 기다리고 있던 가족에게 은밀하게 전달되고 그들은 이 아기가 자기 가문의 아이라고 주장하며 극단적인 선택을 비밀로 묻어뒀다.

그 작은 아기는 주디 마이어스 스태포드가 됐다.

메이의 탁자에서 빛바랜 사진을 보고 서로 닮은 얼굴들에 놀란 뒤로 내 마음이 찾아 헤맨 진실은 바로 이것이었다.

요양원에서 본 사진 속 인물은 퀴니와 브라이니였다. 그들은 메이 크랜들의 추억에만 등장한 사람이 아니었다. 그들은 강에 사는 집시이자 내 증조부모였다.

운명이 생각지도 못하게 뒤틀리지 않았더라면 나도 강에 사는 집시가 됐을지 모른다.

바트의 어머니가 내 옆으로 다가왔다. 그녀는 안락의자 팔걸이에 걸터앉아 내 등을 문질렀고 내가 눈물 흘리자 손수건을 건넸다. "저런, 가여워라. 가장 좋은 건 아는 거야. 난 항상 그들에게 자기 본모습으로 사는 게 가장 좋다고 말했어. 그 모습은 마음 깊은 곳에 존재하거든. 달리 좋게 살아갈 방법이 없지. 하지만 알리지 않기로 한 건 내가 결정한 일이 아냐."

얼마나 오래 그렇게 앉아 있었는지 모르겠다. 아카디아의 아이들이 서로 만나지 못하게 한 그 모든 일에 대해 깊이 생각하는 동안 노부인은 나를 다독였다. 이들의 선택을 설명하던 메이의 말이 떠올랐다. '다시 만났을 때 우리는 저마다의 삶과 남편과 아이들이 있는 젊은 여자였지. 그래서 서로의 삶에 끼어들지 않기로 했고. 다들 잘 지낸다는 걸 아는 것만으로 족했어…….'

하지만 사실 그걸로는 충분하지 않았다. 평판과 야망이라는 장애물과 사회적 지위조차 자매에 대한 사랑과 서로를 향한 유대감은 지울 수 없었다. 문득 이들이 숨어 살며 은밀한 곳에서 만날 수밖에 없었던 상황도 입양 알선이나 위조된 서류, 이들을 억지로 떼어놓은 일만큼 잔인하다는 생각이 들었다.

　"할머니를 친언니와 만나게 해줘." 떨리는 손이 내 손을 꼭 잡았다. "유일하게 남은 둘이야. 둘뿐이라고. 이제 본모습으로 살아야 한다고, 후트시가 그러더라고 전해줘."

쏙독새가 지저귀며 나를 꿈에서 끌어내려 했지만 그 소리를 물리치고 꿈속에 머물렀다. 꿈에서 우리는 모두 아카디아에 타고 있었다. 브라이니, 라크, 펀, 가비언까지 모두. 우리는 드넓은 미시시피강 한가운데서 전속력으로 달렸다. 우리가 큰 강 전체를 소유한 증서라도 가진 듯. 날은 맑고 화창했고 예인선이나 바지선, 유람선도 보이지 않았다.

우리는 자유로웠다. 자유로운 우리는 강이 우리를 남쪽으로 데려가게 놔뒀다. 머드 아일랜드와 그곳에서 일어난 모든 일에서 멀리, 아주 멀리.

사일러스와 지드 아저씨도 우리와 함께 있었다. 카멜리아와 퀴니도.

그래서 실제가 아니라 꿈이라는 걸 알았다.

눈을 뜨고 담요를 걷어차자 햇빛 때문에 잠시 앞이 보이지 않았고 정신이 멍했다. 밤이 아니라 대낮이었다. 그제야 펀과 함께 작은 보트에 웅크리고 있다는 걸, 우리가 덮었던 게 담요가 아니라 해진 캔버스라는 걸 알았다. 우리가 있는 보트는 그 어디로도 가지 않는 아카디아 뒤에 묶여 있었다. 이 보트는 낮 동안 우리가 쉴 수 있고 브라이니가 침범하지 않을 만한 유일한 장소였다.

쏙독새가 다시 울었다. 사일러스가 내는 소리였다. 그 애를 찾아 덤불 속을 살펴봤지만 숨어 있는지 보이지 않았다.

내가 캔버스 아래서 꼼지락대자 펀이 깨서 내 발목을 잡았다. 아카디아에 돌아온 뒤로 펀은 잠시만 혼자 있어도 무서워했다. 그 애는 브라이니가 자기를 넘어질 정도로 세게 밀칠지 숨도 못 쉴 정도로 꼭 끌어안을지 몰라 불안해했다.

내가 쏙독새 소리에 응답하자 펀은 덤불 속을 보려고 일어났다.

"쉬." 내가 속삭였다. 오늘 아침 우리가 이 보트로 몰래 빠져 나왔을 때 브라이니는 위스키 병을 들고 돌아다니고 있었다. 지금쯤이면 현관에서 잠들었을 것이다. 확실하지는 않았다. "사일러스가 여기 왔다는 걸 브라이니가 모르게 하는 게 좋겠어."

펀은 고개를 끄덕이며 입술을 축였다. 그 애의 배에서 꼬르륵 소리가 났다. 사일러스가 음식을 가져온 걸 아는 모양이었다. 사일러스와 지드 아저씨와 아르니가 아니었다면 우리는 아카디아로 돌아온 지 삼 주가 지난 지금 굶어 죽었을 것이다.

브라이니에게는 음식이 많이 필요하지 않았다. 지금 그에게는 위스키가 주식이었다.

나는 편을 위해 캔버스를 들어올렸다. "잠깐만 여기 들어가 있어." 브라이니가 사일러스를 보고 화낼지도 모르니 편이 그 사이에 끼어 있게 하고 싶지 않았다.

편을 뜯어내다시피 해서 캔버스 아래로 들여보내자 다행히 그 애는 가만있었다.

사일러스는 덤불 속에서 기다리고 있었다. 그 애가 나를 꼭 껴안자 나는 울지 않으려고 입술을 깨물었다. 우리는 함께 덤불 더 깊숙이 들어갔지만 편이 나를 찾는 소리가 들리지 않을 정도로 멀리 가지는 않았다.

"괜찮아?" 나무 밑의 깨끗한 곳에 앉자 사일러스가 물었다.

나는 고개를 끄덕였다. "하지만 오늘 아침에는 물고기를 거의 못 잡았어." 음식을 부탁하고 싶지는 않았지만 그 애가 가져온 작은 가방 안에 먹을 게 있기를 바랐다.

사일러스는 꾸러미를 건넸다. 주먹 두 개 정도의 크기였지만 정말 소중했다. 지드 아저씨의 식량이 바닥나고 있었고 그 애는 아르니까지 먹여야 했다. 아르니는 안전하게 머물 수 있는 지드 아저씨의 배로 옮겨 갔다. 지드 아저씨는 나와 편도 그러기를 바랐지만 나는 브라이니가 우리를 해치지 않으리라는 걸 알았다.

"팬케이크랑 소금에 절인 생선이야. 사과도 하나 있으니 나눠 먹어." 사일러스는 두 손으로 머리를 받치고 뒤로 기대더니 숨을 깊이 들이쉬고는 강 쪽의 검은딸기나무를 봤다. "오늘 브라이니는 좀 나아졌어? 정신이 좀 들었어?"

"약간." 나는 정말 그런지 그러기를 바라는지 알 수 없었다. 브라이니는 밤이 되면 주로 배 안을 돌아다니며 술을 마시고 소리를 질렀다. 그런 다음 낮 동안 계속 잤다.

"지드 말이 오늘 저녁에 비가 올 거래."

나도 비를 예보하는 징후는 봤다. 그래서 걱정스러웠다. "와서 아카디아를 묶은 줄을 다시 풀려고 하지 말아줘. 알겠지? 아직은 안 돼. 며칠만 더 기다려볼게. 며칠만 더. 그럼 브라이니도 준비될 거야."

날씨가 점점 추워진 지난 이 주 동안 우리는 머드 아일랜드 맞은편 강둑에 머물렀다. 사일러스와 지드 아저씨가 브라이니에게 이대로 있으면 경찰이 우리를 발견하기 쉬울 거라고 경고했지만 브라이니는 그 누구도 아카디아를 묶은 줄을 풀지 못하게 했다. 사일러스가 줄을 풀려고 하자 그 애 손을 총으로 쏘려 했고 가여운 아르니도 쏠 뻔했다. 내가 아르니에게 퀴니의 옷을 입으라고 줬는데 그 때문에 브라이니가 그 애를 퀴니라고 생각한 것 같았다. 그는 죽은 퀴니에게 몹시 화나 있었다.

"조금만 더 기다려줘." 나는 사일러스에게 애원했다.

사일러스는 듣고 싶은 말이 아니라는 듯 귀를 문질렀다. "편을 데리고 나랑 같이 지드의 배로 가자. 배를 큰 물로 옮긴 다음 브라이니가 따라오는지 안 오는지 보자고."

"며칠만 더 기다려줘. 브라이니는 좋아질 거야. 잠깐 제정신이 아닌 것뿐이야. 지나갈 거야."

내 말이 맞기를 바랐지만 사실 브라이니는 퀴니를 떠나고 싫어 하지 않았다. 퀴니는 이곳에서 멀지 않은 미시시피의 단단한 땅속에 묻혔다. 지드 아저씨의 말에 따르면 사제가 그녀를 위해 마지막 기도를 해줬다. 나는 엄마가 가톨릭 신자인지도 몰랐다. 주마는 아카디아 판잣집 벽에 달린 것과 같은 십자가를 지니고 있었다. 그녀는 퀴니처럼 이따금 십자가를 쥐고 뭐라고 중얼거렸지만 폴란드어는 아니었다. 세비어 부부는 침례교 신자였기 때문에 그런 주마에게 그다지 신경 쓰지 않았다.

어느 쪽이든 엄마가 잘 묻혔고 사제가 무덤에서 기도해줬다는 걸 알게 돼 마음이 놓였다.

"지드가 너를 통해 브라이니에게 전해달라고 한 말이 있어. 지드는 앞으로 나흘 동안 밖에서 지낸 뒤 우리 배를 옮길 거야. 그리고 브라이니가 함께 가고 싶지 않다면 너와 펀을 아카디아에서 데리고 오겠대. 너희는 우리와 강을 따라 남쪽으로 가는 거야."

"거기 누구야?" 강가 근처 어딘가에서 브라이니의 우렁찬 목소리가 들려왔다. 그의 말에서 진한 숙취가 느껴졌다. 그는 사일러스의 말을 들은 게 분명했다. "거기 누구냐고?" 브라이니는 덤불과 죽은 풀을 헤치고 왔다.

음식이 담긴 가방을 들어 원피스 아래에 밀어 넣은 다음 사일러스에게 어서 가라고 했다. 내가 몰래 배로 돌아가 펀을 데리고 판잣집으로 가는 동안 브라이니는 계속 비틀거리며 돌아다녔다.

판잣집으로 돌아온 그는 마침내 그곳에 있는 우리를 발견했다. 나는 이제 막 프라이팬에 팬케이크를 구워낸 듯 행동했다. 브라이니는 스토브에 불이 꺼져 있다는 사실조차 눈치채지 못했다.

"저녁 준비 거의 다 됐어요." 나는 접시에 음식을 요란하게 담았다. "배고프세요?"

브라이니는 눈을 깜빡이더니 펀을 안아 올려 식탁에 앉혔다. 그러고는 그 애를 꼭 껴안았다. 펀은 겁에 질려 창백한 얼굴로 나를 봤다.

목구멍에 주먹이 걸린 기분이었다. 나흘만 더 기다려준다는 지드 아저씨의 말을 어떻게 전하지? 도저히 할 수 없었다. 그래서 이렇게 말했다. "팬케이크와 소금에 절인 생선과 사과예요."

내가 식탁에 음식을 놓자 브라이니는 펀을 제자리에 놓아줬다. 지금만큼은 매일 다 같이 제대로 식사해온 것만 같았다. 잠깐이지만 모든 게 예전 같았다. 브라이니는 카멜리아가 떠오르는 피로에 젖은 까만 눈동자로 나를 보며 미소 지었다.

늘 싸웠지만 나는 카멜리아가 그리웠다. 그 애의 거칠고 고집스럽고 절대 굽히지 않던 성격까지.

"지드가 그러는데 나흘 뒤에 물살이 좋아질 거래요. 그래서 그때 배를 출발해야 한대요. 물고기도 많고 날씨도 따뜻한 하류로 갈 거예요. 지드가 때가 됐다고 했어요."

브라이니는 식탁 위에 팔꿈치를 올리고 눈을 비비며 고개를 천천히 저었다. 그의 말이 뒤엉켰지만 마지막 말은 들렸다. "……퀴니 없이는 안 가."

그는 일어나서 문으로 가며 빈 위스키 병을 들었다. 잠시 뒤

471

그가 작은 배를 타고 노를 저어 나가는 소리가 들렸다.

나는 그 소리가 사라질 때까지 듣고 있었다. 이윽고 정적이 흐르자 세상이 무너지는 기분이었다. 머피 부인의 집과 그 뒤 세비어 부부의 집에 있을 때는 아카디아로 돌아가기만 하면 다 괜찮아질 거라고 생각했다. 모두 해결될 줄 알았다. 하지만 이제 와보니 나는 자신을 속이고 있었다. 하루하루 버티기 위해서.

아카디아는 모든 걸 해결하는 대신 모든 걸 현실로 만들었다. 카멜리아는 사라졌다. 라크와 가비언은 멀리 떠났다. 퀴니는 빈민의 무덤에 묻혔다. 브라이니의 마음은 그곳에 퀴니와 함께 있었다. 그는 위스키에 정신이 팔렸고 돌아오고 싶어 하지 않았다.

내게도, 펀에게도. 우리는 충분하지 않았다.

펀이 무릎에 올라오자 나는 그 애를 꼭 안았다. 우리는 저녁 내내 브라이니가 돌아오는지 귀를 기울이며 기다렸지만 아무도 오지 않았다. 아마 그는 술을 더 살 돈을 마련할 때까지 내기 당구를 치려고 시내에 갔을 것이다.

결국 펀을 자리에 눕히고 나도 누워서 잠을 청했다. 읽을 책도 없었다. 위스키를 살 돈이 될 만한 건 이미 브라이니가 모두 팔아 치웠다.

잠들기 전에 비가 내리기 시작했지만 브라이니에게서는 여전히 소식이 없었다.

꿈에서 그를 봤다. 우리는 모두 모여 있었고 전부 다 예전과 똑같았다. 강가 모래사장에서 소풍을 즐기는 동안 브라이니는 하모니카를 연주했다. 우리는 데이지를 꺾고 인동덩굴 꿀을 먹었다. 가비언과 라크는 작은 개구리를 쫓아다니며 병이 가득 차도록 잡았다.

"너희 엄마 말이야. 여왕처럼 아름답지 않니?" 브라이니가 물었다. "그럼 넌 뭐가 되지? 당연히 아카디아 왕국의 릴 공주지!"

잠에서 깨자 밖에서 브라이니 소리가 들렸다. 하지만 음악소리는 들리지 않았다. 그는 거세지는 폭풍우를 향해 고함쳤다. 땀 때문에 침대 시트가 피부에 달라붙는 바람에 일어나 앉으면서 떼내야 했다. 입안이 텁텁하고 바싹 말랐다. 캄캄해서 앞이 제대로 보이지 않았다. 비가 지붕을 두드리며 달그락거리는 소리를 냈다. 장작을 때는 난로에는 나무가 가득했는데 통풍 조절판이 활짝 열려 있는 게 분명했다. 난로에서 탁탁 소리가 났고 방 안이 푹푹 쪘기 때문이다.

판잣집 밖에서 브라이니는 번갯불에 대고 욕했다. 창가에 손전등이 비쳤다. 나는 일어서려고 발을 움직였지만 배가 너무 심하게 흔들리는 바람에 다시 이불 위에 쓰러졌다. 아카디아는 좌우로 흔들렸다.

펀은 침대 난간을 넘어 바닥에 굴러떨어졌다.

그제야 알았다. 우리는 더 이상 강가에 묶여 있지 않았다. 우리는 강에 나와 있었다.

'브라이니가 돌아온 뒤에 사일러스와 지드가 와서 배를 풀었구나.' 이 생각이 가장 먼저 들었다. '그래서 브라이니가 저렇게 화나서 소리 지르는구나.'

하지만 곧 그들이 우리를 밤에 출발시킬 리 없다는 생각이

들었다. 통나무와 모래톱, 큰 배와 바지선에서 밀려오는 물결 때문에 너무 위험했다. 사일러스와 지드 아저씨도 잘 알았다.

브라이니도 잘 알았지만 그는 반쯤 정신이 나가 있었다. 그는 배를 강가로 끌고 가려고 애쓰지 않았다. 강이 우리를 데려가도록 내버려뒀다. "어서 와라, 이 나쁜 놈아!" 그는 《모비 딕》의 에이허브 선장처럼 외쳤다. "어서 와서 이겨봐! 날 데려가보라고!"

천둥이 치고 번개가 치직 소리를 냈다. 브라이니는 강에 대고 욕하더니 소리 내서 웃었다.

창가에서 손전등 불빛이 사라지더니 옆쪽 사다리에서 깜빡거렸다. 브라이니가 지붕으로 올라가고 있었다.

나는 비틀대며 걸어가 펀을 다시 침대에 눕혔다. "여기 가만 있어. 내가 말할 때까지 움직이면 안 돼."

펀은 내 잠옷을 잡고 웅얼거렸다. "싫어." 펀은 아카디아에 온 뒤로 밤이 되면 극도로 무서워했다.

"괜찮을 거야. 줄이 풀린 것 같아. 그뿐이야. 브라이니가 다시 강가로 가려고 애쓰고 있는 것 같아."

나는 펀을 침대에 남겨둔 채 서둘렀다. 휘청대며 걷는 동안 아카디아는 계속 흔들렸다. 예인선이 경고음을 보냈고 바지선 선체가 삐걱대고 뭔가에 부딪치는 소리도 들렸다. 더 큰 물결이 다가오고 있었다. 나는 문으로 손을 뻗어 손잡이를 겨우 잡았다. 아카디아는 물결을 타고 솟아올라 심하게 기울어지며 떨어졌다. 나무는 내 손톱을 스치고 지나가 아래서 산산조각 났다. 나는 앞으로 넘어지며 추운 현관에 쓰러졌다. 배는 물살 옆으로 회전하며 다른 방향으로 움직였다.

'안 돼, 안 돼! 제발!'

내 말을 들었는지 아카디아는 방향을 제대로 잡았다. 다음 번 물결은 매끄럽게 타고 넘어갔다.

"날 데려갈 수 있을 것 같아? 날 데려갈 수 있을 것 같으냐고!" 브라이니가 지붕에서 외쳤다. 병 깨지는 소리가 났고 현관 지붕에서 굴러떨어진 유리잔이 밤의 빗줄기와 예인선의 탐조등에 반짝거렸다. 유리잔은 천천히 떨어지는 것만 같았다. 잠시 뒤 잔은 시커먼 물속으로 소리를 내며 빠졌다.

"브라이니, 강가로 가야 해요!" 내가 외쳤다. "브라이니! 배를 묶어야 한다고요!"

하지만 예인선의 경적과 폭풍우 소리 때문에 내 목소리가 묻혔다.

어디선가 남자가 큰 소리로 욕하며 주의를 줬다. 비상을 알리는 호각 소리가 들렸다. 거대한 물결에 휩쓸려 솟아 오른 아카디아는 발끝으로 선 무용수처럼 균형을 맞췄다.

아래로 떨어지자 배는 기울었다. 차디찬 물이 현관 위로 밀려들었다.

우리는 강의 측면으로 회전했다.

예인선 탐조등 불빛이 지나가다 우리를 비췄다.

아카디아 뱃머리를 향해 유목이 떠내려왔다. 뿌리와 흙이 그대로 붙어 있는 거대한 나무였다. 나는 빛이 움직이기 직전 그걸 봤다. 긴 갈고리로 나무를 밀어버리려고 했지만 갈고리는 있어야 할 자리에 없었다. 나는 현관 기둥을 끌어안고 편에게 꼭 잡고 있으라고 말한 뒤에 나무가 떠내려와 부딪치는 걸 지켜보는 수밖에 없었다. 나무는 아카디아를 향해 손가락처럼 뿌리를 뻗치더니 내 발목을 잡아 세게 비틀었다.

집 안에서는 퀸이 울부짖으며 내 이름을 불렀다.

"꼭 잡고 있어! 꼭 잡아야 해!" 내가 소리쳤다. 나무가 튕겨 나가자 아카디아는 팽이처럼 빙글빙글 돌았다. 빙글빙글 돌다가 풀려난 아카디아는 다시 물살에 합류했다. 거센 물결이 우리를 덮치고 판잣집 안으로 밀고 들어갔다.

나는 발이 자꾸 미끄러졌다.

아카디아는 신음하고 있었다. 못이 헐거워지고 나무가 쪼개졌다.

선체가 뭔가에 세게 부딪치자 잡고 있던 현관 기둥이 뽑혀 나갔다. 다음으로 기억하는 건 내가 빗속에서 날고 있었다는 것뿐이다. 숨이 막히고 모든 게 까매졌다.

나무 부서지는 소리와 고함 소리와 멀리서 들리는 천둥소리가 아득해졌다.

물은 차가웠지만 나는 따뜻했다. 빛이 보였고 그 안에 엄마가 있었다. 퀴니는 내게 손을 내밀었고 나는 그 손을 잡으려 했다. 하지만 손이 닿기 전에 강물이 가슴팍을 잡아당기며 나를 멀리 떼냈다.

나는 발버둥치며 수면 위로 올라갔다. 예인선 불빛에 비친 아카디아가 보였다. 우리 쪽으로 다가오는 작은 배도 보였다. 호각 소리와 고함 소리가 들렸다. 다리가 뻣뻣했고 피부가 얼음장처럼 차가웠다.

476

아카디아는 거대한 유목 더미에 처박혀 있었다. 미시시피강이 거대한 용처럼 입을 벌리고 쫓아가더니 천천히 선미를 집어삼켰다.

"펀!" 물소리와 소음 때문에 내 목소리는 들리지 않았다. 나는 전력을 다해 헤엄쳤다. 소용돌이와 아래로 끌어내리는 물을 헤치고 유목 더미로 갔다. 소용돌이가 나를 물속으로 잡아당기려 했지만 필사적으로 싸워 유목 더미 꼭대기로 올라간 다음 균형을 잡고 갑판에 올라 재빨리 문으로 갔다.

문을 밀자 문은 안으로 열리며 부서졌다.

"펀! 펀!" 내가 외쳤다. "펀! 대답해!" 연기 때문에 목이 멨다. 장작 난로가 넘어져 있었다. 바닥에는 벌겋게 달아오른 석탄이 굴러다녔다. 석탄은 젖은 갑판에 닿자 지글지글하더니 내 발밑에서 피식 소리를 냈다.

모든 게 옆으로 돌아가 있어서 제대로 볼 수 없었다. 처음에는 잘못된 방향으로 가는 바람에 펀의 침대가 아니라 식탁에 이르렀다. 브라이니와 퀴니의 침대에 달려 있던 밀가루 부대로 만든 조각보가 알록달록한 고래처럼 헤엄치며 불길에 휩싸였다. 가까운 곳의 커튼에 불똥이 튀었다.

"펀!" '사라진 걸까? 강물에 빠졌을까? 브라이니가 벌써 구출했을까?'

물결이 밀려들어 달아오른 석탄을 문밖으로 쓸어냈다. 석탄은 튀어 오르고 소리 내며 완전히 꺼졌다.

"릴! 잡아줘! 잡아줘!"

탐조등이 오랫동안 천천히 창문을 비추며 우리를 휩쓸고 지나갔다. 나는 침대 밑에서 눈을 크게 뜨고 펀의 겁에 질린 얼굴을 봤다. 펀은 나를 향해 팔을 뻗었고 나는 그 팔을 잡아당기려 했지만 우리 둘 다 물살에 휩쓸렸다. 의자가 날아와 등을 세게 치는 바람에 나는 바닥에 넘어졌다. 얼굴과 귀로 물이 흘러 들어왔다. 나는 있는 힘을 다해 펀을 잡고 있었다.

의자가 굴러떨어졌다. 나는 펀을 잡은 채 비틀거리며 옆쪽 문으로 기어갔다.

탐조등 불빛이 다시 비췄다. 벽에 걸린 브라이니와 퀴니의 사진과 그 아래 퀴니의 십자가가 보였다.

그러지 말아야 했지만 나는 다리로 펀을 단단히 잡고 사진과 십자가를 떼서 잠옷 앞주머니에 쑤셔 넣은 다음 서랍장 위로 올라갔다. 난간을 뛰어넘어 나뭇가지, 널빤지, 나무가 뒤죽박죽 쌓여 있는 유목 더미로 가는 동안 주머니에 넣은 것들이 살에 부딪치며 파고들었다. 우리는 생쥐처럼 재빨리 움직였다. 살기 위해서.

하지만 유목 더미가 안전지대가 아니라는 건 우리 둘 다 잘 알았다. 배에서 가장 먼 쪽으로 갔는데도 불길의 열기가 느껴졌다. 나는 펀의 손을 잡고 고개를 돌려 아카디아를 바라보고는 팔을 들어 눈을 가렸다. 판잣집을 휘감은 불길은 위로 치솟으며 지붕과 벽과 갑판을 태우고 아카디아의 아름다움을 앗아 갔다. 아카디아는 뼈대만 남았고 불에 타 부서진 조각은 허공으로 떠올랐다. 수많은 별이 태어난 것처럼 머리 위에서 조각들이 빙그르르 돌았다.

비에 식은 조각이 떨어져 살갗에 달라붙었다. 아직 열기가 남아 있는 조각이 하나 떨어지자 펀은 소리를 질렀다. 나는 펀의 잠옷 목 부분을 감싸고 쪼그리고 앉은 다음 나뭇가지를 아주 꽉 잡고 있어야 한다고 말하며 그 애를 물속에 넣었다. 해안까지 가기에는 물살이 너무 셌다. 펀은 이를 딱딱 부딪쳤고 얼굴이 창백해졌다.

유목 더미도 불에 타기 시작했다. 불길은 곧 우리에게 닿을 듯했다.

"브라이니!" 그의 이름이 내 입을 비집고 나왔다. 이 근처 어딘가에 그가 있을 것이다. 분명 배에는 없었다. 그가 우리를 구해줄 것이다.

그러지 않으면 어쩌지?

"꽉 잡아!" 누군가가 외쳤지만 브라이니의 목소리가 아니었다. "꽉 잡고 움직이지 마!"

아카디아의 탱크가 폭발했다. 잉걸불이 솟구치더니 사방으로 떨어졌다. 내 발에도 떨어졌다. 즉시 고통이 관통했다. 나는 소리를 지르며 발버둥치고는 다리를 물에 담근 채 펀을 꽉 잡고 있었다.

유목 더미가 움직였다. 유목 더미 수십 군데에서 연기가 나고 있었다.

"거의 다 왔어!" 남자가 외치는 소리가 들렸다.

어둠 속에서 작은 배가 나타났다. 후드를 덮어쓴 뱃사람 둘이 고개를 쭉 빼고 열심히 노를 저었다. "놓지 마. 놓으면 안 돼!"

나뭇가지에서 우두둑 소리가 났다. 통나무에서도 삐걱삐걱 소리가 났다. 유목 더미는 30센티미터가량 아래로 내려갔다.

구명정에 있던 남자가 다른 사람에게 유목 더미가 무너지면 배가 뒤집힐 거라고 말했다.

그래도 그들은 다가와서 우리를 배로 끌어올렸고 담요를 둘러준 뒤에 힘차게 노를 저었다.

"배에 또 누가 있니? 다른 사람은 없어?" 그들이 물었다.

"우리 아빠요." 나는 기침하며 말했다. "브라이니, 브라이니 포스예요."

그들은 우리를 강가에 내려주고 브라이니를 찾으러 갔다. 지금 이 순간 육지만큼 좋은 건 없었다. 나는 담요 안으로 편을 끌어당겨 안았다. 우리 사이에는 사진과 퀴니의 십자가가 있었다. 우리는 덜덜 떨며 아카디아가 불에 타는 걸 지켜봤다. 마침내 유목 더미도 무너져 내려 아카디아의 잔해를 휩쓸었다.

편과 나는 벌떡 일어난 다음 물 가까이 다가가서 아카디아 왕국이 강 속으로 조금씩 사라지는 모습을 바라봤다. 결국 배는 완전히 사라지고 말았다. 흔적도 없었다. 처음부터 존재하지 않았던 것처럼.

동쪽 하늘의 잿빛 여명 속에 남자들과 구명정이 보였다. 그들은 찾고 또 찾았다. 큰 소리로 서로 부르기도 했고 조명을 비추고 노를 저었다.

나는 강가에 서 있는 어떤 사람을 본 것 같았다. 무릎 언저리에서 우비가 펄럭거렸다. 그는 움직이지도, 말하지도, 빛을 향해 손 흔들지도 않았다. 그저 강을 바라볼 뿐이었다. 우리가 아는 생명을 집어삼킨 강을.

'브라이니일까?'

나는 손을 확성기 모양으로 만들어 입가에 대고 그를 불렀다. 내 목소리는 아침 안개를 뚫고 울려 퍼졌다.

배에서 수색하던 사람 하나가 내 쪽을 바라봤다.

눈을 가늘게 뜨고 다시 강가를 봤을 때는 우비 입은 남자를 거의 알아볼 수 없었다. 그는 돌아서서 나무를 향해 걸어갔고 곧 새벽 그림자에 가려졌다.

'어쩌면 헛걸 봤는지도 몰라.'

나는 몇 발자국 가까이 다가가 다시 소리친 뒤에 귀를 기울였다.

내 목소리는 울려 퍼지더니 곧 사라졌다.

"릴!" 마침내 응답이 왔지만 강 아래쪽에서 들려온 소리는 아니었다. 브라이니의 목소리가 아니었다.

작은 배가 모래 둑을 향해 달려왔고 배가 멈추기도 전에 사일러스가 뛰어내렸다. 그 애는 달리면서 줄을 끌어당겼고 서둘러 와서 나를 안았다. 나는 사일러스의 품에 달라붙어 울었다.

"괜찮아! 괜찮아!" 머리에서 그 애의 숨결이 느껴졌다. 그 애가 나를 어찌나 꼭 끌어안았는지 사진이 담긴 액자와 퀴니의 십자가가 살에 눌렸다. "아카디아가 사라진 걸 알고서 지드랑 나는 물론이고 아르니까지 놀라서 정신이 반쯤 나갔어."

"어젯밤에 브라이니가 묶어놓은 줄을 잘랐어. 자다가 깨보니 배가 강물에 떠가고 있었어." 나는 흐느끼며 나머지 이야기를 했다. 브라이니가 지붕에 올라가 정신 나간 말을 했고, 바지선 때문에 위험에 빠졌으며, 유목 더미에 부딪쳤고, 불이 났고, 결국 물에 빠져 퀴니를 봤고, 물에서 올라와 다시 아카디아에 오르자 강이 배를 통째로 집어삼켰다고. "어떤 남자들이 유목 더미가 무너지기 전에 우리를 구해줬어." 나는 우리의 슬픈 이야기를 끝마쳤고 추워서 온몸을 떨고 있었다. "그들은 브라이니를 찾으러 갔어." 사일러스에게 브라이니를 본 것 같다고, 그가 우리를 찾으러 오지 않고 멀리 가버렸다고 말하지 않았다.

아무에게도 말하지 않으면 사실이 되지 않을 테니까. 아카디아 왕국이 이렇게 끝나도록 할 순 없으니까.

사일러스는 내게서 몸을 떼고 어깨에 팔을 올린 다음 찬찬히 살펴봤다. "하지만 넌 무사해. 너희 둘은 말짱하다고. 정말 감사한 일이지! 지드와 아르니가 상황이 허락하는 대로 곧장 배를 몰고 하류로 내려올 거야. 같이 브라이니를 찾아보자. 너희 모두 우리와 함께 가는 거야. 날씨가 따뜻하고 물고기가 많은 곳으로 갈 거야. 그리고……."

사일러스는 지드 아저씨와 브라이니가 판자와 강둑에서 주워온 폐기물로 새로운 배를 만들 거라고 떠들어댔다. 새로운 아카디아를. 그런 다음 처음부터 다시 시작해 영원히 다 함께 여행하게 될 거라고.

나는 그 장면을 상상하고 싶었지만 할 수 없었다. 지드 아저씨의 배는 우리가 다 같이 지내기에는 너무 작았고 브라이니는 사라졌다. 지드 아저씨는 나이가 너무 많아서 더 이상 강에서 지낼 수 없었다. 그는 펀을 기르기에도 나이가 많았다. 펀은 아직 아기인데.

펀은 내 다리에 매달린 채 담요 밑으로 파고들며 내 옷자락을 잡아당겼다. "엄마 보고 싶어." 편은 훌쩍거렸다. 그 애의 손가락이 퀴니의 사진 끝에 닿을 뻔했지만 나는 그 애가 의미하는 엄마가 퀴니가 아니라는 걸 알았다.

이른 아침 햇살에 비친 사일러스의 얼굴을 가만히 들여다봤다. 심장이 아플 정도로 조여왔다. 우리 나이가 더 많았으면 좋겠다고 생각했다. 어른이면 좋겠다고. 나는 사일러스를 사랑했다. 그건 확실했다.

하지만 나는 편도 사랑했다. 편을 먼저 사랑했다. 그 애는 내게 남은 유일한 가족이었다.

이른 아침 햇빛에 강물이 반짝이자 우리 바로 아래쪽 둑에서 브라이니를 수색하는 작업이 끝나가고 있었다. 곧 그들은 다른 생존자를 발견할 희망이 없다는 걸 알게 되겠지. 그들은 편과 내가 있는 곳으로 돌아올 것이다.

"사일러스, 우릴 여기에서 데리고 나가줘. 지금 당장." 나는 그의 손을 뿌리치고 편을 질질 끌며 작은 배로 향했다.

"하지만…… 브라이니가……." 사일러스가 중얼거렸다.

"지금 가야 해. 저들이 이쪽으로 오기 전에. 그럼 우리를 다시 보육원으로 보낼 거야."

사일러스는 그제야 이해했다. 그 애는 내가 옳다고 생각했고 우리를 배에 태웠다. 우리는 모터 소리를 아무도 알아차리지 못할 정도로 멀어질 때까지 조용히 움직였다. 목화 창고와 부두와 머드 아일랜드와 멤피스 맞은편 강가를 계속 따라갔다. 조용하고 외진 물길에 이르자 나는 사일러스에게 지드 아저씨의 배로 가고 싶지 않다고, 그만 헤어지자고 말했다.

나는 펀을 데리고 강을 거슬러 올라가야 했고 세비어 부부가 그 애를 다시 받아주기를 바랐다. 우리가 떠난 건 펀의 잘못이 아니었다. 물건을 훔쳐 나온 것도 그 애 생각이 아니었다. 내 잘못이고 내 생각이었다. 우리에게 일어난 일은 펀이 저지른 짓이 아니었다.

운이 좋으면 부부는 펀을 받아줄지도 몰랐다. 혹시…… 보육원에서 다른 여자아이를 이미 데려온 게 아니라면. 그렇더라도 펀을 데리고 있어줄지도 몰랐다. 어쩌면 펀을 조금은 사랑해주겠다고, 미스 탠에게서 안전하게 지켜주겠다고 약속할지도 몰랐다.

그 뒤 내가 어떻게 될지는 알 수 없었다. 세비어 부부는 당연히 나를 원치 않을 것이었다. 거짓말쟁이에 도둑이니까. 하지만 미스 탠이 나를 다시 찾도록 놔둘 순 없었다. 근처 어딘가에서 일할 수도 있겠지만 지금은 어려운 시절이다. 강으로 돌아가지도 않을 생각이었다. 지드 아저씨에게는 더 많은 식구를 돌볼 여력이 없었다. 하지만 내가 그곳에 머물 수 없는 진짜 이유는 이게 아니었다.

펀과 가까운 곳에 있어야 했다. 이게 진짜 이유였다. 펀이 태어났을 때부터 그 애와 나는 심장이 붙어 있었다. 나는 펀이 가까이에 있지 않은 세상에서 숨 쉴 수 없었다.

나는 사일러스에게 우리를 위해 뭘 해주기를 바라는지 말했다. 그는 고개를 저었고 내가 말할수록 표정이 어두워졌다.

"아르니를 잘 부탁해." 내가 마지막으로 말했다. "그 애는 돌아갈 이유가 없어. 가족들이 못되게 굴었거든. 그 애가 지닐

곳을 찾아줘. 알겠지? 힘든 일도 개의치 않을 거야."

사일러스는 나 대신 흘러가는 강물을 봤다. "그럴게."

'몇 년 뒤 사일러스와 아르니가 결혼할 수도 있겠지.'

이런 생각을 하자 다시 심장이 조였다.

내가 원했던 모든 걸 이제 할 수 없게 됐다. 나를 이곳까지 데려온 길은 물에 잠겼다. 돌아갈 길이 없었다. 그게 진짜 이유였다. 지드 아저씨의 배를 발견하자 나는 그에게 펀과 내가 돌아가면 세비어 부부가 분명 기뻐할 거라고 말했다. "사일러스가 우리를 상류까지 데려다주면 좋겠어요." 나는 지드 아저씨와 함께 가고 싶지 않았다. 마지막 순간에 그가 우리를 보내주지 않을까봐 두려웠다.

지드 아저씨는 우리 모두를 계속 데리고 있을 수 있는지 판단하는 듯 열린 문으로 자신의 판잣집을 들여다봤다.

"세비어 부부의 집에 가면 펀은 예쁜 옷도 많이 입고 장난감도 많이 가지고 놀아요. 크레용라도 있고요. 저는 곧 학교에 들어갈 거예요." 나는 떨리는 목소리를 진정시키려고 침을 꿀꺽 삼켰다.

지드 아저씨가 나를 바라봤다. 그는 나를 꿰뚫어보는 듯했다.

펀이 그에게 팔을 뻗자 그는 펀을 안아 올려 머리를 파묻었다. "우리 꼬맹이." 그는 목멘 소리로 말하더니 나를 끌어당겨 펀과 함께 꼭 안았다. 그에게서는 재와 생선, 등유, 큰 강의 냄새가 났다. 익숙한 냄새였다.

"내가 필요하면 강으로 소식을 전하렴." 그가 말했다.

나는 고개를 끄덕였지만 그가 우리를 놓아주는 순간 우리 둘 다 영원히 이별이라는 걸 알았다. 강은 드넓었다.

지드 아저씨의 얼굴에 슬픔이 드리웠다. 그는 슬픔을 떨쳐 내고 고개를 끄덕이더니 우리가 떠날 수 있도록 굳은 표정으로 편을 제니에 태웠다.

"내가 같이 갈게. 너희는 습지를 모르잖아." 아르니가 말했다. "하지만 난 습지에 도착하면 다시 이곳으로 올 거야. 우리 아빠의 배를 그 근처 어딘가에 묶어둘 테니까 네가 아빠에게 배를 어디서 찾을 수 있는지 알려줘. 난 아빠 소유의 물건은 하나도 필요 없어." 그 애는 대답을 기다리지 않고 배로 갔다. 가족들에게 온갖 심한 일을 당했는데도 배 없이 가족들이 어떻게 살아갈지 걱정되는 모양이었다.

자리를 떨치고 나올 때 나는 울지 않았다. 워터위치는 물을 거슬러 올라가느라 애를 먹었지만 마침내 우리는 습지 입구에 도착했다. 우리가 방향을 돌리자 나무가 가까이 늘어졌고 나는 뒤를 돌아봤다. 내 안의 뭔가가 강에 씻겨가게 됐다.

강은 마지막 남은 릴 포스를 씻어 갔다.

릴 포스는 아카디아 왕국의 공주였다. 왕은 사라졌고 왕국도 사라졌다.

릴 포스도 함께 사라져야 마땅했다.

이제 나는 메이 웨더스였다.

25장
에이버리

"내 이야기는 그렇게 끝나." 요양원의 작은 방에서 램프가 놓인 탁자 너머에 앉은 메이는 슬픔이 깃든 촉촉한 파란 눈동자로 나를 자세히 살폈다. "알게 돼 기쁜가? 아니면 짐이 됐나? 젊은이 둘의 기분이 어떨지 항상 궁금했어. 나에 대해 알아내지 못하길 바랐는데."

"음…… 둘 다인 것 같아요." 강가 오두막과 후트시의 농장에 다녀온 뒤로 일주일 동안 생각했지만 이 이야기를 가족의 과거로 이해하는 데 여전히 애를 먹고 있었다.

위험한 짓을 하고 있다고, 과거는 과거로 남겨둬야 한다는 엘리엇의 따끔한 충고를 몇 번이나 곱씹어봤다. 서배너 강가의 오두막에서 알게 된 충격적인 사실에도 그의 의견은 달라지지 않았다. '에이버리, 이 일이 미칠 파장을 생각해봐. 너희 가족을…… 전과 같이 보지 않을 사람들이 생길 거야.'

나는 그가 말한 '사람들'이 비트시를 뜻한다는 걸 알았다.

슬프게도 비트시뿐이 아닐 것이다. 이 모든 게 대중에게 알려지면 정치인으로서의 미래와 평판과 스태포드라는 이름에 무슨 일이 생길지 알 수 없었다.

시대가 달라져도 낡은 원칙은 여전히 적용됐다. 스태포드가 우리가 주장하는 그런 가문이 아니라는 사실이 세상에 밝혀지면 그로 인한 후폭풍은…….

상상조차 할 수 없었다.

이런 생각을 하자 다른 방향으로 두려워졌다. 무엇보다 할머니가 친언니와 떨어져서 말년을 보낸다는 걸 견딜 수 없었다. 결국 나는 주디 할머니를 위해 무엇이 옳은지 판단해야 했다.

"한두 번쯤 손주들에게 말할까 생각하기도 했어." 메이가 말했다. "하지만 그 애들은 각자 정착해서 살고 있는걸. 내 아들이 죽고 나서 애들 엄마는 다른 사람과 재혼했어. 둘은 이모, 삼촌, 사촌이 북적거리는 환경에서 아이들을 아주 잘 키워낸 착한 사람들이지. 내 여동생들 가족도 마찬가지고. 라크는 초대형 백화점을 지은 사업가와 결혼했어. 편은 유명한 의사와 결혼해서 애틀랜타에 살았고. 두 동생의 자식들을 합하면 여덟 명이야. 손주는 스물네 명이나 되지. 물론 증손주도 있어. 모두 성공해서 행복하게 살고…… 아주 바빠. 오래된 과거가 그 애들에게 갖지 못한 뭔가를 줄 수 있을까?"

메이는 나를 뚫어지게 쳐다봤다. 그녀 세대에서 내 세대로 이동한 경계선에서 불안하게 서성대는 나를. "가족들에게 이 이야기를 할 건가?" 그녀가 물었다.

나는 침을 꿀꺽 삼켰다. 자신과 치열하게 싸우는 중이었다. "아버지께 말할 거예요. 이 문제는 제가 아니라 아버지가 결정해야 해요. 주디 할머니는 아버지의 어머니니까요." 나는 아버지가 이 이야기에 어떻게 반응할지, 그 뒤에 뭘 어떻게 할지 전혀 알 수 없었다. "제 안의 일부는 후트시가 옳다고 생각해요. 진실은 진실이죠. 나름의 가치가 있어요."

"후트시." 메이가 툴툴댔다. "이게 다 내 할머니의 옛날 집 옆의 땅을 후트시에게 팔았기 때문이군. 그녀는 그 땅에서 테드와 함께 농장을 일궜어. 이렇게 오랜 세월 뒤에 내 비밀을 말하다니."

"후트시는 이게 부인을 위해 가장 좋다고 생각한 게 분명해요. 그녀는 제가 부인과 할머니의 관계를 이해하기를 바랐어요. 두 분을 생각해서 그런 거예요."

이 말에 메이는 얼굴 주변에서 파리가 날아다니기라도 하는 듯 손뼉을 딱 쳤다. "풉! 후트시는 그저 분탕질을 하고 싶었을 뿐이야. 항상 그런 식이었지. 하지만 그녀 덕분에 세비어 부부 집에서 지낼 수 있었어. 집에 도착하자 사일러스는 같이 강으로 가자고 나를 설득했지. 그는 강가에 서서 내 어깨를 안고 키스했어. 남자와 처음 해본 키스였어." 킥킥대며 얼굴을 붉히는 메이의 눈이 아이처럼 빛났다. 잠시 그녀는 우각호둑에 있는 열두 살 난 소녀 같아 보였다. "'릴 포스, 널 사랑해.' 그는 이렇게 말했어. '여기에서 한 시간 동안 기다릴게. 네가 돌아오길. 릴, 내가 널 보살필 수 있어. 내가 할 수 있어.'"

"나는 그가 지킬 수 없는 약속을 한다는 걸 알았어. 몇 달 전까지만 해도 그는 생존을 위해 열차를 떠돌아다녔으니까. 브라이니와 퀴니를 보며 내가 배운 게 있다면 사랑이 식탁에 음식을 올려주지는 않는다는 거였어. 사랑은 가족을 안전하게 지켜주지 못한다는 거였어."

그녀는 인상을 찡그리며 스스로 내린 결론에 고개를 끄덕였다. "하고 싶은 것과 할 수 있는 건 달라. 난 어느 정도 짐작할 수 있었지. 사일러스와 나는 맺어질 운명이 아니라는 걸. 게다가 우린 너무 어렸어. 하지만 펀을 데리고 길을 걷기 시작하자 그 검은 머리 남자아이에게로, 강으로 돌아가고 싶다는 생각뿐이었어. 후트시가 아니었다면 그랬겠지. 그녀는 내가 결정을 내리기도 전에 대신 결정해줬어. 나는 나무 근처로 몰래 간 다음 그곳에 숨어서 세비어 부부가 펀을 다시 받아들이는 게 확실한지 지켜볼 계획이었어. 그들이 나를 발견하면 다시 보육원으로 보내거나 못된 여자애들이 일하는 곳이나 감옥에 보낼까봐 겁났거든. 하지만 제 엄마가 시켜서 뿌리를 캐러 나온 후트시가 마당 근처에서 우리를 발견하고 소리를 지르며 달려갔어. 그다음으로 기억나는 건 주마, 호이, 세비어 부부가 개를 앞세우고 순식간에 언덕을 뛰어 내려왔다는 거야. 난 달아날 곳이 없어서 가만히 선 채로 최악의 상황이 벌어지기만을 기다리고 있었고."

그녀가 이야기를 멈추자 나는 절벽에 매달린 채 남겨진 기분이었다. "그래서 어떻게 됐어요?"

"날 낳지 않은 가족에게도 사랑받을 수 있다는 걸 배웠지."

"그들이 반겨줬나요?"

메이는 미소 지었다. "응, 그랬어. 아버지와 호이는 우리를 찾으려고 사람들을 동원해 몇 주나 습지를 뒤졌어. 그들은 우리가 아르니와 함께 배를 타고 떠난 게 틀림없다고 생각했지. 우리가 돌아갔을 때는 찾을 수 있다는 희망을 버린 상태였어." 메이가 나지막이 웃었다. "그날은 주마와 후트시마저도 우리를 얼싸안았어. 살아 돌아온 우리를 보고 안심했던 거지."

"그 뒤 세비어 부부와 행복하게 지냈나요?"

"두 분은 아카디아에 관한 이야기를 알고 나서 우리가 한 일을 이해해줬어. 왜 내가 이제 와서 진실을 밝히게 됐는지도. 난 편과 나 말고 다른 형제자매가 있다는 말은 절대 하지 않기로 마음먹었어. 열두 살짜리 아이의 마음으로 카멜리아, 라크, 가비언을 지키지 못했다는 사실이 계속 부끄러웠거든. 세비어 부부가 그걸 알게 되면 나를 사랑하지 않을까봐 두려웠어. 그들은 좋은 사람들이었어. 인내심 있고 친절했지. 내게 음악을 가르쳐주기도 했고."

"음악이요?"

메이는 탁자 너머로 손을 뻗었다. "그래, 음악. 내가 자라면서 아버지의 발자취를 밟는 동안 배운 게 있지. 인생은 영화 같다는 거야. 장면마다 음악이 흘러. 그 장면을 위해 만들어진 음악이 우리가 이해하지 못하는 방식으로 어우러지지. 지난날의 음악을 아무리 좋아했어도, 앞으로 나올 음악을 아무리 상상해봐도 우리는 오늘의 음악을 들으며 춤춰야 해. 그렇게 하지 않으면 항상 스텝이 꼬여서 그 순간 맞지 않는 뭔가에 걸려 넘어져. 나는 강의 노래를 놓은 대신 그 큰 집에서 음악을 발견했어. 새로운 삶을 살 수 있는 여지, 나를 예뻐하는 새어머니, 음악뿐 아니라 신뢰를 끈기 있게 가르쳐준 새아버지를 찾았지. 아버지는 내가 아는 그 어떤 남자보다 좋은 분이었어. 아카디아에서 지낼 때와는 무척 달랐지만 괜찮은 삶이었어. 우리는 사랑받고 보호받았거든."

그녀가 한숨을 쉬자 어깨가 올라갔다가 내려갔다. "지금 날보면 비밀 같은 건 이해하지 못할 거라고 생각하겠지. 노년에흐르는 음악은…… 춤추기 위한 음악이 아냐. 너무…… 외로워. 모든 사람에게 짐이 된다고."

할머니가, 그녀의 빈집이, 요양원의 할머니 방이, 할머니가대부분 나를 알아보지 못한다는 사실이 떠올랐다. 눈물이 차올랐다. 노년의 음악은 사랑하는 사람을 위해 연주해도 잘 들리지 않았다. 나는 할머니가 메이를 만나면 알아볼지 궁금했다. 메이가 나와 함께 할머니를 만나러 가려고 할까? 아직 물어보지는 않았다. 트렌트가 복도에서 기다리고 있었다. 그는에디스토에서 여기까지 차를 몰고 왔다. 그와 함께 가능성을의논한 뒤에 우리는 우선 메이와 내가 단둘이 이야기하는 쪽이 낫겠다고 결론지었다.

"그 뒤로 사일러스를 다시 만나셨나요?" 나도 모르게 이 질문이 튀어나왔다. 처음에는 아무렇게나 던진 질문이라고 생각했다. 하지만 내가 트렌트를, 메이의 첫사랑 이야기를 생각하고 있었기 때문에 나온 질문이라는 걸 깨달았다. 이상한 일이지만 이런 것들이 요즘 내 머릿속을 차지했다. 트렌트가 미소 짓거나 실없는 농담을 하거나 가까이 다가왔을 때, 심지어 전화로 목소리를 들을 때도 내 안의 뭔가가 흔들렸다. 우리 가문의 과거가 어떻든, 내가 그 일로 무슨 결정을 내리든 그가 전혀 신경 쓰지 않는다는 사실이 예상치 못한 방식으로 내게 영향을 미쳤다. 나는 이런 감정을 어떻게 분류해야 할지, 내 삶에서 어떻게 받아들여야 할지 몰랐다.

다만 무시할 수 없다는 건 알았다.

메이는 나를 꿰뚫어보는 표정이었다. 그녀는 땅을 파고 광맥을 따라 내 영혼까지 밀고 들어오는 듯했다. "그러길 바랐지만 때로는 이뤄지지 않는 소망도 있는 법이야. 아버지는 우리를 조지아 탠에게서 보호하려고 오거스타로 이사했어. 그곳에서 우리 가족은 꽤 알려졌기 때문에 미스 탠이 주 경계를 넘어서까지 아버지를 농락하지는 않을 거라고 생각했던 것 같아. 사일러스와 지드 아저씨는 우리가 있는 곳을 몰랐을 거야. 그들이 어떻게 됐는지 소식도 못 들었어. 나를 끌어안은 새어머니의 헝클어진 머리카락 틈으로 본 게 사일러스의 마지막 모습이었어. 그는 내가 방금 전까지 있던 숲 가장자리에 서 있다가 돌아서서 호수로 갔어. 그 뒤로 다시는 그를 보지 못했어."

메이는 천천히 고개를 저었다. "그가 어떻게 됐는지 늘 궁금했어. 어쩌면 모르는 게 최선이겠지. 나는 다른 세계에서 다른 이름으로 다른 삶을 살며 자랐어. 몇 년 뒤 아르니에게서 연락을 받았어. 뜬금없이 편지를 보냈더라고. 대학생 때 집에 갔는데 어머니가 내게 편지가 와 있다고 했지. 난 아르니와 사일러스가 결혼하지 않았을까 생각했지만 아니었어. 내가 떠나자마자 지드는 목장에 아르니가 지낼 곳을 마련해줬어. 아르니는 열심히 일할 수밖에 없었지만 그에 맞는 대접을 받았어. 그녀는 폭격기 만드는 공장에서 일하게 됐고 군인과 결혼했지. 그녀가 편지를 보냈을 때는 남편과 함께 해외에 살고 있고 세계 곳곳을 보게 돼 행복하다고 했어. 자기에게 이런 기회가 생길지 몰랐다면서." 메이는 지금도 이 이야기를 하며 미소 지었다.

"난 어린 시절에 그렇게 고생한 아르니가 잘 지내게 돼서 기뻤어." 메이의 나이가 아흔이고 아르니는 그녀보다 나이가 많았으니 아르니가 지금까지 살아 있을 가능성은 적었지만 나는 안도감에 마음이 따뜻해졌다. 메이의 이야기를 듣는 동안 아르니와 사일러스와 강에 사는 모든 사람이 내게도 실재처럼 느껴졌다.

"맞아." 메이는 고개를 끄덕였다. "아르니 덕분에 나는 할리우드의 바람둥이들에게 놀아나는 젊고 눈망울이 촉촉한 여자들을 돕고 싶어졌어. 할리우드에서 일하는 동안 그런 여자들을 정말 많이 만났거든. 나는 잘 곳과 의지할 곳을 제공하며 그들을 도왔어. 여자들이 비참한 처지에 놓이는 경우가 정말 많았지. 그때마다 나는 아르니가 편지 말미에 썼던 말을 떠올렸어."

"뭐라고 썼는데요?"

"내가 그녀를 구했다고." 메이는 눈가에 맺힌 눈물을 닦아냈다. "물론 그 말은 사실이 아냐. 우린 서로를 구했지. 아르니가 나를 강으로 데려다주지 않았다면 아카디아에서 일어난 일에도 브라이니와 퀴니와 강을 놓지 못했을 거야. 평생 음악도 모르고 살았겠지. 아르니가 나를 데려갔기 때문에 앞으로 나아갈 수 있었어. 나는 그녀에게 그렇게 답장했지."

"그분에게는 의미가 컸을 것 같아요."

"우리 삶에 우연히 찾아드는 사람은 없어."

"네, 그렇죠." 나는 이번에도 트렌트를 떠올렸다. 또다시 내 감정과 희망과 가족들이 나를 두고 품었던 계획 사이에서 주도권 다툼이 벌어졌다. 언제나 나 스스로 세웠다고 생각한 계획이었다.

"아르니와 나는 수년 동안 연락하고 지냈어." 메이가 말을 이었다. 나는 오늘 남은 하루가 어떻게 갈지에 대한 걱정은 제쳐두고 그녀의 이야기에 다시 빠져들려고 애썼다. "그녀는 정말 의욕을 불어넣는 여자였어. 고향으로 돌아온 뒤에는 남편과 함께 건설회사를 차렸어. 남편 옆에서 남자들과 함께 일하면서도 자기 입지를 확고히 했지. 그녀가 지은 집들이 얼마나 튼튼할지 짐작할 수 있어. 우리보다 훨씬 오래갈 거야."

"분명 그럴 거예요."

메이는 비밀 이야기라도 하려는 듯 내 쪽으로 일부러 몸을 돌리고 허물없이 다가왔다. "여자의 과거로는 미래를 예측할 수 없어. 여자는 자기 선택에 따라 새로운 음악에 맞춰 춤출 수 있거든. 자기만의 음악에 맞춰. 그 곡조를 듣기 위해서는 말만 멈추면 돼. 자기 자신에게 하는 말 말이야. 우린 언제나 자기 자신을 설득하려고 애쓰잖아."

그녀의 말에 담긴 심오함에 감동했다. 강가 오두막에 다녀온 뒤로, 할머니에 대해 알게 된 뒤로 내가 삶의 모든 것에 의문을 제기하고 있다는 사실을 아는 걸까?

나는 그 누구에게도 상처 주고 싶지 않았지만 나만의 음악을 찾고도 싶었다. 메이 덕분에 그 일이 가능하다는 걸 알게 됐다. 그러자 내가 오늘 그녀를 찾아온 진짜 목적이 떠올랐다. "혹시 오늘 오후에 저랑 같이 어디 좀 가실 수 있으신지 궁금해요." 나는 마침내 이렇게 말했다.

"어딘지 물어봐도 될까?" 그녀는 이미 팔걸이를 짚은 채 의자를 밀고 있었다.

"미리 말씀드리지 않아도 가시겠어요?"

"이 칙칙한 담장 너머로 나가는 건가?"

"네."

메이는 놀라우리만치 잽싸게 일어섰다. "그렇다면 어디든 좋아. 마음대로 해. 정치 행사에만 데려가지 않는다면 말이야. 난 정치가 끔찍하게 싫거든."

나는 웃음을 터뜨렸다. "정치 행사는 아니에요."

"아주 좋아." 우리는 함께 복도를 걸어갔다. 메이는 보조기구를 빠른 속도로 밀었다. 그녀가 기구를 내던지고 문을 향해 뛰어갈지도 모르겠다는 생각이 들 정도였다.

"트렌트가 밖에서 기다리고 있어요. 우리를 태워다줄 거예요."

"아, 눈동자가 파란 잘생긴 청년?"

"네, 그 사람이요."

"오, 정말 기대되는군." 메이는 입고 있던 잠옷 같은 면 셔츠와 바지를 내려다보며 인상을 썼다. "옷이 마음에 들지 않는데. 갈아입어도 될까?"

"지금도 좋아 보이는걸요."

방에 도착하자 그녀는 가방만 가지고 재빨리 나왔다.

우리가 정문으로 다가가자 의자에 앉아 있던 트렌트가 일어났다. 그는 나를 보고 미소 지었고 메이가 직원에게 오후 동안 외출하겠다고 알리는 사이 내게 엄지손가락을 들어 보였다. 문밖으로 나가자 그녀는 트렌트와 인사하려고 보조기구를 내 쪽으로 돌렸다. 트렌트가 메이를 자동차 뒷자리에 앉히는 사이 나는 기구를 접어 트렁크에 실었다. 다행히 이런 기구를 다뤄본 적 있었다.

차를 타고 가는 동안 메이는 트렌트에게 자기 이야기를 해줬다. 에디스토의 트렌트 집 뒤쪽 작업실에 다녀온 뒤에 찾아온 우리에게 해줬던 이야기뿐 아니라 전부 다. 트렌트는 룸미러로 나를 몇 번이나 바라보며 슬프고 대단하다는 듯 고개를 저었다. 불과 몇십 년 전에 고아들이 물건 취급을 당했다는 사실이 믿기지 않았다.

메이는 이야기에 푹 빠졌는지 아니면 트렌트에게 빠졌는지 우리가 어디로 가는지도 알아차리지 못했다. 오거스타에 가까워져서야 그녀는 창문 쪽으로 몸을 기울이며 한숨 쉬었다. "집으로 데려가는구나. 말하지 그랬어. 그랬으면 운동화를 신었을 텐데."

트렌트는 메이가 신은 납작한 슬리퍼를 흘끗 봤다. "괜찮을 거예요. 이웃이 잔디를 다 정리했거든요."

"후트시가 자식들을 정말 잘 키웠어. 믿기 어려운 일이지. 본인은 그렇게 변변치 못한데 말이야. 난 동생들보다 후트시랑 훨씬 많이 싸웠어."

트렌트가 씩 웃었다. "그분을 조금 알고 나니 어느 정도 수긍되는군요." 그는 오늘 방문 때문에 후트시와 이야기를 나눴다. 그녀와 바트는 이 일을 가능하게 하려고 백방으로 노력했다.

농장 길을 따라 후트시의 집을 지나자 메이는 달라진 점을 알아차렸다. 오두막으로 이어진 숲으로 가는 내내 도로는 말끔했다. 우리는 대문 근처에 새로 깐 자갈밭에 차를 세웠다.

"이걸 다 누가 했대?" 메이는 깎은 지 얼마 안 된 잔디, 갓 손질한 정원과 방충망 문 뒤에 의자가 놓인 베란다를 둘러봤다.

"이곳까지 걸어오기 불편할 것 같아서요." 내가 말했다. "이렇게 정리하는 게 가장 좋을 것 같았어요. 마음 상하지 않으셨길 바라요."

메이는 떨리는 입술을 굳게 다문 채 눈을 비비기만 했다.

"이 일이 있고 나서 여기 더 자주 오고 싶으실 것 같기도 했고요. 주디 할머니가 택시 회사와 정기 계약을 맺으셨더라고요. 그래서 이곳까지 오는 길을 알 수 있었어요."

"그 사람들이 허락해줄지……" 메이가 가까스로 속삭였다. "요양원 말이야. 그들이 손주들에게 전화해서 귀찮게 하는 건 싫은데."

"노인 인권운동 단체를 운영하는 친구와 이야기해봤는데 그 문제에 도움을 드릴 수 있을 것 같아요. 메이, 당신은 요양원에 갇힌 게 아니에요. 그들은 당신을 안전하게 보호하려는 것뿐이에요." 지금은 이 정도로 해두기로 했다. 메이가 목적의식을 갖도록 정치활동위원회에서 자원봉사 하는 걸 비롯해 앤드류 무어가 제안한 것들은 나중에 이야기할 생각이었다. 앤드류는 아이디어가 샘솟는 멋진 사람이었다. 메이도 그를 좋아할 것 같았다.

지금 당장은 풍경에 너무 매료된 그녀에게 다른 이야기를 할 수 없었다. 그녀는 앞 유리창에 바싹 붙어 눈물을 흘렸다. "오…… 집에 오다니. 다시는 집을 못 볼 줄 알았는데."

"후트시와 그녀의 손녀가 깨끗하게 치워놨어요."

"하지만 난…… 돈을 줄 수 없었는데…… 그때 이후……." 메이는 눈물이 차올라 제대로 말하지 못했다. "요양원에 간 이후에 말이야."

"후트시는 그런 건 신경 쓰지 않는다고 했어요." 트렌트가 내려서 메이를 부축하러 간 사이 나는 내 쪽 차 문을 열었다. "후트시는 당신을 정말 좋아해요. 아시잖아요."

"후트시가 그런 말을 하지는 않았을 텐데?"

"네, 하지만 분명히 느낄 수 있어요."

메이는 믿을 수 없다는 듯 숨을 뱉어냈고 나는 그녀에게서 강에 사는 집시의 조심성을 다시 한 번 느꼈다. "그 말을 들으니 후트시가 분별력을 잃은 게 아닐까 걱정되는군." 그녀는 나를 향해 짓궂게 웃으며 트렌트의 도움을 받아 차에서 내렸다. "후트시와 난 언제나 서로 빈틈없이 경계하며 지냈어. 이제 와 감상적으로 대해서 그 관계를 망치는 건 부끄러운 노릇이야."

나는 일어나서 기지개를 켜며 나무 사이로 폐허가 된 농장 저택을 봤다. 오랜 세월에 걸쳐 만들어진 이 두 여성의 복잡한 관계를 내 머리로 이해하기란 어려웠다. "원하신다면 이따 후 트시에게 직접 그 이야기를 해주세요. 나중에 올 거예요. 우선 우리끼리 시간을 좀 보내게 해달라고 부탁했어요."

메이는 대문으로 향하며 미심쩍은 눈길로 나를 봤다. 손으로는 트렌트의 팔꿈치를 잡고 있었다. "여기에서 뭘 하려는 거야? 이번에는 전부 다 이야기해줬는데. 더 이상 할 이야기가 없다고."

멀리서 농장 길을 따라 자동차 한 대가 들어오는 소리가 들렸다. 메이는 아직 모르는 것 같았는데 그게 나왔다. 나는 그녀를 오두막으로 데려가 먼저 자리 잡게 하고 싶었다. 하지만 계획대로 타이밍이 맞아떨어지지 않을지도 몰랐다. 일찍 오고 안 오고는 어머니에게 달린 일이니까. 비록 어머니는 어디로 가는지, 무슨 일 때문인지도 몰랐지만.

"아버지와 어머니에게 여기로 와달라고 했어요." 나는 부모님이 이 이야기를 믿게 하려면 직접 보여주는 게 가장 좋겠다고 생각했다. 안 그러면 두 분은 내 정신이 완전히 나갔다고 생각할지도 몰랐다.

"상원의원이?" 메이는 너무 놀란 나머지 눈이 휘둥그레져 재빨리 머리를 매만졌다.

트렌트가 메이를 대문 안으로 안내하려 했지만 그녀는 주사를 맞으러 병원에 가는 초등학생처럼 기둥을 잡고 서 있었다.

"세상에나! 아까 내가 옷을 갈아입어야 하지 않겠냐고 물어봤잖아. 이 꼴로 그들을 만날 순 없어." 메이가 말했다.

좋은 의도로 만류한 일이 뜻하지 않게 예의범절이라는 장벽에 부딪쳤지만 지금 그 장벽은 아무런 문제가 되지 않았다. 수수께끼 같은 일요일 오후의 계획에 협조해달라고 부모님을 설득하는 일은 불가능에 가까웠다. 친구 부탁을 들어주는 일과 관련돼 있다고 했지만 어머니는 먼 곳에서도 거짓말 냄새를 맡을 수 있는 사람이었다. 어머니가 이곳에 도착하면 잔뜩 경계할 것이다. 이상한 부탁에 장소까지 멀리 떨어져 있다는 점을 감안하면 더욱.

당사자들이 원하든 원치 않든 이제 그 일이 벌어지고 있었다. 사실 내가 이런 식으로 사태를 해결하는 건 다분히 의도적이었다. 언덕 아래로 눈을 굴리듯 이 일을 처리하지 않으면 영영 용기를 낼 수 없을 것 같아서 두려웠다.

"자, 어서 가자고!" 메이는 트렌트를 잡아당기며 집 쪽으로 향했다. "옷장에 아직 내 옷이 있을 거야. 거기서 입을 만한 걸 찾아봐야겠어."

나무 사이로 택시 회사의 흰 차가 보였다. "시간이 없어요. 이미 도로에 들어선걸요."

메이는 콧구멍을 벌름거렸다. "후트시도 알아?"

"일부만요. 이건 제 아이디어예요. 부탁이니 저를 믿어주세요. 정말이지 이게 최선이라고 생각했어요." 오늘 이후로 메이는 나와 가족으로 묶이거나 다시는 말하지 않거나 둘 중 하나일 것이다.

"쓰러질 것 같아." 메이가 트렌트에게 기댔다. 그녀가 괜히 그러는 건지 아닌지 알 수 없었다.

트렌트는 그녀에게 팔을 둘러 쓰러지면 받칠 준비를 했다. "제가 집까지 안고 가도 될까요?"

메이는 그가 하자는 대로 했다. 정신이 너무 멍해서 거절할 수도 없었다.

나는 대문에서 기다렸다. 택시가 서자 어머니는 오즈가 문을 열어주기를 기다리지도 않고 내렸다. 허니비는 화나서 팔짝팔짝 뛰었다. "에이버리 주디스 스태포드, 대체 여기서 뭐하는 거야? 기사가 길을 잃었거나 우리가 납치되는 줄 알았어." 약간 번들거리고 뻘겋게 달아오른 어머니의 얼굴로 봐서 여기까지 오는 동안 안절부절못한 게 분명했다. 아마 아버지에게 투덜댔거나 길을 안다는 이유만으로 이 작전에 휩쓸린 불쌍한 오즈를 괴롭혔을 것이다. "네 휴대전화로 열다섯 번도 넘게 전화했어. 왜 안 받았니?"

"여기 전화 수신이 안 되는 것 같아요." 이 말이 사실인지는 나도 몰랐다. 오전 내내 휴대전화를 꺼놨기 때문이다. 내게 전화를 걸어 합의한 계획을 취소하거나 변경할 수 없다면 허니비는 올 수밖에 없기 때문이었다. 허니비는 약속을 어기는 법이 없었다.

"자, 이제 그만해요." 아버지는 훨씬 협조적이었다. 어머니와 달리 아버지는 거친 야외를 좋아했다. 복강경 수술 덕분에 장출혈은 멈췄고 혈액검사 수치도 나아지고 있었으며 서서히 기력이 회복되고 있었다. 정상에 가깝게 활동하게 되자 아버지는 요양원 문제로 공격하는 사람들에게 대응했다. 그 문제를 조직적으로 잠재웠고, 요양원 소유주가 손해배상금을 지급하지 않으려고 유령회사를 만드는 일을 금지하는 입법 행위에 힘을 실었다.

아버지는 흥미롭다는 듯 강을 바라봤다. "일요일에 드라이브 잘했네. 오거스타에는 정말 오랜만이군. 낚싯대와 도구를 챙겨 올걸 그랬어." 아버지는 나를 보며 미소 지었다. 그러자 아버지와 함께했던 일들이 머릿속에 스쳐 지나갔다. 어릴 때 아버지 사무실에 갔던 일, 물고기를 한 마리도 못 잡았던 낚시 여행, 졸업무도회, 코티용, 졸업식…… 그리고 최근의 브리핑과 전략회의와 공식 행사까지. "여보, 에이버리가 부탁하는 일은 드물잖아요. 이번 일은 예외지만요." 아버지는 이렇게 말하며 나만 볼 수 있게 너그러운 표정으로 윙크했다.

아버지는 오늘 내 계획이 무엇이든 따를 준비가 됐다고 나를 안심시키려 했다. 하지만 그런 아버지를 보자 이곳에서 내가 얼마나 많은 걸 잃게 될지만 떠올랐다. 그중에서 가장 큰 건 아버지의 총애였다. 나는 아버지가 가장 좋아하는 딸이었다. 언제나 그랬다.

스태포드 가문의 유산을 지키기 위해 할머니가 묻어뒀던 정보를 내가 몇 주 동안이나 몰래 캐고 다닌 사실을 아버지는 어떻게 받아들일까?

이로 인해 내가 얼마나 달라졌는지 이야기하면 무슨 일이 벌어질까? 나는 할머니처럼 살고 싶지 않았다. 뼛속까지 내 본모습으로 살고 싶었다. 이는 정치 명문가라는 스태포드 가문의 명성이 아버지에게서 끝난다는 뜻일 수도 있고 아닐 수도 있었다. 아마 당분간은 아버지가 충분히 공직에서 일할 수 있을 것이다. 아버지는 건강을 회복해서 요양원 논란을 완벽하게 해결하고 그로 인해 좋은 결과도 생길 것이다. 그건 확실했다.

나는 뭐가 됐든 내가 할 수 있는 방식으로 아버지를 도우려고 에이컨에 왔다. 하지만 사실 정치인으로 입후보할 준비는 되지 않았다. 경험이 부족했고 남에게 존경받지도 않았다. 단지 내가 스태포드 가문 사람이라고 해서 공직을 넘겨받을 순 없었다. 나는 전통적인 방식으로 진출하고 싶었다. 몇 가지 한정된 사안뿐 아니라 모든 쟁점을 이해하고 입장을 정하고 싶었다. 그러다 차례가 오면 아버지의 딸로서가 아니라 내가 가진 장점을 앞세워 선거에 입후보하고 싶었다. 앤드류 무어가 노인 인권 정치활동위원회에 실력 있는 변호사가 필요하다고 했다. 보수는 분명 적겠지만 그건 중요하지 않았다. 그곳에는 정치라는 흐리고 탁한 세계에 발을 담그고 싶어 하는 사람들이 많이 뛰어들었다. 그리고 나는 실력 있는 변호사였다.

아버지가 이해할까?

그래도 나를 사랑할까?

'당연하지. 당연히 그럴 거야. 아버지는 언제나 아빠 노릇을 가장 중요하게 생각하니까.' 이건 사실이었다. 그렇다. 내 계획을 부모님께 알리면 두 분은 분명 실망할 것이다. 후폭풍도 있을 것이다. 하지만 우리는 헤쳐 나갈 것이다. 늘 그랬듯이.

"에이버리, 난 이런 곳에 할머니를 내려드릴 수 없어." 허니비는 작은 오두막과 언덕 아래의 강과 베란다 지붕 위로 낮게 드리운 웃자란 나무를 살펴봤다. 그러더니 몸을 감싸 안고 팔을 위아래로 문질렀다.

"여보." 아버지는 내게 미소 지으며 어머니를 달래려고 했다. "에이버리가 아무 이유 없이 우리를 이곳으로 오라고 하지는 않았을 거예요." 아버지는 허니비의 허리를 끌어안고 혼자만 알고 있는 부위를 눌러 간지럼 태웠다. 아버지의 비밀 무기였다.

어머니는 웃음을 참으려고 애썼다. "하지 말아요." 나를 쳐다본 어머니의 표정은 전혀 유쾌하지 않았다. "에이버리, 맙소사. 꼭 이래야 했니? 왜 이리 비밀스러운 거야? 무엇보다 왜 우리가 택시를 타고 여기까지 와야 했지? 게다가 할머니는 도대체 왜 함께 와야 하고? 매그놀리아 매너 밖으로 나오면 할머니가 너무 혼란스러워 하셔. 그 뒤에 일상으로 돌아가기도 힘들고."

"할머니가 뭔가를 기억하시는지 확인하고 싶었어요." 내가 말했다.

허니비는 입을 떡 벌렸다. "글쎄, 할머니가 이곳을 기억하실지 모르겠네."

"사실 이곳이 아니라 어떤 사람이에요."

"에이버리, 할머니는 여기 사는 사람은 아무도 모르셔. 내 생각에 가장 좋은……."

"일단 저랑 같이 안으로 들어가세요. 주디 할머니는 여기 와 보신 적이 있어요. 알아보실 것 같은 느낌이 들어요."

"누가 나 좀 내려주겠니?" 할머니가 차 안에서 손짓하며 불렀다.

오즈가 우리에게 허락을 구하는 눈빛을 보내자 아버지가

고개를 끄덕였다. 아버지는 이대로 허니비를 놓으면 그녀가 가버릴까봐 걱정하는 것 같았다.

대문부터는 내가 할머니를 모셨다. 우리는 함께 길을 따라 걸어갔다. 정신이 쇠약해져서 그렇지 주디 할머니는 일흔여덟 살밖에 되지 않았기에 아직 제법 잘 걸어다녔다. 그래서 치매가 더욱 부당하게 느껴졌다.

걸어가는 동안 나는 할머니를 관찰했다. 할머니는 걸음을 내디딜수록 밝아졌다. 할머니는 넝쿨장미와 진달래, 강이 보이는 벤치, 말뚝을 박아 만든 낡은 울타리, 등나무가 타고 올라간 격자 구조물, 나팔꽃 덩굴, 물에서 놀고 있는 여자아이 두 명의 조각상으로 장식된 청동 새 물통을 바라봤다.

"오." 할머니는 탄성을 내뱉었다. "내가 정말 좋아하는 곳이야. 오랜만에 온 것 같은데?"

"아마 그럴 거예요." 내가 대답했다.

"그리웠어." 할머니가 속삭였다. "여기가 정말 그리웠어."

어머니와 아버지는 현관 계단 끝에서 머뭇거리며 할머니와 나를 안절부절못하는 눈으로 바라봤다. 허니비는 이 상황이 어떻게 된 것이든 자신이 통제할 수 없다는 이유만으로도 이미 싫어하고 있었다. "에이버리 주디스, 이게 어떻게 된 일인지 지금 당장 설명해야 할 거야."

"어머니!" 내가 날카롭게 말하자 허니비는 한 발 물러났다. 삼십 년 동안 어머니에게 이렇게 말한 적은 없었다. "할머니가 기억을 떠올리게 그냥 두세요."

할머니의 어깨에 손을 얹고 문턱을 넘어 오두막 안으로 안내했다. 할머니는 빛의 변화에 적응하느라 잠시 서 있었다.

나는 할머니가 집 안과 사진과 오래된 석조 벽난로 위에 걸린 그림을 바라보는 모습을 지켜봤다.

할머니는 이곳에 누군가가 있다는 사실을 금세 알아차렸다. "오, 오…… 메이!" 할머니는 메이를 어제 만난 사람처럼 자연스럽게 불렀다.

"주디." 메이는 일어나려 했지만 소파가 너무 푹 꺼져서 스스로 일어날 수 없었다. 그녀는 팔을 뻗었다. 그녀를 도우러 가던 트렌트가 뒷걸음질했다.

할머니는 거실을 가로질러 갔다. 나는 할머니가 혼자 가게 놔뒀다. 메이는 눈물이 고인 채 팔을 뻗어 주먹을 쥐었다 폈다 하며 여동생을 불렀다. 요즘 주디 할머니는 사람들을 잘 알아보지 못하는 경우가 많았지만 이번에는 망설이지 않았다. 그녀는 세상에서 가장 자연스러운 일처럼 소파로 다가가 메이의 팔을 잡았다. 그들은 노년의 떨리는 포옹을 나눴다. 메이는 동생의 어깨에 턱을 파묻고 눈을 꼭 감았다. 그들은 한참을 서로 끌어안고 있었고 마침내 기운이 빠진 할머니는 소파 옆 안락의자에 주저앉았다. 두 사람은 작은 탁자 위로 손을 마주잡고 있었고 이 공간에 아무도 없는 것처럼 서로 바라봤다.

"널 다시 못 보는 줄 알았어." 메이가 말했다.

할머니의 들뜬 미소는 그동안 두 사람을 갈라놨던 온갖 장애물에 물들지 않아 보였다. "내가 항상 왔던 거 알아? 매주 목요일, 자매의 날에." 할머니는 창가의 흔들의자를 향해 몸짓했다. "그런데 퓐은 어딨어?"

메이는 잡고 있던 손을 들어서 약간 흔들었다. "펀은 이 세상에 없어. 깊이 잠들었지."

"펀이?" 할머니는 어깨를 늘어뜨리고 곧 눈물을 글썽였다. 눈물은 코를 타고 흘러내렸다. "아…… 펀이……."

"이제 우리 둘뿐이야."

"라크도 있잖아."

"라크는 오 년 전에 죽었잖아, 암으로. 기억 안 나?"

주디 할머니는 더욱 풀이 죽어 눈물을 닦아냈다. "저런, 내가 깜빡했네. 정신이 없어."

"괜찮아." 메이는 다른 한 손으로 맞잡은 손을 감쌌다. "에디스토에 처음 갔을 때 기억나?" 메이가 벽난로 위의 그림을 고갯짓하며 물었다. "정말 좋았지? 우리 넷이 함께였잖아. 펀은 에디스토를 정말 좋아했어."

"맞아, 그랬지." 할머니가 말했다. 할머니가 정말 그때를 기억하는지 예의상 동의하는지 알 수 없었지만 그림을 보며 미소 짓는 할머니의 표정은 맑아 보였다. "언니가 우리한테 잠자리 팔찌를 줬잖아. 우리가 다시 못 만난 셋을 기리려고 잠자리 세 마리를 장식한 팔찌였지. 카멜리아, 가비언 그리고 내 쌍둥이 남동생까지. 언니가 팔찌를 준 날 오후에 우리는 카멜리아의 생일을 축하하고 있었어. 맞지? 오닉스가 박힌 잠자리가 카멜리아였어." 할머니의 눈이 추억으로 빛났다. 자매의 사랑을 회상하는 할머니의 미소는 따뜻했다. "와, 그런데 우리 저때 꽤 매력적이었네."

"그래, 그랬어. 우리 모두 엄마의 예쁜 머리카락을 닮았지.

하지만 엄마의 사랑스러운 얼굴을 닮은 사람은 너뿐이었어. 그림 속 인물이 넌 줄 몰랐다면 난 엄마가 함께 서 있다고 생각했을 거야."

내 뒤에서 어머니가 이를 악문 채 속삭였다. "도대체 어떻게 된 일이야?" 어머니의 몸에서 열기가 느껴졌다. 평소 땀을 흘리지 않는 허니비가 지금은 땀까지 흘리고 있었다.

"밖으로 나가는 게 좋겠어요." 나는 부모님과 함께 베란다로 나갔다. 아버지는 거실을 떠나기 싫은 것 같았다. 사진을 보며 이 상황을 이해하려 애쓰고 있었다. 아버지는 자기 어머니가 가끔 특별한 이유 없이 자리를 비웠다는 걸 기억할까? 에디스토에서 찍은 사진에 자신이 배경으로 등장했다는 걸 알까? 자기 어머니에게 자신이 알고 있는 것 이상의 뭔가가 있다고 의심했을까?

베란다와 오두막 사이의 문을 닫기 직전에 거실 건너편에서 트렌트가 나를 보며 고개를 끄덕였다. 그가 용기를 북돋워주자 나는 강하고 유능하고 자신감 넘치는 사람이 된 것 같았다. 그는 진실을 있는 그대로 드러내야 한다고 믿는 사람이었다. 후트시와의 공통점이었다.

"앉아서 들으시는 게 좋겠어요." 내가 부모님에게 말했다.

허니비는 마지못해 흔들의자 끄트머리에 걸터앉았다. 아버지는 두 사람이 앉을 수 있는 그네 의자에 앉았는데 자세로 봐서 내가 심각하고 유쾌하지 않은 이야기를 하리라고 짐작하는 것 같았다. 아버지는 다리에 힘주고 앉아 몸을 숙인 채 무릎에 팔꿈치를 대고 손가락을 탑 모양으로 맞대고 있었다. 어떤 상황이 벌어지든 분석하고 수습할 준비가 된 듯했다.

"전부 다 말씀드릴게요. 제 말이 끝날 때까지는 질문하지 말아주세요. 아셨죠?" 내가 부탁했다. 나는 대답을 기다리지 않고 숨을 깊이 들이마신 뒤에 이야기를 시작했다.

아버지는 늘 그렇듯 속내를 드러내지 않는 표정으로 들었다. 어머니는 결국 흔들의자에 깊숙이 앉아 이마를 짚었다.

이야기가 끝나자 조용해졌다. 아무도 무슨 말을 해야 할지 몰랐다. 아버지조차 이런 상황을 눈치채지 못한 게 분명했다. 아버지 얼굴을 보니 할머니의 행동 중 몇 가지가 이제야 이해되는 듯했다.

"어떻게…… 어떻게 이 모든 게 사실이라고 믿지? 어쩌면…… 어쩌면 저 여자가……." 어머니는 말끝을 흐리더니 오두막 창문 쪽을 봤다. 그 안에서 들은 이야기와 벽에 걸린 사진을 생각하는 것 같았다. "어떻게 이럴 수 있는지 모르겠구나."

아버지는 희끗한 눈썹을 한데 모으고 맞댄 손 위로 숨을 길게 내쉬었다. 아버지는 이런 일이 있을 수 있다는 걸 알고 있었다. 가능하지 않기를 바랐을 뿐. 나는 트렌트와 함께 테네시 보육원에 대해 알아낸 사실을 말했고 부모님 모두 대부분 처음 듣는 내용이라는 걸 알 수 있었다. 보육원에 대한 스캔들을 들어본 적은 있는 것 같았다. 조지아의 악명 높은 보육원에서 일어난 사건을 재현한 텔레비전 쇼에서 봤는지도 몰랐다.

"믿을 수가 없구나…… 어머니가?" 아버지가 중얼거렸다. "아버지는 알았을까?"

"아무도 몰랐던 것 같아요. 할머니와 자매들은 어른이 된 뒤에 다시 만났어요. 메이 말에 따르면 각자의 삶을 방해하고 싶지 않았대요. 친가족이 서로 찾지 못하도록 문서 추적이 불가능하게 해놓은 상황에서 형제자매 넷이 모인 것만 해도 기적이에요."

"이럴 수가." 아버지는 생각을 정리하려고, 이해할 수 있는 구조로 만들려고 애쓰는 듯 고개를 저었다. "내 어머니가 쌍둥이였다고?"

"쌍둥이로 태어났어요. 하지만 할머니가 수년 동안 조사했는데도 태어난 뒤에 무슨 일이 일어났는지 알아내지 못했어요. 쌍둥이 남동생이 죽었는지 살았는지 입양됐는지도요."

아버지는 턱을 괴고 나무를 올려다봤다. "맙소사."

나는 아버지가 무슨 생각을 하는지 알았다. 진실을 알게 된 날부터 나 역시 같은 생각을 계속했으니까. 일주일 내내 나는 비밀을 무덤까지 가져가야 할지…… 아니면 어떤 대가를 치르더라도 밝혀야 할지 왔다 갔다 했다. 그러다 결국 이런 결론에 이르렀다. 아버지는 자기가 진짜 누구인지 알아야 마땅했다. 할머니는 남은 생애가 얼마가 됐든 언니와 시간을 보내야 마땅했다.

테네시 보육원에서 고통받았던 강에 살던 꼬마 집시 다섯 명에게는 자신들의 이야기를 미래에 전할 권리가 있었다. 운명이 희한하게 꼬이지 않았더라면 내 아버지의 어머니는 대공황으로 인한 가난 속에서 평범한 사람들에 둘러싸여 판잣집 배에서 자랐을 것이다.

그리고 할아버지와 결혼은 고사하고 만날 수조차 없는 계층에서 살았을 것이다.

우리는 스태포드가 되지 않았을 테고.

어머니는 정신을 약간 차린 듯 고개를 들더니 아버지의 손을 잡았다. "옛이야기예요. 웰스, 그것 때문에 지금 괴로워할 필요 없어요. 이제 와서 그런 이야기를 끄집어낼 이유도 없고요." 어머니는 내게 경고의 눈빛을 슬쩍 보냈다.

나는 풀이 죽으려는 걸 안간힘을 다해 참았다. 되돌릴 수 없는 일이었다. "이제 어떤 결심을 하시든 그건 아버지 선택이에요. 제가 부탁드리고 싶은 건 주디 할머니가 언니와 시간을 보낼 수 있게 해달라는 것뿐이에요. 저분들에게 시간이 얼마나 남았든 말이에요. 두 분은 우리를 위해 평생 세상에서 숨어 사셨어요. 이제라도 마음 편히 만나야 마땅해요."

아버지는 어머니의 손을 꼭 잡고 입 맞추더니 고개를 끄덕였다. 아무 말도 하지 않았지만 어머니와 이 일을 깊이 고민해서 결정하겠다고 말하고 있었다.

허니비는 내게 몸을 가까이 기울였다. "저기 저…… 남자는 누구야? 믿을 수 있는 사람이니? 그러니까…… 이 정보를 이용할 염려는 없어? 상원의원 선거가 내년으로 다가와서 칼 포트너가 사람들의 관심을 현안이 아닌 다른 데로 돌리려고 할 거야. 그때 사적인 스캔들보다 이용하기 좋은 건 없을 텐데."

차기 상원의원 선거를 언급하는 어머니가 무의식중에 내가 아니라 아버지를 쳐다봐서 안심했다. 삶이 예전 같은 균형으로 돌아가는 것 같아서 기뻤다. 이제 진달래가 필 무렵 우리 집 정원에서 정치적으로 득이 될 만한 결혼식을 하지 않겠다고 말하기가 쉬워졌다. 아직 그 이야기를 꺼낼 마음의 준비는 되지 않았지만 결국 말할 것이다.

이곳에서 메이와 할머니가 함께 있는 모습을 보니 더욱 확신이 생겼다. 나 자신에 대한 확신이. "트렌트 걱정은 하지 마세요. 그럴 사람 아니에요. 그 사람은 친구예요. 그의 할아버지가 아니었다면 주디 할머니의 언니들이 할머니를 찾지 못했을 거예요. 과거에 대한 진실도 알지 못했을 테고요."

표정으로 봐서 어머니는 모르는 게 낫겠다고 생각하는 것 같았다.

하지만 아버지의 표정은 달랐다. "크랜들 부인과 잠시 이야기를 나누고 싶구나."

허니비의 입이 약간 벌어졌다. 잠시 뒤 어머니는 입을 꼭 다물고 자세를 바르게 한 다음 잠자코 있겠다는 의미로 고개를 끄덕였다. 아버지가 어떤 길을 선택하든 어머니는 그 옆에서 걸을 것이다. 지금까지 부모님은 늘 그랬다.

"메이도 좋아할 거예요. 네 분이서 메이 이야기를 들을 수 있도록 자리 비켜드릴게요." 나는 메이에게 직접 이야기를 들어 아버지가 더 실감하기를 바랐다. 이건 우리 가문의 역사니까.

"너도 있으렴." 어머니가 망설이다 말했다.

"그냥 네 분께 시간을 드리는 게 좋을 것 같아요." 사실 나는 트렌트와 이야기하고 싶었다. 주디 할머니 이야기를 부모님이 어떻게 받아들였는지 그가 무척 궁금해한다는 걸 알기 때문이었다. 그는 오두막 유리창으로 나를 계속 보고 있었다.

우리가 일어나서 문으로 다가갔을 때 트렌트는 분명 안도

했을 것이다. 안에서 할머니는 보트를 타고 강을 내려간 일을 이야기했다. 마치 어제 있었던 일처럼. 예전에 메이가 동생들을 위해 구입한 작은 보트였다. 할머니는 넷이 서배너강에서 배를 타다가 시동이 꺼진 이야기를 하며 소리 내 웃었다.

아버지는 살며시 의자에 다가가 앉더니 자기 어머니를 처음 보는 사람처럼 바라봤다. 어떤 면에서는 그랬다. 아버지가 기억하는 여성은 적어도 일부분은 배역을 연기하는 배우였다. 자매들이 그녀를 찾아낸 뒤로 오랜 세월 동안 주디 스태포드의 몸속에는 두 사람이 존재했다. 하나는 상원의원의 아내였고 다른 하나는 강에 사는 집시의 피가 흐르는 사람이었다.

이 작은 오두막에서 또 다른 자매의 날을 보내며 두 사람은 하나가 됐다.

트렌트는 나와 함께 오두막에서 나오게 돼 몹시 기뻐했다.

"언덕까지 걸어가요." 내가 제안했다. "폐허가 된 농장 저택 사진을 몇 장 찍고 싶어요. 이곳이 모두 허물어져서 다시 올 수 없을 때에 대비해서요."

트렌트는 미소 지었고 우리는 대문을 지나 오두막 정원을 지났다. "그럴 것 같진 않은데요?"

숲 가장자리까지 걸어가자 오래전 메이 웨더스가 된 릴 포스가 떠올랐다.

'그녀는 자기가 이런 삶을 살게 되리라고 상상이나 했을까?'

탁 트인 들판으로 나가 언덕을 오르자 햇살이 따사롭게 비쳤다. 곧 다가올 계절의 변화가 느껴지는 아름다운 날이었다.

오래된 저택의 잔해가 다시 굳건한 건물이 된 것처럼 우뚝 솟은 그림자를 잔디 위에 드리웠다. 휴대전화를 꺼내 사진을 찍는 내 손이 떨렸다. 내가 언덕에 올라온 진짜 이유는 사진 때문이 아니었다. 오두막이 보이지 않는 곳으로…… 내 말이 들리지 않을 만한 곳으로 가야겠다고 생각한 이유가 있었다.

하지만 지금 나는 적당한 말을…… 그리고 용기를 찾을 수 없었다. 그래서 줄곧 애꿎은 사진만 찍어댔다. 마침내 이 작전을 더 이상 쓸 수 없게 됐다.

나는 느닷없이 가슴이 두근대는 바람에 침을 꿀꺽 삼키며 용기를 내려고 애썼다.

트렌트가 선수를 쳤다. "반지를 안 꼈네요." 내가 돌아보자 그는 궁금증이 가득한 눈으로 나를 보고 있었다.

나는 손을 내려다보며 엘리엇의 프러포즈를 승낙하고 사우스캐롤라이나로 와서 가족들이 기대한 일을 하면서 배운 모든 걸 떠올렸다. 그동안은 다른 사람의 삶을 사는 것 같았다. 그건 다른 여자를 위한 음악이었다. "엘리엇과 이야기했어요. 그는 주디 할머니와 메이에 대한 내 결정에 동의하지 않았어요. 앞으로도 그럴 거예요. 하지만 단순히 그것 때문만은 아니에요. 우리 둘 다 얼마 전부터 연인이 아닌 친구 관계가 더 좋다고 생각했던 것 같아요. 우리 사이에는 긴 세월이 있어요. 좋은 추억도 많죠. 하지만 뭔가가…… 빠져 있었어요. 그래서 결혼 날짜를 정하거나 확실한 계획을 세우는 일을 자꾸 미뤘던 것 같아요. 결혼은 둘 사이의 일이라기보다 가족 일이었죠. 우리는 그걸 계속 알고 있었는지도 몰라요."

나는 인상을 쓴 채 생각에 잠겨 잔디 위에 드리운 우리 그림자를 바라보는 트렌트를 봤다.

가슴이 두근거리고 심장박동이 빨라졌다. 몇 초가 태피(설탕을 녹여 만든 무른 사탕)처럼 끈적거리고 느릿하게 지나갔다. '트렌트도 나와 같은 느낌일까? 아니면 어쩌지?'

무엇보다 그에게는 염두에 둬야 할 어린 아들이 있었다.

내 인생이 어디로 가고 있는지는 나도 정확히 몰랐다. 정치활동위원회에서 일하면 내가 어떤 사람이 되기를 원하는지 알아낼 시간이 생기겠지. 나는 잘못된 일을 바로잡는 걸 좋아했다. 그래서 메이의 이야기를 그렇게 깊이 파고들었고 오늘 오후 할머니와 메이를 이곳까지 데려오게 된 것 같았다.

긴 세월이 지난 오늘, 오랫동안 잘못됐던 일을 바로잡았다.

그로 인한 만족감이 있었지만 트렌트에 대한 문제 때문에 퇴색됐다. '이제 막 그리기 시작한 내 미래에 트렌트가 적응할 수 있을까? 그와 가족과 우리 가족은 너무도 다른데.'

나를 바라보는 그의 눈동자가 빛을 받아 반짝거렸다. 깊은 바다처럼 새파란 눈동자였다. 처음으로 나는 우리가 겉보기와 달리 그리 다르지 않을지도 모른다는 생각이 들었다. 우리 둘 다 풍요로운 유산을 지녔다. 둘 다 강에서 자란 사람들의 후손이니까.

"그 말을 내가 당신 손을 잡아도 된다는 뜻으로 받아들여도 될까요?" 그는 이렇게 말하며 눈썹을 꿈틀거리고 미소 짓더니 내가 답하기를 기다렸다.

"네, 그런 것 같아요."

그가 손을 내밀었고 나는 그 위에 손을 올렸다.

그의 손이 강하고 따뜻하게 내 손을 감쌌고 우리는 과거의 삶이 남긴 폐허를 떠나 언덕을 계속해서 걸어 올라갔다.

우리 앞에 열릴 삶 속으로.

26장
메이 크랜들

현재

우리의 이야기는 무더운 8월의 어느 밤 새하얀 병실에서 시작한다. 정신이 황폐해질 정도의 슬픔이 가득한 그곳에서 운명을 가를 결정 하나가 내려진다. 하지만 이야기는 거기서 끝나지 않는다. 아직도 끝나지 않았다.

내가 우리 삶의 행로를 바꿀 수 있었을까? 순회공연선에서 곡조를 뽑거나 농부의 아내로 땅을 일구거나 아늑하게 불을 피워놓고 강에서 자란 남자가 일을 마치고 집으로 돌아와 내 옆에 있기를 기다리며 살았을까? 내가 낳은 아들을 다른 아들로, 더 많은 자녀로, 노년에 나를 위로해줄 딸로 바꿀 수 있었을까? 내가 사랑했고 묻어준 남편들, 음악과 교향곡, 할리우드의 불빛, 멀리 있지만 늘 마음속에 있는 손주와 증손주들을 포

518

기할 수 있었을까?

주디의 손을 잡고 나무 벤치에 앉아 이런 생각을 했다. 우리 둘은 또 다른 자매의 날을 함께 조용히 보내고 있었다. 이곳 매그놀리아 매너의 정원에서 우리는 언제든 자매의 날을 보낼 수 있다. 내 방에서 나가 옆의 홀로 가서 직원에게 '친구 주디와 함께 산책 나가고 싶은데요. 그럼요, 물론이에요. 기억력 치료 병동으로 주디를 안전하게 돌려보내겠다고 약속해요. 늘 그러잖아요'라고 말만 하면 될 정도로 쉽다.

때로 주디와 나는 우리의 영리한 전략에 웃음을 터뜨렸다. "우린 친구가 아니라 자매인데 말이야." 내가 말했다. "하지만 저들에게는 말하지 마. 우리만의 비밀이야."

"말 안 할게." 주디는 다정하게 미소 지었다. "하지만 자매는 친구이기도 해. 특별한 친구."

우리는 지난날 보낸 수많은 자매의 날을 회상했고 주디는 내게 퀴니와 브라이니와 강에서의 생활에 대해 기억하는 걸 알려달라고 부탁했다. 나는 카멜리아, 라크, 펀, 가비언, 사일러스, 지드 아저씨와 보낸 여러 날과 계절에 대해 알려줬다. 강의 조용하고 후미진 구역, 거친 물살, 한여름 잠자리들의 발레, 겨울이 돼 남자가 올라탈 수 있을 정도로 얼어붙은 얼음덩어리를 이야기해줬다. 우리는 살아 있는 강을 함께 여행했다. 함께 햇살을 바라보며 몇 번이고 우리 집 아카디아 왕국으로 날아갔다.

어떤 날 주디는 나를 이 오래된 저택의 이웃이라고만 생각했다. 하지만 자매간의 사랑에는 말이 필요 없었다. 그 사랑은 기억이나 추억이나 증거에 기대지 않았다. 심장박동만큼 깊숙한 곳에 흘렀고 맥박이 뛰는 것처럼 항상 존재했다.

"쟤들 정말 예쁘지 않아?" 주디는 손을 잡고 매너 호수 근처의 정원 사이로 난 길을 거니는 젊은 연인을 가리켰다. 잘 어울리는 한 쌍이었다.

나는 주디의 팔을 다정하게 토닥거렸다. "네 손녀잖아. 널 만나러 온 모양이야. 남자 친구와 같이 왔네. 정말 매력적인 남자야. 둘이 같이 있는 모습을 처음 보고 나서 내가 그랬지. 저 남자 꽉 잡으라고. 난 둘 사이의 불꽃을 알아봤거든."

"아, 그렇지. 내 손녀야." 주디는 다 아는 체했다. 정말 아는 날도 있었지만 오늘은 아니었다. "그리고 그 애의 남자 친구야." 그녀는 눈을 가늘게 뜨고 정원 사이의 길을 쳐다봤다. "이름이 기억 안 나네. 내 정신 좀 봐."

"에이버리잖아."

"맞다…… 에이버리."

"그리고 트렌트야."

"우리도 예전에 트렌트 터너와 알고 지내지 않았어? 근사한 사람이었는데. 그 사람이 에디스토 집에 붙어 있는 오두막 부지를 팔았던 것 같은데."

"그래, 맞아. 에이버리와 함께 걸어오는 저 남자가 그의 손자야."

"정말?" 주디가 열심히 손 흔들자 에이버리도 손 흔들었다. 잠시 뒤 에이버리와 트렌트는 나무 뒤로 사라졌다. 그들은 생각보다 오랫동안 나타나지 않았다.

주디는 손으로 입을 막으며 킥킥댔다. "오, 이런."

"역시." 나는 잃어버린 사랑과 잠시도 잊지 않았던 사랑을 떠올렸다. "우리 포스 집안사람들은 언제나 열정이 넘친다니까. 그건 앞으로도 변함없을 거야."

"그렇고말고." 주디가 수긍했다. 우리는 둘만의 비밀에 웃음을 터뜨리며 자매간의 다정한 포옹을 나눴다.

이 책의 마지막 장을 덮으며 '이 이야기는 어디까지 진실일까?' 하고 궁금해할지도 모르겠다. 어떤 면에서는 대답하기 어려운 질문이다. 포스가의 아이들과 아카디아는 상상력과 미시시피강의 흙탕물에서 탄생했다. 릴과 혈육들은 이 책에만 존재하며 그들의 경험은 1920년부터 1950년 사이에 가족과 떨어진 아이들의 기록을 바탕으로 했다.

조지아 탠과 멤피스 산하 테네시 보육원에 관한 실화는 기이하고 슬픈 역설을 보여준다. 이 기관이 비참하고 위험한 상황에 처한 아이들을 구하고 친가족에게 버림받은 아이들을 사랑 넘치는 가정에 보낸 경우도 많다는 데는 의심할 여지가 없다. 하지만 이들이 뚜렷한 이유나 적법한 절차 없이 수많은 아이를 양부모에게 보냈고 비통에 잠겨 절망한 가족들이 아이들을 다시는 볼 수 없게 했다는 데도 의심할 여지가 없다.

아이를 잃은 친모가 수십 년 동안 애통하게 살았으며 아이 중 다수가 보호시설에서 홀대, 폭행, 학대당하고 물건 취급을 받았다는 사실은 생존자들의 증언으로 잘 드러난다.

조지아 탠이 표적으로 삼은 이들은 주로 미혼모, 극빈층 부모, 정신병동의 여성들, 복지 서비스와 조산원을 통해 도움을 구하는 여성들이었다. 그녀는 출산 뒤 진정제를 맞은 산모를 속여 그들이 어쩔 수 없이 서류에 서명하게 했다. 아기가 의료 혜택을 받으려면 양육권을 잠시 이관해야 한다고 말하는 경우도 있었지만 대부분은 그저 아기가 죽었다고 말했다. 일정 기간 가족에게 양육된 아이들은 (이제 아주 어린 시절을 자세히 기억하지 못할 정도로 나이가 들기는 했지만) 집 앞에서, 학교 가는 길가에서, 강가의 판잣집 배에서 끌려왔다고 했다. 특히 멤피스에 거주했거나 잠시 머물렀던 아이들, 그 근처에 들렀던 가난한 아이들이 주로 위험에 노출됐다.

조지아 탠은 포스 일가의 아이들 같은 금발을 유독 선호했기에 이런 아이들은 의료기관이나 보건소에서 일하는 '수색대'의 표적이 됐다. 멤피스에 살던 평범한 시민들은 조지아 탠의 수법이나 그녀가 저지른 일을 알지 못했다. 시민들은 '연락만 하면 데려갈 수 있답니다' '살아 있는 크리스마스 선물을 원한다면?' '조지는 캐치볼을 하고 싶지만 아빠가 없어요' 같은 문구와 함께 사랑스러운 아기와 아이들 사진이 실린 신문 광고를 수년 동안 봤다. 조지아 탠은 '현대 입양의 어머니'로 알려졌고 아동 복지에 관해 엘리너 루즈벨트에게 자문하기도 했다.

대중에게 탠은 어려운 아이들을 구하는 데 삶을 바친 선하고 후덕한 여자였다. 그녀가 부유한 명망가에 입양된 아이들을 칭송한 덕분에 입양에 대한 대중의 이해도가 높아졌고 고아들은 불쾌하고 선천적으로 결함이 있는 존재라는 통념이 어느 정도 사라진 건 사실이다. 조지아의 고객 중 눈에 띄는 사람들로는 조앤 크로퍼드, 준 앨리슨과 그녀의 남편 딕 파월 같은 할리우드 유명인과 뉴욕 주지사 허버트 리먼과 같은 정치인이 있다. 탠이 운영하던 멤피스 보육원 전직 직원의 말에 따르면 어둠을 틈타 아기 일곱 명이 한꺼번에 캘리포니아와 뉴욕을 비롯한 여러 주의 가정으로 입양된 적도 있다고 한다. 이 아이들처럼 다른 주로 입양되는 경우에는 수익이 높았다. 아이들을 주 밖으로 데려다주는 명목으로 받는 터무니없이 비싼 수수료는 대부분 탠의 몫이었다. 파렴치하게도 조지아는 이런 수법에 대해 질문을 받을 때마다 자식을 제대로 기를 수 없을 정도로 형편이 어려운 부모에게서 아이들을 데려와 '상류층' 집에 살게 해준 일이 선행이라며 자화자찬했다.

현대의 관점에서 보면 조지아 탠과 그녀의 조직이 어떻게 수십 년 동안 제멋대로 활동할 수 있었는지, 릴과 그녀의 동생들이 머물렀던 곳 같은 대규모 수용 시설과 무허가 보육 시설에서 비인간적인 대우를 받는 아이들을 모르는 척하는 직원들을 어디서 구했는지 짐작하기 힘들다. 멤피스의 영아 사망률이 치솟자 진상을 파악하기 위해 미국 아동국에서는 멤피스로 수사관을 파견했다. 1945년에는 이질이 유행하면서 의사가 의료 자원봉사를 했는데도 사 개월 사이에 조지아의 시설에 있던 아동 사오십 명이 사망했다. 하지만 조지아는 사망한 아동이 두 명에 불과하다고 주장했다. 테네시 입법부는 외압에 굴복해 주 전역의 보육원을 일괄 허가하는 법안을 통과시켰다. 새로 통과된 법안에는 조지아 탠이 관리하는 모든 보육원에 면책을 허용하는 세부 항목이 포함돼 있었다.

작품 속의 머피 부인과 그녀의 집은 허구지만 릴이 그곳에서 경험한 일들은 생존자들의 증언을 토대로 했다. 물론 학대, 홀대, 질병, 부적절한 치료 때문에 사망해 증언할 수 없었던 사람도 많았다. 그들은 관리되지 않은 시스템이 낳은 침묵의 피해자였고 그런 시스템을 부채질한 건 탐욕과 금전적 이득이었다. 조지아 탠의 운영하에 흔적도 없이 사라진 아동 수는 오백 명으로 추정된다. 금전이 오고 간 입양으로 사라진 아동은 수천 명에 달한다. 입양 과정에서 아동의 이름, 생일, 출생 기록을 날조해 가족이 그들을 찾지 못하게 했다.

이 끔찍한 통계로 미뤄볼 때 당연히 대중에게 이런 일들이 알려졌고 경찰 조사로 법적 조치가 뒤따랐으며 결국 조지아 탠이 위세를 떨친 기간이 끝났으리라고 생각할지도 모르겠다. 이 작품이 순전히 상상으로 탄생했다면 정의가 신속하고 확실하게 실현되는 걸로 끝맺었을 것이다. 하지만 슬프게도 현실은 그렇지 않았다. 오랜 세월 동안 지속된 조지아의 입양 사업은 1950년이 돼서야 끝났다. 그해 9월에 열린 기자회견에서 당시 주지사였던 고든 브라우닝은 이 사건을 가슴 아픈 인간의 비극으로 언급하지 않고 돈에 초점을 맞췄다. 그의 말에 따르면 미스 탠은 테네시 보육원을 운영하는 동안 백만 달러(오늘날 화폐 가치로 약 1,000만 달러)라는 거액의 불법 이득을 취했다. 범죄가 드러났는데도 당시 탠은 법의 영향력이 미치지 않는 곳에 있었다. 기자회견이 열리고 얼마 지나지 않아 그녀는 자궁암으로 쓰러져 자기 집 침대에서 사망했다. 현지 신문의 1면에는 그녀의 만행을 폭로하는 기사와 사망 기사가 마주 실렸다. 보육원은 폐쇄됐고 수사관이 지정됐지만 비밀과 명성을 지키기 위해 입양 사실을 밝히고 싶어 하지 않는 일부 힘 있는 사람들 때문에 수사가 좌절됐다.

슬픔에 빠진 가족들은 요양원 폐쇄로 일말의 희망을 품었지만 그건 빠르게 사라졌다. 국회의원을 비롯한 정계 실력자들은 의혹투성이의 입양까지도 합법화하고 기록을 봉인하는 법안을 통과시켰다. 탠이 사망했을 당시 그녀의 관할 보육원에 남아 있던 스물두 명 중 입양하기로 한 가족이 거부한 두 명만 친부모에게 돌아갔다. 수많은 가족은 자기 아이가 어떻게 됐는지 몰랐다. 대중은 입양 과정이야 어찌됐든 가난에 찌든 아이들이 특권을 누리게 됐으니 잘된 일이라고 여겼다.

입양된 아동과 헤어진 형제자매와 가족 일부는 기억과 법원에서 빼낸 서류와 사립탐정의 도움을 총동원해 서로 만날 수 있었지만 조지아 탠의 기록은 1995년이 돼서야 희생자들에게 공개됐다. 가족을 잃고 평생 동안 슬퍼한 수많은 친부모와 입양아에게는 너무 늦은 조치였다. 기록이 공개돼 오랜 세월 뒤에 가족을 만난 입양아들도 있었다. 이들은 이를 계기로 자기 이야기를 세상에 알리고자 했다.

포스가의 아이들과 실제 테네시 요양원 이야기에서 얻을

수 있는 매우 중요한 교훈은 세계 어느 곳에서 태어났든 모든 아이는 상품이나 물건이 아니며 조지아 탠이 자주 언급했듯 빈 도화지도 아니라는 것이다. 이들은 각자 자기만의 과거, 요구, 희망과 꿈이 있는 인간이다.

옮긴이 박지선

동국대학교 영어영문학과를 졸업하고 (주)대교에서 수년간 일하다가 번역에 뜻을 품고 성
균관대학교 번역대학원에서 번역을 공부했다. 번역학과 석사학위를 취득하고 현재 출판번
역에이전시 베네트랜스에서 전문 번역가로 활동하고 있으며《마지막 패리시 부인》《나는
어떻게 너를 잃었는가》《가려진 이름》《열대의 밤》외 많은 책을 우리말로 옮겼다.

당신의 손길이 닿기 전에

1판 1쇄 발행 2018년 3월 19일
1판 2쇄 발행 2018년 4월 2일

지은이 리사 윈게이트
옮긴이 박지선
발행인 오영진 김진갑
발행처 나무의철학

책임편집 심설아
기획편집 임나리 김율리 함초롬
디자인총괄 안윤민
마케팅 박시현 신하은 박준서
경영지원 이혜선

출판등록 2006년 1월 11일 제313-2006-15호
주소 서울시 마포구 월드컵북로5가길 12 서교빌딩 2층
전화 02-332-3310 팩스 02-332-7741
블로그 blog.naver.com/midnightbookstore
페이스북 www.facebook.com/tornadobook

ISBN 979-11-5851-095-4 03840

나무의철학은 토네이도미디어그룹(주)의 자회사입니다.

이 책은 저작권법에 따라 보호를 받는 저작물이므로 무단전재와 무단복제를 금하며,
이 책 내용의 전부 또는 일부를 사용하려면 반드시 저작권자와 토네이도의 서면 동의를 받아야 합니다.

잘못되거나 파손된 책은 구입하신 서점에서 교환해드립니다.
책값은 뒤표지에 있습니다.

이 도서의 국립중앙도서관 출판예정도서목록(CIP)은 서지정보유통지원시스템 홈페이지(http://seoji.nl.go.
kr)와 국가자료공동목록시스템(http://www.nl.go.kr/kolisnet)에서 이용하실 수 있습니다.
(CIP제어번호: CIP2018004876)